U0923823

明詞話全編

伍

鄧子勉 編

鳳凰出版社

詹景鳳詞話

詹景鳳，字東園，休寧（今安徽）人。隆慶元年舉人，官至平樂府通判。所著有《西遊稿》、《詹氏性理小辨》等。《詹氏性理小辨》又名《明辨類函》，凡六十四卷，首列作者辨，次造化辨，次人道辨，次人品辨。此據《四庫全書存目叢書》影印明萬曆間刻本《詹氏性理小辨》録詞話十三則。

一

白生平時時誦李頎「渭水自清涇自濁，周公大聖接輿狂」兩語，蓋喜其直而質也。今觀其詩體，大率從此解來，亦猶東坡作字以右軍《蘭亭記》中癸丑兩字作欛柄，遂成己體耳。又如劉夢得「雪裏高山頭早白，海中仙果子生遲」、徐凝「千古長如白練飛，一條界破青山色」，白極喜之，走謂此似詞曲中語，詩人正不肯道此，以其語纖巧而靡近穠俗。白詩篇多有墮此趣者，亦是末世情俗趣向乃爾，有不自知己之所以喜之者。故樂天而後未百年，遂一變而爲宋、元詞曲，若是初、盛二唐人作，則安得有此側詞？（《詹氏性理小辨》卷三十八）

二　詞曲，非詩也，非文也，第爲之亦有法。如風骨過雅，則鄰於文人詩矣；情致過媟，則淪於諢官語矣；以非其本色也。何元朗謂填詞須用本色語，蓋雅而非雅，俗而非俗，去麗則之執戟，直作浪子風流，鬬紅角緑，遊戲濮上桑間，故趣在情勝態勝，而妙在含情含態，其調在雜方言而用小語以致巧，其色在穠麗妖冶而韻在婉至，而飄灑乃其極則。悲驩疊奏，在縈緒縈情，令人曳曳，無能自禁，亦良難矣。乃走則謂無學可爾，何則？人情難于約結，易于縱泆，彼淫黿之音，蕩志者也。（同前）

三　何元朗曰：樂府以皦逕揚厲爲工，詩餘以婉麗流暢爲美。（同前）

四　詞調與詩正相反，詞取柔靡，而詩忌柔靡；詞欲切俗情，而詩欲離俗情。（同前）

五　王元美曰：詞須宛轉緜麗，淺至儇俏，挾春月烟花，於閨幨内奏之，一語之豔，令人魂絶；一字之工，令人色飛。乃爲貴耳。至於慷慨磊落，縱横豪爽，抑亦其次。走謂慷慨磊落，縱横豪爽，自是詩歌趣。若詞曲本色，則或在彼不在此。遡彼源流，蓋陳後主、隋煬帝之濫觴，並是衰世流俗人情，盛時定不尚此。故其音出於宋中葉，而金、元爲特盛。則以羌胡俗尚如是，彼原不知有詩歌也。元以馬東籬、鄭德輝、關漢卿、白仁甫爲四大家，而德輝稱最富。金、元人呼北戲爲雜劇，南戲爲戲文，如《西廂記》，雜劇也；《琵琶記》，戲文也。考《太和正音譜》載德輝雜劇總十八本，今皆無傳，何也？

我祖開基，崇尚功實重名檢，敦詩書而明法律，士大夫夙夜勤勞，猶懼救過不暇。是以胡元靡濫縱散之風，一切化為嚴整素樸，學士至今多不道焉。以故，其本遂湮滅。（同前）

六 詩餘作於宋而唐詩亡，曲盛於元而詩餘喪去聲。（同前）

七 蓋自新情縟態之尚，文家體始多變，變而詞曲，變斯極矣。嗟夫！詩文之設，古以持志而載道也，後世變體乃爾，是以詞壇同戲局，親畫粉墨而不自知也。欲令平聲禮法脩正之士篇終斂衽，不已悖乎？非人慢之，自詬嫚也。（同前）

八 《爾雅》曰：「聲比於琴瑟曰歌，徒歌曰謠。」夫所謂比於琴瑟者，非必與琴瑟合奏而後謂之歌，言如琴瑟之有調也。《韓詩章句》：「歌無章曲曰謠，有章曲曰歌。」曰有章曲，即歌之調於琴瑟者，若徒歌，則無調，與『短笛無腔信口吹』同。自昔聖帝明王、貞生達士，靡不與歌以發于性情之真，要于平和之極，足以繕心而頤德也。《山海經》曰：「帝俊八子，始為歌。」注云：「帝俊者，帝舜也。」《尚書·舜典》曰：「詩言志，歌永言，聲依永，律和聲。」楊用修《考古書義》謂「永」與「詠」同音，古字少，借「永」為「詠」也，此義最當。蓋詩以言己之志也，歌以取詩之言而詠之也。依詠以生律，律協而聲成，然後神人以和，蓋古者不但自歌自詠，於燕於享於祀咸有歌，故用以與琴瑟管籥合奏。又用以為樂章，《韓詩章句》所云「有章曲曰歌」之歌謂此也。由斯觀之，五音六律咸生於歌，歌者，大樂之所本始也。第謂歌始於舜，不知葛天之世已歌八闋。（同前書卷四十四）

九 鄭樵曰：自后夔以來，樂以詩為本，詩以聲為用，八音六律為之羽翼耳。仲尼編《詩》，為燕享祀之時用以歌，而非用以説義也。古之詩，今之辭曲也，若不能歌之，但能誦其文而説其義，可乎？不幸腐儒之説起齊、魯、韓、毛四家，各為序訓，而以説相高。漢朝又立之學官，以義理相授，遂使聲歌之音湮没無聞。然當漢之初，去三代未遠，雖經生學者不識《詩》，而太樂氏以聲歌肄業，往往仲尼三百篇，瞽史之徒例能歌也。奈義理之説既勝，則聲歌之學日微。東漢之末，禮樂蕭條，雖東觀石渠議論紛紜，無補於事。曹孟德平劉表，得漢雅樂郎杜夔。夔老矣，久不肄習，所得於《三百篇》者惟《鹿鳴》、《騶虞》、《伐檀》、《文王》四篇而已，餘聲不傳。太和末，又失其三，左延年所得，惟《鹿鳴》一笙。每正旦大會，太尉奉璧，羣臣行禮，東廂雅樂常作者是也。古者歌《鹿鳴》，必歌「四牡皇皇」者，華三詩同節，故曰工歌《鹿鳴》之三，而用《南陔》、《白華》、《華黍》三笙以贊之，然後首尾相承，節奏有屬。今得一詩而如此用之，可乎？應知古詩之聲為可貴也。至晉室，《鹿鳴》一篇又無傳矣。自《鹿鳴》一篇絶，後世不復聞《詩》矣。然《詩》者，人心之樂也，不以世之汙隆而存亡，豈三代之時人有是心、心有是樂，三代之後人無是心、心無是樂乎？繼三代之作者，樂府也。樂府之作，宛同《風》《雅》，但其聲散佚，無所紀繫，所以不得嗣續《風》《雅》而為流通也。按三百篇在成周時亦無所紀，繫有季札之賢而不别《國風》所在，有仲尼之雅而不知《雅》《頌》之分，仲尼為此患，故自衛返也，問於太師氏，然後取而正焉。列十五《國風》以明風土之音不同，分大小二《雅》以明朝廷之音有間，陳周、魯、商三《頌》之音，所以侑祭也。定《南陔》、《白華》、《華黍》、《崇丘》、《由庚》、《由儀》六笙之音，所以叶歌也。得詩而得聲者，三百篇則繫於《風》《雅》《頌》；得《詩》而不得聲者，則置之《詩》之逸詩。如河水祈招之類，無所繫也。今樂府之行於世者，章句雖存，聲樂無用。崔豹之徒以義説名，吴兢之徒以事解目，蓋聲失則義起，其與齊、魯、韓、毛之言《詩》無以異也，樂府之道或幾乎息矣。（同前）

一〇　謝去咎曰：自周人製為樂章，而漢世則有樂府，如武帝《郊祀》等歌，班固《明堂》等詩，皆漢人之樂府也。然當漢之世，作為詩歌，猶可以質諸鬼神，告於祖宗也。及樂府之一變，於是晉、宋之際又有所謂古樂府之章，如釋子蘭、釋貫休等作，雖托物以寓興，而其辭終入於鄙俚已，不可與漢人之樂府同日語矣。孰知樂府之變，又變而為隋、唐、五代之際之樂歌乎？然如唐賀、白諸人所述，猶足以發越性情，而時寓諷譏也。豈知樂歌又變而為我宋今日之長短句乎？世率謂今之詞曲，即樂府之異名，蓋不自知其愈降而愈下也，矧詞曲又轉而為巷陌市井之歌乎？（同前）

一一　今之戲文，皆元曲也。然其唱必與鼓板應，其做作必與曲腔調合，亦有古人樂歌舞相應之意。但古之樂歌舞用以頤心理氣，而今則直用為戲。（同前）

一二　詩歌出而嘯亡，詞曲出而歌失。晉、宋而上猶有嗣響，晉、宋而下邈焉無聞。蓋淫哇之風侈而太音固，宜其聲希也。嗟乎！吾安得起羲皇之人而與箕坐對嘯？（同前）

一三　嘗謂混沌未開，兆始生水，乃水生，必自無形之金，而聲則最巨。是天地根蔕本自函聲而存，蓋凡聲，悉氣也；凡氣，悉水也。今夫一物氣凝，則蒸鬱而成水凝，其無形金乎？若聲而必出之金，水則凝極生發散也。是故天地不氣凝不分，變化不氣凝不行，唯不分不行，則無聲。一行分，而萬形流，萬吹出，聲可已乎？由斯而言，聲者，一氣發揚動盪，自然之機竅，天地人物所自出也。是以歌舞用，能頤人性情、和通人之筋骸肌脉。故昔者聖皇内脩外理，聲教為重。然其道始於教胄子以歌永律和，終於明良同歌，是聲為帝教之始終也，故曰聲教訖於四海。是以大司成掌教國子，以六樂與五禮俱自少習之，歌舞融液，質氣適之，和平必由茲矣。觀夫琴瑟，鼓之，匪澄心定氣，則不和聲，教之有稗于身心，性情可覘也。是以武城絃歌，夫子莞爾而咲。然則聲教歷三代而未改也，自後儒而外身心性情，求之書册器數，教遂日以爽真，顧聲音在人，未以頓盡。吾觀夫漢、晋猶有遺焉，何以明之？桓温之入朝，其雄威猛烈，豈不欲覆地翻天、摧山倒海？謝安石夷猶入見，未揖而詠，浩浩洪流，温氣頓平，而趣解兵聲之陶化人若此哉！脱此教亡，盡茲何時也？賓主未交，揖讓未行，詎敢詠歌？先之覩斯而從古聲，教失自陳、隋之詞曲始乎？詞曲興而情志淫泆，其究卒莫可返。故今之樂聲徒以蕩德，烏能消吾乖氣逸情而歛之軀殼内乎？吾故曰：詞曲興而歌亡，歌興而嘯失。蓋歌雖有聲無形，不免清濁高下抑揚之律，嘯則無待諸律，得無形始生之自然。凡天地萬物之不能不有聲者，皆其嘯也。彼神行乎其所不得不行，伊誰能遏之？是故人生一墮也，先即有聲，聲為生人本始，益信，顧此一聲，乃又由自而起，由自而止，人則弗由，故吾論古先聖傳之學之政之秇，曰明自行自適自而歸，果之，夫一嘯亦曰反所自始耳。（同前）

馮復京詞話

馮復京（一五七三—一六二二），字嗣宗，常熟（今江蘇）人。强學廣記，少業詩，鈎貫箋疏，著《六家詩名物疏》、《説詩補遺》，又作《明右史略》，未就而卒。《説詩補遺》八卷，今存稿本。此據齊魯書社出版《全明詩話》本録詞話五則。

一　予嘗謂：簡文五言八句詩，若稍更一二拗字，則唐律矣。諸篇若作長短句，則《花間》、《蘭畹》矣。閱全集，予取《往虎崛山寺》、《望同泰浮圖》、《龍丘引》、《行雨》及《烏栖曲》四首。其篇中佳句，則「白雲隨陣色，蒼山答鼓聲」、「細松斜繞往，峻嶺半藏天」、「分花出黄鳥，挂石下新泉」、「遊心不應動，為此欲逢迎」，皆可入近體。「分妝開淺靨，繞臉傳斜紅」、「夢笑開嬌靨，眠鬟壓落花」、「簟紋生玉

腕，香汗浸紅紗」之類，大妖淫耳。（《説詩補遺》卷四）

二　駱賓王才思宏富，詞鋒艷逸。其七言古《帝京篇》、《疇昔篇》，綴錦貫珠，滔滔洪遠。然諸篇句云：「翠幌珠簾不獨映，清歌寶瑟自相依。」又云：「池中舊水如懸鏡，屋裏新粧不讓花。」又云：「不見猿聲助客啼，惟聞旅思將花發。」「故園梅柳尚有餘，春來勿使芳菲歇。」又云：「妾向雙流窺石鏡，君住三川守玉人。」又云：「離前吉夢成蘭兆，別後啼痕上竹生。」又云：「峨嵋山上月如眉，濯錦江中霞似錦。」俱沿襲梁陳，有傷大雅。又云：「只將羞澀當風流，持此相憐保終始。」浸入詩餘矣。（同前書卷五）

三　《新唐書》云：「建安後迄江左，詩律屢變，至沈約、庾信以音韻相婉附，屬對精密。及宋之問、沈佺期尤加靡麗，回忌聲病，約句準篇。」獨孤及云：「沈、宋始裁成六律，彰施五采，使言之中倫，歌之成聲，緣情綺靡之功，於是大備。」嗚呼！詩至沈、宋，誠古今變格之極也。然梁、陳艷句，何異宋詞元曲？高、岑、王、孟、李、杜律詩，可與枚、李、曹、左、陶、謝諸公分庭抗禮，雖體制稍分，神契自合。二公先驅，誠可謂藝苑功人，無慚風雅者矣。（同前）

四　杜頠《從軍行》遒古凄切，唐世五言古中獨出者。薛處士業《寄柳芳》七言古，工在結尾。衛萬《吳宮怨》，極似子安《滕王閣》詩。薛維翰「美人閉紅燭」五絶，格似六朝。許宣平《醉歌》，幽興逸情，非人間語。荆叔《題慈恩塔》，盛唐高調，此諸公皆以一篇顯者。盧弼、朱晦，俱失其時代。弼《邊怨》四首，詳其體制，當為盛唐能手。晦《送別詩》，氣象衰落，或是中晚。西鄙人、太上隱者、山中客三絶句，或出假託已有，列之盛唐者，為其氣體近也。「打起黄鶯兒」，按《紀事》，本金昌緒作，與《水調》第一疊、《涼州歌》第一疊、《伊州入破》第一疊，詩格甚高，皆盛唐。蓋嘉運所選，非嘉運筆也。《太和曲》「庭前鵲繞」，《才調詩》「無定無邊」，《蘆中集》「初過漢江」，姓名世次無考，語自可傳。（同前書卷七）

五 中晚七言絶句，有《楊柳技》、《竹枝》、《漁父》，本詞曲，非詩也。以為詞則佳，以為詩則醜。高、李不知，誤選入集。温飛卿《春曉曲》「油壁車輕金積（當作犢）肥，流蘇帳曉春雞早」，改一二字，即入詩餘，亦為其體近也。（同前書卷八）

鍾惺詞話

鍾惺（一五七四—一六二四），字伯敬，號退谷，竟陵（今湖北）人。萬曆庚戌進士。歷官南京禮部郎中，福建提學僉事。僦秦淮水閣讀史，有所見，即筆之，名曰《史懷》。取歷代詩與同邑譚元春商訂，成《詩歸》。著《隱秀軒集》。此據齊魯書社出版《全明詩話》本《詞府靈蛇二集》，以及《四庫禁毀書叢刊補編》影印明刊本《如面談》和《如面談二集》録詞話九則。

一

孫少述《栽竹》詩：「更起粉牆高百尺，莫令牆外俗人看。」晏臨淄曰：「何用粉牆高百尺，任教牆外俗人看。」處士之節，宰相之量，亦各言其志也。王仲宣（當作至，下同）有詩，秦少游和之曰「簾幕千家錦繡垂」，仲宣讀之，笑曰：「此語又待入《小石調》也。」（《詞府靈蛇二集》「骨集·因言竅品」）

二 賀友娶妾：足下金縷製衣，玉纖按曲。是誠紫鸞舞鏡之祥，而非彩鳳隨鴉之比也。杜大中有愛妾能詞，一日題《臨江仙》，有「彩鳳隨鴉」之句，大中見之，怒云：「鴉且打鳳。」掌其面，至項折而斃。謹具芹儀，奉克賀意。仰祈生子似伯仁，豈必獨誇李絡秀。得姬如樊素，何須更羨白樂天？白樂天有二妾，能歌舞，詩云：「櫻桃樊素口，楊柳小蠻腰。」鑒納為榮，嗣容躬慶。答：某自憐無後，買妾姑為嗣謀，非為金釵十二行，而起「綠衣黃裳」之誚乎？辱賜厚儀，登拜感謝。綠，間色，喻妾，宜為下裳；黃，正色，喻嫡，宜為上服。「綠衣黃裳」，則上下顛倒矣。（《如面談》卷二「慶賀門」）

三 中秋餽答：秋分天上，喜素景之氣方中；月滿人間，想廣寒之遊如在。《逸史》：八月望日，唐明皇與申天師遊月宮，寒氣逼人，霜露霑衣。過一大門，在玉光中，見一大府，榜曰廣寒清虛之府。少間，見素娥十餘人，皓衣，乘白鸞，笑舞於廣庭大桂樹下，音樂清麗，明皇默識之，歸，製《霓裳羽衣曲》。方恨負南樓之月即上庾亮事，乃蒙分北海之樽。孔融為北海相，嘗宴賓客，故謂之北海樽。寵貺過多，慚愧益甚。（同前書卷三「餽遺門上」）

四 送瑞香：紅錦薰籠，香雲入夢。蘇東坡瑞香詞：「更有微月轉光輝，歸去香雲入夢中。」可使媲美廬山矣，唐詩：「異根近得廬山頂，孤芳元自洞庭心。」馳獻願留。答：玉骨丹唇，花香呈瑞。假我愈（當作餘）輝，感謝何極，容□□以報德馨。（同前）

五 送櫻桃：東風紅紫，爛熟櫻桃。詩：「九十春光老，櫻桃爛熟時。」萬顆匀圓，杜詩：「西蜀櫻桃也自紅，野人相贈滿筠籠。數回細寫愁仍破，萬顆勻圓訝許同。憶昨賜沾門下省，退朝擎出大明宫。金盤玉筯無消息，此日嘗新任轉蓬。」纍纍可愛，何足下不過小園一啖耶？僕恐濡遲不至，便為金馬仙客竊去矣。漢東方朔待詔金馬門，西王母曰：「此兒已三偷桃矣。」僕因不能，大陳宴席，奏樂至暝，附歸兩籠。唐高宗與侍臣於樹下摘櫻桃，恣其食，末後大陳宴席，奏宫樂至暮，人賜朱櫻兩籠。謹摘一盤奉上。古賦云：「占芳誠百花之首，充薦乃衆果之先。驪珠透徹珊瑚色，桐子勻圓琥珀光。」然否？已上四句，乃《櫻桃賦》中二聯也。

答：承貺荆桃，弟愧非新榜進士，曷敢當此？《摭言》：唐朝進士新榜者，尤重櫻桃之宴。拜而受之，香浮乳酪矣。晏詞：「香浮乳酪玻瓈盌，年年醉裏嘗新慣。何物此春風，歌喉一點紅」云云。（同前）

六 借詩餘：聞詩餘盛傳，詩餘，宋名公辭也。敢假一閱，以為山中舞蹈之助。弟亦能按腔擊節也。呵呵。按腔擊節，詩餘語。祖唐辭腔拍。（同前書卷六「借貸門」）

七 借《玉簪記》：《玉簪》傳奇，樂府中雅調也。樂府，古未有之，惟漢武始立樂府，是樂府始於漢也。足下有之矣，敢借一目，知禪房中洞房快人意甚。亦稍記一二調，倘會飲，將歌以侑觴耳。（同前）

八 求花：吾丈名園中左列十友，宋曾端伯以十花為十友，各為之辭。荼蘼，韻友；茉莉，雅友；瑞香，殊友；荷花，浮友；巖桂，仙友；海棠，名友；菊花，佳友；芍藥，艷友；梅花，情（當作清）友；梔子，禪友。右集十二客，宋（脱「張」字）敏叔以十二花為十二客，各詩一章。牡丹，賞客；梅，清客；菊，壽客；瑞香，佳客；丁香，素客；蘭，幽客；蓮，静客；荼蘼，雅客；桂，仙客；薔薇，野客；茉莉，遠客；芍藥，近客。繁華燦爛，萬卉争妍，奚讓金谷園哉？金谷園，石崇所建。弟念一日賞之，不如日日玩之；一己樂之，不如與衆樂之。倘不吝以餘芬披我，則籬棘之中，敢乞一本莳種也之，勝於邀我坐花也。李白《宴桃李園序》：開瓊筵以坐花，飛羽觴而醉月。答：花事將闌，紛紛點翠。僅搜餘春數本，移植名園，不識花下飛觴，能憶所自來不？（《如面談二集》卷六「干求門」）

九 求柳：客日從隋堤隋煬帝遊幸江都，沿堤悉栽柳樹，故曰隋堤柳。過，聽翠陰中黄鸝聲百囀，方悟陶先生當日有意。陶元亮門栽五柳，號五柳先生。及覩君家，列徑起眠。漢晼中有柳狀如人，號曰為人柳，一日三起三眠。《温叟詩話》云：不比禁中人柳，一日三起三眠。含煙作雪，詞云：「柳裊煙斜。」詩云：「惟解漫天作雪飛。」豈獨娱樂自私？走用索幾枝，分種門前，如對君家少年風流也。晉武帝曰：此柳風流可愛，如張緒少年時。若曰九烈君彈汁，唐柳（當作李）固未第時，行古柳樹下，聞有彈指聲，因問之，答曰：「吾柳神九烈君也，用柳汁染子衣矣，科第奚疑？」未幾果及第。了非所觖。言非所望也。（同前）

張燧詞話

張燧，字和仲，湖南人。行蹟不詳。撰《千百年眼》十二卷，自序（萬曆甲寅）謂獨於文字之好似有宿緣，於帖括之暇，屬意經史百家，旁及稗官小説，家乘野語，遠自上古，下迄明代，見有可喜可悦、可驚可怪之語，輒手録之，積久成帙，名曰《千百年眼》。此據《四庫禁燬書叢刊》影印明萬曆間刻本録詞話四則。

一　詩詞訛字：古書無訛字，轉刻轉訛，莫可攷證。略舉數條，如王渙《李夫人歌》「修嫮穠華銷歇盡」，「修嫮」訛作「德所」。武元衡詩「劉琨坐嘯風清塞」，訛作「生苑」，琨在邊城，則「清塞」字為是，焉得有「苑」乎？杜牧詩「長空澹澹没孤鴻」，今妄改作「孤鳥没」，平仄亦拗矣。又牧之《江南春》云「十里鶯啼緑暎紅」，今本誤作「千里」。又《寄揚州韓綽判官》云「秋盡江南草未凋」，俗本作「草不凋」，秋盡而草木凋，自是常事，不必説也，况江南地暖，草木不凋乎？如陸龜蒙《宫人斜》詩云「草着愁烟似不春」，只一句，便見墳墓凄凉之意，俗本作「草樹如烟似不春」。杜詩「把君詩過日」，俗本作「把君詩過目」，「愁對寒雲白滿山」，俗本作「雪滿山」，「關山同一點」，俗本作「同一照」，「七月六日苦炎蒸」，俗本「蒸」作「熱」，「邀歡上夜關」，俗本作「十夜間」，「曾閃朱旂北斗殷」，俗本改「殷」作「間」，成何文理？「不知貧病關何事」，俗本作「祇緣貧病人須棄」，「禿節漢臣歸」，俗本作「握節」，不知《漢書・張衡傳》云：「蘇武以禿節效貞。」杜公政用此語也。「新炊閒黄粱」，俗本「閒」作「間」，則字義亦不通矣。劉巨濟《投許渾》詩「湘潭雲盡暮烟出」，今俗本「烟」作「山」，蓋湘水多烟，唐詩「中流欲暮見湘烟」是也，「烟」字大勝「山」字。李義山詩：「瑶池宴罷留王母，金屋妝成貯阿嬌。」俗本作「玉桃偷得憐方朔」，直似小兒語耳。古詩：「君亮執高節，賤妾亦何為？」《文選苑》云《古意》詩注引之，作「擬何為」，「擬」字勝「亦」字。王右丞詩「鑾輿迴出千門柳」，用建章宫千門萬户事也。「歸鴻欲度千門雪」、「却望千門草色間」，皆本此，俗本「千門」作「仙門」，謬甚。蘇味道《元夕》詩：「金吾不禁夜，玉漏莫相催。」古本是「不惜夜」。梁鍠《觀卧美人》詩：「落釵猶罥鬢，微汗欲沾裳。」古本是「欲消黄」，言漢宫黄額妝也，甚妙。又《南史》王稀詩：「日驀當歸去，魚鳥見流連。」俗本改「驀」作「暮」，淺矣，蜀牛嶠詞「日驀天空波浪急」，正用稀語也。韋蘇州詩「獨憐幽草澗邊生」，古本「生」作「行」，「行」字勝「生」字十倍。東坡「玉如纖手嗅梅花」，俗改「玉如」作「玉奴」。《儋耳山》詩云：「突兀隘空虚，他山總不如。君看道傍石，盡是補天餘。」叔黨云：「石當作者，傳寫之誤。」一字不工，遂使全篇俱病。小詞如周美成「愔愔坊曲人家」，坊曲，妓女所居，俗本改「曲」作「陌」。張仲宗詞「東風如許惡」，俗改「如許」作「妬花」，平仄亦失粘。孫夫人詞「日邊消息空沉沉」，俗改「日」作「耳」。凡此皆係改本，謬僞百出，書之所以貴舊本也。（《千百年眼》卷八）

二 赤壁考：坡公赤壁之遊，千古樂事，二賦亦千古絶調也。袁石公云：「前賦爲禪法道理所障，如老學究着深衣，通體是板。後賦直平叙去，有無量光景，只是人家小集，偶爾飣餖，歡笑自發，比特地排當者，其樂十倍。至末一段，即子瞻亦不知其所以妙，語言道絶，默契而已。」數語洵定評也。靖康初，韓子蒼知黄州，頗訪東坡遺跡。嘗登赤壁，所謂棲鶻之危巢者，不復存矣，惆悵作詩而歸。然黄之赤壁，土人云：「本赤鼻磯也。」故東坡長短句有「故壘西邊，人道是三國周郎赤壁」，則亦是傳疑而云也。今岳陽之下、嘉魚之上有烏林赤壁，蓋公瑾自武昌列艦，風帆便順，泝流而上，遇戰於赤壁之間也。杜牧有《寄岳州李使君詩》云：「烏林芳草遠，赤壁健帆開。」此則真敗魏軍之地也。赤壁賦：「盈虚者如代。」「代」字多誤作「彼」字，而「吾與子之所共食」，「食」字多誤作「樂」字，嘗見東坡手寫本，皆作「代」字，食如食邑之食，猶言享也。「洗盞更酌」，「更」字作平聲讀，亦見東坡手蹟。（同前書卷九）

三 中華名士恥爲元虜用：勝國初欲盡殲華人，得耶律楚材諫而止。又欲除張、王、趙、劉、李五大姓，楚材又諫止之。然每每尊其種類，而抑華人，故修潔士多恥之，流落無聊，類以其才洩之歌曲，妙絶古今，如所傳《天機餘錦》、《陽春白雪》等集，及《琵琶》、《西廂》等記。小傳如《范張雞黍》、《王粲登樓》、《倩女離魂》、《趙禮讓肥》、《馬丹陽度任風子》、《三氣張飛》等曲，俱稱絶唱。有決意不仕者，斷其右指，雜屠沽中，人不能識。又有高飛遠舉，托之緇流者。國初，稍稍顯見，金碧峰、復見心諸人俱以瓌奇，深自藏匿。姚廣孝幼亦避亂，隱齊河一招提，為行童。古稱胡虜無百年之運，天厭之矣。（同前書卷十一）

四　翰林不肯撰元宵致詞：宋時御前内宴，翰苑撰致語，八節撰帖子，雖歐、蘇、曾、王、司馬、苑（當作范）鎮皆為之，蓋張而不弛，文武不能，百日之蜡，一日之澤，聖人所制也。成化中，黄編修仲昭、莊檢討昶不撰元宵詞，又上疏，論列以去，以此得名。然自是而後内外隔絶，每有文字，别開倖門，有文華門仁智殿輩，每得美官，甚至蠹政害人，曷若仍舊之為愈乎？愚謂於麗語中寓規諫意，如南唐李後主遊燕，潘佑制詞云：「樓上春寒山四面，桃李不須誇爛漫，已失了春風一半。」意謂外多敵國，而地日侵削也，後主為之罷宴。填詞如此，何異諫書？工執藝事以諫，况翰苑本以文詞諷諫，諸公毋乃未習聲律而託為此耶？（同前書卷十二）

黄克纘詞話

黄克纘，字紹夫，晉江（今福建）人。萬曆庚辰進士，壽州知州，累官刑部尚書。熹宗即位，拜工部尚書，掛冠歸，尋起南冢宰，致仕，卒。所著有《古今疏治黄河全書》、《數馬集》。此據《四庫禁燬書叢刊》影印清刻本《數馬集》録詞話一則。

一

《復馬長平督學》：入蜀時，於豫章一奉顔色。别來時事變遷，人情反覆，竟使臺下抱不白之寃，不佞雖向人前嘵嘵代白，信者十九，然已無如之何矣。尹春褭在齊時，曾懇之，以邊材相推轂，渠亦惓惓留意，第車機未投，即以制歸矣。良心未死，三寸猶存，敢忘臺下高誼者，非人也。弟兢兢守官，積勞至蕃長，涯分已逾，不敢有他望。第觀時政日乖，豺狼滿地，欲舒發憤悶，一効報國之誠，而權不在己，計無可施，垂首喪氣，與時浮沉，念之，不如掛冠歸去，與田夫野老徜徉山澤間，猶得遠禍機也。讀《村遊》諸作，冲然古雅，大似陶公。且處困鬱之中，絶無幾微，見於詩詞，其所養大非。不佞弟所及匪訣，匪訣楚蜀，小草奉上請政。聞臺下喪子，念之使人愴神，幸割情自慰。（《數馬集》卷三十三）

戴澳詞話

戴澳，字有斐，奉化（今浙江）人。萬曆丙午舉人，癸丑進士，官至應天府丞。有《杜曲集》十一卷，此據《四庫禁燬書叢刊》影印明崇禎間刻本録詞話一則。

一

《孫子真樂府叙丁巳年》：李龍眠善畫馬，秀闍黎謂其必墮馬腹中，遂更畫大士像。黄魯直喜作艷詞，秀師謂其結情業，受報有同畫馬。余謂魯直善書，便當法龍眠畫大士意，為書《金剛經》百部以消之。然而魯直弗之信也，説者謂魯直南遷，卒死瘴海，倘亦綺語業致然耶？余曰：是不然，魯直第作綺語，闞人何事，而必欲擠之死地耶？魯直之受禍，以與正不阿，致邪黨側目耳。則魯直雖作綺語，綺語不没魯直也。其死南荒，正以明其不墮馬腹耳。海陽孫子真工書善畫，又雅以詩名時。

抽其餘巧，以為艷曲，清真宛至，不減勝國大家。然而調笑媟褻之語，似亦不可令秀閣黎見，則子真當遂墮馬腹中耶？嘗見渠喜貌諸名公韻人，積之成帙，且將付剞劂氏，以傳海內，是不可敵龍眠大士相乎？則固有以銷之矣。又況愛根即是佛根，至如歸文娟於垂死，而曰原為其死、不為其生，便是菩薩心，行以婬慾，超三界者也，根器自堅，遊戲皆道，秀閣黎苦不能除分別想，故多作馬腹觀耳。

（《杜曲集》卷七）

文震孟詞話

文震孟（一五七四—一六三六），字文起，號湛持，吴縣（今江蘇蘇州）人。徵明曾孫，弱冠舉於鄉，以學行負盛名。十赴會試，至天啟壬戌始舉進士第一，授修撰。時魏忠賢竊柄，秩調外，旋斥為民。崇禎初召為侍讀，歷少詹事，拜禮部左侍郎，兼東閣大學士。卒贈禮部尚書，謚文肅。著《葯圃詩稿》、《姑蘇名賢小記》。此據《續修四庫全書》影印明崇禎刻本《秋佳軒詩餘》録序文一則。

一

《秋佳軒詩餘叙》：甲戌南宫之役，予之知月槎，以其文也。撤圍後，月槎以詩示予，予所心賞，不獨叹其文也。既而以詞示予，予所心賞，又不獨叹其詩也。月槎，真異人也哉！蓋秣陵山水比之吾郡尤佳，牛首、燕磯無論。凡一寓目，風壤清和，景物明秀，堪以位置筆端者，應接不暇。月槎孕靈抒藻，繪性披情，發而為辭，先後罕儷。當夫山川風月相狎相資，他人所為，擢髓嘔腸，攢眉擁被，窮歲月而成者，月槎得之。俄頃間長調如溟渤匯衆流，運行汩汩；小令如纖阿逗曲沼，獨照英英。月槎自成，月槎何又方之古人？即方之，亦何多讓？一語之豔，令人魂絶；一字之工，令人色飛。子野之「雲破月來」，子京之「杏枝春鬧」，不是過也。成竹在胸，揮毫直遂，高談雄辯，旁若無人。東坡之「大江東去」、幼安之「疊嶂西馳」，不是過也。情深欲語，我見猶憐。勻染無心，須臾百媚。美成之「楊柳梢頭」，耆卿之「曉風殘月」，不是過也。花外放歌，偏饒興會；尊前圖景，巧奪丹青。文子之「梁間燕，話春愁」、勝欲之「秋太淡，添紅棗」，不是過也。月槎真異人也哉！我明以詞名家者，劉誠意穠纖有致，去宋尚隔一塵。楊用脩好入六朝麗事，似近而遠。夏文愍最號雄爽，比辛詞覺少精思。予於月槎無間然矣。昔万俟雅言精於音律，自號詞隱，山谷稱之為一代詞人，黄玉林云：「雅言發妙音於律吕之中，運巧思於斧鑿之外，蓋詞之聖也。」然則月槎，其一代詞人乎？抑詞之聖乎？吾無以名之。展玩兹編，留連歎賞，然豈終無以名之，亦曰絶妙好辭而已。崇禎乙亥秋日，吴郡友人文震孟題於燕臺邸中。

郭良翰輯詞話

郭良翰，字道憲，莆田(今福建)人。萬曆中以蔭官太僕寺寺丞。好著書，多所論述，編著有《周禮古本訂注》、《明謚紀彙編》、《歷代象賢録》、《歷代忠義彙編》、《齊治要規》、《問奇類林》、《問奇類林續》、《問奇一臠》、《南華經薈解》等。此據《四庫未收書輯刊》影印明萬曆三十七年黄吉士刻本《問奇類林》及《續問奇類林》録詞話五則。

一

王安國，字平甫。常非其兄安石所為。為西京國子監教授，溺於聲色。介甫在相位，以書戒之曰：「宜放鄭聲。」安國復書曰：「安國亦願兄遠佞人也。」一本：介甫與吕惠卿論新法，平甫吹笛於内，兄諭之曰：「請學士放鄭聲。」平甫即應曰：「幸相公遠佞人。」一事而論互異。介甫初參大政，一日，因悶晏元獻小詞，曰：「為宰相，何詎作此？」平甫曰：「彼亦偶然自喜而為爾，顧其事業，亦不止此。」時呂惠卿為館職，亦在坐，遽曰：「為政必先放鄭聲，況自為之乎？」平甫正色曰：「放鄭聲，不若遠佞人。」呂大慚，介甫之弟三遠佞人之對，自是大快。（《問奇類林》卷八「方正」）

二　李太白一斗百篇，援筆立成。杜子美改罷長吟，一字不苟。二公蓋亦互相譏嘲，太白贈子美云：「借問因何太瘦生，只為從前作詩苦。」「苦」之一字，譏其困瑚鐫也。子美寄太白云：「何時一樽酒，重與細論文。」「細」之一字，譏其欠縝密也。昌黎誌孟東野云：「劌目鉥心，刃迎縷解。鈎章棘句，掐擢胃腎。」言其得之艱難。贈崔立之云：「朝為百賦猶鬱怒，暮作千詩轉遒緊。搖毫擲簡自不供，頃刻青紅浮海蜃。」言其得之容易。余謂文章要在理意深長，辭語明粹，足以傳世覺後，豈但誇多鬪速一時哉？山谷云：「閉門覓句陳無己，對客揮毫秦少游。」世傳無己每有詩興，擁被卧牀，呻吟累日，迺能成章。少游則杯觴流行，篇詠錯出，略不經意。然少游特流連光景之詞，而無己意高詞古，直欲追蹤《騷》《雅》，正自不可同年語也。（同前書卷十六「文學上」）

三　楊用脩所載太白有《清平樂》二闋，識者以為非太白作，謂其卑淺也。按太白《清平樂》本三絶句而已，不應復有詞，第所謂：「女伴莫話高眼（當作眠），六宮羅綺三千。一笑皆生百媚，宸游教在誰邊。」亦有情語，余每誦之。及樂天絶句云：「雨露由來一點恩，争能遍却及千門。三千宮女如花面，幾個春來無淚痕。」輒低回嘆息，古之怨女棄才何限也。（同前）

四　蘇軾以別駕安置儋州，初至，僦官舍以居。有司謂不可，遂買地築室，儋人運石畚土助之。日與幼子過讀書自娱，時負大瓢，行歌田畝間。有饁媪年已七十，謂曰：「内翰昔日榮貴，一場春夢耶？」軾大然之，因呼為春夢婆。王鞏字定國，坐蘇軾黨，貶賓州，軾臨北歸，别，鞏出侍兒柔奴進酒，軾問柔奴：「嶺南應是不好？」柔奴曰：「此心安處，便是吾鄉。」軾因作《定風波》一詞以贈。饁婦、柔奴，蓋真達者，不謂出自草野女流，而春夢婆一呼，《定風波》一詞，遂為千古快談。（同前書卷二十四「達觀」）

五　《冰川詩式》詩之名：曰詩者，五言章句整齊，聲音平淡。七言章句參差，聲音雄渾。曰歌者，情揚辭達，音聲高暢。曰吟者，情抑辭鬱，音聲沉細。曰行者，情順辭直，音聲瀏亮。曰曲者，情密辭婉，音聲諧縟。曰謡者，情譎辭寓，音聲質俚。曰風者，情切辭遠，音聲古淡。曰唱者，與歌行、曲通。曰樂歌者，情和辭直，音聲舒緩。曰歎者，情戚辭老，音長聲絶。曰解者，與歌、曲、嘆、樂通。曰引者，情長辭蓄，音聲平永。曰弄者，情活辭麗，音聲圓壯。曰清者，情逸辭激，音聲清壯。曰辭者，情長辭雅，音聲平亮。曰舞者，情通辭麗，音聲應節。曰怨者，情沉辭鬱，音聲凄斷。曰謳者，情揚辭直，音聲高放。曰騷者，情深痛加，而極其憤。曰賦者，辭語富麗，事意詳盡。曰操者，情堅辭確，阨窮不失。曰鹽者，與行、吟、曲、引相類。曰篇者，情明事徧，不遺餘意。以至曰别，曰調，曰思，曰哀，曰啼，曰詠，曰文，曰章，曰誄，曰箴、銘、贊、頌、無題，則各有意義。辭情音聲亦異，不能縷陳，而總謂之詩、賦、頌、箴、銘、文、誄、贊，亦可以為文，其餘皆詩。（同前續卷十四「文學」）

周應治輯詞話

周應治，字君衡，鄞縣（今浙江）人。萬曆庚辰進士，官備兵副使，楊德周序稱爲觀察，具體不詳。編著有《石倉副墨》、《玉几山房稿》、《廣廣文選》、《霞外塵談》等。《霞外塵談》十卷，輯隱逸高尚之事，分霞想、鴻冥、恬尚、曠覽、幽賞、清鑒、達生、博雅、寓因、感適十類，大抵以《世説新語》爲藍本，而稍以諸書附益之，多輾轉稗販，襍湊以盈卷帙。此據《四庫全書存目叢書》影印明崇禎間刻本録詞話三則。

一　袁綯從東坡遊金山，適中秋，天宇四垂，一碧無際，加江流澒湧，月色如畫。遂共登金山妙高臺，命綯歌其《水調歌頭》曰：「明月幾時有，把酒問青天。」歌罷，公自起舞。（《霞外塵談》卷四「曠覽」）

二　張旭醉後唱《竹枝曲》，反復必至九回乃止。（同前書卷七「達生」）

三　蘇子瞻在昌化，嘗負大瓢行歌田野間，所歌者皆《哨遍》也。饁婦年七十，云：「内翰昔日富貴，一場春夢矣。」里人因呼此媪為春夢婆。（同前書卷十「感適」）

童養中輯詞話

童養中，號備我。自稱洪都逸士，知是江西南昌人。行蹟不詳，編《詞林武庫》，此據東洋文庫藏明萬曆閩建書林江雲明刻《鼎鍥四民便用翰海瓊濤詞林武庫》録詞話四則。

一　中秋請客：天上月圓，人間秋半。對此秋光，安得蘄盃酒召姮娥飲也？敬滌樽罍，滌，洗也。罍，酒器。登樓翫賞，酣歌達曙，曉也。請足下偕之，足下能摳衣聽《霓裳舞》不？唐明皇製《霓裳羽衣曲》，命宫人歌之。[答]遥瞻皓魄，逸興遄飛。嗟無酒杯，幾負姮娥一度秋矣。又辱使召，當共足下邀明月，李白詩：「舉杯邀明月，對影成三人。」而藐雲漢，肯負冰輪十分端正？（《鼎鍥四民便用翰海瓊濤詞林武庫》卷二「請召類」）

二　賞花飲：峽峽，水也。上泉聲，枝頭鳥語，潺潺水流貌哳哳鳥聲，若銀管簫笛之屬與冰絃琹瑟之屬並奏，弟携一壺於花下，邀足下來共聽之，醉則唱《金縷》杜秋娘為李錡歌曰：「勸君莫惜金縷衣，勸君須惜少年時。花開堪折須當折，莫待無花空折枝。」一曲為和，何如。（同前）

三　送橘：木奴經霜，金房瓊液，敬遣數顆，入侍几筵。倘倦談之餘，溅之齒吻，亦清心爽神之助也，愧無三百顆之多。［答］渴想洞庭滋味久矣，洞庭，橘也。忽拜右軍書後之賜，枯腸燥吻，沾溉多矣。然夜窓噀霧，春笋以手言生香，奈無吴姬何。坡詩：「香霧噀人驚半破，清泉流齒愜（或作怯）初嘗，吴姬三日手猶香。」（同前書卷三「餽謝類」）

四　賀人新娶：足下燕尔新婚，吉協鳳占。仙郎月姊，洞房中無限佳趣矣。某忝眷末，恨不堂上拜舞，唱《賀新郎》一詞，徒偃卧茅簷下，以詫牽牛織女耳。顓人走幣，聊表賀私。麟英天錫，犀錢下頒，尤僕之至祝也。［答］自愧不穀，為養而娶，幸獲於歸，莫非吾丈鴻庥所庇？未遑迎謝，反辱多儀。使君愛我何厚哉！對使拜嘉，感刻五内，生子之祝，冀它日可以副君之願也。敬此申復。（同前書卷四「冠笄類・冠笄賀請帖・賀嫁娶柬」）

曹學佺著輯詞話

曹學佺（一五七四—一六四六），字能始，侯官（今福建）人。萬曆乙未進士，天啓二年官廣西參議，劉廷元以附魏忠賢得志，劾學佺私撰野史，遂削籍。崇禎初起副使，辭不就，明亡入山投環。清乾隆賜謚忠節。生平詩文甚雄富，總名《石倉集》。又編有《周易通論》、《詩經質疑》、《春秋闡義》、《五經可説》、《一統名勝志》、《蜀中廣記》、《廣西名勝志》、《蜀中詩話》等。《蜀中廣記》一百八卷，學佺嘗官四川右參政，遷按察使，是書蓋成於其時。目凡十二，曰名勝、邊防、通釋、人物、方物、仙、釋、游宦、風俗、著作、詩話、畫苑，蒐採宏富。此據影印文淵閣《四庫全書》本《蜀中廣記》和《四庫禁毀書叢刊補編》影印明末刻本《石倉集》録詞話九十五則。又據《續修四庫全書》影印明萬曆汪氏環翠堂刻《坐隱先生精訂陳大聲樂府全集七種》本《坐隱先生精訂草堂餘意》録序文一則。

一　西門之勝：張儀樓，石筍街，笮橋，琴臺，浣花溪，青羊宫，净衆寺，少陵草堂，其最著者。……《方輿勝覽》云：浣花溪在城西五里，一名百花潭。按吴中復《冀國夫人任氏碑記》云：夫人微時，以四月十九日見一僧墜污渠，為濯其衣，頃刻百花滿潭，因名曰百花潭。按《蜀志補遺》：浣花溪有石刻浣花夫人像，三月三日為夫人生辰，傾城出遊。《成都記》云：夫人姓任氏，崔寧之妾。按《通鑑》：成都節度使崔旰入朝，楊子琳乘虚突入成都，旰妾任氏出家財募兵，得數千人，自帥以擊之，子琳敗走，朝廷加旰尚書，賜名寧，任氏封夫人也。《蜀檮杌》：乾德五年四月十九日，王衍出遊浣花溪，龍舟綵舫，十里綿亘，自百花潭至于萬里橋，遊人士女珠翠夾岸，日方午，暴風起，須臾雷雹晦冥，有白魚自江心躍起，騰空而去，或云變為蛟。牛嶠、李珣有浣花詞，云：「昨日西溪遊賞，芳樹奇花千樣，鎖春光。金罇滿，聽弦管，嬌妓舞衫香暖。不覺到斜暉，馬馱歸。」又云：「訪舊傷離欲斷魂，無因重見玉樓人，六街微雨鏤香塵。　早為不逢巫峽夢，那堪虚度錦江春，遇花傾酒莫辭頻。」前調《西溪子》，而後《浣溪沙》也。（節録自《蜀中廣記》卷二「名勝記第二・川西道・成都府二」）

二　張詠《創設記》云：按《圖經》：秦惠王遣張儀、陳軫伐蜀，滅開明氏，卜築蜀郡城，方廣十里，從周制也。分築南北二少城以處商賈，少城之跡今并湮没。隋文封子秀為蜀王，因附張儀舊城增築南西二隅，通廣十里，今之官署，即蜀王秀所築之城東北也。《方輿勝覽》云：隋蜀王秀取土築廣子城，因為池，有胡僧見之，曰摩訶宫毗羅，蓋梵語呼摩訶為大宫，毗羅為龍，謂此池廣大有龍耳。又云：摩訶池一名汙池，陳人蕭摩訶所開也。《蜀檮杌》：王建武成元年，改摩訶池為龍躍池。《王氏開國記》云：建將薨前兩月，摩訶池有鵁鶄來集。衍即位，仍改龍躍池為宣華池。《渭南集》云：摩訶池入王蜀宮中，舊時泛舟入此池，曲折十餘里。至宋世，蜀宮後門已為平陸，然猶呼為水門也。按今此池填為蜀藩正殿，西南尚有一曲，水光漣漪，隔岸林木蓊翳，遊者寄古思焉。唐杜甫《晚秋陪嚴鄭公摩訶池泛舟得溪字》詩云：「湍駛風醒酒，船迴霧起隄。高城秋自落，雜樹晚相迷。坐觸鴛鴦起，巢傾翡翠低。莫教驚白鷺，為伴宿青溪。」暢甫《偶宴摩訶池》詩云：「珍木鬱清池，風荷左右披。淺觴寧及醉，慢舸不知移。蔭篳林光冷，照流簪影欹。胡為獨羈者，雪涕向漣漪。」薛濤《摩訶池懷蕭中丞》詩：「昔以多能佐碧油，今朝同泛舊仙舟。凄凉逝水頹波遠，惟有碑前咽不流。」高駢《殘春遣興》云：「畫舸輕橈柳色新，摩訶池上醉青春。不辭不為青春醉，只恐鶯花也怪人。」孟昶避暑摩訶池《玉樓春》詞：「冰肌玉骨清無汗，水殿風來暗香滿。簾開明月獨窺人，欹枕釵横雲鬢亂。起來瓊户啟無聲，時見疎星渡河漢。屈指西風幾時來，只恐流年暗中换。」宋祁《過摩訶池》詩：「十頃隋家舊鑿池，池平樹盡但迴隄。清塵滿道君知否，半是當年濁水泥。」又：「池邊不見帛闌船，麥隴連雲樹繞天。百歲興衰已如此，争教東海不為田。」陸游《摩訶池》詩：「摩訶古池苑，一過一消魂。春水生新漲，煙蕪没舊痕。年光走車轂，人事轉萍根。猶有宫梁燕，銜泥入水門。」（同前書卷四「名勝記第四·川西道·成都府四」）

三 福宫有唐睿宗女玉真公主像，宫有天峰閣，望三十六峰如列屏。沈少南詩：「割盡齊封奉魯元，更開泌水占名園。何如帝子空山外，落日騎驢芳草原。」胡叔豹詩：「棄形如遺但養神，阿兄爛醉梨園春。人百撼之耳不聞，何物女子乃獨醒。徑來空山卧白雲，不見漁陽胡馬塵。」文同《天倉山威儀觀》詩：「羣峰削瓊瑶，老蘚抹古緑。應朝大岷去，簪笏儼相逐。珠宫秘仙仗，錦笈藏寶籙。上帝此為倉，其田堪種玉。」《蜀檮杌》：咸康元年九月，王衍與其母太后太妃同禱青城，宫人畢從，皆衣雲霞之衣，衍自製《甘州》詞，令宫人歌之。住山中旬，曰設醮祈福，太后太妃又謁王先主鑄像已，幸丈人、玄都二觀及金華宫，夫人李舜絃隨駕詩曰：「因隨八馬上仙山，頓隔埃塵物象間。只恐西追王母宴，却憂難得到人間。」《志》云：金華在丹景，玉華在青城，陸游青城山夜登玉華樓《木蘭花慢》詞云：「閲邯鄲夢境，歎緑鬓、早霜侵。奈華岳燒丹，青谿看鶴，尚負初心。年來向濁世裏，悟真詮秘訣絶幽深。養就金芝九畹，種成琪樹千林。　星壇夜學步虚吟，露冷透瑶簪。對翠鳳披雲，青鸞遡月，宫闕蕭森。琅函一封奏罷，自鈞天帝所有知音。却過蓬壺笑傲，世間歲月駸駸。」（同前書卷六「名勝記第六・川西道・成都府六・灌縣」）

四　蜀地不宜松，而榮州之松獨著。《紀勝》曰：榮黎松樹如龍盤。陸游詩：「枏根横走松倒植。」故擅有其奇狀矣。曰榮黎，曰榮隱，曰榮德，所謂三榮也。《寰宇記》云：榮黎山在州東十五里，山上有龍池，池邊有松如盤龍，竹亦有如龍形者，俗謂之羅漢杖。《碑目》云：榮黎山古寺碑、唐元和禱雨碑俱在本山。《紀勝》云：榮隱山在州西三十里，一名石[illegible]。無名氏石刻云：筍山高極入穹蒼，人道虎為殃，行人過此不曾傷。咸陽宫闕在平地，高鹿食人無數計。吁嗟！苛政猛於虎，斯言垂萬古。古有榮隱先生修道於此，石室猶存，《碑目》有《榮隱山修道觀石碑》。《方輿》云：榮德山在州東北四十二里，州以此得名。其山在谷中，獨拔五百餘丈，中有希夷觀、老君祠，刻石爲像，有小路至山巔，以木爲梯，半山有唐刺史薛高邱磨崖碑。《碑目》云：開元二十年刺史薛高邱立，多載仙靈事，今已磨滅。本志云：榮德山爲陳搏修真處，又名希夷山，有石室二十四及龍池千葉蓮……陸務觀自序其詞云：「三榮郡治之西，因子城作樓觀，曰高齋。下臨山村，蕭然如世外。予留十日，被命參成都戎幙而去，臨行，徙倚竟日，作《桃源憶故人》一首。」所謂「衰翁老去疎榮利，絶愛山城無事」也。城北有横溪閣，務觀閣，上小宴《沁園春》詞引云：「横溪閣者，跨於雙溪之上也，一自西來，其水濁；一自東來，其水清。二水合流於城下，爲閣以瞰之，其比鳳鳴山，則黄魯直所題榮川祖無大師此君軒在焉。」《紀勝》云：鳳鳴之竹多茂實，言此竹結實，有鳳來棲也。魯直詩云：「王師學琴三十年，響如清夜落澗泉。有酒如澠客滿門，不可一日無此君。當時寺栽數寸碧，聲挾風雨今連雲。此君傾蓋如故舊，骨相奇怪清且秀。程嬰杵臼立孤難，伯夷叔齊采薇瘦。霜鐘堂上弄秋月，微風入絃此君説。君家周彦筆如椽，此君語意當能傳。」（節録自同前書卷十一「名勝記第十一・上川南道・嘉定州・榮縣」）

五　《輿地紀勝》云：自州治泝流十里，有前後潭，瀑布自懸崖千尺而下。本志又云：水簾洞在府北十五里，瀑布瀉出兩峰間，垂數十丈，如珠簾狀。其側有亭，黄山谷扁曰奇觀，何師心《滿江紅》詞：「一水飛空，揭起珠簾全幅，不須人捲，不須人軸。一點不容飛燕入，些兒未許遊魚宿。向山頭、款步聽踈音，清如玉。　三峽水，堪人掬。三汲浪，堪龍浴。更兩邊瀟洒，數竿修竹。晚倩碧烟爲純緣，夜憑新月爲鈎曲。問當年，題品是何人，黄山谷。」又云北百二十里真溪，源出於甸山，舊有姓真者居之，今為真溪驛。又云：北百七十泥溪，有阿泥者居其傍，故名，今之月波驛是。余以壬子暮秋宿此驛書懷作云：「月波來夜宿，月色似波明。遇景一相凑，觀空聊復情。寒蟬吟似懶，水鳥去何輕。借問渝州路，還家近幾程。」蓋亦情見乎詞矣。（同前書卷十五「名勝記第十五下川南道・叙州府・宜賓縣附郭」）

六　《紀勝》云：西南過江五里，有摩圍山，夷獠呼天為圍，以其高摩于天也，道家謂之洞天福地。昔有樵者攀緣入洞，見二老圍碁其中，回復尋之，了不可得。魯直安置黔中，寓開元寺，號摩圍老人。有石泉在山頂，山勢壁立，泉從石竇中流出，寺僧以甕接之，為朝夕清供。《碑目》載摩圍山唐人石刻云：巴黔路途濶遠，亦無館舍，凡至宿泊，多倚溪嵓，就水造飡，鑽木出火。《山谷集》云：「丙子仲秋，黔守席上，客有舉杜少陵中秋詩曰『今夜鄜州月，閨中只獨看。遥憐小兒女，未解憶長安。』因戲作詞云：「舉頭無語，家在月明生處住。擬上摩圍，最上峰頭試望之。偏憐鍾秀，苦炎同甘誰更有。想見牽衣，月到愁邊總未知。」又丙子仲秋奉陪黔陽曹使君伯達翫月，作《减字木蘭花》兼簡施州張使君仲謀云：「中秋多雨，常是犫𦇭狼籍去。今夜雲開，須道姮娥得得來。不知雲外，還有清光同此會。笛在層樓，聲徹摩圍頂上頭。」（同前書卷十九「名勝記第十九上川東道・重慶府三・涪州・彭水縣」）

七　陸游《入蜀記》云：二十四日早，抵巫山縣，在峽中，亦壯縣也。隔江南陵山極高大，有路如綫，盤屈至絶頂，謂之一百八盤，蓋施州正路。黄魯直詩云：「一百八盤攜手上，至今歸夢繞羊腸。」又

《減字木蘭花》調云：「春水茫茫，欲渡南陵更斷腸。」今有南陵渡矣。志云：廢南陵縣與陽臺相對，晉置，劉宋廢，基址存。（同前書卷二十二「名勝記第二十二下川東道・夔州府二・巫山縣」）

八　峽中有十二峰，曰望霞、翠屏、朝雲、松巒、集仙、聚鶴、浄日、上昇、起雲、栖鳳、登龍、聖泉，其下即神女廟。范成大《吴船録》云：下巫山峽三十五里，至神女廟，廟前灘尤洶怒，十二峰俱在北岸，前後映帶，不能足其數。十二峰皆有名，不甚切事，不足録。所謂陽臺高唐觀，人云在來鶴峰上，亦未必是。神女之事，據宋玉賦，本以諷襄王，後世不察，一切以兒女褻之。今廟中石刻引《墉城記》：瑶姬，西王母之女，稱雲華夫人，助禹驅神鬼，斬石疏波，有功，見《紀》，今封妙用真人，廟額曰凝真觀。《入蜀記》云：二十三日，過巫山凝真觀，謁妙用真人祠，真人即世所謂巫山神女也。祠正對巫山，峰巒上入霄漢，山脚直插江中，議者謂太、華、衡、廬皆無此奇。然十二峰者不可悉見，所見八九峰，惟神女峰最稱纖麗奇峭，宜為仙真所託。祝史云：每八月十五夜月明時，有絲竹之音往來峰頂上，峰頂上猿皆鳴，達旦方漸止。廟後山半有石壇平曠，傳云：夏禹見神女，授符書於此壇上，觀十二峰宛如屏障，是日天宇晴霽，四顧無纖翳，惟神女峰上有白雲數片，如鸞鶴翔舞徘徊，久之不散，亦可異也。祠舊有烏數百，送迎客舟，自唐幽州刺吏李貽詩已云：「羣烏幸胙餘矣近，乾道元年忽不至。」今絶無一烏，不知其故。……元趙孟頫十二峰詞：「疊嶂千重碧，長江一帶清。瑶臺霞冷月朧明，欹枕若為情。　雲過船窗曉，星移宿霧晴。古今離恨撥難平，惆悵峽猿聲。」右浄壇峰。「片月生危岫，殘霞拂翠桐。登龍峰下楚王宫，千古感遺蹤。　柳色眉邊緑，花明臉上紅。欲尋靈跡阻江風，離思杳無窮。」右登龍峰。「松鶴堆嵐靄，陽臺枕水湄。風清月泠好花時，惆悵阻佳期。　別夢遊蝴蝶，離歌怨《竹枝》。悠悠往事不勝悲，春恨入雙眉。」右松鶴峰。「雲裏高唐觀，江邊楚客舟。上昇峰月照妝樓，離思兩悠悠。　雲雨千重阻，長江一帶秋。歌聲頻唱引離愁，光景恨如流。」右上昇峰。「絶頂朝雲散，寒江暮雨頻。楚王宫殿已成塵，過客轉傷神。　月是巫娥伴，花為宋玉隣。一聽歌調一含嚬，哀怨竹枝春。」右朝雲峰。「雨過蘋汀遠，雲深水國遥。渡頭齊舉木蘭橈，纖殺楚宫腰。　映水匀紅臉，偎花整翠翹。（脱『行』字）人倚棹正無聊，一望一魂銷。」右集仙峰。「碧水鴛鴦浴，平沙荳蔻紅。望霞峰翠一重重，帆卸落花風。　澹薄雲籠月，霏微雨灑篷。孤舟晚泊浪聲中，無處問音容。」右望霞峰。「芍藥虚投贈，丁香漫結愁。鳳棲鸞去兩悠悠，新恨怯逢秋。　山色驚心碧，江聲入夢流。何時絃管簇歸舟，蘭棹泊沙頭。」右棲鳳峰。「碧水澄青黛，危峰聳翠屏。《竹枝》歌怨月三更，別是斷腸聲。　烟外黄牛峽，雲邊白帝城。扁舟清夜泊蘋汀，倚棹不勝情。」右翠屏峰。「鶴信三山遠，羅裙片水深。高唐春夢杳難尋，惆悵至如今。　十二峰前月，三千里外心。紅牋錦字信沈沈，腸斷舊香衾。」右聚鶴峰。「曉色飄紅豆，平沙枕碧流。泉聲雲影弄新秋，觸處是離愁。　臉淚横波淡，眉攢片月收。佳人無笑凖難休，來整玉搔頭。」右聖泉峰。「裊娜江邊柳，飄飖嶺上雲。卸帆迴棹楚江濆，歸信夜來聞。　欲拂珊瑚枕，先熏翡翠裙。江頭含笑去迎君，鸞鳳晝成羣。」右起雲峰。（節録自同前「名勝記第二十二下川東道・夔州府二・巫山縣」）

九　九月初九日藥市，京鏜有調《洞仙歌》。按《成都古今記》：王生聞樂言吉凶無不中者，嘗遊藥市，聞五門奏樂，不知涕之無從出，告人曰：「嚮淳化甲午年方罹寇難，今兹樂聲，又將有甲午之變。」至明年正月，王均叛。（同前書卷五十五「風俗記第一·川西道屬」）

一〇二日，出東郊早宴移忠寺，舊名碑樓院，晚宴大慈寺，清獻公記云：「宴罷，妓以新詞送茶，自宋公祁始。」蓋臨卭周之純善為歌詞，嘗作茶詞，授妓首度之以奉公，後因之。五日，五門蠶市，蓋蠶叢氏始為之，俗往往呼為蠶叢。太守即門外張宴。（同前）

一一夫《竹枝》者，閭閻之細響，風俗之大端也。四方莫盛於蜀，蜀尤盛於夔。杜子美《白帝》詩云：「破甑蒸山麥，長歌唱《竹枝》。」《萬州圖經》云：正月七日，鄉市士女渡江南，蛾眉磧上作鷄子卜擊，小鼓唱《竹枝歌》。《開州志》云：俗重田神，男女皆唱《竹枝》。《巫山志》云：琵琶峰下女子皆善吹笛，嫁時，羣女子治具吹笛，唱《竹枝詞》送之，則夔俗比比如是矣。老杜《夔州歌八絶句》即所稱「遲回問風俗，涕泗閱興衰」也，詩云：「中巴之東巴東山，江水開闢流其間。白帝高為三峽鎮，夔州險過百牢關。」「白帝夔州各異城，蜀江楚峽混殊名。英雄割據非天意，霸主并吞在物情。」「赤甲白鹽俱刺天，閭閻繚繞接山巔。楓林橘樹丹青合，復道重樓錦繡懸。」「瀼東瀼西一萬家，江北江南春冬花。背飛鶴子遺瓊蘂，相趂凫雛入蔣芽。」「東屯稻畦一百頃，北有澗水通青苗。晴浴狎鷗分處處，雨隨神女下朝朝。」「蜀麻吴鹽自古通，萬斛之舟行若風。長年三老長歌裏，白晝攤錢高浪中。」「閬風玄圃與蓬壺，中有高唐天下無。借問夔州壓何處，峽門江腹擁城隅。」「武侯祠堂不可忘，中有松柏參天長。干戈滿地客愁破，雲日如火炎天凉。」劉禹錫《竹枝詞》九首序云：「四方之歌，異音而同樂，歲正月，余見建平里中兒聯歌《竹枝》，吹短笛擊鼓以赴節。歌者揚袂睢舞，以曲多爲賢。聆其音，中黄鐘之羽，卒章激訐如吴聲，雖傖獰不可分，而含思宛轉，有淇澳之豔。昔屈原居沅湘間，其民迎神詞多鄙陋，乃爲作《九歌》，到於今，荆楚歌舞之。故余亦作《竹枝》九篇，俾善歌者颺之，附於末，俾後之聽巴歈者知變風之自焉。」其詩云：「白帝城頭春草生，白鹽山下蜀江清。南人上來歌一曲，北人陌上動鄉情。」「山桃紅花滿上頭，蜀江春水拍山流。花紅易衰似郎意，水流無限似儂愁。」「江上朱樓新雨晴，瀼西春水縠紋生。橋東橋西好楊柳，人來人去唱歌行。」「日出三竿春霧消，江頭蜀客駐蘭橈。憑寄狂夫書一紙，住在成都萬里橋。」「兩岸山花似雪開，家家春酒滿銀杯。昭君坊中多女伴，永安宫外踏青來。」「城西門前灧澦堆，年年波浪不能摧。懊恨人心不如古，少時東去復西來。」「瞿唐嘈嘈十二灘，人言道路古來難。長恨人心不如水，等閒平地起波瀾。」「巫峽蒼蒼烟雨時，清猿啼在最高枝。箇裏愁人腸自斷，由來不是此聲悲。」「山上層層桃李花，雲間煙火是人家。銀釧金釵看負水，長刀短笠去燒畬。」蘇子由《竹枝詞》云：「舟行千里不至楚，忽聞《竹枝》皆楚語。楚言啁哳安可分，江中明月多風露。」「扁舟日落駐平沙，茅屋竹籬三四家。連春並汲各無語，齊唱《竹枝》如有嗟。」「可憐楚人足悲訴，歲樂年豐爾何苦。釣魚長江江水深，耕田種麥畏狼虎。」「俚人風俗非中原，處子不嫁如等閒。雙鬟垂頂髮已白，負水採薪長苦艱。」「上山採薪多荆棘，負水入溪波浪黑。天寒斫木手如龜，水重還家足無力。」「山深瘴暖霜露乾，夜長無衣猶苦寒。平生有似麋與鹿，一旦白髮已百年。」「江上乘舟何處客，列肆喧嘩占平磧。遠來忽去不記州，罷市歸船不相識。」「去家千里未能歸，忽聽長歌皆慘悽。

空船獨宿無與語，月滿長江歸路迷。」「路迷鄉思渺何極，長怨歌聲苦凄急。不知歌者樂與悲，遠客乍聞皆掩泣。」予以萬曆壬子歲再過夔門，亦作《竹枝詞》九首詠之，聊以見今昔之感而行路之難也。詩云：「相公泉眼小於錢，門外江流在眼前。青鞵素足朝行汲，來往人看似水仙。」「早看東南暮看西，蜀天只怕上頭低。東邊日出純無用，雲暗上頭三尺泥。」「赤甲白鹽高刺天，東屯相接草堂邊。杜陵老叟是何物，口裏吟詩來課田。」「君居北井妾南沱，對面相看隔路多。須趂漁舟過急峽，還隨鳥翼上斜坡。」「丞相行師説有神，陣圖開處畫圖新。新歲踏青來磧上，誰家潔白勝於人。」「刺花黄白鬬妖嬌，香氣聞過七里饒。刺似儂針花似錦，鬢邊様作手中挑。」「吴船越艑富錢財，鋏鎖横江擅不開。販鹽惡少截關去，不識瞿塘灧滪堆。」「今日峰高雲束腰，平平一掌是明朝。朝來出門又如是，儂是好言郎莫焦。」「君莫畏途途不危，世途回首一看時。人心屈曲如胸肥，瘴氣衝人人不知。」（同前書卷五十七「風俗記第三・上下川東道屬一」）

一二 《朝野僉載》：劒南彭蜀間有鳥大如指，五色畢具，有冠似鳳，食桐花，每桐結花即來，花落即去，不知何之，俗謂之桐花鳳。極馴善，止於婦人釵上，客終席不飛，人愛之，無所害也。《寰宇記》云：桐花色白，至春，有小鳥，色蕉紅，翠碧相間，生花中，惟飲其汁，不食他物，花落遂死。人以蜜水飲之，或得三四日，性多跳擲，抵觸便死。土人畫桐花鳳扇，即此也。按桐花鳳扇，唐李衞公有賦矣。《瑯嬛記》云：桐花鳳，小於玄鳥，春暮來，集桐花，一名收香倒掛，又名探花使。性馴，好集美人釵上，出成都，疑即東坡詞所謂「緑毛么鳳」名倒掛耶？唐僧隱巒詩：「五色毛成比鳳雛，深藏花裏只如無。美人買得偏憐惜，移向金釵重幾銖。」劉言史《題蜀客楊生亭》云：「垂絲蜀客涕沾衣，歲盡長沙未得歸。腸斷錦城風日好，可憐桐鳥出花飛。」李之儀《阮郎歸》詞詠倒掛云：「朱唇玉羽下蓬萊，佳時近早梅。探花情味久安排，枝頭開未開。　魂欲斷，恨難裁，香心休見猜。果知何遜是仙才，何妨入夢來。」宋祁贊云：金花之露，俗曰鳳類，緑羽纖爪，藻背翠尾，花落則隱，以是見貴。（同前書卷五十九「方物記第一・鳥」）

一三　虞美人草，亦謂之舞草，獨莖三葉，狀如決明，一葉在莖端，兩葉居莖半而相對，人或近之，抵掌謳曲，必動摇如舞也。《酉陽雜俎》、《益州草木記》以為雅州名山縣，出行人唱《虞美人》曲，則應拍而舞。《蜀志補罅》以為潼川州紫蓋山出，動中音節，移植他所則否。唐人舊曲云：「帳中草草軍情變，月下旌旗亂。攬衣推枕愴離情，遠風吹下楚歌聲，正三更。　烏騅欲上重相顧，艷態花無主。手中蓮鍔凛秋霜，九泉歸去是仙鄉，恨茫茫。」按此屬詠虞美人事，而宋景文獨以「虞」當作「娱」，意其草柔纖，為歌氣所動，故或動摇，美人以為娱樂耳。贊曰：翠莖纖柔，稚葉相當。逼而歌之，或合或張。（同前書卷六十一「方物記第三・草」）

一四　《成都古今記》：荼蘼花香甚，可以為酒。晉山濤為郫令，以此花釀酒竹中，所謂郫筒酒也。《方物略》云：蜀酴醾多白而黄者，時時有之，但香減于白花。贊曰：「人情尚奇，賤白貴黄。厥英略同，實寡于香。」宋臨邛盧申之酴醾詞云：「蕩紅流水無聲，暮煙細草黏天遠。低回倦蝶往來，忙燕芳期頓懶。緑霧迷牆，翠虬騰架，雪明香暖。笑依依欲挽，春風教住，還疑是、相逢晚。　不似梅妝瘦減，占人間、丰神蕭散。攀條弄蕊，天涯猶記，曲闌小院。老去情懷，酒邊風味，有時重見。對枕幃，空想東牀，舊夢帶將離怨。」右調《水龍吟》。（同前書卷六十一「方物記第三・木」）

一五　蜀中茉莉有枝如藤，而花瓣稍大，盧申之詞云：「玉肌翠袖，較似酴醾瘦。幾度熏醒夜窗酒。問炎州、何許清凉，塵不到、冰壺剪就。　晚來庭户悄，暗數流光，細拾芳英黯回首。念日暮江東，偏為魂銷，人易老、幽韻清標似舊。正簟紋如水帳如烟，更奈問，月明露濃時候。」右調《洞仙歌》。（同前）

一六　王晉卿詞：「錦城春色花無數，排比笙歌留客住。輕寒輕暖夾衣天，乍雨乍晴寒食路。花雖不語鶯能語，莫放韶光容易去。海棠開後月明前，縱有千金無買處。」右調《玉樓春》。按晉卿時為漢州刺史。（同前書卷六十二「方物記第四」）

一七　范致能詩云：「手開花逕錦城窠，浩蕩春風載酒過。來歲遊人應解笑，甘棠終少海棠多。」又《詠蜀中垂絲海棠》：「春工葉葉與絲絲，怕日嫌風不自持。曉鏡為誰粧未辦，沁痕猶自濕臙脂。」又海棠詞云：「馬蹄塵撲，春風得意笙簫逐。款門不問誰家竹，秖揀紅妝多處燒銀燭。　碧鷄坊裏花如屋，燕王宮畔花成谷。不須悔唱關山曲，直為海棠也合來西蜀。」（同前）

一八　陸游《詠范希元園海棠》詩云：「誰道名花獨故宮，東城盛麗足争雄。横陳錦障闌干外，盡吸紅雲酒醆中。貪看不辭持夜燭，倚狂直欲擅春風。拾遺舊詠悲零落，瘦損腰圍擬未工。」按故宮謂蜀燕王宮也。又於《驛舍見故屏風畫海棠有感》云：「成都二月海棠開，錦繡裹城迷巷陌。燕宮最盛號花海，霸國雄豪有遺跡。」又張園賞海棠詞，園即故宫也：「浪迹人間，喜聞猿楚峽，學劍秦川。虚舟汎然不繫，萬里江天。朱顔緑鬢，作紅塵、無事神仙。何妨在、鶯花海裏，行歌閒送流年。　休笑放慵狂眼，看閒房深院，多少嬋娟。燕宫海棠夜宴，花覆金船。如椽畫燭，酒闌時、百炬吹煙。憑寄語、京華（脱『舊』字）侣，幅巾莫換貂蟬。」右調《漢宫春》。又詞云：「錦里繁華，壞宫故邸，疊萼奇花。俊客妖姬，争飛金勒，齊駐香車。　何須幙障幃遮，寶杯浸、紅雲瑞霞。銀燭光中，清歌聲裏，休恨天涯。」自註：故蜀燕王宫海棠之盛，為成都第一，今屬張氏。（同前）

一九　白玉蟾垂絲海棠詞：「一夜清寒，千紅曉燦，春不曾知。細看何如，醉時西子，睡底楊妃。盡皆蜀種垂絲，晴日暖、薰成錦圍。説與東風，也須愛惜，且莫吹飛。」（同前）

二〇　黄山谷戎州與人帖：昨日市中已見臘梅開者數枝矣，有詞曰：「踈蘂幽香，禁不過、晚寒愁絶。那更是，巴東江上，楚山千疊。欹帽閒尋西瀼路，嚲鞭笑向南枝説。恐使君、歸去侍鑾坡，孤風月。　青鏡裏，悲華髮，山驛外，溪橋側。悽然回首處，鳳凰城闕。憔悴如今誰領略，飄零已是無顔色。問行厨，何日喚賓僚，猶堪折。」右調《滿江紅》，自註：與夔州崔三伯禮侍御同作。（同前書卷六十三「方物記第五」）

二一　陸放翁曰：成都城南有故蜀主宣華苑，多梅，皆百餘年物也。作詞云：「斜陽廢苑朱門閉，弔興亡、遺恨淚痕裏。淡淡宫梅，也依然、點酥剪水。凝愁處、似憶宣華舊事。　行人别有凄凉意，折幽香誰與，寄千里。佇立江臯，杳難逢、隴頭歸騎。音塵遠，楚天危樓獨倚。」又詩云：「十里温香撲馬來，江頭遠見去年梅。喜開剩欲邀明月，愁落先教掃緑苔。跌宕放翁新醉墨，淒凉廢苑舊歌臺。盛衰自古無窮事，莫向昆明歎刼灰。」又於《浣花溪賞梅》詩：「老子人間自在身，插梅不惜損烏巾。春回積雪層冰裏，香動荒山野水濱。帶月一枝低弄影，背風千片遠隨人。石家樓上貪吹笛，肯放朝朝玉樹新。」又《看梅歸馬上作》詩云：「本為梅花判獨飲，却嗔梅花消宿酲。日欲落時始上馬，青羊宫前聞發更。」范石湖在成都《雨後東郭排岸司申梅開及三分戲書小絶令一面開燕》詩云：「雨入南枝玉蘂皺，合江雲冷凍芳塵。司花好事相邀勒，不着笙歌不肯春。」又《西郊尋梅》詩：「西郊梅花矜絶豔，走馬獨來看不厭。似羞流落蒙市塵，寧墮荒寒傍茅店。翛然自是世外人，過去生中差一念。淺顰常鄙桃李學，獨立不容鶯蝶覘。山礬水仙晚角出，大是春秋吴楚僭。餘花豈無好顔色，病在一俗無由砭。朱欄玉砌渠有命，斷橋流水君何欠。嗟予相與頗同調，身客劒南家在剡。淒凉萬里歸無日，蕭颯二毛衰有漸。尚能作意晚相從，爛醉不辭杯瀲灩。」又於《合江亭隔江望瑶林莊梅盛開過江訪之馬上哦詩》云：「何處春能早，疎籬浪激湍。竹間煙雪迥，馬上晚香寒。喚渡聊相覔，巡簷得細看。極知含雨意，未許日烘殘。」(同前)

二二 黄山谷云：廖致平送緑荔支，王公權送荔支緑酒，俱為戎州第一，因作詩以紀之：「王公權家荔支緑，廖致平家緑荔支。試傾一杯重碧色，快剥千顆輕紅肌。潑醅葡萄未足數，堆盤馬乳不同時。誰能同此勝絶味，唯有老杜東樓詩。」又《荔支緑頌為王公權作》云：「王牆東之美酒，得妙用於六物。三危露以為味，荔支緑以為色。哀白頭而投裔，每傾家以繼酌。忘魑魅之躨觸，見醉鄉之城郭。揚大夫之拓落，陶徵君之寂寞。惜此士之殊時，常生塵於尊勺。」又示知命弟詞云：「乍晴秋好，黄菊欹烏帽。不見清談人絶倒，更憶添丁小小。　蜀娘謾點花酥，酒槽空滴真珠。兄弟四人别住，他年同插茱萸。」又於戎州荅唐彦道：庭堅比因三家作酒皆美，以飲客，因作三頌，謾往一笑，有《金桃》、《粽粈》二頌，熱倦，未暇録也。（同前書卷六十五「方物記第七・酒譜」）

二三　陳文惠公《愚邱集》三十卷：陳堯佐，字希元，閬州人。端拱初進士，歷官太子太師致政，年八十二卒，號知餘子，謚文惠。堯佐屬辭尚古，不牽世用，喜為二韻詩，詞調雋永，又有《湖陽》、《野廬》、《遺興》等集，皆自有序。（同前書卷九十八「著作記第八・集部」）

二四　《東坡詞》二卷：黄山谷曰：東坡居士曲，世所見者幾百首，或謂於音律小不諧，然其辭横放傑出，自是曲子内縛不住者。《後山詩話》曰：東坡以詩為詞，如教坊擂木（當為雷大）使舞，雖極天下之工，要非本色。（同前）

二五　《烏臺詩話》十三卷《東坡詩話》二卷：陳氏曰：蜀人朋九萬録東坡下御史獄公案，附以初舉發章疏及謫官後表章、書啓、詩詞等，又好事者集公雜書及詩為《東坡詩話》。（同前）

二六　《頤堂集》：宋王灼，字晦叔，號頤堂，遂寧人。文詞古雅，隱居不仕，復著有《碧鷄漫志》十卷、《糖霜譜》一卷。（同前）

二七　《蒲江集》一卷，永嘉盧祖臯申之撰，樂章甚工。（同前書卷九十九「著作記第九・集部」）

二八　《後溪集》十卷《鶴林詞》一卷《山堂疑問》一卷：劉光祖著，字德修，號後溪，一號山堂。巨濟

之子，官華文閣學士，謚文節。(同前)

二九 《花間集》十卷：陳氏曰：孟蜀趙崇祚著，崇祚，字宏基，仕至衛尉少卿。其詞自温飛卿而下十八人，凡五百首，此近世倚聲填詞之祖也。詩至晚唐五季，氣格卑陋，千人一律，而長短句獨精巧高麗，後世莫及，此事之不可曉者，放翁陸務觀之言云爾。歐陽炯序曰：「鏤玉雕瓊，擬化工而迥巧；裁花剪葉，奪春艷以争鮮。是以唱雲謡則金母詞清，挹霞醴則穆王心醉。名高白雪，聲聲而自合鸞歌；響遏青雲，字字而偏諧鳳律。楊柳大堤之句，樂府相傳；芙蓉曲渚之篇，豪家自製。莫不争高門下三千玳瑁之簪，競富樽前數十珊瑚之樹。則有綺筵公子，繡幌佳人，遞葉葉之花牋，文抽麗錦；舉纖纖之玉指，拍按香檀。不無清絶之辭，用助嬌嬈之態。自南朝之宫體，扇北里之倡風，何止言之不文，所謂秀而不實。有唐已降，率土之濱，家家之香徑，春風寧尋越艷；處處之紅樓，夜月自鎖嫦娥。在明皇朝則有李太白應制《清平樂》詞四首，近代温飛卿復有《金筌集》，邇來作者無媿前人。今衛尉少卿字宏基，以拾翠洲邊，自得羽毛之異；織綃泉底，獨殊機杼之功。廣會衆賓，時延佳論，因集近來詩客曲子詞五百首，分為十卷。以炯粗預知音，辱請命題，仍為序引。昔郢人有歌陽春者，號為絶唱，乃命之為《花間集》，庶以陽春之曲，將使西園英哲，用資羽蓋之歡；南國嬋娟，休唱蓮舟之引。時大蜀廣政三年夏四月日序。」(同前書卷一百「著作記第十・集部・宦遊於蜀及蜀中所輯刻者」)

三〇 「豆子山打瓦鼓，陽平山撒白雨」，此綿州巴歌也。「巴歌」二字纔見此，後劉禹錫之《竹枝詞》、李紳之《巴女詞》，皆其變體，若常璩《巴志》所引《川崖惟平》、《維月孟春》等篇，則古詩者流，非通俗之唱矣。（同前書卷一百一「詩話記第一」）

三一 天寶末，玄宗嘗乘月登勤政樓，命梨園弟子歌數闋，有唱李嶠詩云：「富貴榮華能幾時，山川滿目淚沾衣。不見祇今汾水上，惟有年年秋鴈飛。」時上春秋已高，問是誰詩，或對曰李嶠，因凄然泣下，不終曲，而起曰：「李嶠真才子也。」明年幸蜀，登白衛嶺覽眺久之，又歌是詞，復言李嶠真才子，不勝感嘆。時高力士在側，亦揮涕久之，出《本事詩》。（同前）

三二 《雨淋鈴》：明皇自西蜀返，樂人張野狐所製，出《教坊記》。（同前）

三三 「楚水巴山烟雨多，巴人能唱本鄉歌。今朝北客思歸去，回入《紇那》披緑蘿。」此劉禹錫《竹枝詞》也。《紇那》，當時曲名。劉詩翻南調為北調，二字皆叶平聲，此隨方轉言也。（同前書卷一百二「詩話記第二」）

三四 《楊柳枝》詞有：「三條陌上拂金羈，萬里橋邊映酒旗。此日令人腸欲斷，不堪將入笛中吹。」此郎中滕邁之作，而劉采春歌之也。（同前）

三五 王蜀樞密使潘屼，字凝夢，溺于美妾解愁，夙恙成疾。解愁姓趙氏，其母夢吞海棠花蘂而生，有國色，善為新聲及工小詞。建嘗至屼第見之，謂曰：「朕宫無如此人。」意欲取之，屼曰：「此臣下賤人，不敢以薦於君。」其實靳之。弟峭謂曰：「緑珠之禍可不戒耶？」屼曰：「人生貴於適志，豈能愛死而自不足於心耶？」人皆服其有守。俱《檮杌》。（同前）

三六 乾德二年，王衍北巡，汎舟閬中，舟子皆衣錦繡，衍自製《水調銀漢曲》，令樂工歌之。（同前）

三七 乾德五年重陽，王衍宴羣臣於宣華苑，夜分未罷，衍自唱韓琮《柳枝詞》曰：「梁苑隋堤事已空，萬條猶舞舊春風。何須思想千年事，誰見楊花入漢宮。」內侍朱光溥詠胡曾詩曰：「吳王恃霸棄雄才，貪向姑蘇醉緑醅。不覺錢塘江月上，一宵西送越兵來。」衍聞之不樂，於是罷宴。已上三則出《檮杌》。（同前）

三八 廣政十四年，孟主宴後苑，放士庶入觀。時俳優有唱《康老子》者，昶問李昊等其曲所出，皆不能對，徐光浦曰：「康老老而無子，故製此曲。」唐英按：康老子即長安富家子，開元中落拓不事生業，好與梨園樂工遊，一旦家資蕩盡，窮悴而卒，樂工歎之，因此為曲，又一名曰《得至寶》，光浦不知而妄對也。已上二則出《檮杌》。（同前）

三九 古人詩句，不知其用意用事，妄改一字，便不佳。孟蜀牛嶠《楊柳枝》詞：「吳王宮裡色偏深，一簇烟條萬縷金。不分錢塘蘇小小，引郎松下結同心。」按古樂府《小小歌》有云：「妾乘油壁車，郎乘青驄馬。何處結同心，西陵松栢下。」牛詩因詠柳而貶松，唐人所謂尊題格也，後人改「松下」作「枝下」，語意索然矣。出《丹鉛録》。（同前）

四〇 孟蜀後王崇尚六經，恐石經本傳流不廣，乃易為本板，宋世稱刻本書，始於蜀也。昹嘗曰：「我不效王衍作輕薄小詞。」乃敕史館集《古今韻會》數百卷，惜不傳，今所傳昭武黃公紹者，乃輯略耳。（同前）

四一　花蘂夫人宫詞之外，尤工樂府。蜀亡，入汴道，經葭萌，題驛壁云：「初離蜀道心將碎，離恨綿綿。春日如年，馬上時時聞杜鵑。」書未畢，為軍騎催行，後人續之云：「三千宫女皆花貌，妾最嬋娟。此去朝天，只恐君王寵愛偏。」花蘂見宋祖時，猶作「更無一箇是男兒」之詩，焉有隨昶行而書此敗節語乎？續之者不惟虚空架橋，而詞之鄙，亦狗尾續貂矣。出《丹鉛録》。（同前）

四二　鄭剛中鎮蜀，眷妓曰閻玉，所居富春坊。忽民間遺火，鄭公於火明中獲一旗，上有詩，乃借東坡海棠為之，云：「火星飛入富春坊，天恣風流此夜狂。只恐夜深花睡去，高燒銀燭照紅粧。」公一見曰：「必道山公子也。」楊曼倩《古今詞語（當作話）》中亦有此詩。出《白獺髓》。（同前書卷一百三「詩話記第三」）

四三　東坡云：「吾昔自杭移高密，與楊元素同舟，而陳令舉、張子野皆從予過李公擇於湖，遂與劉孝叔俱至松江，夜半月出，置酒垂虹亭上。子野年八十五，以歌辭聞於天下，作《定風波令》，其略云：『見説賢人聚吴興，試問也應傍有老人星。』坐客懽甚，有醉倒者。此樂未嘗忘也。去今又七年，子野、孝叔、令舉皆為異物，而松江橋亭，今歲七月九日海風駕潮，平地丈餘蕩盡，無復孑遺，追思曩時，真一夢爾。」按苕溪漁隱曰：「吴興郡圃今有六客亭，即公擇、子瞻、元素、子野、令舉、孝叔，時公擇守吴興也。」東坡又云：「余昔與張子野、劉孝叔、李公擇、陳令舉、楊元素會於吴興，時子野作六客辭，其卒章云：『盡道賢人聚吴興，試問也應傍有老人星。』凡十五年，再過吴興，而五人皆已亡矣。時張仲謀與曹子方、劉景文、蘇伯固、張秉道為坐客，仲謀請作後六客辭。」云：「月滿苕溪照野堂，五星聚處，一老鬬光芒。十五年間真夢裡，何事，長庚對月獨淒凉。　緑髮蒼顔同一醉，還是，六人吟嘯水雲鄉。賓主談鋒誰得似，看取，曹劉今對兩蘇張。」出《綿竹志》。元素，綿竹人。（同前）

四四　紹聖二年四月甲申，山谷以史事謫黔南，道間作《竹枝詞》二篇題歌羅驛，曰：「撐厓拄谷蝮蛇愁，入箐攀天猿掉頭。鬼門關外莫言遠，四海一家皆弟兄。」「浮雲一百八盤縈，落日四十九渡明。鬼門關外莫言遠，五十三驛是皇州。」自書其後曰：「古樂府有『巴東三峽巫峽長，猨鳴三聲淚沾裳。』但以抑怨之音和為數疊，惜其聲今不傳。余自荆州上峽入黔中，備嘗山川阻險，因作二疊，傳與巴娘，令以《竹枝》歌之，前一疊可和云：『鬼門關外莫言遠，五十三驛是皇州。』後一疊可和云：『鬼門關外莫言遠，四海一家皆弟兄。』或各用四句入《陽關》、《小秦王》亦可歌也。是夜，宿於驛，夢李白相見於山間，曰：『予往謫夜郎，於此聞杜鵑，作《竹枝詞》三疊，世傳之不？』予細憶集中無有，三誦而使之傳焉。」其詞曰：「一聲望帝花片飛，萬里明妃雪打圍。馬上胡兒那解聽，琵琶應道不如歸。」「竹竿坡面蛇倒退，摩圍山腰猢猻愁。杜鵑無血可續淚，何日金雞赦九州。」「命輕人鮓甕頭船，日瘦鬼門關外天。北人墮淚南人笑，青壁無梯聞杜鵑。」今《豫章集》所刊，蓋自謂夢中語也。音響節奏似矣，而不能揜其真，亦寓言之流歟？《桯史》。（同前）

四五　涪翁過瀘南瀘帥，留府會，有官妓盼盼，帥嘗寵之。涪翁贈《浣沙溪》詞曰：「脚上靴兒四寸羅，唇邊朱麝一櫻多，見人無語但迴波。　料得有心憐宋玉，祇因無奈楚襄何，今生有分向伊麽。」盼盼拜謝涪翁，瀘帥令唱詞侑觴，唱《惜春容》，涪翁大喜，醉飲而别。出《山堂肆考》。（同前）

四六　陸放翁之蜀，宿一驛中，見題壁云：「玉階蟋蟀鬧清夜，金井梧桐辭故枝。一枕凄凉眠不得，呼燈起作感秋詩。」放翁詢之，驛卒女也，遂納爲妾。方餘半載，夫人逐之，妾賦《卜筭子》云：「只知眉上愁，不知愁來路。窗外有芭蕉，陣陣黄昏雨。　曉起理殘粧，整頓教愁去。不合畫春山，依舊留愁住。」出《隨隱漫録》。（同前）

四七　放翁在蜀日，有所眄，嘗賦詩云：「碧玉當年未破瓜，學成歌舞入侯家。如今顦顇蓬窗底，飛上青天妬落花。」出蜀後，每懷舊游，多見之賦詠。有云：「金鞭珠彈憶春游，萬里橋東罨畫樓。夢倩晚風吹不斷，書憑春雁寄無由。鏡中顔髮今如此，席上賓朋好在不。篋有吴牋三百箇，擬將細字寫春愁。」又云：「裘馬清狂錦水濱，最繁華地作閒人。金壺投箭消長日，翠袖傳杯領好春。幽鳥語隨歌處拍，落花鋪作舞時茵。悠然自適君知否，身與浮名孰是親？」又以此詩櫽括作《風入松》云：「十年裘馬錦江濱，酒隱紅塵。黄金選勝鶯花海，倚疎狂、驅使青春。吹笛魚龍盡出，題詩風月俱新。　自憐華髮滿紗巾，猶是官身。鳳樓曾記當年語，問浮名、何似身親。欲寫吴牋説與，這回真箇閒人。」出《癸辛襍識》。（同前）

四八　《花間集》十卷，孟蜀衛尉少卿趙崇祚選，歐陽炯序，内云李太白應制《清平樂》四首爲詞體之祖，不知陳、隋之《玉樹後庭花》、《水殿歌詞》已有之矣。（同前書卷一百四「詩話記第四」）

四九　唐人長短句，詩之餘也。始於李太白，太白以草堂名集，故謂之《草堂詩餘》。（同前）

五〇　賈逵曰：粱米出蜀漢，香美逾於諸粱，號曰竹根黄，粱州得名以此。秦地之西、燉煌之間亦産粱米，土沃類蜀，故號小粱州。調名有《小粱州》，為西音。唐呂元濟上書：「比見方邑相率為渾脱隊，駿馬胡服，名曰蘇幕遮，今之曲名取此。」李太白詩「公孫大娘渾脱舞」，即此際之事也。已下出《詞品》。（同前）

五一 《釋典》云：西域諸國婦女編髪垂髻，飾以褈華，曰鬘。中國佛像瓔珞之飾，是其製也，彼土稱菩薩鬘。調名《菩薩鬘》，取此，作《菩薩蠻》者，非。太白《菩薩鬘》詞：「平林漠漠烟如織，寒山一帶傷心碧。暝色入高樓，有人樓上愁。　闌干空佇立，宿鳥歸飛急。何處是歸程，長亭復短亭。」此思蜀之作也。（同前）

五二 「禁庭春晝，鶯羽披新繡。百草巧求花下鬭，只賭珠璣滿斗。　日晚却理殘粧，御前閒舞《霓裳》。誰道腰肢窈窕，折旋消得君王。」「禁闈秋夜，月探金窓罅。玉帳鴛鴦噴沉麝，時落銀燈香灺。　女伴莫話孤眠，六宫羅綺三千。一笑皆生百媚，宸遊教在誰邊。」右《清平樂令》二闋，太白應制作也，見呂鵬《遏雲集》。原四首，黄玉林以其二首無清逸氣韻，止選二首。（同前）

五三 孫光憲，蜀之資州人。事荆南高氏，為從事。有文學名，著《北夢瑣言》，其辭見《花間集》。「一庭踈雨濕春愁」，秀句也，李後主之「細雨濕流光」本此。（同前）

五四 韋莊《訴衷情》詞云：「碧沼紅芳煙雨静，倚蘭橈。動玉佩，交帶，裊纖腰。鴛夢隔星橋，迢迢。越羅香暗銷，墜花翹。」此在成都時作也。蜀之妓女，至今花勝之飾名曰翹兒花。張泌《江城子》云：「浣花溪上見卿卿，臉波秋水明。黛眉輕，綠雲高綰，金簇小蜻蜓。好事問，他來得麽。和笑道，莫多

情。」按小蜻蜓之飾，正所謂翹兒花也。（同前）

五五　韋莊有《浣花集》，詞尚綺靡，其《河傳》二首皆浣花溪作也。「春晚，風暖。錦城花滿，狂殺遊人。玉鞭金勒，尋勝馳驟輕塵，惜良晨。　翠娥争勸臨邛酒，纖纖手，拂面垂絲柳。歸時煙裏，鐘鼓正是黄昏，暗銷魂。」「錦浦，春女。繡衣金縷，霧薄雲輕。花深柳暗，時節正是清明，雨初晴。　玉鞭魂斷煙霞路，鶯鶯語，一望巫山雨。香塵隱映，遥見翠檻紅樓，黛眉愁。」（同前）

五六　莊又有《清平樂》調云：「何處遊女，蜀國多雲雨。雲解有情花解語，窣地繡羅金縷。　粧成不整金鈿，含羞待月鞦韆。住在緑槐陰裏，門臨春水橋邊。」（同前）

五七　《古今詞話》云：王蜀時有王州守門下客《柳梢青》：「曉星明滅，隴頭殘月」一詞，蓋贈所遇紅梅仙子作也，楊用修以為五代鬼仙所作，非太白、長吉之流不能及此，或未之考耶？紅梅仙詩在巴州廢義陽縣，乃州守王鶚之子所遇，又云在崇慶州有紅梅仙閣，崇慶舊名蜀州，必沿蜀字之誤耳。（同前）

五八　無名氏《後庭怨》，宋建隆中旭川築城掘得石刻，蓋唐人語也。詞曰：「千里故鄉，十年華屋。亂魂飛過屏山矗。眼重眉褪不勝春，菱花知我銷香玉。　雙雙燕子歸來，應解笑，人幽獨。斷歌零舞，遺恨清江曲。萬樹緑低迷，一庭紅撲蔌。」旭川，今入榮縣。（同前）

五九　《檮杌》載毛文錫、鹿虔扆、歐陽炯、韓琮、閻選，皆蜀人，事孟後主，有五鬼之號，俱工小詞，並見《花間集》。楊用修云：此集久不傳，正德初予得之於昭覺寺，寺乃孟氏宣華宫故址也。後傳刻於

南方。（同前）

六〇　用修《百琲明珠》選毛文錫一首：「深相憶，莫相憶，相憶情難極。銀漢是紅墻，一道遥相隔。金盤珠露滴，兩岸榆花白。風摇玉佩清，今夕為何夕。」此《花間集》所無。（同前）

六一　《醉公子》者，孟蜀顧敻辭也：「河漢秋雲澹，紅藕香侵檻。枕倚小山屏，金鋪向晚扃。睡起横波慢，獨坐情何限。衰柳數聲蟬，魂銷似去年。」（同前）

六二　《南史》王晞詩：「日驀當歸去，魚鳥見留連。」俗本改「驀」作「暮」，淺矣，孟蜀牛嶠辭：「驀天空波浪急。」正用晞語。（同前）

六三　牛嶠有《女冠子》四闋：「緑雲高髻，點翠匀紅時世。月如眉，淺笑含雙靨，低聲唱小詞。眼看惟恐化，魂蕩欲相隨。玉趾迴嬌步，約佳期。」又：「錦江煙水，卓女燒春濃美。小檀霞，繡帶芙蓉帳，金釵芍藥花。額黄侵膩髮，臂釧透紅紗。柳暗鶯啼處，認郎家。」按「燒春」，酒名，其法始於卓文君。又：「星冠霞帔，住在蘂珠宫裏。佩丁當，明翠摇蟬翼，纖袿理宿粧。醮壇春草緑，藥院杏花香。青鳥傳心事，寄劉郎。」又：「雙飛雙舞，春晝後園鶯語。卷羅幃，錦字書封了，銀河雁過遲。鴛鴦排寶帳，荳蔻繡連枝。不語匀珠淚，落花時。」牛希濟次之，亦四闋：「蕙風芝露，壇際殘香輕度。蘂珠宫，苔點分圓碧，桃花踐破紅。品流巫峽外，名籍紫微中。真侣墉城會，夢魂通。」又：「澹花瘦玉，依約神仙粧束。佩瓊文，瑞露通宵貯，幽香盡日焚。碧煙籠絳節，黄藕冠濃雲。勿以吹簫伴，不同羣。」又：「鳳樓琪樹，惆悵劉郎一去。正春深，洞裏愁空結，人間信莫引真尋。竹疎齋殿迥，松密醮壇陰。倚雲低首望，可知心。」又：「步虛壇上，絳節霓旌相向。引真僊，玉步摇蟾影，金爐裊麝煙。露濃霜簡濕，風緊羽衣偏。欲留難得住，却歸天。」按《女冠子》起駱賓王《代女道士王靈妃贈李榮長篇》，《王右丞集》云：「李榮，巴西綿州人也，為道士，知名。」（同前）

六四　蜀路泥溪驛，天聖中有女郎盧氏者隨父往漢州作縣令替歸，題於驛舍之壁，其序略云：「登山臨水，不廢於謳吟；易羽移商，聊舒乎羈思。因成《鳳棲梧》曲子一闋，聊書於壁，後之君子覽者，毋以婦人竊弄翰墨為罪。」詞曰：「蜀道青天煙靄翳，帝里繁華，迢遞何時至。回望錦川揮粉淚，鳳釵斜彈烏雲膩。　鈿帶雙垂金縷細，玉佩玎璫，露滴寒如水。從此鸞粧添遠意，畫眉學得遥山翠。」此《墨客揮犀》所載也。舊志以此詞題劍門作，而「鈿帶雙垂」句作「鈿帶香盤」，微有小異，今劍門泥溪驛已廢。（同前）

六五　蘇易簡，梓州人，太平興國六年狀元。所著有文集及《文房四譜》行世。宋世蜀之大魁自蘇始，其後閬州三人、簡州四人、夔州一人，終宋三百年得十六人，而陳氏、許氏皆兄弟，可謂盛矣。蘇之詞，惟《越江吟》應制一首，見楊用修《百琲明珠》。（同前）

六六　張孝祥安國，宋簡池四狀元之一也。遷居歷陽湖濱，自號于湖。平昔為辭未嘗著稿，筆酣興健，頃刻即成，無一字無來處。如《歌頭》、《凱歌》諸曲，駿發蹈厲，寓以詩人句法，有《于湖紫薇雅辭》一卷，湯衡序。其詠物之工，如「羅帕分柑霜落齒，冰盤剥芡珠盈掬」；寫景之妙，如「秋净明霞乍吐，曙凉宿靄初消」，麗情之句，如「佩解湘腰，釵孤楚髻」。不可勝載。其玉鞭亭《滿江紅》云：「千古凄凉，興亡事，但悲陳迹。凝望眼，吴波不動，楚山空碧。巴滇緑駿追風遠，武昌雲旆連天赤。笑老姦遺臭到如今，留空碧。邊書静，峰烟息。通軺傳，銷鋒鏑。仰太平天子，聖明無敵。蹙踏揚州開帝里，渡江天馬龍為匹。看東南佳氣鬱葱葱，傳千億。」按《晉明帝本紀》：帝乘巴滇小駿往覘王敦營壘，故詞中及之。（同前）

六七　「臨卭重客蜀相如，被服容冶人閑都。上宫烟娥笑迎客，綉屏六曲紅氍毹。霰珠穿簾洞房晚，歌倚瑶琴半羞嬾。天寒日暮可奈何，掛客冠纓玉釵冷。」「釵冷，髻雲晚，羅袖拂人花氣暖。風流公子來應遠，半倚瑶琴羞嬾。雲寒日暮天微霰，無處不堪腸斷。」右詠文君。「寒雲夜卷霜倒飛，一聲《水調》凝秋悲。錦靴玉帶舞迴雪，丞相筵前看《柘枝》。河東詞客今何地，密寄軟綃三尺淚。錦城春色隔瞿唐，故華灼灼今憔悴。」「憔悴，何郎地，密寄軟綃三尺淚。傳心語眼郎應記，翠袖猶芬（當作芳）仙桂。願郎學做蝴蝶子，去去來來花裏。」右詠灼灼。右二闋毛澤民《調咲》白語也。蜀中文君，人皆知之。灼灼，乃成都營妓，與御史裴質善，詞中所詠，正其事。（同前）

六八　東坡詞雄海内，其憶故鄉者二首，《卜筭子》云：「蜀客到江南，長憶吴山好。吴蜀風流自古同，歸去應須早。還與去年人，共藉西湖草。莫惜樽前子細看，應是容顔老。」《河滿子》在湖州作云：「見説岷峨悽愴，旋聞江漢澄清。但覺秋來歸夢好，西南自有長城。東府三人最少，西山八國初平。莫負花溪縱賞，何妨藥市微行。試問當壚人在否，空教是處聞名。唱著子淵新曲，應須分外含情。」更有《戚氏》一首言周穆王賓西王母之事，舊刻在眉州，併録之：「玉龜山，東皇靈媲統羣仙。絳闕岧嶤，翠房深迥，倚霏烟。幽閒，志蕭然。金城千里鎖嬋娟。當時穆滿巡狩，翠華曾到海西邊。風露明霽，鯨波極目，勢浮輿蓋方圓。正迢迢麗日，玄圃清寂，瓊草芊緜。争解繡勒香韉，鸞輅駐蹕，八馬戲芝田。瑶池近、畫樓隱隱，翠鳥翩翩。肆華筵，間作管鳴絃，宛若帝所鈞天。稚頭皓齒，緑髮方瞳，圓極恬淡高妍。盡倒瓊壺酒，獻金鼎藥，固大椿年。縹緲飛瓊妙舞，命雙成、奏曲醉留連。雲璈韻響寫寒泉，浩歌暢飲，斜月低河漢。漸漸綺霞，天際紅深淺。動歸思、迴首塵寰，爛熳遊、玉輦東還。杏花風，數里響鳴鞭。望長安路，依稀柳色，翠點春妍。」（同前）

六九 蘇叔黨過，東坡少子也。《草堂》所載《點絳唇》二首「高柳蟬嘶」及「新月娟娟」，皆其作也。是時方禁坡文，故隱其名，相傳之久，或以為汪彦章，非也。（同前）

七〇 李邦直與東坡同時，小詞有：「楊花落，燕子横穿朱閣。苦恨春醪如水薄，閒愁無處著。緑野帶江山落角，桃杏參差殘萼。歷歷桅檣沙外泊，東風晚來惡。」為坡所稱。（同前）

七一 范元實，祖禹之子，秦少游壻也。學詩於山谷，作《詩眼》一卷。為人凝重，嘗在歌舞之席，終日不言，妓有問之云：「公亦解辭曲否？」笑荅云：「吾乃『山抹微雲』女壻也。」可見當時盛唱此辭，《草堂詩餘》亦有范元實辭。（同前）

七二 蘇養直，名伯固，東坡之族，坡集中有《送伯固兄》詩是也。其《清江曲》「屬玉雙飛水滿塘」，當時盛傳，小辭「醉眠小塢黄茅店，夢倚高城赤葉樓」，《鷓鴣天》中佳句也。（同前）

七三 程正伯，號書舟，眉山人，東坡之中表也。其《酷相思》辭云：「月挂霜林寒欲墜，正門外，催人起。奈別離、如今真箇是。欲住也，留無計。欲去也，來無計。　馬上離情衣上淚，各自供憔悴。問江路，梅花開也未。春到也，須頻寄。人到也，須頻寄。」其四代好折紅英，皆佳，見本集。（同前）

七四 正伯合江放舟作《臨江仙》二闋云：「送我南來舟一葉，誰教催動鳴榔。高城不見水茫茫，雲灣纔幾曲，折盡九迴腸。　買酒澆愁愁不盡，江烟也共淒涼。和天瘦了有何妨，只愁今夜雨，更做淚千行。」其二：「濃綠瑣窗閒院静，照人明月團團。夜長幽夢見伊難，瘦從香臉薄，愁到翠眉殘。　只道花時容易見，如今花盡春闌。畫樓依舊五更寒，可憐紅綉被，空記合時歡。」其《愁倚欄·三榮道上賦》云：「山無數，雨瀟瀟，路迢迢。不似芙蓉城下，去柳如腰。　夢隨春絮飄飄，知他在第幾朱橋。説與杜鵑休喚，怕魂銷。」又有彭門道中早起《漁家傲》二首：「野店無人霜似水，清燈照影寒侵被。門外行人催客起，因箇事，老來方有思家淚。　寄問梅花開也未，愛花只有歸來是。想見小橋歌舞地，渾舍喜，天涯不念人憔悴。」其二：「獨木小舟煙雨濕，燕兒難點春江碧。江上青山隨意覓，人寂寂，落花芳草催寒食。　昨夜青樓今日客，吹愁不得東風力。細拾殘紅書怨泣，流水急，不知那箇傳消息。」此數首皆佳，有所眷戀而然者。合江亭、芙蓉城，俱錦官地也。（同前）

七五 李石，字知幾，號方舟，蜀之資縣人。文章盛傳，有《續博物志》。小詞亦風致，《草堂》選「煙柳疎疎人悄悄」，其夏夜辭也。贈官妓有：「暖玉倚香愁黛翠，勸人須要人先醉。問道明朝行也未，猶自記，燈前背立偷垂淚。」好事者或改「偷」為「佯」。（同前）

七六　朝天子，本蜀牡丹花色，正紫，如金紫大夫之服，故名朝天紫，後人以為曲名，今以「紫」作「子」，非也，見陸游《牡丹譜》。維揚張世文云：《水龍吟》首句本是六字，第二句本是七字，陸放翁若「摩訶池上追遊路」則七字，下云「紅緑參差春晚」却是六字，又如後篇《瑞鶴仙》「冰輪桂花滿溢」為句，以「滿」字叶，而以「溢」字帶在下句。他如二句分作三句、三句合作二句者尤多，然句法雖不同，而字數不少，妙在歌者上下縱横取協爾。古詩亦有此法。（同前）

七七　放翁《水龍吟》云：「摩訶池上追遊路，紅緑參差春晚。韶光妍媚，海棠如醉，桃花欲暖。挑菜初閒，禁烟將近，一城絲管。看金鞍馳道，香車飛蓋，争先占，新亭館。惆悵年華暗换，黯銷魂、雨收雲散。鏡奩掩月，釵梁拆鳳，秦箏斜雁。身在天涯，亂山孤壘，危樓飛觀。歎春來、只有楊花和恨，向東風滿。」放翁又在榮南作《水龍吟》云：「樽前花底尋春處，堪歎心情全減。一身萍寄，酒徒雲散，佳人天遠。那更今年，瘴煙蠻雨，夜郎江畔。漫倚樓横笛，臨窗看鏡，時揮涕，驚流轉。花落月明庭院，悄無言、魂銷腸斷。憑肩携手，當時曾效，畫梁栖燕。見説新來，網縈塵暗，舞衫歌扇。料也羞、憔悴慵行芳徑，怕鶯兒見。」（同前）

七八　放翁離小益作《蝶戀花》云：「水漾萍根風捲絮，倩笑嬌顰，忍記逢迎處。只有夢魂能再遇，堪嗟夢不由人做。夢若由人何處去，短帽輕衫，夜夜眉州路。不怕銀缸深繡户，只愁風斷青衣渡。」此首與《渭南集》校對絶不同，大抵務觀在蜀有所感，屢見之詠，前詩話中已及之。（同前）

七九　盧申之，名祖臯，邛州人。有《蒲江辭》一卷，樂章甚工，字字可入律吕。彭帥於吴江作釣雪亭，擅漁人之窟宅，以供詩境也。約趙子野、翁靈舒諸人賦之，惟申之擅場，如：「江涵雁影梅花瘦，四望無塵，雪飛風起，夜窓如畫。」其警句也。其《賀新郎·代妓送太守》云：「春色元無主，荷東君，著意看承，等閒分付。多少無情風與浪，又那更、蝶欺蜂妬。算燕雀眼前無數，縱使簾櫳能愛護，到如今已是成遲暮。芳草碧，遮歸路。　看看做到難言處，怕去仙槎，輕轉旌旗，易歌襦袴。月滿西樓絃索静，雲蔽崑城閬府。便恁地、一帆輕舉，獨倚闌干愁拍碎，慘玉容、淚眼如紅雨。去與住，兩誰訴。」詳其語意，妓必老大而見侮於惡少者，太守公護持之耳。（同前）

八〇　苕溪漁隱曰：東坡云：龍邱子自洛之蜀，載二侍女，戎裝駿馬，至溪山佳處，輒留數日，見者以為異人。後十年，築室黄岡之北，號静庵居士。作《臨江仙》贈之云：「細馬遠馱雙侍女，青巾玉帶紅靴。溪山好處便為家。誰知巴峽路，却見洛城花。　面旋落英飛玉蘂，人間春日初斜。十年不見紫雲車，龍邱新洞府，鉛鼎養丹砂。」龍邱子即陳季常也。秦太虚寄之以詩，亦云：「侍童雙濯玉，鬟髮光可照。駿馬錦障泥，相隨窮海嶠。」暮年更折節，學佛得心要。鬻馬放阿樊，幅巾對沉燎。」故東坡作詩戲之，有「忽聞河東獅子吼，拄杖落手心茫然」之句，觀此，則知季常載侍女以遠遊，及暮年，甘於枯寂，蓋有所制而然，亦可憫笑也哉！　季常占籍青神縣，其孫曰去非，南渡後又徙建業，詩為高宗所簡注，而詞亦佳。語意超絶，筆力排奡，識者謂其可摩坡仙之壘。後乃入閩，作《漁家傲》云：「今日山頭雲欲舉，青蛟翠鳳移時舞。行到石橋聞細雨，聽還住，風吹却過溪西去。　我欲尋詩寬久旅，桃花落盡春無數。渺渺籃輿穿翠楚，悠然處，高林忽送黄鶯語。」（同前）

八一　宋揚補之別號逃禪，自云子雲之後也。有《傳言玉女》詞題云：「許永之家水仙、瑞香、黄梅、幽蘭同坐，名生四和，即席賦此」「小院春長，整整綉簾低軸。異葩幽艷，滿千瓶百斛。珠鈿翠珮，塵襪錦籠環簇。日烘風和，奈何芬馥。夜闌人醉，引春蔥競。只愁飛去，暗與行雲相逐。月娥好在，為歌新曲。」又有《蝶戀花》詞戲矮人者：「昔在仁皇當極治，南極星官，曾降為嘉瑞。猶有畫圖傳好事，身材只恐君今是。對酒不妨同看戲，他日功名，晏子堪為比。更願遠孫逢九世，安排君在雞窠裏。」按《洞微志》：李員使瓊州，遇楊叟，年已八十，其祖百九十五尚在。頃之，雞窠中一小兒出頭下視，其祖謂員曰：「此吾九代祖，不語不食，不知其年。」蓋成都多侏儒，故以南極、晏子、雞窠戲之。（同前）

八二　韓駒，字子蒼，蜀仙井人，今井研縣也。其中秋《念奴嬌》「海天向晚」一詩亞於東坡之作，《草堂》已選。詠雪作《昭君怨》云：「昨日樵村漁浦，今日瓊川銀渚。山色捲簾看，老峰巒。錦帳美人貪睡，不覺天花剪水。驚問是楊花，是蘆花。」《笑林》云：一達官肅客，其日偶然雪下，問曰：「是楊花？」客對曰：「楊花。」又曰：「是蘆花？」亦對曰：「是蘆花。」言不敢拂之也，子蒼用事，蓋有所本云。（同前）

八三　何晉之《小重山》辭云：「綠樹啼鶯春正濃，枝頭青杏小，綠成叢。玉缸風動酒鱗紅，歌聲咽，相見幾時重。車馬去匆匆，路隨芳草遠，恨無窮。相思只在夢魂中，今宵月，偏照小樓東。」臨卭高恥庵云「玉缸風動酒鱗紅」之句，譬如雲錦月鈎，造化之巧，非人琢也。此等句在天地間有

限。」（同前）

八四 李公昴，名昴英，號文溪，資州磐石人。送太守有「有脚艷陽難駐」一詞得名，然其佳處不在此。《文溪全集》予家有之，其《蘭陵王》一首絶妙，可並秦、周，辭云：「燕穿幙，春在深深院落。單衣試、龍沫旋熏，又怕東風曉寒薄。别來情緒惡，瘦得腰圍柳弱。清明近，正似海棠怯雨，芳疎任飄泊。　釵留去年約，恨易老嬌鶯，多誤靈鵲。碧雲杳杳天涯各。望不斷芳草，又迷香絮。迴文强寫字屢錯，淚欲注還閣。　孤酌，住春脚。便彩局誰佽，寶軫慵學。階除拾取飛花嚼，是多少春恨，等閒吞却。猛拍闌干，嘆命薄，悔舊諾。」（同前）

八五 張震，字東父，號無隱居士，蜀之遂寧人也。孝宗朝為諫官，有直聲。孝宗稱其知無不言，言無不當，光宗朝以數直言去位。時稱：「王十朋去，省為之空。張震去，臺為之空。」一代名臣也。而其詞婉媚風流，乃知賦梅花者，不獨宋廣平也。其《驀山溪》「青梅如豆」一首，《草堂》入選，而失其名氏。（同前）

八六 劉涇，字巨濟，簡州人。有《前溪集》。其《夏初臨》詞「小橋飛蓋入横塘」，今刻本飛下落一「蓋」字。（同前）

八七 簡州劉光祖，字德修，號後溪。有《鶴林文集》，小詞附焉。其《醉落魄》云：「春風開者，一時還共春風謝。柳條送我今槐夏，不飲香醪，孤負人生也。　曲塘泉細幽琴寫，胡牀滑簟應無價。日遲睡起簾鈎挂，何不歸與，花竹秀而野。」（同前）

八八　文及翁，蜀人，登第後期集西湖，同年戲之曰：「蜀中有此景否？」及翁即席賦詞荅之，云：「一勺西湖水，渡江來、百年歌舞，百年酣醉。回首洛陽花世界，烟渺黍離之地。更不復、新亭墮淚。簇樂紅粧揺畫舫，問中流擊楫何人是，千古恨，幾時洗。　余生自負澄清志，更有誰、磻溪未遇，傅巖未起。國事如今誰仗倚，衣帶一江而已。便都道，江神堪恃。借問孤山林處士，但掉頭笑指梅花蕊。天下事，可知矣。」此即江南所謂煞風景也。（同前）

八九　《瑯嬛記》載紫竹約方喬於望雲門暫會，久而不至，墻陰之下，閒履蒼苔，不勝悵恨，作《踏莎行》一闋寄之：「醉柳迷鶯，懶風熨草，約郎暫會閒門道。粉墻陰下待郎來，蘚痕印得鞋痕小。　花日移陰，簾香失裊，望郎不到心如擣。避人愁入倚屏山，斷魂還向墻陰繞。」（同前）

九〇　方喬長夏讀書於種梅館，忽紫竹遺以書，大略云：「欲結朱繩，應須素節。泣珠成淚，久比鮫人。流火為期，聊同織女。春風鴛帳裏，不妨鶯語鶯寒；暮雨雀屏中，一任雞聲唱曉。」喬荅以《玉樓春》云：「緑陰撲地鶯聲近，柳絮如綿烟草襯。　雙鬟玉面碧囱人，一紙銀鈎青鳥信。　佳期遠卜清秋夜，桐樹梢頭明月掛。天公若解此情深，今歲何須三月夏。」（同前）

九一　又云紫竹與方喬別久，而想像難真，因綴《卜筭子》，序其悲愁眷戀，覔銀光牋書之，詞云：「繡閣鎖重門，攜手終非易。墻外憑他花影揺，那得疑郎至。　合眼想郎君，別久難相似。昨夜如何繡枕邊，夢見分明是。」註云：方喬，安岳士人也。安岳有大雲山，望雲門者以此山名。（同前）

九二　楊直夫名棟，青神人，蘇東坡贈以詞云：「允文事業從容了，要岷峨人物，後先相照。見説君王曾有問，似此人才多少。況蜀珍、先已登廊廟。但側耳，聽新詔。」按小説，高宗曾問馬騏曰：「蜀中人才如虞允文者有幾？」騏對曰：「未試，焉知？允文亦試而後知也。」蘇與楊、馬皆蜀人，楊在眉山為甲族。直夫有妹通經學，比於曹大家，嫁虞氏，生虞集，為鉅儒，其學無師，傳於母氏也。此事蜀人亦罕知，故著之。出《丹鉛録》。（同前）

九三 李好義，宕渠人，開禧中殿帥有《謁金門》詞：「花遇雨，又是一番紅素。燕子歸來銜繡幕，舊巢無覓處。誰在玉樓歌舞，誰在玉關辛苦。若使胡塵吹得去，東風侯萬户。」（同前）

九四 元段平章夫人高氏，天全招討女也，有《玉嬌枝》詞云：「風捲殘雲，九霄冉冉逐。龍池水雲一片緑。寂寞倚屏幃，春雨紛紛促。蜀錦半閒，鴛鴦獨自宿。好語我將軍，只恐樂極悲生寃鬼哭。」出《南詔事略》。已上二首皆傷邊務而言。（同前）

九五 《復張維誠論詩》：承示拙詩，超齊、梁、三唐以上，則不敢當，謂其多風少雅，叶之宫商者闕焉，此針砭之至言也。佺閱樂府，至漢而盡，曹魏父子質文不能相兼，則五音隳矣。六朝秪摘樂曲中一二語，如《烏生八九子》、「日出東南隅」之類，顓主詠物而已。初唐諸家尚因之，開元、大曆似亦陋，此不談。至有被諸聲歌者，不過絶句小令入絃索間，如今所唱《鷓鴣天》、《山坡羊》之類，以云古樂，又奚啻若河漢也？宋王安石、我朝李于鱗抄襲全體，略竄易一二字，即謂之擬古樂府，且自誇擬議，以成其變化，亦奚取於變化哉？佺之未敢輕言樂府者，似亦唐人陋齊、梁以下樂府之意也，高明以為何如？雖然，不敢不勉，如我夫子學《易》之後，或是副盛心耳，然而不敢必也。諸不具。（《石倉集・石倉文稿》「渺軒集」)

九六　《汪昌朝精訂陳大聲全集序》:汪鹺使昌朝開園松蘿山下,吞煙霞而弄湖水,胸中灑灑,不染一塵。究心三教之餘,時或游戲詩賦詞曲,以故風雅者歸其標格,豪俠者重其意氣,菁華者愛其詞章,慷慨者推其直諒,不佞因是以納交於昌朝,昌朝且與不佞稱莫逆矣。昌朝觸事即景,輒度新聲,纔四易寒暑,已成樂府數十種。不佞讀之,見其清音亮節,綽態柔情,恍若有神解焉者。此雖昌朝才情贍哉,而究所從入,則得於陳侯大聲者居多也。大聲,金陵將家子,生當弘、正昇平之世,乃以詞曲鼓吹休明,直闖金、元作者之閫奥,其所著有《梨雲》《可雪》《月香》《納錦郎》諸稿,而《滑稽餘韻》、《太平樂事》則又妙極俳諧,令人絶倒。大都流麗清圓,豐藻綿密,事盡而思不乏趣,言淺而情彌刺骨,以彼作手,豈獨為昭代白眉哉?前無古人矣。昌朝不及與侯生同其時日,取遺編徜徉湖山之際,不覺有心領而神會者,固宜著作之富,直與大聲照暎後先也。昌朝不忍大聲諸作散逸無統,乃手自訂彙,而更以詩詞二韻並《草堂餘意》附刻之,則知環翠稿中所載某宫用某韻不少混淆者,其體裁皆有所本也。梓成,予並表章之。侯官友弟曹學佺頓首纂。(《坐隱先生精訂草堂餘意》)

冒日乾詞話

冒日乾，字義元，號孺文，如皋（今江蘇）人。萬曆乙酉舉人，為吉陽令，調京山。有《存笥小草》六卷，此據《四庫禁燬書叢刊》影印清康熙六十年冒春溶刻本録詞話一則。

一 《贈王大還父母簡擢京兆别駕幃語并詞》：伏以治行無雙，已出晉康侯之右；徵書第一，遂承明天子之知。玉簡新頒，金甌久注。恭惟老父母台臺：秀毓兩間，運鍾伍百。胸次吞八九雲夢，詎汪汪千傾之陂；丰標聳十二巫峰，信巍巍萬仞之壁。光藉星藜，夙孕精於象緯；香分月桂，蚤發跡於雲霄。文章為百世之宗，引商刻羽；道德接千年之緒，立懦廉頑。才饒吐鳳雅，擅八斗之名；政試棲鸞遂，綰三輔之重。標姱節於烹鮮，耀芳猷於製錦。長江浮曉練，潤漑洞庭之波；摩嶼靄晴烟，光分鸜鵒之色。滿座清風，披玉尺晝永鳴琴；一簾明月，映冰壺庭閒調鶴。三物程士，庇廣厦之千間；一意憂民，惜新絲於二月。發賑起支笻之瘠，惠浹窮簷；鋤姦銷珥筆之風，威聾積社。沙兵汰而盜無園，萑苻寢燧；踐更裁而民留骨，閭閻息肩。憂旱不焚尫，立見商羊先雨舞；禱晴纔鞭石，即看孤鶩夾霞飛。瑞應嘉禾，吐兩岐之金粟；祥呈甘露，垂萬樹之瓊英。蝗飛而去境，寧讓密邑之芳蹤；雉馴而依人，再覩中牟之異績。共詡循良漢吏，咸推愷悌周官。輯五瑞而朝，已膺鳳鸞之誥；考三載而上，遂箎鵷鷺之班。蓋聖主喜於得賢臣，寧稽内召；而嬰兒難於離慈母，尤憾遐遺。叔度來何暮，雖憐冀北之黎元；君公去見思，冒慰淮南之父老。拂拂風雲，洵登仙之足羨；依依楊柳，獨借寇之無從。惟是秉節鉞而鎮東土，崇階十級以登；庶幾念簪履而懷并州，濊澤一朝而暨。詎忘卵翼之恩，敢替尸祝之報。頃者雀舫西騫，行矣熊車北指。遡江漢而典思，瞻依靡極；望燕雲而仰止，綣戀奚堪？爰疏短引，莫紓扳轅卧轍之情；敬賦俚詞，竊効衮衣繡裳之誦。詞曰：「鐃吹競發，看花沁霜蹄，旌旗摇拽。當寧求賢，勵精圖治，丹詔飛來北闕。春風暖被江皋，杲日光函雉堞。盡都道，是第一治平，召棠同轍。　試閱殿廷報，最正聖主，臨軒天顔悦。輦轂風清，浩穰民謐，不數趙張事業。紫署洊秉鈞衡，黄扉特司調燮。多應念，是蕞爾江城，拊摩倍切。」古調《喜遷鶯》。（《存笥小草》卷四）

沈堯中輯詞話

沈堯中，字執甫，嘉興（今浙江）人。萬曆庚辰進士，起家縣令，歷陞南刑曹。官至刑部尚書。博學嗜古，明於典故，纂修郡志。所著有《沈司寇集》、《治統紀略》、《邊籌七略》、《高士彙林》等書。《沈氏學弢》十六卷，沈氏萬曆庚子引言云自束髮以來，三十年而釋褐，十五年而挂冠，兹棲衡門又五年矣。素有書癖，日手一編，寢食不廢，歲久成帙，所載皆宇宙内鴻鉅之事，非草木鳥獸之類。名曰學弢，弢者，韜也，藏也。生平所學悉藏於此，故以此名焉。

此據《四庫全書存目叢書》影印萬曆刻本録詞話三則。

一　樂章：古之詩，今之詞曲也。若不能歌其詩，但能説其義，非詩之本義也。漢去三代未遠，仲尼三百篇，大樂氏例能歌之。厥後聲歌之樂日微，至曹魏時，惟杜夔傳古雅樂，《鹿鳴》、《騶虞》、《伐檀》、《文王》四篇而已。晉太和中，左延年改《騶虞》、《伐檀》、《文王》三曲，更作聲節，惟因夔《鹿鳴》全不改易，其一曰《於赫篇》，準《鹿鳴》聲；其二曰《巍巍篇》，準《騶虞》聲；其三曰《洋洋篇》，準《文王》聲；其四復用《鹿鳴》，而除古《伐檀》。晉承魏氏之舊，作《祖宗篇》準《鹿鳴》，《於皇篇》準《於赫》，《邦國篇》準《洋洋》，《明明篇》準《巍巍》，其章句長短，聲節高下，大略因乎詩之雅、頌。雖其平仄未必盡同，而依詠之間自可諧協。故《儀禮經傳通解》載《小雅》、《國風》十二詩，譜黄鐘清宫、無射清商二調也，而晉樂志有杜夔笛二，其三尺二者所以奏無射，二尺九者所以奏黄鐘，乃知詩譜為夔舊物，未經延年所改也。先儒謂古雅四曲亡於魏、晉，由是觀之，其實未嘗亡耳。然所謂《鹿鳴》用黄鐘清宫，《關雎》用無射清商者，以二曲皆用黄鐘清宫，起調畢曲，中間逗遛曲折，不出乎一均七聲之外，非謂某句必用某律、某律必管某字而不可以移易也，古之度曲大槩如此。隋、唐以降，鄭譯諸人以臆更作，使夫清廟之歌徒諧俚耳，高下混淆，紛亂無統，於雅頌之旨微矣。獨大樂署所掌十七宫調，以不隸太常，故樂官得以世守之而不敢易，但撰辭長短不齊，各限以平仄，為一定之制。學士大夫有作，亦必循其制為之，謂之新樂府。推原其始，黄鐘宫諸曲當如《四牡》之於《鹿鳴》，無射清商諸曲當如《葛覃》之於《關雎》，起調畢曲之律同，其逗遛曲折不必盡同也。嘗以古辭求之晉，稽康有《風入松》之曲，唐僧皎然擬之，為五言詩，今大樂雙調有《風入松》，乃首句七言，末句六言，與皎然之作全不相似，豈此曲可五言、亦可七言乎？李賀《申胡子觱篥歌》亦五言，當時工師尚能於席間裁為平調奏之，今人不能也。意者凡曲家古詩樂家以其起調畢曲之字偶用一調譜之，遂加襯字為曲，非先定其律而後撰其辭以輳合之，亦非謂此曲必入某調而不可易也。故中吕雙調皆有《醉春風》，越調、中吕皆有《鬬鵪鶉》，正宫、仙吕皆有《端正好》，若是者，不必偏舉，可見凡曲無一定之調，但一詩，而十七宫調皆可更迭奏之矣。（《沈氏學弢》卷七「樂」）

二　詩餘：王弇州曰：《花間》以小語致巧，《世説》靡也；《草堂》以麗字取妍，六朝隃也。即詞號稱詩餘，然而詩人不為也，何者？其婉孌而近情也，足以移情而奪嗜。其柔靡而近俗也，詩嬋緩而就之，而不知其下也。之詩而詞，非詞也；之詞而詩，非詩也。言其業，李氏、晏氏父子、耆卿、子野、美成、少游、易安，至矣，詞之正宗也。温、韋艷而促，黄九精而刻，長公麗而壯，幼安辨而奇，又其次也，詞之變體也。詞興而樂府亡矣，曲興而詞亡矣，非樂府與詞之亡，其詞（當作調）亡也。（同前書卷十四「藝文」）

三　詞曲：王弇州曰：曲者，詞之變。自金、元入中國，所用胡樂嘈雜，凄緊緩急之間，詞不能按，乃更為新聲以媚之。而諸君如貫酸齋、馬東籬、王實甫、關漢卿、張可久、喬夢符、鄭德輝、宫大用、白仁甫輩，咸富有才情，兼喜聲律，以故遂擅一代之長，所謂宋詞元曲，殆不虚也。但大江以北漸染胡語，時時採入，而沈約四聲遂闕其一。東南之士，未盡顧曲之周郎。逢掖之間，又稀辨撾之王應。稍稍復變新體，號為南曲，高拭則成遂掩前後。大抵北主勁切雄麗，南主清峭柔遠。雖本才情，務諧俚俗，譬之同一師承，而頓漸分教，俱為國臣，而文武異科。今談曲者往往合而舉之，良可笑也。（同前）

黄學海輯詞話

黄學海，延陵（今屬江蘇）人。妙齡通籍，蚤歲掛冠，刳心羣籍，盟煙霞而友泉石。著《[illegible]齋漫録》十卷《續集》二卷《别集》一卷，自序（萬曆辛丑）謂性顓樸，素鮮嗜好，庋貯羣籍，可以樂饑，常手録一二，置於奚囊，彙之成帙，録漢、晉至明朝名臣逸事。此據《續修四庫全書》影印明萬曆三十年刻本録詞話一則。

一　文潞公以樞密直學士知成都，公年未四十。成都風俗喜行樂，公多燕集，有飛語至京師，御史何聖從因謁告歸，上遣伺察之。何將至，潞公亦為之動。有幕客張少愚謂公曰：「聖從之來，無足念。」少愚與聖從同郡，因迎見於漢州，命酒設樂，有營妓善舞，聖從狎，問其姓，妓曰：「姓楊。」聖從曰：

「所謂楊臺柳者。」少愚即取妓項帕羅題詩曰：「蜀國佳人號細腰，東臺御史惜妖嬈。從今喚作楊臺柳，舞盡春風萬萬條。」命其妓作《柳枝詞》歌之，聖從為之霑醉。後數日，聖從至成都，頗嚴重。一日，潞公大作樂以燕聖從，迎其妓雜府妓中，歌少愚之詩以侑觴，聖從每為之醉。聖從還朝，潞公之謗乃息。（《筠齋漫録》卷八）

顧梧芳詞話

顧梧芳，號存一居士，嘉興（今浙江）人。行蹟不詳，萬曆時在世。此據明末毛氏汲古閣刻《詞苑英華》本《尊前集》録序文一則。

一

《尊前集引》（存一居士顧梧芳撰）：嘗慨古樂之不復也，將非華聲不振，僉趨夷習，展轉失真而無已耶？何則，循流遡源，雖鈞天猶可想像。迷沿聾襲，即咫尺玄白罔鑒。爰自淳風日漓，凡在含識，莫不眩文嗤朴。今觀古樂府質壙悠蘊，不拘平側，率多協韻。歷攷填詞，舉動按調，音律益嚴。是知古樂府觸類於古詩，而填詞抽緒於近體。然近體造端梁、陳，更唐天寶、開元，其格始純，又况填詞之精工哉！若玄宗之《好時光》、李太白之《菩薩蠻》、張志和之《漁父》、韋應物之《三臺》，音婉旨遠，妙絶千古。佗如王、杜、劉、白，卓然名家，下逮唐末群彦若干人，聯其所製，為上、下二卷，名曰《尊前集》，梓傳同好。先是唐有《花間集》及宋人《草堂詩餘》行，而《尊前集》鮮有聞者，久之，不幸金、元僭據神州，中區汙染北鄙風氣，由是曲度盛而詞調微。目今南北樂部，若絲、若竹、若肉，疇脱夷習，寧非諸華之恥乎？余以為額定機軸，畫一成章，是以謂之填詞，縱乏古樂府自然渾厚，往往婉麗相承，比物連類，諧暢中節，未改唐音，尚有風人雅致。非如曲家假飾亂真，千姸萬態，不越倡優行徑。蓋其失在於宣和已還，方厥初新翻小令，猶為警策，漸繹中調，既已費辭；奈何殫曳璽絲，牽押長調。遂俾覽聽未半，孰不思睡？固無怪乎左詞右曲也。余素愛《花間集》勝《草堂詩餘》，欲播傳之。曩歲客於吴興，茅氏兼有附補，而余斯編第有類焉。嗚呼！曲詞誠小伎，一升一降，俗尚音形，可以觀時，娱情燕會，蘭熏虎變，實籍名世，作者權輿爾已。噫！是可易與不知者道哉！萬曆壬午春三月既望，書於來鳳軒。（《尊前集》）

《燕居筆記》詞話

《燕居筆記》，原編者名氏不詳，今存明人增補本有三，即林近陽《新刻增補全相燕居筆記》、何大倫《重刻增補燕居筆記》和馮夢龍《增補批點圖像燕居筆記》，諸本互有出入。此據早稻田大學藏明書林余泗泉梓行林氏《新刻增補全相燕居筆記》録詞話一百一十則。其中個別殘破缺字則參照上海古籍出版社出版《古本小説集成》影印明萬曆二十五年周氏萬卷樓刊本補訂。

一

合生詩詞：宋時，江浙間路歧伶女有慧黠，知文墨，能於席上指物題詠，應命輒成者，謂之合生。其滑稽含玩諷者，謂之喬合生。張安國守臨川，王宣子解盧陵郡印，歸次撫，安國置酒郡齋，郡士陳漢卿參會，適散樂一妓言學作詩，漢卿語之曰：「太守呼為五馬，今日兩州使君對席，遂成十馬，汝體此意，做八句。」妓凝立良久，即高吟曰：「同是天邊侍從臣，江頭相遇轉情親。瑩如臨汝無瑕玉，宛似廬陵有脚春。五馬今朝成十馬，兩人前日壓千人。便看飛詔催歸去，共坐中書秉化鈞。」安國為之嗟賞竟日，賞以萬錢。洪景廬守會稽，有歌諸宫調女子洪惠英正唱詞次，忽停鼓白曰：「惠英有述懷小曲，願容舉似。」乃歌曰：「梅花似雪，剛被雪來相挫折。雪裏梅花，無限精神總屬他。梅花無語，只有東風來作主。傳與東君，且與梅花做主人。」歌畢，再拜云：「梅者，惠英自喻，非敢僭擬名花，姑以僭意。雪者，指無賴惡少困擾。」故情見乎詞，在流輩中誠不易得。（筆者按：原本少數字漫漶，參照洪邁《夷堅志》補。）（《新刻增補全相燕居筆記》卷一「詩類」）

二　咏針嘲妓：有一士人携友遊翫花街，偶見妓女刺繡帳前，有同遊者謂士人曰：「汝能吟咏，可以針為題，作一詞何如？」士人即題曰：「曾經鍛鍊鋭鋒聳，佳人玉手拈弄。有時挑得花心動，那時節、佳人只喜硬剛剛，軟的原來不用。」士人謂其友曰：「汝亦能詩，可無咏乎？」友作詩云：「一寸堅鋼鐵作成，綺羅叢裡度芳春。若教玉手抽來急，挑得花心朵朵新。」妓見二士才華，頗亦心動，遂與之契合。（同前）

三　元末有秋官吴守禮者，浙之湖人也。初論伯顏專權亂法，蠹國害民，疏上忤旨，奪職放歸。於是買田築室，以訓子為事。子名廷璋，字汝玉，號尋芳主人，涉獵書史，揮吐雲煙，姿容俊雅，技通百家，且喜游俠及兵事，真文章班、馬，風月張、韓也。守禮欲使子謀仕，生曰：「今何時也，可求仕哉？水溢山崩，熒飛日食，天變不可挽矣。異端作亂，隸卒稱兵，人變不可支矣。兼以侏儒御重位，羯羶執大權，直節難容，奸邪立黨。予家本南人，何忍拜犬羊、偶豕彘乎？有田可耕，有廬可守，適性怡情，偃仰於世足矣，何必披袍束帶，徒為夷虜所貴賤哉？況天人交變，運曆將終，不幾十年，必有真天子出，吾其俟之。」守禮聞言，亦服其識見之卓。一日，以事辭父往臨安，過蘊玉巷，見小橋曲水，媚柳喬松，又有野花襯地，幽鳥啼枝。正息步凝眸間，不覺咲語聲從風自牆內來者，嬌柔小巧，温然可掬。暗思：必佳娃貴麗也。隨促馬窺之，果見美姿五六，皆拍蝶花間，惟一淡裝素服，獨立碧桃樹下，體態幽閑，豐神綽約，容光瀲灩，嬌媚時生，惟心神可悟，而言語不足以形容之也。正玩好間，一女曰：「牆外何郎，敢偷覷人如此？」聞之，皆遁去。生歸寓，若有所失，情思不堪，因賦詩一律以自解：「無端雲雨惱襄王，不覺歸來意欲狂。為惜桃花飛面急，難禁蝶翅舞春忙。滿懷芳興憑誰訴，一段幽思入夢長。咲語無情聲漸杳，可憐不管斷人腸。」晨起，再往候之，惟緑樹粉牆，小門深閉而已。俄見一老嫗據石浣衣，生立伺久之，揖而進曰：「牆内何氏園也？」嫗曰：「參府王君家玩也。」「非其諱士龍者乎？」對曰：「然。」「彼有息女否？」答曰：「有女二，長曰嬌鸞，寡服未釋；次曰嬌鳳，聘伐未偕。」「為人何如？」嫗曰：「姿容窈窕，且工詞章，善琴弈，而裁雲刺錦，特餘事耳。」生聞之，不覺神歸楚岫，魄遶陽臺，而求見之心益篤矣。因自喜曰：「此吾老父契也，備贄謁之，以假館為由，萬一允焉，他日之事未可知也。」乃持書謁之，生進曰：「家君自别麾下，甘志林泉，不獲進瞻偉範，徒佇暮耳。姪因遊學貴地，徧索雅静居，俱不如意。昨聞名園閑曠幽麗，欲貸習業，未審尊旨如何？倘念夙交，特賜容愛，小子當效草環之報。」王老咲而言曰：「尊翁與朽握手論契，已非一朝，彼此情猶至戚，今君棄家求名，盛舉也，敢不如命？」且囑之曰：「饔飧之需，吾當任奉，毋使牽書史心可也。」翼日，生遣隨僕覆父，即携琴劍書囊而往，王老乃館生於池亭小閣中。生雖身居書室，心憶鸞娘，採青拾紫之念頓忘，而竊玉偷香之謀益計矣。處及旬餘，心事杳杳，不勝悲嘆。然王老見生舉止端詳，言詞温潤，接人待物，曲盡理道，心甚愛之。雖夫人、二嬌之前，每以偉器目焉。時台州李志甫作反，朝廷詔犟卜班總江浙軍事行討，王以武名亦與，因召生謂曰：「正欲與君親益，奈征蠻之制已下，行期旦夕矣。家中外事，望乞支任。」生一一允諾。明日，王備舟促裝，送者馳驟。生晚歸，心幸曰：「待月之事可成矣。」後一夕，鸞獨坐卧雲軒中，月弄花枝，影碎風旋，爐篆香遥，自念金蘭流水，不能倚玉樹而遇知音，其為情也，誠不堪矣。即呼侍婢春英者，慧巧倜儻，亦豔質也，同至後園集芳亭前步月舒悶，忽聞琴聲丁丁，清如鶴唳中天，急若飛泉赴壑，或怨或悲，如泣如慕，誠有耳接而心怡者。鸞即迤逦池亭，穿窓窺之，見生正襟危坐，據膝撫床而彈，清香裊裊，孤燭煌煌，望之若神仙中人，恐為生聽覺，即與春英快快而去。歸不能寐，適筆硯在傍，而援書曰：「正好歡娛綵幔，何事赤繩緣斷。步月散幽懷，又被琴聲撩亂。情願，情願，孤枕與君分半。」右調《如夢令》。自是口雖不言，心則已領會矣。後夜復至，意為聽琴計也。適生獨立柳陰玩月，鸞不知而突至，見生赧顔，與春英相咲而去。（節録自同前「浙湖三奇誌」）

四 言畢，鬟去，春英適來。生語英曰：「別後心事懸懸，癡病日篤，賢姐何不出一奇謀，以活涸轍之枯魚哉！」英曰：「吾嘗爲汝圖矣，但芳心玉石，何能即開？遲之歲月可也。」生曰：「予豈不諒，第勢如累卵，信子所言，是猶輸萬里之米而救饑餓士也，事能濟乎？」英良久曰：「鸞姐知詩，不若製一詞以挑之，何如？」生曰：「善。」乃邀英於書閣中。方欲構思，見英侍立，星眸含俏，雲鬢籠情，彼此互觀，欲思交動，乃謂英曰：「詩興不來，春興先到，奈何？奈何？」即挽英就枕，英亦不辭，金蓮半起，玉體全偎，當芙蓉露滴之時，殆恍若夢寐中魂魄矣。生起，喜曰：「予欲建策謀人，得子發仞，既能一戰致捷，後雖有勍敵堅城，可破竹下矣。」英曰：「但恐得下之日，不問發仞之人耳。」生曰：「如有此心，神明共殛。」將行，索詞，生一揮而就，乃《憶秦娥》：「相逢後，月暗簫聲人病酒。人病酒，一種風流，甚時消受？　無聊獨立青青柳，恍然邂逅原非偶。原非偶，覓個良宵，丁香解扣。」英度來久，急遽趨回，所索之詞竟遺於路，不意爲小鬟所見，拾送巫雲，巫雲拆視之，曰：「此情詞也，嬌鸞有外遇矣。」執而白之渠母，免玷王氏風，可乎？」復自忖曰：「彼母窘我，我亦無賴，又何苦自作怨？況聞吴公子瀟灑聰明，愈於王老十倍，不若詐鸞詞以先接之，何如？」遂封一紙，命小鬟持去，詞名《好事近》：「好夢久飄遥，一束將人輕撩。准擬月兒高，莫把幽期負了。　曲房深幕護絞綃，留待多情到。此際慇懃報導，要輕輕悄悄。」生方倚檻看花，忽見小鬟報曰：「鸞姐有書，約公子一會。」生曰：「春英何在？」鬟曰：「侍老夫人處，是以不來。然鸞姐害羞，夜不設火。公子如約，竟過集芳亭，進小門，達太和堂，透迎暉室，由左而旋，即鸞寢所，慎毋誤也。」生得詞，喜溢顏色，恨不得揮太陽於咸池，揭清光於石室。（節録自同前「浙湖三奇誌」）

五（巫）雲起，謂生曰：「嬌鳳讀書知禮，不可苟動，彼婢秋蟾者亦頗通文，鳳之情性，蟾素諳識，誠能以計得之，一則無礙，二則令伺其隙，鳳可不日取矣。」生曰：「予固愚疎，惟卿所指。」乃相與執手而別。生方及門，見一女童持盒至前，口稱鳳姐奉謝，望公子咲留。生開視之，乃牙扇一柄，九鸞香百枚，生急問曰：「子非秋蟾姐乎？」對曰：「公子何識？」生曰：「久慕芳名，嘗懸念慮。」將近身叙話，蟾害羞馳去，生因自悔，作詞以道之：「春夢斷，心事仗誰憐？寂寂歸來情未遣。小窗幸接新緣厚，貺自天傳。鬟翠展，相與欲留連。恍隨鶯燕忙飛遠。望斷紅塵重惘然，徒使旅魂牽。」右調《望江月》。越兩日，生獨坐凝思，著意者失意，無情者有情。（節録自同前「浙湖三奇誌」）

六 嬌鳳素愛生才，今得書，亦不甚怪，且依方治之，疾果愈。時暮春景候，幽禽亂呼，舞蝶相逐，生無聊，欲趨會巫雲，以話得秋蟾事。道經迎翠軒，得一金鳳釵，口纓尾翠，製極工巧可愛，生喜，取而藏之。及至雲所，雲已不在。復回故道，而鳳與蟾方咄咄相視。生趨揖，曰：「目患方除，今又竭力耶？」鳳未及答，蟾在傍應曰：「承方致愈，幸已涵明，早失一釵，來此尋覓耳。」生曰：「何以失之？」鳳曰：「無心而失之。」生曰：「失雖無心，得者不免有緣。」鳳曰：「棄之而已。」生曰：「金質鳳名，何忍相棄？」鳳曰：「縱不忍，奈無覓何？」生曰：「第求之天下，豈有求而不得者？」鳳即怒蟾曰：「汝在我後，眇不一看，安用汝為？」生徐袖中出釵，曰：「僕久蓄此，果愜意，即當代償。」鳳接，咲曰：「舊物耳，兄何欺？」生曰：「繡償閨書室，隔若天淵，而失釵竟入僕手，不可謂無緣也，敢云欺乎？」語未竟，報鸞娘來，生即趨出，謾成一詞：「訪舊歸來嗟不遇，轉過迎暉，又與新人語。數句情言微自露，嫦娥可是猶難悟。拾得金釵原有主，咲接慇懃，好把雲鬟護。雖得相逢遊洛浦，反教添我相思慕。」右調《蝶戀花》。日晚，仍赴巫雲。（節録自同前「浙湖三奇誌」）

七 越數日，春英來園中，生招，謂曰：「别後耿耿，子忍不一顧耶？」英曰：「予心亦然，但嬌娘子常有恙，不可舍耳。」生曰：「向承許，杳不效力，豈為信人？」英曰：「公子將别望，敢相强乎？」生咲曰：「知心有幾信哉？」反顧間，秋蟾、小鬟亦至，生曰：「不約而俱，良會也，安可虚負？試鬬草一樂，劣者任勝者罰，何如？」衆美皆曰：「可。」時有翠色花一種，生先得之，秋蟾潛欲分之，英亦求惠，生方欲與，不料為小鬟所見，並力來奪，三女一男，混作一處。鸞度英來，又諒必遇生，忌有所私，親往伺察。鸞已近身，而彼此猶争咲自若。鸞叱曰：「男女相授受而顧狎戲如此，體面何在？」衆皆遁去，惟春英伏地請罪，鸞欲譴責，哀求而止。後兩日，春英忿鸞之辱己也，乃盗鸞《如夢令》詞及紅鸞頭鞋一隻與生，曰：「嬌娘子手製，當為公子作媒。」生覽之，不覺大喜過望。候晚，密趨卧雲軒，見鸞獨立凝神，口誦「不如意事常八九」之句空，即在背接曰：「何意不如？僕當解卿一二。」鸞駭問曰：「汝來此何幹？」生曰：「來付（當作赴，下同）約耳。」鸞曰：「有何約可付？」生出鞋，曰：「此物，卿既與之，今復悔耶？」鸞愕然，曰：「此必春英所竊，兄何易欺？」生曰：「然則『與君分半』之詞，亦春英所作乎？」鸞不覺面色微紅，低首不答，指撚裙帶而已。生復附耳曰：「白玉久沉，青春難再，事已至此，守尚何為？」即挽鸞頸，就大理石床上，羅裙半卸，繡繻齊挑，眼朦朧而纖手牢鈎，腰閃爍而靈犀緊輳。在鸞久疎舊欲，覺芳興之甚濃；在生幸接新緣，識春懷之正熾。是以玉容無主，任教踏碎花香；弱體難禁，拚取番殘桃浪。真天地間之一大快也。生喜鸞多趣有情，乃於枕上搆一詞以慶之：「蝶怨蜂愁迷不醒，分得枕邊春興。何用鞋憑證，風流一刻皆前定。寄語多情須細聽，早辨通宵歡慶。還把新弦整，莫使粧臺負明鏡。」右調《惜春飛》。鸞起曰：「通宵之樂，不（此字疑誤）妾本心，第礙春英耳。」生紿曰：「不妨，當並取之，以塞其口。」彼此正興逸，遥見火光，望之，乃夫人也。鸞即使生踰窗而避之，鞋與詞俱不及與。生且懼且行，不意小鬟在路，承命邀生，生不能却。至，則巫雲方守燈以待，見生面色蕭然，親以手酌生，坐生膝上，每酌，則各飲其半，不料袖中鸞鞋為彼覺而搜之，生亦不能力討，竟留宿焉。（節録自同前「浙湖三奇誌」）

八　鸞自通生後，忌春英眼，每降節下之，欲得其歡心。一日，英持玉丁香侍粧，失手墮地，竟損一角，鸞收匿而不問，英因德鸞，乃私告曰：「侍奉閨幃，久蒙恩育，倘有所使，當竭力以圖報。」鸞曰：「我無他，惟汝玉一節，兩難週旋耳。」英曰：「夫人性寬，既在所略，則下此俱不足畏，况娘子情人，即我情人也，何自生嫌疑？」鸞曰：「子既有美心，能引我一見乎？」英曰：「不難。」即與鸞同至生室，相見歡然，因以眼撥生，曰：「那人已回心，今夜可作通宵計矣。」生點首是之。正咲語間，忽索前鞋及詞，已無覓矣，生遮以別言，鸞愈疑，固執，生不得已，遂以實告，鸞重有不平意，少坐而去。生雖喜得鸞，而以鳳方之，則彼重於此多也。是夜，因鳳事未偕，鬱鬱不樂，伏枕而眠，竟不赴鸞之約。鸞久候不至，意為巫雲所要，乃怨雲奪已之愛，欲謀相傾。然所恨在彼，而所惜在生，又未敢悻然自快也。寢不能安，遂作一詞以寫其意：「曉來密約小亭中，戚戚兩情濃。良宵挨盡心如痛，徒使我、望眼成空。紅葉無憑，緑窗虚扃，何處覓飛鴻？　欲眠猶自倚薰籠，幽恨積眉峰。孤燈獨守難成夢，凄涼了、一枕殘紅。不是緣慳，非干薄倖，都為妒花風。」右調《一叢花》。明早，鸞以此詞命春英持送與生，生接覽之，自悔無及，即同英入謝罪。（節録自同前「浙湖三奇誌」）

九　過大和堂，望見嬌鳳立麗春舘下看金魚戲耍。生使英先回，竟趨付（當作赴）鳳。鳳問秋蟾曰：「一雌前行，衆雄隨後，何相逼之甚耶？」生曰：「天下事，非相逼，焉能有成？」鳳整容施禮，而生已當胸緊抱，曰：「今日乃入手耶。」鳳怒曰：「兄何太狂！　人見，則彼此名損多矣。」生曰：「為卿死且不吝，何名之有？」鳳因且拒且走，生恐傷彼力，尋亦放手，但隨之而行，直至閨中。鳳方坐一小几舒氣，生即蹲踞而前，曰：「子誠鐵石人耶？　自拜嬌姿，即勞夢寢，屢為吐露，不獲垂憐，使我空池虚舘中，當月朗燈殘之候，度刻如年，形影相弔，將欲思歸，則香扇猶在目也，情束猶未還也，何忍一旦自棄？　及至姑留，又以熱心而對冷眼，甚不能堪。是以千迴萬轉，食減容消，若癡醉沉昏然者，無非卿使之也，卿縱欲為彭娥德輝之行，何斷送人至此極乎？」言訖，不覺淚下如雨。鳳扶生起，曰：「妾非草木，豈謂無情？　方寸中被兄縈亂久矣，然終不顯然就兄者，誠以私奔竊取，終非美滿之福，祇自招人議耳。況觀兄之學與才，必不久卧池中者，故父母亦愛兄敬兄。苟或事遂牽紅，則偕老終身，妾願足矣。計不出此，而徒依依吾前，何不諒之甚耶？」生曰：「卿言誠是，但世情易變，後會難期，能保其事之必偕乎？　倘或天不從人，則萬斛相思，頓成一夢，必難復牽子襟以自訴矣，悔恨又當何如？」鳳又曰：「爾我情緣，甚非易得。此身既許於君，將死生以之，復肯流落他人手哉？」即脱指上玉記事一枚，繫青絲髮一縷與生，曰：「兒當以結髮為圖，以苟合為戒。」生袖中偶有鴛鴦荷苞，亦與鳳，曰：「情聯意絆，百歲相思。」正話間，秋蟾馳至，頗知此情，乃曰：「彼此歃盟，不可無證，兒姻緣得意，妾亦有所托者。」即折髻上玉簪，以半與生，祝曰：「君情若堅。」以半與鳳，祝曰：「姐志若白，綠鬢成交，蒼頭無斁。」生、鳳皆咲而收之。生感鳳意，口占《清夜》詞一闋：「蘭房兮春曉，玉人起兮纖彎小。誓固兮盟牢，黃河長兮泰山老。鶯愁兮蝶困，綠陰陰兮紅暈。密約兮雖都苦，沉夢兮難醒。」鳳亦以詞答生：「默步庭闌，無端又被狂郎見。排鶯狎燕，頓使酥胸顫。訂説盟言，半怯桃花面。情洽處，且休留戀，早中金屏箭。」右調《點絳唇》。(節録自同前「浙湖三奇誌」)

一〇 生雖未得通鳳，然而脂香粉色，殆領會盡矣。况其意念惓惓，生亦感釋，病為之少差。生匿不聞，欲瞷鳳再至。越日，果來，扨床問曰：「兩日頗快否？」生曰：「癡病懨懨，未知此身孰有，敢望快乎？萬一復理巾櫛，當素快於吾卿，不識周旋之意何如耳？」鳳欲寬生，乃曰：「恭喜，後惟兒自從，敢執前見以負罪耶？」生不勝喜，病亦漸愈。初起，即往候鳳。鳳見生，喜愛過於平日，因謂生曰：「兒在患時，妾心膽幾裂，夜不解衣者數晚，憂兒之情，行處坐卧不擇也。今幸無恙，綿遠之期可卜矣。」因出所作之詞示生：「緣乖分薄，平地風波惡。得意人兒疾作，兩處一般擔閣。書齋相問痛消魂，孤衾揜與溫存。忍别歸來心戚，一線紅泉偷滴。」右調《青玉案》。生亦出詞，乃謝鳳者也，詞云：「病起識紅塵，患難方知益故人。襴釦含嬌輕解處，情真，一枕酥香分外親。報德愧無因，惹我相思恨轉新。骨瘦不堪情士重，傷春，綠暗紅稀再問津。」右調《南鄉子》。彼此看訖，情話綢繆。(節録自同前「浙湖三奇誌」)

一一　時近二更，生知無礙，即直造鳳所。鳳方坐床脱繡，見生至，且驚且喜，曰：「兄久忙，何暇至此？」生曰：「被斥之人，無顔求見，今蒙不醉之德，故來謝耳。」鳳曰：「果非妾，兄將不勝甚矣。」生復移身近鳳，曰：「麯糵所釀，不過醉面，至於情意所絆，實能醉心。僕心卿，醉甚矣，顧乃吝不一醒，何耶？」鳳曰：「兄果執迷，必欲以情事相尚，則秋蟾，愛婢也，亦頗俊豔，下妾不多，當薦以代，何如？」生曰：「卿誤矣，燕石滿囊，不若粒玉之能寶；駘蹄盈廐，何如一驥之可良。病入膏肓，心力俱困。若曰代如蟾者，多是以溺不悔，死於卿前，矧暮延凄凄孑孑如窮鱗甃翼之所歸者？意在卿也，豈愛婢哉？」鳳意稍解，但默默不言。生又進曰：「天下有强奴悍寇，始雖甚惡之，及其輸情納款，匍匐哀哀時，未嘗不屈法憐宥。然則僕之於卿，亦可謂輸款甚矣，而卿竟不少憐録，豈奴寇之不若乎？」鳳見生言懇懇，乃曰：「兄意既如此，妾敢固愛？但姑待明夜可也。」生興正發，即抱住，曰：「僕腸頗短，不能優遊以待，且人定回天，何况於子？」乃力推仆枕，鳳亦不敢相却，任生解衣。翡翠衾中，輕試海棠新血；鴛鴦枕上，謾飄菡萏奇香。情濃，任教羅襪之縱横；興逸，哪管雲鬟之撩亂。生愛鳳嬌，帶咲徐徐舒腕股；鳳憐生病，含羞怯怯展腰肢。肺腑情傾翠舌，不由我香汗沾胸；絞綃春染紅粧，難禁他嬌聲聒耳。從今快夢想之懷，自是償姻緣之債矣。是夜，生為情欲所迷，將五鼓纔睡。當旭日紅窓，而生、鳳猶交頸自若。秋蟾恐懼人來，乃揭幔低聲曰：「陽臺夢尚未醒耶？」生、鳳方驚覺，整衣而下。鳳急試粧，嬌姿愈豔，生在傍不覺大喜狂溢，乃綴《樂春風》一詞以慶之：「錦褥香不，幽閨春鎖。幾番神想蓬可，今得身遊夢所。風流何處值錢多。蘭蕙舒芬芷，桃榴破顆。嬌羞嬝娜，情重處，玉堂金谷皆左。纔識得，一刻千金而果。」鳳觀畢，曰：「妾之蒲柳，不避淫汚，一旦因兄致玷，誠以終身付之也。若曰暮暮朝朝，甚非所願，惟兄諒之，則萬幸矣。」亦口綴前詞以復焉：「鸞鏡纔圓，鵲橋初渡。暗思昨夜風光，羞展輕蓮小步。杏花天外玉人酡，難禁眉攢，又何妨鬢嚲。情偕意固，管甚麽，褪粉殘紅無數。須常記，一刻千金價果。」（節録自同前「浙湖三奇誌」）

一二 一日，會台州人歸，以軍功報夫人。鸞乃重賄使，詐傳王命：「早暮衙内凄凉，當送新姨來伴。」使者得賄，果如計語夫人，夫人亦憐王在外，信而從之，即謂巫雲使去。雲患涉險，且以生故，不欲行去，情屬夫妻，久難自止。正躊躇間，生忽趨至，雲曰：「何來？」生曰：「聞卿被召，特決有無。」雲曰：「果然。」生曰：「去則去矣，僕將何依？」雲曰：「一自情投即堅，仰正宜永好，常沐春陽，奈事不如人，頓令隔别，雖曰後會有日，而一脈恩情，不得與鸞、鳳輩馳騁矣。」生曰：「事已至此，為之奈何？」乃相與執手欷歔。而夫人以明當吉日，又使小鬟促雲整粧矣。生夜乃留宿雲所，眷戀不可悉記。早起時，鳳亦持紗衣一襲，桂餅、梅丸各二封以贐。雲見生在睨盼而咲，春英、秋蟾亦共執巵酒送别，惟鸞懷舊忿，若不知者。雲即留坐，相與共酌，雲因謂生曰：「鳳姐與我自從奉接閨幃，情同已出，況以公子之故，敢負斯心？爾汝百歲良姻，此行可力任矣，善自綢繆，毋生嫌阻，不知他日待我何如耳？」言訖，涙數行下，鳳與生亦掩面大慟。正惜别間，報夫人來送，生即致意而出。然自巫雲去後，夫人以鳳無所托，命鸞與俱，家事代雲分理，是以人之出入、門之啟閉，親為防閑。鸞欲獨佔

（當作佔）生情，今反兩不得便，心竊悔焉。生亦怏怏失意，且遭連雨，益難為情。是夜，伏枕不安，謾成詩詞各一首：「熟梅小雨故連宵，旅舘愁來不待招。筆硯病餘功課（此處脱一字），家鄉雲外夢魂遥。簷聲逼枕添惆悵，燈影憐人伴寂寥。新緑滿園雖可意，久虚尋常任飄摇。」《香柳娘》：「對孤燈悄然，對孤燈悄然。夜間人倦，雨聲滴破破思怨。這情緒可憐，這情緒可憐，展轉不成眠，懶把羅衾戀。想伊兒妙年，想伊兒妙年，腸斷心灰，務偕姻眷。」（節録自同前「浙湖三奇誌」）

一三 生抵家，備以王愛留之情、鳳永婚之意，曲道於父，父不勝喜曰：「此吾責也。」即為書及白金百兩、彩段（當作緞）二端、金釵環各二事，遣人往台求婚。王得書，謂巫雲曰：「吴兵部家求鳳姐親，汝為何如？」雲曰：「簪纓世胄，才茂學優，何不可之有？」王咲曰：「吾亦久蓄此意，但不欲自啟耳。今當乘其來求索，以為贅，則吾老有所托矣。至於花燭之事，且待賊平榮歸，親自校點也。」因以聘禮送回夫人，答書許焉。人還，生大喜如醉，因成一詞以自慶，名曰《西江月》：「久得西廂明月，今方願遂蕊喬。已知鸞鳳下湘瀟，何用信傳青鳥。曉苑飛花有主，春田藴玉成瑶。雲橋再渡樂良宵，正是嫦娥年少。」（節録自同前「浙湖三奇誌」）

一四 自朝出暮入，習以為常。一鳳一鸞，更相為伴，或投台花下，或彈碁竹間，或携手聯賡，或連眉（疑作袂）對酌，生之一身日在脂粉綺羅中遊衍，而他又何羡哉？因作《芳閨十勝》以自賞。雲鬟：「梳罷香絲擾擾蟠，咲將鸞鳳帶斜安。玉容得爾多粧點，秀媚如雲若可餐。鴉色膩，雀光寒，風流偏勝枕邊看。」雪股：「娟娟白雪緑楊籠，無限風情屈曲中。曉睡起來嬌怯力，和身斜側倚窓櫳。冰骨嫩，玉山隆，鴛鴦衾煖挽春風。」鳳眼：「波水溶溶一點清，看花尤自未分明。嫣然一段撩人處，酒後朦朧情思盈。梢帶媚，角傳情，相思幾處淚痕生。」蛾眉：「淡月彎彎淺效顰，含情不盡亦精神。低回想是思張敞（當作敞），一抹螺紋巧簇春。山樣翠，柳般新，菱花鏡裡净無塵。」金蓮：「龍金點翠鳳為頭，襯出蓮花雙玉鈎。尖小自憐行步怯，鞦韆裙底任風流。穿房（當作芳）徑，上小樓，淺塵窄印使人愁。」玉笋：「春葱玉削美森森，袖擁香羅粉護深。咲撚花枝能素巧，更憐留别解牽襟。機中字，弦上音，纖纖紅甲謾傳心。」柳腰：「嬌柔一撚出塵寰，端的丰標勝小蠻。學得時粧宮樣細，不禁嬝娜帶圍慳。低舞月，緊垂環，幾向雲雨夢中攀。」酥乳：「脈脈雙含絳小桃，一團瑩軟醞瓊醪。等閑不許春風見，玉扣紅綃束自牽（當作牢）。温比玉，膩如膏，醉來入手興偏豪。」粉頸：「霜肌不染色融員（當作圓），雅媚多生蟬鬢邊，鈎挽不妨香粉褪，裷來常得枕相憐。嬌滴滴，嫩娟娟，每勞引望悵佳緣。」朱唇：「胭脂染就麗紅粧，半啟猶含茉莉芳。一種香甜誰識得，殷勤帳裡付情郎。桃含顆，榴破房，啣盃霞影入瑶觴。」（節録自同前「浙湖三奇誌」）

一五 自是，朝暮依依，惟生是念。而生之在家，亦惟鸞、鳳是圖。奈斷案之後，士彪嚴為關防，雖蒼頭孺子不許私出入，恐與生有所約也。將及年餘，竟不能通一紙。生欲抱義與逞，生父又力阻之，以故兩相擔閣。二嬌居處怨慕，所自排者，惟形之於詩詞耳。有《四景閨怨》録後：……鸞見詩，謂鳳曰：「妹有是心，予獨無情乎？然詩妙矣乎。能和，當以曲賡。」亦成《四景題情》一套於左：《降都春》：「情濃乍别，為多才，寸心千里縈絜（當作結）。暗想當初，背香偷曾玉竊。如今惹下相思孽，倒不如無情安貼。滿懷愁緒，幾能勾對他分説。」《出隊子》：「蘭芽長茁，又見春光早漏泄。鶯鶯燕燕飛成列。凝眸都是傷春物，嬌滴棠梨，何心去折。」《集賢賓》：「花飛碎玉飄香屑，憑闌目斷天涯。猛聽黃鸝聲弄舌，喚起我、離愁切切。狠心薄劣，閃得我羅裙寬摺。無聊也，且自把珠簾半揭。」《黃鶯兒》：「枝頭梅乍結，困人天，微雨歇。南薰獨對枉自嗟，冰絃懶撥，香泉懶啜。端為恩情一旦撇。心哽咽，淚濕紗衫，相看都是血。」《玉胞肚》：「情乖愛奪，盼佳期，頓成永絕。空堪羨，並蒂荷花。怎支吾，暮蟬聲迭。蘭湯浴罷鬢雲斜，倩誰將我襴腰脱。」《山坡羊》：「滿地舞旋紅葉，欲待題詩難寫。近日臨粧，不覺嬌姿怯。親瓜葛，夢與同歡悦。又被西風忽動簷頭鐵，頃刻驚開原各别。悶也，拍瑶臺燈滅。怨也，擲菱花拚碎跌。」《五供養》：「西窓待月，挨幾個黃昏時節。相思兹（當作滋）味逐頭新，秋來更徹。是誰家砧杵聲頻，搗得我憂心欲裂。芳盟盡屬空，好事番成拙。楚岫雲遮，高唐夢蝶。」《忒忒令》：「繡閣寒侵，把獸爐謾熱。歎藍關，人阻截。幾番間揉碎梅花，揉碎梅花，惜孤衾，香自潔。怕寒鳩，啼漸越。」《僥僥令》：「愁結板橋霜，夢冷茅簷雪。畫翠流紅事已賒。甚時得破鏡全，斷簪接。」《尾聲》：「相思擔重苦難車，拚與他珠沉玉抉（當作缺），你不見程姬貞且烈。」（節録自同前「浙湖三奇誌」）

一六　生乃越日命駕，一家啓行，官民有送生者，列鼓吹旌旗，舳艫夫馬皆極盛麗。舟中風景不能盡述，有一詞以道之：「心事今朝除悒怏，只憐雲遶家鄉。豪情騎鶴任翱翔。手攀仙苑桂，身惹御爐香。極目煙霞迷畫舫，一天紫緑斜陽。遠山偏向望中長。將何酬美景，宿酒醉新粧。」右調《臨江仙》。及家，生父甚喜，即設宴宴夫人。酒罷，生偕鸞，鳳歸寢。（節録自同前「浙湖三奇誌」）

一七　武穆忠義詞：岳鄂王飛，精忠天植，在宋將中建節最少，其恢復中原之志，見於翰墨者不可殫述，嘗作《滿江紅》詞曰：「怒髮衝冠，憑欄處、瀟瀟雨歇。擡望眼，仰天長嘯，壯懷激烈。三十功名塵與土，八千里路雲和月。莫等閑，白了少年頭，空悲切。　靖康恥，猶未雪。臣子恨，何時滅。駕長虹，踏破賀蘭山缺。壯志飢飡胡虜肉，笑談渴飲匈奴血。待從頭，收拾舊山河，朝天闕。」國朝文徵明嘗和其詞曰：「拂拭殘碑，敕飛字、依稀堪讀。慨當初，倚飛何重，後來何酷。果是功成身合死，可憐事去言難贖。最無辜，堪恨更堪憐，風波獄。　豈不惜，中原蹙。豈不念，徽欽辱。念徽欽既返，此身何屬。千載休談南渡錯，當時自怕中原復。（此處脱『笑』字）區區一檜亦何能，逢其欲。」以殺飛者，高宗私心之為，特不過假手於檜耳，此亦《春秋》推見至隱之法。（同前書卷二「詞類」）

一八　遊岳王祠詞：何公喬官至尚書，遊岳王祠，作詞曰：「自分林泉人，此腰久不折。今見穆王祠，下拜非予越。一拜忠義之堂堂，二拜精忠之凛烈。三拜文武之全才，四拜古今之豪傑。為二帝之讎，雪中原之恥。朱仙鎮已逼東京，十二金牌和議決。倉糧雖盡莫須有，國體已忘公道絶。嗟哉五國海天邊，二帝向誰説。我有一管筆，利似龍泉鐵。可刳檜之心，斷檜之舌，砍檜之頭，刺檜之血。萬卨附勢欺君，固當粉其骨。張浚（當作俊）之妬賢嫉能，亦安能逃其責。風清月朗酒酣時，擊盞叩壺歌一闋。為人臣子，不能為君之流涕者，是亦失臣之節。大奸劉摯、賈似道，萬里山河宋家滅。」（同前）

一九　書憤詞：曾鳳韶，江西廬陵人，洪武末年進士。革除間爲監察御史，嘗侍朝班，彈劾無所避忌，聞者駭愕。靖難師起，議遣使致書，請罷兵歸國，無敢行者，公獨請行。至軍前，不納，公取竹通節入書，鼓風達之，又不報。文皇繼統，嘉其直，復以御史召，不赴。尋加侍郎召，又不赴。乃刺血書憤詞於襟，其略曰：「予生居廬陵，忠節之邦，素負骨鯁之强。讀書而登進士第，仕宦而至繡衣郎。慨一死之得宜，可以含笑於地下，而不愧吾天祥。」囑其妻李氏、子公望勿易衣，遂自殺，年二十九，李氏亦死節。（同前）

二〇　登釣臺詞：昔有士人浪迹四方，過嚴州，登子陵釣臺，覩其中春村暮雯，溪聲山色，足超賞心，使人世路塵襟急圖懷頓脱落於斯，頓仰瞻四壁詩詞，搆思於名公高客者，殆不可以一二屈指，其中一詞尤爲妙絶，詞云：「雲山蒼蒼兮煙木稠，石瀨潺潺兮江水流。故人兮冕旒，先生兮羊裘。使人皆先生兮，誰其伊周？使人不先生兮，誰爲巢由？可仕止久速兮，舍聖人吾將焉求？清風一絲兮垂爲名釣，蕉黄荔丹兮香火千秋。臺下幾篙兮榮辱之舟，先生一笑兮白雲收。」（同前）

二一　寶妻守節：岳州破時，徐君寶妻張氏被虜，乘間題詞於壁，其詞名《滿庭芳》，云：「漢上繁華，江南人物，尚遺宣政風流。緑窓朱户，十里爛銀鈎。一旦兵刀齊舉，旌旗擁、百萬貔貅。長驅入，歌樓舞榭，風捲落花愁。　清平三百載，典章文物，掃地都休。幸此身未北，猶客南州。破鏡徐郎何在，空惆悵、相見無由。從今後，斷魂千里，夜夜岳陽樓。」書罷，赴水而死。（同前）

二二　綵花詞：劉鼎臣，婺州人。就省試於行都，其妻朱氏自製綵花一枝贈之，並侑以《鷓鴣天》詞云：「金屋無人夜剪繒，寶釵翻過齒痕輕。臨行執手殷勤贈，襯與蕭郎兩鬢青。聽囑付，好看承，千金不抵一時情。明年宴罷瓊林晚，酒面微紅相映明。」（同前）

二三 寄外詞：易祓，字彦章，潭州人。以優等為前郎，久不歸，其妻作《一剪梅》詞寄之云：「染淚修書寄彦章，貪却前廊，貪（當作忘）却回廊。功名成遂不還鄉，石做心腸，鐵做心腸。紅日三竿嬾畫粧，虛度韶光，瘦損容光。不知何日得成雙，羞對鴛鴦，嬾對鴛鴦。」彦章感之，遂歸。（同前）

二四 伊川令詞：花仲胤為相州録事，久而不歸，其妻寄一束，詞一闋曰《伊川令》，云：「西風昨夜穿簾幙，閨院添消索。最是梧桐零落，迤邐秋光過却。人情音信難託，教奴獨自守空房，淚珠與燈花共落。」胤拆覽之，「伊」字作「尹」字，遂作《踏莎行》（當作《行香子》）詞寄回與妻云：「頓首起情人，即日恭惟問好音。接得綵箋詞一首，堪驚，題起詞名恨（脱『轉』字）生。展轉意多情，寄與音書不志誠。不寫伊川題尹字，無心，料想伊家不要人。」妻復答詞一闋云：「奴啓情人勿見罪，閑將小書作尹字。情人不解其中意，共伊間別幾多時，身邊少個人兒。」胤見之，大笑稱賞，時人咸榮之。（同前）

二五 餞夫別詞：戴復古未遇時，流寓江右武寧。有富家翁愛其才，以女妻之。三年餘，戴欲作歸計，妻問其故，告以先曾娶。妻白之父，父怒，妻解釋。以奩具贈之，仍餞以詞云：「惜多才，憐薄命，無計可留汝。揉碎花箋，忍寫斷腸句。道傍楊柳依依，千絲萬縷，抵不住、一分愁緒。捉月盟（脱『言』字），不是夢中語。後日君若重來，不相忘處，把杯酒，澆奴墳土。」別後，遂赴水而死。（同前）

二六 兩姨兄妹：梁意娘者，儒家女。十六能詩，與李生為兩姨兄弟，時節往來。一日，意娘因父母俱出，輒與李生通焉。生歸，女思生不至，寄柬書云：「痛别之後，靡日不思兄，何見疏？杳無音耗，能復一來否？紫繡香囊、金魚扇墜雖粗且微，皆予所親製，如不棄去，庶得當近玉體，餘非面晤，莫伸此意，作《秦樓月》一闋聊寄情耳。」其詞曰：「春宵短，香閨寂寞愁無限。愁無限，一聲窗外，曉鶯新囀。　起來無語成嬌嬾，柔腸易斷人難見。人難見，這些心緒，如何消遣。」生得之，益為思感。將赴其約，又聞飛謗，因入市間，卜得兆曰：「隔江望寶，迢迢阻隔，雖欲從之，水深莫測。」生怳然自失，又阻其行，女見失約，又寄二詩與生云：「尺素緘愁不忍窺，柔腸結盡轉相思。薄情忍作經年别，何日相逢一解人。」又云：「踪跡浮萍落五湖，一番相别一番疎。不知此去從何去，還許春風得見無？」女賞春畢，寄生小帖云：「比日媽媽邀諸母遊東園，日暖風和，紅稠緑疊，暗想年華，頓添愁緒。對諸弟妹，雖强歡笑，而思戀之情，終不可抑。因成小詞録呈。」詞名《茶瓶兒》云：「滿地落花鋪繡，麗色着人如酒。曉鶯窗外啼楊柳，愁不奈、兩眉頻皺。　關山杳，音信悄，那堪是昔年時候。盟言辜負知多少，對好景、頓成消瘦。」因情愛相牽，形於顏色，父母知之，結為夫婦，乃遂其願焉。(同前)

二七　春心詞：陳敏夫隨兄任廣州參軍，其兄素無妻室，專寵一姬，名越娘，美貌能詩。兄在任不禄，敏夫與越娘搬挈還家，歸次成都，越娘吟詩一聯曰：「悠悠江水漲帆渡，疊疊雲山緩轡行。」令敏夫和後，敏夫應聲曰：「今夜不知何處宿，清風明月最關情。」微寓相挑之意，越娘微笑。是夜宿雙溪，月明如畫，越娘開樽同敏夫飲，唱酬歡洽，問敏夫：「今夜何處宿？」答曰：「廊下圖得看月。」越娘曰：「我房門不閉也，圖得看月。」各有餘情。夜深，敏夫聞廊下有履聲，乃潛起，見越娘揺手，令低聲迎進，相抱曰：「今日被君詩句惹動春心。」遂就寢，越娘乃吟詞一闋，名《春心詞》，云：「一自東君去後，幾多恩愛睽離。頻凝淚眼望鄉畿，驛路迢迢千里。　願我風情不薄，與君驛邸相隨。參軍雖死不須悲，幸有連枝同氣。」（同前）

二八　楚娘詞：楚娘，名妓也。以姿色自負，每作詩誇耀於人。其吟《春遊》詩云：「破曉尋春緩轡行，滿城桃李鬬芳英。清香不與羣芳並，仙種原從月裡來。」又吟《桂花》詩云：「丹桂迎風蓓蕾開，摘來斜插竟相偎。桃紅李白皆麄鄙，争似冰肌瑩眼明。」三山林茂叔與楚娘厚，因官建昌，携楚回家，其妻李氏稍不能容。楚題詞於壁以寓意，名《生查子》云：「去年梅雪天，千里人歸遠。今歲梅雪天，千里人追怨。　鐵石作心腸，鐵石剛猶軟。江海比君恩，江海深猶淺。」李氏見詞乃曰：「人非木石，胡不能容？」遂長衾大被，三人同寢，聞者嘲之。（同前）

二九　勝瓊詞：宋儀曹李之問解長安幕，詣京師，改秩都下。聶勝瓊，名妓也，質性慧黠，李見而喜之，遂與交密。將行，勝瓊送别，餞飲於蓮花樓，唱一詞，末句曰：「無計留春住，奈何無計隨君去。」復留經月，為細君督歸甚切，遂飲别。不旬日，聶作一詞名《鷓鴣天》，以寄之云：「玉慘花愁出鳳城，蓮花樓下柳青青。樽前一唱陽關（脱『曲』字），别個人人第五程。　尋好夢，夢難成，况誰知我作時情。枕前淚共簷前雨，隔個窗兒滴到明。」李在中路得之，藏於篋間。抵家，為其妻所得，因為之，李以實告，妻喜其語句清健，遂出粧奩資夫娶歸。瓊至，即棄冠櫛，損其粧飾，委曲以事主母，終身和悦，無少間隙焉。（同前）

三〇　春容詞：涪翁過瀘南，瀘帥留府宴飲，有歌妓盼盼，性頗聰慧，帥嘗寵之。涪翁贈以《浣溪紗》詞曰：「脚上鞋兒四寸羅，唇邊朱麝一櫻多，見人無語但回波。料得有心憐宋玉，祗因無奈楚襄何，今生有分向伊麽。」盼盼拜謝，瀘帥令唱詞侑觴，盼盼唱《惜春容》詞云：「少年看花雙鬢緑，走馬章臺管絃逐。而今老更惜花深，往往看花看不足。坐中美女顏如玉，為我一歌《金縷曲》。歸時壓得帽簷欹，頭上春風紅簌簌。」涪翁大喜，醉飲而別。（同前）

三一　紅白桃花詞：嚴蘂，字幼安（當作芳），天台營妓。名藝冠絶一時。唐太守仲友嘗命賦紅白桃花，即調《如夢令》一闋云：「道是梨花不是，道是杏花不是。白白與紅紅，别是東風情味。曾記，曾記，人在武陵微醉。」時七夕，郡齋高會，名士謝元卿命以己姓為韻賦七夕，酒未行而詞已就，名《鵲橋仙》云：「碧梧初出，桂花纔謝（此句當作『桂花纔吐，謝池上水花微謝』）。穿針人在合歡樓，正月露、玉盤高瀉。蛛忙鵲嬾，耕慵織倦，空做古今佳話。人間剛道隔年期，怕天上、方纔隔夜。」或與仲友有隙，欲摭其罪，指唐與蘂為濫，繫獄月餘，備受箠楚，而一語不及唐。移籍紹興，置獄鞫之，久亦不服，吏勸其認，罪不過杖，蘂曰：「賤妓縱與太守濫，罪不至死，然妄言以污士大夫，則死，不可誣也。」獄再兩月，委頓成絶，而聲價愈騰。未幾，與唐有隙者改除，而岳商卿代之，命蘂作自陳，蘂口占《卜筭子》詞云：「不是愛風塵，是被前緣誤。花落花開自有時，總賴東君主。　去也終須去，住也如何住。若得山花插滿頭，莫問奴歸處。」呈覽，岳喜，即時出罪，判令落籍，而宗室納之。（同前）

三二　雄雌交賤：陳全遊金陵衎衎，多所題詠，俱悄爽語。其題睡鞋詞云：「新紅睡鞋三寸正，不着地，偏乾净。燈前换晚粧，被底勾春興。醉幾回，輕薄醒。」又與某妓飲，適見雄雞交雌者，妓請咏之，詞云：「汝靈禽，非走獸。風流事，誰不有。只好背地偷情，那許當場弄醜。若是依律問罪，應該笞杖徒流。更加一等强論，殺來與我下酒。」又見一妓新浴起曳單裙者，即咏曰：「華清宴罷新浴起，尚濕裙拖地。單嫌月色明，偷向花陰立。悄東風，悄東風，有心兒輕揭起。」又見一妓揭裙就地小遺者，詞云：「緑楊深鎖誰家院，佳人急走行方便。揭起綺羅裙，露出花心現。衝破緑苔痕，滿地真珠濺。那小娘兒不見，墻兒外，馬兒上，有覷見。」似此類尚多，不能悉録。（同前）

三三 長短句：吴淑姬，湖州士人女，慧而能詩詞，貌美家貧，為富家子所據。或投郡訴其姦淫，王昌齡為太守，逮繫司理獄，既伏罪，且受徒刑。郡僚相與詣理院觀之，仍具酒，引使至席，風格傾一坐，遂命脱枷侍飲，諭之曰：「知汝能長短句，宜以一章自咏，當宛轉白待制，為汝解脱，不然，危矣。」女即請題，時冬末雪消，春日且至，令道此景作長短句，令捉筆立成。曰：「烟霏霏，雨霏霏，（脱『雪』字）向梅花枝上堆，春從何處回。醉眼開，睡眼開，疎影横斜安在哉，從教塞管催。」諸客賞歎，為之盡歡。明日，以告王公，言其寃，遂釋之。（同前）

三四 至正辛酉紀歲三月，惟暮之春，花發名園，一段異香來繡户，鳥啼緑樹，數聲嬌韻入畫堂。正是修禊良晨（當作辰），風光雅麗，浴沂佳候，人物繁華。時兵寇蕩我郊原，鄉人薦居城邑。紛紛霧集，皆貴顯之王孫；濟濟雲從，悉英豪之國士。江南俊傑白姓諱景雲，字天啟，别號黄源者，崇文學士裔孫，荆州别駕公子也。雅抱與春風並暢，丰姿及秋水同清。正弱冠之年，列黌宫之選，抱騎龍之偉志，負倚馬之雄才。乘此明媚朔朝，獨步烏山絶頂，吟詩一首曰：「玉樹迎風舞，枝枝射漢宫。餘衿猶染翠，飛袖想綾紅。海闊龍吟水，山高鳳下空。瑶天羅綺閣，獨上騁閬風。」於是登書雲之臺，入凌虚之閣。適有三姬在廟賽禱明神，絶色佳人，世間罕有，温朱顔以頂禮，露皓齒而陳詞。一姬衣素練者，年約十九餘齡，色賽三千宫貌，身披素服，首戴碧花，蓋西子之淡粧，正文君之新寡，愁眉嬌蹙，淡映春雲，雅態幽閑，光凝秋水，乃斂躬以下拜，願超化夫亡人。一姬衣緑者，容足傾城，年登十七，華髻飾玲瓏珠玉，緑袍雜雅麗鶯花，露綻錦之絳裙，恍新粧之飛燕，輕移蓮步深深拜，微啟朱唇款款言，蓋為親宦遊，願長途多慶。一姬衣紫者，年可登乎十五，容尤麗於二姝，一點唇朱，即櫻桃之九（當作久）熟，雙描眉秀，疑御柳之新鈎，金蓮步步流金，玉指纖纖露玉，且拜且笑，無祝無言。侍女數人居傍鵠立。白生門外竊視久而不定情，突入參神，祈諧所願。三姬見其進之遽也，各以扇掩面而笑焉。生遂致恭，姬亦答禮。姬各奉身而退，生亦屏跡尾隨，乃知衣素練者，趙富賢第四女，名錦娘。世居烏山，嚴父先逝，錦適於鄭，半載夫亡，附母寡居，兹將二紀也。衣緑絹者，李少府長女，名瓊姐，父任辰州，念母年老，留瓊於家奉事祖母也。衣紫羅者，中督府參軍次女，名奇姐，父卒於官，母已榮封，家貲甚殷，下唯幼弟也。時瓊、奇居遠城外，今避寇借居趙家，且與錦娘為姨表之親，故朝夕相與盤桓者也。三姬見生之丰采，有顧盼情。白生見姬之芳顔，有留戀意。既知所在，遂策於心，因僦趙之左屋附居，乃得與三姬為鄰。……生坐久，不見三姬，又欲候文宗揭曉，惆悵而去。瓊歸見詩，笑曰：「白郎夜來被酒，今朝無恨（當作限）恓惶。」奇笑曰：「他醉由他醉，我醒還自醒。」錦笑曰：「昨宵既已醉酒，今夜必定迷花。」少頃，家童來報文宗發案，趙母令人去探消息，三姬相對深思，側耳欲聞真信。久之，奇笑曰：「白哥既有探花手段，必有折桂才能，此行決膺高選，不須姊姊猜疑。」瓊笑曰：「汝是座上觀音，説話自然靈聖。」錦笑曰：「他只一夜夫妻，識破十年學問矣。」奇帶羞含笑。時午膳猶未畢，家童入報趙母曰：「白家大叔考居優等矣。」趙母甚喜，來報三姬，錦、瓊俱目奇，奇亦帶冷笑。趙母既退，錦、瓊戲掖奇上坐，曰：「阿妹真觀音，出口便靈聖也。」歡笑而罷。是日黄昏時候，白生歸，入見趙母，因請見李老夫人及陳夫人，夫人曰：「好個清俊秀才，他日必成偉器。」生以所賞銀花獻之趙母，趙母喜甚，分賜三姬，各粧為士寶花勝。奇姐一枝，尤加巧麗。瓊姐戲以詞曰：「姮娥神已屬王孫，坐對花神久斷魂。燕語鶯聲不忍門（當作聞）。想越（當脱『黄昏』字），花勝鮮妍獨倚門。」右調《憶王孫》。（節録自同前書卷二「三妙摘錦」）

三五 至五更睡覺，斜月照於窓紗，生疑以為天曙也，喚諸姬俱起，則明月在天。錦笑曰：「月出皎兮，狡人燎兮。」瓊笑曰：「星月皎潔，明河在天。」奇笑曰：「月白風清，如此良夜何？」瓊因請曰：「君之歌賦已得聞矣，妙曲芳詞未聞命也，願請教。」生曰：「請命題。」瓊曰：「試調《蝶戀花》何如？」生曰：「請刻韻。」瓊因誦東坡「花褪殘紅青杏小」之章，因曰：「君即此為韻，試看可與東坡頡頏否？」生遂吟云：「誰家寶鏡一輪小，抛向雲間，光遍羅幃遶。夜淺夜深今多少，玉露玲瓏濺芳草。　院宇深沉誰知道，驚夢殘更，却被佳人笑。恨斷楚天情悄悄，花暗蝶朦添煩惱。」瓊曰：「甚妙，甚妙！吾姊妹聯句以和之，何如？」錦辭謝曰：「非所長也。」奇曰：「縱使不工，亦紀佳會，何妨，何妨。」於是瓊為首倡：「緑窗人静月明小瓊，銀漢波澄，乍向藍橋逶奇。楚峽濛濛春非少錦，淡淡巫雲擷瑶草瓊。不謂姮娥來知道奇。驚起東君，自驚還自笑錦。聞睡鴨啼鴉聲悄，幾番惹得多煩惱瓊。」生歎曰：「真三妙也，此生何幸，有此奇逢乎？」因復就枕，談話衷情，不能盡述也。（節録自同前「三妙摘錦」）

三六　越五月五日，生為趙母賀節，母亦置酒邀生，生辭。李老夫人、陳夫人各遣侍婢新珠、蘭香速之，生入謝曰：「承諸大母厚意，但恐□□尊嚴。」老夫人曰：「彼此旅寓，何妨，何妨。」命三姬相見，瓊、奇堅執不出。生飲數盃，逡巡告退。老夫人曰：「守禮之士也。」趙母曰：「此兒無苟言，無苟動，有讀書家法也。其親宦遊，無人照覷，況當佳節，令其岑寂，吾心甚不安耳。」於是復備一席，令小哥送至生寓共飲。生吟一詞，名曰《浣溪沙》：「晴天明水漲藍橋，畫鷁簫鼓明江皐。翩翩彩袖擁東郊。倚闌干悶縈懷抱，武陵溪畔燕歸巢。誰憐月影上花稍。」小哥敏穎，默記其詞，歸為夫人誦之，老夫人精取（疑作於）詞章，瓊之文史，皆老夫人手史者也，極口稱善，以示三姬。三姬聞之悄然，老夫人曰：「汝等不足白郎詩乎？未免謂其傷春太露耳。」三姬微笑。少頃，亦罷筵之。是夕，生叩重壁小門，瓊、奇固閉不開，生既久叩，錦娘啟扉，二姬見生，淚下如雨，固問不應，相對恓惶。生知錦泄前言，再三反覆開諭，坐至三更，二姬乃曰：「兄可厚自愛身，吾等罪當萬死，即不能持之於始，復不能謹之於終，致使形跡宣揚，醜聲外著，良可痛也。」因相與泣下，生曰：「月前之誓，誓以死生，況患難乎？今舉事一不當其狀乃爾，況舍身相從耶？卿不記申、嬌之事乎？萬一不遂所懷，則嬌為申死，申為嬌亡，夫復何恨？」生遂剪髮為誓，曰：「若不與諸妹相從，願死不娶。」二姬亦斷髮為誓，曰：「若不及與白郎相從，願死不嫁。」誓畢，生曰：「吾之不娶，佯狂入山，事即休矣，卿之不嫁，奈何？」瓊、奇曰：「吾二人幸未有所屬，當以此事明之吾母，母或見憐，幸也，不爾，則自經以謝君耳。寧以身見閻王，決不以身事二姓。」生謂錦曰：「於卿何如？」錦誓曰：「生死不相離，離則為鬼幽，於君何如？」生誓曰：「終始不相棄，棄則受雷轟。」於是四人相對盡歡，不復顧忌矣。越十有三日，趙母誕辰也，生以厚儀上壽，且為三母開筵，復請三姬同預燕席，李老夫人許之。時三姬亦上壽鞋、壽帕，且稱觴焉。生筵適至，二姬趨避，李老夫人曰：「相見何妨，趙姨之子，即汝表兄也。」蓋瓊、奇之母皆產於林，與趙母為伯叔姊妹，故老夫人有是言耳。二姬遂出相見，固遜不肯登筵，趙母曰：「幼女畏生客，我與之區處。」於是置生席於堂之小箱（當作廂），命小哥侍焉。飲至半酣，生與小哥出席勸酒，老夫人曰：「酒不須勸，久聞高才，欲請一詞為壽，何如？」生辭謝，老夫人曰：「吾已見《浣溪沙》矣。」生曰：「惶愧，惶愧。」遂請命題，老夫人曰：「莫如《千秋歲》。」生復請刻韻，老夫人曰：「吾幼時尚記辛幼安有『塞垣秋草，又報平安好』之句，即賡此韻，尤見奇材。」生不假思，索枯筆揮毫，其詞曰：「綠陰芳草，黃鸝聲聲好。瑶臺上，華筵表。的的青鸞舞，王母霏顔笑。蟠桃也，千歲穠華渾不老。　雅有玉山摧倒，南極先來到。玄鶴筭，良非小。優遊乾坤裡，添籌還未了。備五福，彭籛讓壽考。」李老夫人曰：「好詞，好詞。」喚瓊姐曰：「汝向時亦能為之，今筆硯久疎，尚能製乎？」瓊姐遜謝，老夫人曰：「聊試一詞，以求教耳。」瓊因製詞曰：「玉堦瑶草，報道年年好。綺閣上，瓊臺表。

蟠桃生滿樹，採擷真堪笑。再結子，又是三千年不老。金樽頻摧倒，王母乘鸞到。壽星高，乾坤小。人在華筵表，勸酬猶未了。齊嵩祝，萬年稱壽考。」呈上老夫人，夫人曰：「雷聞布鼓，音響頓殊。」生曰：「奇才，奇才！雲所遠讓。」陳夫人目奇姐曰：「汝鎮日與大姊談詩，我不知云何，今聊試汝，汝其勿辭。」奇出次，拜老夫人與趙母，曰：「獻笑，獻笑。」復拜生，曰：「求教，求教。」老夫人曰：「不必論詩，禮度自過人矣。」奇遂製詞曰：「瑶池緑草，近來長更好。朱明日，暄天表。況此薰風候，登筵人喧笑。華讌開，共祝那人長不老。好懷盡傾倒，壽星都來到。乘鸞客，才非小。倚馬雄才，萬言猶未了。吐芳詞，長祝慈闈多壽考。」李老夫人曰：「妙哉詞也，可謂女學士矣。」詞畢，各就位，錦娘曰：「請謝教。」於是既奉三母之觴，復過生席勸飲。（節録自同前「三妙摘錦」）

三七　士人供狀：昔有士人争娼至訟，援筆供狀，乃四六劄云：「伏以何琰御史，曾吟章臺柳之詞；陶穀翰林，不逆秦弱蘭之詐。豈賢者不能免俗？亦尤物易以移人。重念某詩酒情懷，江湖滋味。十年面達磨壁，常下禪定工夫；一日看洛陽花，猶逞少年意氣。頃刻春風一曲，時遣少陵之詩；夜月千燈，恣買楊柳之市。豈真欲了鴛鴦之債，要亦未忘牧犢之悲。彼女氏者，少倚市門，幸逃樂籍。錦幃羔酒，亦識黨姬之為麄人；布裙荆釵，自説鄭玉之非娼女。故過者有四墻頭之馬，而憐者願引井底之缾。郵亭一夜眠，方成識面；潮州十年約，頗自關心。蓋我亦信其為文君之《白頭吟》，其實不足以當盧仝之赤脚婢。果爾雲情多變，水性易流。柳枝闞昌黎之亡，逐奔他所；酥香乃杜家所愛，竟負初心。謾謳『東君去後花無主』之詞，只重『義士今無古押衙』之恨。雖一雙白璧，初無子潔之姿；然半股金釵，昔有留質之物。好消息成惡消息，得便宜竟落便宜。昨者抗章於公車，逆知得罪於名教。况暮經四非禮之目，舊亦講明；而鄒書五不孝之章，頗知戒謹。胡然狂妄，敢瀆尊威。處士不生巫峽夢，我已甘為陳陶之流；青娥今屬使君家，公當少紓趙嘏之忿。况櫻桃一點，合與衆人嘗；而楊柳長春，從教行路折。緹縈少女，尚爾沾官婢之名；舜典教刑，亦甘受公庭之辱。（同前書卷三「狀類」）

三八 錢塘夢：「試問水歸何處，無明徹夜東流。滔滔不管古今愁，波花如噴雪，新月似銀鈎。暗（脱『想』字）當年富貴，掛錦帆、直至江州。風流，兩行金線柳依舊。纜扁舟，青山無數，緑水無數，更看那白雲無數。霸（當作灞）陵橋上，望西川，動不動八千里路。又早冬冬（疑為思）暮想，人生會少離多，光明能有幾度。春風酒一壺，夜月琴三弄。今古罕曾聞，試聽錢塘夢。」話説宋朝有一秀士，覆（當作復）姓司馬，名猷（當作槱），本貫汴梁人也。年方弱冠，早赴科場，腹中背記五車書，胸内包藏千古史。那秀才往錢塘江上觀光上國，遂携琴劍書箱，取路逕往杭州，在路非止一日，飢飡渴飲，夜住曉行，不覺早到杭州，怎見得杭州好景，歐陽公有詩為證：「山外青山樓外樓，西湖歌舞幾時休。暖風熏得遊人醉，直把杭州作汴州。」説不盡杭州好景，有東菜西水南柴北米，自古建都之地，名賢隱跡之鄉。四時有不謝之花，八節有長春之景。東西酒肆會佳賓，南北歌樓邀月市，有三十六條花柳巷，七十二座管絃樓。更有一答閑田地，不是栽花蹴戲毬。那秀才探親已畢，因同幾個詩人，宴賞於西湖之上。……秀才觀之不足，看之有餘，至暮而歸，遂往錢塘江上。江頭景致與城中大異，西望七里灘嚴陵舊跡，東觀會稽山謝安幽居。泉香美酒，波深魚肥，日落山腰，風生渡口。怎見得日落山腰捧金盤，懸玉鏡，曜三光，明六合，濃靄靄，萬里海雲堆月上，風生渡口，走銀山崩，大華（疑作嘩）喊，千軍奔馬，骨魯魯，一江春水送潮來。是好景致，有回文詩為證：「潮隨暗浪雪山傾，遠浦漁舟釣月明。橋對寺門松逕小，檻當泉眼石波清。迢迢綠水江天曉，靄靄紅霞晚日晴。遥望四邊雲接雨，碧波千點數鷗輕。」那秀才喜不自勝，於是卜築為居，壘土為坯，栽花為苑，編籬為户，引水為池，取土掘深三尺，忽見骸骨一付儼然，家童來報秀才，秀才言：「甚人遺體，不可棄之。」於是用石匣裝盛，葬於高埠，去處不覺的天色已晚，金烏漸漸墜西山，玉兔看看上翠欄，深院佳人頻報道，月影花影又更殘。是夜晚間，金風颯颯，玉露零零，銀河耿耿，皓月澄澄，那秀才取一壺酒，伏一口劍，操一曲琴，吟一首詩：「瑶琴塵暗鴛鴦錦，梨花夢繞珊瑚枕。晚風時送異香來，一曲高歌邀月飲。」那秀才歌罷，忽然起一陣狂風，那風是大不大，有詩為證：「無形無影□人懷，四季能吹萬物開。就地撮將黄葉去，入山推出白雲來。」這風不大，有第二陣風，那風非干虎嘯，豈是龍吟？卒律□寒風撲面，清零零冷氣侵人急，不能開花謝柳，暗藏著水恠山妖，那風真個是吹折地獄門前樹，捲起酆都頂上雲。更有第三陣風入紗窗，滅銀缸，穿畫閣，透羅裳，舞飄飄吹花擺柳，昏慘慘走石颺砂。俄然過處頻敲行，驀地飄來不見花。秖聽得環珮鏗鏘，麝蘭縹緲，異香襲人，風清月朗。那秀才開門，思之間，忽聞窓外有人言。那秀才開門忙覷，乃是一女子，髻挽烏雲，眉彎新月，肌凝瑞雪，臉襯朝霞，有沉魚落鴈之容，閉月羞花之貌，秋波滴瀝，雲鬢輕盈，淡掃蛾眉，薄施朱粉。舒玉指，露春笋纖長；下香堦，顯金蓮步穩。端的是儀容嬌媚體態盈，綺羅隊裏生來，却厭繁華氣象，珠翠叢中長大，那堪雅淡梳粧開遍海棠也，不問夜來多少飄殘柳絮，竟不知春去如何，要知半點真情，除非是□鎖紗窗皓月，能施他一回嬌眼，却便似翻繡晃清風，叱花花解語，比玉玉生香，臨溪雙洛浦，對月兩姮娥。那女子輕移蓮步，有蕊珠宫仙子之風；緩蹙湘裙，似水月觀音之態。環低素手，啓一點朱唇，露兩行皓齒：「早蒙葬骨之恩，未敢有忘，今夜特來拜謝，願陪枕席之歡，共效于飛之樂，若不相棄，賤妾萬幸。」那秀才聽罷，正色而怒，帶酒而言：「非前生半面之交，却怎生取一宵之樂？又不曾『好句有情聯夜月，落花無語怨東風。眉尖眼角傳心事，月下星前説誓盟』，你是何方鬼恠，甚處精靈，為甚夤夜前來迷惑俺讀書君子？」那女子聽罷，忙陪笑臉，低首無言，手執白牙象板，高歌一曲，曲名《蝶戀花》：「妾本錢塘江上住，花落花開，不記流年度。燕子銜將春色去，紗窗幾陣黄梅雨。」那秀才聽罷，恰便是林鶯嚦嚦，山溜零零，歌喉宛轉，餘韻悠揚。向前欲問其由，那女子化清風而去，憣然驚覺，乃是南柯一夢。那秀才披衣而起，開户視之，只見滿地花陰，半窗明月，三唱鷄聲，東方漸白。悔之不及，於是忙呼左右，急唤家童，取將文房四寶，磨得墨濃，蘸得筆飽，亦作《蝶戀花》半篇，其詞曰：「斜插犀梳雲半吐，檀板輕敲，唱徹《黄金縷》。歌罷彩雲無覓處，夢回明月生南浦。」（節録自同前書卷四「附餘」）

三九 祁羽狄，字子輶，吴中傑士也。美姿容，性聰敏，八歲能屬文，十歲識詩律，弱冠時飄逸絶人，每以李白自期，落落不與俗輩伍，獨有志於翰林。每歎曰：「烏臺青瑣，豈若金馬玉堂耶？」下筆數千言，不待思索，為詩聲詞賦，奇妙絶倒。且善鍾、王書法，又粗知丹青，時人目為才子，多欲以女妻之，生志在歸娶，皆不應。其姑適廉尚書督府參軍也，姑蚤亡，繼岑氏，生三女，皆殊色。長曰玉勝，次曰麗貞，三曰毓秀，隨父任所，皆未適人。尚以衰老乞骸骨歸，時朝廷主昏臣闇，奸宄弄權，生不求仕，每散步尋詩，寄身林壑，或操舟訪祠，傍水徘徊。一日，與蒼頭溜兒入市，見一婦人，年二十餘，修容雅淡，清芬逼人，立疎簾下，以目凝覷生。生動心，密訪之，乃吴氏，名妙娘，頗有外遇。生命溜兒取金鳳釵一股，托其鄰媪利餽之，妙娘有難色，媪利生謝之，固强之，妙娘曰：「妾覷此郎，妙人也。但吾夫甚嚴，今幸少出，但一宿則可，欲久寓此，不宜也。」生聞之喜，燈時，得潛入，相持甚歡，極盡款曲。即枕上吟曰：「深深簾下偶相逢，轉眼相思一夜通。春色滿衾香力倦，瘦容應怯五更風。」妙娘曰：「妾亦粗知文墨，但不能詩，敢以吴歌和之：「別郎何日再相逢，有時常寄便時風。一夜恩情深似海，只恐巫山路不通。」歌罷，天色將曙，聞外扣門聲急，妙娘曰：「吾夫回矣。」與生急擁衣而起，開後扉求庇於鄰人陸用，用素與妙娘厚，遂慝（當作匿）之。用之妻，周氏也，小字山茶，見生丰采，欲私之，生方德其庇，强應命焉。茶曰：「吾主母徐氏新寡，年三十二，體態雅媚，殊似玉人，坐卧一小樓，焚香拜佛，守節甚嚴，但臨風對月，多有怨態，妾為渠使女，察之真矣，知其心未灰冷也，妾請以計，使君亂之，可以盡得其私蓄。」……近晚，生果登樓，與徐氏通焉。繾綣後，徐氏問曰：「扇墜從何來？」生曰：「卿所賜，何佯問耶？」徐氏曰：「妾未嘗贈君，適山茶謂君從外得者，妾以為然，一與君一叙，今乃知山茶計也。」徐氏悔不及，明早果以百金密贈生行，生再三辭謝，因留一詞以別之：「蝶醉蜂迷鶯不語，祇以妙娘為主。玉墜憑誰取，又成紅集偕鴛侶。兩地風流知幾許，自喜連奇遇。愁對傷心處，何時共枕重相叙。」右調《惜春飛》。（節録自同前書卷四「天緣奇遇上」）

四〇 生與小卿挽頸而行，果一女睡軒下，生以為桂紅矣，舍小卿而就之，乃驚醒，非桂紅，乃素蘭也。蘭在諸婢中最年長，玉勝命掌繡工。一婢拙於繡，遷怒於蘭，因而逐之，不容内寢，怨恨之態形於夢寐間也。見生至，怪而問曰：「君何以至此也？」生不答，但狎之，蘭始亦推阻，既而歎曰：「勝姐已棄妾，妾尚何守？」遂納生，生本□風流有情，而蘭亦年長知味，鴛衾顛倒，不啻膠漆。生密問曰：「麗貞姐如何？」蘭曰：「天上人也。」曰：「可動乎？」曰：「讀書守禮，不可動也，且君兄妹，何起此心？」生愧而抱曰：「對知心人，不覺吐露心腹。」既而問：「桂紅與誰同寢？」蘭曰：「桂紅，勝姐之愛婢也，此人聰慧，與文娥同學筆硯工，君以情鈎之，亦可狎者。」生喜，天明就外，作一嗣（當作詞）以紀其事：「素蘭花紅，桂樹迎，翠軒中，錯被春留住。乖巧小卿機不露，借雨邀風，脱殻金蟬去。一杯茶，咫尺路，却似羊腸，又把車輪誤。且向桂花紅處吐，攀取高枝，再轉登雲步。」右調名《蘇幕遮》。（節録自同前「天緣奇遇上」）

四一 生去後，三女皆在百花亭看杜鵑花，東兒報曰：「祁君去矣。」勝與秀知生無顔而歸，相對微笑。麗貞獨有憂色，停眸視花，吁歎良久，無非念生意也。玉勝不知，問曰：「妹子尚恨祁生耶？祁生果薄倖，昨觸妹，又辱桂紅，被污之女不可近身，已托鄰母作媒出賣矣。」貞曰：「彼辱妹，則姊尚容之，彼辱婢，姊乃不容耶？」玉勝語塞，蓋勝久欲私生，惟恐二妹忌之，又忿桂紅先接之也。貞是夕憑欄對月，幽恨萬種，乃製一詞，自訴念生之情，每歌一句，則長吁一聲。文娥等侍側，皆為之唏嘘：

「聞郎去後淚先垂，愁雲欺瘦眉。情深須用待佳期，郎心不耐遲。香閒静，寄新詩，眼前人易知。寸心相愛反相離，此情郎慢思。」右調《阮郎歸》。（節録自同前「天緣奇遇上」）

四二　生歸不數日，為讐家蕭鶴者所誣，發生昔未結之事。鶴以官豪，捕生甚急，生夜渡，欲往訴當道，為守渡者所覺，執送蕭氏。蕭富家，層堂疊室，將生禁後房，待事中人至，即送官理矣。生夜静忿鬱，無以自慰，忽憶仙子「至（當作玉）簪解厄」之言，乃仰拜禱，且朗吟一詞：「撒天長恨幾時休，兩眼不勝羞。男兒壯年多困憂，何日一擡頭。　轍中鮒，雨中鳩，望誰週。橫鋪鐵網，高展金丸，畢何□。」右調《訴衷情》。（節録自同前「天緣奇遇上」）

四三　生去後，麗貞雖念生，不過形於詠歎而已。而玉勝則幕（當作慕）生之甚，言動如狂，每强扶倦態，對鏡畫眉，不覺長嘆一聲，兩手如墜。日就枕蓆，飲食若忘，夢中忽忽如對人語，及醒，則揮淚筆床而已。聞貞有《阮郎歸》調，令素蘭索之，貞不與，勝知其必為生也，亦自作一調，以道望生之意：「思思念念風流種，心為愁深如痛。繡衾象床誰共，羞把寒衾擁。　桂紅樓上春心動，悔已多情殘送。却笑自家愁重，番作巫山夢。」右調《桃源憶故人》。（節録自同前「天緣奇遇上」）

四四　是歲，生起小考，補郡庠弟子員。後數日，生整衣冠，往拜廉，廉一家慰，帶三女出見，皆曰：「三哥恭喜。」即宴生於怡慶堂，笙歌交作，酬酢疊行。至晚，銀燭滿堂，侍女環立，廉夫婦已醺，而生猶未醉。岑命三女以次奉生酒，玉勝舉杯近生，語云：「妾有言，幸君弗醉。」蓋欲私生也，生不知，應曰：「已酩酊矣。」麗貞舉杯，乃戲生曰：「新秀才請酒。」生亦戲曰：「何不道新郎飲酒？」貞愧而退，怒形於色。毓秀見貞不悦，及舉杯奉生，乃曰：「兄何以言，使貞姐含怒？」蓋生以前所寄書有情，故量其易而戲之，不知其為玉勝計也。夜深席散，生被酒，寢外舘。勝自往呼之，生不醒。勝恐舘童驚覺，長吁而返，悶倚銀釭，形影相弔，口占一詞，且訴且泣：「何事無情貪睡，蓆上分明留意。指日望郎來，要説許多心事。沉醉，沉醉，不管斷腸流淚。」右調《如夢令》。（節録自同前「天緣奇遇上」）

四五 玉勝乘人未起，早就生寢，欲了此念。見生不在，四顧張（當作悵）然，即几上紙筆，留詩一首以示生：「深院春風急，吹花父翰林。無緣空去也，留此寄智音。」玉勝留詩而出，過中門，聞行步聲，遥視之，即生也，以手招生，生急至。勝曰：「無情郎從何來？」生以麗貞寄書事告勝，勝曰：「實妾為之，非貞也。」即邀生同入含春庭後，就大理石床解衣交頸，水滲桃花，並枕顛鸞，風遥（當作摇）玉樹，香滴滴露滋金蕊，思昏昏骨透靈酥。時紅日漸高，毓秀已起，恐生苦宿酒，令東兒餽生以茶，東兒至生舘，但見一詩在几，寂無人跡，東兒取詩還報曰：「祁生不知何往，但見几上此紙耳。」秀觀之，歎曰：「勝姐作不規矣。」時生與勝潛散，各喜不為人知。勝理粧後作一詞以紀其樂：「風動花心春早起。亭後空床，一枕鴛鴦睡。歸到蘭房粧倦洗，幾回又掬相思水。但願風流長到底。莫使人知，都在心兒裡。郎至香閨非遠地，幸郎早辦通宵計。」右調《蝶戀花》。勝以詞使素蘭寄生，且囑生將几上詩毀之。生見詞甚喜，然几上詩未之見也。生語蘭曰：「向曾許桂紅代償金釧一雙。」並和前詞以復勝：「蝴蝶醉花心，飛不起。轉過春庭，又抱花睡。今因採桂羞難洗，歸家掬盡相思水。中見日、好花間到底。苦盡甘來，喜在心裡昔。又願春光同兩地，勝如雲路平生計。」右調《蝶戀花》。

（筆者按：此詞多有衍文或缺字。）蘭笑曰：「『春光兩地』，君得隴望蜀耶？」生曰：「非子不能知此趣也。」蘭復勝，勝以為几上詩生匿之矣。不意毓秀以詩示麗貞，貞亦以勝假書之故告秀，二人恐累傷己謀，欲露之。然而姊妹之間慮傷和氣，而麗貞又念敗生之德，不復再來，欲行欲止，持於兩疑。

（節録自同前「天緣奇遇上」）

四六　生歸，即赴試，廉知之，遣人餽贐，三女皆私有所贈，生登領，作詞分謝之，謝廉尚參軍：「孤身常托舊門牆，此恩海樣難量。又蒙豐贐實行囊，書劒生光。　深夏暫違顔範，新秋便揖華堂。時來倘試緑羅裳，展草垂彊。」右調《畫堂春》。謝玉勝：「含春笑解香羅結，相思只恐傍人説。腰肢輕展血傾衣，朱唇私語香生舌。　無端又為功名別，幾回夢轉肝腸裂。囑卿休作倚門粧，新秋共泛歸舟月。」右調《玉樓春》。謝麗貞：「楊柳垂簾緑正濃。碧雲軒内，情語喁喁。玉人長歎倚欄東。知音語，惹動美荷花。　猛然見慈容，總然多好意，也成空。相思今隔小山重。承佳貺，盡在不言中。」右調《小重山》。謝毓秀：「惜別似傷春，春住人難住。蝴蝶紛紛最惱人，總把春推去。　記取碧苔陰，勝似青雲路。愁厭行鞭憶心人，未走先回顧。」右調《卜筭子》。生擇吉與溜兒就程，行至中途，天色將晚，寄宿一逆旅中。（節録自同前「天緣奇遇上」）

四七　祁生與文娥得脱歸，即投廉宅。廉自溜兒成獄，知生路中失所，為物故矣，不意至此復得見生，而又見文娥歸，舉家甚喜。及麗貞、毓秀出，争問：「久寓何地？且何以得遇文娥？」生一一道所以，衆皆驚歎。眼前惟玉勝不在，生聞其故，乃知嫁竹副使子矣，悵然久之。至晚就館，百念到心，撫枕不寐，乃構一詞，名曰《憶秦娥》：「空碌碌，春光到處人如玉。人如玉，舊時姻緣，何年再續。阿鳳猶然眉兒蹙，文娥已許通心腹。通心腹，幾時消了，新愁萬斛。」（節録自同前「天緣奇遇上」）

四八 生無聊，往坐迎暄亭。天陰欲雪，寒氣侵人。文娥過亭，見生嗟歎，以爲慕麗貞也。急馳報貞，貞徐步，出生後。生不知貞之來，長漢（當作嘆）一聲，悲吟四句：「風觸愁人分外寒，潸然紅淚濕欄杆。凍雲阻盡相思路，梅骨蕭蕭瘦不堪。」麗貞輕撫其背，曰：「兄苦寒耶？」生驚顧，一揖，應曰：「苦寒不妨，苦愁難忍耳。」貞因拉生共擁爐，生坐火前，以筯畫灰，愁思可掬。貞佯問曰：「兄思歸耶？」曰：「非也。」又笑而問曰：「爲那人不在耶？」那人指玉勝也，生曰：「眼前人尚如此，去人何暇計耶？」貞曰：「妾未嘗慢兄，兄何出此言？」生曰：「僕每失言，卿即震怒，尚非慢乎？」貞笑曰：「信有之，今不復然矣。」生曰：「彼此有心，已非朝夕，千愁萬恨，竟作空言。今試期又將迫矣，一去而回，便隔數月，卿能保其不如玉勝之出閣乎？」貞低首歎曰：「妾一見君，即有心矣，豈敢自昧？但恐鮮克有終，作一笑柄耳。」生長歎曰：「事慮至此，終不諧矣。」適文娥自外執並蒂橘二枚進曰：「二橘頗似有情。」生曰：「有情不決，亦安用哉？」貞笑曰：「決亦甚易，但恐根不固耳。」文娥知二人意，因謂曰：「妾知貞姐與君思欲並蒂久矣，但君欲速成，貞恐終棄，是以久疑，妾今爲二人決之。請二人各出所有以訂盟，作一長計，不亦可乎？」生曰：「善。」即剪一指甲付貞，祝曰：「指日成親，百年相守。」貞乃剪髮一縷付生，祝曰：「青髮付君，白頭相愛。」文娥曰：「妾請爲盟主。」因取橘分贈二人，祝曰：「決成連理，並蒂同春，然佳期即在今晚矣，有背盟者，妾當首出。」貞首肯之，生喜而出，縱筆作一詞,名曰《好事近》:「好事謝文娥,便把眼前為約。準備月明時,獲取個通宵樂。天生雙橘蒂相連,唤醒相思魄。得到錦衾香處,把親親抱著。」(節録自同前「天緣奇遇上」)

四九　天明,生就外,貞以玉如意贈生,生曰:「卿欲我如意耶?」一笑而別,生至外,喜積於心,作一詞以自道:「佳期私許暗敲門,待黄昏,已黄昏。喜得無人,悄入洞房深。桃臉自羞心自愛,漏聲遠,入羅幃,解繡裙。枕邊枕邊好温存,被已温,釵已横。愛也愛,聲不穩,尤且自殷懃。惟有窓前明月露新痕。近照怕及花,憔悴損,花瘦也,比前番,消幾分。」右調《江城梅花引》。自是早出晚入,極盡繾綣。舉家皆知,所未知者,廉夫婦也。(節録自同前書卷五「天緣奇遇下」)

五〇　光陰迅倏,又及試期。生辭廉夫婦及秀、貞赴科,貞私贈甚厚,不可悉記,惟録一詞録於左:「初綰同心結,又為功名別。一聲去也,愁千結,心如割。願月中丹桂,早被郎攀折。莫似前科,誤盡了,良時節。記取枕邊情,衾上盟。定成秦晉同偕老,歡如昔。最苦征設(疑作鞍)發,從此相思急。安得魂隨去,處處伴郎歇。」右調《陽關引》。生途中惟以貞為念,至旅邸,鬱鬱不寧,寢食皆廢,作樂府一首,名曰《長相思》:「長相思,心不絶,思到相思心欲裂。羅幃素月清不眠,淚如懸河積成血。山可崩,海可竭,人生不可輕離別。別時容易見時難,長歎一回一嗚咽。」(節録自同前「天緣奇遇下」)

五一　時趙子昂以詩畫動天下,鐵木迭兒每見子昂垂顧,必使琴娘捧硯,乞子昂之筆,子昂每呼為「玉硯兒」,鐵木迭兒因贈焉,且曰:「長使為君掌硯。」子昂笑曰:「君子不奪人之好。」鐵木迭兒曰:

「君之筆，予所好也，以予之所好易君之所好，何不可者？」子昂因畫《五馬飲溪圖》以謝之，又嘗呼琴娘為「五馬兒」，蓋以《五馬圖》所易也。及祁生拜翰林修撰，為子昂同僚，子昂每勸生娶，生曰：「家貧，無以為禮耳。」子昂甚憫之，歎曰：「天使孝子受此窮獨耶？」一日，子昂留生飲，半醉，與生聯句，呼曰：「五馬兒捧硯來。」生心在詩，不暇他目，惟執筆而已：「香爵金樽緑似油，幾番沉醉麴城頭祁。香雲有態時時變趙，野水無情處處流祁。好醜原來都是夢趙，窮通常事不須愁祁。英雄自古多磨滅趙，且向花前一醉游趙。」琴娘時以眼視生，生置言，忽見琴娘，遺詩不語。子昂曰：「君尚有所思乎？」生曰：「無也。」子昂强之，生曰：「時以心事耳，不敢言。」子昂曰：「如不言，罰以大觥。」俟琴娘執觥於生前，生欲言不言，正徘徊間，琴娘不覺淚下，子昂疑，强問所以，生不能隱，遂告以實。子昂歎曰：「為蕭氏婢，亦有救人之心，可謂賢矣。然君之故人，僕豈敢留？」即遂肩輿送至生第，生感子昂恩，作一詞以謝之：「玉堂風伯，醉後風流佳句得。忽見嬌姿，淚眼凄凉捧玉卮。　可憐病客，錦帳鴛衾猶未結。重感瑶琴，只贈豪家只贈貧。」右調《減字木蘭花》。（節録自同前「天緣奇遇下」）

五二　上遣樞密使院判官章台督兵捕之，章即生之同科友也，將與劉戰，請計於生，生曰：「此人久處道院中，道姑必知其術，可先擒之。」章台令甲士圍院中三四，宗净等凡二十餘人皆就擒，章究其術，衆云不知。刑杖慘酷，無所不至，衆惟叩頭流血，毫無所言。生往救之，宗净等已付軍法，惟涵師與錫未受刃，急令止之。生曰：「願代君討賊，以贖二人之命。」章曰：「君能破賊，何惜二奴。」即令涵師與錫還俗歸生，生從容問錫曰：「此賊在院所為何事？」錫曰：「無他士（當作事），惟剪紙作戲具耳。」生曰：「戲具何狀？」曰：「其狀如甲胄之士。」孔姬從旁子曰：「殺陳者，即甲胄士也。」生曰：「是矣。」地大軍中（此句疑有誤），令曰：「人各持狗血一升，賊至，先以血衝之。」生乃自束戎裝，以仙女所贈玉簪插於冠頂，且祝曰：「玉香仙子曾云簪能解厄，今與賊戰，宜衛我矣。」祝罷，即搗賊營，賊望生頂紅光貫天，威風刮地，不覺失聲而潰。生令軍中銜以狗血，賊皆傾仆地，生就視之，皆紙人也，每一紙人胸前皆寫生人年甲，練其精力以成怪耳。生命取以火焚之，劉志先乃伏誅，餘黨七十餘人，前舟人在湖口謀生者皆在内，生並斬之，遂與章別，發舟南還。章台崇酒於樽，作詞以送之：「千里故人，一尊席上，笑口同開。念五六年前，三千士内，隨君驥尾，得占名魁。君受王恩，妙齡歸娶，一棹笙歌碧水隈。青霄立，見中天奎璧，光動三台。如君海内奇才，七步風流氣似雷。況韜略兼全，兩番威賊，他年麟閣，預卜仙階。沙燕留人，潭花送客，把手高歌一快哉。蒼生望，願早携鴛侶，共駕回來。」（節録自同前「天緣奇遇下」）

五三　生到任點軍，殘缺死者甚衆。生查其妻小遺孤，編為一册，册内有一人與生同里閭者，觀其名，即陸用也。用以狡詐主母至死，遂問軍。生以軍令取用，時用以陣亡，其妻山茶入見。生問曰：「汝夫既厄，隻身何托？」山茶叩首告曰：「幸吴妙娘夫亦以私販官鹽，問軍到此，今其夫亦戰死矣，而妙娘尚有私蓄，是以相依在此，苟全性命。」生曰：「妙娘湖上之恩，乃我再生之主也。」即令入見。時分雖尊卑，而情同離合，會晤之頃，不覺垂淚。問妙娘歸否，妙娘泣曰：「恨無路耳。」生乃匿以為妾，山茶則以秀郎配之，將册中概除其名籍，以絶查究。妙娘曰：「妾少為情客妻，壯為軍人婦，年踰三十，流落於此，幸君帶歸，不死足矣，敢僭衾枕耶？」生曰：「吾為重臣，美妾如簇，非愛卿色也。第卿乃始交之人，又有湖上之惠，豈為薄倖郎，身貴便忘賤耶？」是夜，挽妙娘同寢，喜甚，口占一詞：「少年一枕吴歌夢，春光怕泄驚相送。許久憶芳容，相逢湖水中。　贈金知惠重，銘刻心常頌。今日是天緣，難將貴賤言。」（節録自同前「天緣奇遇下」）

五四 生戾夜暮，皓齒輕歌，細腰雙舞，笙歌雜作，珍羞（當作饈，下同）若山，紅粉朱顔環侍左右，雖雜作珍羞，不過是也。宅後設一圃，大可二百畝，疊石為山，編籬為徑，峻亭廣屋，飛角相連，異木奇花，頫色相照，四景長春，萬態畢集，流觴曲水，丹竈石床，不可一一舉也。生行遊，必命侍妾捧筆硯，每至一處，必加題詠，然亦不能悉記，而吴中傳聞者，止二三詞而已：題繡谷堂：「簾捲華堂名繡谷，高山翠列如屏。列圍風竹珮環聲。奇花千萬種，松栢兩三層。　山外有山山外水，水邊山頂皆亭。緑陰斜徑小橋横。眼前堆錦繡，何處問蓬瀛。」右調《臨江仙》。題筠谿軒：「香鎖籬黄金地棠，風生水榭竹陰凉。小思飛影印池塘。　浪潑春雷欲化笋，□圍山徑鳳來翔。暑天冰簟即瀟湘。」右調《浣溪沙》。題曲水流觴（當作觴）：「春曉轆轤飛勝概，曲曲清流塵不礙。玉龍昨夜卧松陰，雲自蓋，自自載（此句疑誤），偃仰屈伸常自在。　浮觴更把蘭亭賽，别是人間閑世界。恍如仙女渡銀河，溪雖溢，行徧快，祇用先生長坐待。」右調《天仙子》。園内鑿池，僅百餘畝，内設六島，每島皆有樓臺亭榭，其制各異，石橋相連，下可舟楫，謂之西池六院。（節録自同前「天緣奇遇下」）

五五 話説南宋理宗皇帝寶慶二年春三月初，去這行在臨安府萬松嶺上，有個太尉，姓裴名朗，字士明，年五十歲，祖貫汴州宣武軍人氏，因祖父隨駕南渡，子孫仕宦三代隨朝。這太尉見做着殿前護衛都太尉，為人淳善，丰姿倜儻，禮貌温克。惟好飄逸，博覽群書，琴棋音樂，靡不精通。夫人高氏，年四十歲，無子，止生一女，年方十五，小字秀娘，生得端嚴美貌，傾城國色，好似西施重再活，猶如仙子降人間，聰明伶俐，琴棋書畫，詩詞歌賦，女工針指，無所不通。太尉夫人惜似心頭之氣，愛如掌上之珠。有個侍女名阿香，年十二歲，日則同行同伴，夜則小姐床前打鋪，寸步不離。這小姐性格温和，禮上愛下，凡府中侍婢妳娘無有不敬，不在話下。却説這湧金門外西湖之上，裏有六條小橋，外有六條大橋。那水港通南北兩山，山水灌溉，下培田禾。這西湖第一橋名曰映波橋，第二橋名曰鎖瀾橋，第三橋名曰望仙橋，第四橋曰壓堤橋，第五橋名曰東漏橋，第六橋名曰跨虹橋。這每條大橋上，高宗天子常夜遊於西湖之上，至晚不回宫，就在六條橋亭子内宿，至曉回宫。那六條橋上各造一座亭子，朱紅欄杆，緑油飛檻，雕簷各立牌額一面，因此稱為夜遊湖，不問官員士庶，俱許遊賞，與民同樂。這臨安府城内開鋪店坊之人，日間無工夫去遊西湖，每遇佳節之日，未牌時分，打點酒樽食簋，俱出湧金門外，雇倩畫舫或小劃船，呼朋喚友，携子提孫，公子王孫，佳人才子，俱去夜遊，有多少密約偷期之事，各人遊至三更已後，去那六條橋亭子上歇宿，時人稱為西湖裏點燈東湖裏明，説不盡西湖美景。有篇《折桂令》詞，單道西湖好處，其詞云：「蘇公堤上，今古堪誇。春夏秋冬，四季奢華。瀲灩湖光，溟濛山色，掩映朝霞。紫陌上垂楊繫馬，斷橋邊流水人家。畫舫撑棹，翠袖羅裳，韻悠悠笙歌嘹喨，醉醺醺笑語喧嘩。」却説裴太尉一日見街坊上王孫公子，雕鞍駿馬，佳人才子，香車煖轎，來來往往，紛紛嚷嚷，俱出郊外踏青。太尉回府，夫人出來迎接，至後堂坐下，夫人問太尉道：「今日是三月十五日，來日是清明令節之辰，我欲同太尉往外閑走一遭，遊賞西湖則個，不知太尉心下如何？」「我今日特地在内推事早回，要明日早告假，往北山玉泉寺前拜掃先塋化紙，夫人可吩咐廚下侍婢打點酒樽食篚、可餚佳饌、時新菓品，交女孩兒同往一遊，可乎？」夫人大喜，隨即分付點明日上墳，使香閨説與秀娘小姐，打點酒樽上墳遊湖，小姐大喜，領母親嚴命，道罷，當晚過了一夜。次日早起，太尉入内告假回來，與夫人、小姐同上了轎，上船内坐定，押番虞候幹辦人等挑擔盒仗，下船已了，開船望西湖第三橋泊岸。太尉、夫人、小姐上了轎，人從（當為從人）挑了祭物冥錢，迤邐行至玉泉寺前上墳，祭奠化紙罷，從人收拾祭物擔仗，先往船裡去，太尉領着夫人、小姐三人同往玉泉寺中佛殿上燒香已畢，同至玉泉池邊看金魚，往來出没。其日遊翫佳人才子不計其數，來看金魚遊戲，太尉夫人低頭看魚，惟秀娘小姐猛見人叢中有一少年，生得眉清目秀，齒白唇紅，如潘安重出世，似宋玉再還魂，年約二十，青春丰采。這小姐目不轉睛，細視那少年書生，即心中忖道：「世上有如此美貌書生，使奴異日偕得如此少年，平生願足。」欲向前問其居址姓氏，争奈雙親在旁，心雖愛慕，恨不能一語，正心中怏悒之間。却説那少年，乃在城諸家塘劉員外的兒子，名唤劉澄，字清之，其日外祖家上墳，請生閑翫同往，當日見小姐目不轉視，乃四目相射，其劉澄一見小姐，心下亦思慕，莫非天仙織女下臨凡世乎？亦心中徘徊不捨。却説裴太尉與夫人、小姐上了轎，回至船邊下轎，坐在船中，倚欄觀看。」端的好個西湖，勝似蓬萊三島，古人有篇詞道：「羨西湖到處矜誇。聒耳笙歌，滿目繁華。十里湖光，六橋風月，三竺煙霞。觀才子流觴泛斝，看遊人荷插紛譁。疊竹分茶，問柳尋花。描不成九曲高峰，畫不就十萬名家。」（節録自同前書卷五「裴秀娘夜遊西湖」）

五六　却説裴小姐正在大船之中，舉目遥望，碧天似鏡，皓月如銀。六橋亭上，燈火熒煌，小姐乃問母曰：「橋亭上如何有燈火輝煌？」夫人曰：「此是夜遊湖之人入不得城，俱在亭子上歇了，明早回去也，有在船中歇者。」正説之間，小姐見一小船，止離大船丈餘，水面船上坐着個少年，莫非玉泉觀魚者乎？　細視良久，果是那生也，小姐無計奈何，乃口綴一詞，名《訴衷情》：「乍逢兩下想留心，妾意尚沉吟。遊賞勤，心廢（當作費）盡，剗地兩離分。親間阻，怎詐情？今宵□□□望，重相見，除非是夢中。」詞罷，欲歌之，使此生知奴意有在也，恐母親詳之，乃以手擊欄杆歌古詩一絶，詩曰：「湖光瀲灩晴便好，山色空濛雨亦奇。若把西湖比西子，淡粧濃抹兩相宜。」歌其詩，而聲清韻美。這劉生聽得，不覺手舞足蹈而言曰：「天生如此美女，人才奇絶，既歌此詩，必有情意，若得為夫婦，實出望外。」遂命移舟相近畫船邊，聽其歌詞。這小姐但見劉生移舟傍船，其心益深，不能一訴款曲，乃取核桃之（當作二）枚，以袖中白綾汗巾裹之，問天買卦曰：「妾若得此生為夫，此為投之於生懷，若不得諧和，此雙桃投之於水中。」遂乃擲之，生見小姐手中有物欲投之意，乃自以雙手接之，豈非天意人心相同乎，生接得在手，拱手稱謝之意，已而開視，則雙桃也。　生蒼卒無以酬答，遂取袖中香羅錦帕包核桃一枚，復投之於小姐大船上來，事非偶然，小姐亦觀生之動静，而俟之於船中，急拾錦帕，揣入懷中，心甚喜悦，曰：「彼我有情，故相隨至此，月光之下，有如蚌吸月之勢，兩下相望，空自有心，安能一會？」正猶猶豫豫相看之時，太尉命舟人移動畫船，復望清波門而去。劉生亦隨而行，時譙樓五鼓，門雞三唱，曙色將分。大船已傍新河口泊住，待天明登岸，其劉生自乃上岸，心中難捨，事不由已，悒怏而回家去了，不在話下。（節録自同前「裴秀娘夜遊西湖」）

五七 這小姐思慕那生，日夕不安，懨懨害倒。自思曰：「枉服藥劑，有何效也。若要奴病安痊，除非遂奴心上之人。」勉强起來，將筆硯至床前案上，拈筆便寫詞調一首，寄《西江月》：「强對粧臺開鑑，容顔瘦比黄花。玉泉觀景轉回家，整日不茶不飯。不為閑花野草，休躭浪酒開茶。西湖夜遇少年□，放這寃家不下。」寫罷，將詞摺就四方，壓在硯池底下，藏隱已罷，依前上床睡了。（節録自同前「裴秀娘夜遊西湖」）

五八 話説宋朝淮西和州涇陽縣有一秀才，姓張，名孝祥，字安谷（當作國），號于湖。腹中背記五車書，胸中包藏千古史。因戀新婚，不赴科第，其父作詩以誡之云：「西風颯颯逼槐黄，文士紛紛赴選場。休戀鳳衾鴛帳煖，桂花香似麝蘭香。」于湖見詩，遂上京赴舉，幸喜登第，除授江西臨江縣尹。在任一清如水，四民咸仰。一日，餘閑，往臨江亭觀玩，但見山青水秀，景物鮮明。見正面屏風畫着瀟湘八景，左壁「范蠡歸湖」，右壁「子房歸山」，悠悠之樂，猛然觸心，遂手題詩一首云：「洞庭潮送客，景物晚煙濃。雨過山嵐静，潮回港艤通。北去搜千疊，南來轉萬篷。不如趨潮去，江邊學釣翁。」題畢，歸衙，不在話下。不覺四季光陰如撚指，兩輪日月似奔梭，三年任滿，陞越州通判，未任一年，改陞金陵建康府尹。帶領伴僕王安，雇船前去，饑飡渴飲，夜住曉行，來到洋(當作揚)子江，過金山寺，見十數人駕快船一隻，問云：「來船莫不是建康府尹張爺的船麼？」于湖叫王安答道：「只説不是。」王安回道：「後船來的是。」那接官公人去了，王安回覆道：「不知相公何意，不要公人跟隨入城？」于湖曰：「被他跟著，不得閑行遊翫，且同你入城，尋親訪友，茶坊酒肆，勾欄寺觀，俱以遊玩，方可理任。」來到通江橋邊，時八月天氣，尚且炎熱，于湖吩咐王安：「上岸尋個寺觀，燒些湯水洗浴，解凉則個。」王安上岸，行無半里，見一座道觀，王安只得向前與門公唱喏道：「我官人行船辛苦，欲借浴堂與官人洗澡則個。」門公曰：「請坐，待小人與觀主説知。」門公轉過鶴軒，與觀主説道：「有一官人借浴堂洗澡，稟過觀主得知。」觀主道：「天氣炎熱，施浴何妨。」傳語請入。門公報知于湖，于湖即入軒前，與觀主相見。于湖將眼覷見觀主頭戴星冠，身披鶴袍，人物清標，丰姿伶俐。于湖暗暗喝彩道：「不知來到女真觀，遇此觀主，半老佳人，恁般風韻。」調《西江月》詞一闋，單道觀主妙處：「半舊鞋兒着穩，重糊紙扇多風。隔年煮酒味偏濃，雨過櫻桃色重。　有距公雞快鬥，尾長山雉梟雄。燒殘銀燭焰頭紅，半老佳人可共。」吟畢，與觀主分賓而坐，觀主問：「尊官何處？高姓貴名？因甚至此？」于湖道：「小生洛陽人氏，姓何，名通甫，遊玩至此，天時炎熱，竟到上宫，借求一浴而已。」于湖請問觀主高姓尊庚，答曰：「貧道在俗姓潘，年四十有八，諱名法成。」正説之間，簾櫳響處，只見一人俄然而來，頭戴七星冠，身披紫霞服，皂絲絛，紅朱履，約有二十餘歲，顔色如三十三天天上玉女臨凡間，精神似八十一洞洞中仙女下瑶池，生得丰姿伶俐，冠乎天成。于湖一見，蕩却三魂，散了七魄。

觀主令他進前稽首，施禮畢，佇立側邊，啟唇問道：「官宰高姓？」于湖答道：「小生姓何，名通甫。」那姑姑言：「小道事冗，不及陪奉。」稽首而去。于湖想：「好個佳人，可惜做了道姑。」又問觀主：「適間來者是上宮別院？」觀主答道：「敝觀知客。」正問之間，只見小童請相公沐浴。即至浴堂浴罷，到東廊下客房梳篦整冠。值門公在側，就問門公多少年紀，門公道：「小人今年六十二歲。」于湖道：「你在此幾年？」門公道：「在此二十餘年。」于湖道：「你身上衣服，誰管你的？」門公道：「告相公得知，小人但得三飡足矣，豈望衣服乎？」于湖道：「王安，你去船中取布一疋，賜與門公做衣服穿。」王安即去取布與門公，門公拜謝，于湖就問門公曰：「方纔鶴軒相見那個知客，姓名甚麼？那裏人氏？今年幾歲？」門公道：「姓陳，名妙常，今年二十三歲，金陵建康府人氏，十五歲在此出家。」于湖曰：「他的宿房在那裏？」門公曰：「在東廊第一間便是。」（節録自同前書卷六「記類·張于湖宿女真觀記」）

五九 次早，門公來請早齋，齋畢，却收拾待起程，只見門公請，道知客有請，于湖道：「多蒙好意。」即至知客房中，分賓主而坐，茶罷，知客言：「夜來軒中有失迎候。」于湖道：「無故攪擾，何出此言矣？」觀見壁上有詩一首：「曉日瑶臺夜氣清，天風吹落步雲聲。塵根未盡俗緣在，千里關山月正明。」于湖問道：「此詩何人所作？」知客答曰：「昔漢武遊王母宫，見仙妃在彼，數女撫琴，故作『仙風吹落步雲聲』。」于湖聽得，暗道：「十分人物，寫作俱高，有十二分奇妙。」知客道：「小道今早上殿回來，見壁間先生佳作，重蒙過奬。」于湖道：「小生衝撞貴寓，竊聽琴音，回房亂道《臨江仙》小詞一闋以奉，伏乞勿擲。」就袖中取出，遞與知客，知客拆開觀看：「誤入蓬萊仙洞裏，松陰忽覩數嬋娟。衆中一個最堪憐。瑶琴横膝上，共坐飲霞觴。　雲鎖洞房歸去晚，月華冷氣侵高堂。覺來猶自惜餘香。有心歸洛浦，無計到巫山。」知客看了暗道：「正是引賊入寨。」于湖道：「知客休哂。」知客曰：「重蒙所賜佳章，又好笑，又好惱，書云：『夫人必自侮，然後人侮人（當作之）。』小道欲言，尤恐冒瀆洪威。」于湖曰：「久聞知客佳妙，小生抛磚引玉。」知客道：「相公勿罪。」落筆遂寫《楊柳枝》詞一闋云：「襄王魂夢雲雨期，兩心痴。子今無計戀瓊姬，自著迷。　道心堅似絮沾泥，不往飛。任取楊枝作柳枝，强挨屍。」寫罷，遞與于湖觀看，大笑，知客道：「班門弄斧，望相公勿哂。」于湖亦作《楊柳枝》詞一闋以奉云：「碧玉冠簪金縷衣，雪如肌。從今休去説西施，怎如伊。　杏臉桃腮不傳粉，最偏宜。好對眉兒共眼兒，覷人遲。」寫畢，遞與知客，知客不語，亦作前詞一闋以答云：「清净堂前不捲簾，景幽然。閑花野草漫連天，莫胡言。　獨坐黄昏誰是伴？一爐煙。閑來窗下理琴弦，小神仙。」寫畢，遞與于湖看罷，連忙起身，知客言稱衝撞，于湖辭别回船中，叫王安取絹一疋送至觀中，謝了觀主，進城上任理事。于湖自言：「忒性急了，今回挫（當作錯）過，何時再逢這般聰明女子。」悔之不已。（節録自同前「記類・張于湖宿女真觀記」）

六〇　却説陳妙常懊恨不及，是我性子忒急了些，好個官人，看他詩中語句，從此惹起凡心，常有思念之意。不覺又是十月初一日，本觀設齋，會集衆道姑，道姑齊來與觀主稽首，正問答間，門公報道：「觀外有一秀才，言稱和州瀝陽縣人，姓潘，要見觀主。」觀主道：「請他進來。」門公出報知，引到鶴軒相見，觀主道：「孩兒幾時到此？」那潘必正拜了四拜，退下言道：「列位姑姑就此相見。」衆道姑還禮，俱各請坐，觀主與衆道姑道：「這秀才是我姪兒，姓潘，名必正，從家而來，家眷安否？」必正道：「俱各平安，有書在此。」觀主道：「幾時離家？」必正道：「舊年十二月離家，正月到京應舉，二月初九日頭場過了，第二場忽然患病，未曾終場，待欲回家，所有書在此，未曾下得，如今特來拜見姑娘。」觀主道：「行李安在何處？」必正回道：「在船上。」觀主道：「你與門公去搬上來，住數日，另討船回去。」必正同門公將行李搬至觀中，觀主叫女童灑掃後房，與必正安歇，必正道：「一朝半日便要回家，不須多事。」觀主道：「寬住數日，我要與你説話。」到晚歇了。次早，必正云(當作去)各道姑房裏相訪訖。閑坐之間，問門公姓甚麽，門公道：「小人姓戚，名中立。」就在門檻上坐了，必正又道：「東廊盡頭那一間房住的道姑，姓甚名誰？」門公道：「是本院知客陳妙常者，一觀之中，只是他生得秀麗，吟詩歌賦，撫琴誦經，無有不能者。」必正道：「曾有秀士過客與他賡詩和韻否？」門公道：「適門小人這件衣服，便知是個官人，姓何名通甫，號洛陽才子者送與小人的。」必正道：「為甚的送與你？」門公道：「是小人引見陳妙常，得布一疋，送與小人。」必正即將綿紬海清一件與(當作他)，必正分付門公：「你休對人説我將這件衣服送你。」門公道：「小人決然不説。」必正就調一個相思《楊柳詞》封了，令門公遞與知客，通報道潘官人特來相訪，妙常微微冷笑道：「在那裏，請進。」潘必正向前施禮，邀入客位，分賓而坐，茶罷，必正道：「適間小生浼門公送一束，亂道《楊柳枝》詞一闋奉上。」知客拆觀：「傍觀道官過茅屋，驚人目。星冠珠履逍遥服，能粧束。　絶世儀容瓊姬態，傾城國。

淡粧全無半點俗，荆山玉。」妙常見了大驚：此人言詞典雅，字若龍蛇，況兼人物穩厚，比那何家大不同。妙常道：「多蒙佳句，請問官人青春有幾？」必正道：「二十有五。」妙常道：「那月壽旦？」必正道：「卑人八月十三日賤生。」妙常道：「官人是大。」必正道：「知客是幾時壽旦？」妙常道：「是目下不遠。」（節録自同前「記類・張于湖宿女真觀記」）

六一　一日，必正走到妙常房中，女童道：「官人請坐。」必正言：「師父在否？」女童道：「師父去石城下長春院訪一起觀主未回，官人寬坐，師父便回。」必正見書厨未鎖，起身開看，拿起一部《通鑑》來看，内有一帖，見了大驚，去了三魂，蕩了七魄，乃是《西江月》一首：「松院青燈閃閃，芸堂鐘鼓沉沉。黄昏獨自展孤衾，懶睡思愁不穩。一念静中有動，遍身慾火難禁。强將津唾咽凡心，争奈凡心轉盛。」必正道：「此是凡胎俗骨，何苦出家，有此怨意？不若乘機嘲戲，他若不從，却有招詞在此。」遂寫《西江月》一首：「玉貌何須傅粉，仙花豈類凡花。終朝只去戀黄芽，不顧星前月下。冠上星簪北斗，案頭經誦《南華》。未知何日到仙家，曾許彩鸞同跨。」寫畢，放在硯匣底下，露些紙角出來。（節録自同前「記類・張于湖宿女真觀記」）

六二　妙常道：「潘郎，這是五百年前結了此段姻緣，今日交付與君，休使賤妾有白頭之歎。」恰似交頸鴛鴦戲水，並頭鸞鳳穿花。喜孜孜連理共枝，美甘甘同心結蒂。哈哈鶯聲不離耳畔，喃喃燕語甜吐舌尖。楊柳腰點點春濃，櫻桃口微微氣喘。星眼朦朧，細細汗流香玉體；酥胸蕩漾，涓涓露滴牡丹心。真合美愛色情多，怎比偷情滋味别。又有一篇《南鄉子》詞，單道日間雲雨，其詞曰：「情興兩和諧，摟定香肩臉帖腮。手摸酥胸軟似綿，美奇哉，褪了袴兒脱繡鞋。　玉體着郎懷，舌送丁香口便開。倒鳳顛鸞雲雨態，多情此夜，千萬早些來。」兩個雲雨起來，妙常戴了冠子，道：「戴冠子好，不戴冠子好？」必正遂作《鷓鴣天》一首：「卸下星冠覩玉容，宛如神女下巫峰。霎時雲雨歡娱罷，無限恩情兩意濃。　輕摟抱，款相從，時間一度一春風。若還得遂平生願，盡在今宵一夢中。」妙常看罷道：「羞答答的，今晚不許再來，我要上殿誦經，不可污了身體。」（節録自同前「記類・張于湖宿女真觀記」）

六三　次日，見姑娘，姑娘道：「吃中飯否？」必正道：「未曾吃，適來偶見一太醫看脈，若不用葷腥調理，恐傷性命。」姑娘聽罷，吃了一驚，便叫門公買酒肉鷄鵝果品之類，送在必正房中，必正檢入。到晚，將酒饌與妙常同飲。正是：竹葉穿心過，桃花上臉來。茶為花博士，酒是色神人。兩個眉來眼去，情興如火，燈光之下，看妙常有傾國傾城之態，口占《菩薩蠻》一闋云：「芸堂空鎖傾城色，萬態千嬌誰能及？何幸到鸞幃，春心不自持。　點染香羅片，遂我平生願。此處會雲英，何須上玉京。」妙常聽罷，亦口占《菩薩蠻》一闋云：「香衾初展芭蕉緑，垂楊枝上流鶯宿。花嫩不禁噪，春風卒未休。　千金身已破，默默愁眉鎖。密語囑檀郎，人前口謹防。」必正看了，情興越濃。二人解帶脱衣，雲雨初罷，遂於枕上説海誓山盟，就中訴深情密意，必正道五更了，鄰雞三唱，此乃是前生宿世姻緣，最怪是曉霞穿碧落，偏嫌的紅日照紗窗，二人披衣而起，各自回房，夜去明來，約有半年之期。必正一日與妙常閑坐，只見妙常兩眼垂淚，眉頭不展，好生不樂。必正見罷，將手帕抹浄了妙常淚眼，問道：「如何這等煩惱？」妙常袖裏取出一個帖子，遞與必正，必正展開看了，却是《臨江仙》詞一闋云：「眉自雲開初月，纖纖一搦腰肢。與君相識不多時，不知因個甚，裙帶短些兒。茶飯不食常是病，終朝如醉如癡。此情猶恐人疑，轉將心腹事，報與粉郎知。」必正看了，道：「既有此事，何不早說？有甚難哉！」妙常道：「我平日在此欺那手下的人，今日做出這場醜事，未知如何是好？只得尋個死路，免污他人。」眼目淚下如雨。（節録自同前「記類·張于湖宿女真觀記」）

六四 「誰家柔女勝姮娥，行步香塵體態多。兩朵桃花焙曉日，一雙星眼轉秋波。釵從鬢畔飛金鳳，柳傍眉間鎖翠蛾。萬種風流觀不盡，馬行十步九蹉跎。」這首詩是柳耆卿題美人詩，當時是宋神宗朝，東京有一才子，姓柳，雙名耆卿，排行第七，人皆稱柳七官人。年二十五歲，丰姿灑落，人材出衆，琴棋書畫，吟詩作賦，無所不通。專愛在花街柳巷，多少名妓無不瞻仰。他在京師，與三個出名上等行首家取樂，一個喚作陳師師，一個喚作趙香香，一個喚作徐冬冬，這三個行首陪（當作賠）錢爭養着那柳七官人，曾作詞兒一闋為證，詞云名《西江月》：「師師媚容豔質，香香與我情多。冬冬與我煞脾和，獨自窩盤三個。撰字蒼生未肯，權將好字停那。如今意下待如何，姦字中間着我。」這柳七官人在三個行首家閑耍，一日做一篇歌頭曲尾，歌云：「十里荷花九里紅，中間一朵白松松。白蓮到好摸藕吃，紅蓮只好結蓮蓬。結蓮蓬，結蓮蓬，蓮蓬好吃藕玲瓏。開花雖結子，也是一場空。一時乘酒興，空肚裏，吃三鍾。番身落水尋不見，則聽得採蓮船上，鼓打撲鼕鼕。」柳七官人詞罷，擲筆於樓，拂袖而返京師。這耆卿詩詞文采壓於才士，因此近侍官僚喜敬者多舉孝廉，保奏耆卿為浙江官，下餘杭縣宰，耆卿乃辭官僚，别了三個行首，各各餞别而不忍捨。遂别親朋，將帶僕人，携琴劒書箱，迤逦在路。不則一日，來到餘杭縣上任，端的為官清正，訟簡詞清。過了兩月，使用己財起造一樓於官塘水次，效金樓之樓，題之額曰玩江樓，以日（當作自）取樂。本處有一美妓，歌妓姓周，名字月仙，那柳七官人每召至樓上歌唱祇應。（節録自同前書卷六「玩江樓記」）

六五 柳耆卿歌詩畢，周月仙惶愧，羞慚滿面，安身無地，低首不語。耆卿命舟人退，月仙向前跪下而告曰：「伏望相公恕容賤妾之罪，憐而惜之，妾今願為侍婢，以奉相公，心無二矣。」當日，月仙遂與耆卿歡會雲雨，耆卿大喜，而作詩曰：「佳人不肯奉耆卿，却駕孤舟犯夜行。殘月曉風楊柳舞，肯教孤負此時情。」詩罷，月仙拜謝耆卿而回，自此日夕常侍耆卿之側，與之歡悦無怠。忽一日，耆卿酒醉，命月仙取紙筆，作詞一闋，詞寄《浪裏來》，其詞曰：「柳解元使了計策，周月仙中了機謀。我交那打魚人，准備了釣鼇鈎。你是惺惺人，筭我出不得文人手。姐姐免勞慚歉，我將那點鋼鍬，掘倒了玩江樓。」柳七官人寫罷，付與周月仙，月仙謝了，自回。這柳縣宰在任三年，周月仙慇懃奉侍，兩情愛篤，却恨任滿回京，與周月仙相别，自回京都，至今風月江湖上，萬古漁樵作話文。有詩云：「一别知音兩地愁，任他月上玩江樓。來年此日知何處？摇（當作遥）指白雲天際頭。」（節録自同前「玩江樓記」）

六六 《芙蓉屏記》：至正辛卯，真州有崔生名英者，家極富。以父蔭，補浙江温州永嘉尉，携妻王氏赴任。道經蘇州之圖山，治舟少憩，買紙錢牲酒，賽於神廟，既畢，與妻小飲舟中。舟人見其飲器皆金銀，遽起惡念，是夜，沉英水中，並婢僕殺之，謂王氏曰：「爾知所以不死者乎？我次子尚未有室，今與人撐船往杭州，一兩月歸來，與汝成親，汝即吾家人，第安心無恐。」言訖，席捲其所有，而以新婦呼王氏，王氏佯應之，勉為經理，曲盡慇懃。舟人私喜得婦，然漸稔熟，不復防閑。將月餘，值中秋節，舟人盛餙酒殽，雄飲痛醉。王氏伺其睡沉，輕身上岸，行二三里，忽迷路，四面皆水鄉，惟蘆葦孤（當作菰）蒲，一望無際，且生自良家，雙彎纖細，不任跋踄之苦，又恐追尋至，於是盡力而奔。久之，東方漸白，遥望林中有屋宇，急往投之，至則門猶未啟，鐘梵之聲隱然。少頃，開門，乃一尼院，王氏逕入，院主問所以來故，王氏未敢以實對，紿之曰：「妾，真州人，阿舅宦遊江浙，挈家偕行赴任，而良人没矣。孀居數年，舅以嫁永嘉崔尉次妻，正室悍戾難事，箠辱萬端。近者解官，舟次於此，因中秋賞月，命妾取酒杯，不料失手，墜金盞於江，必欲寘之死地，遂逃生至此。」尼曰：「娘子既不敢歸舟，家鄉又遠，欲別求配偶，卒乏良媒，孤苦一身，將何所托？」王惟涕泣而已，尼又曰：「老身有一言相勸，未審尊意如何？」王曰：「若吾師有以見處，即死無憾。」尼曰：「此間僻在荒濱，人跡不到，茭葑之與鄰，鷗鷺之與友，幸得一二同袍，皆五十以上，侍者數人，又皆淳謹，娘子雖年芳貌美，奈命蹇時乖，盍若捨愛離癡，悟身為幻，被緇削髮，猶此出家，禪榻佛燈，晨飡暮粥，聊隨緣以度歲月，豈不勝於為人寵妾，受今世之苦惱而結來世之仇怨乎？」王拜謝曰：「是所志也。」遂落髮於佛前，立法名慧圓。王讀書識字，寫染俱通，不期月間，悉究内典，大為院主所禮待，凡事之巨細，非王主張，莫敢輒自行者，而復寬和柔善，人皆愛之。每日於白衣大士前禮百餘拜，密訴心曲，雖隆寒盛暑弗替，既罷，即深居奥室，人罕見其面。歲餘，忽有人至院隨喜，留齋而去。明日，特將《芙蓉》一軸來施，老尼張掛素屏，王過見之，識為英筆，因詢所自，院主曰：「近日檀越布施。」王問檀越何姓名，今住甚處，以何為生，曰：「同縣顧阿秀，兄弟以操舟為業，年來如意，人頗道其劫掠江湖間，未知誠然否。」王又問：「亦嘗來此乎否？」尼曰：「少到耳。」即默識之，乃援筆題於屏上曰：「少日風流張敞筆，寫生不數今黄筌。芙蓉屏出最鮮妍。豈知妖豔色，飜抱死生冤。　粉繪淒凉餘幻質，只今流落誰憐。素屏寂寞伴孤禪。今生緣已斷，願結再生緣。」其詞蓋《臨江仙》也，尼皆不曉其所謂。（節録自同前書卷六）

六七　《連理樹記》：上官守愚者，揚州江都人，為奎章閣授經節。時居順天，館東與國史檢討賈虚中為鄰，賈，柯敬仲友也，工善詩畫，家藏古琴三張，曰瓊瑶音、環珮音、蓬萊音，皆敬仲所鑒定。守愚亦雅好吟詠，兼嗜緑綺，與賈交遊特厚，每休暇過從，詩酒琴棋，從容意會。賈無嗣，止三女，嘗曰：「吾三女可比三琴。」遂取琴名女焉。守愚子粹，甚清俊聰敏，生時人送《唐文粹》一部，故小字粹奴。年十歲，因遣就賈學，賈夫婦愛之如子，三女亦視之猶兄弟，呼為粹舍。嘗與其幼女蓬萊同讀書學畫，深相愛重，賈妻戲之曰：「使蓬萊他日得婿如粹舍，足矣。」歸以告，守愚曰：「吾意正然。」遣媒言議，各已許諾，粹二人亦私喜不勝。不期賈忽罷歸，姻事竟弗諧。後三年，守愚出為福州治中，始至，僦居民舍，得樓三楹，而對街一樓尤清雅，問之，乃賈氏宅也。守愚即日往訪，則瓊瑶、環珮已適人，惟蓬萊在室，亦許婚林氏矣。粹聞之，悒快殊甚，蓬萊雖為父母許他姓，然亦非其意也。知粹至，欲一會而未由，彼此時時凝立樓欄相視，不能發語。……蓬萊自入上官之門，孝事舅姑，恭順夫子，一家内外，罔不稱賢。暇則與粹唱和詩詞，娱情琴書，平生所作，編成一集，粹題之曰《絮雲稿》，且為序於首簡，詩與序多不録，姑載一二以傳好事者。《閨怨》：「露顆珠團團，冰肌玉釧寒。杏梁棲雙燕，菱鏡掩孤鸞。殘樹枯黄遍，圓荷濕翠乾。繡奩生色畫，穴（當作窓）下帶愁看。」《白苧》詞二首：「茜裙紫袖映猩紅，飛絮輕颺桃花風。緩歌白苧捧金鍾，嬌音芳韻繞簾櫳，梁塵飛墮雲影空。秋波回目蛾掃黛，餘聲悠揚歌還在。歌當重聽杯當再，緑髩朱顔能久待。」「響如蒼玉觸鳴璣，蹁躚錦袖紅地衣。廻風激雪當世稀，翻身按節疾如飛。香塵濛濛髮委墜，玳筵夜静紗燈晦，鮫綃濕透胭脂淚。」（節録自同前書卷六）

六八　時海宇奠安，黎民樂業。百餘年間，耳不聞金戈鐵馬之聲，目不觀烽火狼煙之警，誠至治之期，太平之日也。嗚呼！人生值此，既乏南山之壽，須□北海之樽。可信是輕塵弱草，休辜負美景良辰。詩曰：「百年春露與春花，展放眉頭莫自嗟。詩吟幾首消塵慮，酒酌三杯度歲華。閑敲棋子心情樂，謾撥瑶琴興趣賒。分外不須多着意，且將風月作生涯。」溺水訪三神：有辜生者，略其名，本貫廣東瓊州人氏。丰姿冠玉，標格魁梧，涉獵經史，吞吐雲煙，其丈夫中之卓偉者也。一日，父母呼而命之曰：「爾有祖姑適臨高之黎氏，乃子奉朝廷命而為土官，即爾之表叔也，經今數載，音問杳然。皆爾親之薄倖，以致暌違，違之久，疎間之甚也。孔子云：『親者毋失其為親，故者毋失其為故。』此人道之當然。即辰春風和氣，景物熙明，俺備微贄，代我探訪一度，以將意耳。」生唯唯聽命，收拾琴書，命僕童佑哥隨從其行。生即至，入謁表叔，見之盡禮，乃引赴中堂，進拜祖姑暨嬸，並諸兄弟，皆相見畢，於是諸親勞苦再三，詢及故舊，生一一答之，盡恭且詳。乃館生於西廡清桂西軒之下。明日侵晨，踵春暉堂揖祖姑，適瑜侍焉，將趨屏後避生，祖姑止之曰：「呵呵，出拜四哥，即兄妹也，都是一家人，何避嫌之有？」瑜得命，即下階與生叙禮，生竊視之，顏色絶世，光彩動人，真所謂入眼平生未曾有者也。厥後，祖姑甚鍾愛辜生，凡晨昏，命生與瑜侍食其左右焉。一日，謂生曰：「諸生失於訓誨久矣，汝叔屢求西賓，無可意者，幸子之來，姑舍此發蒙，一二年間回家不晚矣。」復顧瑜曰：「四哥寒暑早晚，但有所求，汝一切與之，勿以吝嗇。」女唯唯聽命，生亦拜謝。然生雖慕瑜娘之容色，及察其動静有常，言辭簡約，生亦知其決不敢犯，亦以親情之故，不敢少肆也。表叔擇日設帳，生徒日至，雖意於書翰之間，而眷戀之心則不能遏也，屢屢行諸吟詠，不下二三十首，不克盡述，特意其尤者以傳諸好事者焉，以見他作亦皆稱是也。其夜，作《舒懷》二律詩曰：「連城韞匱已多時，恥效冰人抱璞悲。白璧幾雙幾地種，靈臺一點有天知。青燈挑盡難成夢，紅葉飄來不見詩。寂寂小窗無個事，娟娟斜月射書齋。」又：「多愁多病不勝情，悵味蕭然似野僧。緑綺有心知者寡，箜篌無字夢難憑。帶寬頓覺詩腰减，身重應知别恨增。獨坐小窗春寂寂，感懷傷遇思匆匆。」生自得祖姑言之後，凡有所需求，無不得者。一日，生命侍童佑哥問瑜娘取檳榔，遂以蠟紙封密釀者十顆饋生，並標書於其上曰：「進御之餘，敬以五雙奉兄，伏乞垂納。」生但謂其有容色，不意其亦識字也，見之大悦，曰：「西廂之事，可得而諧矣。」乃製《西江月》一詞，命佑哥謝（此字疑誤）以謝云：「蠟紙重重包裹，彩毫一一題封。謂言已進大明宮，特取餘甜相奉。　口嚼檳榔味美，心懷玉友情濃。物雖有盡意無窮，感德海深山重。」生情不能已，復繼之以詩曰：「有美蘭房秀，嫣然過不群。清才謝道韞，美貌卓文君。秋水涓涓月，春空藹藹雲。何當堦下拜，珍重謝深恩。」女見之，微微而哂，就以雲箋裁成小柬書復(疑為數)字以復云：「感承佳作，負荷良多，第以白雪陽春，難為和耳。」生得此柬，歡喜欲狂，不覺經史之心頓釋，花月之思俞(當作愈)興，他無所願也，惟屬意瑜娘而已。　朝夕求間尋便，欲以情動於瑜，然瑜駙謹穩實，生挑之，亦不答，問之，亦不應，莫得而圖之。一夕，月初出，叔嬸會飲於漱玉亭上，命使女召生，生以手揮之，使先行，生徐徐後。　至蘭房東軒之隅，海桃株下，遇獨歸，生曰：「五姐何歸之速耶？」瑜曰：「倦矣，故歸。」生曰：「久懷一事，欲以相聞，不識可乎？」女以他辭拒之，曰：「昨承佳作，健羨，健羨。」生曰：「不為是也。」女不答而去。　生大慚，悒悒而赴宴，半酣而歸。　自思桃下之遇，不果所懷，遂製平韻《憶秦娥》一闋以泄其悒怏之意云：「憶秦蛾，憶秦娥，無意奈渠何。　奈渠何，一場好事，從此蹉跎。　茫茫日月如梭，悠悠光景逐流波。花天月地，畢竟閑過。」一日，生就外舘，女竊入其所居之軒，發其書笥，見所作之詩詞，知生之意有在也，默記歸，録至「白壁靈臺」之句，感歎移時，及察見生之容色變常，飲食減少，頗憐之焉。　一夕，女晩繡緑紗窓下，生行過窓外，偶念周美成詞「些小事，惱人腸」之句，瑜隔窓問曰：「四哥何事惱愁腸也？　蓋(當作盍)為我言之？」生曰：「子自思之。」女曰：「兄欲歸矣？」生曰：「不然。」女又曰：「兄思兄之情人乎？」生又曰：「不然。」女又曰：「春寒逼兄耶？」生曰：「非寒也，愁也。」女曰：「何不撥之乎？」生曰：「誰肯與撥之乎？」女笑而不答，生欲進而與之語，自度不可，於是退居軒間，思白（當作向）者窓前之言，乃作一詞以識其事，名曰《花心動》：「萬緒千端，惱人腸肚事，有誰在説。多麗多嬌，有意有情，特地為人撩撥。緑紗窓晚珠簾捲，繡床上描花模月。如簧語，一聲纔歇，千愁頓虐。　惟恨衷腸未竭。空悃悵，歸親又成間絶。一片年消，千鍾仍生，擁就心頭成結。琴心未必君之（當作知）否，何日也、山盟同設。休猜訝，不是狂蜂浪蝶。」生濃墨楷書，命侍童持以示女，女覽之畢，擲於地曰：「我本無此意，四哥何若誣人也！」侍童歸以告，生殆無以為懷，乃於軒之西壁畫一鶯，後題一絶於上云：「遷喬公子彙金衣，獨自飛來獨自啼。可惜上林如許樹，何緣借得一枝棲？」見者謂其題鶯，殊不知覺其托意於其中也。一日，瑜之侍妾碧桃偶過生軒，歸謂瑜娘曰：「向來見西邊軒裏瓊州官人畫一鳥於壁上，甚是可愛。」瑜因伺生出，遂抵生軒，玩索良久，知其意也，乃作一詞，書於片紙之上，置於几間而歸。詩曰：「金衣今已換緇衣，開口如啼却不啼。自是傍牆飛不起，休悲無樹借君棲。」生歸，見瑜所和之詩，正想玩間，忽見絳桃（前作碧桃）持一束至，生拆之，魚箋爛然絢目，乃是《喜遷鶯》詞也，詞曰：「嬌癡倦極，正柳困花柔，東風無力。桃錦纔舒，杏花又褪，種種惱人春色。不恨佳期難遇，惟恨芳年易擲。堪據處，有東逝流水，西沉斜日。　記得此去，早築盟壇，共定風流策。也不難愁，更休煩夢，務要身親經歷。欲使情如膠漆，先使心同金石。相期也，在西廂待月，藍田種璧。」生得此詞，大意（當作喜）過望，願得之心，愈於平昔，每尋間便，思與女一致款曲，終不可得。後二日，表叔赴縣，嬸又寧歸，女乃潛出，直抵生軒。生偶輟講而歸，適瑜在焉，揖而謝曰：「往日之詞，真能中阿堵中之事，誠能踐之，雖死無憾。」瑜曰：「前詞聊以寬兄之意耳，豈有他哉？」生曰：「所謂『身親經歷』者，果歷何事耶？」女不答，遂欲引去，生掩窓扉而阻之，因謂瑜曰：「輅自二月來抵仙鄉，今則蓂莢已三更矣，自從見卿之後，頓覺魂飛魄散，廢寢忘湌，奈何無間可乘。今蒙下顧寒窓，而輅偶出適歸，抑且不先不後，豈非天意乎？而卿又欲見阻，此輅之所深不識也。」瑜曰：「兄良言（當作『言良』）是，妾豈不知而為是沽橋哉？抑以人之耳目長也。」生曰：「為之奈何？」瑜曰：「俗語心堅石也穿，但遲之歲月而已。」生曰：「青春易擲，若遲之以歲月，豈不過了時節哉？」瑜曰：「妾，女子也，局量褊淺，無有深謀遠慮，在兄圖之，則善矣。」言未已，忽聞衆聲喧譁，遂遁去，不得再語，生乃製《浣溪沙》以記其事云：「雲淡風輕午漏遲，晝餘乘興乍歸時，忽驚仙子下瑶池。　有意鵲鵑窓下語，無端百舌樹梢啼，教人如夢又如癡。」忽一日，生陪叔嬸宴於漱玉亭上，生辭倦先歸和樂堂側，聞有諷誦聲，生趨視之，見瑜獨立薔薇架下，拂拭落花，生曰：「花已榭（當作謝）落，何故惜之？」女曰：「兄何薄倖之甚耶？寧不念其輕香嫩色之時也？」生曰：「輕香嫩色時不能竚賞，及其已落而後拂之而惜，雖有惜花之心，而無愛花之實，與薄何異？」女不答，生曰：「往日『圖之』一言何如也？」女曰：「在兄主之，非妾所能也。」忽覺人聲稍近，遂引去。生作《減字木蘭花》一闋：「小亭宴罷，歸到薔薇花下（疑作架）下。忽驚蘭香，獨立花陰納晚凉。　手拈落瓣，輕輕整頓頻頻看。花落花開，厚薄之情何異哉。」又一夕，叔嬸俱赴鄰家飲宴，生獨視軒踽踽凉凉，若有所失。正憂悶間，忽見瑜娘掀扉而入，謂生曰：「兄何憂之多耶？」生曰：「愁何足惜，但腸斷為可惜耳。」女曰：「何事腸斷？」生曰：「盡在不言中。」女曰：「妾試為兄謀之。」生起而以手抱頸狀，向前曰：「卿言既許矣，不可只作一場話說，恐斷送了人性命，惟子念之圖之。」女曰：「兄尚不念圖，況妾乎？」生曰：「略圖之熟矣。」女指牆謂生曰：「奈此何？」生曰：「事至如此，雖千仞之山尚不足畏，數仞之牆何足道哉？」女曰：「所能圖者，其計安出？」生乃以扇指女所達之路，女曰：「恐不然也，妾之一心，惟兄是從而已。事若不遂，當以死相謝，弟（即『第』字，下同）恐君之不能踐言耳。」生以手抱瑜，欲求合歡，女不從，正反覆間，忽聞叔嬸回，遂出迎接。次日，生乃作《鳳凰臺上憶吹簫》之句以示女，云：「水月精神，乾坤清氣，天生才貌無雙。算來十洲三島，無此嬌娘。堪笑蘭臺公子，虛想像，赴詠高堂。何如花還解語，玉又生香。　茫茫。今宵何夕，親曾見姮娥，降下紗窗。又以將合，風雨來訪。記得何時，約言難踐，空斷愁腸。腸斷處，無可奈何，數仞危牆。」生念瑜娘之言，欲實其心，奈何無路可達。將謂越危牆，恐傷身體，終日沉思，計無所出。（節録自同前書卷六「鍾情麗集上」）

六九　既夜静，生遂步入蘭房西室之前，正見女於月桂叢邊焚香拜月，生潛出，立牆陰以俟之，聞其微吟云：「爐煙裊裊夜沉沉，獨立花間拜太陰。心事不須重跪訴，姮娥原是我知心。」瑜吟訖，突見生至，且驚且喜，問曰：「聞兄被魅，今夜安能至此耶？」生曰：「若非被魅，安能得此會乎？」乃相與携手入室，明燈並坐，生熟視之，容貌愈嬌，肌膚愈瑩，嬌嬌滴滴，滑滑溶溶，興發難當，情不能忍，乃曰：「我腸斷盡矣。」欲挽女以就枕，女堅意不從，曰：「妾與兄深盟密約，惟在乎情堅意固而已，不在乎朝朝暮暮之間也。苟以此為念，則妾淫蕩之女也，淫蕩之女，兄何取耶？」生曰：「卿雖不從，略之至此，設使他人知之，寧信無他事也？」女曰：「但秉吾心而已。」生雖不能自持，然見其論時，生亦喜其秉心堅確，不得以從之，遂相與坐談，女曰：「妾常讀《鶯鶯傳》、《嬌紅記》，未嘗不掩卷歎息，自恨無鶯、嬌之姿色，又不遇張生之才緣，自見兄之後，密察其氣概文才，固無減於張生，弟恨孱陋，無二女之才以感君耳。」生曰：「卿知其一，未知其二。且當時鶯鶯有自選佳期之美，嬌紅有血漬其衣之驗，思惟今夜之遇，固不異於當時也，而卿之見拒，何耶？抑亦以愚陋之跡，不足以當清雅之意耳，將欲深藏固蔽，以待善價之沽焉？」女厲色而言曰：「妾豈不近人情者，但以情欲相期，美滿於百年也，假使今日苟圖片時之樂，玉壺一缺，不可復補，合巹之際，將何以為質耶？」生曰：「此事畧任之，勿慮也，但不如此，不足以表情之交乎，卿請勿疑。」女曰：「諺語有云：『但得五湖明月在，不愁無處下金鈎。』正此之謂也，兄自此勿復舉矣。」生興稍闌，乃口念《菩薩蠻》詞以女云：「不緣色膽如天天（後一『天』字當作『大』），何緣得入天台界。辜負阮郎來，桃花不肯開。　芳心空一寸，柔腸千萬束。從此問花神，何須苦逼人。」女亦口念《西江月》以答生云：「借問朝雲暮雨，何如地久天長。殷勤致語示才郎，且把芳心頓放。　苦戀片時歡樂，輕飄一點沉香。那時三萬六千場，樂爾無災無瘴。」生自後凡數次就瑜娘，終固執如前，委道百端，畧不經意，或與並坐，或與並卧，見生纔有異志，即厲色王（當作正）言以相拒。又作《望江南》詞以示之：「堪歎處，到碧紗廚。一寸柔腸千寸斷，十廻密約九回孤，夜夜相支吾。　駒過隙，借問子知乎。弱草輕塵能幾許，癡雲閣雨待何如，後會恐難圖。」生情不能已，復繼之以詩一絶云：「青鸞無計入紅樓，入到紅樓休又休。争似當初不相識，也無歡喜也無愁。」女見與詩笑曰：「兄豈不喻往夜之言乎？」生曰：「予豈不喻？但以興逸難當，姑排遣之耳。」暨晚，生歸獨坐，自思：費盡心機，得達女室，終不見從，必無意於己也。至夜，復思：不如與女作別。至則長吁短歎，憑几而坐，終不與女一言，問之亦不答，百般開喻，逼勒再三，始一啟口曰：「余今夜被你斷送了也。」女大悟，謂生曰：「兄果堅心乎？」生曰：「若不堅心，早歸去矣。」因呼碧桃添香，呼生共拜於月下，祝曰：「妾瑜，生居深閣，一十七歲於茲矣。今夕以情牽意絆，不得已，以千金之體許之於情人辜輅者，非惟有愧於心，抑亦有愧於月也，敬以月下共設深盟，期以死生不忘，存亡如一，無負斯心，永遠無斁也，苟有違者，天其誅之。」祝罷，挽生就寢，因謂生曰：「妾年殊幼，枕席之上，漠然未知，正昔人所謂『妖姿未慣風和雨，分付東君好護持』。望兄見憐，則大幸矣。」生笑曰：「彼此皆然。」遂相與並枕同衾，貼胸交股：春風生繡帳，溶溶露滴牡丹開；檀口搵香腮，淡淡雲生芳草温。曲盡人間之樂，不啻若天上之降也。雖鴛鴦之交頸，鸞鳳之和鳴，亦不足形容其萬一矣。展轉之際，不覺血漬生裙，乃起而剪之，謂生曰：「留此以為他日之驗。」生笑而從之。女以口念《虞美人》一詞以贈生云：「平生恩愛知多少，盡在今宵了。此情之外更無如，頓覺明珠減價玉生瑕。 霎時賤却千金節，生死從今決。祝君千萬莫忘情，堅着一鈎新月帶三星。」生亦口念《菩薩蠻》詞以贈女云：「春風桃李花開夜，燭燒鳳蠟香燃麝。魚水喜相逢，猶疑是夢中。 感情良不少，報德何時了。細語問鶯鶯，何人解此情。」瑜得生詞，謝曰：「妾今夕溺於兄之情愛，故致喪身失節，殊乖禮法，非緣兄，亦不至此也，幸為後日之圖，則妾之所托亦至此矣。」生曰：「五姐千金之身為我而喪，猶當銘肝鏤骨以報子之深恩矣，豈肯負月下之盟耶？」（節録自同前「鍾情麗集上」）

七〇 自後，暮聚曉散，九月餘，温存繾綣之情蔑以加矣，不覺大火西流，金風又起。父母以生久别，遣僕持書促歸甚急。生得書，言之叔嬸，治裝行為歸計。生至夜復抵女室，告以將别之由，二人不忍分别之情，甚有憂色，短歎長吁，悲不能已。女乃久之拭淚曰：「第無傷感，且盡綢繆，未知後會何時也？」生曰：「我去三兩月，必至再來，子無勞苦，搆思成室，此時暫别而已。」女乃吟詩二絶以别生云：「烏啼月落滿天霜，執手相看淚滿眶。明月相如歸去也，文君從此倍凄凉。」又：「秋雨梧桐葉落時，悲秋懷抱正凄凄。多情自古傷離别，莫笑鶯鶯減玉肌。」生乃以玉耳環餽女，並留題一絶云：「黄雀銜來已數年，别時留取贈嬋娟。莫將閑事縈心曲，常把佳音在耳邊。」暨他（疑作晚），生以他事不果行，延至次日，至夜，女命其侍女以白金十星、青布四疋、花巾二十條、裙帶二十雙並詞一闋以贐生，詞名《柳梢青》：「南陌花殘，西廂月暗，風雨凄凄。見説君歸，頓鬆金釧，暗減玉肌。　吁嗟後會難期，將何物，表人别離。萬斛離愁，千行情，兩兩地相思。」生亦立綴排十韻以贈女别。（節録自同前「鍾情麗集上」）

七一 生既别，至家之後，行止坐卧，食息起居，無非為女記憶也，經書家事，略不介意，終日惟昏昏沉醉而已。先是，城之西北隅有林曰邁遊，山明水秀，多生佳麗。有名小復者，字微香，亦美麗超群。其俗有紡紗場之習，生嘗遊畋其間，與之亦相好。……微香曰：「君寓臨邑，所遇者得非臨邑之人乎？」生曰：「然。」復問女為誰名、何氏之女也，生不肯言，再三逼勒，良久，始言曰：「子亦我之情人也，語之何害，子宜秘之，勿言其姓名於人，斯可矣。」微香指燈而言曰：「我若違子之祝，有如此燈，請言之，勿慮也。」生乃曰：「黎氏，名瑜娘，字玉真。」微香歎息而言曰：「此女無雙也，其面團而光，其質富而温，其目淡而澄，其聲清而婉，果然乎？」生曰：「子之言，而親見也，何以知之？」微香曰：「妾之表親有善穿珠者，前日往臨高生計，至故邑黎土官家，有此人也。且復聞其善詩，有作贈君否？」乃誦其《柳梢青》與微香，微香擊節歎曰：「才貌兼全，真天上之人也，子之見我如土塊，宜乎。」乃綴《滿庭房（當作芳）》一闋以贈生：「月下歌聲，風前笛韻，遥思當日風流。枕邊言語，尤記在心頭。玉珮玎璫，别後空惆悵，永巷閑幽。行雲去，纔離楚岫，却又入瀛洲。入瀛洲，仙境裏，奇逢姝麗，端好綢繆。羡金桃玉李，鳳偶鸞儔。一個文章清雅，一個體態嬌柔。誰念我，雕欄獨倚，一日似三秋。」生觀訖，答謝曰：「念受卿之情不為不多，負卿之罪不為不少。」立綴《木蘭花》一闋以答之：「念當時行樂，烏乍落，兔乍生。向花下重門，柳邊深巷，弄笛三聲。畢聲斷，柴門啟，見花顔玉臉笑相迎。喜氣春習（疑作風）習習，歌喉山溜泠泠。自從别後阻歸程，不是我無情。奈故思漫漫，新歡款款，誓下深盟。情已固，心意誰評。從今長揖謝芳卿。腸斷紡紗場上，月輪依舊光明。」

（節録自同前「鍾情麗集上」）

七二 生自别瑜娘之後，倏爾斗柄三移，而相思之心如一月（當作日）也。奈鱗鴻杳絶，後會無由。是月某日，適值祖姑生旦，乃托所親言於父母曰：「某日祖姑誕辰，理當往賀，何吝四哥一行，而不使之往慶之耶？」父母從之。次日，遂命生起行。既至，表叔一家生再至，莫不欣然。於是復館生於清桂西軒之下，生遍視宓軒如故，詩畫若新，惟庭前花木有異耳，不勝舊遊之感，遂吟近體一律以寓意云，詩曰：「一年兩度謁仙門，前值春風後值冬。草木已非前度色，宓軒還是舊遊蹤。重臨楊柳三三徑，專憶高唐六六峰。知是盟深應不負，虚言萬事轉頭空。」生既至數日，無間可乘與瑜一語，因設卧中之計，尚未克果，而祖姑之壽日届矣，乃製《千秋歲令》一首以慶壽云：「菊遲梅早，報道陽春小。坡老説，斯時好。北堂萱草茂，南極箕星皎。人盡道，群仙此日離蓬島。　寶炬紅光耀，金獸祥煙裊。絲竹嫩，蟠桃老。永隨王母壽，却笑籛鏗夭。華堂年年，膝下斑衣繞。」（節録自同前「鍾情麗集上」）

七三　一夕，生攜微香所作手卷示瑜，看未畢，色變，大怒，曰：「祝兄勿多言，却又多言，妾之名節掃地矣。」生解説百端，女終不與一言。……生曰：「惡是何言也？卿乃天上之碧桃，月中之丹桂，彼不過微芳小豔而已，豈敢與卿争妍媸也？正昔人所謂西施、王嫱争洗却臉，與天下婦人鬬美者也。」女感其言，乃吟《長相思》詞一闋以戲生云，詞曰：「大巫山，小巫山，暮暮朝朝雲雨朝，誰憐鳳偶間。　歌以闌，樂以闌，幾向瑶臺覓彩鸞，金波依舊團。」（節録自同前「鍾情麗集上」）

七四　一夕，天色陰晦，生與瑜待月久之，乃同歸蘭室，席地而坐，盡出其所藏《西廂》、《嬌紅》等書，共枕而玩，瑜娘曰：「《西廂》如何？」生曰：「《西廂記》不知何人所作也，考之於唐，元微之時常（當作嘗）作《鶯鶯傳》，祈《會仙詩》三十韻，清新精綴，最為當時文人所稱羨。《西廂記》之權輿，其本如此也歟？然鶯鶯之所作寄引生：『自從别後減容光，萬轉千愁懶下床。不為傍人羞不起，為郎憔悴却羞郎。』此詩最妙，可以伯仲義山、牧之，而此記不載，又不知其何故也。且句語多北方之音，南方之人知其意味罕焉。」又問《嬌紅記》如何，生曰：「亦未知其作者何人，但知其間曲新（疑作折），井井有條而可觀，模寫言辭，略略之可聽而不厭也，苟非有制作之才，焉能若是哉？然而諸家詞多鄙猥，可人者僅一二焉，子觀之熟矣，其中有何詞最佳？」瑜曰：「《一剪梅》。」生曰：「以予看之，似有病。」女曰：「兄勿言，待妾思之。」間然曰：「誠然。」生曰：「何在？」曰：「離有悲歡，合有悲歡乎？」生笑曰：「夫離別，人情之所不忍者也，大丈夫之仗劍對樽酒，猶不能無動於心，況兒子女之交者？其曰離有悲，固然也；離有歡，吾不之信也。至若會合者，人情之所深欲者也，雖四海五湖之人，一朝同處，而喜氣歡聲亦有不期然而然者，況男女交情之深乎？謂之合有歡，不言可知矣，謂之合有悲，雖或有之，而吾未之信也。」瑜曰：「兄以何者為佳？」生曰：「『如此鍾情吾所稀，吁嗟好事到頭非。汪汪兩眼西風淚，灑向陽臺化作灰』一詩而已。」瑜曰：「與其景慕他人，孰若親歷於己？妾之遇兄，較之往昔，殆亦彼此之間而已，他日幸得相逢，當集平昔所作之詩詞為一集，俾與二記傳之不朽，不亦宜乎？」生感其意，乃口占一曲，自歌以寫懷云，歌曰：「西江月上團團，錦江水上潺。荒墳貴貴（當衍一『貴』字）賤揔摧殘，回首真堪歎。回首真堪歎，可憐骨爛名難爛。殘篇留得在人間，付與多情看。待月情懷，竊名手段，這般人，真可歎。想崔、張行蹤，憶温（當作申）、嬌氣岸，相對着腸頻斷。此情此恨，汝爾相逢豈等閑。須教通慣，休教明判，若還團欒（當作圞），早作風流傳。」（節録自同前「鍾情麗集上」）

七五 一日，生與女同步後園晴雨軒中，徘徊觀竹，正談謔間，而瑜之弟黎銘值而見之，生大駭，恐言於叔嬸，乃厚結銘心。初，生有一琴，名曰碧泉，平生所嗜好者，銘嘗問取，生不之與，至是而遺焉。雖得銘之歡心，然而諸婢切切含恨，惟待叔嬸回而發其事，生自思惟形跡不寧，設使叔嬸知之，負愧無極矣。托以歸省，告於祖姑，祖姑固留之再生（當作三），生終不從。瑜夜潛出，與生别曰：「好事多磨，自古然也，歡會未幾，讒言禍起，奈之何哉！兄歸，善加保養，方俟再來，毋以間隙，遂成永别，使設盟為虚言也。」因泣下而沾襟，生亦掩淚而别。女以《一剪梅》一闋並詩一首授生，曰：「妾之情意，竭於此矣，兄歸，展而歌之，即如妾之在於左右也。」詞曰：「紅滿苔階緑滿枝，杜宇聲歸，杜宇聲悲。交歡未久又分離，彩鳳孤飛，彩鳳孤棲。　别後相逢是幾時，後會難知，後會難期。此情何以表相思，一首情詞，一首情詩。」詩曰：「萬點啼痕紙半張，薄言難盡覺心腸（當作傷）。分明一把離情劍，刺碎心肝割斷腸。」生亦綴《法駕到引》詞一首以别女云：「歸去也，歸去也，歸去幾時來。峽口雲行仙夢杳，雨中花謝鳥聲哀，落葉滿空階。　真個是，真個是惱人腸。沙上鴛鴦棲未穩，枝頭鸜鵒呌何忙，相對淚沾裳。　須記得，須記得，須記月前盟。料必兩人扶一木，莫移花影帶三星，了此此生情。」女覽畢，謂生曰：「往者遊邁諸美近贈之詩，意甚忠厚，今將薄禮寄兄以餽之，可乎？」生曰：「可。」女乃命侍女取花巾十條、裙帶三十三雙，以與生收之訖，女遂含淚再拜而别。（節録自同前「鍾情麗集上」）

七六　生入泮宫不兩月間，生父遽然捐館，生哀毁踰禮，水漿不入口者三日。既葬，躬自負土，不受人助。事喪之後，終日惟哭泣而已，不復視事。時有白鶴雙竹之祥，人以為孝感所致。自是家道日然而生以守制故，不暇理事，不相聞者二載矣。益凌替，而瑜娘之父始有悔親之心，遂不復相往來。而瑜娘之心慕生，曷嘗少置？風景之接於目，人事之感於心，累累形諸詩詞，不啻千首，多不盡録，姑記一二，以語知音者。《鵲橋仙》：「征鴻無信，遊鴻無信，更相望斷，春潮無信。玉郎何處不歸來，怎奈許多愁悶。　青山有盡，緑水有盡，惟有相思不盡。眼中珠淚幾時乾，腸一寸截成千寸。」《瑞鷓鴣》：「芭蕉葉上雨難留，松栢梢頭風未收。萬悶千愁無着處，並歸心上與眉頭。　腸如襪線條條斷，淚似源泉混混流。倚遍欄杆人不見，滿天風雨下西樓。」《長相思》：「春望歸，秋望歸，目斷江山幾落暉。啼痕點點垂。　朝相思，暮相思，終日何時是盡期，傷心寄與訢。」《一剪梅》：「雨打梨花深閉門，辜負青春，虚負青春。傷心樂事共誰論，花下消魂，月下消魂。　愁聚眉峰盡目顰，千點啼痕，萬點啼痕。晚看天色暮看雲，行也相思，坐也思君。」《滿庭芳》：「愁鎖春山，淚没秋水，時時獨倚西樓。望窮千里，山水兩悠悠。惆悵故人何在，離別後，日月難留。腸斷處，愁愁悶悶，風雨五更頭。　相思何日了，無腸可斷，有淚長流。嘆江潮信斷，楚峽雲收。祇恐尋春來晚，東君去，花榭鶯愁。蘭房下，何時與你，交頸綢繆。」（節録自同前「鍾情麗集上」）

七七　生只想玩，忽見瑜至，相見之際，再拜再悲。遂相携手入於蘭房之内，二人席地而坐，歷道其夢想之苦、解盟之由，相對淒然泣下。已而，瑜收淚言曰：「與兄別三年，別兄一日，如隔三秋。今日相逢，將以為可喜，則又可悲；將以為可悲，則又可喜。悲耶？喜耶？吾不得而悲矣。」生曰：「苦盡甘來，一定之理，前日之別固為可悲，今日相逢實為可喜，可悲者既已過矣，可喜者當以與卿共之。」瑜遂命絳桃取酒，與生共飲，復命仙桃以侑觴，仙桃請歌東坡《水調歌頭》，生曰：「時世不同，情懷各異，彼詞雖妙，非吾事也。」乃止，綴《念奴嬌》詞一曲，命仙桃歌之，絳桃和之：「牽情不了，歎人生無奈，别離多少。一自慇懃相送後，天際歸舟杳。倩女魂消，崔微（當作徽）夢斷，瘦得肌膚小。寒閨深閉，腸斷幾番昏曉。」又：「悵望鳳鳥不來，妖禽怪鳥，恣狂呼亂叫。悄悄憂心何處告，且喜故人重到。滿酌流霞，浩歌明月，與爾開懷抱。等閑信筆，寫出《念奴嬌》調。」曲盡，二人相顧，欲灑淚數行。（節録自同前書卷七「鍾情麗集下」）

七八　忽值瑜母生旦，夜間設醮慶壽，生入伴齋，三更後，遂輕步直入瑜房。正憂坐間，生至前拜，相見之際，喜不塞悲，相與唏嘘，歎息良久。已而細訴其衷腸，整論其間阻，言解盟之事、致病之由，不勝淒黃，興猶未盡，忽聞門外呼喚之聲，遂含淚而别，臨行之際，瑜復顧謂生曰：「兄姑留於此，不數日父親將黎撫之行。」生曰：「諾。」後數日，黎果與子俱入洞昭撫去。生大喜，即日黄昏，外門未閉，生直至女室，遂相攜玉手，同至剪燭西窗，生顧窗中詩畫，宛然一夢中，一西一詞，無有或異。於是始有謀私奔之約，以歸去重來效長卿、文君之舉，生深然之。既而參横斗落，遂不復寢，乃相送而出。東方漸白，門猶未啟，二人相返於剪燭軒下，此軒遠僻，人跡罕聞，乃製《南宫一枝花》一曲，披之琵琶歌以贈生。夫瑜平昔善歌，恐聞於外，昔時生每强之不得，今得自歌之，生心諦聽。響遏行（脱「雲」字）而聲振林木，駭然驚服。《一枝花帶過小梁州》：「春愁黯色中，夏恐繁華裏，秋悲霜降後，冬恨雪零時。觸目攢眉，許多情意，心事有誰知。三年裏片字不通，一日間百憂並集。」《小梁州》：「望碧天，茫茫不盡，念青鸞，杳杳無期。可惜辜負深盟試(當作誓)。玉人何處，招之不至。樂昌鏡破，雙鳳釵離。蕭郎蕭斷，蔡琰笳悲。怪累朝鳥雀頻啼，喜今宵玉手同携。」《小梁州》：「謾把曲兒歌，大都來細把訴離情。聲聲短歎長吁。鍾情到斯，悲歡離合都經歷。悵殺我無雙翌(當作翼，下同)，安得雙雙花並蒂，對對鳳于飛。古人言：『在天願作比翌鳥，入地願成連理枝。』這言兒也君須記，死生隨你。問我何歸，相思而已。」歌作畢，天次曉，生乃出。且瑜遂書前曲，命婢持示生。生製《耍孩兒》一曲，暮復同遊前軒，瑜歌之，生拂絃以和之，並附於此：《耍孩兒》：「老天生俺非容易，把俺置入花天月地。歡娛正值少年時，況兩人美貌才奇。我便是瓊瑤藏中無雙寶，你便是紫陽場中第一枝。往古誰堪比，冠世才、風流曹子建，傾城色、窈窕太真妃。」《五煞》：「雖二人，只一身，十分佳，一樣齊，根兒連理花同蒂。琪花瑤草相輝映，玉蕊金英付護持。誰知得，真情意。轉山下深深密約，洞房中悄悄佳期。」《四煞》：「情乍深，漸妮親，頭始交，又解携，回頭更別三年矣。爾思予兩行紅粉淚，予思爾幾句斷腸詩。鱗鴻絶，書難寄。百樣相思端緒，萬般離況鍾情。」《三煞》：「可勝歎嗟，椿樹倒，痛在心，頭尖難堪，芹泮嚴拘繫。欲重來，奈多條阻，不克諧我的心情。秋冬春夏四時裏，恨怨愁傷四字兒。此無聊不在心便在眉。令那割人腸的花開月白，更那苦人心的燕語鶯啼。」《二煞》：「我只道破鏡不圓，誰承望去璧重歸。訴艱心，一一從頭起。耳纔聞處腸先斷，口未言時淚早垂。相對幾聲長吁氣，哀哀怨怨，憶憶唏唏。」《煞尾》：「此意兒重若山，此情兒融似泥。兩人莫負平生志。情粘骨髓切難割，病入膏肓藥莫醫。任生生死死，要一處相依。」《尾聲》：「如此如此，永由伊，由伊肯嫁情人，殞身做一個風流鬼，休獨使崔、張、卓、司馬專美。」自是之後，多會於漱玉亭上。（節録自同前「鍾情麗集下」）

七九　登岸之後，忽見僕夫在彼俟候，迎瑜歸家。既至，擇日設花燭之會，行合巹之禮，二人交歡之際，不啻若仙降也。乃於枕上共成一詞，以識喜云，時徂秋九月也，詞名《一剪梅》：「金菊花開玉簟秋，鸞下妝樓，鳳下妝樓。新人原是舊交遊，魚水相投，情意相投。　舉案齊眉到白頭，千歲綢繆，百歲綢繆。竊香待月舊風流，從此休休，自此休休。」（節録自同前「鍾情麗集下」）

八〇　先是，二人淹繫囹圄數日，極情悽愴。乃至斷判明白，將使瑜父領瑜前歸，二人相語別云：「妾與君歷盡危險，備至（當作經）辛苦，猶不得遂其美滿之情，今日繫於囹圄之門，此夫人之至惡者也，非緣兄，亦不出此。我父又將領妾遠回，今夜與君在此，不知明日又在何處也，死則已矣，倘若不死，庶毋相從於患難之中。」二人抱頭大慟，絶而復甦者數次。既而拭淚立會數次，極其情而已。不覺鐘敲譙角，日上三竿，女遂自摘其髮繫生之臂，生亦摘其髮以繫瑜娘之臂，乃仰天歎曰：「雖今生不得為同室人，亦當死為同穴鬼，縱有生死之殊，永無違背之異，皇天后土，其證之焉。」瑜乃曰（當作口）念《沁園春》一闋，歌以別生，每歌一句，長哭一聲，滿獄聞之，莫不掩泣：「夫為妻亡，妻為夫死，死又何難。　念狼虎叢中，曾經險阻，鑊湯獄裏，受盡苦酸。有口難言，含冤莫訴，碎了心腸爛了肝。愁殺處，見君猶縲絏，我獨生還。　恩情萬種千般，誓死死生生永不單。這三世冤家無解結，一條性命惜摧殘。　生不同衾，死當共穴，付與符氏冷眼看。須記取，綿綿長恨，天上人間。」女及臨去之時，生之婢女以酒送瑜娘，瑜乃出一箋以付之，使其與生云，乃《醉春風》詞一曲：「玉貌減容色，柳腰無氣力。可憐好事到頭非。啾啾唧唧，彩鳳分飛。寶鏡墜井，魂招不得。回頭長歎息，血點垂胸臆。乾坤有盡意無窮，惜惜愁愁，嗟嗟歎歎，相思罔極。」瑜娘既出，生亦疎放，而溺於所愛，恩愈厚而情愈深，終日不食，終夜不寢，癡癡呆呆，如醉如夢，一舉一動，一展一轉，皆思瑜之心形也。甚至耗損精神，容有變色，所為之事，旋踵而忘，不知□□□□果孰先而孰後也，嘗將《玉蝴蝶令》一闋云：「憔悴玉人去也，深盟已負，幽怨難招。終日昏昏，無聊無賴。恨如山重峰疊嶂，愁若線，萬緒千條。想嬌娘，眼波波深，恨旆摇摇難招。遊魂飛散，金釵脱股，玉帶寬腰。被冷香殘，蘭房寂寂，長夜寥寥。僧金迦，倩誰解結，風流案，何日能消。可憐俏，玉人何在，風雨瀟瀟。」詩曰：「臨風長歎息，好事到頭非。一點心難朽，千年願已違。離鸞終日怨，塞鴈幾時回。寂寂寒窓下，無言但淚垂。」「誰想鳳和凰，番成參與商。燈殘心尚在，燭短淚還長。當日同司馬，如今似樂昌。相思成痼疾，自覺中膏肓。」（節録自同前「鍾情麗集下」）

八一　夢臺子題平臺嬉舞：余見夢臺子讀書於榕城精舍，有齊眉少弟王鍾美者，與之共窓同帳，情投膠漆。百（疑作自）余與雪山子、牡丹主人赴省應試，求謁夢臺子於王子書，斬王子相諒夢臺子之心，准其所愛之同，而壽其所樂之同。備殺載酒遊，余三子於平遠臺則（疑作側）見夫亭榭，杜麗花鳥喧妍，遊人邀朋而唱詠，閑僧念佛而菅磬，誠亦都會勝遊之佳境也。乃相與勸酬，嬉戲飲酒，樂甚。而王子載色載笑，載歌載舞，雪山子笑問曰：「王子名鍾美，各有取諸物為假，王子無，亦取諸此臺，以鍾其美乎？」其醉臉潮紅，兩朵粧花，此臺花所以鍾其美色也。弱肢凝白，千嬌鬭柳，此臺柳所以擅其美態也。樂極，浩吟唱二曲《風光好》和一曲《少年遊》，此臺鳥所以鍾其美音也。……（節録自同前書卷七「夢臺子自家春意」）

八二　《秋香亭記》：至正間，有商生者，隨父宦遊浙西，寓居吴郡。其鄰則弘農楊氏宅也，楊氏乃延祐大詩人浦城公之裔，浦城娶於商，其孫女名采采，與生姑表兄妹也，浦城已没，商氏尚存。生自幼以聰敏為戚黨所稱，商氏，即生之祖姑也，嘗撫生指采采，謂曰：「汝宜益加進修，吾孫女誓不適他族，當令事汝，蓋欲繼二姓之歡，永以為好也。」其父母樂聞此語，喜而從命，即欲歸之，而生嚴親以生年幼，恐其怠於筆硯，請俟他日。是時生始弱冠，女年及笄，日相嬉戲於宅中秋香亭，上有二桂樹，垂陰娑娑（當作婆娑）。中秋之夕，家人會飲，生、女私於其下誓心焉。自後，女年稍長，不復至宅，每歲時伏臘，僅以兄妹禮見於中堂而已，閨閣深邃，莫能致其情。後一歲，亭前桂花盛開，女以折花為名，以碧瑶牋書絶句二首，令侍婢香香持以授生，囑生繼和，詩曰……生之友山陽瞿祐，與生同里，往來最熟，備知其詳，既以理諭之，復作《滿庭芳》一闋以悼其情云，詞曰：「月老難憑，星期易阻，御溝紅葉堪標。辛勤種玉，擬弄鳳凰簫。可惜國香無主，儘零落路口山腰。尋春晚，緑陰清晝，鶗鴂已無聊。　藍橋雖不遠，世無磨勒，誰盜結（當作紅）綃。悵歡蹤永隔，離恨難消。回首天香亭上，雙桂老，落葉飄飄。相思債，還他未了，腸斷可憐宵。」又叙其始終離合之跡，以附於古今傳記之末，使多情者覽之，則章臺柳折，佳人之恨無窮，仗義者聞之，則茅山藥成，俠士之心有在，又安知其終如人如

已也。（節録自同前書卷七）

八三《滕穆醉遊聚景園記》：延祐初，永嘉滕生名穆，年二十六，美風調，善吟詠，為衆所推重。素聞臨安山水之勝，思一遊焉。甲寅歲，科舉之詔興，遂以鄉書赴薦。至則僑居湧金門外，無日不往於南北二山，及湖上諸刹，靈隱、天竺、净慈、寶石之類，以至玉泉、虎跑、天龍、靈鷲，石室之洞，冷泉之亭，幽澗深林，懸崖絶壁，足殆將遍焉。七月之望，於麯院賞蓮，因而宿湖，泊雷峰塔下。是夜月色如晝，荷香滿身，時聞大魚跳擲於波間，宿鳥飛鳴於岸際。生已大醉，寢不能寐，披襟而起，遶堤觀望，行至聚景園，信步而入。是時宋亡已四十年，園中臺館如會芳殿、清虚閣、翠光亭，皆已頹毁，惟瑶津西軒，巍然獨存。生至軒下，倚欄少憩，忽見有一美人先行，一侍女隨之，自外而入，風鬟霧鬢，綽約多姿，望之殊若神仙，生於軒下屏息以觀其所為，美人曰：「湖山如故，風景不殊，但時移世换，令人有黍離之悲爾。」行至園北太湖石畔，遂詠詩曰：「湖上園亭好，重來憶舊遊。徵歌調玉樹，閲舞按梁州。徑狹花迎輦，池深柳拂舟。昔人皆已没，誰與話風流。」生放逸者，初見其貌，已不能定情，及聞此作，技癢，不可復禁，即於軒下續吟曰：「湖上園亭好，相逢絶代人。姮娥辭月殿，織女下天津。未會心中意，渾疑夢裏身。願吹鄒子律，幽谷發陽春。」吟已，即趨出赴之，美人亦不驚訝，但徐言曰：「固知郎君在此，特來尋訪耳。」生問其姓名，美人曰：「妾棄人間已六十年矣，欲自陳叙，誠恐驚動郎君。」生聞此言，審其為鬼，亦無所懼，固問之，乃曰：「芳華，姓衛，故理宗朝宫人也。年二十三而殁，殯於此園之側，今晚因往演福堂訪賈貴妃，蒙延坐久，不覺歸遲，致令郎君於此久待。」即命侍女曰：

「翹翹，可於君舍中取茵席酒果來，今夜月色清明，郎君又至，不可虚度，可便於此賞月也。」翹翹應命而去，須臾，以氍毹(當作毹)鋪於中庭，設白玉碾花樽，碧琉璃盞，醪醴馨香，聞於空際，與生笑謔笑詠，言詞清婉。復命翹翹歌以勸酒，翹翹請歌柳耆卿《望海嘲(當作潮)》詞，美人曰：「對新人，不宜歌舊曲。」即於席上自製《木蘭花慢》一闋，令翹翹歌之曰：「記前朝舊事，曾此地，會神仙。向月砌雲堦，重携翠袖，來拾花鈿。繁華總隨流水，歎一場春夢杳難圓。廢巷芙渠滴露，斷堤楊柳垂煙。刃峰南北只依然，輦路草芊芊。恨別館離宫，煙銷鳳蓋，波没龍船。平生銀屏金屋，對漆燈，無焰夜如年。落日牛羊隴上，西風燕雀林邊。」歌畢，美人潸然出淚，生言慰解，仍以微詞挑之，以觀其意。即起謝曰：「殂謝之人，久為塵土，若得奉事巾櫛，死且不朽，且郎君適間詩句，固已許之矣。願吹鄒子之律，而一發幽谷之春也。」生曰：「向者之詩率口而成，實本無意，豈料便為語讖。」良久，月隱西垣，星沉北嶺，即命翹翹撤席，美人曰：「敝居僻陋，非郎君之所處，只此西軒可也。」遂與生携手而入，息於軒下，交會之事，一如人間。將旦，揮涕而别……(節録自同前書卷七)

八四　《古杭紅梅記》：唐貞觀時，諫議大夫王瑞字子玉，乃骨鯁臣也，出為唐安郡刺史之任。有二子，長名鵬，次名鶚，皆隨焉。鶚頗有素志，處州治中紅梅閣下，置學館讀書，閣前有紅梅一株，香色殊異，結實如彈，味佳美，真奇果也。郡守見而愛護之，每年結實時，守登咸以數標記，防竊食者，留以供燕賞饋送，祇待賓客，是以紅梅畔門鎖不開，若遇燕賞方開門。……鶚只疑此是妖，恐為所惑，不足介意。次夜，又聞東閣有人歌紅梅曲者徐徐而來，細聽其聲，乃昨夜女子之聲，鶚乃滅燈就寢。

其詞乃《減字木蘭花》也:「清香露吐,玉骨冰肌天賦。素質玲瓏,微抹燕脂一點紅。迥然幽獨,不比人間凡草木。移種蓬山,解使傍人取次看。」曲罷,繼詩一絶云:「一謫人間已有年,暫抛仙侶結塵緣。多情却被無情惱,回首瀛洲意惘然。」詩罷,復來扣窗,王鶚不應,女子曰:「人非草木,特甚無情,一失機心,終身之恨。」徘徊窗下,往往歎嗟,又曰:「郎心匪石不移,妾意繁花撩亂,君非美玉之品,亦非封侯之徒。」怒駡而去。不覺雞聲報曉,樓角初殘,則聽窗前杳然無跡。王鶚乃整衣下榻,又見案上一幅花箋,觀字字如鳳舞龍皤(當作蟠),翰墨瀟灑,其詩曰:「誰道神仙不嫁人,請看弄玉與雲英。料君未有封侯相,敢問君王乞愛卿。」鶚見詩意,謂昔雲英、弄玉之事,又聞昨夜怒駡云「君非封侯之徒」,而欲求神仙配偶之意,情思相感,昔已有人,今何不然?乃思劉晨、阮肇天台之遊,慕陽臺宋玉之事,獨行獨坐,如醉如癡,窗前絶絃誦之聲,梅下注相思之淚。焚香静坐,遐想緬懷,欲一再覩仙子,不可得也,乃吟一絶以惆悵云:「當時惜拒意中人,此日相思枉效顰。咫尺桃源迷去路,落花流水謾尋春。」又於紅梅閣下題一絶云:「南枝曾為我先開,一别音容迥不來。盡日相思魂夢斷,雨雲朝暮繞陽臺。」又於閣上眺望,徒倚欄干以吟風,咲詠桃花而卧月。自此寢食日廢,念兹在兹。而先生李浩然知其王鶚染紅梅妖媚也,多方勸諭,又勉之以詩云:「書中有女玉顔新,底事尋梅太損神。恐有花妖偏媚眼,好呈綵服慰雙親。」王鶚終不聽,自此嗟歎悲泣,略無情緒。時繞梅邊,如有所待,或見怪異,致被迷惑。父母懷疑於心,恐有他事,遂移王鶚寢於中堂,千金求醫,多方療冶,旬餘稍妥,飲食漸進,舉止如常。忽一日,鶚又獨步紅梅閣下,惆悵不已,特見梅花自開,芳枝鬬豔,寒蟬噪於疎影，清風襲入暗香，忽憶壁上之詩，依前誦「南枝曾為我先開」之句，今物在人非，不覺淚下，遂望南枝別作一絶云：「風流業債告人難，女貌郎才好合歡。今日花開人不見，幾回腸斷淚欄（當作闌）干。」詩畢，又作《減字木蘭花》詞一闋云：「素英初吐，無限遊蜂來不去。別有春風，敢對群花間淺紅。　憑誰遣興，寫向花牋全無定。白玉搔頭，淡碧霓裳人倚樓。」見樹上有一幅花牋，遂用梅枝挑下，乃一詩云：「知君情夢慕淫芳，我亦思君懶下床。只恐臨軒人不顧，令人道是野鴛鴦。」王鶚看罷詩意，謂定約今宵歡會，乃下閣復歸書院，喜不自勝，預設綺席，薰降真香，排列酒殽，以候仙子之至。……（節録自同前書卷八「記類」）

八五　申純，字厚卿，祖汴人也。生於洛陽，而隨父寓居於成都，八歲通六經，十歲能屬文。天姿卓越，傑出世表，風情接物，不減於斯，故賢士大夫多推譽焉。宣和間，薦而不第，歸，鬱鬱不自勝。嘗登山臨水以豁懷抱，食息未嘗忘。家居月餘，因適鄰郡舅舅王通判家，即日命僕起行，信宿而至，但見門枕碧流，目斷千里，波濤洶湧，景物粲然，明滅遠山，特起望外。因賦詞一闋以寫山川景外之勝，詞曰：「錦城西，一區華屋，天開多少佳趣。當門緑水朝千里，何況碧山無數。堪愛處，有瀟湘新篁，松檜森前路。深沉院宇，見簾幙低垂，絲簧迭奏，鎮日歌金鏤。　村落人閭里，一水拖藍，兩山排翠。晝長人静重門閉，又過芳郊別地。小生平昔，依暮幽意誰為主，詩朋酒侶。向此地嬉遊，尋花問柳，須是有奇遇。」右調《摸魚兒》。生既至，因入謁舅，舅見之，盡禮，遂引生至中堂，命妗出見，生進拜就位。舅舅詢問生，答應愈恭。舅有一子，名善父，年七歲，一名含，舅因呼善父出拜。再命侍女飛紅呼嬌娘出見，良久，飛紅附耳語妗，以嬌娘未梳粧為言，妗因怒曰：「三哥，家人也生第三，出見何害？」生聞之，因曰：「百一姐嬌第百一無他故，姑俟日後請見。」妗因笑曰：「適方出浴，未理粧，故欲少俟。三哥，一家人，何事鉛粉耶？」又令他侍女促之，頃刻，嬌自左掖出拜。雙鬟綰緑，色奪圖畫中人，朱粉未施，而天然殊瑩。生起見之，不覺自失。敘禮畢，嬌因立妗右。生熟視，愈覺絶色，目摇心蕩，不自禁制。妗語曰：「三哥遠來勞苦，宜就舍少息。」因室之於堂之東，去堂二十餘步。生歸舘後，功名之心頓釋，日夕惟慕嬌娘而已，恨不能吐盡心事，素與款語，故常意屬焉。舅、妗皆以生久不相見，款留備至，生亦自幸其相留，冀得乘間致款曲於嬌娘也。平嘗（即「常」字）出入舅家，問旋堂廡，雖終日得與遊從，未嘗敢妄邪言相及。生因察其動静，見嬌言笑舉止常有疑猜不足之狀，生知其賦情特甚也，求所以導情達意之便而未能得。一夕，嬌晚繡紅窓下，依窓視荼蘼花，久不移目，生輕步踵其後，嬌不知也，因浩然長歎。生知其有所思，因氐（當作低）聲問曰：「爾何於此仰視長歎也，將有思乎？將有約乎？」嬌不答，良久乃曰：「兄何自來此？日晚矣，春寒逼人，兄覺之乎？」生知嬌以他辭相拒，因應曰：「春寒固也。」嬌正視，逡巡引去。生獨歸室無聊，乃賦一詞，書於寓室之東以寓意焉，詞名《點絳唇》：「庭院深沉，遲遲日上荼蘼架。芳叢瀟灑，粧點春無價。玉體香肌，好手應難畫。還驚訝，春心蕩也，誰共遊蜂話。」自後，日間聚會，或共飲宴，或同歌笑，申生言稍涉邪，嬌則凝眸正色，若將不可犯。生雖慕其美麗，然見其不相領略，以謂嬌年幼情簡，不諳世事，因不介意。一日，舅有他甥至，舅、妗亦留之。至晚，舅開宴，申生預坐，酒至半，妗起酌酒勸他甥，舅將酣，嬌時陪立妗後贊之，令溢觴，酒至生，生力辭，妗曰：「子素能飲，獨不能為我開懷乎？」生辭以失志功名且病，今已醉甚，不能復加，妗未答，嬌因參言其後曰：「三兄動容，似不任酒力矣，姑止此。」妗因輟瓶授觴，生再拜而飲，因喜不自勝。既畢，妗退步酌酒勸舅，中生之前燭燼長而暗，嬌因促步至燭前，以手彈燭，送目語生曰：「非妾，則兄醉甚矣。」生謝曰：「此恩當銘肺腑。」嬌微笑曰：「此非恩乎？」生曰：「意重於此矣。」語未畢，妗因索水滌觴，嬌乃引去。自此，生復留意。一夕，嬌獨坐於堂側惜花軒内，生偶至座側，見嬌憑欄無語，徙倚沉吟。時花檻中有牡丹數本，欲開未開，生因為二絶以戲之，詩曰：「亂惹祥煙倚粉牆，絳羅輕捲映朝陽。芳心一點千重束，肯念憑欄人斷腸。」又：「嬌姿豔質不勝春，何意無言恨轉深。惆悵東君不相顧，空餘一片惜花心。」生援筆寫此二詩以示嬌，嬌巡簷展誦，傾環低面，欲言不言。正凝思間，忽聽流鶯睍睆，如道人意中事，生又揮毫作詞一章以贈之，詞名《喜遷鶯》：「園林過雨，問滿目媚景，是誰為主？翠柳舒眉，黄鸝調舌，鎮日恣狂歌舞。金衣公子何事，牽惹萬千愁緒。芳草地，有香車寶馬，駢闐來許。原據，行樂處，好景良辰，休把輕辜負。一種春風，幾多圖書，聽取綿蠻簧語。又向暗巢偷眼，欲啄花心無路。知牆外，待放伊，飛向傍人低訴。」嬌覽之未畢，忽聞妗語聲，嬌乃携此詞并前二詩，藏之袖間，徐步趨歸堂中。生悵恨久之，歸室，殆無以為懷，因作一絶題於堂西之緑窗上，詩曰：「日影縈堦睡正醒，篆香如縷午風平。玉簫吹盡《霓裳》調，誰識林□鸞語聲。」後二日，生待舅他出，嬌因至生卧室，見東窗有《點絳唇》詞一首，西窗有詩一絶，躊躇玩味，不忍舍去，知生之屬意有在，乃濡筆和其西窗之韻以寄意焉，詩曰：

「春愁壓夢苦難醒，未迴風高漏正平。魂斷不堪拾集處，落花枝上曉鶯聲。」生歸，見嬌所和詩，願得之心踰於平常。朝夕惟求間便以感動嬌娘，然嬌或對或否，或相親昵，或相違，皆生不測其意，莫得而圖之。一日，舅、妗開宴，自午至暮，酒散，舅、妗起歸舍。生獨危坐堂中，欲即外舍，俄而嬌至筵所，抽左髻鈿釵，戩博山裏餘香，生因曰：「夜分人寢矣，安用此？」嬌曰：「香貴長存，安可以夜深棄之？」生又繼之曰：「篆灰有心足矣。」嬌不答，乃行，近堂階，開簾仰視，月色如畫，因呼侍女小惠畫月以記夜漏之深淺，乃顧生曰：「月已至此，夜幾許？」生亦起下階，瞻望星漢，曰：「織女將斜河，夜深矣。」因曰：「月白風清，如此良夜何？」嬌曰：「東坡鍾情何厚也？」生曰：「奇美特異者，情有甚於此焉，可以此誚東坡也。」嬌曰：「兄出此言，應彼此苦衆矣，於我何獨無之？」生曰：「然則實有也，不然，則佳句所謂『壓夢』者，果何物而『苦難醒』乎？」言情頗壓，嬌因促步下階逼生曰：「凡謂織女斜河，何在也？」生見嬌娘驟近，恍然自失，未及即對，俄聞户内妗問嬌娘寢未，嬌乃遁去。 次日，生追憶昨夕之事，自疑有得，然每思過（當作遇，下同）事多參商，愈不自足，乃作一詞以紀月夜之事，詞名《減字木蘭花》：「春宵陪宴，歌罷酒闌人正倦。危坐中堂，倏見仙娥出洞房。 博山香燼，素手重添銀漏永。織女斜河，月白風清良夜何。」次日晨起，生入揖妗。既出，遇嬌於堂西小閣中，嬌時對鏡畫眉未終，生近前謂之曰：「蘭煤，燈燼，即燭花也。」嬌曰：「燈花耳，妾用意積久，近方得之。」生曰：「若是，則願以一半丐我書家信。」嬌遂肯，令生分其半。生舉手分煤，油污其指，因謂嬌曰：「子宜分以遺我，何重勞客耶？」嬌曰：「既許君矣，寧惜此？」遂以指決煤之半以贈生，因牽生衣拭指污處，曰：「緣兄得此，可作無事人耶？」生笑曰：「敢不留以為贄？」嬌因變色曰：「妾無他意，君何戲我？」生見嬌色變，恐妗知之，因趍出珍藏所分之煤於枕中，因作一詞以記之，詞名《西江月》：「試問蘭煤燈燼，佳人積久方成。慇懃一半付多情，油污不堪自整。　妾手分來的的，郎衣拭處輕輕。為言留取表深誠，此約又還未定。」自後生心搖蕩特甚，不能須刻少捨，伏枕對燭，夜腸九曲，思欲履危道以實嬌心而未獲。一日，暮春小寒，嬌方擁爐獨坐，生自外折梨花一枝入來，嬌不起，亦顧生，生乃擲花於地。嬌驚視，徐起以手拾花，詢生曰：「兄何棄擲此花也？」生曰：「花淚盈暈，知其意何在？故棄之。」嬌曰：「東皇故自有主，夜屏一枝以供玩好足矣，兄何索之深也？」生曰：「已荷重諾，無悔。」嬌笑曰：「將何諾？」生曰：「試思之。」嬌不答，曰（當作因）謂生曰：「風差勁，可坐此共火。」生欣然即席，與嬌偶坐，相去僅尺餘，嬌因撫生皆（當作背）曰：「兄衣厚否？恐寒威相凌逼也。」生恍然曰：「能念我寒，而不念我斷腸耶？」嬌笑曰：「何事斷腸？妾當為兄謀之。」生曰：「無戲言，我自遇子之後，魂飛魄散，不能着體，夜更苦長，竟夕不寐。汝方以為戲，足見子之心也。予每見子言語態度，非無情者，及予言深情味，則子變色以拒，果不解世事而為是估嬌哉？諒孱繆之跡不足以當雅意，深藏固閉，將有售也。今日一言之後，余將西騎，夫子無苦戲我。」嬌因慨然良久，曰：「君疑妾矣，妾敢無言？妾知兄心舊（疑作久）矣，豈敢固自鄭重以要君也，第恐不能終始，其如後患何？　妾自數月以來諸事不復措意，寢夢不安，飲食俱廢，君所不得知也。」因長吁曰：「君疑甚矣，異日之事，君任之，果不濟，當以死謝君。」生曰：「子果有志，則以策我。」嬌未及答，俄然舅自外至，生因起出迎舅，嬌亦反室，不可再語。生乃作一詞以紀其事，詞名《石州引》：「懊恨東君，催趲去程，春意牢落。梨花粉淚溶溶，知是為誰輕別。衝寒向晚，特地折取歸來，佳人無語從地擲，瞥見却驚猜，忍使芳塵歇。收拾道明窓静几，瓶裏一枝，便添風月。因念多才，值此晉寒時節。近漸消減，料有萬斛春愁，芭蕉未展丁香結。甚日把山盟，向枕前設。」又越兩日，生淩晨起，攬衣向堂西緑窓内而立，背面視井簷，不知此時嬌亦起，在隔窓内理粧矣。生因誦坡詩曰：「為報鄰鷄果驚覺，更容殘夢到江南。」嬌聞之，自窓内呼生曰：「君有鄉閭之念乎？」生因隔窓語嬌曰：「衷腸斷盡，無由道意，人得歸矣。」嬌曰：「君果誕妾邪？妾未嘗慢君，何有委罪之深也？」生因笑曰：「予豈無意，第被子苦久矣，然則若何謀之？」嬌曰：「今日間人衆，無可容謝。東軒低（當作抵）妾寢室，軒西便門達熙春堂，堂透荼蘼架，君寢室外有小窓，今日若晴霽，君自寢所踰外窓，度荼蘼架，至熙春堂下。此地人罕花密，當與君會也。」生聞之，欣然自得，惟俟日暮，得諧所願。至晚，不覺暴雨大作，花陰浸潤，不復可期，生悵恨不已，因作一詞，援筆書之，以寫怏怏之懷，詞名《玉樓春》：「曉窓寂寂驚相遇，欲把芳心深意訴。低眉臉（當作斂）翠不勝春，嬌轉櫻唇紅半吐。匆匆已約歡娱處，可恨無情連夜雨。枕孤衾冷不成眠，挑盡殘燈天未曙。」生晨起，會嬌於妗所，因共至中堂，以夜來所綴詞云之，嬌低聲笑曰：「好事多磨，理固然也。然妾既許君矣，當别圖之。」是日，生侍舅從鄰家飲，至暮醉歸，且思嬌早間别圖之言，疑嬌之不復至也，又沉醉睡熟。嬌潛步至窓外，低聲呼生者數次，生不能知，嬌悵恨而回，大疑生之誕己也，直欲要以盟誓。生剪縷髮，書盟言於片紙付嬌，嬌亦剪髮設盟以復於生，雖是極意慕戀，愁終於無便可乘。一日，生收家書，以從父晉納粟補閬州武職，以生便弓馬，取生歸。待行，嬌顧戀之極，作詩送行，詩曰：「緑葉陰濃花漸稀，聲聲杜宇勸春歸。相如千里悠悠去，不道文君淚濕衣。」生得詩，和韻以復嬌，詩曰：「密幄重幃舞蝶稀，相如只恐燕先歸。文君為我堅心守，且莫輕拋金縷衣。」生終以嬌「緑葉陰濃」之語為疑，又成一詞以示嬌，詞名《小梁州》：「惜花長是替花愁，每日到西樓。如今何況拋離去也，關山千里，目斷三秋，謾回頭。　慇懃分付東園柳，好為管長條。只恐重來，緑成陰地，青梅如豆，辜負《梁州》，恨悠悠。」嬌知生之疑已，作詞以復之，名《卜筭子》：「君去有歸期，千里須回首。休道三年緑葉陰，五載花依舊。　莫怨好音遲，兩下堅心守。三隻骰兒十九窩，没裡須教有。」嬌情不已，復吟一絶以繼之詩曰：「臨別慇懃私語長，云云去後早還鄉。小樓記取梅花約，目斷江山幾夕陽。」自後生從父以他故不果行，生歸舅家，行住坐卧，飲食起居，無非為嬌興念，數日，無便可乘與嬌一語，至於飲食俱廢，以致沉思成病，因托求醫，舅、妗為之皇皇，醫卜踵至，但云生功名實（疑作失）意，勞思所致，終不能知生之心。數日，病小愈。一日，舅出報謁生，生因强步至外廡，方佇立，俄而嬌至生後，生駭然，嬌曰：「左右皆發落，得便，故來問兄之病。」生回顧無人，因前牽嬌衣，欲與語，嬌曰：「此廣庭也，十目所在，宜即兄室。」生與之俱反，忽值雙燕争泥墜前，嬌因舍生趨視，俄舅之侍女湘娥突至嬌前，嬌大駭，生乃引去。至暮，復會中堂，嬌謂生曰：「非燕墜，則湘娥見妾在君室矣，豈非天乎？」生然其言，而悒怏之心見於顔色，乃作詞一闋以自釋，詞名《擷芳詞》：「日如年，風輕扇，文園多病尋芳倦。春衫窄，庭院闃，獨步迴廊，體嬌無如花面，親曾見，千方百計尋方便。藍橋隔，暮雲碧，燕兒墮也，又無消息。」一日晚，嬌尋便至生室，謂生曰：「向日熙春堂之約，妾嘗思之，夜深園静，非安寢之地。自前日之路觀之，足以達妾寢所。每夕侍妾寢者二人，今夕當以計遣去，小慧不足畏也。兄至夜分時來，妾開窓以待。」生曰：「固善也，不亦危乎？」嬌變色曰：「事至此，君畏何？人生如白駒過隙，復有鍾情如吾二人者乎？事敗，當以死繼之。」生曰：「若然，余何恨？」是夜，生於夜半乃踰外窓，遶堂後數百步，至荼蘼架側，久求門不得，生頗恐。久之，尋路得至熙春堂，堂廣夜深，寂無人聲，生大恐，因疾趨入，見嬌方開窓倚几而坐，上衣紅綃，下繫白練，舉首而瞻明月，若重有憂者，不知生之已至也。生因扶窓而入。嬌忽見生，且驚且喜，曰：「君何不告，駭我甚矣。」生乃與嬌並坐窓下，時正夜分，月色如晝，生視嬌體態豔媚，肌瑩無瑕，飄飄然不啻姮娥之下臨人間也。嬌謂生曰：「夜漏過半，幸會難逢，可就枕矣。」欣然與嬌同携素手，共入羅帳之中，解衣並枕間，嬌曰：「妾年幼，殊不諳世事，枕蓆之上，望兄見憐。」生曰：「不待多言。」兩情既合，嬌乃嬌啼嫩語，體若不勝，雨態雲蹤，交頸之鴛鴦，和鳴之鸞鳳，無以踰者。一餉歡娱，而嬌娘千金之身自兹失矣。歡會之際，不覺血漬生衣。嬌乃剪其袖而收之，曰：「留此為他日之驗。」生笑而從之。有頃，雞聲催曉，虬漏將闌，嬌令生歸室，因視生曰：「此後日間相遇，幸無以前言為戲，懼他人之耳目長也。」因口占一詞以贈生，名《菩薩蠻》：「夜深偷展窓紗緑，小桃枝上留鶯宿。花嫩不禁操，春風卒未休。　千金身已破，脉脉愁無那。特地囑檀郎，人前口謹防。」生亦口占《菩薩蠻》詞以復之云：「緑窓深貯傾城色，燈花送喜秋波溢。一笑入羅幃，春心不自持。雨雲情亂散，弱體羞還顫。從此問雲英，何須上玉京。」嬌得生所和之詞，謝曰：「妾，女子也，情牽事感，殊乖禮法，幸垂明鑒，稍爲秘之，妾之託君，亦無憾矣。」自後，生夜必至嬌室，凡月餘，無自知者。豈期私欲所迷，俱無避忌。舅之侍女曰飛紅、曰湘娥，皆有所覺，所不知者，嬌之父母而已。嬌亦厚禮紅，使紅等緘口，第飛紅輩雖覺之，而未知所因。（節録自同前書卷八「記類・擁爐嬌紅」）

八六　生久求嬌鞋不獲，一日，嬌晝寢，生偶至其側，因竊鞋趨出。方及寓室，以他事去，未曾收拾。飛紅適尾生後，見生遺鞋，紅乃疑嬌所與者，因收之，生罔知所以，及歸室，索鞋，無有也，因怏怏於懷，遂作一詞以自紀，詞名《青玉案》：「尖尖曲曲，緊把紅綃蹙。朵朵金蓮奪目，襯出雙鈎紅玉。華堂春睡深沉，拈來綰動春心。早被六丁收拾，蓋花明難覓。」及暮，嬌問生索鞋，生曰：「此誠我盜去，然隨已失之，諒子得之矣，何苦索我耶？」嬌乃止。蓋飛紅拾歸，已分付嬌也，然嬌以此愈疑生私通於紅矣。一日，見飛紅與生戲於窓外捉蝴蝶，因大怒，詬紅，紅頗憾之，欲以拾鞋事聞嬌，未有間也。後遇望日，衆出賀舅、妗，嬌在焉，紅因語嬌所遺之鞋，揚言謂生曰：「此即子前日所遺之鞋也。」嬌變色，亟以他事語舅、妗，會舅、妗應接他語不聞。嬌因大疑生使紅發其私，乃大怨望，自後非於堂中相遇，不復求便以見生，女工諸事，略不措意，怨隙之心，行住坐卧皆是也，生亦無以自明。一日，生不意中謾於後園縱步，適於花下見鸞牋一幅，上題詞一首，生取而視之，詞名《青玉案》：「花低鶯踏紅英亂，春思重，頓成愁懶。楊花夢散楚雲收，平空惹起情無限。傷心漸覺成牽絆，奈愁緒寸心難管。深誠無計寄天涯，幾回欲問梁間燕。」生披味良久，意謂嬌詞，而疑其字畫頗不類嬌所書，因攜歸，置於室中書案之上，欲詢嬌而未果。抵暮，西窓下有金籠養能言鸚鵡一隻，甚馴，嬌過其側，戲以紅豆擲之，鸚鵡忽言曰：「嬌娘子何如打我也？」生聞之，亟出室招嬌，嬌不至，生再挽之，方來。嬌入生室，正疑思不言，忽見案上花牋，因取視之。良久，目申生，不語移時，生曰：「子何時所作也？」嬌不答，生又曰：「何故不言？」嬌亦不應，生力窮之，嬌曰：「此飛紅詞也，君自彼得之，何必詐妾？」生力辯，嬌並無言，徘徊良久，長吁，竟拂衣起去，生留之，不可，自爾相會愈疎，嬌終日熟寢，間一二日，方纔與生一見，見亦不交一言，凡月餘，生不能直其事。生一夕徑造嬌室，左右寂然，唯見案上有五言絶句一章：「灰篆香難炷，風花影易移。徘徊無限意，空作斷腸詩。」生察詩，知嬌之為己，且疑心之深也。乘間語嬌曰：「再會以來，荷子厚愛，視前時有加焉，邇日形似之間，不能不為子所棄，何今昔異志乎？」嬌初不言，生再詰之，嬌潸然涕曰：「妾自遇君之後，常恐目力不足，今者君棄妾耳，妾何敢棄君耶？君意既自有主，妾何必忘望矣？」生曰：「苟有二心，有如此意。」因指天自誓，以明無他事，且曰：「子何疑之甚也？」嬌曰：「君偶遺鞋，飛紅得之，飛紅偶遺詞，君且得之，天下偶然之事，何多之甚耶？妾不敢怨君，幸愛新人，無以妾為念也。」生仰天太息曰：「有是哉，吾怪邇日見子若有憂者，人之情態，豈難識哉？子若不信前誓，當剪髮大誓於神明之前。」嬌乃曰（當作回）笑曰：「君果然否？」生曰：「何害？」嬌曰：「若然，後園中池，正望明靈大王之祠，此神聰明正直，叩之，無不響應，君能同妾對祠大誓，則幸甚也。」生曰：「如命，想明靈大王亦知我心之無他也。」

嬌乃約以次早與生俱遊後園，臨東池畔，遥望大王之祠，兩人異口同聲，拜手設誓，其辭累千百，不能備載。誓畢，携手而歸，恩情有加焉。生賦一詞備述心間之事以謝之，詞名《逼（當作白）牡丹》：「一片芳心，被春拘管，重尋雲翼盟約。説與從前，不是我情薄。都緣燕逐晴絲，蜂拈花蕊，便成執着。密愛堪憐處，幾多寂寞。　此心只有天知，終不成輕狂做作。縱滿眼閑花媚柳，也則無情摸索。後園同步，遥告神明，地久天長更誰託。從今再與團圓，莫把是非斷却。」自後嬌與生情好深篤，飲食起居無不留意，生自此亦不復與飛紅一語，紅察之，因大憾。生因縱步至後園牡丹叢畔，忽遇嬌先已在彼，遽擁抱之，必欲求合，嬌却之，言曰：「醜陋之質，固不敢辭於君，但慮雲雨初交，歡會方密，妾於情狀俱昏迷矣，能保人之不至？　若有所覺，妾無容身之地矣。」生聞其言，興已稍闌，遂之携手而過別圃。不覺飛紅亦自後潛至，見嬌與生並行，因促步抵舍，語妗曰：「天氣晴暄，可入後圃，牡丹盛開，能一觀否？」其實欲妗一行，襲敗嬌之踪跡也。妗可其請，遽命紅侍，行至園中，瞥見生與嬌並行於花亭畔，左右俱無人，妗因大疑，因呼嬌。生乃狼狽反室，惆悵不已，知為飛紅所賣，故致為妗所覺，無以自釋，强作一詞寫其悒怏云，詞名《漁家傲》：「情若連環終不解，無端招引傍人怪。　好事多磨成又敗，應難睚，相看冷眼誰偢採。　鎮日愁眉斂翠黛，闌干倚遍無聊賴。但願五湖明月在，且寧忍耐，終須還了鴛鴦債。」越二日，生自知其跡不寧，乃告歸，舅、妗則亦不知留，嬌夜出，潛與生別曰：「天乎，得非命歟？　相會未幾，而有是事，妾獨奈何哉？　兄歸，善自消遣，求便再來，毋以疑間，遂成永棄，使他人得計也。」因泣下沾襟，生亦掩泣而別，嬌又以一詞授之，且曰：「兄歸時展視之，即如妾之在側矣。」言終而去。詞名《一剪梅》：「荳蔻梢頭春意闌，風滿山前，雨滿山前。杜鵑啼血五更殘，花不禁寒，人不禁寒。　離合悲歡事幾般，離有悲歡，合有悲歡。別時容易見時難，怕唱《陽關》，莫唱《陽關》。」申生與嬌娘分袂相別，次早遂歸，既達侍下，父母以生久在外，妨廢經史，間歲功名之會又復在眼，遂令生以書齋坐卧，温習舊業。生與其兄綸雖朝夕共學，而思嬌之念無時不然。夜則與兄共榻而寢，悵恨之辭或形於夢寐，恨不能御風縮地，一與嬌會。春盡夏終，轉眼又是初秋天氣，鴈杳魚沉，絕無消息。至七月中旬，舅以眉州隷倅，及催任期，道經申生之門，因留宿於生家者累日。此時舅挈家以行，妗、嬌寓生家，相隨不離跬步，兼飛紅、湘娥諸侍女雜然左右，生與嬌欲一言，有不可得。居三日，舅命戒行，車馬喧闐，送者絡繹於道。妗與嬌各登車，諸侍女相隨先後，申生亦乘馬相送，闖其便，曳簾挽車，與嬌語舊，嬌娘淚下如雨，不能答，徐曰：「遇君之後，一日為別，不能堪處，况今動是三年，遠及千里，一旦思君之切，安保其再能見君乎？但恐妾垂首瞑目，骨化形銷，君將卧花卧柳，棄舊憐新，妾枕邊恩愛，他人有之矣。」生曰：「明靈大王在彼，吾誓不為也。」嬌曰：「若然，妾荷君之恩，死且不朽。」乃占詩一首贈生：「欲語狂夫促去忙，臨歧分袂轉情傷。不堪千里三年別，恨説仙家日月長。」嬌於袖中又出香珮一枚，上有金銷團鳳，以珍珠百粒約為同心結贈生，曰：「覩物思人，可也。得暇，可求便一來，毋以地遠為辭。」言未畢，軒車催動，霧隱前山，曉月半沉，目送不及。生別舅、妗，辭回，悽然歸於書室，閑消永日，無不淚零。晨窓夕燈，學業幾廢，間為詞章，無非寄與嬌紅之語，他不暇及。一日，賦一曲以示兄綸，皆際（當作寄）其意於言辭之外，未嘗斥言也，其詞云：「春風情性，奈少年棄負，竊香名譽。記得當初，繡窓私語，便傾心素。雨濕花陰，月餙簾影，幾許良宵遇。亂紅飛盡，桃源從此迷路。　因念好景難留，光陰陽（疑為易）失，筭行雲何處。三峽詞源，誰為我寫出，斷腸詩句。目極歸鴻，秋娘聲價，應念司空否。甚時覓箇彩鸞，同跨歸去。」右調《念奴嬌》。兄見其詞，撫生肩背曰：「厚卿，以弟之才，當取青紫如拾草芥，以顯二親，夫何流連光景？此詞固佳，察弟之心，必有所主。秋期在邇，且移此筆力鏖戰文場可也。」生但無言，蓋生詞微寓與嬌相會之始末，至「亂紅飛盡」之句，則直指飛紅媒蘖之事，思恨之極，作為此詞，其兄不知也。申生既以《念奴嬌》詞示其兄，因感兄相勉功名之意，又加舉問雖不能忘情於嬌，而槐黄在目，幸而有兄相與講明，亦懼父母之督責也。及至八月，與兄俱就秋試畢，即欲言歸，兄綸謂曰：「三年燈火辛勤，快（當作決）以此舉，揭榜在目，何不少俟？」生曰：「兄學業高遠，危中必矣。劣弟荒唐僝陋，孫山之外，不言可知。不欲久此，榜揭後，無面目回鄉也。」兄再四挽留，生不得已從之。踰數日，秋闈拆號，生與兄綸俱在高選，兄弟聯捧捷而歸。父母甚喜，鄉人賀客填門，有為詞以慶之者，詞云：「徐卿二子文章妙，秋風來應興賢詔。雙雙折取桂枝歸，自此增榮耀。　浪桃三月春來遶，番身共跳龍門曉。緑衣並立綵萊衣，那更是雙親年少。」右調《步蟾宮》。生與兄又赴府縣謝解畢，即日回家，治辦行李，同上春官。次年春試，又與兄同及第，兄綸授綿州綿山縣主簿，生以弓箭升甲，授洋州司户。兄弟歸家侍次。時官家親朋畢賀，有為詞以賀生者，詞曰：「入手功名如拾芥，文章得力須知。蟾宫丹桂折高枝，姮娥愛年少，博換緑羅衣。　初筮民曹姑小試，騄駬相及瓜時。雙親未老卜年期。飛黄滕踏去，身到鳳凰池。」右調《臨江仙》。時有賣《登科記》於眉州者，舅因閲之，見生兄弟皆及第，因大喜，歸謂妗曰：「二哥、三哥兄弟皆及第，吾家宅相眷人矣，但恨相去千里，不能親賀。」遂遣人致書為慶耳，詢問：「二甥榮授何官？如瓜期未及，能一來款我，以慰老夫忻喜之心否？」生得書，與兄謀曰：「舅有命召，兄宜以行。」綸曰：「父母在，烏可遠遊，委以家事？然舅、妗所命，亦不可違，長孫克家，弟固當往。」於是生欣然領命，即日治行，詣舅任所。既至，舅見之，且賀且謝。須臾，妗、嬌出見，且曰：「别後喜審吾甥兄弟俱擢危科，預有榮幸。」生謙謝再三，又問：「二哥何以不來？」生荅兄弟不可俱出之意，舅、妗等問勞盡禮，妗終以生前疑似之故，舘生於廳事之東邊，去堂甚遠。生亦遠嫌，尋常非呼召而不入，縱或一至堂廡，未嘗與嬌款狎，或與嬌偶然相遇，左右森立，但彼此佇視，不能出一言。生殊無聊，住十餘日，欲告歸，然終念遠來，未曾與嬌一語，悶悶不樂。徘徊久之，乃作詞一首以述懷，其詞曰：「脈脈惜春心，無言耿思憶。夜永如年，誰道藍橋咫尺。緣分淺，何似舊日不相識。試問取，柳千絲，愁怎織？菱花頻照，兩鬢為誰雪積。幾番會面，見了又無信息。空追前事，把兩淚偷滴。且看下，稍如何是得。」右調《相思令》。（節録自同前「記類·擁爐嬌紅」）

八七 生在舅家，自秋及冬，歲將暮矣，慕戀之心，終無以自遣。每以明燭倚牀獨坐，夜半方就枕。所居室東邊有修竹數竿，竹外有亭，前任州官有子婦美而少，因得暴疾，遂至不起，殯於亭中，經歲後移歸鄉里，然精誠常在亭中，每為妖祟以迷少年，生不知其詳。一夕，方掩扉而坐，將及二更許，忽聞窗外步履聲，生意其兵吏夜起，不以為怪。頃之，叩窗甚急，生出視，則見嬌娘獨立窗下，曰：「君何不懼，候君久矣。」生不知妖，欣然與之入室，曰：「子何以得此來？」答曰：「舅、妗熟寢，無有知者，故來相就。」將旦，告去，囑生曰：「此後妾必夜至，兄無幹，不必至中堂。或入，偶相遇，不必以言相問，恐人有所覺也。妾或與君語，幸無見答以狎斜之言，妾必有為，君宜引去不對，則人將謂君無心於妾，庶可釋疑也。」生曰：「子若夜必一至吾室，吾入何幹？」言訖，遂去。自後妖夜必至，凡月餘，人莫之知。生常經數日方一入中堂，左右問之，以它事對，或遇嬌，則遠望引避。常獨吟一詞以自喜：「天賦多嬌，惠蘭心性風標，憐才不減文蕭。怕芸窗花館，虛度良宵。密相擱就，長待燭暗香消。　向人前減跡，休把言語輕挑。問誰知證，惟有明月相邀。從今管取雲雨，暮暮朝朝。」（節録自同前「記類・擁爐嬌紅」）

八八　嬌娘吟畢，付與紅觀，曰：「我別申生，動經一載之餘，今咫尺天涯，對面如此，我何以堪？」言已，忽僕於地，紅扶之而起，良久方甦。紅見嬌失意，懼妗有疑，乃告妗曰：「嬌娘子多苦寒疾。」妗信之，故嬌雖憔悴，不疑也。紅一夕至嬌所，嬌方掩淚獨坐，殊不勝情，紅因曰：「娘子如此，而申生如彼，此豈有人心者？妾近見申生，屢以實情告之，往往不顧，且其神思昏迷，況彼所居之地名娼豔女甚多，想少年不能自持，他有所匿，宜乎寡情於娘子。」因舉古詞一首以釋嬌娘之懷，詞云：「兩川自古繁華地，正芳菲，景明媚。園林錦繡粧成，雜遝香車寶騎。絃管聲中，綺羅叢裡，盈盈多少佳麗。才子逞疎狂，不惜千金醉。　彼此相看總留意，浮雲浪雨尤滯。羨甚楚館秦樓，長是偎紅倚翠。

濯足江頭，惡風番雨無情，落花流水。誰念鳳幃人閑，却宛央（即鴛鴦）被。」右調《晝夜樂》。飛紅又曰：「娘子何多自苦，古人詞語必不虛設。試一索之，便可知生之所為矣。」嬌見生之相棄甚也，因紅語亦疑之，至晚，遂令小慧及紅房下小侍女蘭蘭夜出，伺生出處。（節録自同前書卷九「擁爐嬌紅」）

八九 至二更初，鬼果來，生雖與之對坐，必（當作心）驚股栗。未定間，紅、妗已至窓前，果見一婦人，妗欲細視，紅俱（當作惧）其事發露，因大撫窓趨入，鬼果不見。生初聞嬌之言，且信且疑，及紅撫窓，鬼頓不見，生方大悟。妗因詢生曰：「適為何人？」生愧謝曰：「不知其何鬼也，願妗救我。」於是妗與紅謀，移生入中堂。舅加（當作知）之，廣求明師符水以與生飲。生後卧病累日，亦尋苟安。自爾生起居皆自宅內，嬌亦不為向日相棄介意，歡愛如平日，或至生室連夕，妗亦不知也。生追思鬼惑之事，深得嬌、紅之救己，乃作一詞以謝之，詞云：「從前事，今日始知空。冷落巫山十二峰，朝雲暮雨竟無蹤，一覺大槐宫。花月地，天意巧為容。不比尋常三五夜，清輝香影隔簾攏，春在畫堂中。」右調《望江南》。（節録自同前「擁爐嬌紅」）

九〇 生厚賂舅之左右，莫不寡其德。因與嬌絶無間隔，院宇深沉，簾幙風生，玉枕相挨，鸞鳳並翼，或時朱欄玕而舉盞飛觴，嬉笑謳吟，曲盡人間之歡娱。半載，舅以舉員未足，再調利州倅。漓甚，左右得生之賂，加以事大體重，無有能及之者，惟於舅前為生延譽。舅歸之後，見生經理其家事事有倫，知生之才幹有餘，又妙年高第，前程未可量，遂悔向日背親之謀，間使飛紅委曲問生。一夕，生方與嬌閑坐，紅趨至拜賀曰：「娘子、郎君平昔之願諧矣，敢不賀？」嬌詢之，紅曰：「舅又不（當作有）

結好之意，使妾審訂郎君，惧郎君之不從也。」嬌曰：「天果不違人耶？」因大喜，明燈達旦忘寐，生賦詞以相慶，詞云：「燈花何大喜，多情事，天意想從人。念子香蘭房，才高柳絮，我登仕版，世忝縉紳。堪誇處，一雙兩好，彼此正青春。夙世因緣，今生契合，昔時秦晉，重締姻親。　慇懃謝紅葉，傳來佳耗，意密情真。記東池畔，要誓神明。料得從今，臨風對月，消除舊恨，慘雨愁雲。管取團圓到底，不負深盟。」右調《内家嬌》。是夕，紅反命於舅曰：「生意無不可也。」遂立媒遣（當作「遣媒」）之生家，生父母亦允許，且曰：「此固所願也。」擇日遣聘畢。有丁憐憐者，自生別後，久之，一入帥府，至西書院，所畫美人猶在壁上，帥子坐其傍，憐憐仰視久之，帥子問曰：「天下果有如此婦人乎？」憐憐曰：「有之。」因指嬌像曰：「聞此女已入畫者，未能模寫其一二。足極小，眉極修，詞草翰墨，無以出其右，以此女實之，想其他皆然。」帥子喜曰：「我將求婚此女。」憐曰：「無用也，聞此女久有外遇，恐非金身。」帥子：「得婦如此，幸已甚矣，此不足問。」其悔失言，力解不得。帥子遂令親信懇告其父，求婚於王。王時倅眉州未回，故無言及此者。逮王再調歸家，待次之日，帥遂遣來求婚，王初拒之，再四，逼以威勢，賂以貨財，不得已，遂許之。嬌夜持帥書至生室，告曰：「前日姻約復敗矣，帥子求婚，家君迫於權要，許之矣，兄何以為計？」曰：「事在他日，當徐圖之。」嬌自是見生愈密，然一相遇，則悽慘不樂，殆平生善歌，每作哀怨之音，則聞者動容，或至流涕。雖與生相遇甚厚，未嘗對生一歌。生或潛聽，嬌覺之，則又中輟，生每以為嫌。至是，生不請，自歌詞云：「世間萬事轉頭空，何物似情濃。新情共把愁眉展，怎知道，新恨重封。媒妁無憑，佳期又悮，何處問流紅。　欲歌先咽意冲冲，從此各西東。愁人最怕，到黄昏，窗兒外，疎雨泣梧桐。子細思量，不如桃李，猶解嫁東風。」右調《一叢花》。歌未終，黯黯然淚下如雨。（節録自同前「擁爐嬌紅」）

九一 秋八月，帥子納幣從（當作促）親期，舅許之，嬌病少瘳，因他事，怒小婢緑英，緑英懷恨，乘間以嬌平日所為告舅也，大怒甚，實於紅，將治之，紅紿曰：「娘子讀書知義禮，豈不知失身之為大辱？且重厚少言，愛身若珠玉，擇地而行，待時而動，大人所知也。況申生功名到手，舉動不妄，堂廡之間，不命之入不敢入，未嘗與嬌一語戲狎。倘有是事，妾豈不知？或者之言，未宜深信，且親期在邇，不宜自為此不美也。」舅方寵任飛紅，信其言，不復問，止加防閑。生度勢不可留，乃告嬌曰：「今日之事，舅知之矣，行計不可緩也。子親期去此止兩月，勉事新君，吾與子從此决矣。」因以詞一首，與嬌為别，詞云：「自識伊來，便許綰，同心結。天意竟辜人願，成幾番虛設。佳期近也想新歡，追我空懸絶。莫忘花明深處，與西窗明月。」右調《好事近》。嬌覽詞，怒曰：「兄，丈夫也，堂堂五尺之軀，乃不能謀一婦人，事已至此，更委之他人，君其忍乎？妾身不可再得，既以與君，則君之身也。」因掩面大慟，生方悟感，去留未决。我（當作俄）得家書，報父有疾，令僕馬促回。生使人候嬌，不得已。入謁舅告别，舅時坐中堂，嬌聞之，出立舅後，兩目佇視，不能出半語，舅曰：「子歸後，府君無恙，宜再來，嬌娘親禮在即，家事紛紜，慎無執幹者。」生辭曰：「令愛親期已近，純歸侍亦須累月，又瓜期將及，動是數年，重會未可知也，舅宜善自愛攝。」因以一詩謝之，詩曰：「自愧駑駘不可鞭，渭陽視我子猶然。□□□事無纖力，數載恩情有二天。舅切白雲催去路，悔憑紅葉欠前緣。悠悠後會知何日，願保全軀職九遷。」生因再拜，舅曰：「嬌娘在近出室，子來朝未定，未必相會。」因呼出別生，嬌聞語，栖（當作灑）淚不能止，懼舅見之，不敢前，背面遁去，再四呼之不止，生遂別舅而歸。嬌自生去，日夜悲泣，未嘗覽鏡，方（當作芳）容頓改，幽絶暗消，楊柳迷煙，梨花帶雨。或見梁燕雙非（當作飛），征鴻獨叫，則悽慘不自勝也。近半月，病愈甚，將不能起。紅乃潛書促生來，使與為決（當作訣）。生得書，以無故，不敢告父母，乃夜遁，潛至嬌之門，住兩日，舅亦不知也。生時艤舟岸下，繫（當作冀）待一見嬌後即歸，蓋慮父母知之，必獲重責。明日，舅送舊守出於郊外，時紅乃與嬌私出，即上生舟，嬌執生手大慟，曰：「郎不來矣，恨無以報兄，不幸迫於父母之命，不能終身以相從。兄今青雲萬里，厚擇佳配，共享榮貴，疾（當作妾）不敢望也。妾向時與兄擁爐，謂：『事不環，曰以死謝。』妾敢背此言耶？兄氣質弱薄，常多病，善攝養，毋以妾為念。」因出斷袖之主，曰：「謝兄厚恩，復思此景，其可再得乎矣？」愈慟，紅亦淚下，久之，紅懼有他故，乃語嬌曰：「舅將至矣，宜速登岸。」嬌含淚口占一詞以贈生，詞云：「郎今去也，抛奴去，恨共離舟留不住。扶病別江頭，沾襟淚如雨。路遠終須別，一寸腸千結。此會再難逢，相逢只夢中。」右調《菩薩（脱「蠻」字）》。又別一絶為別，云：「合歡帶上真珠結，箇箇團圓又無缺。當時把向掌中看，豈意今為千古別。」生得嬌詩詞，揖別，歸舟而去。紅扶嬌登岸，但見舟人撥棹，且浪番風，彩鷁急非（當作飛），征鴻易斷，目力有盡，江山無窮。生歸，枕席上無不流涕。嬌之佳期已逼，乃託感疾佯狂，蓬頭垢面，以求退心（當作親）。父迫之，嬌引刀自截，左右救之，得不殞。因絶食數日，不能起，紅委曲開諭之，曰：「娘子平生俊雅，豈不暗(當作諳)曉世事? 帥家富貴極矣,子弟端方俊拔,殆過申生,娘子不自開釋,保身自重,何苦如是? 且聞媒者之言,彼之欲得娘子,甚如饑渴,其他皆所不問,娘子何自棄也? 況申生歸後,亦已議親貴族,彼蓋亦絶念於此矣。」因圖帥子之貌以獻,曰:「得壻如是,亦無負矣。」嬌曰:「美則美,而非我所及,事止此矣,吾志不易也。」紅又詐為嬌舊迓(疑作與,下同)生香珮下結,以破環隻釵,謂生遣迓嬌,因言已結他姻之意以相絶,嬌見之泣下:「相從數年,申生之心事,我豈不知者? 彼聞我有他,故特為此以開釋我耳。」因取香珮細認,覺其虛,因曰:「我固知申生不如是也,我始以不正遇申生,終又背而之他,則我之淫蕩甚矣。 既不克其始,又不有其終,人謂我何? 紅娘子愛我厚矣,幸毋多言,我固不愛一身以謝申生也。」遂不復言,舅聞而亦憐之,但曰:「事已成矣,無可奈何。」遣紅輩百端為之開釋,終莫能悟。 嬌遂吟詩二首寄與生別,詩曰:「如此鍾情世所稀,吁嗟好事到頭非。汪汪兩眼西風淚,猶向陽臺作雨飛。」又:「月有陰晴與圓缺,人有悲歡與會別。擁爐細語鬼神知,拚把紅顔為君絶。」間隔數日,嬌娘竟以憂卒。 生接得寄來詩章方曉,而嬌之訃音隨至。 茫然自失,對景傷懷,獨坐則以手書空咄咄,若與人語,因賦一詞以弔嬌娘,詞曰:「合下相逢,千金麗質,憐才便肯分付。 自念潘安容貌,無此奇遇。 梨花擲處,還驚起,因共我,擁爐低語。 拚今生兩兩同心,不怕傍人間阻。 此事憑誰處,對明神為誓,死也相許。 徒思行雲信斷,聽簫歸去,月明誰伴孤鸞舞。 細思之,淚流如雨。 便因喪命,甘以地下,和伊一處。」右調《憶瑤姬》。 生兄綸見此詞尾句,知其不祥,因再三寬慰。 生悼痛無已,殆不能堪,又於壁上題詩一絶以別父母,詩曰:「賓翁德召如椿古,蔡母年高與鶴齊。生育恩深俱未報，此身先死奈虞兮。」又題詩一絕以別兄，詩曰：「當年風雅藹孤鸞，冒共翱翔萬里天。今日鴈行分散去，誰憐隻影叫蒼煙。」生題詩畢，索嬌自所贈香羅帕，自縊於室窓間，為家人所覺，救免。兄綸與生之素識皆來勸解之，且曰：「大丈夫志在四方，弟年少科高，青雲足下，而甘死兒女子手中耶？況天下多美婦人，何必如是？」生色變氣逆，不能即對，徐曰：「佳人難再得。」因回顧二親曰：「二哥才學俱優，妙年取功名，且及瓜期，前程萬里，顯親揚名，光吾門户，承繼宗祧，一夔足矣，惟大人割不忍之割。」又顧兄綸曰：「雙親年高，賴兄侍養，純不孝，不能酧罔極之恩，惟兄念之。」自是神思昏迷，不思飲食，日漸尫羸，竟奄奄不起。父母大慟，即日馳書告舅，舅得書，飛紅輩聞之，舉家號泣。舅因呼紅，痛責之曰：「往時問汝，汝何不實告我因，使今日以至於此，皆汝之咎。」紅不能對，因伏地請罪，久之，舅意稍解，乃曰：「事已如此，不可及矣，兩違親議，亦老夫之罪也。」因痛自悔，又謂紅曰：「申生丰儀如許，文才如許，正昔人所謂：『見汝猶憐，況老奴乎？』二人生前之願老夫既已違之矣，與死後姻緣之可也。」紅曰：「然則如之何？」舅沉吟半晌曰：「我今復書，舉嬌娘之柩以歸於生家，得合葬焉，使沒者知，其快於九泉之下也，必矣。」紅曰：「大人此舉誠為美也。」於是復書，以此言告於生之父母，生父許焉。越月，得吉日，戒嚴，遂舁嬌柩以歸生家。舅遣書自悔責，且謝兩背姻盟之非，仍遣飛紅來弔慰，營辦喪事。又月餘，詢謀僉同，乃合葬於濯錦江邊，葬畢，飛紅告歸。抵舍之明日，因與小慧過嬌寢所，恍惚見嬌與生在室相對笑語，嬌謂紅曰：「喪事謝汝遠來營辦，吾二人死無憾矣。我自去世，即歸仙道，見住碧瑶之宫，相距蓬萊，不遠咫尺。朝飲暮宴，天上之樂，不減人間，所願足矣。惟是親恩未報，弟年尚幼，一家之事賴汝支吾，善事家君，無以為我念。明年寒食，祭掃新墳，汝能為我一來，彼時又得相會也。」語未終，紅且驚且喜，愴惶告舅。舅復與往寢所物色之，言無所有矣。惟見壁間留詞一闋，詞云：「遵閨愛絶，長向碧瑶深處歇。華表來歸，風物依然人事非。月光如許，偏照鴛鴦新塜裡。黄鶴催班，此去何時得再還。」舅見此詞，不覺哀悼。所留字跡半濃半淡，尋亦滅去。舅與紅輩皆驚異，嗟歎而已。越明年，清明節近，舅追思紅見嬌之事，呼僕命騎往詣墳所，灑酒奠位之際，唯見雙鴛鴦飛翔上下，捕之不得，逐之不去，祭奠之畢，倏然不見。後人故名為鴛鴦塜云。（節録自同前「擁爐嬌紅」）

九二《朱氏遇仙傳》：嘉興府治東石獅巷有朱姓者，年二十餘，訓蒙為業，狀貌雖陋，而風神自雅。隆慶春，一日，道經南城下，花雨濛濛，柳風嫋嫋，展轉之間，神思恍惚，漸至海月樓西，竟迷去路，心正驚疑，忽有二女童施禮於前，曰：「奉主母命，邀先生過山。」朱曰：「素昧識荆，得非邀之錯耶？」女童曰：「至當自知，幸弗多却。」朱與偕行，但見崇山峻嶺，路極崎嶇。夾道桃株，鳥音嘈雜，自念生長郡内，不意有此佳境，更進里許，入一洞門，遥望樓殿玲瓏，金玉照耀。兩度石橋，方抵其處。屏後出一仙娥，霞帔霓裳，降階而迎。登殿，叙禮，引入内室，坐定，女童送茶訖，朱纔問娥姓字，娥哂曰：「妾乃蓬萊宫人也，邀君欲了夙世之緣，不煩駭問。」頃間開宴，酒殽羅致，娥與朱促席暢飲，因製《賀新郎》一詞，命女童歌以侑觴，其詞曰：「花檟繞奉城，運神工、重樓疊宇，頃刻間成。緑水青山多宛轉，免教鶴怨猿驚。看來無異舊神京。慮只慮、佳期不定，天從人願，邂逅多情。相引處，珮聲聲。

等閑回首遠蓬瀛。呼小玉，旋開錦宴，謾薦蘭羹。須信是、瓊漿一飲，頓令百感俱生。且休道、塵緣易盡，縱然雲收雨散，琵琶峽，依舊風月交明，此會果非輕。」酒闌夜静，娥薦枕席，曲盡魚水之樂。逮晨，朱謂娥曰：「僕承厚愛，甚欲留連。但家君頗嚴，不歸，恐致深罪，願朝去暮來，可也。」娥愀然曰：「靈境難逢，佳期易失。妾因與君夙緣未盡，故移洞府於人間，委仙姿於凡客耳。正議久交，何即請去？」朱唯而止。三日後，朱復懇歸，娥乃設宴正殿，鋪陳款饌，比昨愈奇且豐。勸朱酩酊，將徹時，出一錦軸展於净几，寫詩十絶以贈，各揮涕而别，仍命女童送出洞。（同前書卷九「傳類」）

九三《柳氏傳》：天寶中，昌黎韓翃詩名，性頗落托，羈滯貧甚。有李生者，與翃友善，家累千金，負氣愛才。其幸姬曰柳氏，豔豔一時，喜談謔，善謳詠。李生居之别第，與翃為宴歌之地，而館於其側，素知名，其所候問，皆當時之彦，柳氏自門窺之，謂其侍者曰：「韓夫子豈長貧賤者乎？」遂通意焉。李生素重翃，無所悋惜，後知其意，乃其（當作具）饍請翃飲，酒酣，李生曰：「柳夫人容色非常，韓秀才文章特異，欲以柳薦枕於韓君，可乎？」翃驚慄，避席曰：「蒙君之恩，解衣輟食久之，豈宜奪所愛乎？」李堅請之，柳氏知其意誠，乃再拜，引衣接席，李生坐於客位，引滿極歡。李生又以資三十萬，佐翃之費。翃愛柳氏之色，柳氏慕翃之才，兩情皆獲，喜可知也。明年，禮部侍郎楊渡擢翃上第，屏居間歲。柳氏謂翃曰：「榮名及親，昔人所尚，豈宜以濯泥之賤，稽採蘭之美乎？且用器資用，足以伺君之來也。」翃於是省家於清池。歲餘，乏食，鬻粧具以自給。天寶末，資復（當作「盜覆」）二京，士民奔駭，柳氏以豔獨異，且具（當作懼）不免，乃剪發毁形，寄跡法靈寺。是時，侯希逸自平盧節度淄青，素籍翃名，請為書記。洎宣皇帝以神武反正，翃乃遣使間行求柳氏，以練囊盛麩金，而題之詞曰：「章臺柳，章臺柳，昔日青青今在否？縱使長柳似舊垂，亦應扳折他人手。」柳氏捧金嗚咽，左右悽憫，答之，詞曰：「楊柳枝，芳菲節，所恨年年贈離别。一葉隨風忽報秋，縱使君來豈堪折。」……

（節録自同前）

九四 《瓊奴傳》：瓊奴姓王氏，字潤貞，常山人。二歲而父殁，母童氏携瓊奴適富人沈必貴，沈無子，愛之過己生。年十四，雅善歌辭，兼通音律，言德工容，四者成名，遠近争求納聘焉。時同里徐有（疑作「有徐」）從道、劉均玉者請婚猶切，徐本華胄而清貧，劉實白屋而暴富。徐之子名苕郎，劉之子名漢老，皆儀容秀整，且與瓊奴同年。必貴欲許劉，則必其閥閲之玉微；欲許徐，則慮其家道之窮迫。猶豫遲疑……苕郎持歸以誇於漢老，漢老正恨其奪己之配，以白均玉，均玉不咎子之無學，反切齒徐、沈入骨，恨之，即誣以事，俱不得白。徐闔室役遼陽，沈全家成嶺表，訣别之際，黯然銷魂，觀者莫不為之下淚，遂散去，南北不相聞。已而必貴殞殂，家事零落，惟童氏母女在，蕭然茅店，賣酒路傍。雖患難之中，瓊奴無復昔時容態，而青年粹質終異常人。有吴指揮者悦之，欲娶以為妾，童氏以許人辭。吴知其故，遣媒謂曰：「徐郎遼海從戍，死生未卜，縱饒無恙，又安能至此而成姻乎？與其癡守空詧，蹉跎歲月，盍不歸我貴家，任汝母女受用，亦不虛度一生也。」瓊奴堅然不肯，吴又使媒嫗行言，且壓以官府，童氏懼，與瓊奴謀曰：「一從苕去，五閲星霜，地角天涯，魚沉鴈杳，真所謂君處北海，寡女處南海，風馬牛之不相及也。汝之身事，終恐荒唐，矧又父遽淪亡，他鄉流落，權門側目，欲强委禽，吾孤兒寡婦，其何術以拒之？」瓊奴泣曰：「徐門遭禍，本自兒身，脱别從人，背之不義。且人之異於禽獸者，以其有誠信也。棄舊好而結新歡，是忘誠信，苟忘誠信，殆犬彘之不若也，有死而已，其肯為之乎？」因賦古詞一闋以自誓，其調寄《滿庭芳》云：「綵鳳分群，文鴛失侣，紅雲路隔天台。舊時院落，畫棟積塵埃。謾有玉京離燕，向東風、似訴悲哀。主人去，捲簾恩重，空屋亦歸來。　涇陽，憔悴女，不逢柳毅，書信難裁。歎金釵脱股，寶鏡離臺。萬里遼陽，郎去也，甚日重回。丁香樹，舍花到死，肯傍别人開。」是夜自縊於房中，母覺而救解，良久方甦。……（節録自同前）

九五　「百歲人生草上霜，利名何必苦奔忙。盡償胸次詩千首，滿醉韶華酒一觴。　遊仕路，宿僧房，但逢樂處是吾鄉。聊將筆底風流句，付與知音作話腸。」右調《鷓鴣天》。至正初年，有蘇生者，名道春，字國華，號牡丹主人。遠祖累臣唐宋，迨元初尤盛，本頭武功仕籍，生而神凝秋水，貌瑩寒冰。文章倒三峽之詞源，議論驚四筵之雄辯，書畫琴棋，靡不通曉，誠人中之翹楚者耳。年方十五，隨父任河南廉訪司使，逾兩春秋，學問進益。　至次年正月十五上元之夕，星毬燦爛，蓮燭熒煌，遂與本司令史何一清者游往諸門，登望仙橋，至望仙市，且行且觀，燈月相映，乃郡城一都會也。有鰲山接漢，車馬轟雲，俄見兩小鬟各挑降（當作絳）紗蓮花燈前導，一佳人年可十六七，獨坐香車之中，從二女奴，衛以四小僮，皆被紅垂緑。美人忽下車，以團扇障面，徐行數十步，雲鬟月貌襲人。蘇生以為出於公侯之家，莫敢仰視，美人佇立良久，復登車而去，生竊視之，顔色絶世，真神仙中人，翩若驚鴻，而婉若游龍也。生自謂奇遇，因口占《燭影摇紅》一詞以寓情云：「一夜東風，萬斛會蓮齊開遍。爛花前後映樓臺，光沸瑶池宴。十里珠簾盡捲，人正在、未央宫殿。姮娥奔月，仕女乘鸞，寬衣素練。誰駕香車，彩雲扶下，雙雙留連。踏破絳都春，衹恐春宵短，可是將人抛閃。倚欄杆、笙歌别院，幽恨千條，殘星數點。」令使何一清亦口占一《隔秋歌》以答云：「乘閒步移湘水春，風吹羅綺飄香塵。誰將檀板敲明月，梅花一聲愁殺人。鳳凰臺上神仙客，盡把黄金買春色。觀燈深飲流霞盃，遥望芙蓉秋水隔。人生行樂雖及時，莫教烏鬢理雪絲。等閑庭院夜將永，星斗滿天秋路垂。洛陽景物應如畫，酒酣不管長安價。玉山頹倒醉花陰，翠袖籠香扶上馬。」生至次夜燈殘人静，再遊其處，意卜有所遇也。往來間見一女步行，似不類昨，體餙宫粧，亦以二小娃前導，一持金吊爐，一携紫繡褥，徐徐而進，側目竊視生之容止，乃知為昨夜所遇之人也，不能自抑，因製《謁金門》一詞云：「深深意，喜遇洞庭殊麗。萬種風流含笑裡，回頭生百媚。瑶玉當年雙美，肯問紫雲執（當作孰）是。擬把名花齊與比，名花羞不起。」女亦有感而作《海棠春》詞云：「遲遲已到花深處，看未足，密雲欲布。花外許神仙，丰度欺良玉。帶春歸去，洋洋金縷，似把我、芳心低訴。無定兩情眸，怎禁人胡覷。」（節録自前書卷九「懷春雅集上」）

九六 次早，生遂授業於潘門，洗耳聽鱣堂之教，檢書燃東閣之藜，相國延入館，生於懷春堂之東摘翠軒，時見華居壯麗。軒之前有瑶草琪花，羅列於左右，珍禽奇獸飛走於前後。軒北以盆池養金鯽，其中墻西以畫屏結翠栢其上，屏下設假石山，山外彩樓數椽，四時景物，各逞奇芳，生因賦近體一律以寫其勝云：「小園風景四時佳，曲曲亭臺寂不譁。一色遠峰凌畫棟，半池活水映窓紗。緑濃翠濕琅玕竹，風細香飄錦秀（當作繡）花。别有洞天人世上，相逢何必問仙家。」詩後再製《春從天上來》曲一闋以自遣：「淮海逍遥。嘆幾番風雨，魄散魂凋。夢裡曾到，月殿雲霄。鳳凰九奏簫韶。問當年丰采，有姮娥、百媚千嬌。笑相招，把霓裳輕舉，仙珮飄飄。　滿斟瓊漿頻勸，醉春風，幾度鬢髮瀟瀟。懊恨蟾蜍，截斷長虹，萬丈銀橋。夢回時，酒醒人何在，燭暗香消。展轉無聊，書幃寂寂，夜漏迢迢。」玉貞於隔窓下時聞：書聲讀罷三更月，琴韻調回百媚春。不知其父所主者何如人也。暨二侍女：一曰桂英，二曰蘭英。從環翠亭達宜春堂，垂簾下窺之，見繡窓半啓，絳燭高燒。生坐琴榻，憑几支頤，似有所思者。玉貞見生儀容不讓宋弘之獨步儒雅，肯辭董子之多才，一見心頗悦之，蓋亦未免無私意之累也。俄而桂英曰：「此非元夕遇人耶？」玉貞乃悟，因製一調，名曰《浣溪沙》：「月轉蘭堦夜幾更，書聲纔輟又琴聲。風流儒雅總生成。　翠縷柳邊金鐙響，綵蓮燈下錦衣明。教人無處不關情。」他日，生坐對泉亭下，有一啞僕者過生亭前，生戲之曰：「君以眼為耳，予以手為口。」不意玉貞在繡幕下，莞然笑聲而作，生挑之曰：「得黄金百鈞，不如卿子一笑。」正謂此也。時春三月，有牡丹數朵，生題《點絳唇》詞以戲之曰：「百寶欄杆名花，一捻紅粧巧。數枝穠艷，粧點春多少。　錦薵檀心，畫手描難了。東君道、韶光易老，好買千金笑。」玉貞覩畢，不以為意。（節録自前「懷春雅集上」）

九七　時人間秋半，天上月圓，八月十有五日也。夫人當壽旦，生以致賀之儀入謁，拜大人，兩傍拱立者皆爲外親屬，不知其幾多也。生作禮，進退未嘗少有造次，衆咸異之，莫不加敬。相國遂設酒於崇禮堂，大宴賓客，及中席有張萬户者起，捧觴致生前曰：「今日之會，成事也，幸遷公子在座，光彩倍培（當作增），酒中無以爲樂，願聞佳製，以爲夫人壽。」語畢，生不辭，遂賦《千秋歲》一闋以進。生素善歌，座間有好事者皆知之，而請歌甚切，生不得已，乃慷慨歌之，以侑壽觴，歌畢，夫人喜，其賓客皆舉酒謝生，轉爲生壽。其詞云：「祥雲縹緲，天上瓊棲（當作樓）曉。飛仙舞龍香遶。畫堂春似海，醉把金樽倒。壽星聚，分明高照梅花早。　玉盤堆瑪瑙，捧出安期棗。人不老，春長好。是非華表鶴，總與中書巧。平白地誰知，自有蓬萊島。」遏雲歌罷，餘音遶梁，座人贊稱，同出一口，夫人大悦，重增鍾愛。（節録自前「懷春雅集上」）

九八　生率然進而揖之，玉貞驚惶中回避莫及，乃欠身施禮，遂脱身獨回。生因見玉貞喜，而作《臨江仙》詞一闋云：「憶昔望仙橋上遇，歸來想像無真。今朝親見活精神，動衣香滿路，瀟灑出風塵。　回首多情何處也，躊躕立遍西清。之山一曲儘宜人，把持花下意，猶恐夢中身。」又作《寄思曲》一闋：「江頭一枝解語花，不隨桃李争春華。孤根流芳媚疎雨，香酥暈臉明朝霞。　有人比花更奇切，猶帶蓬萊秋夜月。南樓高士最關愁，相思夢斷雙蝴蝶。」（節録自前「懷春雅集上」）

九九　生見玉貞雖賡其韻，何句中與向者事情多不脗合，不意於歸秋香亭畔窺見玉貞憑倚鬪鴨欄視鴛鴦，久不移目，又有詞以賦之，未畢，望見生至，急轉身而去。生進前見詞，名《卜算子》也，遂續前以挑之。玉貞詞曰：「秋日映寒塘，風弄文禽影。翠鬣紅毛盡不如，時向波心整。」生遂續之曰：「韓魄猶凄凉，有恨無人省。只為多情也白頭，花下雙交頸。」既而自製七言律詩一首以起之云：「相戲相親近御溝，人人誰不道風流。和鳴聲動雙溪月，錦繡文飛五鳳樓。烏帽等閑歌白髮，好花容易謝清秋。寄君早結鴛鴦帶，盡解當年刺史愁。」書罷，投筆而去。玉貞見生聯句詞曲又無忠厚之意，將類嫌疑之誚，將欲却之，未免絶人太甚，遂將原詞各分其半，命桂英還之，生見詞還，大失所望。（節録自同前書卷十「懷春雅集下」）

一〇〇　生惟玉貞是念，何以見其殷勤？宵星之燦，每瞻北斗，以是韓暮云之生，長向江東而憶李。其於寢食之餘，常有不平之歎，蓋遑遑焉如有求而弗得也。桂英識之，代彼曲為道達玉貞之前，玉貞知生之慕也深，而且曰：「子何不云男兒欲遂平生志，六經勤向窗前讀？」桂英如其言以達蘇生，生喜玉貞有相勉之意，賦情特甚。又求之曰：「子可謂（當作為）我言曰『室中若未結姻親，自有佳人來匹配』之句。」桂英以告玉貞，玉貞見其詞語追切，怒責桂英，且又囑桂英曰：「汝達官人處，切勿言我之失怒，當以我之無言為答。」桂英承命以對，生知其有恨乎己，因製《憶秦娥》詞一闋：「簫聲切，無端却被風吹別。風吹別，一聲聲是，怨花愁月。　流螢四起燈明滅，未泯孤舘心先怯。心先怯，枕單衣薄，花殘月缺。」（節録自前「懷春雅集下」）

一〇一　賦罷，呈上，相國與夫人大悦，雅論均口。須臾，相國以事擾出席，生因語夫人曰：「邇奉玉音，豈當違逆？故忘其固陋之習，敢攀其高明以賦，若小姐月脇天心，才調甚堪如李杜；瓊琚玉佩，文華誰肯友西蕭？幸逢今宵長筵，不可以無佳製。」玉貞對曰：「聊斟薄酒，非敢言招，自揣鄙庸，何

「既荷公子雅意，毋以執勞過答。且新句佳詞，皆君所道，則餘文俗語，我尚何言？」夫人顧玉貞曰：「既荷公子雅意，毋以執一是拘，汝試為之，求其斧削可也。」玉貞因是圖，遂成五言律詩一首：「石髓尋常服，壺中自歲華。青蛇藏舞袖，白兔搗靈砂。湯飲長生酒，閑栽不老花。清風明月夜，繼鶴訪君家。」復繼之《除夜》詩一首曰：「今夜逢除夕，人家物候催。歡聲驚爆竹，春意到寒梅。守歲傚花頌，分年栢酒盃。明朝□□□，黄道九天開。」生傾聽之餘，自歎弗及。時酒罷，各謝而退。生因玉貞於宴會之際，有感於心，乃口占一調，名《西江月》：「暖入春風小院，人間七寶高臺。王天謫下素娥來，别是香塵世界。翡翠翠□□□，酳紅紅醞香腮。曉霞丹臉笑顔開，一似觀音出現。」（節録自前「懷春雅集下」）

一〇二 玉貞乃笑，且曰：「昨承佳作，我母再三道及奇才。」生就而言，曰：「此海棠圖能事固美，可試，生試賦之以彰其美，可乎？」玉貞然之，生作《明月棹孤舟》一調：「富麗謾誇金谷好，寒梅一夜韶光老。猛省春風，都來幾日，報道海棠開了。妃子睡餘天乍曉，新粧裡、臙脂初透。子美無詩，被花相撓，能有暗香來到。」玉貞曰：「此詞曲高雅，善於形容景物，信如落花依草也，只下段句欠着實。」生見玉貞清覽己詞，乃籍詞引身近之，然玉貞雖常於交攘，亦待之從容，不能免其泰中之嚴。（節録自前「懷春雅集下」）

一〇三 時正月朔後十日夜半，四顧寂寥。生步於鎖寒窓下，見瑞雪飄飄，輕寒剪剪，窓前月色或暮或明，淺浸疎枝之上，壁間澄火半明半滅，低迷孤枕之中，睡鴨中薔薇水冷，絳紗内翡翠衾寒。有琅玕石几，閣琴棋上，布置瀟灑，生撫琴以寄其怡，乃操《雉朝飛》一調，觀其舞鶴下達，遊魚翻水。時玉貞方倚牀無寐，忽聞窓外琴韻嗚嗚焉，如怨如慕，如泣如訴，餘音嫋嫋，不絶如縷，知生之作，遣桂英持武夷龍團以遺生，生起而受之，因移身私桂英，桂英從之，生見其色，雖不能可擬玉貞萬一，亦婢中之翹楚者也。方與情好，玉貞知桂英與生遇，遣蘭英促之，桂英見蘭英急遽於前，莫掩其實，惟赧然而歸，生因占《好事近》詞一闋以自諱云：「夜色映簾櫳，梅影半横斜。月閑把素琴，消遣這、芳心誰説。　高山流水遇知音，石鼎分香亟一啜。何須七碗，喜衷腸清絶。」玉貞亦歌一曲，又絶句一首以自抑云。（節録自前「懷春雅集下」）

一〇四　玉貞接生詩後，亦不與答，乃因時所作佳句，以自迂多，不盡録，姑記一二以墨於左：特地尋春：「聞道西園欲早春，偶憑幽鳥語來真。不知好景偏何地，試向梅花問主人。」……春宵無寐：「清露灑桃紅透，微雨點波緑皺。滅燭解羅衣，正是千金時候。知否，知否，門外緑肥紅瘦。」右調《如夢令》。香閨春情：「絳桃倚笑，醉九重、春色東風有約。畫底把嬌，羞向我、紅樓畫閣。簾下金鈎，香消寶篆，錦字長拋却。燕鶯交處，這情投地安着。　誰念緑綺飄零，曲終人遠，按一床絃絲。驚起兩眸無定在，望斷天涯地角。倦鳥知還，野雲出岫，半點心難托。此時光景，為誰長是瀟索。」右調《念奴嬌》。（節録自前「懷春雅集下」）

一〇五　自此，生雖得玉貞佳句往來，然能莫（當作「莫能」）與訴衷曲，乃乘間畫張生遇鶯鶯圖，有裸裎薄惡之態，題一詩一詞於上，終日思以便鴻。忽蘭英至，生求之，蘭英竟以生圖付於玉貞。時玉貞因付父疾，方治湯藥，蘭英莫知，乃曰：「蘇公子有圖奉此。」玉貞惶愧，乃言他事雜之，得不覺，因躡其足，乃悟，遂返室所，觀之，題曰《崔張佳遇圖》，有詩詞焉，詩曰：「輕寒時透緑羅裳，情重佳人懶下床。對舞翻翻雙蛺蝶，同心顛倒兩鴛鴦。行雲飛雨偷神女，倚翠偎紅鬬沈郎。忘却碧欄干外立，不知何處是西廂。」其詞一闋名《鳳凰閣》：「仰星河半落，洞房乍曉。弄晴黄鳥聲聲巧。春在流蘇深處，合歡夢逡。正是惱人時候，琉璃枕上，知是春多少。含情秋起嬌無力，乘興也，傍章臺柳煙青小。怎禁得，海棠花老。」觀畢，遣蘭英召之。（節録自前「懷春雅集下」）

一〇六　自後，生坐（疑為作）此數首以寓感慨云，《春寒》：「紅爐誰與共團圞，此際真成蜀道難。舊恨新愁無住着，一簾風雨杏花寒。」……春歸詞一闋：「春暮愁萬種，門外五更風雨。青鳥不來春欲去，隔簾雙燕語。最苦留春不住，滿日落紅飛絮。行雲遮斷陽臺路，總是傷情處。」（節録自前「懷春雅集下」）

一〇七　玉貞痛父之歿，守喪哀毀，雖祁寒暑雨，侍立柩側，晨昏弔慰，未嘗廢離。閶閭鄭、衛之音，未嘗一經於耳；不正非禮之書，未嘗一接於目。每想父容，輙為流涕，先於父病之時，衣不解帶，湯藥必親嘗。稽顙北辰，求以身代，如割股之類，無所不至。及此，常有雙鳥鳴於墓上，靈芝出乎庭前。衆以為孝感所致，故併及之。生既别數月，一夕，隔簾之間，見玉貞冠素冠，服素服，以家事行過於西簾下，若有追思不平之嘆。生因見之，遂口占《虞美人》詞一闋，使人聞之：「銀簷光漏欄杆曲，照個人如玉。悠悠清夜兩交光，惟有梨花天素向東墻。　莫非王府潭潭隔，乘作人間客。含嬌猶把翠眉顰，教我有私何處度芳心。」玉貞聞之，乃托月意大詠一絶以答生，詩云：「寒玉臺下水悠悠，一愁相思兩地愁。月色不如人事改，夜深還照粉墻頭。」（節録自前「懷春雅集下」）

一〇八　玉貞深喜其志，遂携手於亭東畔，並坐留連，不覺金烏西墜，玉兔東升。生蓋為色所奪，口雖言而心不逮，又逼之曰：「室邇人遐，當如暮夜無知何？」玉貞笑曰：「君何為是？吾豈刻舟求劍、膠柱鼓瑟之流？夫人立心，不為昭昭信伸，即不為冥冥惰行，豈可暗昧廢其所立哉？」又從而誑之曰：「子欲圖我之私，我欲求君之製，得聞《酹江月》一詞可矣，若然，吾當刻燭為信，若君燭至詞成，吾即定期從約，不敢以爽，否則非所知也。」生曰：「固當應命，奈無徵之言誤人有素，請命何題？」玉貞曰：「不過即其所處之景，自寫所蓄之懷。」生曰：「欲寫吾之懷抱，但恐筆舌不能盡焉。」乃用辛幼安之韻，俄頃而成，其詞曰：「天涯淪落，等閑間，又近端陽時節。竹簟微凉無限好，争奈騷人偏怯。緑樹陰移，水晶簾捲，此境塵寰別。暗中揮淚，萬千心緒，難誂誰信。藕斷絲連，淚乾痕在，夜夜牕前月。舊恨眉峰舒不起，怎禁新愁又疊。默想歸期，悠悠似水空花，肝腸拆。不思歲月無情，白添華髮。」燭至刻而詞成，玉貞雖甚嘆賞，亦甚推托牴牾，終不肯從約，生不能强，鬱鬱無奈，乃曰：「吾之詞即占，君之言又背，此夜月白風清，不可以無佳句。卿當賦一《臨江仙》調以抵之可也，吾擊鉢為信，若立刻響絶而就則已。」因戲曰：「不然，則上自玉樓，下自水室，亦與君俱往。」然擊鉢之韻未終，而玉貞之詞隨繼，詞曰：「扁令笙簫聲裊裊，玉輪光浸寒波。風河花影弄嫦娥，欲憑十二曲，試問夜如何。　天柱指迷人去久，疎星空遶銀搖（疑為河），細思好景暗消磨。天街涼似水，素露接飛蛾。」生見玉貞所賦之詞，不無枯淡之意，其中所藴者，例此可知其餘，無可奈何，知玉貞決不可犯。言語顛倒，進食愴惶。玉貞又慰之曰：「濵宜鄭重，願君抽織錦之一機，露操月之半指，但遲之以歲月，即當期報，吾豈守株待兔者耶？」生曰：「不再青春，三月光陰半，流水無憑，白髮百年，身世一浮萍。若遲之以歲月，吾知心與時馳，意與歲去。雞皮鶴髮，是之誰愆？」言畢，忽聞衆聲喧嘩，遂遁去，不得再語。生次早聞鷓鴣鳴，因占七言絶句一首：「苦竹山頭苦竹西，山寒竹苦鷓鴣啼。逢前正好徬徨立，又向相思樹畔啼。」復因愛蓮亭下有合蓮數朵，故題一絶於亭之右以示玉貞云：「□□貴妃出水限，便將玉手托香腮。□風儘作催花鼓，何事含情不肯開。」生自會玉貞，醖成采薪之憂，桂英以告玉貞，玉貞遂脩天子詞一曲以示生云：「流水橋頭舟，一帶情重，騷人不堪載。謂言消瘦，怕郎招憂，未解愁先礙。須寧耐，都付五湖明月在。」生見桂英持至，大喜，開視，竟無遂願之意，復淚筆一《長相思》曲以答之云：「風一林，月一林，景美情多兩不禁，羞彈靖節琴。憶歸心，數歸心，血淚滂滂滿素襟，西山日半沉。」玉貞見生詩意飄蕩，又恐有累生軀，所謂璘娘者，乃女之從婢，雖容貌不及玉貞一二，但其體態窈窕，真彷彿一玉貞也。玉貞平日喜其姿容類己，以善遇之，至此，不得已，以厚謀之，且曰：「以意感人，人以意投。以德感人，人以德報。德報施之，道自然。你在我蔭下有日，未嘗以薄，亦未嘗寄一切己事，緣我因武功，思官人有約，今日我疾作，不可以夙願，汝代我否？」又以行事之實告之，然璘娘平時蒙恩戴德之良多，奔走承順之不暇，即應曰：「敢不從命？若於明燭中不無妍媸之别乎？」玉貞曰：「不妨，吾有善處之之術故耳。且我與思公子交日無多，而汝不為熟試，願汝勿以圭角太露。」遂使之調己之言，服己之服。又先遣桂英持《畫堂春》以許生云：「銀河一泒鵲成橋，因風吹下文蕭。牛郎織女會今宵，還詠桃夭好。　把雅清特，重管雨暮雲明（兩句疑有誤字）。花腮月上影斜揺，報道佳招。」生見詞意有許，其欣慰有加，乃扣桂英曰：「吾聞輕諾者必寡信，小姐欺我乎？」桂英曰：「小姐若有欺官人之心，臨行不曰請官人勿秉燭以待，恐隔窗有耳，傍隙有人。」生信之，如其言，候至三鼓，果見前至，遠迎曰：「卿今日作個信人也。」挽之入室，引於帳下，交好之情，雖翡翠之在青宵、鴛鴦之遊緑水未足諭也，相與枕藉乎窓中，不知東白之既白。璘娘告歸，生送之數步乃覺，且笑且喜，遂作近體一律托璘娘示玉貞云：「嘉會相逢實不期，惡因依反好因依。藍田美玉雙呈瑞，滄海明珠兩藴輝。異草肯同凡草夢，野花光色好花枝。充腸不及靈署蕷，一粟安能止得饑。」玉貞見機不密，深為失意。明日接生於疑碧亭後，撫掌大笑戲生，生笑曰：「一璘娘亦足以釋西伯耳，非卿陰施平計，其何以得解？」曰：「登自後悲怨更。」生因作一《思歸謡》云：「望雲憶歸期，歸期是何時。捲簾對明月，明月天一方。故園松菊知猶芳，清風滿林誰主張。倚樓醉把《梁州》按，孤情正屬人倚闌。十里京華回春遠，惟有故山勞望眼。」（節録自前「懷春雅集下」）

一〇九　傲（當作俄）而雨散雲收，玉貞笑曰：「君之千方百計，我之萬轉千思，自今日足耳。」生於枕上口占《蘇幕遮》詞一闋與七言古風一首，索和於玉貞云：「洞房幽，五徑絶。拂袖出門，踏破花心月。鍾鼓樓中聲未歇。歡娱佳境，撞入何曾怯。　擁香衾，情兩結。覆雨翻雲，暗把春偷設。苦斷良宵容易別，試聽紫燕深深說。」其七言古風詩曰：「蘭房幾曲深悄悄，香騰寶鴨清煙裊。夢回繡帳月溶溶，展轉牙床春窈窕。無心悮入少年場，但聞絲竹生宫商。殢情欲起嬌無任，須教宋玉云高堂。洞開重重無鎖鑰，露出十雙紅芍藥。」玉貞亦和《蘇幕遮》韻及律詩與絶句各一首：「漏聲沉，人影絶。素手相携，轉過花陽月。蓮步輕移嬌又歇。怕人瞧見，欲進羞還怯。口脂香，羅帶結。誓海盟山，盡向枕前説。可恨靈雞催曉別，臨情猶自低低説。」其七言古風詩曰：「着人情意覺初闌，試把鮫綃仔細看。到老春蠶絲乃盡，成灰蜣蠋淚方乾。顛鸞倒鳳鶯花外，軟緑輕紅異世間。兩字風流誇未了，雞鳴殘月五更寒。」其絶句詩曰：「檻竹敲聲入小齋，滿腔春事浩無涯。一身徑藉東君愛，不管床頭墜玉釵。」（節録自前「懷春雅集下」）

一一〇　開元六年，唐明皇與申天師、道士鴻都客八月望日夜，因天師作術，三人同在雲上，遊月中，過一大門，在玉光中飛浮宫殿，往來無定，寒氣逼人，露濡衣袖皆濕。頃見一大宫府，榜曰廣寒清虚之所，其守門兵衛甚嚴，白刃燦然，望之如凝雪。時三人皆止其下，不得入，天師引明皇起，躍身如在煙霧中，下視王城崔嵬，但聞清香靄鬱，其間見有仙人道士乘雲駕鶴往來若遊戲。少焉，步向前，覺翠色冷光相射，目眩極寒，不可進，下見有素娥十餘人，皆皓衣乘白鸞往來，舞笑於廣寒大桂樹之下。又聽樂音嘈雜，亦甚清麗。明皇素解音律，熟覽，而意已傳。頃天師亟欲歸，三人下若旋風，忽悟若醉中夢迴爾。次夜，明皇欲再求往，天師但笑，謝而不見。明皇因想素娥風中飛舞袖被，編律成音，製《霓裳羽衣曲》云。（同前書卷十「聞見雜録・仙遊」）

楊宗吾詞話

楊宗吾，字伯相，成都（今四川）人。官錦衣衛指揮大學士。著《檢蠹隨筆》三十卷，為類二十有四，萬曆乙巳自序謂自展卷以來，凡誦讀所睹記，事物所考索，或朋友所稱説，及道路所聽聞，悉付毛穎氏紀之，不問人之棄取，惟意是採，今古駁襍。其書採掇瑣碎，分條編載，體近類書。此據《四庫全書存目叢書》影印明萬曆三十三年刻本録詞話二則。

一　柳枝：白樂天妓有樊素、小蠻，所謂柳枝者，即樊素，為善《柳枝詞》，非别是一人也。（《檢蠹隨筆》卷十「婦女類」）

二　香雲膩雪：張泌詞：「雲朵輕盈香雪膩。」香雲、膩雪，可為妓名。（同前）

馮夢龍著輯詞話

馮夢龍（一五七四—一六四六），字猶龍，號顧曲散人、墨憨齋主人、姑蘇詞奴等，吴縣（今江蘇蘇州）人。才情跌蕩，詩文麗藻，尤工經學，著《春秋指月》、《衡庫》二書，為舉業家所宗。崇禎時以貢生選壽寧知縣。編著有《七樂齋稾》、《智囊》、《古今譚槩》、《太霞新奏》、《墨憨齋定本傳奇》、《情史類略》、《喻世明言》、《警世通言》、《醒世恒言》、《掛枝兒》、《山歌》等。《智囊》二十八卷，取古人智術計謀之事，分為十部，亦間繫以評語。此書編成於天啟丙寅，後以其未備，復輯此編，成《智囊補》二十八卷。《古今譚槩》三十六卷，是編分類彙輯古事以供談資，體近俳諧。此據上海古籍出版社出版《古本小説集成》影印明刊本《情史類略》、《續修四庫全書》影印明閶門葉昆池刻本《古今譚槩》和影印明天啟刻本《太霞新奏》、《四庫全書存目叢書》影印明積秀堂刻本《智囊補》録詞話一百二十二則。

一　徐君寶妻：宋末，岳州徐君寶妻某氏，被虜來杭，居韓蘄王府。自岳至杭數千里，虜數欲犯之，而終以計巧脱，蓋某氏有令姿，主者弗忍殺之也。一日，主者怒甚，將即强焉，度不可脱，乃謂曰：「俟我祭謝先夫，然後乃為君婦，未晚也，君奚怒焉？」虜喜而許之。遂嚴妝，焚香祝畢，取筆題《滿庭芳》一闋於壁上，赴池水死。其詞云：「漢上繁華，江南人物，尚遺宣政風流。緑窗朱户，十里爛銀鈎。一旦刀兵齊舉，旌旗擁，百萬貔貅。長驅入，歌臺舞榭，風捲落花愁。　清平三百載，典章文物，掃地俱休。幸此身未北，猶客南州。破鑑徐郎何在，空惆悵，相見無繇。從今後，夢魂千里，夜夜岳陽樓。」（《情史類略》卷一）

二　美人虞：項王籍有美人名虞，常幸從；有駿名騅，常騎之。及軍敗垓下，諸侯兵圍之數重，夜聞四面皆楚歌，乃悲歌慷慨，自為詩歌數闋。歌云：「力拔山兮氣蓋世，時不利兮騅不逝。騅不逝兮可奈何，虞兮虞兮奈若何。」虞姬和云：「漢兵已略地，四面楚歌聲。大王意氣盡，賤妾何聊生。」項王泣數行下，謂姬曰：「善事漢王。」姬曰：「妾聞忠臣不二君，貞婦不二夫，請先君死。」項王拔劍，背而授之，姬遂自刎。姬葬處，生草能舞，人呼為虞美人草。　卓稼翁名田，建陽人。題蘇小樓辭云：「丈夫只手把吴鈎，欲斷萬人頭。因何鐵石打成心性，却為花柔。　君看項籍並劉季，一怒使人愁。只因撞着虞姬戚氏，豪氣都休。」余謂以籍之喑啞叱咤，千人自廢，而虞能婉順得其歡心，虞真可憐人哉。籍之雄心，已先為虞死矣，虞特以死報之耳。死為舞草，為誰舞耶？　楊用修謂其柔細可愛，名「娱美人」，訛為「虞」耳。　龍子猶有詩云：「陳平逃去范增亡，獨有虞兮伴劍鋩。喑啞有靈須訟帝，急

將舞草變鴛鴦。」（同前）

三 關盼盼：徐州張尚書建封，有愛姬關盼盼，善歌舞，雅多風態。尚書既歿，舊第中有小樓名燕子，盼盼念舊愛不嫁，居是樓十餘年。有詩三首，其一云：「樓上殘燈伴曉霜，獨眠人起合歡床。相思一夜情多少，地角天涯未是長。」其二：「北邙松栢鎖愁煙，燕子樓中思悄然。自埋劍履歌塵絶，紅袖香消二十年。」其三：「適看鴻鴈岳陽回，又睹玄禽逼社來。瑶瑟玉簫無意緒，任從珠（當作蛛）網任從灰。」白樂天愛其詩，和之云：「滿窗明月滿簾霜，被冷香消拂卧床。燕子樓中更漏永，秋宵祇為一人長。」「今春有客洛陽回，曾到尚書墓上來。見説白楊堪作柱，争教紅粉不成灰。」「細帶羅衫色似煙，幾回欲起即潸然。自從不舞《霓裳》曲，疊在空箱二十年。」又贈絶句諷之：「黄金不惜買蛾眉，揀得如花四五枝。歌舞教成心力盡，一朝身去不相隨。」盼盼得詩，反復讀之，泣曰：「自我公薨背，妾非不能死，恐千載之下以我公重色，有從死之妾，是玷我公清範也。」乃答白公詩曰：「自守空房斂恨眉，形同春後牡丹枝。舍人不會人深意，訝道泉臺不去隨。」旬日不食而死。東坡嘗夜登燕子樓，夢盼盼，因作小詞云：「天涯倦客，山中歸路，望斷故園心眼。燕子樓空，佳人何在？空鎖樓中燕。古今如夢，何曾覺夢，但有舊愁新怨。異時對南樓夜景，為余浩歎。」（同前）

四 劉奇：奇頗通文理，因教方讀書，方亦日進。久之，劉翁夫婦俱歿，二人喪之如嫡。方復往京，移母柩至，與父墳合葬。三家之墳，如鼎峙焉。事畢，停沽酒而開布肆，家事日起。鎮富民有來議姻者，劉奇欲之，而方執意不可，奇不能强。一日，見梁燕營巢，奇題一詞於壁云：「營巢燕，雙雙雄。

朝暮銜泥辛苦同。若不尋雌繼殼卵，巢成畢竟巢還空。」方見之，笑誦數次，亦援筆和詞云：「營巢燕，雙雙飛。天設雌雄事久期。雌兮得雄願已足，雄兮將雌胡不知。」奇覽和，大驚曰：「吾弟殆本蘭乎？自同卧以來，即酷暑，未嘗赤體。合之題詞，情可知也。」乃佯為不悟，使方再和一詞，方復書云：「營巢燕，聲聲叶，莫使青春空歲月。可憐和氏璧無瑕，何事楚君終不納？」奇笑曰：「吾弟果女子也。」方聞言面發赤，未及對。奇復云：「你我情同骨肉，何必隱諱？但不識何故作此裝束？」方蹙額告云：「妾家向寓京師，因母喪，隨父還鄉，恐途中不便，故為男扮。後因父歿，尚埋淺土，未得與母同穴，故不敢改形。欲求一安身之地，以厝先靈。幸葬事已畢，即欲自明。思家事尚微，兄獨力難成，故復遲遲耳。」奇云：「你我同榻數年，愛逾嫡血，弟詞中已有俯就之意，我亦決無更娶之理。昔為兄弟，今為夫婦，恩義兩全，不亦可乎？」方曰：「妾籌之熟矣，三宗墳墓俱在於斯，棄此而去，亦難恝然。兄若不棄陋質，使侍箕帚，共奉三姓香火，妾之願也。」是夜，兩人遂分席而卧。次日，奇請鎮中年老者為媒，擇吉告於三墓，遂成花燭。里中傳為異事，因名其地為「三義村」。方之題詞，近於自衒。然主意實在奉祀，見識既高，作事又細膩，真閨傑也。大劉雖曰端人，終是騃漢。小劉固然貞女，誠亦巧人。（節録自同前書卷二）

五　崔英：至正辛卯，真州有崔生名英音，家極富，少工書畫。以父廕補浙江温州永嘉尉，攜妻王氏赴任。道經蘇州之圌山，泊舟，賽於神廟。既畢，飲於舟中。舟人見其飲器皆金銀，遂起惡念。是夜，沉英水中，並婢僕殺之，謂王氏曰：「爾知所以不死者乎？我次子尚未有室，今有事往杭州一兩月，俟歸，與汝成親。汝即吾家人，無恐。」言訖，席捲所有，而以新婦呼王。王佯應之，勉為經理，曲盡殷勤。舟人私喜得婦，然漸稔熟，不復防閑。將月餘，值中秋節，舟人盛設酒殽，雄飲痛醉。王氏伺其睡沉，輕身上岸。行二三里，忽迷路。蘆葦菰蒲，一望無際。王既艱步履，又慮尋躡，於是盡力狂奔。久之，東方漸白，遥望林中有屋宇，急往投焉。候啟其門，乃一尼院。院主問王來故，王紿之曰：「妾真州人也。舅宦游江浙，挈家皆行，抵任，而良人歿矣。孀居數年，舅以嫁永嘉崔尉為妾。正室悍戾，箠辱萬端。近者解官，舟次於此，因中秋賞月，命妾取金杯酌酒，不料失手墜江，必欲置之死地，遂逃生至此。」尼曰：「娘子既不敢歸舟，家鄉又遠，孤苦一身，將何所托？」王惟涕泣而已。尼曰：「此間僻在荒濱，人跡不到，娘子若捨愛離癡，悟身為幻，披緇削髮，就此出家，禪榻佛燈，晨飡暮粥，聊隨緣以度歲月，豈不勝於為人寵妾，受今世之苦惱而結來世之仇讎乎？」王拜謝曰：「是所志也。」遂落髮於佛前，立法名慧圓。王讀書識字，寫染俱通。不期月間，悉究内典，大為院主所禮待，事必諮而後行。而復寬和柔善，人皆愛之。每日于白衣大士前禮百餘拜，密訴心曲，雖隆冬盛暑弗替。既罷，即身居奥室，人罕見其面。歲餘，忽有人至院隨喜，留齋而去。明日，將畫芙蓉一幅來施，老尼張於素屏，王過見之，識為英筆，因詢其所自，院主曰：「近有檀越佈施。」王問檀越姓名，今住甚處，以何為生。曰：「同縣顧阿秀兄弟，以操舟為業，年來如意，人頗道其劫掠江湖間，未知誠然否。」王又問：「亦嘗往來此中乎？」曰：「少到耳。」即默識之。乃援筆題於屏上曰：「少日風流張敞筆，寫生不數黄筌。芙蓉畫出最鮮妍，豈知嬌豔色，翻抱死生冤。粉繪淒涼餘幻質，只今流落誰憐。

素屏寂寞伴枯禪。今生緣已斷，願結再生緣。」其詞蓋《臨江仙》也。尼皆不曉其所謂。一日，忽在城有郭慶春者，以他事至院。見畫與題，悦其精緻，買歸為清玩。適御史大夫高公納麟退居姑蘇，多慕書畫，慶春以屏獻之。公置於内館，而未暇問其詳。偶外間忽有人賣草書四幅，公取觀之，字格類懷素，而清勁不俗。公問誰寫，其人對「是某學書」。公視其貌，非庸碌者。詢其鄉里姓名，蹙額對曰：「英，姓崔，字俊臣，世居真州。以父廕補永嘉尉，挈累赴官，不自慎重，為舟人所圖，沉英水中。家財妻妾，不復顧矣。幸幼時習水，潛泅波間，度既遠，遂登岸，投民家，舉體沾濕，身無一錢。賴主翁見憐，易衣賜食，復贈盤費而遣之。英遂問路出城，陳告於平江路，令聽候，一年杳無消耗，惟賣字以度日，非敢謂善書也，不意惡札上徹鈞覽。」公聞其語，深憫之，曰：「子既如斯，付之無奈。且留吾西塾，訓諸孫寫字，不亦可乎？」英幸甚。公延入内館，與飲。英忽見屏間芙蓉，泫然垂淚。公怪問之，曰：「此舟中失物之一，英手筆也，何得在此？」又誦其詞，復曰：「英妻所作。」公曰：「何以辨識？」曰：「識其字畫，且其詞意有在，真拙婦所作無疑。」公曰：「若然，當為子任捕盜之責，子姑秘之。」乃館英於門下。明日，密召慶春問之。慶春云：「買自尼院。」公即使宛轉詰尼，得於何人，誰所題詠。數日，報云：「同縣顧阿秀捨，院尼慧圓題。」公遣人説院主曰：「夫人喜誦佛經，無人作伴。聞慧圓了悟，欲禮為師，願勿却也。」院主不許。而慧圓聞之，深欲一出，或者可藉此復讐。尼不能拒。公命舁至，俾夫人與之同寢處。暇日，問其家世之詳，王飲泣以實告，且白題芙蓉事，曰：「盜不遠矣，惟夫人轉以告公。倘得縛罪人，以下報夫君，某死且不朽。」而未知其夫之故在也。夫人以語公，公屬夫人善視之，略不與英言。公廉得顧居址出没之跡，然未敢輕動。惟使夫人陰勸王畜（當作蓄）髮，返初服。又半年，進士薛理溥化爲監察御史按郡，溥化，高公舊日屬吏，知其敏手也。且語溥化掩捕之，敕牒及家財尚在，惟不見王氏下落。窮訊之，則曰：「誠欲留配次男，不期乘間逃去，莫知所往。」溥化遂置之極典，而以原贓給英。英將辭公赴任，公曰：「待與足下作媒，娶而後去，非晚也。」英謝曰：「糟糠之妻，同貧賤久矣，今不幸流落他方，存亡未卜。且單身到彼，遲以歲月。萬一天地垂憐，若其尚在，或冀伉儷之重諧耳。别娶之言，非所願也。」公悽然曰：「足下高誼如此，天必有以相佑，吾安敢苦逼？但容奉餞，然後起程。」翌日開宴，各官及郡中名士畢集。公舉杯告衆曰：「老夫今日爲崔縣尉了今生緣。」客莫喻，公使呼慧圓出，則英故妻也。夫婦相持大慟，不意復得相見於此。公備道其始末，且出芙蓉屏示客，方知公所云「了今生緣」，乃英妻詞中句，而慧圓則英妻改字也。滿座感歎，服高公之盛德。公贈英奴婢各一，津遣就道。英任滿，重過吴門，而公薨矣。夫婦號哭，如喪其親，就墓下建水陸齋三晝夜以報而後去。王氏因此長齋，念觀音不輟。　使賊奴無意得婦，王必死。即有意得婦，而無杭州之行，王亦必死。使崔生不識水性，與汩俱没。即不然，而天涯隔絶，更無消息到空門，王雖生，亦猶之乎死。乃芙蓉屏之施，賊奴自出供案，而又輾轉入於有力者之家，呈於有心者之目，仇讎授首，夫婦重圓，中間情節奇幻，絶好一部傳奇骨子。崔，義夫；王，節婦；主翁，善人；高御史，俠士。無一不可傳也。（同前）

六　張幼謙：浙東張忠父與羅仁卿鄰居，張宦族而貧，羅崛興而富。宋端平間，兩家同日生産，張生子名幼謙，羅生女名惜惜。稍長，羅女寄學於張，人常戲曰：「同日生者，合為夫婦。」張子羅女私以為然，密立券約，誓必偕老，兩家父母罔知也。年十數歲，嘗私合於齋東石榴樹下，自後無間。明年，羅女不復來學。張子雖屢至羅門，閨院深邃，終不見女。至冬，張子書詞名《一剪梅》云：「同年同日又同窗，不似鸞凰，誰似鸞凰。石榴樹下事匆忙，驚散鴛鴦，拆散鴛鴦。一年不到讀書堂，教不思量，怎不思量。朝朝暮暮只燒香，有分成雙，願早成雙。」伺其婢，連日不至。又成詩云：「昔人一別恨悠悠，猶托梅花寄隴頭。咫尺花開君不見，有人獨自對花愁。」一日，婢至，與之云：「齋前梅花已開，可托折梅花遞回信來。」去無報音。明年，隨父忠孜館寓越州太守齋，兩年方歸。羅女遣婢餽箋，篋中有金錢十枚，相思子一粒。張大喜，語婢，欲得一會期。且復書一詩云：「一朝不見似三秋，真個三秋愁不愁？金錢難買尊前笑，一粒相思死不休。」嘗擲金錢為戲，母見詰之，云得之羅女，母覺其意，遣里嫗問婚。羅父母以其貧，不許，曰：「若會及第做官，則可。」明年，張又隨父同越州太守候差於京。又兩年方歸，而羅氏受里富室辛氏聘矣。張大恨，作詞名《長相思》云：「天有神，地有神。海誓山盟字字真，如今墨尚新。過一春，又一春。不解金錢變作銀，如何忘却人。」遣里嫗密送與女。女言：「受聘，乃父母意。但得君來會面，寧與君俱死，永不願與他人俱生也。」羅屋後牆內有山茶數株，可以攀緣及牆。約張候於牆外，中夜令婢登牆，用竹梯置牆外以度。凡伺候三夕而失期，賦詩云：「山茶花樹隔東風，何啻雲山萬萬重。銷金帳暖貪春夢，人在月明風露中。」復遣里嫗遞去。女言三夕不寐，無間可乘，約以今夕燈燭後為期。至期，果有竹梯在牆外，遂登牆緣樹而下。

女延入室，登閣，極其繾綣。遂訂後期，以樓西明三燈爲約，如至，牆外正一燈，不可候也。自後無夕不至，或二夕，或三四夕，明三燈，則牆外亦有竹梯矣。月餘，又隨父館寓湖北帥廳。先數日，相與泣別，女遺金帛甚厚，曰：「幸未即嫁，則君北歸，尚有會期。否則，君其索我於井中，結來世姻矣。」其年，張赴湖北，留寓試筆，歸里，則女亦擬是冬出適。聞張歸，即遣婢訂約今夕，且書《卜算子》詞一闋云：「幸得那人歸，怎便教來也。一日相思十二辰，直是情難捨。本是好因緣，又怕因緣假。若是教隨別個人，相見黃泉下。」張如約至，女喜且怨曰：「幸有期會，奈何又向湖北，又不務早歸。從今若無夜不會，亦只兩月餘矣。當與君極歡，雖死無恨。君少年才俊，前程未可量，妾不敢以世俗兒女態，邀君俱死也。」相對泣下。久之，張索筆和其《卜算子》云：「去時不繇人，歸怎繇人也。羅帶同心結到成，底事教拼捨。心是十分真，情沒些兒假。若道歸遲打棹篦，甘受三千下。」自是遂無夜不至，半月餘，爲羅父母所覺，執送有司。女投井不果，令人日夕隨之。張到官，歷歷具實供答。宰憐其才，欲貸其罪，而辛氏有巨貲，必欲究竟。張母遣信報其父，父懇湖北帥闕節本郡太守。未幾，湖北帥寓試揭曉，張作《周易》魁，旗鈴就圄中報捷。宰大喜，延至公廳賀之，送歸拜母，申州請旨。邑方逮女出官，中途而返。太守得湖帥使書，而本縣申文亦至。辛氏以本縣擅釋張子，赴州陳訴，太守曉辛曰：「羅氏，不廉女也。天下多美婦人，汝焉用此爲？當令羅氏還爾聘財。」辛辭塞。太守令吏取辛情願休親狀，行移本縣，追理聘財。密書與宰，令爲張羅，了此一段因緣。宰具札招羅仁卿公廳相見，即賀其得佳婿，盛禮特筵，具道守意。羅歸，招張來贅。張明年登科，仕至倅。夫婦偕老焉。生之及第做官人，不先不後，恰在闈中。文昌主婚，朱衣人作媒，一場醜事，反為美談。向使羅父母不覺，兩人者終當以情死。顛之倒之，造物真巧於簸弄哉！（同前書卷三）

七 紫竹：大觀中，有紫竹者，工詞，善於調謔，恒謂天下無其偶。一日，手李後主集，其父玄伯問曰：「後主詞中何處最佳？」答曰「問君能有幾多愁，恰似一江春水向東流」耳，玄伯嘿然。有秀才方喬，樂至人也。偶與紫竹野遇，後不復睹，晝夜思之，中心鬱結。每入闤闠，見賣美人圖者，輒取視，冀其有相似者。或狹邪妓館，無不留意，用計萬端，竟無其人，終日悲慕，幾成痼疾。有寄情詩曰：「眉如遠岫首如螓，但得相思不得親。若使畫工無軟障，何妨百日喚真真。」一日，遇道士持一錦囊，內有古鏡，謂喬曰：「子之用心，誠通神明。吾有此純陽古鏡，藏之久矣，今以奉贈。此鏡一觸至陰之氣，留影不散。子之所遇少女，至陰獨鍾，試使人照之，即得其貌矣，然後令畫工圖之。」又戒喬不可照日，一照，即飛入日宮，散為陽氣矣。鏡背有篆書云：「火府百鍊純陽寶鏡。」喬遂以白玉盤螭匣盛之，囑嫗往售。紫竹顧鏡，影遂留焉，怪以問嫗，嫗云：「此鏡得之方生，宜還詢之。」生為解説，因以鏡獻，使嫗婉致狂慕之意，遂得以詩詞往來，互致欣慕。長夏，喬讀書於種梅館，懷思紫竹，至於忘食。忽紫竹遺以書，其大略云：「泣珠成淚，久比鮫人，流火為期，聊同織女。春風鴛帳裏，不妨鴈語驚寒；暮雨雀屏中，一任雞聲唱曉。」喬所答詞，亦多瑋麗。柬尾附以《玉樓春》詞曰：「綠陰撲地鶯聲近，柳絮如綿煙草襯。雙鬟玉面碧窗人，一紙銀鈎春鳥信。佳期遠卜清秋夜，梧樹梢頭明月掛。天公若解此情深，今歲何須三月夏。」紫竹復寄《卜算子》詞曰：「繡閣鎖重門，攜手終非易。牆外憑他花影揺，那得疑郎至。　合眼想郎君，别久難相似。　昨夜如何繡枕邊，夢見分明是。」遂約於望雲門暫會。及期，紫竹先至，徘徊牆下，久之寂然。俄聞人語，遂歸繡闥，作《踏沙（即莎字，下同）行》詞紀恨云：「醉柳迷鶯，懶風熨草，約郎暫會閑門道。粉牆陰下待郎來，蘚痕印得鞋痕小。　玉漏方催，月光漸小，望郎不到心如擣。避人歸倚小闌屏，斷魄還向牆陰繞。」喬至，無所遇，憾惋而去。反以尺牘責其失約，紫竹戲為《菩薩蠻》詞解之曰：「約郎共會西廂下，嬌羞竟負從前話。不道一睽違，佳期難再期。　郎君知我愧，故把書相詆。寄語不須謊，見時須打郎。」喬復為詞戲答云：「秋風只疑同衾枕，春歸依舊成孤寢。爽約不思量，翻言要打郎。　鴛鴦如共耍，玉手何辭打。若再負佳期，還應我打伊。」紫竹遂設誓於書，喬答以《踏沙行》云：「筆鋭金針，墨濃螺黛，盟言寫就囊兒袋。玉屏一縷獸爐煙，蘭房深處深深拜。　芳意無窮，花箋難載，簾前細祝風吹帶。兩情願得似堤邊，一江緑水年年在。」後因復尋舊約，遂得諧繾綣之私，自此兩情相得益甚。蹉跎時景，忽復青陽，其父稍有所聞，遂召喬，以紫竹妻焉。紫竹詞甚多，不能畢録。猶記一詞云：「晨鶯不住啼，故喚愁人起。無力曉妝慵，閑弄荷錢水。　欲呼女伴來，鬬草花陰裏。嬌極不成狂，更向屏山倚。」　寶鏡的是異物，作傳者不著下落，何也？（同前）

八　阮華：淳熙中，有阮生名華，美姿容，賦性温茂，尤善絲竹，時以三郎稱之。上元夜，因會其同遊，擊築飛觴，呼盧博勝，約為長夜之歡，既而相攜踏於燈市。時漏盡銅龍，遊人散矣。仰觀皓月滿輪，浮光耀采。華欣然曰：「見此景而歸枕席，奈明月照人，孰若各事所能共樂清光之下？」衆曰：

「善。」一友能歌，華吹紫玉簫和之，聲入雲表。近居有女玉蘭，陳太常子也。燈筵方散，步月於庭，忽聞玉管嗚嗚，因命侍兒窺之。還曰：「阮三郎會交于彼。」蘭頷之數四，凝睇者久之。因低諷一絶曰：「夜色沉沉月滿庭，是誰吹徹繞雲聲？嗚嗚只管翻新調，那顧愁人淚眼傾。」遂怏怏而入。華等曲終各散去，明夜復會於此，如是數夕皆然。一夕，衆友不至，華獨徘徊星月之下，自覺無聊，乃吹玉簫一曲自娱，未終，忽一雙鬟冉冉而至，華戲謂曰：「何氏子冒露而行？」鬟笑曰：「某陳宅侍兒也，因小姐玩月於庭，聞簫心醉，特遣妾奉逆一面。」華思曰：「彼朱門若海，閽寺守之。倘有不虞，何以自解？」因遜詞謝之。侍兒去，俄頃復至，出一物曰：「如郎見疑，請以斯物為質。」華視之，乃一金鑲指環也。遂約之於指，無暇疑思，心喜若狂，隨與俱往。至三門，月色如晝，見蘭獨倚小軒，衣絳綃衣，幽姿雅態，風韻翩然，雖驚鴻游龍，不足喻也。方欲把臂訴衷，忽聞傳呼聲，蘭即遁去。華狼狽而歸，寢不成寐。因吟一詞曰：「玉簫一曲無心度，誰知引入桃源路。邂逅曲闌邊，匆忙欲並肩。　一時風雨急，忽爾分雙翼。回首洛川人，翻疑化作雲。」遂日傍徨於陳氏之居，而香閣深沉，無媒可達，日為羸瘦，寢食皆忘。父母及兄百方問之，皆隱而不露。（節録自同前）

九　嚴蕊、薛希濤：天台營妓嚴蕊，字幼芳，善琴奕、歌舞、絲竹、書畫。唐與正仲友守台日，酒邊嘗命幼芳賦紅白桃花，即調《如夢令》云：「道是梨花不是，道是杏花不是。白白與紅紅，别是東風情味。曾記，曾記，人在武陵微醉。」仲友賞之雙縑。其後，朱晦庵以使節行部至台，欲摭仲友罪，遂指其與蕊為濫，繫獄月餘。蕊雖備受箠楚，而一語不及唐。獄吏誘使早認，蕊答曰：「身為賤伎，縱與太守有濫，罪亦不至死。然是非真偽，豈可妄言以污士大夫。雖死，不可誣也。」於是再痛杖之，仍繫於獄。兩月間，一再受杖，委頓幾死。然聲價愈騰，至徹阜陵之聽。未幾，朱改除，而岳霖商卿為憲，憐之，命作詞自陳，蕊口占《卜算子》云：「不是愛風塵，似被前緣誤。花落花開自有時，總賴東君主。　去也終須去，住也如何住。若得山花插滿頭，莫問奴歸處。」岳喜，即日判令從良。而宗室納為小婦，以終身焉。嚴幼芳嘗七夕宴集，坐有謝元卿者，豪士也，固命之賦詞，以己姓為韻。酒方行，而已成《鵲橋仙》云：「碧梧初出，桂花纔吐，池上水花微謝。穿針人在合歡樓，正月露玉盤高瀉。　蛛忙鵲懶，耕慵織倦，空做古今佳話。人間剛道隔年期，想天上方才隔夜。」元卿為之心醉，留其家半載，傾囊贈之而歸。雙縑之贈，薄乎云爾。況此亦纏頭常例，而文公必以為罪，何耶？長卿氏曰：「嚴蕊云：『是非真偽，豈可妄言以污士大夫』，不意斯言出於風塵妓女之口，而入于聖賢大學之耳，猶不免於笞，何也？然聲價愈騰，至徹阜陵之聽，倘所稱『石壓筍斜出』耶？」熙寧中，祖無擇知杭州，坐與官妓薛希濤通，為王安石所執。希濤榜笞至死，不肯承伏。幼芳之於仲友，乾也；希濤之於無擇，濕也。然晦翁與荆公，皆有所寄其怒。妓何與焉？卒也，幼芳生而希濤死。非晦翁之心慈於荆公，而道學之權終不敵宰相耳。（同前書卷四）

一〇　唐文宗：唐文宗御宴，宮妓舞《河滿子》，是沈翹翹。其詞云「浮雲蔽白日」，文宗曰：「汝知書耶？此是《文選》第一首。」乃賜金玉環，遂問其繇，翹翹泣曰：「妾本吴元濟女，自因國亡，没入掖庭，易姓沈。因配樂籍，本藝方響，乃白玉也。」以響玉為槌，紫檀為架，制度精妙。乃奏《梁州》曲，音韻清絶，上喜謂曰：「卿欲歸宫，欲適人？」翹翹不對，上知其意，乃選金吾判官秦誠聘之。出宫之夕，宫人伴送，花燭之盛，皆自天恩。　按：翹翹歸誠數年後，誠奉使日本，久而不返，翹翹執玉方響登樓，自製一曲，名《憶秦郎》。聲音悽愴，聞者悽然。方響，應二十八調。（同前）

一一　宋仁宗：宋子京祁與兄公序郊，人稱為大宋、小宋。子京過御街，逢内家車子，中有褰簾者曰：「小宋也。」子京歸，遂作《鷓鴣天》云：「寶轂雕輪狹路逢，一聲腸斷繡幃中。身無彩鳳雙飛翼，心有靈犀一點通。　金作屋，玉為籠，車如流水馬如龍。劉郎已恨蓬山遠，更隔蓬山幾萬重。」其詞傳達禁中，仁宗知之，問内人第幾車子，何人呼小宋。有内人自陳：「頃侍御宴，見宣翰林學士，左右内臣曰：『小宋也。』時在車子中偶見之，呼一聲爾。」上召子京，從容語及，子京惶懼無地。上笑曰：「蓬山不遠。」因以内人賜之。　錢簡棲山人云：『黄鸝久住渾相戀』，及『侯門一入深如海』，二詩皆自成篇詠，博得佳麗亡忝。至『劉郎已恨篷山遠，又隔蓬山幾萬重』，則唐人李義山《無題》詩，非子京作也，子京偶記而入之詞中耳。傳達大内，致動天聽，以此宫人賜之。人主憐才，一至是乎。」子猶云：「子京改壞《舊唐書》，反博一修史佳名。抄李義山詩，又博一深宫佳麗。一生有造化人也。然唐之玄、僖，以宫人贈兵士，亦能致其感泣。而小宋受特達之知，一以奢侈盤樂為事，文人無行，其不逮兵士遠矣。」（同前）

一二　楊震：故宋附馬楊震，有十姬，皆絶色，名粉兒者猶勝。一日，招詹天游玉宴，盡出諸姬佐觴。天游屬意粉兒，口占一詞云：「淡淡青山兩點春，嬌羞一點口兒櫻，一梭兒玉一窩雲。

白藕香中見西子，玉梅花下遇昭君，不曾真個也銷魂。」楊遂以粉兒贈之，曰：「請天游真個銷魂也。」（同前）

一三 開府：有士人訪一妓，在開府侍宴，候之稍久，遂賦一詞寄之云：「春風捏就腰兒細，繫的粉裙不起。從來即向掌中看，怎忍在燭花影裏。　酒紅應是鉛華褪，暗蹙損眉峰雙翠。夜深站老繡鞋兒，靠那個屏風立地。」詞至，為閫中所見，喜其詞語清麗。明日，呼士人來，竟以此妓與之。（同前）

一四 姜夔：小紅，順陽公青衣也，有色藝。順陽公請老，姜堯章夔詣之。一日，授簡徵新聲，堯章製《暗香》、《疏影》兩曲。公使二妓肄習之，音節清婉。堯章歸吳興，公尋以小紅贈之。其夕大雪，過垂虹，賦詩曰：「自喜新詞韻最嬌，小紅低唱我吹簫。曲終過盡松陵路，回首煙波十里橋。」堯章每喜自度曲，吹洞簫，小紅輒從而和之。（同前）

一五 許俊：韓翃少負才名，天寶末舉進士。孤貞靜默，所與游皆當時名士。然而華門圭竇，室唯四壁。鄰有李將，佚名。妓柳氏，李每至，必邀韓同飲。韓以李豁落大丈夫，故常不逆。既久，愈狎。柳每以暇日隙壁窺韓所居，即蕭然葭艾，聞客至，必名人。因乘間語李曰：「韓秀才窮甚矣，然所與遊必聞名人，是必不久貧賤，宜假借之。」李深頷之。間一日，具饌邀韓，酒酣，謂韓曰：「秀才當今名士，柳氏當今名色，以名色配名士，不亦可乎？」遂命柳從坐接韓。韓殊不意，懇辭不敢當。李曰：「大丈夫相遇杯酒間，一言道合，尚相許以死，况一婦人？何足辭也。」卒授之，不可拒。又謂韓曰：

「夫子居貧，無以自振，柳資數百萬，可以取濟。柳，淑人也，宜事夫子，能盡其操。」即長揖而去。韓追讓之，顧恍然自疑曰：「此豪達者，昨已備言之矣，勿復致訝。」俄就柳居。來歲成名，後數年，淄青節度侯希逸奏為從事。以世方擾，不敢以柳自隨，置於都下，期至而迓之，連三歲不果迓。因以良金置練囊中寄之，題詩曰：「章臺柳，章臺柳，往日青青今在否？縱使長條似舊垂，也應攀折他人手。」柳復書，答詩曰：「楊柳枝，芳菲節，可恨年年贈離別。一葉隨風忽報秋，縱使君來豈堪折。」柳以色顯獨居，恐不自免，乃欲落發為尼，居佛寺。後翊隨侯希逸入朝，尋訪不得，已為立功番將沙吒利所劫，寵之專房。翊悵然不能割。會入中書，至子城東南角，逢犢車，緩隨之，車中問曰：「得非青州韓員外耶？」曰：「是。」遂披簾曰：「某，柳氏也，失身沙吒利，無從自脱。明日尚此路還，願更一來取別。」韓深感之。明日如期而往，犢車尋至，車中投一紅巾包小合子，實以香膏，嗚咽言曰：「終身永訣。」車如電逝。韓不勝情，為之雪涕。是日，臨淄大校致酒於都市酒樓，邀韓，韓赴之，悵然不樂。座人曰：「韓員外風流談笑，未嘗不適，今日何慘然耶？」韓具話之。有虞侯將許俊，年少被酒，起曰：「俊嘗以義烈自許，願得員外手筆數字，當立致之。」座人皆激贊。韓不得已，與之。俊乃急裝，乘一馬，牽一馬而馳，逕趨沙吒利之第。會吒利已出，即以入曰：「將軍墜馬，且不救，遣取柳夫人。」柳驚出，即以韓札示之，挾上馬，絶馳而去。座未罷，即以柳氏授韓曰：「幸不辱命。」一座驚歎。時吒利初立功，代宗方優借，大懼禍作，闔坐同見希逸，白其故。希逸扼腕奮髯曰：「此我往日所為事，俊乃能爾乎。」立修表上聞，深罪沙吒利。代宗稱歎良久，御批曰：「沙吒利宜賜絹二千匹，柳氏却歸韓翃。」柳非貞婦，然其識君平於貧賤時，可取也。李贈之，沙奪之，賢、不肖相去何啻千里哉！許虞侯義形於色，勃然而往，設遇沙將軍在家，可若何？幸投其間，以計取之，不然，未能折柳，何以報韓？侯帥之表，先沙上聞，遂能動代宗之嗟歎，亦爽剴丈夫哉。一柳氏，而先後三俠士成就之，何韓郎之多幸也。（同前）

一六 陳後主叔寶：張貴妃名麗華，髮長七尺，鬒黑如漆，其光可鑑。聰慧有神采，每瞻視盼睞，光彩溢目，映照左右。後主於光照殿前，起臨春、結綺、望仙三閣，其窗牖欄檻，皆以沉檀為之，飾以金玉，間以珠翠，外施珠簾，內有寶床寶帳。其服玩瑰麗，近古未有。其下積石為山，引水為池，雜植奇花異草。臨春，自居；結綺，張貴妃居之；望仙，孔貴嬪居之。貴妃常于閣上靚妝臨軒檻，宮中望之，飄飄若神仙焉。每飲酒，使諸妃嬪及女學士宮人袁大捨等為女學士與狎客江總、孔範等文士十餘人侍宴後庭，謂之狎客。共賦詩，互相贈答。採其尤豔麗者，被以新聲，選宮女千餘人習而歌之。其曲有《玉樹後庭花》、《臨春樂》等，大略皆美妃嬪之容色。君臣酣飲，自夕達旦，以此為常。後主自製《後庭花》曲云：「麗宇芳林對高閣，新妝豔質本傾城。映戶凝嬌乍不進，出帷含態笑相迎。妖姬臉似花含露，玉樹流光照後庭。」（同前書卷五）

一七 隋帝廣：大業元年，築西苑，週二百里，內為十六院。自製院名：一景明，二迎暉，三棲鸞，四晨光，五明霞，六翠華，七文安，八積珍，九影紋，十儀鳳，十一仁智，十二清修，十三寶林，十四和明，十五綺陰，十六降陽。院有二十八人，皆擇宮中佳麗美人實之，每一院選帝常幸御者為之首。有宦者主出入易市。十六院争以殽羞精麗相高，求市恩寵。帝好以月夜從宫女數千騎遊西苑，作《清夜遊》曲，於馬上奏之。帝多幸苑中，去來無時。侍御多夾道而宿，帝往往中夜即幸焉。又鑿五湖，每湖四十里，東曰翠光，南曰迎陽，西曰金光，北曰潔水，中曰廣明。湖中積土石為山，搆亭殿屈曲，環繞澄碧，皆窮極華麗。又鑿北海，周環四十里，中有三山，效蓬萊、方丈、瀛洲。上皆臺榭廻廊，水深數丈。開搆（當作溝）通五湖，行龍鳳舸。自製《湖上曲》、《望江南》八闋，令宫中美人歌唱之。（節録自同前）

一八　王衍：王衍，字化原，建幼子，即位年十八，時梁貞明五年也。立妃周氏為皇后。十月，詔選良家女二十人備後宫。二年八月，衍北巡，以宰相王錯判六軍諸衛事，旌旗戈甲，百里不絶。衍戎裝，被金甲，珠帽錦袖，執弓挾矢。百姓望之，謂如「灌口神」。至漢州，駐西湖，與宫人泛舟奏樂，飲常彌日。九月，駐軍西縣，泛舟巡閬中，舟子皆衣錦繡。衍自製《水調銀漢》曲、《禽樂》二歌之。三年三月，衍還成都。五月，宣華苑成，延袤十里，有重光、太清、延昌、會真之殿，清和、迎仙之宫，降真、蓬萊、丹霞之亭。土木之功，窮極奢巧。衍數於其中為長夜之飲，嬪御雜坐，舄履交錯。嘗召嘉王宗壽赴宴，宗壽因持杯諫衍宜以社稷為念，少節宴飲，其言慷慨流涕，衍有愧色。佞臣潘在迎、顧在珣、韓昭等奏曰：「嘉王從來酒悲，不足怪也。」乃相與諧謔戲笑。衍命宫人李玉簫歌衍所撰宫詞，送宗壽酒。宗壽懼禍，乃盡飲之。在迎曰：「嘉王聞玉簫歌即飲，請以玉簫賜之。」衍曰：「王必不納。」衍宫詞曰：「赫赫輝輝浮五雲，宣華池上月華新。月華如水浸宫殿，有酒不醉真癡人。」五年三月上巳，宴昭神亭，婦女雜坐，夜分而罷，衍自執板唱《霓裳羽衣》及《後庭花》、《思越人》曲。四月遊浣花，龍舟彩舫，十里綿絙。自百花潭至萬里橋，遊人士女，珠翠夾岸。日正午，暴風起，須臾，雷電晦冥，有白魚自江心躍出，變為蛟形，騰空而起。是日，溺者數千人。（同前）

一九 元武宗：元武宗，仲秋之夜嘗與諸嬪妃泛月於禁苑太液池中。月色射波，池光映天，緑荷含香，芳藻吐秀，遊魚浮鳥，競戲群集。於是畫鷁中流，蓮舟夾持。舟上各設女軍，居左者，冠赤羽冠，服斑文甲，建鳳尾旗，執泥金畫戟，號曰「鳳隊」。居右者，冠漆朱帽，衣雪氅裘，建鶴翼旗，執瀝粉雕戈，號曰「鶴團」。又綵帛結成採菱採蓮之舟，輕快便捷，往來如飛。當其月麗中天，彩雲四合，帝乃開宴張樂，薦蜻翅之脯，進秋風之鱠，酌玄霜之酒，啖華月之糕。令宫女披羅曳縠，前為《八展》舞，歌《賀新郎》一曲。帝喜，謂妃嬪曰：「昔西王母宴穆天子於瑶池，人以此為樂古今莫有。朕今與卿等共此佳會，液池之樂，不減瑶池也。惜無上元夫人在坐，不得聞步玄之聲耳。」有駱妃者，素號能歌，趨出，為帝舞《月照臨》而歌曰：「五華兮如織，照臨兮一色。麗正兮中域，同樂兮萬國。」歌畢，帝悦，賜八寶盤玳瑁盞，諸妃各起賀。酒半酣，菱舟進鮮，蓮艇奉實。繇是下令兩軍水擊為戲，風旋雲轉，戟刺戈横，戰既畢，軍中樂作，唱《龍歸洞》之歌而還。（同前）

二〇 謝希孟：謝希孟者，陸象山門人也。少豪俊，與妓陸氏狎。象山責之，希孟但敬謝而已。他日，復為妓造鴛鴦樓，象山又以為言，希孟謝曰：「非特建樓，且為作記。」象山喜其文，不覺曰：「樓記云何？」即占首句云：「自遜、抗、機、雲之死，而天地英靈之氣不鍾於男子而鍾於婦人。」象山嘿然，知其侮也。一日，希孟在妓所，恍然有悟，忽起歸輿，不告而行。妓追送江滸，悲戀而啼，希孟毅然取領巾書一詞與之，云：「雙槳浪花平，夾岸青山鎖。你自歸家我自歸，説着如何過。我斷不思量，你莫思量我。將你從前與我心，付與他人呵。」造樓作文，固狂。忽然有悟，不告而行，更狂。瓜熟蒂落，水到渠成，全不勞象山棒喝。（同前）

二一　温都監女：坡公之謫惠州也，惠有温都監女，頗有色，年十六，不肯嫁人。聞坡公至，甚喜，謂人曰：「此吾婿也。」每夜聞坡諷詠，則徘徊窗外。坡覺而推窗，則其女踰牆而去。坡從而物色之，温具言其然。坡曰：「吾當呼王郎與子為媾。」未幾，坡過海，此議不諧。及坡回惠日，其女已死，葬沙灘之側矣。坡悵然，賦孤鴻，調寄《卜算子》云：「缺月掛疏桐，漏斷人初静。時見幽人獨往來，縹渺孤鴻影。驚起却回頭，有恨無人省。揀盡寒枝不肯棲，寂寞沙洲冷。」借鴻為喻，非真言鴻也。「揀盡寒枝不肯棲」，謂女擇偶不嫁。「寂寞沙洲冷」，指葬所也。此詞蓋惠州白鶴觀所作，或云黄州作，屬意王氏女，非也。長卿氏曰：「人知朝雲為坡公妾，而不知此女乃真坡公妾也。坡公遷謫嶺外，婆娑六十老人矣。十六之女何喜乎？而心許之且死之也。然坡公非當時鬚眉如戟，諸人所欲極力而殺之者哉？而一女子獨見憐，悲夫！」李和尚曰：「余獨悲其能具只眼，知坡公之為神仙，知坡公之為異人，知坡公之外，舉世更無與兩，是以不得親近，寧有死耳。然則即呼王郎為媾，彼雖死亦不嫁，何者？彼知有坡公，不知有王郎也。」（同前書卷六）

二二　長沙義妓：義妓者，長沙人，不知其姓氏。家世娼籍，善謳，尤喜秦少游樂府，得一篇，輒手筆口哦不置。久之，少游坐鉤黨南遷，道長沙，訪潭土風俗、妓籍中可與言者，或舉妓，遂往焉。少游初以潭去京數千里，其俗山獠夷陋，雖聞妓名，意甚易之。及睹其姿容既美，而所居復瀟灑可人，即京、洛間亦未易得，咄咄稱異。坐語間，顧見几上文一編，就視之，目曰《秦學士詞》。因取竟閲，皆已平日所作者，環視無他文。少游竊怪之，故問曰：「秦學士何人也？」妓不知其少游，具道才品。少游曰：「能歌乎？」曰：「素所習也。」少游益怪，曰：「樂府名家，無慮數百，若何獨愛此？不惟愛之，而又習之歌之，似情有獨鍾者，彼秦學士亦嘗遇若乎？」曰：「妾僻陋在此，彼秦學士，京師貴人，焉得至此？即至此，豈顧妾哉？」少游乃戲曰：「若愛秦學士，徒悦其辭耳。使親見其貌，未必然也。」妓歎曰：「嗟乎！使得見秦學士，雖為之妾御，死復何恨！」少游察其誠，因謂曰：「若果欲見之，即我是也。以朝命貶黜，道經於此。」妓大驚，色若不懌者。稍稍引退，入告母媪。媪出設位，坐少游於堂，妓冠帔立階下，北面拜，少游起且避，媪掖之坐，以受拜。已乃張筵，飲虚左席，示不敢抗。母子左右侍觴，酒一行，率歌少游詞一闋以侑之。卒飲甚歡，比夜乃罷，止少游宿。衾枕席褥，必躬設，夜分寢定，妓乃寢。平明先起，飾冠帔，奉沃匜，立帳外以俟。少游感其意，為留數日。妓不敢以燕惰見，愈加敬禮。將别，囑曰：「妾不肖之身，幸侍左右。今學士以王命不可久留，妾愳貽累，又不敢從行，惟誓潔身以報。他日北歸，幸一過妾，妾願畢矣。」少游許之。一别數年，少游竟死於藤。妓自與少游别，閉門謝客，獨與媪處。官府有召，辭不獲，然後往，誓不以此身負少游也。一日晝寢寤，驚曰：「吾與秦學士别，未嘗見夢。今夢來别，非吉兆也，秦其死乎？」亟遣僕沿途覘之，數日得報。乃謂媼曰：「吾昔以此身許秦學士，今不可以死故背之。」遂衰服以赴，行數百里，遇於旅館。將入，門者御焉，告之故，而後入，臨其喪，拊棺繞之三週，舉聲一慟而絕。左右驚救之，已死矣。　千古女子中愛才者，温都監女、長沙妓二人而已。而長沙妓以風塵浪宕之質，一見少游，遂執婦道終身，尤不易得。雖曰貞妓可也。柳耆卿不得志於時，乃傳食妓館。及死，諸為醵錢葬之樂游原上。每春日踏青，争以酒酹之，謂之吊柳七。諸妓亦知憐才者，但未若二女子之甚耳。鄭畋少女，好羅隱詩，常欲委身焉。一日隱謁畋，畋命其女隱簾窺之，見其寢陋，遂終身不讀江東篇什。畋女愛貌者也，非真愛才者也。子猶氏曰：「不然，昔白傅與李贊皇不協，每有所寄文章，李緘之一篋，未嘗啟視，曰：『見詞翰則迴吾心矣。』鄭女終身不讀江東篇什，亦是恐廻心故也，乃真正憐才者乎？」（同前）

二三　馬瓊瓊：朱端朝，字廷之。宋南渡後，肄業上庠，與妓馬瓊瓊者往來。久之，情愛稠密。馬屢以終身之託為言，朱雖口諾，而心不許之。蓋以妻性嚴謹，不敢主盟，非薄幸也。端朝文華富贍，瓊知其非久於白屋者，遂傾心事之。凡百費用，皆為辦給。時秋試高中，捷報之來，瓊瓊大出犒賞。及春闈省試，復中優等，以策語過激，遂置下甲，注授南昌尉。瓊瓊懇曰：「妾風塵卑末，荷君不棄。今幸榮登仕版，行將雲泥隔絕，忍使妾之一身終淪棄乎？倘獲脱此業緣，永執箕箒，受賜於君，誠不淺淺。君内政雖嚴，妾自能小心承順。且妾箱篋稍充，若與力圖去籍，亦未為難。」端朝曰：「去籍易耳，但内子非能容人者，設能相容，何待今日？既汝中心誠懇，沮之則近無情，從之則虞有辱。容先入數語探之，如其不從，亦無策矣。」因乘間謂其妻曰：「我久居學舍，急於干禄，豈得待數年之闕？

近得一官，實出妓子馬瓊瓊所賜。其人柔順恭謹，今欲委身於我，若脱彼風塵，此亦仁人酬德之事也。」其妻曰：「君意已決，亦復何辭？」端朝喜出望外，即以報瓊。於是宛轉脱瓊瓊籍，挈之歸家。既至門，與正室一見如故。端朝藉其所攜，家道稍豐。因整理一區，中辟東西二閣，東居正室，而瓊瓊處於西閣。如是三載，闕期已滿，迓吏前至。端朝以路遠俸薄，不肯攜累，乃單騎赴任。將行，置酒與東、西閣相宴。因屬曰：「此去或有家信來往，二閣止混同一緘，復書亦如之。」既到南昌，參州交印。人事方畢，而巡警繼至。倏經半載，乃得家信，止東閣有書，而西閣無之。端朝亦不介意，復書中但諭東閣以寬容之意。瓊瓊聞書至，不及見，疑之，請於東閣，東閣言頗不順。西閣乃密遣一僕以往。端朝開緘，絶無一字，止見雪梅扇面而已，後寫一詞，名《減字木蘭花》云：「雪梅妒色，雪把梅花相抑勒。梅性温柔，雪壓梅花怎起頭。芳心欲訴，全仗東君來作主。傳語東君，早與梅花作主人。」端朝詳味詞意，知為東閣所抑，自是坐卧不安，每思棄官歸隱。蓋以僥倖一官，皆西閣之力，不忘本也。後竟托疾解綬。既抵家，而二閣相與出迎，深怪其未及書考，忽作歸計。叩之不答，旋命置酒，會二閣而言曰：「我羈身千里，所望二閣在家和順，使我居官少安。昨見西閣所寄梅扇後詞云云，讀之使人不遑寢食，吾安得而不歸哉！」東閣乃曰：「君且與妾判斷此事，據詞中所説，梅雪是非安在？」端朝曰：「此非口舌所能剖判。」因索紙筆，作《浣溪沙》一闋云：「梅正開時雪正狂，兩般幽韻孰優長？且宜持酒細端詳。梅比雪花多一出，雪如梅蕊少些香。花公非是不思量。」自後二閣歡會如初，而端朝亦不復出仕矣。（同前）

二四　李師師：道君幸李師師家，遇周邦彦先在焉。知道君至，匿於床下。道君自攜新棖一顆，云江南初進來，遂與師師謔語。邦彦悉聞之，櫽括成《少年游》云：「並刀如水，吴鹽勝雪，纖手破新棖。錦幄初温，獸烟不斷，相對坐調笙。　低聲問，向誰家宿？城上已三更。馬滑霜濃，不如休去，直是少人行。」李師師因歌此詞，道君問誰作，師師奏曰：「周邦彦詞。」道君大怒，坐朝語蔡京云：「開封府有監税官周邦彦者，聞課税不登，如何京尹不按發來？」蔡京罔知所以，奏云：「容臣退朝呼京尹叩問，續得復奏。」京尹至，蔡以御前聖旨諭知，京尹云：「惟周邦彦課增羨。」蔡云：「上意如此，只得遷就。」將上，得旨：「周邦彦職事廢弛，可日下押出國門。」隔一二日，道君復幸李師師家，不見師師，問之，知送周監税。道君方以邦彦出國門為喜，既至不遇，坐久，至更初始歸。愁眉淚睫，憔悴可掬，道君怒云：「汝從何往？」師師奏：「臣妾萬死，知周邦彦得罪，押出國門，略致一杯酒相别，不知得官家來。」道君問：「曾有詞否？」李奏云：「有《蘭陵王》詞。」道君云：「唱一遍看。」李奏云：「容臣妾獻一觴，歌此詞為官家壽。」乃歌云：「柳陰直，煙裏絲絲弄碧。隋堤上，曾見幾番，拂水飄綿送行色。登臨望故國，誰惜京華倦客。長亭路，年去歲來，（脱『應』字）折柔條過千尺。　閑尋舊蹤跡，酒趁哀弦，燈照離席。梨花榆火催寒食。愁一帆風快，半篙波暖，回頭迢遞便數驛。望人在天北。　凄惻，恨堆積。漸别浦縈洄，津堠岑寂。斜陽冉冉春無極，念月榭攜手吹笛。沉思前事夢裏，淚暗滴。」曲終，道君大喜，復召為大晟樂正。後官至大晟樂府待制。　長卿氏曰：「道君以一詞而逐美成，復以一詞官之，好名耶？好才耶？曰：好色耳。天子與貧士争風塵一席之歡而不敵，情固有别腸耶？嗚呼！若李師師者，可云有情，亦可云無賴者也。當時師師家有二邦彦：一周美成，一李士美，皆道君狎客，士美因而為宰相。吁！君臣遇合於倡優下賤之家，國之安危治亂，可想而知矣。」《宣和遺事》載：宣和五年七夕，道君幸李師師家，留宿。臨别，約再會，乃解龍鳳鮫綃直繫為信。都巡官賈奕，師師結髮之婿也，深妒其事，題《南鄉子》詞云：「閒步小樓前，見個佳人貌類仙。暗想聖情渾似夢，追歡，執手蘭房恣意眠。一夜説盟言，滿掬沉檀噴瑞煙。報道早朝歸去晚，回鑾，留下鮫綃當宿錢。」次夜，道君復至，得詞於妝盒，笑而袖之。後謫賈奕為廣南瓊州司户。然則道君之醋，非止一呷矣。（同前）

二五 蜀王衍：衍好裹小巾，其尖如錐。宫妓多衣道服，簪蓮花冠，施胭脂夾臉，號「醉妝」，衍作《醉妝詞》云：「這邊走，那邊走，只是尋花柳。那邊走，這邊走，莫厭金杯酒。」衍好私行，往往宿娼家酒樓，索筆題曰：「王一來去。」恐人識之，乃禁百姓不得戴小帽。人主何色不可致，而眷一婦。即眷之，亦豈不可召納？而宿于娼樓，癡甚矣。從來人主宿娼樓者，惟獨王衍、宋道君二人。衍是流水闞，道君是争風闞。然兩人皆致喪國，可不戒哉！（同前書卷七）

二六 王生、陶師兒：淳熙初，行都角妓陶師兒，與蕩子王生狎，甚相眷戀。為惡姥所間，不盡綢繆。一日，王生拉師兒游西湖，惟一婢一僕隨之。尋常遊湖者，逼暮即歸。是日王生與師兒有密誓，特故盤桓，比夜達岸，則城門鎖，不可入矣。王生謂僕曰：「月色甚佳，清泛不可再。」市酒殽，復遊湖中。迤邐更闌，舉舟倦寢。舟泊净慈寺藕花深處，王生、師兒相抱投入水中，舟人驚救不及而死。都人作「長橋月、短橋月」以歌之。其所乘舟，竟為棄物，經年無敢登者。居無何，值禁煙節序。士女闐沓，舟發如蟻。有妙年者，外方人也，登豐樂樓，目擊畫舫紛紜，起夷猶之興，欲買舟一遊。會日已亭午，雖蓮舫漁艇，亦無泊崖者，止前棄舟在焉。人有以王、陶事告者，妙年笑曰：「大佳，大佳，正欲得此。」即具杯饌入舟，遍遊西湖，曲盡歡而歸。自是人皆喜談，爭求售之，殆無虛日，其價反倍於他舟。事載《名姬傳》。死後值錢者，惟楊太真襪、陶師兒舟。然襪以色貴，舟以情貴。（同前）

二七　羅愛愛：羅愛愛，嘉興名妓也。色藝冠絶一時，而性復通敏，工於詩詞。風流之士趨之若狂，呼為愛卿。嘗以季夏望日，與郡中諸名士會於鴛湖之凌虛閣，翫月賦詩。愛卿先成四絶，坐皆閣筆。其詩云：「畫閣東頭納晚涼，紅蓮不及白蓮香。一輪明月天如水，何處吹簫引鳳皇。」「月出天邊水在湖，微瀾倒浸玉浮圖。掀簾欲共嫦娥語，肯教《霓裳》一曲無。」「曲曲欄干正正屏，六銖衣薄懶來憑。夜深風露凉如許，身在瑶臺第一層。」「手弄雙頭茉莉枝，曲終不覺鬢雲欹。珮環響處飛仙過，願借青鸞一隻騎。」愛卿自此才名日盛。同郡趙氏子者，行六。父亡母存，家世貴富，慕而聘焉。愛卿克修婦道，趙甚重之。未久，趙子有父執官太宰，以書自大都召之，許授以江南一官。趙子躊躇未決，愛卿勸之使行。既卜期，置酒中堂，請趙子捧觴為太夫人壽，自製《齊天樂》一闋，歌以侑之。辭曰：「恩情不把功名誤，離筵又歌金縷。白髮慈親，紅顔幼婦，君去有誰為主？流年幾許，况悶悶愁愁，風風雨雨。鳳拆鸞分，未知何日更相聚。蒙君再三分付，向堂前侍奉，休辭辛苦。官誥蟠花，宫袍製錦，要待封妻拜母。君須聽取，怕日落西山，易生愁阻。早促歸程，綵衣相對舞。」歌罷，堂中皆淚下，趙子乘醉解纜去。至都，而太宰殂矣。無所投托，遷延旅邸，久不能歸。太夫人以憶子故，感病，愛卿竭力調護，半載竟不起。愛卿哀毀如禮，親爲營葬於白苧村。甫三月，而張士誠陷平江。江浙參政楊完者，率苗兵拒之於嘉興。不戢軍士，大掠居民。趙子之居，爲劉萬户者所據。見愛卿姿色，欲逼納之。愛卿紿以甘言，沐浴入房，以羅巾自縊而死。萬户奔救無及，乃以繡褥裹屍，瘞於後園銀杏樹下。未幾，張氏通款，楊參政爲所害，麾下星散。趙子始間關海道，由太倉登岸，逕回嘉興。則城郭人民，皆非故矣。所居已成廢宅，但見鼠竄於梁，鴞鳴於樹，蒼苔碧草，淹没階徑。求其母妻，杳不知處。惟中堂巋然獨存，乃灑掃而息焉。明日，行出東門外，至紅橋，則遇舊使蒼頭於道，呼而問之，備述其詳。遂引至白苧村葬母處，指松楸而告之曰：「此六娘子之所植也。」指塋壟而告之曰：「此六娘子之所經理也。」趙子大傷感，隨往銀杏樹下，發視之，貌如生焉。趙子撫屍大慟，乃沐以香湯，披以華服，買棺附葬於母塋之側。哭之曰：「娘子平日聰明才慧，流輩莫及。今雖死，豈可混同凡人，便絕音響。九泉有知，願賜一見，雖顯晦殊途，人皆忌憚，而恩情切至，實所不疑。」於是，出則禱於墓下，入則哭於圍中。將及一旬，其夕月晦，趙子獨居中堂，寢不成寐。忽聞暗中哭聲，初遠漸近。覺其有異，急起祝之曰：「倘是六娘子之靈，何吝一見而叙舊也？」即聞言曰：「妾即羅氏也，感君相念，雖在幽冥，實所惻愴，是以今夕與君知聞耳。」言訖，如有人行，冉冉而至。六五步許，即可辨其狀貌，果愛卿也。淡妝素服，一如其舊，惟以羅巾擁項。見趙子，禮畢，泣而歌《沁園春》一闋，其所自製也。詞曰：「一別三年，一日三秋，君何不歸？記尊姑老病，親供藥餌，高堂埋葬，親曳麻衣。夜卜燈花，晨占鵲喜，雨打梨花晝掩扉。誰知道，恩情永隔，書信全稀。干戈滿目交揮，奈命薄時乖履禍機。向銷金帳裏，猿驚鶴怨，香羅巾下，玉碎花飛。要學三貞，須拚一死，免被傍人話是非。君相念，算除非、晝裏見崔徽。」每歌一句，則悲啼數聲，悽愴怨咽，殆不成腔。趙子延之入室，謝其奉母之孝，營墓之勞，殺身之烈，感愧不已。因問：「太夫人安在？」曰：「尊姑在世無罪，聞已受生人間矣。」趙子曰：「然則，子何以尚滯鬼録？」曰：「妾之死也，冥司以妾貞烈，即令往無錫宋氏托生為男子。妾與君情緣之重，必欲俟君一見，以叙懷抱，故延歲月。今既相見，明日即往托生也。君如不棄舊情，可往彼家見訪，當以一笑為驗。」遂與趙子入室歡會，款若平生。雞鳴叙別，下階數步，復回頭拭淚云：「趙郎珍重，從此永别矣。」因哽咽佇立。天色漸明，瞥然而逝，不復有睹。但空室悄然，寒燈半滅而已。生起促裝，逕往無錫。則宋氏果生男子，懷妊二十月矣。然自降生後，哭不絶聲。趙子請見之，一笑而哭止。因述其事，遂名之曰羅生。趙子自此往來不絶，若親戚云。（同前書卷八）

二八　司馬才仲：司馬才仲，名櫄，陜州人。初在洛下，晝寐，夢一美姝牽帷而歌曰：「妾本錢塘江上住，花落花開，不管流年度。燕子銜將春色去，紗窗幾陣黄梅雨。」才仲愛其詞，因詢曲名，云是《黄金縷》，且曰：「後日相見於錢塘江上。」及才仲以東坡先生薦應制，舉中等，遂為錢塘幕官。為秦尉少章道其事，少章續其詞後云：「斜插犀梳雲半吐，檀板輕敲，唱徹《黄金縷》。夢斷彩雲無覓處，夜涼明月生南浦。」頃之，復夢美姝笑迎曰：「夙願諧矣。」遂與同寢，自是每夕必來。才仲為同寀談之，咸曰：「公廨後有蘇小小墓，得非妖乎？」不逾年而才仲得疾。所乘遊舫艤泊河塘，柁工遽見才仲攜一麗人登舟，即前聲喏，聲斷，火起舟尾，倉忙走報其衙，則才仲死而家人已慟哭矣。蘇小小，錢塘名倡也，南齊時人。其墓或云湖曲，或云江干。古詞云：「妾乘油壁車，郎跨青驄馬。何處結同心，西陵松柏下。」今西陵在錢塘，非楚之西陵也。李長吉《蘇小小墓歌》云：「幽蘭露，如啼眼。無物結同心，煙花不堪剪。草如茵，松如蓋。風為裳，水為珮。油壁車，久相待。冷翠燭，勞光彩。西陵下，風吹雨。」國朝弘治初，于景瞻自都歸杭，邀馬浩瀾同遊西湖，泊舟第三橋。景瞻曰：「不到西湖二十年矣，山川如故，風景不殊，子當賦之。」浩瀾乃作詩。翌日，召箕仙曰：「『捧瑶觴，南國佳人，一雙玉手。』此句久未有對。」即書云：「趺寶座，西方大佛，丈六金身。」箕運如飛，復成一律。後書云：「錢塘蘇小小和馬先生昨日湖橋首倡。」二公相顧若失，莫測所以。情史氏曰：「然則古今有才情者，勿問男女，皆不死也。」（同前書卷九）

二九　黄損：秀士黄損者，丰姿韶秀，早有雋譽。家世閥閲，至生旁落。生有玉馬墜，色澤温栗，鏤刻精工，生自幼佩帶。一日遊市中，遇老叟鶴髮朱標，大類有道者。生與談竟日，語多玄解。向生乞取玉墜，生亦無所吝惜，解授，老人不謝而去。荆襄守帥慕生才名，聘為記室。生應其聘，行至江渚，見一舟泊岸，篷窗雅潔，朱闌油幕。訊之，乃賈於蜀者，道出荆襄。生求附舟，主人欣然諾焉。抵暮，生方解衣假寐，忽聞箏聲悽惋，大似薛瓊瓊。瓊瓊，狹邪女，箏得郝善素遺法，為當時第一手，此生素所狎昵者也，入宫供奉矣。生急披衣起，從窗中窺伺，見幼女年未及笄，衣杏紅輕綃，雲鬟半嚲，燃蘭膏，焚鳳腦，纖手撫箏。而嬌豔之容，婉媚之態，非目所睹。少選，箏聲闃寂，蘭銷篆滅。生視之，神魂俱蕩，情不自持。挑燈成一詞云：「生平無所願，願作樂中箏。得近佳人纖手指，呀羅裙上放嬌聲，便死也為榮。」遂展轉不寐，早起伺之。女理妝甫畢，容更鮮妍。以金盆潔手，玉腕蘭芽，香氣芬馥，撲出窗櫺。生恐舟人知之，不敢久視。乘間以前詞書名字，從門隙中投入。女拾詞閱之，歎賞良久，曰：「豈意庚子山復見今日耶？」遂啟半窗窺生，見生丰姿皎然，乃曰：「生平恥為販夫婦，若與此生偕伉儷，願畢矣。」自是啟朱户，露半體，頻以目挑。畏父在舟，倏啟倏閉，終不通一語。（節録自同前）

三〇　速哥失里：元大德二年戊戌，孛羅以故相齊國公子，拜宣徽院使。奢都刺為僉判，東平王榮甫為經歷，三家聯住海子橋西。宣徽生自相門，窮極富貴，第宅宏麗，莫與為比。然讀書能文，敬禮賢士，故時譽翕然稱之。私居後有杏園一所，花卉庭榭，冠於諸貴。每年春，宣徽諸妹諸女邀院判、經歷宅眷，於園中設鞦韆之戲。盛陳飲宴，歡笑竟日。各家亦隔一日設饌，自二月末至清明後方罷，謂之鞦韆會。適樞密同僉帖木耳不花子拜住過園外，聞笑聲，於馬上欠身望之。正見鞦韆競就，歡鬨方濃。潛於柳陰中窺之，睹諸女皆絶色，遂久不去。為閽者所覺，走報宣徽，索之，亡矣。拜住歸，具白於母。母解意，乃遣媒於宣徽家求親。宣徽曰：「得非窺牆兒乎？吾正擇婿，當遣來一觀，若果佳，則當許也。」媒歸報，同僉飾拜住以往。宣徽見其美少年，心稍喜，但未知其才學，試之曰：「爾喜觀鞦韆，以此為題，賦《菩薩蠻》南詞一闋，能乎？」拜住揮筆，以國字寫之，曰：「紅繩畫板柔荑指，東風燕子雙雙起。誇俊要爭高，更將裙繫牢。　牙床和困睡，一任金釵墜。推枕起來遲，紗窗月上時。」宣徽雖愛其敏捷，恐其預搆，或假手於人，因盛席待之，席間再命作《滿江紅》詠鶯，拜住拂拭剡藤，用漢字書呈宣徽。其詞云：「嫩日舒晴，韶光豔、碧天新霽。正桃腮半吐，鶯聲初試。孤枕乍聞絃索悄，曲屏時聽笙簧細。愛綿蠻柔舌韻東風，愈嬌媚。　幽夢醒，閒愁泥。殘香褪，重門閉。巧音芳韻，十分流麗。入柳穿花來又去，欲求好友真無計。望上林，何日得雙棲，心迢遞。」宣徽喜曰：「得婚矣。」遂面許第三夫人女速哥失里為姻。且召夫人，並呼女出，與拜住相見。他女亦於窗隙中窺之，私賀速哥失里為得婿。擇日遣聘，禮物之多，詞翰之雅，喧傳都下，以為盛事。既而同僉豪宕，簠簋不飾，竟以墨敗，繫御史臺獄。得疾囹圄間，以大臣例蒙釋放回家醫治。未逾旬，竟弗起。闔家染疾盡亡，獨拜住在。然冰消瓦解，財散人亡。宣徽將呼拜住回家教而養之，三夫人堅然不肯。蓋宣徽內嬖雖多，而三夫人秉權專寵。見他姬女皆歸豪門，恐貽譏笑，決意悔親。速哥失里諫曰：「結親即結義，一與訂盟，終不可改。兒非不慕諸姊妹家榮盛，但寸絲為定，鬼神難欺，豈可以其貧賤而棄之乎？」父母不聽，別議平章闊闊出之子僧家奴。儀文之盛，視昔有加。暨成婚，速哥失里行至中道，潛解腳紗縊於轎中，比至而死矣。夫人以其愛女，輿回，悉傾家奩及夫家聘物殮之，暫寄清安僧寺。拜住聞變，是夜私往哭之，且叩棺曰：「拜住在此。」忽棺中應曰：「可開棺，我活矣。」周視四隅，漆釘牢固，無繇可啟。乃謀於僧曰：「勞用力，開棺之罪，我一力承之，不以相累。當共分所有也。」僧素知其厚殮，亦萌利物之意，遂斧其蓋。女果活，彼此喜極，乃脫金釧及首飾之半謝僧。計其所攜餘，尚值數萬緡。因托僧買漆整棺，不令事露，拜住遂挈速哥失里走上都。住一年，人無知者。所攜豐厚，兼拜住又教蒙古生數人，復有月俸，家道從容。不期宣徽出尹開平，下車之始，即求館客。而上都儒者絕少，或曰：「近有士自大都挈家寓此，亦色目人，設帳民間，誠有學術。府君欲覓西賓，惟此人為稱。」亟召之，則拜住也。宣徽意其必流落死矣，而人物整然。怪之，問：「何以至此，且娶誰氏？」拜住實告，宣徽不信，命舁至，則真速哥失里。一家驚動，且喜且悲。然猶恐其鬼假人形幻惑年少，陰使人詣清安詢僧，其言一同。及發殯，空櫬而已。歸以告宣徽，夫婦愧歎，待之愈厚，收為贅婿，終老其家。拜住三子，俱貴顯。（同前書卷十）

三一　王幼玉：王氏名真姬，字仙才，小字幼玉。本京師人，隨父流落於衡州。姊娣三人，皆為名娼，而幼玉又出姊娣之上。所與往還，皆衣冠士大夫。巨商富賈，不能動其意也。夏公酉遊衡陽，郡侯張郎中紀開宴召之，公酉曰：「聞衡陽有王幼玉者，妙歌舞，美顏色，孰是也？」張乃命幼玉出拜，公酉見之，吁嗟曰：「使汝居東、西二京，當名聞天下矣。」因命取箋為詩贈之曰：「真宰無私心，萬物逞殊形。嗟爾蘭蕙質，遠離幽谷清。風雲暗助秀，雨露濡其泠。一朝居上苑，桃李讓芳馨。」繇是益有光。但幼玉暇日常幽豔愁寂，含花未吐。人或詢之，則曰：「此道非吾志也。」會東都人柳富字潤卿，豪傑之人，幼玉一見曰：「茲我夫也。」富亦有意室之，而時方倦遊，未能為計。風前月下，語輒移時，執手戀戀，兩不相捨。其家竊知之，嘖有煩言，富自此不復往。一日，遇幼玉江上，幼玉泣曰：「過非我造也，君宜諒之。異時幸有終身之約，無為今日之恨。」相與沽飲，復謂富曰：「我髮委地，寶之若玉，然於子無所惜。」乃自解鬟，剪一縷以遺富。富感憤兼至，鬱而成疾。幼玉日夜懷思，私遣人饋問不絶。病既愈，富為長歌贈之云：……富因久遊，親促其歸。幼玉潛往話别，共飲野店中。玉曰：「我心子意，卜諸神明久矣。子必異日有瀟湘之遊，我亦待君之來。」於是二人共盟焚香，致其灰於酒中，共飲之，是夕同宿江上。翌日，富作詞别幼玉，名《醉高春》，詞曰：「人間最苦，最苦是分離。伊愛我，我憐伊。青草岸頭人獨立，畫船歸去櫓聲遲。楚天低，回望處，兩依依。後會也知俱有願，未知何日是佳期。心下事，亂如絲。好天良夜還虚過，辜負我，兩心知。願伊家，衷腸在，一雙飛。」富自唱勸酒，悲惋不能終曲，乃相與大慟而别。富既親老，家又多故，不得如約，但對鏡灑淚。會有客自衡陽來，出幼玉書，但言多卧病。富開緘疾讀，書尾有「蠶死」、「燭灰」之語，富大傷感。一日，殘陽沉西，疏簾不捲。富獨立庭幃，見有半面出於屏間，富視之，乃幼玉也。玉曰：「吾以思君得疾，今已化去。欲得一見，故有是行。我以平生無惡，不犯幽獄，後日當生兗州西門張遂家，復為女子。彼家賣餅。君子不忘昔日之舊，因有事相過，幸見我焉。我雖不省前世事，然君之情當如是。我有遺物在侍兒處，君求之以為驗，千萬珍重。」忽不見。富驚愕不已。異日，有過客自衡陽來，言幼玉已死。聞未死前囑其侍兒曰：「我不得見郎，死亦不瞑。郎平日愛我。手足眉眼皆不可寄附，今剪頭髮一縷，手指甲數個，郎來訪我，可以與之。」富終日傷悼，語及輒流淚。（節録自同前）

三二　孟才人：孟才人以笙歌有寵於武宗皇帝，嬪御之中，莫與為比。武宗疾篤，孟才人密侍左右。上目之曰：「吾當不諱，爾何為哉！」指笙囊泣曰：「請以此就縊。」上憫然。復曰：「妾嘗藝歌，願對上歌一曲以洩憤。」許之。乃歌一聲《何滿子》，氣亟立殞，上令醫候之，曰：「脈尚温而腸已絶。」上崩，將徙棺，舉之愈重。議者曰：「非俟才人乎？」命其櫬至，乃舉。張祜宫詞云：「故國三千里，深宫二十年。一聲《何滿子》，雙淚落君前。」「自倚能歌曲，先皇掌上憐。新聲何處唱，腸斷李延年。」祜又有詩云：「偶因歌態得嬌嚬，傳唱宫中十二春。却為一聲《何滿子》，下泉須弔孟才人。」（同前）

三三　潘法成：陳妙常，宋女貞觀尼姑也。年二十餘，姿色出群，能詩，尤善琴。張于湖授臨江令，途宿女貞觀，見妙常，驚訝，以詞挑之，妙常拒之甚峻。後與于湖故人潘法成私通情洽。潘密告於湖，令投詞托言舊所聘定，遂斷為夫婦。（同前書卷十二）

三四　陳詵：湘人陳詵登第，授岳陽教官。夜踰牆與妓江柳狎，頗為人所知。時孟之經守岳，聞其故。一日公宴，江柳不侍，呼至，杖之，文其眉鬢間以「陳詵」二字，乃押隸辰州。妓之父母詣學宫咎詵，云自岳去辰八百里，且求資糧。陳且泣且悔，罄其所有及資（當作貲）衣物，得千緡。以六百贈柳，余付監押吏卒，令善視。且以詞餞别云：「鬢邊一點似飛鴉，休把翠鈿遮。二年三載，千闌百就，今日天涯。楊花又逐東風去，隨分入人家。要不思量，除非酒醒，休照菱花。」柳將行，會陸雲西以荆湖制司幹官，需檄至岳。與陳有故，將至，陳先出迎，以情告陸，陸即取空名制幹劄填陳姓名，檄入制幕。既而並迎陸入，即開宴，陸曰：「聞籍中有江柳者，善謳，誰是也？」孟即呼至。柳花鈿隱眉間所文，飲間，陸越語孟曰：「能以柳見予否？」孟曰：「唯命。」陸笑曰：「君尚不能容一陳教，豈能與我？」孟因叙詵之過，陸歎慨。既而終席，陸呼柳問其事，柳出詵送别詞，陸大嗟賞，而再登席。陸舉詞示孟，且誚之曰：「君試目此作，可謂不知人矣。今制司檄詵入幕，將若之何？」孟求解於陸，並召詵同宴。明日，列薦詵，且除柳名。陸遂將詵如江陵，見之闖公秋壑，俾充幕寮。詵不特洗一時之辱，且有幸進之喜。至今巴陵傳為佳話焉。（同前）

三五 馬光祖：有士人踰牆偷人室女，事覺到官，府尹馬光祖號裕齋面試《踰牆摟處子》詩，士人秉筆云：「花柳平生債，風流一段愁。踰牆乘興下，處子有心摟。謝玉應潛越，韓香許暗偷。有情還愛欲，無語强嬌羞。不負秦樓約，安知漢獄囚。玉顏麗如此，何用讀書求。」光祖判云：「多情多愛，還了生平花柳債。好個檀郎，室女為妻也合當。傑才高作，聊贈青蚨三百索。燭影摇紅，記取媒人是馬公。」文士既幸免罪，反因以此得佳偶。此事不可為訓，風流太守偶示一奇，亦何不可？（同前）

三六 聶勝瓊：聶勝瓊，宋時名妓也，資性慧黠。李之問詣京師，見而悦之，遂與結好。及將行，勝瓊餞别於蓮花樓。别旬日，復作《鷓鴣天》詞寄之云：「玉慘花愁出鳳城，蓮花樓下柳青青。清樽一曲陽關後，别個人人第五程。尋好夢，夢難成，况誰知我此時情。枕前淚共簷前雨，隔個窗兒滴到明。」李藏篋間，抵家，為其妻所得。問之，具以實告。妻愛其語句清俊，遂出妝奩，資夫娶歸。瓊至，損其妝飾，委曲奉事主母。終身和好，無間隙焉。（同前）

三七 趙令時：趙令時字德麟，號聊復翁。襲封安宅（當作定）郡王。善詞。劉弇字偉明既喪愛妾，而不能忘，趙為《清平樂》詞云：「東風依舊，著意隋堤柳。搓得鵝兒黄欲就，天氣清明時候。去年紫陌青門，今宵雨魄雲魂。斷送一生憔悴，能消幾個黄昏。」有王氏女，聰慧，父母為擇配，未偶，壯年不嫁。作《詠懷》詩曰：「白藕作花風已秋，不堪殘睡更回頭。晚雲帶雨歸飛急，去作西窗一夜愁。」趙鰥居，見詩，遂求媒焉。人以為二十八字媒云。（同前）

三八　《清江引》：劉婆惜，樂人李四之妻也，江右（脱「人」字），與楊春秀同時。頗通文墨，滑稽，歌舞迥出其流，時貴多重之。先與撫州常推官之子三舍者交好，苦其夫間阻，一日偕宵遁。事覺，決杖。劉負愧，將之廣海居焉。道經贛州，時有全普庵撥里，字子仁，繇禮部尚書，值天下多故，選用除贛州監郡。平昔文章政事勛歷臺省，但未免花酒之癖。每日公餘，即與士夫酣歌賦詩。帽上常喜簪花，否則或果或葉亦簪一枝。一日，劉之廣海過贛，謁全公，全曰：「刑餘之婦，無足與也。」劉謂閽者曰：「妾欲之廣海，誓不復還。久聞尚書清譽，獲一見而逝，死無憾也。」全哀其志而與進焉。時賓朋滿座，全帽上簪青梅一枝，行酒，全口占《清江引》曲云「青青子兒枝上結」，令賓朋續之，衆亡有對者。劉斂衽進前曰：「能容妾入詞乎？」全曰：「可。」劉應聲曰：「青青子兒枝上結，引惹人攀折。其中全子仁，就裏滋味别，只為你酸留留意兒難棄舍。」全大稱賞。由是顧寵無間，納為側室。後兵興，全死節。劉克守婦道，善終其家。（同前）

三九　回回偈：至正間，明州女子柳含春，年十六，患病，禱於延慶寺關王神而愈，因繡幡往酬之。一少年僧頗聰慧，窺柳氏姿而悦之，因以其姓戲作咒語，誦於佛前，名曰《回回偈》。其詞云：「江南柳，嫩緑未成陰。枝軟不堪輕折取，黄鸝飛上力難禁，留取待春深。」女亦甚慧，聞而憾之，歸告於父。

時方國珍據明州，父因訟之。國珍捕諸僧至，訊作詞之姓名，對曰：「姓竺，名月華。」國珍乃召匠氏作大竹筒，將納僧以沉諸江，謂曰：「我亦取汝姓作一偈，送汝歸東流。」因吟曰：「江南竹，巧匠作為筒。付與法師藏法體，碧波深處伴蛟龍，方知色是空。」僧惶恐伏氣，叩頭告哀云：「死，吾分也，更乞容一言。」國珍許之。僧復吟曰：「江南月，如鏡亦如鈎。如鏡不臨紅粉面，如鈎不上畫簾頭，空自照東流。」國珍知其以名為答，笑而釋之。且令蓄髮，以柳氏配為夫婦。　吟詞不差，還是錯做了和尚。（同前）

四〇　吴氏女：城之西有吴氏女，生長儒家，才色俱麗，琴棋詩書，靡不究通，大夫士類稱之。其父早世，治命宜以為儒家室，女自負不凡。永嘉鄭僖，字天趣，客于洪氏。一日媒嫗來，言女家久擇婿，難其人。洪仲明公子戲欲與鄭求之，鄭辭已娶。媒嫗欲求鄭詩詞達於女氏，鄭戲賦《木蘭花慢》云：「倚平生豪氣，切星斗，渺雲煙。記楚水湘山，吴雲越月，頻入詩篇。菱花劍，光零落，幾番沉醉樂風前。閑種仙人瑶草，故家五色雲邊。　芙蓉金闕正需賢，詔下九重天。念滿腹琅玕，盈襟書傳，人正韶年。蟾宫近傳芳信，姮娥嬌豔待詩仙。領取天香第一，縱横禮樂三千。」翌日媒來，云吴族見詞，莫不稱美，但母嫌官人已娶有子，女意不然。因出其和詞云：「愛風流儒雅，看筆下，掃雲煙。正困倚書窗，慵拈針線，懶詠詩篇。紅葉未知誰繫，漫躊躇、無語小闌前。燕子知人有意，雙雙飛向花邊。　殷勤一笑問英賢，夫乃婦之天。恐薛媛圖形，楚材興念，喚醒當年。疊疊滿枝梅子，料今生無分共坡仙。贏得鮫綃帕上，啼痕萬萬千千。」過數日，女密令吴嫗來觀。嫗致女命，雖居二室，亦所不辭。且囑鄭托相知之深者，開導母意，玉成其事。鄭托吴槐坡者往説，其母終不從。有周姓者，妒鄭之成，挾財以媚母，母惑之。鄭聞其事，復賦前腔寄云：「望垂楊裊翠，簾試捲，小紅樓。想瓊珮敲霜，鸞妝沁粉，越樣風流。吟懷自憐豪健，灑雲箋，醉裏度春愁。有唱還應有和，纖纖玉映銀鈎。犀心一點暗相投，好事莫悠悠。便有約尋芳，蜂媒纔到，蝶使重遊。梅花故園憔悴，揖東風讓與古梢頭。況是梅花無語，杏花好好相留。」女氏再和云：「看紅箋寫恨，人醉倚，夕陽樓。故里梅花，纔傳春信，先認儒流。此生料應緣淺，綺窗下雨怨雲愁。如今杏花嬌豔，珠簾懶上銀鈎。絲蘿喬樹欲依投，此景兩悠悠。恐鶯老花殘，翠嫣紅減，辜負春遊。蜂媒問人情思，總無言、應只低頭。夢斷東風路遠，柔情猶為遲留。」鄭觀所和兩詞，才情標緻，益不能忘。再賦詩云：「銀箋寫恨奈情何，料得情深斂翠蛾。須信梅花貪結子，東風著意杏花多。翠袖籠香倚畫樓，柔情猶為我遲留。何時共箇鴛鴦字，吟到春風淚欲流。」吴氏和云：「慈親未識意如何，不肯令君畫翠蛾。自是杏花開較晚，梅花占得舊情多。殘紅片片入書樓，獨倚危闌覺久留。可惜才高招不得，紅絲雙繫别風流。」書詞尚多，不能悉載。及母氏納周之幣，女號泣曰：「父臨終，命歸儒士。周子不學無術，但能琵琶耳。我誓不從之。」因佯狂，擲冠於地。母怒，毆之至再。發憤成疾，病且篤。母始大悔，懼逆其意，即以定禮付媒氏還周，而女病已無起色矣。因以書遺鄭曰：「妾之病，實為郎也。若此生不救，抱恨於地下，料郎之情，豈能忘乎？」末復綴一絶云：「青衣扶起髻雲偏，病裏情懷最可憐。已自懨懨無氣力，强擡纖手寫雲箋。」臨終，泣謂青衣梅蕊曰：「我生為鄭，死亦為鄭。我死後，可以鄭郎詩詞書翰密藏棺中，以成我意。」及卒，鄭為文祭之，復作悼亡詩云：「相見愁無奈，相思自有緣。死生俱夢幻，來往只詩篇。玉珮驚沉水，瑶琴愴斷弦。傷心數行淚，盡日落花前。」又一絶云：「詩寫新箋幾往來，佳人何自苦憐才。傷心春與花俱盡，啼殺流鶯喚不回。」後鄭召箕仙，得一詞云：「緑慘雙鸞，香魂猶自多迷戀。芳心密語在身邊，如見詩人面。　又是柔腸未斷，奈天不從人願。瓊銷玉減，夢魂空有，幾多愁怨。」鄭感之，再調《木蘭花慢》云：「任東風老去，吹不斷，淚盈盈。記春淺春深，春寒春暖，春雨春晴。都來殺詩人興。更落花無定，挽春情。芳草猶迷舞蝶，緑楊空語流鶯。　玄霜著意擣初成，回首失雲英。但如病如癡，如狂如舞，如夢如醒。香魂至今迷戀，問真仙消息最分明。後夜相逢何處，清風明月蓬瀛。」吴氏之母，痛憶之甚，亦死。（同前書卷十三）

四一　太曼生者，東海人。風流爾雅，從父宦游四方。年十九，自吉州還閩，僦寓城東。惡其囂雜妨功，因税居於委巷。屋雖數椽，而主人之園圃近焉。草樹扶疏，花柳間植，有濠濮間想。生常散步園中，吟詠自適。一日，偶值雙鬟導一女郎，年可十六七，後園採花，不知生之先在也。生逡巡避之，女見生風神俊爽，且素聞其詩名，情不自禁，迴眸轉盼，百倍撩人。生自是神爽飛越，讀書之念頓反。越旬餘，復於園内遇向者雙鬟，因殷勤詢之曰：「君家女郎識字乎？」鬟曰：「女郎時手一編，日夕不輟，字豈不識乎？」生曰：「吾有一詩，求為轉達。」鬟許焉。生遂賦一絶云：「春園花事鬬芳菲，萬緑叢中見茜衣。自愧含毫非子建，水邊能賦洛川妃。」女得詩，見其詞翰雙絶，吟不置口。遂次其韻以答之云：「小園芳草緑菲菲，粉蝶聯翩展畫衣。自愧一雙蓮步闊，隔花人莫笑潘妃。」自此愧黄期迫，生以省試促歸，不敢通問。及秋不第，復攜書於別業，女時時遣雙鬟慰勞之。繇此荏苒，遂結同心。定情之後，倍相狎昵，因贈生玉玦半規，紫羅囊一枚。生賦詩云：「數聲殘漏滿簾霜，青鳥銜箋事渺茫。剖贈半規蒼玉玦，分將百合紫羅囊。空傳垂手尊前舞，新結愁眉鏡裏妝。一枕遊仙終是夢，桃花春色誤劉郎。」時生已約婚，而女亦受采。女常居花樓之下，所著有《花樓吟》一卷。其寄生詩甚多，有云：「重門深鎖斷人行，花影參差月影清。獨坐小樓長倚恨，隔牆空聽讀書聲。」逾年，生當就婚，女亦適人，蹤跡遂永絶焉。然詩劄往來，歲猶一二至。越數載，生舉賓薦，戒行有日。女寄書以通殷勤，生賦《柳梢青》一闋別之：「鶯語聲吞，蛾眉黛蹙，總是銷魂。銀燭光沉，蘭閨夜永，月滿離樽。　羅衣空濕啼痕，腸斷處、秋風暮猿，潞水寒冰。燕山殘雪，誰與温存。」後隔數歲，女因念生得瘵疾，卧床日久，思一見生，實出無名。生乃托為醫以診脈進，女見生，揮涕如永訣狀，遂不交一言而出。是夕，女一慟而卒。生哭之以詩曰：「玉殞珠沉思悄然，明中流淚暗相憐。常圖蛺蝶花樓下，記刺鴛鴦繡幕前。祇有夢魂能結雨，更無心膽似非煙。朱顔皓齒歸黄土，脈脈空尋再世緣。」不數日而生亦卒。（同前）

四二　朱淑真，錢塘人。幼警慧，善讀書。早失父母，嫁市井民家。其夫村惡可厭，淑真抑抑不得志，作詩多憂怨之思。《題圓子》云：「輕圓絶勝雞頭肉，滑膩偏宜蟹眼湯。縱有風流無處説，已輪湯餅試何郎。」蓋自傷其非偶也。宛陵魏端禮輯其詩詞，名曰《斷腸集》。淑真有《元夕・生查子》云：「去年元夜時，花市燈如晝。月上柳梢頭，人約黄昏後。　今年元夜時，月與燈依舊。不見去年人，淚濕春衫袖。」又詩云：「火樹銀花觸目紅，極天歌吹暖春風。新歡入手愁忙裏，舊事經心憶夢中。但願暫成人繾綣，不妨長任月朦朧。賞燈那得工夫醉，未必明年此會同。」味此詩詞，淑真殆不貞矣。（同前）

四三 楊太真：禄山之亂，以誅國忠為名。上欲使皇太子監國，而自親征。國忠懼，泣訴妃。妃銜土請命，乃止。十五載六月，潼關失守，上幸蜀，至馬嵬驛，兵亂，殺國忠，圍未解。上出問其故，高力士以貴妃為言。驛有小巷，上不忍回行宫，於巷中倚杖欹首而立。京兆司韋鍔諫曰：「願陛下割恩，以寧國家。」上逡巡，入行宫，使力士賜妃死。妃泣涕嗚咽，語不勝情，乃曰：「大家好住，妾誠負國，死不恨矣，乞容禮佛。」帝曰：「願妃子善地受生。」力士遂縊之於佛堂前之梨樹下。纔絶，而南海進荔枝至，上觀之，長號數四，使力士祭之。祭罷，以繡衾覆體，置於驛亭中。六軍乃解圍，瘞於西郭之外一里許道北坎下。妃時年三十八。上持荔枝於馬上，謂張野狐曰：「此去劍門，鳥啼花落，水緑山青，無非助朕悲悼妃子之情耳。」上至斜谷口，屬霖雨涉旬。於棧道雨中聞鈴聲隔山相應，因採其聲為《雨零（當作霖）鈴》曲，以寄恨焉。按：馬嵬坡在咸陽西，店媪於梨樹下得錦襪一隻，過客傳玩，每出百錢，繇是致富。妃墳上有土似粉，洗面能去垢。明皇作所遺羅襪銘曰：「羅襪羅襪，香塵生不絶。細細圓圓，地下得瓊鉤；窄窄弓弓，手中弄初月。又如脱履弄纖圓，恰似同衾見時節。方知清夢事非虚，暗引相思幾時歇。」至德二年，既收復西京，十一月，上自成都還，使祭之。後欲改葬，禮部侍郎李揆奏曰：「今改葬故妃，恐龍武將士疑懼。」肅宗遂止。上皇密令中官潛移葬於它所。妃之初瘞，以紫褥裹之。及移葬，肌膚已消釋矣，胸前尤有錦香囊在焉，中官葬畢以獻，上皇置之懷袖。又令畫工寫妃形於別殿，朝夕視之而欷歔焉。上皇在南内，常夢中見妃子於蓬山太真院。作詩詠之，使焚於馬嵬坡下。詩云：「風急雲驚雨不成，覺來仙夢甚分明。當時苦恨銀屏影，遮隔仙姬祇聽聲。」忽一夕，登勤政樓，憑闌南望，煙月滿目。上因自歌曰：「庭前琪樹已堪攀，塞外征人殊未還。」歌歇，聞里中隱隱有歌聲者。顧力士曰：「得非梨園舊人乎？」翌日，力士潛求於里中，因召與同去，果梨園弟子也。其後，上復與妃侍者紅桃歌《梁州》之調，貴妃所製也，上御玉笛，為之倚曲，曲罷，相視無不掩泣。至德中，復幸華清宮。從官嬪御，多非舊人。上於望京樓下命張野狐奏《雨霖鈴》曲，上四顧淒涼，不覺流涕。新豐女伶謝阿蠻，善舞《凌波曲》，是日詔令舞。舞罷，阿蠻因進金粟裝臂環，曰：「此貴妃所賜。」上持之，淒然垂涕曰：「我祖大帝破高麗，獲此二寶，一紫金帶，一紅玉支。朕以岐王進《龍池篇》，賜之紫金帶，紅玉支賜妃子。後高麗上言：『本國因失此寶，風雨愆時，民離兵弱。』朕以得此，不足為貴，乃命還其紫金帶，惟此不還。朕今再覩之，益興悲念矣。」但吟：「刻木牽絲作老翁，雞皮鶴髮與真同。須臾舞罷寂無事，還似人生一夢中。」（同前）

四四　王朝雲，錢塘名妓也。坡公絶愛幸之，納為長侍。及貶惠州，家妓都散去，獨朝雲依依嶺外，坡公甚憐之。作詩云：「不似楊枝別樂天，却如通德伴伶玄。阿奴絡秀方同老，天女維摩忽解禪。經卷藥爐新活計，舞裙歌扇舊因緣。丹成逐我三山去，不作巫陽雲雨仙。」已而朝雲卒，臨終誦《金剛經》四句而絶。葬於定惠苑竹林中。復和前韻以悼之云：「苗而不秀亦其天，不使童烏與我玄。駐景恨無千歲藥，贈行惟有小乘禪。傷心一念償前債，彈指三生斷後緣。歸卧竹根無近遠，夜燈勤禮塔中仙。」公又有《西江月》詞詠梅花云：「玉骨那愁瘴霧，冰肌自有仙風。海仙時遣探芳叢，倒掛綠毛么鳳。素面翻嫌粉涴，洗妝不褪唇紅。高情已逐曉雲空，不與梨花同夢。」亦為朝雲也。子瞻在惠州，與朝雲閑坐，時青女初至，落水蕭蕭，悽然有悲秋之意。命朝雲把大白，唱「花褪殘紅」，朝雲歌喉將轉，淚滿衣襟。子瞻詰其故，答曰：「奴所不能歌，是『枝上柳綿吹又少，天涯何處無芳草』也。」子瞻大笑曰：「吾方悲秋，汝又傷春矣。」遂罷。朝雲不久病死，子瞻終身不復聽此詞。坡公又有婢名春娘，公謫黄州，臨行，有蔣運使者餞公，公命春娘勸酒，蔣問：「春娘去否？」公曰：「欲還母家。」蔣曰：「我以白馬易春娘，可乎？」公諾之。蔣為詩曰：「不惜霜毛兩雪蹄，等閒分付贖蛾眉。雖無金勒嘶明月，却有佳人捧玉卮。」公答詩曰：「春娘此去太匆匆，不敢啼歎懊恨中。只為山行多險阻，故將紅粉換追風。」春娘斂衽而前曰：「妾聞景公斬廄吏，而晏子諫之；夫子廄焚而不問馬，皆貴人賤畜也。學士以人换馬，則貴畜賤人矣！」遂口占一絶辭謝，曰：「為人莫作婦人身，百年苦樂繇他人。今日始知人賤畜，此生苟活怨誰嗔。」下階觸槐而死。公甚惜之。（同前）

四五 周子文：宋有陳襲善者，遊錢塘，與營妓周子文甚狎，挾之遍歷湖山。後襲善去為河朔掾，宿奉高驛，夢子文搴幃顰蹙，挽之不可，冉冉悲啼而歿。久之，得故人書云：「子文死矣。」按其期，則宿奉高驛時也。既歸，遊鷲嶺，作《漁家傲》以寄情焉，詞曰：「鷲嶺峰前欄獨倚，愁眉促損愁腸碎。紅粉佳人傷别袂，情何已，登山臨水年年是。常記同來今獨至，孤舟晚颺湖光裏。衰草斜陽無限

意，誰與寄，西湖水是相思淚。」（同前）

四六　張紅橋，閩縣良家女也。居於紅橋之西，因以自號。聰敏博學，雅善屬文。豪右爭欲聘之，悉不從。父母問其故，張曰：「欲得才如李青蓮者事之耳。」於是操觚之士聞之，咸托五字為媒。張但第其優劣，終無所答。邑人王恭寄以詩曰：「重簾空見日昏黃，絡緯啼來也斷腸。幾度繫書君不答，鴈飛應不到衡陽。」永泰王偁尤所鍾念，乃稅其鄰舍以居。一日，張方睡起，偁竊見之，遂寄以詩曰：「象牙筠簟碧紗籠，綽約佳人睡正濃。半抹曉煙籠芍藥，一泓秋水浸芙蓉。神遊蓬島三千界，夢繞巫山十二峰。誰把棋聲驚覺後，起來香汗濕酥胸。」張得之，怒其輕薄，遂深居不出。久之，偁悒悒而歸。最後偁之友福清林鴻道過其居，留宿東鄰。適見張焚香庭前，因托鄰嫗投之詩曰：「桂殿焚香酒半醒，露華如水點銀屏。含情欲訴心中事，羞見牽牛織女星。」張捧詩為之啟齒，援筆而答曰：「梨花寂寂鬭嬋娟，銀漢斜臨繡户前。自愛焚香消永夜，從來無事訴青天。」嫗持詩賀鴻曰：「張娘子自束髮以來，持詩求通者無慮數十，曾未揮答，僅見此耳。」鴻亦大喜過望，因使嫗通殷勤。越月餘，始獲命。鴻遂舍於其家，以外室處之。定情之夕，鴻作詩曰：「雲娥酷似董嬌嬈，每到春來恨未消。誰道蓬山天樣遠，畫闌咫尺是紅橋。」張詩曰：「芙蓉作帳錦重重，比翼和鳴玉漏中。共道瑤池春似海，月明飛下一雙鴻。」自是唱和推敲，情好日篤。……後一年，鴻有金陵之遊，乃作《大江東》一闋留別，曰：「鍾情太甚，人笑我，到老也無休歇。月露煙雲多是恨，況與玉人離別。軟語叮嚀，柔情婉戀，鎔盡肝腸鐵。歧亭把酒，水流花謝時節。應念翠袖籠香，玉壺温酒，夜夜銀屏月。蓄喜含嗔多少態，海嶽誓盟都設。此去何之，碧雲春樹，合晚翠千疊。圖將羈思，歸來細與伊說。」張亦依韻賦別，曰：「鳳皇山下，玉漏聲，恨今宵容易歇。一曲陽關歌未畢，棲烏啞啞催人別。含怨吞聲，兩行珠淚，漬透千里鐵。柔腸幾寸，斷盡臨岐時節。還憶浴罷畫眉，夢回攜手，踏碎花間月。漫道胸前懷豆蔻，今日總成虛設。桃葉渡頭，河冰千里，合凍雲疊疊。寒燈旅邸，熒熒與誰閑說。」又明年，鴻寄《摸魚兒》一闋、絶句七首。其詞曰：「記得紅橋，少年游冶，多少雨情雲緒。金鞍幾度歸來晚，香靨笑迎朱户。斷腸處，半醉微醒，燈暗夜深語。問情幾許？情應似吴蠶吐繭，撩亂千萬縷。別離處，淡月乳鴉啼曙。淚痕深，紅袖污，深懷遐想何年了，空寄錦囊佳句。春欲去，恨不得，長纓繫日留春住。相思最苦。莫道不消魂，衷腸鐵石，涕淚也如雨。」其詩曰：「女螺江上送蘭橈，長憶春纖折柳條。歸夢不知江路遠，夜深和月到紅橋。」其二曰：「驪歌聲斷玉人遥，孤館寒燈伴寂寥。我有相思千點淚，夜深和雨滴紅橋。」其三曰：「殘燈暗影別魂消，淚濕鮫人玉綫綃。記得雲娥相送處，淡煙斜月過紅橋。」其四曰：「春衫初試淡紅綃，寶鳳搔頭玉步摇。長記看燈三五夜，七香車子度紅橋。」其五曰：「一襟擁恨怨魂消，閑却鳴鸞白玉簫。燕子不來春事晚，數株楊柳暗紅橋。」其六曰：「傷春淚濕鮫綃，別雁離鴻去影遥。流水落花多少恨，日斜無語立紅橋。」其七曰：「綺窗別後玉人遥，濃睡纔醒酒未消。日午捲簾風力軟，落花飛絮滿紅橋。」先是，張自鴻去後，獨坐小樓，居常鬱鬱無聊。及鴻詩詞至，遂感念成疾，不數月而卒。無何，鴻歸，遽往訪之。道中作詩曰：「三千客路動行鑣，遠別歸來興欲飄。祇恐鳳樓人待久，玉鞭催馬上紅橋。」及至紅橋，聞張已卒，失聲號絶。徬徨之際，忽見床頭玉珮抉懸一緘，拆之，有《蝶戀花》一闋及七絶句。其詞曰：「記得紅橋西畔路，郎馬來時，繫在垂楊樹。漠漠梨雲和夢度，錦屏翠幙留春住。」其詩曰：「床頭絡緯泣秋風，一點殘燈照藥叢。夢吉夢凶都不定，朝朝望斷北來鴻。」其二曰：「井落金瓶信不通，雲山渺渺暗丹楓。輕羅暗濕鴛鴦冷，閑聽長宵嘹唳鴻。」其三曰：「寂寂香閨枕簟空，滿階秋雨落梧桐。內家不遣園陵去，音信何緣寄塞鴻。」其四曰：「玉筯雙垂滿頰紅，關山何處寄書筒。綠窗寂寞無人到，海闊天高怨落鴻。」其五曰：「衾寒翡翠怯秋風，郎在天南妾在東。相見千回都是夢，樓頭長日妒雙鴻。」其六曰：「半簾明月影曈曈，照見鴛鴦錦帳中。夢裏玉人方下馬，恨他天外一聲鴻。」其七曰：「一南一北似飄蓬，妾意君心恨不同。他日歸來也無益，夜臺應少繫書鴻。」鴻得詩詞，悲感哀怨，殆不勝情。因賦物詩曰：「柔腸百結淚懸河，瘞玉埋香可奈何。明月也知留佩玦，曉來長想畫青蛾。仙魂已逐梨雲夢，人世空傳薤露歌。自是忘情惟上智，此生長抱怨情多。」王偁亦以詩哭之曰：「濕雲如醉護輕塵，黃蝶東風滿四鄰。新綠只疑銷曉黛，落紅猶記掩歌唇。舞樓春去空殘日，月榭香飄不見人。欲覓梨雲仙夢遠，坐臨芳沼獨傷神。」自後鴻每再過紅橋，輒為之於邑累日。（節録自同前）

四七　宋李易安，名清照，濟南李格非之女。適趙挺之子明誠為妻。明誠字德甫，在太學時，每朔望告謁，出質衣，取半千錢，步入相國寺，市碑文果實歸，相對且爵（當作「咀嚼」）展玩。有持徐熙《牡丹圖》求錢二十萬，留信宿，計無所得，卷還之，夫婦相向惋悵者數日。及連守兩郡，竭俸入以事鉛槧。每獲一書，即日勘校裝輯。得名畫彝器，亦摩玩舒卷，指摘疵病，盡一燭為率。故紙劄精緻，字畫全整，冠于諸家。每飯罷，坐歸來堂烹茶，指堆積書史，言某事在某書某卷第幾葉第幾行，以中否勝負為飲茶先後。中則舉杯大笑，或至茶覆懷中，不得飲而起。靖康中，遭虜亂奔徙，所畜（當作蓄）漸散盡。未幾，明誠病死，易安為文以祭曰：「白日正中，歎龐翁之機捷。堅城既墮，憐杞婦之悲深。」後再適張汝舟，未幾反目。有啟與綦處厚云：「猥以桑榆之晚景，配茲駔儈之下材。」侍者無不笑之。有《漱玉集》三卷行於世。其《聲聲慢》一詞尤婉妙，詞云：「尋尋覓覓，冷冷清清，凄凄慘慘戚戚。乍暖還寒時候，最難將息。三杯兩盞淡酒，怎敵他晚來風急。鴈過也，正傷心，却是舊時相識。滿地黄花堆積，憔悴損，如今有誰忺摘。守著窗兒，獨自怎生得黑。梧桐更兼細雨，到黄昏，點點滴滴。這次第，怎一個愁字了得。」江道行曰：「自古夫婦擅朋友之勝，無如易安、德甫者。佳人才子，千古絶唱。汝舟之適，不蛇足耶？文君忍恥，猶云具眼相憐，易安乃逐水桃花之不若矣！」（同前）

四八 王嬌：申純，字厚卿，祖汴人也。隨父寓成都。天姿卓越，傑出世表。宣和間，薦而不第，歸，鬱鬱不自勝。家居月餘，因適鄰郡，謁母舅王通判。舅引生至中堂拜妗，因呼其子善父出拜，年七歲矣。再命侍女飛紅呼嬌娘來，良久，飛紅附耳語妗，以嬌未經妝為言，妗怒曰：「三哥，家人也生第三，出見何害？」生聞之，因曰：「百一姐嬌第百一無他故，姑俟何如？」妗因笑曰：「適方出浴，未理妝耳。」又令他侍女促之，頃刻，嬌自左掖出拜。雙鬟綰緑，色奪圖畫中人，朱粉未施，而天然殊瑩。生見之，不覺自失。敘禮竟，嬌因立妗右。生熟視，目摇心蕩，不自禁制，妗笑曰：「三哥遠來勞苦，宜就舍少息。」因室之於室之東，去堂二十餘步。生歸館後，功名之心頓釋，日夕惟慕嬌娘而已。舅、妗皆以生久不相見，款留備至。生亦幸其相留，冀得乘間致款曲於嬌也。平常出入舅家，周旋堂廡，雖時與嬌晤，未敢妄語相及。久之，察其動静言笑舉止，如有疑猜不定之狀，知其賦情特甚也。求所以導情，而未能得便。一夕，嬌晚繡紅窗下，倚床視荼蘼花，久不移目。生輕步踵其後，嬌不知也，因浩然長歎，生低聲問曰：「爾何歎也，將有思乎？」嬌不答，良久乃曰：「兄何自來此？日晚矣，春寒逼人，兄覺之乎？」生知嬌以他辭相拒，因應曰：「春寒固也。」嬌正視，逡巡引去，生亦歸舍。自後時同歌笑，生言稍移邪，嬌則凝袂正色，若不可犯。生以為嬌年幼不諳情事，因不介意。一日，舅有他甥至，開宴，申生預坐。酒半，妗起酌酒勸他甥，因及生，生辭，妗曰：「子量素洪，獨不能一開懷乎？」生言：「失志功名，且病久，不復能飲。」妗未答，嬌參語曰：「三兄似不任酒力矣！姑止此。」妗乃輟觴退步，酌酒勸舅。申生之前燭燼長而暗，嬌促步至燭前，以手彈燭，因流視語生曰：「非妾，則君醉甚矣！」生謝曰：「此恩當銘肺腑。」嬌微笑曰：「此乃恩乎？」語未畢，妗因索水滌觴，嬌乃引去。自此生復留意，一夕，嬌獨坐於堂側惜花軒内，生偶至，見嬌憑闌無語。時花檻中有牡丹數本，欲開未開。生還，取筆揮二絶以戲之曰：「亂惹祥煙倚粉牆，絳羅輕捲映朝陽。芳心一點千重束，肯念憑闌人斷腸。」「嬌姿質豔不勝春，何意無言恨轉深。惆悵東君不相顧，空留一片惜花心。」嬌得詩，巡簷展誦未畢，忽聞妗語，嬌乃藏之袖間，趨歸堂中。生悵恨，殆無以為懷，因作一絶題於堂西之緑窗上。詩曰：「日影縈階睡正醒，篆煙如縷午風平。玉簫吹盡《霓裳》調，誰識鶯聲與風聲。」後二日，舅他出。嬌窺生不在，直入卧室，見西窗題句，躊躇玩味，知生之屬意有在，乃濡筆和韻以寄意焉，詩曰：「春愁壓夢苦難醒，日迥風高漏正平。魂斷不堪初起處，落花枝上曉鶯聲。」生歸，見嬌所和詩，願得之心踰於平常。然言語相挑，或對或否，乍昵乍違，莫測其意。一日，舅、妗開宴，自午至暮。酒散，舅、妗起歸舍，生獨危坐堂中，欲即外舍。俄而嬌至筵所，抽左鬢鈿釵，匀博山，理餘香，生因曰：「夜分人寢矣，安用此？」嬌曰：「香貴長存，安可以夜深棄之？」生曰：「篆灰有心足矣！」嬌不答，乃行近堂階，開簾仰視，月色如晝。因呼侍女小慧畫月以記，乃顧生曰：「月至此，夜幾許？」生亦起下階，瞻望星漢，曰：「織女將斜，夜深矣。」因曰：「月白風清，如此良夜何？」嬌曰：「東坡鍾情何厚也！」生曰：「情有甚於此，焉可以此誚東坡也？」嬌曰：「於我何獨無之？」生曰：「誠然，則佳句所謂『壓夢』者，果何物而『苦難醒』乎？」言情頗狎，嬌因促步下階，逼生曰：「凡謂織女銀河，何在也？」生見嬌之驟近，恍然自失，未及即對，俄聞户内妗問嬌寢未，嬌乃遁去。次日，生追憶昨夕之事，自疑有獲。然每思遇事多參商，愈不自足。乃作《減字木蘭花》詞以記之，曰：「春宵陪宴，歌罷酒闌人正倦。危坐中堂，倏見仙娥出洞房。博山香燼，素手重添銀漏永。織女斜河，月白風清良夜何。」次日晨起，生入揖妗。既出，遇嬌於堂西小閣中，嬌時對鏡畫眉未終，生近前謂之曰：「蘭煤燈燼邪？燭花也？」嬌曰：「燈花耳，妾用意積之。」生曰：「願以一半丐我書家信。」嬌令生分半，生舉手，油污其指，因請嬌曰：「子宜分贈，何重勞客邪？」嬌曰：「既許君矣，寧惜此？」遂以指決煤之半以贈生，因牽生衣拭指汙處，曰：「緣兄得此，可作無事人邪？」生笑曰：「敢不留以為質？」嬌因變色曰：「妾無他意，君何戲我？」生見嬌色變，恐妗知之，因趨出，珍藏所分之煤於枕中，因作《西江月》詞以記之曰：「試問蘭煤燈燼，佳人積久方成。殷勤一半付多情，油污不堪自整。　妾手分來的的，郎衣拭處輕輕。為言留取表深誠，此約又還未定。」自後生心摇盪特甚，不能頃刻少置。伏枕對燭，夜腸九回，思欲履危道以實嬌心而未獲。　一日，暮春小寒，嬌方擁爐獨坐，生自外折梨花一枝入來，嬌不起，顧生，生乃擲花於地，嬌驚視，徐起以手拾花，詢生曰：「兄何棄擲此花也？」生曰：「花淚盈暈，知其意何在，故棄之。」嬌曰：「東皇故自有主，夜屏一枝以供玩好，足矣，兄何索之深也？」生曰：「已荷重諾，無悔。」嬌笑曰：「將何諾？」生曰：「試思之。」嬌不答，因謂生曰：「風差勁，可坐此共火。」生欣然即席，與嬌偶坐，相去僅尺餘。嬌因撫生背曰：「兄衣厚否？　恐寒威相逼也。」生恍然曰：「能念我寒，不念我斷腸邪？」嬌笑曰：「何事斷腸？　妾當為兄謀之。」生曰：「無戲言，我自遇子之後，魂飛魄揚，竟夕不寐，汝方以為戲，足見子之心也。予每見子言語態度，非無情者。及予言深情味，則子變色以拒我，諒孱繆之跡，不足以當雅意。一言之後，余將西騎矣，子無苦戲我。」嬌因慨然良久，曰：「君疑妾矣，妾敢無言？　妾知兄心舊矣，豈敢固自鄭重以要君也？　第恐不能終始，其如後患何？　妾亦數月來諸事不復措意，寢夢不安，飲食俱廢，君所不得知也。」因長吁曰：「君疑甚矣，異日之事，君任之。果不濟，當以死謝君。」生曰：「子果有志，則以策我。」嬌未及答，俄然舅自外至，生因起出迎舅。嬌乃返室，不可再語。　又越兩日，生凌晨起，攬衣向堂西，緣窗内而立，背面視井簷。　不知此時嬌亦起，在隔窗内理妝矣。　生誦東坡詩曰：「為報鄰雞莫驚覺，更容殘夢到江南。」嬌聞之，自窗内呼生曰：「君有鄉間之念乎？」生因窺窗語嬌曰：「衷腸斷盡，惟有歸耳。」嬌曰：「君果誕妾邪？既無意於妾，何前委臯之深也？」生因笑曰：「予豈無意？第被子苦久矣，然則，若何謀之？」嬌曰：「日間人衆，無可容計。東軒抵妾寢室，軒西便門達熙春堂，堂透荼蘼架，君寢室外有小窗，今日若晴霽，君自寢所踰外窗，度荼蘼架，至熙春堂下，此地人罕花密，當與君會也。」生聞之，欣然自得，惟俟日暮，得諧所願。至晚，不覺暴雨大作，花陰浸潤，不復可期，生悵恨不已。因作《玉樓春》詞，以寫怏怏之懷，詞曰：「曉窗寂寂驚相遇，欲把芳心深意訴。低眉斂翠不勝春，嬌轉櫻唇紅半吐。　匆匆已約歡娛處，可恨無情連夜雨。枕孤衾冷不成眠，挑盡殘燈天未曙。」生晨起，會嬌於妗所，因共至中堂，以夜所綴詞示之，嬌低聲笑曰：「好事多磨，理固然也。然妾既許君矣，當別圖之。」是日，生侍舅從鄰家飲，至暮醉歸。且思嬌早間別圖之言，疑嬌之不復至也，又沉醉睡熟。嬌潛步至窗外，低聲呼生者數次，生不之覺，嬌悵恨而回。又疑生之誕己也，直欲要以盟誓。生剪縷髮，書盟言於片紙付嬌，嬌亦剪髮設盟以復於生。雖極意慕戀，然終無便可乘。一日，生收家書，以從父晉納粟，補閬州武職，以生便弓馬，取生歸侍行。嬌顧戀之極，作詩送行，詩曰：「緑葉陰濃花正稀，聲聲杜宇勸春歸。相如千里悠悠去，不道文君淚濕衣。」生得詩，和韻以復，詩曰：「密幄重幃舞蝶稀，相如只恐燕先歸。文君為我堅心守，且莫輕拼金縷衣。」生終以嬌「緑葉陰濃」之語為疑，又成一詞，寓《小梁州》以示嬌，詞云：「惜花長是替花愁，每日到西樓。如今何況，抛離去也，關山千里，目斷三秋，漫回頭。　殷勤分付東園柳，好為管枝柔。只恐重來，緑成陰也，青梅如豆，辜負梁州，恨悠悠。」嬌知生之疑己，亦以《卜算子》詞復之，詞云：「君去有歸期，千里須回首。休道三年緑葉陰，五載花依舊。　莫怨好音遲，兩下堅心守。三隻骰兒十九窩，没個須教有。」自後生從父以他故不果行，生居家，行住坐臥，飲食起居，無非為嬌興念，以致沉思成病。因托求醫至舅家。數日，無便可乘與嬌一語，至於飲食俱廢。舅、妗為之皇皇，醫卜踵至，但云生功名失意，勞思所致，終不能知生之心。數日，病小愈。一日，舅出報謁，生因强步至外廡。方佇立，俄而嬌至生後，生駭然，嬌曰：「偶左右皆他往，妾得便，故來問兄之病。」生回顧無人，因前牽嬌衣，欲與語，嬌曰：「此廣庭也，十目所視，宜即兄室。」生與之俱，及門，忽雙燕争泥墜前，嬌因舍生趨視。俄舅之侍女湘娥突至嬌前，嬌大駭，生乃引去。至暮，復會中堂，嬌謂生曰：「非燕墜，則湘娥見妾在君室矣，豈非天乎？」一日晚，嬌尋便至生室，謂生曰：「向日熙春堂之約，妾嘗思之，夜深院静，非安寢之地。自前日之路觀之，足以達妾寢所。每夕侍妾寢者二人，今夕當以計遣去，小慧不足畏也。君至夜分時來，妾開窗以待。」生曰：「固善也，不亦危乎？」嬌變色曰：「事至若此，君何畏？人生如白駒過隙，復有鍾情如吾二人者乎？事敗，當以死繼之。」生曰：「若然，予何恨乎？」是夜將半，生乃踰外窗，繞堂後數百步，至荼蘼架側，久求門不得，生頗恐，久之，得路至熙春堂，堂廣夜深，寂無人聲。生大恐，因疾趨入，見嬌方開窗倚几而坐，衣紅綃衣，下白絲裳，舉首向月，若重有憂者，不知生之已至也。生因抉窗而入，嬌忽見生，且驚且喜，曰：「君何不告，駭我甚矣！」生乃與嬌並坐，須臾，即攜手入幃，解衣並枕，兩情既合，嬌啼百態，不覺血漬生衣袖，嬌剪其袖而收之，曰：「留此，為他日驗。」有頃，雞聲催曉，虬漏將闌，嬌令生歸室，因囑曰：「此後日間相遇，幸無以前言為戲。」因口占千金身《菩薩蠻》詞以贈生:「夜深偷展窗紗緑,小桃枝上留鶯宿。花嫩不禁抽,春風卒未休。已破,脈脈愁無那。特地祝檀郎,人前口謹防。」生亦口占答之:「緑窗深竚傾城色,燈花送喜秋波溢。一笑入羅幃,春心不自持。雨雲情散亂,弱體羞還顫。從此問雲英,何須上玉京。」自後,生夜必潛至嬌室,凡月餘,無有知者。豈期欲火所迷,俱無避忌。舅之侍女曰飛紅曰湘娥,皆有所覺,所不知者,嬌之父母而已。嬌亦厚禮紅等,欲使緘口,紅輩亦未之敢發。俄而生以父書促歸,既歸,則寢食俱廢,乃托人微言於父母,遣女媒求娶嬌為婦,而私囑媒致書於嬌,略云:「前日佳偶,倏爾旬餘。松竹深盟,常存記憶。自抵侍下,無一息不夢想洛浦之風煙也。家事、經史,非惟不復措念,縱一勉强,不知所以為懷。天啟其衷,冰人遄往,未審舅妗雅意若何?倘不棄庸陋,則張生之於鶯鶯,烏足道哉!好事在兹,喜不自制,幸相與謀之。新霜在候,善加保衛。」媒得書即往,殷勤致命,舅曰:「三哥才俊灑落,加以歷練老成,老夫得此佳婿,深所願也。但朝廷立法,内兄弟不許成婚,似不可違。前辱三哥惠訪,留住數月,甚能為老夫分憂,老夫亦有願婚之意。而於條有礙,以此不敢形言。」媒氏再三宛轉,終不能得。次日,妗再置酒款媒,嬌侍立於側,知親議之不諧也,心懷悒怏,但不敢形之言語耳。酒散,適嬌至媒前剔燈,媒因私語嬌曰:「子非厚卿之私人邪?厚卿有手書,令我致子。」嬌竦然,微言應曰:「然。」淚墜言下,媒為之改顔,遂探書授嬌。嬌收置袖間,未敢展視。妗起,嬌亦隨妗入室。次早,媒再請於舅,且以言迫之,舅怒曰:「此無不可,第以法禁甚嚴,欲置老夫罪戾也!」媒知其不就,因告歸,舅又命妗酌酒與媒為别。嬌因侍立,私語媒曰:「離合緣契,乃天為之也。三兄無事宜來，妾年且長，歲月有限，無以姻事不諧為念。」因出手書，令媒持歸，以復於生。媒既歸，道舅不允之繇，遂以嬌書與生。生展視，乃新詞《滿庭芳》一闋也：「簾影篩金，簟紋織水，綠陰庭院清幽。夜長人静，消得許多愁。長記當時月色，小窗外情話綢繆。因緣淺，行雲去後，杳不見蹤繇。　殷勤紅一葉，傳來密意，佳好新求。奈百端間阻，恩愛成休。應是朱顏薄命，難陪伴俊雅風流。須相念，重尋舊約，休忘杜家秋。」生覽誦數遍，殊不勝情。每對花玩月，不覺淚下。初，生與成都府角妓丁憐憐最善，憐敏惠殊俊，常得帥府顧盼。生方妙年秀麗，憐憐尤見傾慕。生自秋還里，憐憐屢遣人招生，生托故不往。至是，生之友人陳仲遊，亦豪家子也，見生每置恨於臨風對月之間，因拉生往成都，遂同至憐憐家。憐喜甚，杯酒話款曲，生但面壁，略不致意。憐怪之，委曲詢生，終不言。憐意其礙於仲遊也，乃留之竟夕。令其女弟侍仲遊寢，而自薦於生。枕邊切切，詰生所以不見答之故，生乃具道與嬌相遇之情，憐問曰：「嬌娘，誰家女也？」生曰：「新任眉州王通判之女也。」憐又問：「其質若何？」生曰：「美麗清絶，西施妃子殆相千百，而風韻過之。」憐因沉思良久，曰：「既名嬌娘，又且美麗若此，豈非小字瑩卿者乎？」生愕然曰：「爾何繇知之？」憐曰：「向者帥府幼子將求婚，酷好美麗，不以門第高下為念，但欲殊色。常捐數千緡，命畫工於近地十郡求問，伺隙繪人家美女以獻。凡得九人，此其一也。色瑩肌白，眼長而媚，愛作合蟬鬢，時有憂怨不足之狀。常至帥府内室見之，因記其姓字，果是否？」生曰：「子所言，如親見其人矣。」憐曰：「宜子之視我若土壤，子之所遇，真天上人也！妾每見其圖，佇目不能去，第恨不覩其人。今後至彼，願以舊鞋丐我。」生諾之。次日抵家，因追念憐憐「天上人」之語，再期杳杳，傷感成疾，困卧累日。父母驚異，詢生得病之繇。生乃托以夢寐絶怪，將不能免，必須求善能驅役鬼神者作法禳之。父乃命良巫祈祝，生密使人厚賂巫者，令向父母言，此為鬼物所憑，必當遠避，方可向安，如其不然，生死未判。父母聞巫言，大驚懼，以為誠然。於是議令生往舅家避厄，擇日起行。先期之二日，令人取覆舅家，舅妗許之。嬌時在父母旁，聞生有來期，喜慰特甚。生亦隨覺病差，父母以為得計。生至舅居，遇嬌於秀溪亭，兩情四目，不能自止。暫叩寒暄畢，生欲入謁舅。嬌止之曰：「今日鄰家王寺丞宅邀往天寧玩賞牡丹，至暮方歸，姑止此少息，徐徐而入可也。」乃與嬌並坐亭上，嬌因謂生曰：「君養攝不如平時，何故？今復來此，何幹也？」生疑其言，乃曰：「日月未久，何故忘予？自相離之後，坐不安席，寢不著枕。中間請命嚴君，冀諧媒妁，而天不從人，竟辜宿望。春花秋月，風臺雪榭，無一而非牽情惹恨之處。百計重來，以踐舊約。今子乃有『復來何幹』之辭，予失計甚矣！」嬌媿謝曰：「君心果金石不踰，妾何以謝君？」因相與歡，移時，同步入室。生至其舊館，向時所書詩詞，濡染如新，悵然自失，復作《鷓鴣天》詞以記之，云：「甥館暌違已隔年，重來窗几尚依然。仙房長擁雲煙瑞，浮世空驚日月遷。濃淡筆，短長篇，舊吟新誦萬愁牽。春風與我渾相識，時遣流鶯奏管弦。」至晚，舅妗歸，生拜謁甚恭。舅問生曰：「聞三哥微恙，想二豎子遁矣。」生謝曰：「惟舅舅憐其微恙，庶得逃免。再造之賜，没齒不忘。」舅妗勞勉之。生就室，自後與嬌情意周洽，逾於平昔。住數月，情意益厚，生因憶丁憐憐之言，求舊鞋於嬌，嬌力詢生曰：「安用敝履為哉？」生不以實告，嬌不許。舅之侍女飛紅者，顔色雖美，而遠出嬌下，惟雙彎與嬌無大小之別，常互鞋而行。其寫染詩詞與嬌相埒，嬌不在側，亦佳麗也。以妗性妒，未嘗獲寵於舅。常時出入左右，生間與之語。嬌則清麗瘦怯，持重少言，佇視動輒移目。每相遇，生不問，嬌則不答。戲狎一笑，則使人魂魄俱飛揚。紅尤喜謔浪，善應對，快談論，生雖不與語，亦必求事以與生言。嬌每見之，則有不足之意。及生再至，紅亦與之親狎，嬌疑焉。生久求嬌鞋不獲，一日，嬌晝寢，生偶至其側，因竊鞋趨出。方及寓室，以他事去，未曾收拾。飛紅適尾生後，見生遺鞋，紅乃疑嬌所與者，因收之，生罔知所以，及歸室索鞋，無有也，因怏怏於懷，遂作《青玉案》詞以自記，詞云：「尖尖曲曲，緊把紅綃蹙。朵朵金蓮奪目，襯出雙鈎紅玉。　華堂春睡深沉，拈來綰動春心。早被六丁收拾，蘆花明月難尋。」及暮，嬌問生索鞋，生曰：「此誠我盜去，然隨已失之，諒子得之矣，何苦索我邪？」嬌乃止。蓋飛紅拾歸，以付嬌也，然嬌以此愈疑生私通於紅矣。一日，見紅與生戲於窗外捉蝴蝶，因大怒詬紅，紅頗憾之，欲以拾鞋事聞妗，未有間也。後遇望日，衆出賀舅妗，嬌在焉，飛紅因語嬌所履之鞋，揚言謂生曰：「此即子前日所遺之鞋也。」嬌變色，亟以他事語舅妗，會舅妗應接他語不聞，嬌因大疑生使紅發其私，乃大怨望。自後非中堂相遇，不復求便以見生。女工諸事，略不措意，怨隙之心，行住坐卧皆是也。生亦無以自明。一日，生不意中謁於後園縱步，適於花下見鸞箋一幅，生取而視之，乃《青玉案》詞也：「花低鶯踏紅英亂，春心重，頓成愁懶。楊花夢斷楚雲平，空惹起，情無限。　傷心漸覺成牽絆，奈愁緒，寸心難管。深誠無計寄天涯，幾欲問，梁間燕。」生披味良久，意謂嬌詞，而疑其字畫頗不類嬌所書，因攜歸，置於室中書案之上，欲詢嬌而未果。抵暮，西窗前有金籠養能言鸚鵡一隻，甚馴。嬌過其側，戲以紅豆擲之，鸚鵡忽言曰：「嬌娘子何打我也？」生聞之，亟出室招嬌。嬌不至，生懇之方來。嬌入生室，正凝思不言，忽見案上花箋，因取視之，良久，目申生不語移時，生曰：「子何時所作也？」嬌不答，生又曰：「何故不言？」嬌亦不應，生力究之，嬌曰：「此飛紅詞也，君自彼得之，何必詐妾？」生力辨，嬌並無一言。徘徊良久，長吁竟拂衣起去，生留之不可，自爾相會愈疏。嬌終日熟寢，間一二日纔與生一見，見亦不交一言。凡月餘，生不能直其事。生一夕逕造嬌室，左右寂然，惟見窗上有絶句一章云：「灰篆香難炷，風花影易移。徘徊無限意，空作斷腸詩。」生察詩，知嬌之為己也，乘間語嬌曰：「再會以來，荷子厚愛，視前時有加焉。邇日形似之間，不能不為子所棄，何今昔異志乎？」嬌初不言，生再詰之，嬌潸然涕曰：「妾自遇君後，常恐力日不足。今者君棄妾耳，妾何敢棄君？抑君意既自有主，何必妾望矣？」生曰：「苟有二心，有如此日。」因指天自誓，以明無他事，且曰：「子何疑之甚也？」嬌曰：「君偶遺鞋，飛紅得之；飛紅偶遺詞，君且得之，天下偶然之事何多邪？妾不敢怨君，幸愛新人，無以妾為念。」生仰天太息，曰：「有是哉！吾怪邇日見子若有憂者，人之情態，豈難識哉？子若不信前誓，當剪髮大誓於神明之前。」嬌乃回笑曰：「君果然否？」生曰：「何害！」嬌曰：「若然，後園中池正望明靈大王之祠，此神聰明正直，叩之，無不響應。君能同妾企祠大誓，則甚幸也。」生曰：「如命，想明靈大王亦知予心之無他也。」嬌乃約以次早與生俱遊後園，臨東池畔，遥望大王之祠，兩人異口同聲，拜祈設誓。其辭累千百，不能備載。誓畢，攜手而歸，恩情有加焉。生自此亦不復與飛紅一語，紅察之，因大憾。一日，生因縱步至後園牡丹叢畔，忽遇嬌先已在彼，遽擁抱求歡，嬌正言却之，乃解。遂相與攜手而過別圃，不覺飛紅亦自後潛至，見生嬌並行，因促步返舍，語妗曰：「天氣晴暄，可入後園，牡丹盛開，能一觀否？」妗可其請，遽命紅侍行。至園中，瞥見生與嬌並行亭畔，左右俱無人。妗因大疑，因呵嬌，生乃狼狽反室，惆悵不已，知為飛紅所賣。無以自釋，强作一詞《漁家傲》寫其悒快，云：

「情若連環終不解，無端招引旁人怪。好事多磨成又敗。應難捱，相看冷眼誰偢採。　鎮日愁眉如斂黛，闌干倚遍無聊賴。但願五湖明月在。權寧耐，終須還了鴛鴦債。」越二日，生自覺無顏，乃告歸，舅妗亦不留之。嬌夜出，潛與生別，曰：「天乎，得非命歟！相會未期，而有是事。妾獨奈何哉！兄歸，善自消遣，求便再來。無以疑間，遂成永棄，使他人得計也。」因泣下沾襟，生亦掩泣而別。父母以生久在外，妨廢書史，間歲功名之會，又復在眼，遂令生於書齋温習舊業。生與其兄綸雖朝夕共學，而思嬌之念，無時不然。夜則與兄異榻而寢，悵恨之辭或形於夢寐，恨不能御風縮地，一與嬌會。至七月中旬，舅以眉州倅滿，道經申生之門，因留宿於生家者累日。此時舅挈家以行，妗、嬌寓生家，相隨不離跬步，兼飛紅、湘娥諸侍女雜然左右，生與嬌欲一言不可得。居三日，舅命戒行，車馬喧闐，送者絡繹於道。妗與嬌各登車，諸侍女相隨先後。申生亦乘馬相送，闞其便，曳簾挽車，與嬌語舊，嬌淚下如雨，不能答，徐曰：「遇君之後，一日為別，不能堪處。況今動是三年，遠及千里。一旦思君之切，安保其再能見君乎？但恐妾垂首瞑目，骨化形銷，君將眠花卧柳，棄舊憐新，妾枕邊思愛，他人有之矣。」生曰：「明靈大王在彼，吾誓不為也。」嬌曰：「若然，妾荷君之恩，死且不朽。」乃於袖中出香珮一枚，上有金銷團鳳，以真珠百粒約為同心結，贈生曰：「覩物思人可也，得暇可求便一來，毋以地遠為辭。」言未竟，軒車催動。霧隱前山，曉月半沉，目送不及。生別舅妗辭回，悒然歸於書室。晨窗夕燈，學業幾廢，間為詞章，無非寄恨。一日，賦一曲示兄綸，云：「春風情性，奈少年辜負，竊香名譽。記得當初，繡窗私語，便傾心素。雨濕花陰，月篩簾影，幾許良宵遇。亂紅飛盡，桃源從此迷路。因念好景難留，光陰易失，算行雲何處。三峽詞源，誰為我，寫出斷腸詩句？目極歸鴻，秋娘聲價，應念司空否？甚時覓個彩鸞，同跨歸去。」兄見之，撫生背曰：「厚卿，以弟之才，當取青紫以顯二親。此詞固佳，察弟之心，必有所主。秋期在近，且移此筆鏖戰文場可也。」生但無言。蓋生詞微寓嬌相會之始末，至「亂紅飛盡」之句，則直指飛紅謀孽之事，其兄不知也。……生後臥病累日，尋亦向安。自爾生起居皆在宅内，嬌亦不以向日相棄介意，歡愛如平日，或至生室連夕，妗亦不知也。生追思鬼惑之事，深得嬌、紅之救己，乃作《望江南》詞以謝之。詞云：「從前事，今日始知空。冷落巫山十二峰，朝雲暮雨竟無蹤，一覺大槐宮。花月地，天意巧為容。不比尋常三五夜，清輝香影隔簾櫳，春在畫堂中。」又兩月餘，妗以病死，嬌哀毁殊甚，幾不堪處。生見舅家事紛紜，乘間告歸，嬌因謂生曰：「昔日之別，不謂復有今日，幸欣再會。奈何罹此禍變，哀毁之中，不暇與兄款曲。暫歸，宜再來也。」因長吁曰：「數年之間，送兄者屢矣。知此別後，當復如何？」生無言，但掩淚為別。明日，辭舅歸。至家中，父母聞妗之亡，皆驚慟嗟泣。明年六月，舅滿任回，再過生門，留宿數日。自妗之死，飛紅專寵於舅，因宛轉為嬌媒，因與舅曰：「夫人不幸先逝，善父年少，家事無人主持，何不拉三哥同歸經理？且其瓜期未及也。」舅欣然之，欲拉生去，生父不欲。生聞之，心切意喜，因乘間囑紅俾舅再三拉之，舅如言，力與生父言之，父不得已，乃令生行，遂同到舅家。住兩月，舅即為再調任計，謂生曰：「家中事緒繁多，小兒幼失所恃，三哥不妨在此相與維持，俟有美赴之期，當竭力助行。」生諾之，舅遂行。生厚賂舅之左右，莫不歡悦，生因與嬌絶無間隔。院宇深沉，簾幕掩映，玉枕相挨，朱闌共倚，舉盞飛觴，嬉笑謳吟，曲盡人間之樂。踰半載，舅以舉員未足，再調利州倅以歸。左右得生之賂，加以事大體重，無敢言及之者，惟於舅前為生延譽。舅歸之後，見生經理其家，事事有倫。知生才幹有餘，又妙年高第，前程未可量，遂悔向日背親之謀，間使紅委曲問生。一夕，生方與嬌閒坐，紅趨至曰：「郎君、娘子平昔之願諧矣，敢不拜賀！」嬌詢之，紅曰：「舅又有結好之意，使妾審訂郎君，懼郎君之不從也。」嬌曰：「天果不違人邪？」因大喜忘寐。是夕，紅反命於舅，遂遣媒之生家，生父母亦允，行聘有日矣。丁憐憐者，自生別後，久之，偶入帥府，至西書院，所畫美人猶在壁上，帥子坐其旁，憐憐仰視久之，帥子問曰：「天下果有如此婦人乎？」憐曰：「有之。」因指嬌像曰：「此畫尚未盡其一二，足極小，眉極修，詞草翰墨無出其右。以此女實之，想其他皆然。」帥子喜曰：「我將求婚此女。」憐曰：「無用也，聞此女久有外遇，恐非全身。」帥子曰：「得婦如此，幸已甚矣，此不足問。」憐悔失言，力解不獲。帥子遂令親信懇告其父，求婚於王。王時倅眉州未回，故無言及此者。逮王再調歸家，待次之日，帥遂遣媒求婚。王初拒之再四，帥逼以威勢，賂以貨財，不得已遂許之。嬌夜持帥書，至生室告曰：「前日姻約復敗矣，帥子求婚，家君迫於權要，許之矣，兄何以為計？」生曰：「事在他日，當徐圖之。」嬌自是見生愈密，然一相遇，則慘慘不樂。平生善歌，每作哀怨之音，則聞者動容，或至流涕。雖與生至相得，未嘗對生一歌。生或潛聽，嬌覺之，則又中輟，生每以為嫌。至是，生不請自歌詞《一叢花》云：「世間萬事轉頭空，何物似情濃？新歡共把愁眉展，怎知道新恨重逢。媒妁無憑，佳期又誤，何處問流紅。欲歌先咽意沖沖，從此各西東。愁怕到黄昏，窗兒外疏雨泣梧桐。仔細思量，不如桃李，猶解嫁東風。」歌未終，黯黯然淚下如雨。生平生嗜好有不能致者，嬌廣用金玉售以遺生。一夕，家宴罷，至就寢，生被酒，未能卧，嬌秉燭侍側，生從容問曰：「爾來眷我何益厚也？」嬌曰：「始者，妾謂可托終身於君，今既不如所願，事兄蓋有日矣。雖盡此身，何足以謝？」生大感慟。居數日，嬌忽卧病，不得與生會者僅一月。一日，舅出謁，生厚賂左右，欲一見嬌。左右扶嬌至生室之側，生迎與相見，嗚咽不已。良久，嬌乃曰：「樂極生悲，俗語不誣。妾病，不能扶持，生願不諧，死亦從兄，在所不恤也。」語竟，倚生之懷，似無所主。左右驚扶而入，久之方醒。生亦自此悶悶，作事顛倒，語言無實，目前所為，旋踵而忘，舅甚怪之。秋八月，帥子納幣促親期，舅許之。嬌病少瘳，因他事怒小鬟緑英，緑英懷恨，乘間以嬌平日所為之事，從實告舅，舅怒，審實於紅，將治之。紅詒曰：「小娘子讀書知禮，豈不知失身之為大辱。且重厚少言，愛身若珠玉，擇地而行，相公所知也。況申生功名到手，舉動不妄，堂廡之間，不命之入不敢入，未嘗與嬌一語戲狎。倘有是事，妾豈不知？細人之言，未宜深信。且親期在近，不宜自為此不美也。」舅方寵任飛紅，信其言，不復再問，止加防閑。申生度勢不可留，乃告嬌曰：「今日之事，舅知之矣，行計不可緩也。子親期去此止兩月，勉事新君，吾與子從此决矣！」嬌怒曰：「兄，丈夫也，堂堂六尺之軀，乃不能謀一婦人。事已至此，更委之他人，君其心乎？妾身不可再辱，既以與君，則君之身也。」因掩面大慟。生方悟，去留未決。俄得家書，報父有疾，遣僕馬促回。生不得已，入謁舅告别，舅時坐中堂，嬌聞之，出立舅後，回目佇視，不能出半語。舅曰：「子歸後，府君無恙，宜再來。嬌娘親禮在即，家事紛紜，無執幹者。」生辭曰：「令愛親期已近，純歸侍亦須累月，又瓜期將及，動是數年，重會未可知也，舅宜善自愛。」生因再拜，舅曰：「嬌娘在近出室，子來期未定，未必相會。」因呼出别生。嬌聞語，灑淚不能止，懼舅見之，不敢前，背面遁去，再四呼之，不至，生遂别舅而歸。嬌自生去，日夜悲泣，未嘗覽鏡，芳容頓改。近半月，病愈甚，將不能起。紅乃潛書促生來，使與為決。生得書，以無故，不敢告父母，乃夜遁，潛至嬌之門，住兩日，舅亦不知也。生時艤舟岸下，冀一見嬌後即歸，蓋慮父母知之，必獲重責。明日，舅送舊守以出於郊外，時紅乃與嬌私出，即上生舟，嬌執生手大慟曰：「郎不來矣，不幸迫於父母之命，不能相從。兄今青雲萬里，厚擇佳配，共享榮貴，妾不敢望也。向時與兄擁爐，謂事不濟，當以死謝，妾敢背此言邪？兄氣質孱薄，常多病，善攝養，毋以妾為念。」因出斷袖還生曰：「謝兄厚恩，復思此景，其可再得乎？」哭愈慟，紅亦淚下。久之，紅懼有他變，詐語嬌曰：「舅將至矣，宜速登岸。」嬌含淚口占一絶為别云：「合歡帶上真珠結，個個團圓又無缺。當時把向掌中看，豈意今為千古别。」生悲不能和，一揖而别。嬌佳期已逼，乃托感疾佯狂，蓬頭垢面，以求退親。父迫之，嬌引刀自截，左右救之，得不殞，因絶食數日，不能起。紅委曲開諭之，曰：「娘子平生俊快，豈不諳曉世事。帥家富貴極矣，子弟端方俊拔，殆過申生，娘子何苦如是邪？且聞媒者之言，彼之欲得娘子，甚如饑渴，其他皆所不問，娘子何自棄也？况申生歸後，亦已議親貴族，彼蓋亦絶念於此矣！」因圖帥子之貌以獻，曰：「得婿如是，亦無負矣。」嬌曰：「美則美耳，非我所及。事止此矣，吾志不易也。」紅又詐爲嬌舊遺生香珮下結，以破環隻釵，謂生遺遺嬌，因言已結他姻之意以相絶，嬌見之泣下，曰：「相從數年，申生之心事，我豈不知者。彼聞我有他，故特爲此以開釋我耳。」因取香珮細認，覺其虚，因曰：「我固知申生不如是也，我始以不正遇申生，終又背而之他，則我之淫蕩甚矣。既不克其始，又不有其終，人謂我何？紅娘子愛我厚矣，幸勿多言。我固不愛一身，以謝申生也。」遂不復言。舅聞而亦憐之，業已成矣，無可奈何。遣紅輩百端爲之開釋，終莫能悟。嬌遂吟詩二首寄與申生别，云：「如此鍾情古所稀，吁嗟好事到頭非。汪汪兩眼西風淚，猶向陽臺作雨飛。」「月有陰晴與圓缺，人有悲歡與會别。擁爐細語鬼神知，拚把紅顔爲君絶。」間隔數日，嬌竟以憂卒。生方接來詩，而訃音隨至，茫然自失，對景傷懷，獨坐則以手書空咄咄，若與人語。因賦《憶瑶姬》詞以弔嬌娘，詞曰：「蜀下相逢，千金麗質，憐才便肯分付。自念潘安容貌，無此奇遇。梨花擲處，還驚起，因共我擁爐低語。今生拚兩兩同心，不怕傍人間阻。此事憑誰處？對神明爲誓，死也相許。徒思行雲信斷，聽簫歸去，月明誰伴孤鸞舞？細思之，淚流如雨。便因喪命，甘從地下，和伊一處。」生兄綸見此詞尾句，知其語不祥，因再三慰解，終不能堪。又於壁上題詩一絶以别父母，詩曰：「竇翁德邵如椿古，蔡母年高與鶴齊。生育恩深俱未報，此身先死奈虞兮。」題畢，簡嬌所贈香羅帕，自縊於書窗間，為家人所覺，救免。兄綸與生之素識，皆來勸解之，且曰：「大丈夫志在四方，弟少年高科，青雲足下，而甘死兒女子手中邪？况天下多美婦人，何必是？」生色變氣逆，不能即對，徐曰：「佳人難再得！」因回顧二親，叮寧曰：「二哥才學俱優，妙年取功名，且及瓜期，前程萬里，顯親揚名，大吾門户，承繼宗祧，一夔足矣，惟大人割不忍之恩。」又顧兄綸曰：「雙親年高侍養，純不孝，不能酬罔極之恩，惟兄念之。」自是神思昏迷，不思飲食，日漸尫羸，竟奄奄不起。父母大慟，即日馳書告舅。舅得書，飛紅輩知之，舉家號泣。舅因呼紅痛責之曰：「往時問汝，汝何不實告我？稔成事變，以至於此，皆汝之咎。」紅不能對，因伏地請罪。久之，舅意稍解，乃曰：「事已如此，不可及矣。我兩違親議，亦老夫之罪也。」因痛自悔。又謂紅曰：「生前之願，既已違之矣，與死後之姻緣可也。今復書，舉嬌柩以歸於申家，得合葬焉。没而有知，其不快快於泉下也必矣。」於是復書，以此言告於生之父母，許焉。越月，得吉日，戒嚴，遂舁嬌柩以歸生家。舅書自悔責，且謝兩背姻盟之非。乃遣紅來弔慰，營辦喪事。又月餘，詢謀僉同，乃合葬于濯錦江邊。葬畢，紅告歸。抵舍之明日，因與小慧過嬌寢所，恍惚見嬌與生在室，相對笑語。紅倉皇告舅，舅復與往寢所物色之，則無有矣。惟見壁間之詞一闋云：「蓮閨愛絶，長向碧瑶深處歇。華表來歸，風物依然人事非。　月光如水，偏照鴛鴦新塚裏。黄鶴催班，此去何時得再還？」舅見此詞，不覺哀悼。所留字跡，半濃半淡，尋亦滅去，舅與紅輩皆驚異嗟歎而已。（節録自同前書卷十四）

四九　陸務觀：陸務觀游初娶唐氏，於其母夫人為姑侄。伉儷相得，而弗獲于姑，因出之，唐改適同郡宗子。嘗春日出遊，相遇於禹跡寺南之沈氏園。唐以語宗子，遣致酒殽，陸悵然久之。為賦《釵頭鳳》題園壁云：「紅酥手，黃藤酒，滿城春色宮牆柳。東風惡，歡情薄。一懷愁緒，幾年離索。錯錯錯。春如舊，人空瘦，淚痕紅浥鮫綃透。桃花落，閑池閣。山盟雖在，錦書難托。莫莫莫。」唐見而和之，有「世情薄，人情惡」之句，未幾，怏怏而卒，聞者為之悵然。放翁自與唐邂逅，終不能忘情。每過沈園，必登寺眺望，有絶句云：「落日城南鼓角哀，沈園非復舊池臺。傷心橋下春波緑，曾見驚鴻照影來。」及唐死，沈園亦三易主矣。放翁悵然有懷，復有詩云：「楓葉初丹槲葉黄，河陽愁鬢怯新霜。林亭感舊空回首，泉路憑誰説斷腸。壞壁醉題塵漠漠，斷雲幽夢事茫茫。年來俗念消除盡，回向蒲龕一炷香。」嗣後夢游沈氏園，又作二絶云：「路近城南已怕行，沈家園裏更傷情。香穿客袖梅花在，緑蘸寺橋春水生。」「城南小陌又逢春，只見梅花不見人。玉骨久成泉下土，墨痕猶鎖壁間塵。」

又，陸放翁之蜀，宿一驛中，見題壁云：「玉階蟋蟀鬧清夜，金井梧桐辭故枝。一枕淒涼眠不得，呼燈起作感秋詩。」放翁詢之，則驛卒女也，遂納為妾。方余半載，夫人逐之，妾賦《卜算子》云：「只知眉上愁，不識愁來路。窗外有芭蕉，陣陣黄昏雨。　曉起理殘妝，整頓教愁去。不合畫春山，依舊留愁住。」夫出一愛妻，得一妒妻，母夫人之為放翁計者誤矣，然愛妻見逐於母，愛妾復見逐於妻，何放翁之多不幸也！（同前）

五〇　舒氏女：王齊叟字彦齡，任俠有聲，愛唱《望江南》詞。娶舒氏女，亦工篇章。常以使酒忤翁，逐之，竟致離絶，而夫婦之好元無乖張。女在父家，一日行池上，懷其夫，作《點絳唇》曲云：「獨自臨

鷺散魚潛，煙斂風初定。波心静，照人如鏡，少個年時影。」（同前）

流，興來時把闌干憑。舊愁新恨，耗却來時興。

五一　梅妃：梅妃，姓江氏，莆田人。父仲遜，世為醫。妃年九歲，能誦《二南》，語父曰：「我雖女子，期以此為志。」父奇之，名曰「采蘋」。開元中，高力士使閩越，妃笄矣。見其少麗，選歸侍明皇，大見寵幸。長安大内、大明、興慶三宫，東都大内、上陽兩宫，幾四萬人，自得妃，視如塵土，宫中亦自以為不及。性喜梅，所居闌檻悉植數株，上榜曰「梅亭」。梅開，賦賞至夜分，尚顧戀花下不能去。上以其所好，戲名曰「梅妃」。妃有《蕭》、《蘭》、《梨園》、《梅花》、《鳳笛》、《玻杯》、《剪刀》、《綺窗》八賦。是時承平歲久，海内無事。上於兄弟間極友愛，日從燕間，必妃侍側。上命破橙往賜諸王，至漢邸，潛以足躡妃履，登時退閣，上命連趣，報言「適履珠脱綴，綴竟當來」。久之，上親往命妃。妃拽衣迓上，言「胸腹疾作，不果前也」，卒不至，其恃寵如此。後上與妃鬬茶，顧諸王戲曰：「此梅精也，吹白玉笛，作驚鴻舞，一座光輝。鬬茶今又勝我矣。」妃應聲曰：「草木之戲，誤勝陛下。設使調和四海，烹飪鼎鼐，萬乘自有心法，賤妾何能較勝負也？」上大悦。會太真楊氏入侍，寵愛日奪，上無疏意。而二人相疾，避路而行。上嘗方之英、皇，議者謂廣狹不類，竊笑之。太真忌而智，妃性柔緩，亡以勝，後竟為楊氏遷於上陽東宫。後，上憶妃，夜遣小黄門滅燭，密以戲馬召妃至翠華西閣，叙舊愛，悲不自勝。繼而上失寤，侍御驚報曰：「妃子已届閣前，當奈何？」上披衣，抱妃藏夾幙間。太真既至，問：「梅精安在？」上曰：「在東宫。」太真曰：「乞宣至，今日同浴温泉。」上曰：「此女已放屏，無並往也。」太真語益堅，上顧左右不答。太真大怒曰：「肴核狼藉，御榻下有婦人遺舄，夜來何人侍陛下寢，歡醉至於日出不視朝？陛下可出見群臣，妾止此閣以俟駕回。」上愧甚，拽衾向屏復寢，曰：「今日有疾，不可臨朝。」太真怒甚，徑歸私第。上頃覓妃所在，已為小黃門送，令步歸東宮，上怒斬之。遺舄並翠鈿命封賜妃，妃謂使者曰：「上棄我之深乎？」使者曰：「上非棄妃，誠恐太真無情耳。」妃笑曰：「恐憐我則動肥婢情，豈非棄也？」妃以千金壽高力士，求詞人擬司馬相如為《長門賦》，欲邀上意。力士方奉太真，且畏其勢，報曰：「無人解賦。」妃乃自作《樓東賦》，其略曰：「玉鑑塵生，鳳奩香殄。懶蟬鬢之巧梳，閑縷衣之輕練。苦寂寞於蕙宮，但凝思乎蘭殿。信標落之梅花，隔長門而不見。」太真聞之，訴明皇曰：「江妃庸賤，以謏詞宣言怨望，願賜死。」上默然。會嶺表使歸，妃問左右：「何處驛使來，非梅使邪？」對曰：「庶邦貢楊妃果實使來。」妃悲咽泣下。上在花萼樓，會夷使至，命封珍珠一斛密賜妃，妃不受，以詩付使者曰：「為我進御前也。」曰：「柳葉雙眉久不描，殘妝和淚污紅綃。長門自是無梳洗，何必珍珠慰寂寥。」上覽詩，悵然不樂，令樂府以新聲度之，號《一斛珠》，曲名是此始。後祿山犯闕，上西幸，太真死。及東歸，尋妃所在，不可得。上悲，謂兵火之後，流落他處。詔：「有得之，官三秩，錢百萬。」訪搜，不知所在。上又命方士飛神御氣，潛經天地，亦不可得。有宦者進其畫真，上言「甚似，但不活耳」，詩題於上曰：「憶昔嬌妃在紫宸，鉛華不御得天真。霜綃雖似當時態，爭奈嬌波不顧人。」讀之泣下，命模像刊石。後上暑月晝寢，髣髴見妃隔竹間泣，含涕障袂，如花朦霧露狀。妃曰：「昔陛下蒙塵，妾死亂兵之手，哀妾者埋骨池東梅株傍。」上駭然，流汗而瘖。登時令往太液池發視之，無獲，上益不樂。忽悟温泉湯池側有梅十餘株，豈在是乎？上自命駕，令發視，纔數株，得屍，裹以錦褥，盛以酒槽，附土三尺許。上大慟，左右莫能仰視。視其所傷，肋下有刀痕。上自製文誄之，以妃禮易葬焉。贊曰：明皇自為潞州別駕，以豪偉聞，馳騁犬馬鄠杜之間，與俠少游。用此起支庶，踐尊位，五十餘年，享天下之奉，窮奢極侈，子孫百數，其閱萬方美色衆矣。晚得楊氏，變易三綱，濁亂四海，身廢國辱，思之不少悔，是固有以中其心，滿其欲矣。江妃者，後先其間，以色為所深嫉，則其當人主者，又可知矣。議者謂或覆宗，或非命，均其媢忌自取。殊不知明皇耄而忮忽，至一日殺三子，如輕斷螻蟻之命。奔竄而歸，受制昏逆，四顧嬪嬙斬亡俱盡，窮獨苟活，天下哀之。《傳》曰「以其所不愛，及其所愛」，蓋天所以酬之也。報復之理，毫髮不差，是豈特兩女子之罪哉！（同前）

五二　小青：小青者，虎林某生姬也，家廣陵。與生同姓，故諱之，僅以小青字云。姬夙根穎異，十歲遇一老尼，授《心經》，一再過了了，覆之，不失一字。尼曰：「是兒蚤慧福薄，願乞作弟子。即不爾，無令識字，可三十年活耳。」家人以為妄，嗤之。母本女塾師，隨就學，所遊多名閨，遂得精涉諸技，妙解聲律。江都固佳麗地，或諸閨彦雲集，茗戰手語，衆偶紛然。姬隨變酬答，悉出意表，人人惟恐失姬。雖素閑儀則，而風期逸豔，綽約自好，其天性也。年十六，歸生。生，豪公子也，性嘈唼憨跳不韻。婦更奇妬，姬曲意下之，終不解。一日，隨遊天竺，婦問曰：「吾聞西方佛無量，而世多專禮大士者何？」姬曰：「以其慈悲耳。」婦知諷己，笑曰：「吾當慈悲汝。」乃徙之孤山別業，誡曰：「非吾命而郎至，不得入。非吾命而郎手劄至，亦不得入。」姬自念彼置我閑地，必密伺短長，借莫須有事魚肉我，以故深自斂戢。婦或出遊，呼與同舟，遇兩堤間馳騎挾彈游冶少年，諸女伴指點謔躍，倏東倏西，姬淡然凝坐而已。婦之戚屬某夫人者，才而賢，嘗就姬學奕，絶愛憐之。因數取巨觴觴婦，瞷婦已醉，徐語姬曰：「船有樓，汝伴我一登。」比登樓，遠眺久之，撫姬背曰：「好光景，可惜，無自苦，章臺柳亦倚紅樓盼韓郎走馬，而子作蒲團空觀邪？」姬曰：「賈平章劍鋒可畏也。」夫人笑曰：「子誤矣，平章劍鈍，女平章乃利害耳。」居頃之，顧左右寂無人，從容諷曰：「子才韻色色無雙，豈當墮羅刹國中？吾雖非女俠，力能脱子火坑。頃言章臺事，子非會心人邪？天下豈少韓君平？且彼視子去，拔一眼中釘耳。縱能容子，子遂向黨將軍帳下作羔酒侍兒乎？」姬謝曰：「夫人休矣，吾幼夢手折一花，隨風片片著水，命止此矣。夙孽未了，又生他想，彼冥曹姻緣簿，非吾如意珠，徒供群口畫描耳。」夫人歎曰：「子言亦是，吾不子强。雖然，好自愛。彼或好言飲食汝，乃更可慮。即旦夕所須，第告我。」相顧泣下沾衣。恐他婢竊聽，徐拭淚還坐，尋别去。夫人每向宗戚語之，聞者酸鼻云。姬自是幽憤悽怨，俱托之詩或小詞。而夫人後亦從宦遠方，無與同調者，遂鬱鬱感疾，歲餘益深。婦命醫來，仍遣婢以藥至。姬佯感謝，婢出，擲藥床頭，笑曰：「吾固不願生，亦當以净體皈依，作劉安雞犬，豈汝一杯鴆能斷送乎？」然病益不支，水粒俱絶，日飲梨汁一小盞許。益明妝冶服，擁襆欹坐，或呼琵琶婦唱盲詞自遣。雖數暈數醒，終不蓬首偃卧也。忽一日，語老嫗曰：「可傳語冤業郎，覓一良畫師來。」師至，命寫照，寫畢，攬鏡熟視，曰：「得吾形似矣，未盡吾神也。」姑置之。又易一圖，曰：「神是矣，而風態未流動也。若見我而目端手莊，太矜持故也。」姑置之。命捉筆於傍，而自與嫗指顧語笑，或扇茶鐺，或簡書，或自整衣褶，或代調丹璧諸色，縱其想會。須臾圖成，果極妖纖之致，笑曰：「可矣。」師去，取圖供榻前，焚香，設梨酒奠之，曰：「小青，小青，此中豈有汝緣分乎？」撫几，淚潸潸如雨，一慟而絶，時年十八耳。日向暮，生始踉蹌來。披帷見容光藻逸，衣態鮮好，如生前無病時，忽長號頓足，嘔血升餘。徐檢得詩一卷，遺像一幅。又一緘寄某夫人，啟視之，叙致惋痛，後書一絶句。生痛呼曰：「吾負汝！吾負汝！」婦聞恚甚，趨索圖，乃匿第三圖，偽以第一圖進，立焚之。又索詩，詩至，亦焚之。及再簡草稿，業散失盡。而姬臨卒時，取花鈿數事贈嫗之小女，襯以二紙，正其詩稿，得九絶句，一古詩，一詞，並所寄某夫人者，共十二篇。古詩云：「雪意閣雲雲不流，舊雲正壓新雲頭。米顛顛筆落窗外，松嵐秀處當我樓。垂簾只愁好景少，捲簾又怕風繚繞。簾捲簾垂底事難，不情不緒誰能曉。爐煙漸瘐剪聲小，又是孤鴻唳悄悄。」絶句云：「稽首慈雲大士前，莫生西土莫生天。願為一滴楊枝水，灑作人間並帶蓮。」「春衫血淚點輕紗，吹入林逋處士家。嶺上梅花三百樹，一時應變杜鵑花。」「新妝竟與畫圖爭，知在昭陽第幾名。瘦影自臨春水照，卿須憐我我憐卿。」「西陵芳草騎轔轔，内信傳來喚踏春。杯酒自澆蘇小墓，可知妾是意中人。」「冷雨幽窗不可聽，挑燈閒看《牡丹亭》。人間亦有癡於我，豈獨傷心是小青。」「何處雙禽集畫闌，朱朱翠翠似青鸞。如今幾個憐文彩，也向秋風鬬羽翰。」「脈脈溶溶豔豔波，芙蓉睡醒欲如何。妾映鏡中花映水，不知秋思落誰多。」「盈盈金谷女班頭，一曲驪珠衆伎收。直得樓前身一死，季倫原是解風流。」「鄉心不畏兩峰高，昨夜慈親入夢遥。說是浙江潮有信，浙潮争似廣陵潮。」其《天仙子》詞云：「文姬遠嫁昭君塞，小青又續風流債。也虧一陣黑罡風，火輪下，抽身快，單單别别清凉界。原不是鴛鴦一派，休算做相思一槩。自思自解自商量，心可在，魂可在，著衫又撚雙裙帶。」與某夫人書云：「玄玄叩首瀝血，致啟夫人台座下：闕頭祖帳，迥隔人天。官舍良辰，當非寂度。馳情感往，瞻睇慈雲，分燠噓寒，如依膝下。糜身百體，未足云酬，娣娣姨姨無恙。猶憶南樓元夜，看燈諧謔，姨指畫屏中一憑欄女曰：『是嬈嬈兒倚風獨盼，恍惚有思，當是阿青。』妾亦笑指一姬曰：『此執拂姣鬟，偷近郎側，將無似娣。』於時角彩尋歡，纏綿徹曙，寧復知風流雲散，遂有今日乎？往者仙槎北渡，斷梗南樓，狺語哮聲，日焉三至。漸乃微辭含吐，亦如尊旨云云。切揆鄙衷，未見其可。夫屠肆菩心，餓狸悲鼠，此直供其換馬，不即辱以當壚。去則弱絮風中，住則幽蘭霜裏，蘭因絮果，現業誰深？若便祝髮空門，洗妝浣慮，而豔思綺語，觸緒紛來。正恐蓮性雖胎，荷絲難殺，又未易言此也。乃至遠笛哀秋，孤燈聽雨，雨殘笛歇，謖謖松聲。羅衣壓肌，鏡無乾影，晨淚鏡潮，夕淚鏡汐。今兹雞骨，殆復難支，痰灼肺然，見粒而嘔，錯情易意，悦憎不馴。老母娣弟，天涯問絶。嗟乎！未知生樂，焉知死悲？憾促歡淹，無乃非達。妾少受天穎，機警靈速，豐兹嗇彼，理詎能雙？然而神爽有期，故未應寂寂也。至其淪忽，亦匪自今，結褵以來，有宵靡旦，夜臺滋味，諒不殊斯，何必紫玉成煙，白花飛蝶，乃謂之死哉？或軒車南返，駐節維揚，老母惠存，如妾之受，阿秦可念，幸終垂憫。疇昔珍贈，悉令見殉，寶鈿繡衣，福星所賜，可以超輪消劫耳。然小六娘竟先期相俟，不憂無伴。附呈一絶，亦是鳥死鳴哀。其詩集、小像，托陳媪好藏，覓便馳寄。身不自保，何有於零膏冷翠乎？他時放船堤下，探梅山中，開我西閣門，坐我緑陰床，髣生平於響像，見空幃之寂颷。是邪？非邪？其人斯在。嗟乎夫人！冥明異路，永從此辭。玉腕珠顔，行就塵土，興思及此，慟也何如！玄玄叩首叩首上。」後附絶句云：「百結廻腸寫淚痕，重來唯有舊朱門。夕陽一片桃花影，知是亭亭倩女魂。」生之戚某集而刻之，名曰《焚餘》。戔戔居士曰：「讀小青諸詠，雖凄惋，不失氣骨。憾全稿不傳。要之徑寸珊瑚，更自可憐惜耳。聞第二圖藏嫗家，余竭力購得之。娟娟楚楚，如秋海棠花。其衣裏珠外翠，秀豔有文士韻。然尚是副本，即姬所謂『神已是，而風態未流動』者，未知第三圖更夫何如？嫗嘗言：『姬喜看書，書少，就郎取，不得，悉從某夫人借觀。間作小畫，畫一扇，甚自愛，郎聞之，苦索不與。』又言：『姬好與影語，或斜陽花際，煙空水清，輒臨池自照，對影絮絮如問答。婢輩窺之，則不復爾。但微見眉痕慘然，似有泣意。』余覽集中第四絶，知此語非妄也。嗟乎！世之負才零落，躑躅泥梨中，顧影自憐，若忽若失，如小青者，可勝道哉！」（同前）

五三 遼懿德皇后蕭氏：遼懿德皇后蕭氏，為北面官南院樞密使惠之少女。母邪（當作耶）律氏，夢月墜懷，已復東升，光耀照爛，不可仰視，漸升中天，忽為天狗所食。驚寤，而后生，時重熙九年五月己未也。母以語惠，惠曰：「此女必大貴，而不得令終。且五日生女，古人所忌，命已定矣，將復奈何？」后幼能誦詩，旁及經、子。及長，姿容端麗，為蕭氏稱首，皆以觀音目之，因小字觀音。二十二年，今上在青宫，進封燕趙國王，慕后賢淑，聘納為妃。后婉順，善承上意，復能歌詩，而彈筝、琵琶，尤為當時第一。繇是愛幸，遂傾後宮。及上即位，以清寧元年十二月戊子，册為皇后。后方出閤升坐，扇開簾捲，忽有白練一段，自空吹至后褥位前，上有「三十六」三字。后問：「此何也？」左右曰：「此天書，命可敦領三十六宫也。」后大喜。宫中為語曰：「孤穩壓帕女古鞞，菩薩喚作耨斡麼。」蓋言以玉飾首，以金飾足，以觀音作皇后也。二年八月，上獵秋山，后率妃嬪從行在所。至伏虎林，上命后賦詩，后應聲曰：「威風萬里壓南邦，東去能翻鴨緑江。靈怪大千都破膽，那教猛虎不投降。」上大喜，出示群臣曰：「皇后可謂女中才子。」次日，上親御弓矢射獵，有虎突林而出，上曰：「朕射得此虎，可謂不愧后詩。」一發而殪，群臣皆呼萬歲。是歲十一月，群臣上皇帝尊號曰「天佑皇帝」，后曰「懿德皇后」。三年秋，上作《君臣同志》《華夷同風》詩，后應制屬和曰：「虞庭開盛軌，王會合奇琛。到處承天意，皆同捧日心。文章通鹿蠡，聲教薄雞林。大寓看交泰，應知無古今。」明年，后生皇子濬，皇太叔重元妃入賀，每顧影自矜，流目送媚。后語之曰：「貴家婦宜以莊臨下，何必如此？」妃銜之，歸罵重元曰：「汝是聖宗兒，豈虎斯不若？使教坊奴得以可敦加吾。汝若有志，當除此帳，笞撻此婢。」於是，重元父子合謀，於九年七月駕幸灤水，聚兵作逆。須臾兵潰，父子伏誅。而討平此亂，則知北樞密院事趙王耶律乙辛與有功焉，尋進南院樞密使，威權震灼，傾動一時。惟后家不肯相下，乙辛每為怏怏。及咸雍初，皇子濬册為皇太子，益復蓄奸為圖后計矣。后常慕唐徐賢妃行事，每於當御之夕，進諫得失。國俗君臣尚獵，故有四時捺鉢。上既擅聖藻，而尤長弓馬，往往以國服先驅。所乘馬號飛電，瞬息百里，常馳入深林邃谷，扈從求之不得。后患之，乃上疏諫曰：「妾聞穆王遠駕，周德用衰；太康佚豫，夏社幾危。此遊畋之往戒，帝王之龜鑑也。頃見駕幸秋山，不閑六御，特以單騎從禽，深入不測。此雖威福所屆，萬靈自為擁護。儻有絶群之獸，果如東方所言，則溝中之豕，必敗簡子之駕矣。妾雖愚闇，竊為社稷憂之。惟陛下尊老氏馳騁之戒，用漢文吉行之旨。」上雖嘉納，心頗厭遠。故咸雍之末，遂稀幸御。后因作詞曰《回心院》，被之管弦，以寓望幸之意也。「掃深殿，閉久金鋪暗。遊絲絡網塵作堆，積歲青苔厚階面。掃深殿，待君宴。」「拂象牀，憑夢借高唐。敲壞牛邊知妾卧，恰當天處少輝光。拂象牀，待君王。」「換香枕，一半無雲錦。為是秋來輾轉多，更有雙雙淚痕滲。換香枕，待君寢。」「鋪翠被，羞殺鴛鴦對。猶憶當時叫合歡，而今獨覆相思塊。鋪翠被，待君睡。」「裝繡帳，金鈎未敢上。解却四角夜光珠，不教照見愁模樣。裝繡帳，待君貺。」「疊錦茵，重重空自陳。只願身當白玉體，不願伊當薄命人。疊錦茵，待君臨。」「展瑶席，花笑三韓碧。笑妾新鋪玉一牀，從來婦歡不終夕。展瑶席，待君息。」「剔銀燈，須知一樣明。偏是君來生彩暈，對妾故作青熒熒。剔銀燈，待君行。」「爇熏爐，能將孤悶蘇。若道妾口多穢賤，自沾御香香徹膚。爇熏爐，待君娱。」「張鳴箏，恰恰語嬌鶯。一從彈作房中曲，常和窗前風雨聲。張鳴箏，待君聽。」時諸伶無能奏演此曲者，獨伶官趙惟一能之。而宮婢單登，故重元家婢，亦善箏及琵琶，每與惟一争能，怨后不知己。后乃召登與對彈四百二十八調，皆不及后彈，愧恥拜服。於時上常召登彈箏，后諫曰：「此叛家婢，女中獨無豫讓乎？安得輕近御前？」因遣直外别院，登深嫉之。而登妹清子，嫁為教坊朱頂鶴妻，方為耶律乙辛所暱，登每向清子誣后與惟一淫通。乙辛具知之，欲乘此害后。以為不足證實，更命他人作《十香》淫詞，用為誣案，云：「青絲七尺長，挽出内家裝。不知眠枕上，倍覺緑雲香。」「紅綃一幅强，輕闌白玉光。試開胸探取，尤比顫酥香。」「芙蓉新失豔，蓮花落故牀。兩般總堪比，可似粉腮香。」「蛸螬那足並，長須學鳳凰。昨宵歡臂上，應惹領邊香。」「和羹和滋味，送語出宫商。定知郎口内，含有煖甘香。」「非關兼酒氣，不是口脂芳，却疑花解語，風過送來香。」「既摘上林蕊，還親御苑桑。歸來便攜手，纖纖春筍香。」「鳳鞾抛合縫，羅襪卸輕霜。誰將煖白玉，雕出軟鈎香。」「解帶色已戰，觸手心愈忙。那識羅裙内，消魂别有香。」「咳唾千花釀，肌膚百和裝。元非噉沉水，生得滿身香。」乙辛陰屬清子，使登乞后手書。登時雖外直，常得見后。后善書，登詒后曰：「宋國忒里蹇所作，更得御書，便稱二絶。」后讀而喜之，即為手書一紙。紙尾復書己所作《懷古》詩一絶云：「宫中只數趙家妝，敗雨殘雲誤漢王。惟有知情一片月，曾窺飛鳥入昭陽。」登得后手書，持出與清子，云：「老婢淫案已得，況可汗性忌，早晚見其白練掛粉頭也。」乙辛已得書，遂構詞。命登與朱頂鶴赴北院陳首：「伶官趙惟一，私侍懿德皇后，有《十香》淫詞為證。」乙辛乃密奏曰：「太康元年十月二十三日，據外直别院宫婢單登及教坊朱頂鶴陳首，本坊伶官趙惟一向要結本坊入内承直高長命，以彈箏、琵琶得召入内，沐上恩寵。乃輒干冒禁典，謀侍懿德皇后御前。忽於咸雍六年九月，駕幸木葉山，惟一公稱有懿德皇后旨，召入彈箏。於時皇后以御制《回心院》曲十首，付惟一入調。自辰至酉，調成，皇后向簾下目之，遂隔簾與惟一對彈。及昏，命燭，傳命惟一去官服，著緑巾，金抹額，窄袖，紫羅衫，珠帶，烏鞾。皇后亦著紫金百鳳衫，杏黄金縷裙，上戴百寶花髻，下穿紅鳳花鞾。召惟一更入内帳，對彈琵琶。命酒對飲，或飲或彈。至院鼓三下，敕内侍出帳。登時當直帳，不復聞帳内彈飲，但聞笑聲。登亦心動，密從帳外聽之。聞言后曰：『可封有用郎君。』惟一低聲言曰：『奴具雖健，小蛇耳，自不敵可汗真龍。』后曰：『小猛蛇却賽真懶龍。』此後但聞惺惺若小兒夢中啼而已。院鼓四下，后喚登揭帳，曰：『惟一醉不起，可為我喚醒。』登叫惟一百遍，始為醒狀，乃起拜辭。后賜金帛一篋，謝恩而出。其後駕還，雖時召見，不敢入帳。后深懷思，因作《十香詞》賜惟一。惟一持出誇示同官，朱頂鶴手奪其詞，使婦清子問登。登懼事發連坐，乘暇泣諫。后怒痛笞，遂斥外直。但朱頂鶴與登共悉其事，使含忍不言，一朝敗壞，安免株坐，故敢首陳，乞為轉奏，以正刑誅。臣惟皇帝以至德統天，化及無外，寡妻匹婦，莫不刑于，於今宫帳深密，忽有異言，其有關治化，良非渺小。故不忍隱諱，輒據詞，並手書《十香詞》一紙，密奏以聞。」上覽奏，大怒，即召后對詰，后痛哭轉辯曰：「妾托體國家，已造婦人之極。況誕育儲貳，近且生孫，兒女滿前，何忍更作淫奔失行之人乎？」上出《十香詞》曰：「此非汝作手書，更復何辭？」後曰：「此宋國忒里蹇所作，妾即從單登得而書賜之耳。且國家無親蠶事，妾作那得有親桑語？」上曰：「詩正不妨以無為有，如詞中合縫鞾，亦非汝所著，為宋國服邪？」上怒甚，因以鐵骨朵擊后，后幾至殞。即下其事，使參知政事張孝傑與乙辛窮治之。乙辛乃繫械惟一、長命等訊鞫，加以釘灼盪錯等刑，皆為誣服。獄成，將奏。樞密副使蕭惟信馳語乙辛、孝傑曰：「懿德賢明端重，化行宫帳。且誕育儲君，為國大本，此天下母也。而可以叛家仇婢一語動搖之乎？公等身為大臣，方當燭照奸宄，洗雪冤誣，烹滅此輩，以報國家，以正國體，奈何欣然以為得其情也？公等幸更為思之。」不聽，遂具獄上之。上猶未決，指后《懷古》一詩曰：「此是皇后罵飛燕也，如何更作《十詞》？」孝傑進曰：「此正皇后懷趙惟一耳。」上曰：「何以見之？」孝傑曰：「『宮中只數趙家妝，惟有知情一片月』，是以二句中包含『趙惟一』三字也。」上意遂決，即日族誅惟一，並斬長命，敕后自盡。時皇太子及齊國諸宮主，咸被髮流涕，乞代母死。上曰：「朕親臨天下，臣妾億兆，而不能防閑一婦，更何施眉目靦然南面乎？」后乞更面可汗一言而死，不許。后乃望帝所而拜，作絶命詞曰：「嗟薄祐兮多幸，羌作麗兮皇家。承昊穹兮下覆，近日月兮分華。托後鈞兮凝位，忽前星兮啟耀。雖釁累兮黄牀，庶無罪兮宗廟。欲貫魚兮上進，乘陽德兮天飛。豈禍生兮無朕，蒙穢惡兮宮闈。將剖心兮自陳，冀廻照兮白日。寧庶女兮多慚，遏飛霜兮下擊。顧子女兮哀頓，對左右兮摧傷。共西曜兮將墜，忽吾去兮椒房。呼天地兮慘悴，恨今古兮安極。知吾生兮必死，又焉愛兮旦夕。」遂閉宮以白練自經。上怒猶未解，命裸后屍，以葦席裹還其家。春秋三十有六，正符白練之語，聞者莫不冤之。皇太子投地大呼曰：「殺吾母者，耶律乙辛也。他日不門誅此賊，不為人子。」乙辛遂謀害太子，無虚日矣。見王鼎《焚椒録》 王鼎曰：「嗟嗟！自古國家之禍，未嘗不起於纖纖也。鼎觀懿德之變，固皆成於乙辛，然其始也，繇於伶官得入宮帳，其次則叛家之婢使得近左右，此禍所繇生也。第乙辛凶慘無匹固無論，而孝傑以儒業起家，必明於大義者，使如維信直言，毅然諍之，后必不死，后不死，則太子可保無恙，而上亦何慚於少恩骨肉哉！乃亦昧聲同心，自保禄位，卒使母后、儲君與諸老成，一旦皆死於非辜，此史册所書未有之禍也。二人者，可謂罪通天者乎！然懿德所以取禍者有三，曰好音樂與能詩、善書耳。假令不作《回心院》，則《十香》詞安得誣出后手乎？至於《懷古》一詩，則天實為之，而月食飛練，先命之矣！」姚叔祥曰：「鼎作此録，在謫居鎮州時。時乙辛已因萊州，孝傑亦死，故敢實録其事。但天祚時鼎尚在，如懿德皇后第二女趙國公主以匿救天祚，竟誅乙辛，孝傑剖棺戮屍，以家屬分賜群臣事，並不補録，一快觀者，亦一不了公案。」（同前）

五四　戴復古，字式之，號石屏。薄游江西，有富家翁愛其才，以女妻之。居二三年，忽欲作歸計。妻問其故，告以曾娶。妻白之父，父怒，妻宛曲解釋，盡以奩具贈行。仍餞以詞云：「惜多才，憐薄命，無計可留汝。揉碎花箋，忍寫斷腸句。道傍楊柳依依，千絲萬縷，抵不住一分愁緒。捉月盟言，不是夢中語。後回君若重來，不相忘處，把杯酒澆奴墳土。」石屏既别，遂赴水死。戴之無行，不待言矣。此婦性氣，亦自可畏。昔鄧敞以孤寒不第，牛奇章之子蔚謂敞曰：「吾有女弟未出門，子能婚，當為展力。」時敞已為李評事之婿矣，利其言，許之。既登第，就牛氏親。不日，挈牛氏而歸。將及家，敞紿牛氏，先回家灑掃。及至家，又不敢泄其事。明日，牛氏僕驅其輜橐，直入内鋪設。李氏驚問，答以夫人將到。李知别娶，撫膺大慟頓地。牛至，知其賣己，請見李氏曰：「吾父為宰相，兄弟皆在郎省，縱不得富貴，豈無一嫁處邪？其不幸，豈惟夫人哉？今願一與夫人同之。」自是相歡如姊妹焉。牛氏大賢德，絶無一毫丞相女在胸中。此婦未免有「富家女」三字在。（同前）

五五　韋莊、何康女：韋莊以才名寓蜀，蜀王建遂羈留之。莊有寵人，資質豔麗，兼善詞翰。建聞之，托以教内人為詞，强莊奪去。莊追念悒怏，作《謁金門》詞云：「空相憶，無計得傳消息。天上姮娥人不識，寄書何處覓。新睡覺來無力，不忍把伊書跡。滿院落花春寂寂，斷腸芳草碧。」姬後聞得此詞，遂不食而卒。非留莊也，留其寵也。非愛才也，愛其色也。建之不情甚矣，莊亦失見幾之智焉。蜀主建北巡，至閬州。州人何康女色美，將嫁。蜀主取之，賜其夫家帛百匹，其夫一慟而卒。欲結人心，割所愛以贈之，猶恐其不受也，況奪之乎？宜建之不終也。姬得詞而死，夫見帛而亡。假令是姬是夫湊成一對，交相愛，交相死，必致雙鴛連理之異矣。(同前)

五六 花蕊夫人：徐匡璋納女於蜀主孟昶，拜貴妃，别號花蕊夫人，意花不足擬其色，似花蕊翻輕也，又升號慧妃。一日大熱，昶與妃夜起，避暑摩訶池上。作詞云：「冰肌玉骨清無汗，水殿風來暗香滿。簾開明月獨窺人，欹枕釵横雲鬢亂。起來瓊户啟無聲，時見疏星渡河漢。屈指西風幾時來，只恐流年暗中换。」乾德三年，王師平蜀。太祖聞花蕊名，命别將護送入京，納之。昶美丰儀，喜獵，善彈。夫人心嘗憶昶，悒悒不敢言。因自畫昶以祀，復佯言於衆曰：「祀此神者多子。」一日，宋祖見而問之，夫人亦托前言，諱其姓，遂假張仙，自是求子者多祀之，迄今不改。夫人徐姓，見吴曾《能改齋漫録》。陳無己以為青城費氏，誤也。《丹鉛録》云：「花蕊夫人宫詞之外，尤工樂府。蜀亡，入汴，道經葭萌，題驛壁云：『初離蜀道心將碎，離恨綿綿。春日如年，馬上時時聞杜鵑。』書未畢，為軍將催行。後人續之云：『三千宫女皆花貌，妾最嬋娟。此去朝天，只恐君王寵愛偏。』」按：花蕊見宋祖時，使陳所作，因誦其亡國詩云：「君王城上樹降旗，妾在深宫那得知。四十萬人盡解甲，並無一個是男兒。」據此詩，則途中必不作敗節語，續者真可云狗尾矣。按：花蕊夫人，蜀王建妾，號小徐妃。在王衍時，坐遊燕污亂亡國。莊宗平蜀後，隨王衍歸中國，半途遭害。及孟氏再有蜀，傳至昶，亦有花蕊夫人，亦姓徐，何前後之相符也？又按：張仙名遠霄，五代時人，遊青城山成道。老泉有贊。人知花蕊夫人假託，不知真有張仙。《續豔異編》載：雲間舒大才，於麟德二年春，因訪友，路遇美人，賡詩成契。及明，得古祠，塑美人像，木主題曰「花蕊夫人。」果有之，亦必王蜀花蕊耳。（同前）

五七　周美成：周美成名邦彥，官至待制。在姑蘇，與營妓岳楚雲相戀。後從京師過吴，則岳已從人久矣。因飲於太守蔡巒坐上，見其妹，為作《點絳唇》寄之，云：「遼鶴西歸，故人多少傷心事。短書不寄，魚浪空千里。　憑杖桃根，說與相思意。愁何際，舊時衣袂，猶有東風淚。」楚雲得詞，感泣累日。（同前）

五八　劉翠翠：翠翠姓劉氏，淮安民家女也。生而穎悟，能通詩書。父母不奪其志，就令入學。同學有金氏子，名定，與同歲，亦聰明俊雅。諸生戲之曰：「同歲者當為夫婦。」二人亦私自許。金生贈翠翠詩曰：「十二闌干七寶臺，春風隨處豔陽開。東園桃樹西園柳，何不移來一處栽。」翠翠和之曰：「平生每恨祝英臺，懷抱何為不早開？我願東君勤用意，早移花樹向陽栽。」已而，翠翠年長，不復至學。父母為其議親，輒悲泣不食。以情問之，初不肯言，久乃曰：「西家金定，妾已許之矣。若不相從，有死而已，誓不登他門也！」父母不得已而聽焉。遂卜日結婚，凡幣帛之類，羔鴈之屬，皆女家自備。迎婿入門，二人相見，喜可知矣。是夕，翠翠於枕畔作《臨江仙》一闋贈生曰：「曾向書窗同筆硯，故人今作新人。洞房花燭十分春。汗霑蝴蝶粉，身惹麝香塵。殢雨尤雲渾未慣，枕邊眉黛羞顰。輕憐痛惜莫辭頻。願郎從此始，日近日相親。」生遂次韻曰：「記得書齋同筆硯，新人不是他人。扁舟來訪武陵春。仙居鄰紫府，人世隔紅塵。海誓山盟心已許，幾番淺笑深顰。向人猶自語頻頻。意中無别意，親外有誰親。」二人相得之樂，雖翡翠之在赤霄，鴛鴦之游緑水，未足喻也。……事載瞿宗吉《剪燈新話》。後尚有翠翠家舊僕，以商販過道場山，遇翠翠夫婦，寄書於父母。父買舟來訪，徒見二墳，夜復夢翠翠云云。似涉小説家套數，今删之。（節録自同前）

五九 王瓊奴：瓊奴，姓王氏，字潤貞，常山人。二歲而父歿，母童氏，攜瓊奴適富人沈必貴。沈無子，愛有之過己生。年十四，雅善歌詞，兼通音律，言德工容，四者咸備，近遠争求納聘焉。時同里有徐從道、劉均玉者，請婚猶切。徐子苕郎，劉子漢老，皆儀容秀整，且與瓊奴同年。徐華胄而清貧，劉暴富而白屋。猶豫遲疑，莫之能定。一日，謀於族人之有識者，曰：「擇婿為重。」教之治具，召二生而面試之。乃于二月花晨，張筵會客，里中名勝咸集於庭。均玉、從道亦各攜子而至，漢老雖人物整然，而登降揖讓，未免矜持。苕郎則衣冠樸素，舉止自如。沈之族長有耕雲者，號知人，一見二生，已默識其優劣矣。乃指壁間所掛《惜花春起早》、《愛月夜眠遲》、《掬水月在手》、《弄花香滿衣》四畫，使二生詠之。漢老恃富，懶事詩書，聞命睢盱，久而不就。苕郎從容染翰，頃刻而成。耕雲嘖嘖稱賞。……苕郎持歸，以誇於漢老。漢老方恨其奪己配也，以白均玉，均玉不咎子之無學，反切齒於徐、沈。誣以陰重事，俱不得白。徐戍遼陽，沈戍嶺表，全家俱往。訣别之際，黯然銷魂，觀者悉為下淚，自此南北各不相聞。已而必貴謝世，家事零落。唯童氏母女在，蕭然茅店，賣酒路旁。雖患難之中，瓊奴無復昔時容態，而青年粉質，終異常人。有吴指揮者悦之，欲娶為妾，童氏以既聘辭。吴知其故，遣媒謂曰：「徐郎遼海從戍，死生未卜。縱幸無恙，安能至此成姻乎？」瓊不聽，吴遂以勢凌之。童氏懼，與瓊謀曰：「苕去五載，音問杳然。汝之身事，終恐荒唐矣。矧他鄉孤寡，其何策以拒彼彪悍乎？」瓊泣曰：「徐本為兒遭禍，背之不仁，兒有死耳。」因賦《滿庭芳》詞以自誓云：「綵鳳分群，文鴛失侶，紅雲路隔天台。舊時院落，畫棟積塵埃。讒有玉京離燕，向東風、似訴悲哀。主人去，捲簾恩重，空屋亦歸來。　涇陽憔悴女，不逢柳毅，書信難裁。歎金釵脱股，寶鏡離臺。萬里遼陽，郎去也，甚日重回？丁香樹，含花到死，肯傍別人開。」是夜，自縊於房中，母覺而救解，良久方甦。吴指揮者聞之怒，使麾下碎其釀器，逐去他居，欲折困之。時有老驛使杜君，亦常山人，必貴存日，相與善，憐童氏孤苦，假以驛廊一間而安焉。（節録自同前）

六〇　林和靖：林君復名逋，賜號和靖處士。有惜別《長相思》辭云：「吴山青，越山青，兩岸青山相送迎。誰知離別情。　君淚盈，妾淚盈，羅帶同心結未成。江頭潮已平。」宋史謂其不娶，似無情者。特著其一詞，見非不近人情者耳。按林洪著《家山（當作「山家」）清話》，其中言「先人和靖先生」云云，即先生之子也。或喪偶後未嘗更娶乎？（同前書卷十五）

六一　李衛公：衛公李靖為亡妓謝秋娘撰《望江南》曲，亦云《夢江南》，每首五句。見《樂府雜録》。白樂天作《憶江南》三首，第一「江南好」，第二、第三「江南憶」，自注云：「此曲亦名《謝秋

娘》。」蓋本于衛公也。（同前）

六二 范文正：范文正守鄱陽，喜樂籍一小鬟。未幾召還，作詩寄後政云：「慶朔堂前花自栽，便移官去未曾開。年年憶著成離恨，為托東風管領回。」到京後，以胭脂寄其人，題詩云：「江南有美人，別後嘗相憶。何以慰相思，贈汝好顏色。」事載《西溪叢語》。文子悱謂范公決無此事，當時小人妒冒者為之。余謂便有此事，何傷范公盛德？文正公有《御街行》詞云：「紛紛墜葉飄香砌。夜寂靜，寒聲碎。珍珠簾捲玉樓空，天澹銀河垂地。年年今夜，月華如練，長是人千里。愁腸已斷無繇醉。酒未到，先成淚。殘燈明滅枕頭欹，諳盡孤眠滋味。都來此事，眉間心上，無計相迴避。」范公一時勳德重望，而辭亦情致如此。朱良矩嘗語楊用修云：「天之風月，地之花柳，與人之歌舞，無此不成三才。」（同前）

六三 司馬温公：司馬温公為定武從事，同幕以妓會飲僧房，王荊公往迫之，使妓踰垣而去，公度不可隱，乃具道其實，荊公集句戲之云：「年去年來來去忙，暫偷閒卧老僧牀。驚回一覺遊仙夢，又逐流鶯過短牆。」温公嘗即席賦《西江月》詞云：「寶髻鬆鬆綰就，鉛華淡淡妝成。紅煙紫霧罩輕塵，飛絮遊絲無定。相見爭如不見，有情還似無情。笙歌散後酒微醒，深院月明人靜。」楊元素學士見之，曰：「此公風情亦不薄。」元素，名繪。（同前）

六四 歐陽文忠：歐陽文忠任河南推官，染一妓。時錢文僖公名惟演罷政，為西京留守，梅聖俞、謝希深、尹師魯同在幕下，惜歐有才無行，共白於公，屢微諷而不知恤。一日，宴於後圃，客集，而歐與妓俱不至。移時方來，在坐相視以目。公責妓云：「來何遲也。」妓云：「中暑，往涼堂睡着，覺而失金釵，猶未見。」公曰：「若得歐陽推官一詞，當為償汝。」歐即度云：「柳外輕雷池上雨，雨聲滴碎荷聲。小樓西角斷虹明。闌杆倚遍，佇待月華生。　燕子飛來棲畫棟，玉鈎垂下簾旌。涼波不動簟紋平。水晶雙枕，旁有墮釵横。」坐客皆善。遂命妓滿酌賞歐，而令公庫償其失釵。　公嘗有小詞云：「江南柳，葉小未成陰。人為絲輕那忍折，鶯憐枝嫩不勝吟，留取待春深。　十四五，閑抱琵琶尋。堂上簸錢堂下走，恁時相見已留心，何況到如今。」意贈婢之詞也，而忌者誣公為盜甥。噫！詞之不可輕作也如此。　蘇子瞻倅杭日，府僚湖中高會，官妓秀蘭以沐浴倦卧，營將督之再三，乃來。時府僚有屬意蘭者，恚恨不已，子瞻從旁陰為之解，終不什（當作釋）然。時榴花盛開，蘭以一枝藉手獻座中，府僚愈怒，蘭但低首垂淚而已。子瞻乃作一曲，名《賀新凉》，命蘭歌以侑觴，府僚大悦，劇飲而罷。事頗類此。蘇詞云：「乳燕飛華屋，悄無人，槐陰轉午，晚涼新浴。手弄生綃白團扇，扇手一時似玉。漸困倚、孤眠清熟。簾外誰來推繡户，枉教人夢斷瑶臺曲。又却是，風敲竹。　石榴半吐紅巾蹙。待浮花浪蕊都盡，伴君幽獨。穠豔一枝細看取，芳心千重似束。又恐被、秋風驚緑。若待君來向此，花前對酒不忍觸。共粉淚，兩簌簌。」（同前）

六五　何㮚：何文縝丞相，政和間狀元。初入館閣，飲於宗戚一貴人家。侍兒惠柔者，麗黠人也，慕公風標，密解手帕子為贈，且約牡丹開時再集，何亦甚關抱。既歸，賦《虞美人》一曲，隱其小名，以寓惓惓結戀之意，云：「分香帕子揉藍膩，欲去殷勤惠。重來直到牡丹時，只恐花枝相妒故開遲。」別來目盡閑桃李，日日欄杆倚。催花無計問東風，夢作一雙蝴蝶繞芳叢。」何自書此詞示蜀人趙詠道，言其本末如此。何文縝，靖康中死難名臣，然何嘗作道學格。（同前）

六六 黄涪翁：涪翁黄魯直嘗謫涪州，因稱涪翁。過瀘南，瀘帥留府。會有官妓盼盼，帥嘗寵之。涪翁贈《浣紗溪》詞曰：「脚上靴兒四寸羅，唇邊朱麝一櫻多。見人無語但迴波。料得有心憐宋玉，祇因無奈楚襄何。今生有分向伊麽。」盼盼拜謝涪翁。瀘帥令唱詞侑觴，盼盼唱《惜春容》詞曰：「少年看花雙鬢緑，走馬章臺管弦逐。而今老更惜花深，終日看花看不足。坐中美女顔如玉，為我一歌金縷曲。歸時壓倒帽簷歌，頭上春風紅簌簌。」涪翁大喜致醉。（同前）

六七 湖州郡僚：湖州吴秀才，有女慧而能詩詞，貌美，家貧，為富氏子所據。或投郡訴其姦淫，王龜齡為太守，逮繫司理獄。既伏罪，且受徒刑。郡僚相與詣理院觀之，乃具酒，引使至席，風格傾一坐。遂命脱枷侍飲，諭之曰：「知汝能長短句，宜以一章自詠，當宛轉白待制，為汝解脱。不然，危矣。」女即請題。時冬末雪消，春日且至，命道此景，作《長相思令》，捉筆立成，曰：「煙霏霏，雪霏霏，雪向梅花枝上堆，春從何處回？醉眼開，睡眼開，疏影横斜安在哉？從教塞管催。」諸客賞歎，為之盡歡。明日以告王公，言其冤。王淳直，不疑人欺，亟使釋放。其後無人肯禮娶。周介卿石之子，買以為妾，名曰淑姬。王三恕時為司户攝理，正治此獄，小詞藏其處。王固淳直，不疑人欺。即明知其欺，亦必藉手釋放矣。何也？此等分上，必非俗人肯説者，姑聽之可也。（同前）

六八 張紅紅：大曆中，有才人張紅紅者，本與其父歌于衢路丐食，過將軍韋青所居。青聞其歌音嘹亮，察之，仍有媚色，遂納為姬。舍其父於後户，優給之。乃自傳其藝，穎悟絶倫。嘗有樂工自撰歌，即古《長命西河女》，而加減其節奏，頗有新聲，未進聞，先侑歌於青。青召紅紅於屏風後聽之，紅紅乃以小豆數合記其拍。樂工歌罷，青入問紅紅：「如何？」曰：「已得矣。」青出云：「有女弟子久曾習此，非新曲也。」即令隔屏風歌之，一聲不失。樂工大驚異，遂請相見，驚服不已。再云：「此曲先有一聲不穩，今已正矣。」尋達上聽。翊日，召入宜春院，寵澤隆異，宫中號「曲娘子」，尋為才人。一日，内史奏韋青卒，上告紅紅，乃上前嗚咽奏云：「妾本風塵丐者，一旦老父死有所歸，致身入内，皆自韋青，妾不忍忘其恩。」乃一慟而絶。上嘉歎之，即贈昭儀。紅紅之未遇韋青也，不免行丐。既遇，而遂達至尊。雖曰人有絶技，定不埋没，而亦見知音之難遇矣。始蒙識拔，卒以死報，紅紅，其伯牙氏之琴乎？（同前書卷十六）

六九　唐玄宗、楊貴妃：楊妃小字玉環，弘農華陰人。父玄琰，為蜀州司户。妃生於蜀，嘗誤墮池中，後人呼為落妃池。妃早孤，養於叔父河南府士曹玄珪家。開元二十二年十一月，册為壽王妃。壽王者，玄宗第十八子也。玄宗自武惠妃即世，後庭無當意者。或言壽王妃之美，二十八年十月，上使高力士取妃於壽邸，度為女道士，號太真，住内太真宫。天寶四載七月，册左衛中郎將韋昭訓女配壽邸。是月，於鳳皇閣册太真宫女道士楊氏為貴妃，半后服用。進見之日，奏《霓裳羽衣曲》，是夕，授金釵鈿合，上自執麗水鎮庫紫磨琢成步摇，至妝閣親與插鬢。上喜甚，謂後宫曰：「朕得貴妃，如得至寶也。」乃制曲曰《得寶子》。　太宗納巢刺王元吉妃，而生子明。明皇亦奪壽王妃，而册為貴妃。武曌繇尼而入宮，玉環亦繇女道士而入宮。祖父子孫三代衣鉢如出一轍，貽謀可不慎與？然玉環歸壽邸六年而度為女道士，又五年，始召幸為貴妃，躊躇許久，惟恐公論之難掩。以此觀之，明皇之良心未嘗死也。時林甫已相，而安禄山被寵，舉朝無敢言直諫之臣，而明皇得遂其非。令姚、宋、韓、張諸公而在，烏有是哉？　安禄山為范陽節度使，恩遇甚深，上呼之為兒。常於便殿與貴妃同宴樂，禄山就坐，不拜上而拜貴妃，上問之，曰：「胡人不知其父，只知其母。」上笑而宥之。貴妃常中酒，衣褪微露乳，帝捫之曰：「軟温新剥雞頭肉。」禄山在傍對曰：「滑膩初凝塞上酥。」上笑曰：「信是胡人只識酥。」禄山生日，上及貴妃賜衣服、寶器、酒饌甚厚。後三日，召禄山入禁中，貴妃以錦繡為大襁褓裹禄山，使宮人以綵輿舁之。上聞後宮喧笑，問其故，左右以貴妃三日洗禄山兒對。上自往觀之，大喜，賜貴妃洗兒金銀錢，復厚賜禄山，盡歡而罷。自是禄山出入宮禁，或與貴妃對食，或通宵不出，頗有醜聲聞於外，上不覺也。禄山體重三百五十斤，腹大垂過膝，然能為旋風舞，迅疾如飛。一日，上游後苑，妃與禄山先在。妃倉皇出迎，鬟髻鬆未整，上始疑之，終不能發。後禄山舉兵反，曰：「至長安日，當以貴妃為后。」已聞妃死馬嵬驛，意甚惜之。　子猶氏曰：「明皇一日殺三子，於親生兒如刈草菅，而呼胡人為兒，乃望其孝順乎？禄山在旁而捫寵妃之乳，與為調謔，固已自誨之淫矣。禄山母貴妃而私之，獨無罪乎？胡俗：父死則妻其母，禄山特預為之耳。且貴妃固明皇真子婦也，真子婦可妻，於假母何有焉？壽王之恨，報在禄山。明皇之疑妃而終不能發，中有不慊故也。（同前書卷十七）

七〇　虢國、秦國等：太真既册為貴妃，宫中呼曰娘子，禮數同於皇后。有姊三，大姨封韓國夫人，二姨虢國夫人，小姨秦國夫人，同日賜命。皆月給錢十萬，為脂粉之資。三夫人皆豐頣修整，工於謔浪，巧會旨趣，號為貴妃琵琶弟子。每入宫中受曲，移晷方出。虢國自矜美豔，常素面朝天，故杜甫詩云：「虢國夫人承主恩，平明騎馬入宫門。却嫌脂粉涴顔色，淡掃蛾眉朝至尊。」　上嘗宴諸王於木蘭殿，時木蘭花正發，皇情不豫，妃醉中舞《霓裳羽衣》一曲，天顔大悦。方知流雪迴風，可以旋天轉地。上嘗夢十仙子，乃製《紫雲曲》；並夢龍女，又製《凌波曲》。二曲既成，遂賜宜春院，及梨園弟子並諸王。時新豐初進女伶謝阿蠻，善舞。妃子鍾念，因而受焉。就按於含元小殿，寧王吹玉笛，上羯鼓，妃琵琶，馬仙期方響，龜年觱篥，張野狐箜篌，賀懷智拍板，自旦至午，歡洽異常。時惟女弟秦國夫人端坐觀之，曲罷，上戲曰：「阿蠻樂籍，今日幸得供奉夫人，請一纏頭。」秦國曰：「豈有大唐天子阿姨無錢用耶？」出三百萬為犒。　楊國忠賜第在宫之東南，與虢國、韓國、秦國相對，俱雕樑畫棟。天子幸其第，必過五家，國忠、銛皆妃兄，與三夫人共五家。賞賜燕樂。扈從之時，每一家為一隊，隊着一色衣，五家合隊，如百花之映發。及秦國先死，獨虢國、韓國、國忠轉盛。虢國又與國忠亂，略無儀簡。每入朝謁，國忠與韓、虢連轡，相為諧謔，從官嫗嫗百餘騎，前後秉燭如晝，鮮妝炫服而行。　或言國忠亂其妹，非也。國忠乃張易之子，非楊氏子也。天壽中，易之恩幸莫比。每去私第，詔令居樓圍以束棘，仍去其梯，不許女奴侍立。其母恐張氏絶嗣，乃置女奴蠙珠於樓復壁中，遂有娠，生國忠，後嫁楊氏，因冒姓焉。噫！有子如此，不如無子矣。易之身為亂首，一留餘孽，猶能破國，善惡固有種哉？楊國忠出使江浙，其妻思念至深，荏苒成疾。忽晝夢與國忠交，因而有孕，後生男名朏。洎國忠使歸，其妻具述夢中之事。國忠曰：「此蓋夫妻相念，情感所致。」時人不無譏誚。已為淫穢，無以禁其妻，只索如此解説。別載，國忠之妻裴柔，蜀中大倡，是慣作巫山之夢者。（同前）

七一 陶穀：周世宗時，陶穀奉使江南。李穀以書抵韓熙載云：「五柳公驕甚。」穀至，果如其言。熙載曰：「陶奉使非端介者，其守可隳也。」乃密遣歌兒秦弱蘭詐為驛卒女，敝衣竹釵，擁篲灑掃。穀因與通，作《風光好》詞贈之曰：「好因緣，惡因緣，抵得郵亭一夜眠，別神仙。琵琶撥盡相思調，知音少。待得鸞膠續斷弦，是何年？」後數日，李主宴於清心堂。命玻瓈巨鍾滿斟之，陶毅然不顧。乃命弱蘭歌前詞勸酒，陶大沮，即日北歸。（同前書卷十八）

七二 王扶：紹興中，王鈇帥番禺，有狼藉聲。朝庭除司諫韓璜為廣東提刑，令往廉按。憲治在韶陽，韓䰟建臺，即行部按番禺。王憂甚，寢食幾廢。有妾，故錢塘娼也，問主公何憂？王告之故，妾曰：「不足憂也，璜即韓九，字叔夏，舊遊妾家，最好歡。須其來，强邀之飲，妾當有以敗其守。」已而韓至，王郊迎，不見，入城乃見，岸上不交一談。次日報謁，王宿治具於別館。茶罷，邀遊郡圃，不許，固請乃可。至別館，水陸畢陳，伎樂大作，韓踧踖不安。王麾去伎樂，陰命諸娼淡妝，詐作姬侍，迎入後堂劇飲。酒半，妾於簾內歌韓昔日所贈之詞，韓聞之心動，狂不自制，曰：「汝乃在此耶？」即欲見之，妾隔簾故邀其滿引，至再，至三，終不肯出。韓心益急，妾乃曰：「司諫曩在妾家最善舞，今日能為妾舞一曲，即當出也。」韓醉甚，不知所以，即索舞衫，塗抹粉墨，踉蹡而起，忽跌於地。王亟命索輿，諸娼扶掖而登，歸船，昏然酣寢。五更酒醒，覺衣衫拘絆。索燭覽鏡，羞愧無以自容。即解舟還臺，不敢復有所問。此聲流播，旋遭彈劾，王迄善罷。一個美人計，韓熙載用之，文潞公用之，王鈇復用之，而墮其術中，鮮得脱者。子曰：「棖也欲，焉得剛？」陶穀諸人之謂矣。（同前）

七三　賈伯堅：山東名姝金鶯兒，美姿色，善談笑。搊箏合唱，鮮有其比。賈伯堅為山東僉憲，一見屬意焉，與之甚昵。後除西臺御史，不能忘情，作《醉高歌·紅繡鞋》曲以寄之曰：「樂心兒比目連枝，肯意兒新婚燕爾。畫船開，拋閃得人獨自遥望闕心店兒。黄河水流不盡心中事，中條山隔不斷相思。常記得夜深沉，人静悄自來時。來時節三兩句話兒，去時節，一篇詩記在人心窩兒裏，直到死。」由是臺端知之，被劾而去。至今山東以為美談。見《青樓集》。（同前）

七四　僧了然：靈隱寺僧了然，戀妓李秀奴。往來日久，衣鉢蕩盡。秀奴絶之，僧迷戀不已。一夕，了然乘醉而往，秀奴不納。了然怒擊之，隨手而斃。事至郡，時坡公至郡，送獄院推勘，見僧臂上有刺字云：「但願生同極樂國，免教今世苦相思。」坡公見招結，舉筆判《踏莎行》詞云：「這個秃奴，修行忒煞，雲山頂上持戒。一從迷戀玉樓人，鶉衣百結渾無奈。　毒手傷人，花容粉碎，空空色色今何在？臂間刺道苦相思，這回還了相思積（當作債）。」判訖，押赴市曹。（同前）

七五　蓬萊宫娥：嘉興府治東石獅巷，有朱姓者，年二十餘，訓蒙為業，丰神頗雅。隆慶春一日，道經南城下。花雨濛濛，柳風嫋嫋。展轉之間，神情恍惚，漸至海月樓西，竟迷去路。心正驚疑，忽有二女童施禮於前曰：「奉主母命，邀先生過山。」朱曰：「素昧識荆，得非錯耶？」女童曰：「至當自知，幸弗多却。」朱與偕行。但見崇山峻嶺，路極崎嶇，夾道桃株，鳥音嘈雜。自念生長郡内，不意有此佳境。更進里許，入一洞門，遥望樓殿玲瓏，金玉照耀，兩度石橋，乃抵其處。屏後出一仙娥，霞帔霓裳，降階而迎，登殿叙禮，引入内室。坐定，女童進茶訖，朱纔問娥姓字，娥哂曰：「妾乃蓬萊宫中人也，邀君欲了夙世之緣，不煩駭問。」頃間開宴，酒殽羅致，娥與朱促席暢飲，因製《賀新郎》一詞，命女童歌以侑觴，其詞曰：「花柳繞春城。運神工，重樓疊宇，頃刻間成。緑水青山多宛轉，免教鶴怨猿驚。看來無異舊神京，慮只慮佳期不定。天從人願，邂逅多情。相引處，珮聲聲。等閒回首遠蓬瀛。呼小玉，旋開錦宴，謾薦蘭羹。須信是瓊漿一飲，頓令百感俱生。且休道塵緣易盡，縱然雲收雨散，琵琶峽依舊風月交明。念此會，果非輕。」酒闌夜静，娥薦枕席，曲盡魚水之樂。逮晨，朱謂娥曰：「僕承款愛，甚欲留連，但家君頗嚴，不歸，恐致深罪，願朝去暮來，可也。」娥愀然曰：「靈境難逢，佳期易失。妾因與君夙緣未了，故移洞府於人間，委仙姿於凡客耳。正議久交，何即請去？」朱唯而止。三日後，朱復懇歸，娥乃設宴正殿，鋪陳飲饌，比昨愈奇且豐，勸朱酩酊。將徹時，出一錦軸，展於净几，寫詩十絶以贈，各揮涕而别，仍命女童送朱出洞。忽風雨暴至，雲霧晦冥，咫尺莫辨，不覺失足，墮於山下。須臾，天開雲朗，乃顛仆北城岑寂之處，宛若夢覺。歸述其事，父以少年放逸，迷宿花柳，假此自掩耳，欲責之，朱不得已，出錦軸呈父。父見雲章燦爛，信非凡筆，怒始少釋。時求玩者甚衆，因録詩於後焉。其一：「三山窈窕許飛瓊，伴我來經幾萬程。好與清華公子會，不妨玄露謾相傾。」其二：「壺天移傍郡城濠，雲自飛揚鶴自巢。千載偶偕塵世願，碧桃花下共吹簫。」其三：「海外三山十二樓，弱流環繞不通舟。此身也解為雲雨，還擬驂鸞槜李遊。」其四：「澗水流杯出鳳臺，引將劉阮入山來。春懷何事難拘束，謾被東風吹得開。」其五：「海天漠漠彩鸞飄，爭奈文簫有意邀。自分不殊花夜合，含香和露樂深宵。」其六：「莫道仙凡各一方，須知張碩遇蘭香。高情仿佛襄王事，宋玉如何不問樂，底事無心問海棠。」其七：「百雉斜連一道開，為君翻作雨雲臺。春風嘗戀人賦來？」其八：「湖柳青青花滿枝，可憐分手豔陽時。離宮謾自添離思，瞞得封姨不我知。」其九：「陽臺後會已無期，眉上春雲不自知。那更靈官傳曉令，含情騎鵲強題詩。」其十：「驅山縮地迴塵寰，從此交情事不關。他日離愁何處慰，暫將三塔作三山。」後軸亦尋失去，不知其為何仙也。（同前書卷十九）

七六　衛芳華：延祐初，永嘉滕生名穆，年二十六。美風調，善吟詠，為衆所推重。素聞臨安山水之勝，思一遊焉。甲寅歲科舉之詔興，遂以鄉書赴薦。至則僑居湧金門外，無日不往來於南北兩山及湖上諸刹，靈隱、天竺、净慈、寶石之類，以至玉泉、虎跑、天龍、靈鷲、石屋之洞，冷泉之亭，幽澗深林，懸崖絶壁，足跡殆將遍焉。七月之望，於麯院賞蓮，因而宿湖，泊舟雷峰塔下。是夜，月色如晝，荷香滿身，時聞大魚跳躑於波間，宿鳥飛鳴於崖際。生已大醉，寢不能寐，披衣而起，延堤觀望，行至聚景園，信步而入。時宋亡已四十年，園中臺館，如會芳殿、清輝閣、翠光亭，皆已頹毀，惟瑶津西軒巋然獨存。生至軒下，憑欄少憩。俄見一美人先行，一侍女隨之，自外而入，風鬟雲鬢，綽約多姿，望之殆若神仙。生於軒下屏息，以觀其所為，美人言曰：「湖山如故，風景不殊。但時移世換，令人有黍離之悲爾。」行至園北太湖石畔，遂詠詩曰：「湖上園亭好，重來憶舊遊。征歌調《玉樹》，閱舞按《梁州》。徑狹花迎輦，池深柳拂舟。昔人皆已没，誰與話風流。」生放逸者，初見其貌，已不能定情，及聞此作，技癢，不可復禁，即於軒下續吟曰：「湖上園亭好，相逢絶代人。姮娥辭月殿，織女下天津。未會心中意，渾疑夢裏身。願吹鄒子律，幽谷發陽春。」吟已，趨出赴之。美人亦不驚訝，但徐言曰：「固知郎君在此，特來尋訪耳。」生問其姓名，美人曰：「妾棄人間已久，欲自陳敘，誠恐驚動郎君。」生聞此言，審其為鬼，亦無所懼。因問之，乃曰：「芳華，姓衛。故宋理宗朝宫人，年二十四而歿，殯此園之側。今晚因往演福堂訪賈貴妃，蒙延坐久，不覺歸遲，致令郎君於此久待。」即命侍女曰：「翹翹，可於舍中取裀席酒果來，今夜月色如此，郎君又至，不可虚度，可便於此賞月也。」翹翹應命而去。須臾，攜紫氍毹鋪於中庭，設白玉碾花樽，碧琉璃盞，醪醴馨香，非世所有。與生談謔笑詠，詞旨清婉，復命翹翹歌以侑酒。翹翹請歌柳耆卿《望海潮》辭，美人曰：「對新人不宜歌舊曲。」即於座上自製《木蘭花慢》一闋，命翹翹歌之，曰：「記前朝舊事，曾此地，會神仙。向月地雲階，重攜翠袖，來拾花鈿。繁華總隨流水，歎一場春夢杳難圓。廢港芙蕖滴露，斷堤楊柳摇煙。兩峰南北只依然，輦路草芊芊。悵别館離宫，煙銷鳳蓋，波没龍船。平日銀屏金屋，對殘燈無焰夜如年。落日牛羊隴上，西風燕雀林邊。」歌畢，美人潸然垂淚。生以言慰解，仍微詞挑之，即起謝曰：「殂謝之人，久為塵土。幸得奉事巾櫛，雖死不朽。且郎君適間詩句，固已許之矣。願吹鄒子之律，而一發幽谷之春也。」生曰：「向者之詩，率口而出，實本無意，豈料便成讖語？」良久，月翳西垣，河傾東鎮，即命翹翹撤席。夫人曰：「敝居僻陋，非郎君之所處，只此西軒可也。」遂攜手而入，假寢軒下，交會之際，無異於人。將旦，揮涕而别。至晝往訪於園側，果有宋宫人衛芳華之墓，墓左一小丘，即翹翹所瘞也，生感歎逾時。迨暮，又赴西軒，則美人已先至矣，迎謂生曰：「日間感君相訪，然而妾止卜其夜，未卜其晝，故不敢奉見數日之後爾。」自是則無夕不會。經旬之後，白晝亦見，生遂攜歸所寓安焉。已而生下第東歸，美人願隨之去。生問翹翹何以不從，曰：「妾既奉侍君子，舊宅無人，留其看守爾。」生與之同歸。鄉里見視，姑詒之曰：「娶於杭郡之良家。」衆見其舉止温柔，言詞慧利，信且悦之。美人處生之室，奉長上以禮，待婢僕以恩，左右鄰里俱得其歡心。且又勤於治家，潔於守己，雖中門之外，未嘗輕出，衆咸賀生得内助。（節録自同前書卷二十）

七七　鄭婉娥：洪武初，吴江沈韶，年弱冠，美姿容。詩學薩天錫，字學邊伯京，皆為時輩所稱許。嘗和天錫過嘉興詩韻《題吴中懷古》，天錫詩云：「七澤三江通甫里，楊柳芙蓉映湖水。閶門過去是盤門，半捲珠簾畫樓裏。蘼蕪生遍鴛鴦沙，東風落盡棠梨花。館娃香徑走麋鹿，清夜鬼燈籠絳紗。三高祠下東流續，真娘墓上風吹竹。西施去後屧廊傾，歲歲春深燒痕緑。」韶和云：「東南形勝繁華里，一片笙簫沸江水。小姬白苧製春衫，桂楫蘭橈鏡光裏。舞臺歌榭臨鷗沙，粉牆半出櫻桃花。採香蝴蝶飛不去，撲落輕盈團扇紗。美歌子夜憑誰續，柳陰吹散柯亭竹。范蠡扁舟去不回，惟有春波照人緑。」他詩皆類此。然以家富不欲仕，人知其然，復利其賄，或欲舉為孝廉，或欲保為生員，旁午紛紜，殊無寧日。韶雖不吝於財，實厭其撓，乃謀於妻兄張氏，欲遠遊以避之。乃拉中表陳生、梁生，乘峨舸，載重貲，遨遊襄漢，次九江府，愛匡廬之秀，覽彭蠡之清，留連郡郭，弔古尋幽。衆稍譏之，韶不恤也，因歎曰：「吾儕幸家富年少，粗知文墨，茲行蓋避人爾，豈能效王戎輩執牙籌屑屑計刀錐之利哉？」遊益數。偶秋雨新霽，水天一色。韶偕梁、陳二生同訪琵琶亭，吟白司馬「蘆花」「楓葉」之篇，想京城女銀瓶鐵騎之韻，引睇四望，徘徊久之。於時月明風細，人静夜深，方取酒共酌，聞月下彷佛有歌聲，乍遠乍近，或高或低，三人相顧錯愕。梁生戲曰：「得非商婦解事乎。」韶曰：「爾時樂天尚須『千叫萬唤』，今日豈得容易呈身哉？」陳生曰：「老大蛾眉，琵琶哀怨，縱使尊前輕攏慢撚，適足以增天涯淪落之感，豈能醉而成歡耶？」韶曰：「且静聽之。」良久而寂。酒罷回船，竟莫知其何故。獨韶迭宕，好事多情。翼日，往究其實，躊躕之間，了無所見。興闌體倦，方欲言還，忽奇香馥郁，縹緲而來。韶異之，延竚以俟，茶頃，一麗人宫妝豔飾，貌類天仙，一小姬前導，一持黄金弔爐，一抱紫羅繡褥，冉冉登階。意必貴家宅眷，臨賞於此，隱壁後避之。小姬鋪褥庭心，麗人席地而坐，顧姬曰：「何得有生人氣，無乃昨夕狂客在是乎？」韶懼其搜索，趨出拜見，且謝唐突，麗人曰：「朝代不同，又無名分，何唐突之有？但諸郎夜來談笑，以長安娼女、浮梁商婦見目，無亦太過乎？」韶倉卒莫知所對，麗人呼使同裀，辭讓再四，固命之，乃就席。因問姓氏，麗人曰：「欲陳本末，懼駭君聽。然吾非禍於人者，幸勿見訝。妾偽漢陳主婕妤鄭婉娥也，年二十而死，殯於近亭。二侍女，一名鈿蟬，一名金雁，亦當時之殉葬者。」韶素有膽氣，兼重風情，不以為怪也。麗人曰：「妾沉鬱獨居，無以適意，每於此吟弄，聊遣幽懷。詎意昨宵為諸郎所據，敗興，浩歌而返。今幸對此良宵，復遇佳客，足以償矣。」使鈿蟬歸取酒肴，飲於亭上，自歌其詞，曰：「郎憶之乎？即昨日所謳之《念奴嬌》也。」詞曰：「離離禾黍，歎江山似舊，英雄塵土。石馬銅駝荆棘裏，閱遍幾番寒暑。劍戟灰飛，旌旗烏散，底處尋樓艣。喑嗚叱咤，只今猶說西楚。　憔悴玉帳虞兮，燈前掩面，淚交飛紅雨。鳳輦羊車行不返，九曲愁腸漫苦。梅瓣凝妝，楊花翻曲，回首成終古。翠螺青黛，絳仙慵畫眉嫵。」歌竟，勸韶盡飲，數杯後，韶豪態逸發，議論風生，與麗人談元末群雄起滅事，歷歷如目睹。且詢陳主行事之詳，麗人凄然，泣數行下，泣已，收淚曰：「且談風月，不必深言，徒令人懷抱作惡耳。」（節録自同前）

七八　翠薇：嘉靖初，清河丘任，青年未偶，才貌逸群，然疏狂落魄，為繼母不容，托跡江湖，客於吴楚。一日，舟泊江陵僻岸。是夕，星月聯輝，水天一色。生撫景自適，命傒僮焚香，鼓琴於篷窗之下。俄聞岸畔喁喁人語，推篷見一女，姿容雅淡，丰韻輕颺，一婢秉絳紗燈後隨。生神思飄摇，相望長揖，女曰：「聆君琴奏，信步來此。」生振衣登岸，前詢姓氏，女曰：「妾乃兩淮鹽運使何公之側室也，小字翠薇，緣主婦妒，置妾於書亭。此地名花繚繞，曲水環旋，亦一勝境，君能一枉顧乎？」生曰：「奈司閽者覺何？」女曰：「莊嫗也，何足慮？」生忻然偕行，果見幽亭一所，朱户半扃，銀釭欲滅，圖書滿室，蘭麝熏人。生坐談久，因微諷之，女無言俯首。生會意，挽就枕，極盡綢繆，女曰：「妾身已委於君，君幸毋忘今夕可也。」生曰：「猥蒙仙姬錯愛，狂生當銘刻心骨，何敢忘？」乃作《憶秦娥》詞以寄意曰：「香篆裊，羅幃錦帳風光好。風光好，金釵斜軃，鳳顛鸞倒。　恍疑身在蓬萊島，邂逅相逢緣不小。緣不小，最關情處，蛾眉淡掃。」女亦和曰：「楊枝裊，恩情無限天將曉。天將曉，漏窮雞喚，教人煩惱。郵亭一夜風流少，匆匆後會應難保。應難保，最傷情處，殘雲風掃。」生覽之，羡曰：「覩卿佳製，較鄙句奚啻碔砆之與美玉？卿誠女中子建也。第繼自今夕，佳期尚可再否？」女泣曰：「妾不能盡訴此衷，但有羅巾題字，君歸途中，宜密觀，毋俾妾慚赤也。」生唯唯，揮涕而別。抵舟啟視，巾上題一絶曰：「不斷塵緣露本真，翠薇花下繞香魂。如今了却風流願，一任東風啼鳥聲。」生驚悵久之。明日復訪故處，惟見空亭幽寂，景物蕭然，杳無人跡。就詢莊嫗，云：「此我主人何公書亭也，主人有妾名翠薇，工畫琴，善詩賦，我主甚嬖之，為主婦妒而鴆死。主人慟惜，瘞此亭左，環植薇花以誌之。君昨遇者，毋乃此乎？」生悲歎，因賡其韻曰：「精爽依稀逼太真，何緣月下覯芳魂。清風一陣渾無跡，惟聽流泉嗚咽聲。」復奠其冢而返。（同前）

七九 劉照婦：劉照，建安中為河間太守。婦亡，埋棺於府園中。遭黄巾賊，照委郡走。後太守至，夜夢見一婦人，往就之，後又遺一雙鎖。太守不能名，婦曰：「此蕤蕤鎖也，以金縷相連，屈申在人，實珍物。吾方當去，故以相别，慎勿告人。」後二十日，照遣兒迎喪，守乃悟其去也。兒見鎖，悲戚不已。

姑蘇雍熙寺，每月夜向半，常有婦人往來廊廡間，歌小詞，且哭且歎，聞者就之，輒不見。其詞云：「滿目江山憶舊遊，汀花汀草弄春柔，長亭艤住木蘭舟。好夢易隨流水去，芳心空逐曉雲愁，行人莫上望東樓。」好事者録藏之。士子慕容巖卿見之，驚曰：「此余亡妻所為，外人無知者，君何從得之？」客告之故，巖卿悲歎曰：「此寺蓋其旅櫬所在也。」此則旅鬼之貞者。（同前）

八〇　琴精：鄧州人金生，名鶴雲。美風調，樂琴書，為時輩所稱許。宋嘉熙間，薄遊秀州，館一富家。其卧室貼近招提寺，夜聞隔牆有歌聲，乍遠乍近，或高或低。初雖疑之，自後無夜不聞，遂不為意。一夕，月明風細，人静更深，不覺歌聲起自窗外。窺之，則一女子約年十七八，風鬟露髩，綽約多姿，料是主家妾媵，夜出私奔。不敢啟户，側耳聽其歌曰：「音音音，你負心，你真負心，孤負我到如今。記得當時，低低唱，淺淺斟，一曲值千金。如今寂寞古牆陰，秋風荒草白雲深，斷橋流水何處尋。凄凄切切，冷冷清清，教奴怎禁。」女子歌竟，敲户言曰：「聞君倜儻，故冒禁相親。今閉户不納，欲效魯男子行耶？」鶴雲聞言，不能自抑，遂啟户，女子擁至榻前矣。鶴雲曰：「如此良會，奈燭滅，竟不能為一款曲，如何？」女子曰：「期在歲月，何必今宵？ 况醉翁之意不在酒乎？」乃解衣共寢，曲盡繾綣之樂。將曉，女子攬衣而起，鶴雲囑之再至，女子曰：「弗多言，管不教郎獨宿。」遂悄然而去。次夜，鶴雲具酒肴以待，女子果來。相與並坐，酣暢，女子乃歌昨夕之詞，鶴雲曰：「對新人，不宜歌舊曲，逢樂地，詎可道憂情？」因賡前韻而歌之曰：「音音音，知有心，知伊有心，勾引我到如今。最堪斯夕，燈前耦，花下斟，一笑勝千金。俄然雲雨弄春陰，玉山齊倒絳帷深，須知此樂更何尋。來經月白，去會風清，興益難禁。」女子聞歌，起而謝曰：「君之斯詠，可謂轉舊為新，翻憂就樂也。」自是無夕不會。荏苒半載，罕有知者。忽一夕，女子至而泣下，鶴雲怪問，始則隱忍，既則大慟。鶴雲慰之良久，乃收淚言曰：「妾本曹刺史之女，幸得仙術，優遊洞天。但凡心未除，遭此降謫。感君夙契，久奉歡娛，詎料數盡今宵？ 君前程遠大，金陵之會，夾山之從，殆有日耳，幸惟善保始終。」雲亦不勝悽愴。至四鼓，贈女子以金，别去。未幾，大雨翻盆，霹靂一聲，窗外古牆悉震傾矣。鶴雲神魂飄蕩，明日遂不復留此。二年後，富家築牆，於基下掘一石匣，獲琴與金，竟莫曉其故。時聞鶴雲宰金陵，念其好琴，使人攜獻。鶴雲見琴光彩奪目，知非凡材，欣然愛之，置於石牀。遠而望之，則前女子；就而撫之，則依然琴也。方悟女子為琴精，且驚且喜。適有峽州之遊，鶴雲得重疾。臨死，乃命家人以琴送葬。琴精之言，胥驗之矣。

又：劉過，字改之，襄陽人。雖為書生，而貲產贍足。得一妾，愛之甚。淳熙甲午，預秋薦，將赴省試。臨岐眷戀不忍行，在道賦《水仙子》一詞，每夜飲旅舍，輒令隨直小僕歌之。其詞曰：「别酒醺醺容易醉，回過頭來三十里。馬兒不住去如飛，行一會，牽一會，斷送殺人山共水。是則功名真可喜，不道恩情拋得未。梅村雪店酒旗斜，住底是，去底是，煩惱我來煩惱你。」到建昌，游麻姑山。薄暮獨酌，屢歌此詞，思想之極，至於墮淚。二更後，一美女忽來前，執拍板曰：「願唱一曲勸酒。」即歌曰：「别酒方斟心已醉，忍聽陽關辭故里。揚鞭勒馬奔皇都，時也會，運也會，穩跳龍門三級水。天意令吾先送喜，耳畔佳音君醒未？蔡邕博識爨桐聲，君背負，只此是，酒滿金杯來勸你。」蓋賡和元韻。劉以龍門之句喜甚，即令再誦，書之於紙，與歡接，但不曉蔡邕背負之意。因留伴寢，始問為何人，曰：「我本麻姑上仙之妹，緣度王方平、蔡經不切，謫居此山，久不得回玉京。恰聞君新製雅麗，勉趁韻自媒，從此願陪後乘。」劉猶以辭却之，然素深於情，長途遠客，不能自制，遂與之偕東。而令乘小轎，相望於百步間。迨入都城，僦委巷密室同處。果擢第，調金門教授以歸。過臨江，因遊閤阜山。道士熊若水修謁，謂之曰：「欲有所言，得乎？」劉曰：「何不可者？」熊曰：「吾善符籙，竊疑隨車娘子恐非人也，不審於何地得之？」劉具以告，曰：「是矣，是矣，俟兹夕與並枕時，吾於門外作法行持。教授緊抱同衾人，切勿令竄逸。」劉如所戒。喚僕秉燭排闥入，見擁一琴，頓悟昔日蔡邕之語。堅縛，置於傍。及旦，親自挈持，眠食不捨。及經麻姑，訪諸道流，乃云：「頃趙知軍攜古琴過此，寶惜甚至。因搏撫之際，誤觸墮砌下石上，損破不可治，乃埋之官廳西偏，斯其物也。」遽發瘞視之，匣空矣。劉舉琴置匣，命道衆焚香誦經咒，泣而焚之。《齊諧記》載：王彦伯嘗至吴郵亭，維舟理琴。見一女子披帷而進，取琴調之，聲甚哀。彦伯問何曲，答曰：「此曲所謂《楚光明》也，惟嵇叔夜能為此聲，自此以外傳者數十而已。」彦伯請受之，女曰：「此非豔俗所宜，惟巖棲谷隱，可自娱耳。」鼓琴且歌，歌畢，止於東榻，遲明辭去。疑彦伯所遇，亦琴精也。（同前書卷二十一）

八一　雁：元好問字裕之，金人。赴試並州，道逢捕雁者，捕得二雁，一死，一脱網去，其脱網者，空中盤旋，哀鳴良久，亦投地死。元遂以金贖得二雁，瘞汾（當作汾）水旁，壘石為識，號曰「雁丘」。因賦《摸魚兒》詞云：「問世間、情是何物，直教生死相許。天南地北雙飛客，老翅幾回寒暑。歡樂趣，離别苦，就中更有癡兒女。君應有語，渺萬里層雲，千山墓（當作暮）雪，隻影向誰去。　横汾路，寂寞當年簫鼓。荒煙依舊平楚。招魂楚些嗟何及，山鬼暗啼風雨。天地妬、未信與、鶯兒燕子俱黄土。千秋萬古，為留待騷人，狂歌痛飲，來訪雁丘處。」欒城李仁卿治和云：「雁雙雙、正分汾水，回頭生死殊路。天長地久相思債，何似眼前俱去。催勁羽，倘萬一、幽冥却有重逢處。詩翁感遇，把江北江南，風嘹月唳，並付一丘土。仍為汝，小草幽蘭麗句。聲聲字字酸楚。相（當作桐）江秋影今何在，草木欲迷隄樹。露魂苦，算猶勝、王嬙青塚真娘墓。憑誰説與。對烏道長空，龍艘古渡，馬上淚如雨。」按《輿地志》：鴈丘在今太原府陽曲縣。王天雨云：家後有張姓者，曾獲一鴈，置於中亭。明年，有鴈自天鳴，亭鴈和之。久而天鴈遂下，彼此以頸絞死於樓前。後因名樓曰雙鴈樓。王蔭伯教諭銅陵時，有民舍除夜繚烟，祓除不祥。一鴈偶為烟觸而下，其家直以為不祥也，烹之。明日，一鴈飛鳴屋頂，數日亦墜而死。弘治間，河南虞人獲一雌鴈，縛其羽，蓄諸場圃，以媒他鴈。至次年來賓時，其雄者與群鴈飛鳴而過，雌認其聲，仰空號鳴，雄亦認其聲，遂飛落圃中，交頸悲號，其聲嗚嗚，若相哀訴者。良久，其雄飛起半空，欲去徘徊，視其雌不能飛，復飛落地上，旋轉叫號，聲益悲惻。如此者三四次，知終不能飛去，乃共齧頸蹂蹴，遂相憤觸而死。嗚呼！鴈為禽類，而且有恩義，人之夫婦相拋棄而不顧者，何獨無人心哉？（同前書卷二十三）

八二　孫巨源：李端碩（當作願）宫保，文和長子，治園池，迎賓客，不替父風。每休沐，必置酒高會，延侍從館閣，卒以為例。至夜，各寢閣什物供帳，皆不移而具。元豐中，會佳客，坐中忽召學士，將鎖院。孫巨源適當制，頗怏怏不欲去。李餙侍妾取羅巾，求長短句，巨源援筆欲書，從者告以將掩禁門矣，草草作數語云：「城頭尚有三𪔂鼓，何須抵死催人去。上馬去匆匆，琵琶曲未終。回頭腸斷處，那更簾纖雨。謾道玉為堂，玉堂今夜長。」（同前書卷二十四）

八三　南唐李煜：南唐後主李煜歸宋後，每懷江國，且念嬪妾散落，鬱鬱不自聊，作《浪淘沙》詞云：

「簾外雨潺潺，春意闌珊。羅衾不煖五更寒。夢裏不知身是客，一晌貪歡。　獨自莫憑欄，無限江山。別時容易見時難。流水落花春去也，天上人間。」(同前)

八四　程正伯：眉山程正伯，號書舟，東坡中表兄弟也。與錦江妓某眷戀甚篤，別時作《酷相思》詞云：「月掛霜林寒欲墜，正門外，催人起。奈別離，如今真個是，欲住也，留無計。欲去也，來無計。　馬上離情衣上淚，冬月俱憔悴。問江路，梅花開也未。春到也，須頻寄。人到也，須頻寄。」(同前)

八五　秦少游：秦少游觀在蔡州，與營妓樓婉字東玉者甚密，贈《水調(此字為衍文)龍吟》詞云：「小樓連苑横空，下窺繡轂雕鞍驟。疏簾半捲，單衣初試，清明時候。破暖輕風，弄晴微雨，欲無還有。賣花聲過盡，垂楊院落，紅成陣，飛鴛甃。　玉佩丁東別後，悵佳期參差難又。名韁利鎖，天還知道，和天也瘦。花下重門，柳邊深巷，不堪回首。念多情但有，當時皓月，照人依舊。」起語及换頭隱「樓東玉」三字。又贈妓陶心兒《南歌子》詞云：「玉漏迢迢盡，銀潢淡淡横。夢回宿酒未全醒，已被鄰雞催起，到天明。　臂上妝猶在，襟間淚尚盈。水邊燈火漸人行，天外一鈎殘月，帶三星。」末句隱「心」字。　程公闢守會稽，秦少游客焉，館之蓬萊閣。一日，席上有所悦，自爾眷眷不能忘情。因賦《滿庭芳》詞云：「山抹微雲，天連衰草，畫角聲斷譙門。暫停征棹，聊共飲離樽。多少蓬萊舊事，空回首，煙靄紛紛。斜陽外，寒鴉數點，流水繞孤村。　銷魂，當此際，香囊暗解，羅帶輕分。謾贏得，青樓薄倖名存。此去何時見也？襟袖上空染啼痕。傷情處，高城望斷，燈火已黄

昏。」（同前）

八六 毛澤民：毛澤民與錢塘妓狎，臨别，贈以《惜分飛》詞云：「淚濕闌干花着露，愁到眉峰碧聚。此恨平分取，更無言語，空相覷。斷雨殘雲無意緒，寂寞朝朝暮暮。今夜山深處，斷魂分付朝回去。」（同前）

八七 盧疏齋：杜妙隆，金陵佳麗人也。盧疏齋欲見之，行李匆匆，不果所願，因題《踏沙行》於壁云：「雪暗山明，溪深花早，行人馬上詩成了。歸來聞説妙隆歌，金陵却比蓬萊渺。寶鏡慵窺，玉容空好，梁塵不動歌聲悄。無人知我此時情，春風一枕松窗曉。」（同前）

八八 《碧玉歌》：宋汝南王有愛妾，名碧玉。《樂録》有《碧玉歌》，其詞曰：「碧玉小家女，不敢攀貴德。感郎千金意，慚無傾城色。碧玉破瓜時，郎為情顛倒。感君不羞赧，廻身向郎抱。」此曲亦名《千金意》。（同前）

八九 孫夫人：孫夫人，秀州鄭文妻也。鄭文為太學上舍，久寓行都，孫寄以《憶秦娥》云：「花深深，一鈎羅襪行花陰。行花陰，閑將柳帶，試結同心。耳邊消息空沉沉，畫眉樓上愁登臨。愁登臨，海棠開後，望到如今。」此詞為同舍所見，傳揚酒樓，一時妓館無不歌之。王涣之（當作「之涣」）輩酒樓争勝，反不如此詞得價。（同前）

九〇 魏夫人：魏夫人，曾子宣内子，與朱淑真為詞友，有春恨《江神子》寄夫云：「别郎容易見郎難，幾多般，懶臨鸞。憔悴容儀，陡覺縷衣寬。門外紅梅將謝也，誰通道，不曾看。曉妝樓上望

長安，怯輕寒，莫憑欄。嫌怕東風，吹恨上眉端。為報歸期須及早，休誤妾，一春閒。」（同前）

九一　劉鼎臣妻：婺州劉鼎臣，就省試於行都。瀕行，其妻製彩花一枝贈之，侑以《鷓鴣天》詞云：「金屋無人夜剪繒，寶釵翻過齒痕輕。臨行執手殷勤送，襯與蕭郎兩鬢青。　聽囑咐，好看承，千金不抵此時情。明年宴罷瓊林晚，酒面微紅相映明。」　又有居上庠者，其妻以詩寄鞋襪云：「細襪宮鞋巧樣新，殷勤寄與讀書人。好將穩步青雲上，莫向平康謾惹塵。」宋時婦女多能詩，其才情可想見一斑。（同前）

九二　易彥章妻：易祓，字彥章，潭州人。以優等為前廊，久不歸。其妻作《一剪梅》寄云：「染淚修書寄彥章。貪却前廊，忘却回廊。功成名就不還鄉，石作心腸，鐵作心腸。　紅日三竿懶畫妝。虛度韶光，瘦損容光。不知何日得成雙，羞對鴛鴦，懶對鴛鴦。」（同前）

九三　朱希真：朱希真，小字秋娘，建康府朱將仕女也。年十六，適同邑商人徐必用。徐頗解文義，商久不歸，希真作閨怨詞，調寄《鷓鴣天》云：「梅妬晨妝雪妬輕，遠山依約與眉青。　尊前無復歌《金縷》，夢覺空餘月滿林。　魚與鴈，兩浮沉，淺顰微笑總關心。相思恰似江南柳，一夜東風一夜深。」又《滿路花》調云：「簾烘淚雨乾，酒壓愁城破。冰壺防飲渴，水殘火。朱消粉褪，絕勝新妝裹。不是寒宵短，日上三竿，殢人猶要高卧。　如今多病，寂寞章臺左。黃昏風弄雪，門深瑣（當作鎖）。蘭房密愛，萬種思量過。也須知有我，着甚情悰，你但忘了人呵。」　按希真後有風情《念奴嬌》一調云：「別離情緒，奈一番好景，一番愁戚。燕語鶯啼人乍遠，還是他鄉寒食。桃李無言，不堪攀折，總是風流客。東君也自怪人，冷淡（脱『蹤跡』二字）。花豔草芳春事，每隨花意薄，疏狂狼籍。除却清風並皓月，脈脈此情誰識？料得文君，重簾不捲，只等閒消息。不如歸去，受他真個憐惜。」觀此詞，則希真有外心矣。（同前）

九四 蜀娼詞：蜀娼能文，蓋薛濤之遺風也。昔有客自蜀挾一妓歸，蓄之别室，率數日一往，偶以病少疏，妓頗疑之。客作詞自解，妓即韻答之云：「説盟説誓，説情説意，動便春愁滿紙，多應念得脱空經，是那個先生教的。不茶不飯，不言不語，一味供他憔悴。相思已是不曾閒，又那工夫咒你。」又，一妓述送行詞云：「欲寄意渾無所有，折盡市橋官柳。看君着上征衫，又相將放船楚江口。後會不知何日，又是男兒，休要鎮長相守。苟富貴，毋相忘，若相忘，有如此酒。」（同前）

九五 劉燕哥：劉燕哥，善歌舞。齊參議還山東，劉賦《太常引》以餞云：「故人别我出陽關，無計鎖雕鞍。今古别離難，兀誰畫，蛾眉遠山。一尊别酒，一聲杜宇，寂寞又春殘。明月小樓閒，第一夜，相思淚彈。」至今膾炙人口。（同前）

九六 大郎神：天后朝，一士人陷冤獄。其妻配入掖庭，善吹觱栗，撰此曲以寄哀情。始名《大郎神》，蓋取大郎行第也，畏人知，遂易名《悲切子》，終號《怨回鶻》。（同前）

九七 田田、錢錢：辛稼軒名棄疾，字幼安。有二妾，曰田田，曰錢錢，皆因其姓而名之，並善筆劄，嘗代辛答尺牘。情史氏曰：鳥之鳴春，蟲之鳴秋，情也。迫於時而不自已，時往而情亦遁矣。人則不然，韻之為詩，協之為詞，一日之謳吟歎詠，垂之千百世而不廢，其事之關情者，則又傳為美談，筆之小牘。後世誦其詩，歌其詞，述其事，而想見其情，當日之是非邪正，亦因是而有所攷也。人以情傳，情則何負於人矣？情以人蔽，奈何自負其情耶？（同前）

九八　犯名：楊誠齋，名萬里。為監司時，巡歷至一郡，郡守張宴，有官妓葉少歌《賀新郎》詞送酒，其中有「萬里雲帆何時到」，誠齋遽曰：「萬里昨日到。」太守大慙，即監係官妓。（《古今譚槩》「謬誤部第五」）

九九　放生池記：高文虎作《西河（當作湖）放生池記》，有「鳥獸魚鱉咸若」，本夏事，引為商事，太學諸生為謔詞哂其誤。陳晦行草制，以「舜卜禹用，昆命元龜」字，有倪侍郎駁之，陳疏辨：「古今命相，多用此語。」擢陳臺端，倪罷去。時嘲云：「舍人舊錯夏商鱉，御史新争舜禹龜。」（同前）

一〇〇　前人詩文之病：程師孟知洪州，作静堂，自愛之，無日不到。為詩題於石曰：「每日更忙須一到，夜深長是點燈來。」李元規見而笑曰：「此是登溷詩。」柳耆卿詞有：「今宵酒醒何處，楊柳岸，曉風殘月。」或戲之曰：「『楊柳岸，曉風殘月』，此乃艄公登溷處耳。」（同前書「苦海部第七」）

一〇一　柳三變：柳耆卿為屯田員外郎，初名三變。自作詞云：「才子詞人，自是白衣卿相。」後有薦於朝者，仁宗曰：「此人風前月下，且去填詞。」由是不得志，無復檢率，自稱「奉聖旨填詞柳三變」。按柳永死日，家無餘財，群妓合金葬之郊外，每春月上塚，謂之弔柳七。子猶曰：「生雖白衣賤，死得紅裙憐。北邙塚纍纍，白楊風滿天。卿相代有作，誰復追黄泉。嗚呼柳三變，風流至今傳。」（同前書「矜嫚部第十二」）

一〇二　殺婢妾：《詩話》：杜大中自行伍為將，與物無情，西人呼為杜大蟲。雖妻有過，以公杖杖之。有愛妾，才色俱絶，大中牋表皆出其手。嘗作《臨江仙》詞，有「彩鳳隨鴉」之句，一日，大中見之，怒曰：「鴉且打鳳。」掌其面，折項而斃。彩鳳隨鴉，鴉榮多矣，不識何以反怒？（同前書「鷙忍部第十六」）

一〇三　裴談：裴談素奉釋氏，妻悍妬。談謂人曰：「妻有可畏者三：少妙時，視之如生菩薩，安有人不畏生菩薩？男女滿前，視之如九子魔母，安有人不畏九子魔母？及五十、六十，薄施妝粉，或青或黑，視之如鳩盤茶，安有人不畏鳩盤茶？」唐中宗時，優人進《迴波詞》曰：「迴波爾時栲栳，怕婦亦是大好。外面祇有裴談，内面無如李老。」后聞之，乃厚賜優。當時君臣皆以惧内為固然矣。（同前書「閨誡部第十九」）

一〇四　《月兒高》：袁凱忤太祖，詭得風疾，上每念曰：「東海走却大鰻魚，何處尋得？」遣使拜為本郡學博。凱瞪目熟視使者，唱《月兒高》一曲，使者還奏，乃置之。（同前書「譎知部第二十一」）

一〇五　徐淵子舍人善諧謔，丁少詹與妻有違言，棄家居茶寮，茹齋誦經，日買海物放生，久而不歸。妻求徐解之，徐許諾。見賣老婆牙者，買一籃餉丁，作詞曰：「茶寮山上一頭陀，新來學得麼。蝤蛑螃蟹與烏螺，知他放幾多。有一物，似蜂窠，姓牙名老婆。雖然無奈得他何，如何放得他。」丁大笑而歸。（同前書「文戲部第二十七・詞」）

一〇六　一人取妻，無元。袁可潛贈之《如夢令》云：「今夜盛排筵宴，準擬尋芳一遍。春去已多時，

問甚紅深紅淺。不見，不見，還你一方白絹。」（同前）

一〇七　葉祖詩詞：葉祖負雋聲，嘗曰：「世間有不分曉事，吾因一聯詠之：『醉來黑漆屏風上，草寫盧仝《月蝕》詩。』」後以多語去官，獨西湖二三僧相善，為之祖餞。僧曰：「世事如夢而已。」葉曰：「如夢，如夢，和尚出門相送。」聞者絶倒。（同前）

一〇八　張明善嘗作《水仙子》譏時，云：「鋪唇苫眼早三公，裸袖揎拳享萬鍾。胡言亂語成時用，大綱來，都是哄。說英雄誰是英雄，五眼雞岐山鳴鳳。兩頭蛇南陽卧龍，三脚貓渭水飛熊。」（同前「詞曲」）

一〇九　王威寧越，尤善詞曲。嘗於行師時見村婦便旋道傍，遂作《塞鴻秋》一曲：「綠楊深鎖誰家院，見一女嬌娥，急走行方便。轉過粉牆東，就地金蓮，清泉一股流銀線。衝破綠苔痕，滿地珍珠濺。不想牆兒外，馬兒上，人瞧見。」（同前）

一一〇　元關漢卿嘲禿指《醉扶歸》云：「十指如枯筍，和袖捧金樽。搊殺銀箏字不真，搔癢天生鈍。縱有相思淚痕，索把拳頭搵。」（同前）

一一一　弘治間，王臯以進士授吴橋知縣，僅八月，免官。居家以詞曲自樂，嘗有妓為人傷目，睫下有青痕，遂作《沉醉東風》曰：「莫不是捧硯時太白墨灑，莫不是畫眉時張敞描差。莫不是檀香染，莫不是翠鈿瑕。莫不是蜻蜓飛上海棠花，莫不是明皇宫墜下馬。」（同前）

一一二　王西樓磐，平生不見喜愠之色。其家嘗走失雞，公戲作《滿庭芳》云：「平生澹泊，雞兒不見，童子休焦。家家都有閒鍋竈，任意烹炮。煮湯的貼他三枚火燒，穿炒的助他一把胡椒。到省了我開東道，免終朝報曉，直睡到日頭高。」（同前）

一一三 西安一廣文，博學而廉介有氣。罷官歸，貧甚，戲作《清江引》云：「夜半三更睡不着，惱得我心焦躁。吃蹬的響一聲，盡力子嚇一跳，把一股脊梁筋窮斷了。」（同前）

一一四 雲間酒淡，有作《行香子》云：「浙右華亭，物價廉平，一道會買個三升。打開瓶後，滑辣光馨。教君霎時飲，霎時醉，霎時醒。聽得淵明，説與劉伶，這一瓶約摸三觔。君還不信，把稱（當作秤）來稱。有一觔酒，一觔水，一觔瓶。」（同前）

一一五 二十八宿令：東坡謂佛印起令曰：「要頭是曲名，尾是二十八宿，四個字不閒。」東坡曰：「黄鶯兒，撲蝴蝶不着，虚張尾翼。」佛印應聲答曰：「二郎神，繞佛閣，想是鬼奎危婁。」（同前書「談資部第二十九」）

一一六 賈平章令：咸淳中，賈平章似道宴馬丞相廷鸞、江丞相萬里，賈舉令曰：「我有一局棋，寄與洞中仙，洞中仙不受，云：自出洞來無敵手，得饒人處且饒人。」《洞中仙》，曲名，下二句，古詩也。馬云：「我有一漁竿，寄與漁家傲，漁家傲不受，云：夜静水寒漁不餌，滿船空載月明歸。」江云：「我有一犁鋤，寄與使牛子，使牛子不受，云：且存方寸地，留與子孫耕。」蓋譏似道也。（同前）

一一七 預借：《行都紀事》：某邑宰因預借違旨，遭按而歸。某府府將，乃宰公之故舊，因留連而燕飲之。有妓慧黠，得宰罷官之由，時方仲秋，忽歌《漁家傲》：「十月小春梅蕊綻。」宰曰：「何太蚤耶？」答曰：「乃預借也。」宰大慚。（同前書「微詞部第三十」）

一一八　汪節等：神策將軍汪節有神力，嘗對御俯身負一石碾，碾上置二丈方木，又置一牀，牀上坐龜茲樂人一部，奏曲終而下，無壓重之色。唐乾符中，綿竹王俳優者，有巨力。每遇府中饗軍宴客，先呈百戲。王腰背一船，船中載十二人，舞《河傳》一曲，略無困乏。力者無其巧，巧者無其力，技而仙矣。（同前書「靈蹟部第三十二」）

一一九　中興十策：建炎中，大駕駐維揚，康伯可上《中興十策》：一請皇帝設壇，與羣臣六軍縞素戎服，以必兩宮之歸；二請移蹕關中，治兵積粟，號召兩河，為雪恥計，東南不足立事；三請略去常制，為馬上治，用漢故事，選天下英俊日侍左右，講究天下利病，通達外情；四請河北未陷州郡，朝廷不復置吏，詔土人自相推擇，各保鄉社，以兩軍屯要害為聲援，滑州置留府，通接號令；五請刪內侍、百司、州縣冗員，文書務簡實，以省財便事；六請大赦，與民更始，前事一切不問，不限文武，不次登用，似（當作以）收人心；七請北人避胡，挈郡邑南來，以從吾君者，其首領皆豪傑，當待之以將帥，不可指為盜賊；八請增損保甲之法，團結山東、京東、兩淮之民，以備不虞；九請講求漢、唐漕運，江淮道塗置使，以饋關中；十請許天下直言便宜，州郡即日繳奏，置籍親覽，以廣豪傑進用之路。宰相汪、黄輩不能用，惜哉！按：康伯可後來附會賊檜，擢為臺郎，兩宮宴樂，專應制為歌詞，名節掃地矣。然此《十策》正大的確，雖李伯紀、趙元鎮未或過也，可以人廢言乎？（《智囊補》卷八「明智部・經務」）

一二〇 《太霞新奏序》：文之善達性情者，無如詩，三百篇之可以興人者，唯其發於中情，自然而然故也。自唐人用以取士而詩入於套，六朝用以見才而詩入於艱，宋人用以講學而詩入於腐。而從來性情之鬱，不得不變而之詞曲。勝國尚北，皇明專尚南，蓋易絃索而簫管，陶激烈於和柔，令聽者解煩釋滯，油然覺化日之悠長，此亦太平鳴豫之一徵已。先輩巨儒文匠無不兼通詞學者，而法門大啓，實始於沈銓部《九宫譜》之一修，於是海内才人思聯臂而遊宫商之林。然傳奇就事敷演，易於轉換，散套推陳致新，戛戛乎難之。當行也，語或近於學究；本色也，腔或近於打油。又或運筆不靈而故事填塞，侈多聞以示博；章法不講而餖飣拾湊，摘片語以姱工，此皆世俗之通病也。作者不能歌，每襲前人之舛謬，而莫察其腔之忤合；歌者不能作，但尊世俗之流傳，而孰辨其詞之美醜？自非知音人，亟為提其耳而開其矇。則今日之曲，又將為昔日之詩。詞膚調亂，而不足以達人之性情，勢必再變而之《粉紅蓮》、《打棗干（當作竿）》矣，不亦傷乎？余抿掔此道，間取近日名家散曲，擇其嫺於詞而復不詭於律者，題曰「新奏」而冠以「太霞」。太霞者，太極真人命青童所歌曲名也。唐時廬江崔氏女，夢中受新曲於蘤姨，姨言穆宗尤愛《樾林嘆》、《紅窓影》等曲，敕修文舍人元稹撰其詞數十首，醼酣令宫人歌之，帝王執玉如意擊節而和。以地下推之天上，亦猶是矣。嗚呼！此曲應從天上有，人間能得幾回聞？世有知音者，或知余苦心哉！天啟丁卯仲冬顧曲散人題於香月居中。（《太霞新奏》）

一二一 詞學三法，曰調，曰韻，曰詞。不協調，則歌必捩嗓，雖爛然詞藻，無為矣。自東嘉沿詩餘之濫觴，而效顰者遂藉口不韻。不知東嘉寬於南，未嘗不嚴於北。謂北詞必韻而南詞不必韻，即東嘉亦不能自為解也。是選以調協韻嚴為主，二法既備，然後責其詞之新麗，若其蕪穢庸淡，則又不得以調韻濫竽。（同前書「發凡」）

一二二　宋人不講韻學，唯作詩宗沈韻，其詩餘率皆出入，但取諧音而已。自《中原音韻》既定，北劇奉之唯謹。南音從北而來，調可變而韻不可亂也。伯良譜詩餘為曲，共百餘章，然未能盡更其韻。余第於合韻者拔其尤數篇。（同前書卷八沈伯英《秋思》散套後評）

王思任詞話

王思任（一五七四—一六四六），字季重，號謔庵，山陰（今浙江）人。萬歷乙未進士。博通文籍，三為邑令，遷袁州府推官，歷刑、工二部主事僉事。江西魯王監國，授詹事府詹事、禮部侍郎。未幾郡城失守，思任屏家，依祖墓於鳳林，搆草亭，顔之曰孤竹庵。巡按御史王應昌請拜新命，思任復書謝之，自是遂不飲食卒。著《避園擬存》、《褋文序》、《詩文序》、《盧遊記》、《虞山咏》、《謔庵文飯》、《遊喚》、《奕律》等，合稱《王季重雜著》。此據臺灣偉文圖書出版社有限公司出版《明代論著叢刊》第三輯影印明刻本《王季重雜著》、《寶顔堂秘笈》本《遊喚》録詞話五則。又據《四庫禁毀書叢刊補編》影印清乾隆刻本季孟蓮《月當樓詩稿》録序文一則。

一　《屠田叔笑詞序》：古之笑出於一，後之笑出於二，二生三，三生四，自此以後齒不勝冷也。王子曰：笑亦多術矣。然真於孩，樂於壯，而苦於老。海上憨先生者，老矣，歷盡寒暑，勘破玄黄，舉人間世一切蝦蟆傀儡，馬牛魑魅，搶攘忙迫之態，用醉眼一縫，盡行囊括。日居月諸，堆堆積積，不覺胸中五嶽墳起，欲歎則氣短，欲罵則惡聲有限，欲哭則為其近於婦人。於是破涕為笑，極笑之變，各賦一詞，而以之囊天下之苦事，上窮碧落，下索黄泉，旁通八極，由佛聖至優施，從脣吻至腸胃，三雅四俗，兩真一假，回回演戲，緣龍打狗，張公喫酒，夾糟帶清，頓令蝦蟆肚癟，傀儡線斷，馬牛筋解，魑魅影逃，而憨老胸次亦復雲去天空，但有歡喜種子，不更知有苦矣。此之謂可以怨，可以群，此之謂真詩。若曰打起黄鶯兒，捽開皺眉事，憨老笑了一生，近又得龍耳，長進笑矣，奚其詞也？（《王季重雜著》「雜序」）

二　《朱宗遠定尋堂稿序》：蓋宗遠之言曰：吾於詩怨明，怨七子，尤怨歷下。其所奉為符璽丹藥者，擬議以成其變化一語耳，吾聞之不樂也。造物者既以我為人矣，舌自有聲，手自有筆，心自有想，何以擬之議之，為而必欲相率相呼以為擬議之人？彼為人擬議者，寧渠曾倣某子甲耶？今夫太極，死圈也；兩儀，板畫也。吾惡知太極之不方乎而兩儀之不豎乎？矩不謂之規，縱不謂之横也。甫何為而聖，白何為而仙，維何為而禪，賀何為而鬼，吾於天地山水、鳥魚草木、情欲變態、道理微茫之故，覺非我不能想之，聲之，筆之，覺我所想之，聲之，筆之者，皆天地萬物等自有心有舌有手，而適以我出之者也。人有短我者，不過謂我詩近詞，巧傷雅，艱刻孤瘠，難為和者，而我知之不顧也。要以玄黄一判，即存此一段氣意，自我作祖亦可，無佛稱尊亦可。吾不以我之心思手舌為酬贈贄媚之具，詩中絶不及一人，請以語王子，王子曰：不酬贈贄媚人，吾偶步之，然而吾之詩擬存也。一讀定尋堂語，吾且面目灰垢，手足桎蹇，孔竅呆塞，滋味澹拙，窮年作僕，歷世表臣而已矣。吾且當焚筆塚硯，破所灾木以事宗遠，宗遠得毋猶齄蹙我哉？（同前）

三　《吴觀察宦薫小題叙》：大題之運，至今日而始開；小題之統，至今日而幾絶。予嘗謂今日棘試，當以小題參七之二，何者？大題之途寬，自破註裂傳以來，膽雄而目怒，人得盡其所長，即有所攘竊，亦或負之。而趨倅投之以枯閉縮蹇，借才情以窺其名蘊，則談玄畫魅之時，未有不決踵露肘者矣。漢之賦，唐之詩，宋、元之詞，明之小題，皆精思所獨到者，必傳之技也。王、唐、瞿、薛，文章之法吏也，嘗樂為小題，非樂為也，不易為而為之也。童子纔行文，而即以小題苦之，以四老先生望之。此《語》、《孟》讀完，而即責之以韓、柳、歐、蘇也，皆功令之過，父師之不明也。教射者，窮於香；寫照者，窮於豆；此亦足以明得失之故矣。而今日之小題，則大謬更甚。王、唐、瞿、薛，正其衣冠而言出為經也。錢、湯、李、郝輩風流，揮麈裘帶，亦自矜然，然文俱不可多得。乃近日蘇、杭之刻汗牛充棟，粗號狂走，裸入竹林，而臉塗市陌矣。左手翻文，右手按題，了不知作何語。一秀胎慧兒，入此惡道，永為其所圜，誤不淺也。新安吴觀察公用化蜀之餘，資章甫而適諸越，以笥所蓄宦薫如干嘉惠我越士，予讀之洋洋纚纚也。矢惟志目神在益毛，而其顧題搆結之際，妙如削者之有繩而歌者之有拍也。喬松老栢，正氣蒼蒼，豈在一苕華朱草妍詭時目已哉？張、彭兩使君欲廣其傳而付諸梓，以示燕陋之承學。紙牕春屋，如獲寶青，喜而欲舞，所謂不圖今日得覩漢官威儀也。（同前書「詩文叙」）

四　東山上虞：出東關，得箬舟。霧初醒，旭上，望虞山一帶，坦迤綷直，絮綿中埋數角黑幕，是米癲濃墨壓山頭時也。然不可使癲見，恐遂廢其畫。亭午，過蒿壩，江魚入饌，兩岸山各以淺深色媚行，伸脚一眠，小醉而夢。舟子突呌看東山，山麓巉石獸蹲，守江如拒。從謝公棹楔上磴路，每數十武，長松繡天，濤聲百沸。又蟄中時有哀玉淙淙，草多遠志。看洗屐池一泓不渴，可當萬里流也。池上數級，得薔薇洞，文靖携妓常憇此。李供奉憶東山詞：「花開月落，幾度誰家，何物少年輕薄。」然致語大是曉語，可以唤起文靖，不必多憾。窈藹曲折，入國慶寺，寺僧指點調馬路，英風爽然。上西眺，西眺名韻甚，白天布曳，直入大海，浩然不疑。獨琵琶一洲宛作當年掩袂態，古今人豈甚相殊？那得不為情感？東山辨，見宋王埜記甚詳，吾以為山之所住，偶然四隅耳，何以喜東不喜南也？夫東山之借鼎久矣，足忌之而口祥之，人遂視東山為南山。繄令家有，從未面識，而輙謂其知情者乎？吾安能倒决曹江之水一為洗清兩字寃也？山可矣，去其東而可矣。（《遊唤》）

五　孤嶼永嘉：九斗山之城北，有江枕曰孤嶼，謝康樂所朝夕也。嶼去城百楫，東西兩山貫耳，海潭注其間，故於山名孤嶼，而於水又名中川，宋僧蜀清了為龍説法解脱之土。其宫而兩山屬於是，起江心寺，而孤嶼反在隱隱隆隆之際。今人不言孤嶼，但言江心寺。寺之左為文丞相祠，丞相曾航海求二王，至寺，題詩壁間。八行黑淚，天地無光，今尸其貌，穹窿其語，以為江山重。前有浩然樓，拜先生罷，一登眺焉，而江山於是乎大且尊矣。右為卓侍郎祠，侍郎，永嘉人，死靖難節。月午天空，可伴文先生歎語，故匹之。方丈中留高宗手書「清輝」二字，懦夫乃有立筆山，故東西塔相峙。而予翔西塔之顛，甜於澄鮮閣，望海山如鐵城。層紫堆青，俱以頭面衛中國。萬里風來，點點從閬瀛中漉過，頃刻飽我衣袂。石帆月竇之間，俱鮹人之所出没懽呼。海大，魚突起，豫且之網。霜跌銀跳，俄而益箸鮮矣。夫惡知非白龍之肉、海若勑琴高一犒執事下耶？寺門榜曰龍海珠林。王季中飲予酒，令童子歌其尊人《八聲甘州》詞，真有大江東去浪淘千古氣意。寺門前平白如砥，老松踈樾，圖濃染碧，寒落杯中，吹臺霞晚，望僧閣俱在竹雲裡。禿禿鶴放，一舸縱還，穩坐天上，眼花雖亂，絶無金、焦片浪之憂。正人來止，文人言集，酒人腸洽，然則水中之山，除却蓬萊，抑孤嶼也哉！（同前）

六　今天下之詩出進賢冠者什六，出山中野衲者什三，而側注先生處其一。然側注先生實無詩也。衡宇不揚，精魄不聚，足跡不廣，帖括横其胸中，口喃喃未暇，能以詩氣發古心否？予將老矣，復役於燕關，於僧寺見叔房題壁詩，驚歎以萬奇，急覓一晤，叔房踏步而去，意謂關使者大傖父耳。余於是强僧拉之出，三頓首謝過，締盟而别。適豫章宫允李太虛過我，問日下異人，則以叔房對，太虛又急逆聘跡，盡以其龍沙鶩閣，瀑布雲屏，金輪鐵峽，粘天截漢之勝，餉贈叔房，而叔房之詩道益大進。未許，予又領江洲節鎮，太虛、叔房數相過，過則下榻彌月。叔房飲如裴弘泰，于定國，至多多許，則益詳整可愛。乃市螺螄斗酒，索余叙，叙曰：自古言詩人者，詩從人出也，果其人？而詩也，即欠申笑噫，韻趣流溢，果其人？不詩，即拈斷枯鬚，瀝乾心汁，非不聲偶五七，而土鼓不響，蠟渣何味？叔房胎賦翹奪萬夫，筆採翳烏之毛，墨服槖韭之膽，學得風母之杖，靈徹歸終之知，不獨詩高大曆，而所戲小詞輭曲，雖美成、山谷、蘇大、秦少亦當解頤遜首。我明秀才盧次楩、謝茂榛恐不能屈盤匜之坐矣。叔房更鐃為古文詞，而制義一途，皆以鐘鼎緑烟、埋泉斷劍，不款不識，不字不理，創意為之。異日弋獲，必不容在木天，然木天中着一叔房，庶禄閣火青，纔有光燄，得毋怡然不恱乎？叔房近稿具在，海内横目者有人以予為何私所好，請罰黄龍一雙，以代饕餮螺螄之過，而豈其然乎？山陰老友王思任拜題。（《月當樓詩稿》）

程達輯詞話

程達，字順甫，清江（今江西）人。萬曆丁丑進士，授崑山令。再調仁和，擢御史，巡按廣東，以忌出守泉州，陞兵備副使，尋秉臬憲。歷浙江、貴州布政使，加太僕卿致仕。編輯《警語類抄》八卷，萬曆丁酉引言自云髫時從其父遊婺州，見齋中几上百家諸説總總，私竊艷之。後南北奔馳，懷之篋中。年來稍暇，檢閲舊業，椶輯遺書，撮其膏體，録之壁間，久且成帙。其書取先哲格言善行，分類編次，或紀事實，或紀詩詞，編重理學，故諸儒要語獨詳。此據《四庫全書存目叢書》影印明萬曆四十六年刻本録詞話四則。

一

煬帝時幸江都，王令言子於户外彈胡琵琶，作翻調《安公子》曲，令言時卧室中，聞之驚起，急呼其子曰：「此曲起自早晚？」曰：「頃來有之。」令言欷歔流涕，曰：「汝慎無從行，帝必不返，此曲宫聲，往而不返。宫，君也。」帝果死江都。(《警語類抄》卷六「木類」)

二　丁謂當國，以雷州貶寇萊公。謂後亦貶崖州，萊公家人欲罵之，萊公不許，餽以蒸羊。及賈似道行公田、關子兩法，民間苦之。葉李上書力詆，黥流嶺南。後似道敗謫，李赦還，相遇於途，贈詞譏之曰：「君來路，吾歸路，來來去去何時住。公田關子竟何如，國事當時誰與誤。雷州户，崖州户，人生會有相逢處。客中頗恨欠蒸羊，聊贈一篇長短句。」(同前書卷七「隟類」)

三　淳祐壬子，饒、信行經量，番陽以邑庠置局，有題詩云：「大成殿下水漫漫，堂上盡是經量官。孔子回頭顧孟子，是你説出許多般。」咸淳甲子，又復經量湖南等處，士人有詩云：「失淮失蜀失荆襄，却把江南寸寸量。一寸縱教添一丈，也應不似舊封疆。」時又有詞云：「宰相巍巍坐廟堂，説着經量，便要經量。那箇臣僚上一章，頭説經量，尾説經量。輕狂太守在吾邦，聞説經量，星夜經量。山東河北久抛荒，好去經量，胡不經量。」(同前書卷八「形類」)

四　宋曾端伯以十花為十友，各為之詞。荼蘼，韻友；茉莉，雅友；瑞香，殊友；荷花，浮友；巖桂，仙友；海棠，名友；菊花，佳友；芍藥，艷友；梅花，清友；梔子，禪友。張敏叔以十二花為十二客，各詩一章。牡丹，賞客；梅，清客；菊，壽客；瑞香，佳客；丁香，素客；蘭，幽客；蓮，静客；荼蘼，雅客；桂，仙客；薔薇，野客；茉莉，遠客；芍藥，近客。敏叔名景脩，宋禮部郎中，吴人。(同前)

黄越詞話

黄越，里貫行蹟不詳。此據國家圖書館藏明高陽韓俞臣校、古吴博雅堂梓行《草堂詩餘》録序文一則。按序文所言，似與《草堂詩餘》無關，考上海圖書館、東洋文化研究所和立命館大學圖書館藏本，均無此序，當屬誤置，或係書坊竄雜所為。

一

立言者，立德、立功之末務也。科舉之文，又立言之末務也。然而文所以載道，不以古文、時文而有異。故為科舉之文者，非通經學古，而專向爛本時文轉相抄仿，則雖求一言之幾乎，衜而不可得。高明之士起而嬌（當作矯）之，動即號於人曰：「吾之所為與俗異，經史子集方於此日孜孜焉。」聽其言，亦即井然有章，而卒也掠影希聲，中無所為，自得往往書，反益其雜，而理也佐其腐，眎彼膚淺庸惡之弊，相去寧有幾乎？吾友吴子孟孚、矩原幼警敏，嗜讀書，昆弟俱以成童之年同受知於督學陽城張公嗣，是凡督學吾鄉者，拜於二子，有殊獎焉。四方之士聞其名而思友其人者，殆非一日矣，而二子欿然不自以為是也。帷簾深鍵，丙夜披吟，其學益邃，其文亦日益工。余以係官京師，不相見者歷幾寒暑。去年請假歸里，二子攜近所為文示予，潔净精微，雄深雅練，直與前輩作者齊驅競爽。雖清華正變，不拘一格，要歸於斂一己之精神，開聖賢之奥窔而止，非通經學古而又有心有實得者能如是歟？抑韓愈氏誨諸生曰：「業患不能精，不患有司之不明。」二子之業可謂精矣。而孟孚雖登賢書，顧數見擯於禮部，矩原以名諸生馳聲壇坫，尚令屈處儕伍中，豈文亦有時而不可恁耶？或甚過遇之，偶蹇者然耳。且二子齒甚少，而所為時文已能埒美前人若是，假令仍欿然不自以為是，而益邃於學，其所精當不止於時文，區區科名之遲速，又何足為二子重輕乎哉？戊戌十月之望同里黄越。

王路輯詞話

王路，字仲遵，嘉興（今浙江）人。行蹟不詳。所著有《花史左編》、《冰蘖薈》、《清珠淵》。《花史左編》二十七卷，萬曆四十六年自識云萬曆四十五編成此書，載花之品目故實，分類編輯。此據《四庫全書存目叢書》影印萬曆四十六年緑綺軒刻本録詞話七則。

一　盛賞：王簡卿嘗赴張功（脱「甫」字）鎡牡丹會，衆賓既集，一堂寂無所有。俄問左右云：「香發未？」答云：「已發。」命捲簾，則異香自内出，郁然滿座。羣伎以酒殽絲竹次第而至，別有名姬十輩，皆衣白，凡首飾衣領皆牡丹，首帶照殿紅，一妓執板奏歌侑觴，歌罷，樂作，乃退。復垂簾，談論自如。良久，香起，捲簾如前，別十姬易服與花而出。大抵簪白花則衣紫，紫花則衣鵝黄，黄花則衣紅，如是十杯，衣與花凡十易。所謳者皆前輩牡丹名詞。酒竟，歌樂無慮百數十人，列行送客，燭光香霧，歌吹雜作，客皆恍然如仙遊。（《花史左編》卷十一「花之榮」）

二　三殿看花：乾道三年三月初十日，南内遣閣長至德壽宫奏知：連日天氣甚好，欲一二日間，恭邀車駕幸聚景園看花，取自聖意，選定一日。太上云：「傳語官家，備見聖孝，但頻頻出去，不惟費用，又且勞人。本宫後園亦有幾株好花，不若來日請官家過來閒看。」遂遣提舉官同到南内奏過，遵依。次日進早膳後，車駕與皇后、太子過宫，起居二殿訖，先至燦錦亭進茶，宣召吴郡王會兩府已下六員侍宴，同至後苑看花。兩廊並是小内侍及幕士，效學西湖鋪設，珠翠花朵，玩具疋帛，及花籃鬧竿市食等，許從内人關撲。次至毬場，看小内侍抛綵毬、蹴鞦韆。又至射廳看自戲，依例宣賜。回至清妍亭，看荼蘼。就登御舟，繞堤閒遊，亦有小舟數十隻，供應雜藝、嘌唱、鼓板、蔬果，無異湖中。太上倚闌閒看，適有雙燕掠水飛過，得旨，令曾覿進詞賦，遂進《阮郎歸》云：「柳雲庭院占風光，呢喃春晝長。碧波新漲小池塘，雙雙蹴水忙。　萍散漫，絮飛揚，輕盈體態狂。為憐流水落花香，銜將歸畫梁。」既登舟，知閣張掄進《柳梢青》云：「柳色初濃，餘寒似水，纖雨如塵。一陣東風，縠紋微皺，碧水粼粼。　仙娥花月精神，奏鳳管鸞絃鬬新。萬歲聲中，九霞盃内，長醉芳春。」曾覿和進云：「桃靨紅勻，梨腮粉薄，鴛徑亡塵。鳳閣凌虚，龍池澄碧，芳意粼粼。　清時酒聖花神，看内苑風光又新。一部仙韶，九重鸞杖，天上長春。」各有宣賜。次至静樂堂看牡丹，進酒三杯。太后邀太皇、官家同到劉婉容奉華堂，聽摘阮奏曲罷，婉容進茶訖，遂奏太后云：「近教得二女童瓊華、緑華，並能琹阮、下碁、寫字、畫竹、背誦古文，欲得就納與官家雜劇。」遂令各呈伎藝，併進自製阮譜三十曲，太后遂宣賜婉容宣和殿玉軸沉香槽、三峽流泉正阮一面，白玉九芝道冠、北珠緑領道氅，銀絹三百疋兩、會三子（當作「子三」）百萬貫。是日，三殿並醉，酉牌還内。（同前）

三 解語花：解語花劉氏，尤長於慢詞。廉野雲招盧疎齋、趙松雪飲於京城外之萬柳堂，劉左手持荷花，右手舉杯，歌《驟雨打新荷》曲，諸公喜甚。趙為賦詩，有「手把荷花來勸酒，步隨芳草去尋詩」之句。（同前書卷十七「花之人」）

四 菊花：菊之開也，四季泛而有之，開於三月者曰春菊，前賢有詩云：「不許秋風常管束，競隨春卉鬭芳菲。」又云：「似嫌九月清霜重，亦對三春麗日開。」春菊花小而微紅者。有開於四月者，張孝祥嘗有詩開於五月者，陳子高嘗有詩開於六月者，符離王常有詞見《芳菲集》。惟開於秋季者其品而多，開於十月者，歐陽公及王龜齡皆有詩，朱希真又有詞。以諸公詩詞觀之，果見其所謂春菊、夏菊、秋菊、寒菊者也，雖然此當以開於秋冬者為貴，開於夏者為次，開於春者，未必是真菊也。若論其色亦有差等，菊當以黄為尊，以白為正，以紅紫為卑。楊繪詩：「爛紫妖紅色盡卑。」漁隱云：「菊春夏開者，終非其正，有異色者亦非其正。」（同前「花之證」）

五 品花：王荆公云：「梨花一枝春帶雨」、「桃花亂落如紅雨」、「珠簾暮捲西山雨」，然不若「院落深沉杏花雨」，言有盡而意無窮。（同前書卷二十六「花麈」）

六 哦花：少游在黄州，飲於海（脱「棠」字）橋，有老書家海棠叢開，少游醉卧宿於此。明日，題其柱曰：「喚起一聲人悄，衾煖夢寒窓曉。瘴雨過，海棠開，春色又添多少。社甕釀成微笑，半破瘿瓢共舀。覺健倒，急投牀，醉鄉廣大人間小。」東坡愛之。（同前）

七 花影：或謂張子野曰：人皆謂公「張三中」，即「心中事」、「眼中淚」、「意中人」也。公曰：「何不目之為張三影？」客不曉，公曰：「雲破月來花弄影」、「嬌柔懶起，簾壓捲花影」、「柳徑無人，墜飛絮無影」，此予平生所得意。《高齋詩話》：子野有詩云「浮萍斷處見山影」，又長短句云「雲破月來花弄影」，又「隔牆送過鞦韆影」，並膾炙人口，世謂張三影。按苕溪漁隱云：細味二說，當以前載三影為勝。（同前）

周履靖詞話

周履靖，字逸之，號梅癡居士，又號梅顛道人，嘉興（今浙江）人。少羸，去經生業，專力爲古文詞，廢箸千金，庋古今典籍，編茆引流，雜植梅竹，讀書其中。能詩好事，與其妻桑貞白自相唱和，多刊書籍以行，編著有《梅墟雜稾》、《夷門廣牘》、《梅塢貽瓊》、《茹草編》、《江左周郎藝苑》、《周氏繪林》、《赤鳳髓》、《鶴月瑶笙》、《江左周郎書苑》、《勝清集》、《野人清嘯》、《玩物成咏》、《鴛湖倡和稿》、《追和全唐酒咏》、《和唐宋元明酒詞》、《狂夫酒語》、《青蓮觴咏》、《香山酒頌》、《追和明千家詩》等等。此據《四庫全書存目叢書》影印明刻本《梅顛稿選》録詞話一則。

一　《螺冠子自叙》：《螺冠子》系檇李，以夢鶴生，生而善病。甫弱冠，棄去制舉業，閉窻凈几，闔扉枯坐，始得恣心柔翰。旁及書畫鼎彝諸譜，以至草木禽魚，天星地術，異域方言，無不涉入。而家苦貧儉，夙鮮藏本，常恨不得登西山之陽，開琉璃之局以解余嗜也。後病良已，遂遊諸賢豪，悉請其所藏，雅相印正。諸賢豪亦時時出所藏飫余，於是石室秘本，晉、唐妙墨，日以益新。神觀憬然，若有所契，益復頽然自放，不問生産。築舍鴛湖之濵，前引清渠，後薙畦圃，週遭種梅百餘株，玉鱗點砌，鐵虬怒撑，時引二鶴咿吾。其下或臨古帖，或吟小詩，或展名玩，左圖右書，艷花碩果，倦則剪園蔬沃酒以自供，人謂興不減柴桑。嬾拙成癖，念與世人隔絶久矣，而好事者草木臭味，謬有題贈，久之，遂盈篋笥。……兹老矣，回視數十年間，支離病骨，荏苒流光。愧子雲雕蟲之譏，懷向平婚嫁之累。冲霄之姿久�耳目，絳雪青峰，石瓢毳衲，杳然天路，夫復何期？今欲謝息交遊，焚棄筆硯，返觀嘿聽，以循自然之理，而諸公枉教之意每不可忘。遂效狂素作《自叙》以貽子孫，不自知其顛倒也。螺冠子撰著有《閑雲稿》四卷，《賦海》三十卷，《咏物詩》二十卷，《百銘》一卷，《清嘯》二卷，《汎泖吟》一卷，《追風集》二卷，《燎松吟》一卷，《尋芳稿》一卷，《詩餘》八卷，《鶴月瑶笙》四卷，《缶歌》一卷，《酒樂府》一卷，《畫評會海》二卷，《四廣千文》一卷，《樵山釣水歌》二卷。賡和有《青蓮觴咏》二卷，《香山酒頌》二卷，《毛公壇詩》一卷，《秦淮羣娭詩》一卷，《千片雪》一卷。纂輯有《古今歌紀》二十卷，《十二家古詩十九首》一卷，《七家胡笳十八拍》一卷，《晉宋明十三家歸去來辭》一卷，《四十八家秋興八首》二卷，《千家宫詞》十八卷，《十六名姬詩》十六卷，《八十家白燕詩》二卷，《海外三珠》四卷，《緑綺新聲》四卷,《赤鳳髓》二卷,《天形道貌》一卷,《九畹遺容》一卷,《羅浮幻質》一卷,《淇園肖影》二卷,《嚶翔啄止》一卷,《煉形内旨》一卷,《玉函秘旨》一卷,《金笥玄玄》一卷,《益齡單》一卷,《降乩仙語》一卷,《勝情集》一卷,《梅塢貽瓊》六卷。類編有《大篆正宗》八卷,《小篆正宗》六卷,《漢隸正宗》六卷,《章草正宗》四卷,《茹草編》四卷,《玄賞編》二卷。圖勒有《繪林帖》二十卷,《蘭亭修禊圖》、《大士三十二相》、《十八阿羅漢像》、《方壺勝會圖》、《東土二十八祖像》、《二十四氣圖》、《八段錦》、《五禽戲圖》各一卷,松、竹、梅、蘭、觀音、達磨、彌勒、文昌、莊子、張僊、梅顛、螺冠子像各一幅。法書有《閑雲館帖》十卷,倣《黄庭經》、《千文》,倣鐘鼎篆,倣玉箸篆《千文》,倣漢隸、倣章草《千文》,倣《聖教序》,倣《十七帖》,倣褚河南,倣李北海,倣懷素《千文》,行於世。(節録自《梅顛稿選》卷十九)

林兆珂詞話

林兆珂，字孟鳴，莆田（今福建）人。萬曆甲戌進士，歷知蒙城、廉州、安慶，累遷刑部郎中。所著有《挈朋稿》、《林伯子詩草》、《宙合編》、《多識編》，又有《考工記述注》、《檀弓述注》、《李詩抄述注》、《杜詩抄述注》等。《宙合編》八卷，為考証之文，所談皆襍事。此據《四庫全書存目叢書》影印明刻本《宙合編》録詞話一則。

一

二氏章偈皆詩餘：《解頤新語》云：釋家者流，東國結韻以成咏，西方作偈以和聲，奏歌於金石，則謂之為樂，讃法於管絃，則稱之為唄。曹子建既通般遮之瑞響，復感漁山之神製。厥後玄師梵唱，赤鷹愛而不移；比丘流響，青鳥悦而忘翥。曇憑動韻，猶令象馬踡跼；僧辨折調，尚使鴻鶴停飛。又若道家鈞天之奏，瓊笈之章，詞著步虚，歌成遍疊，皆詩之餘也。（《宙合編》「藏集」）

馬之駿詞話

馬之駿，字仲良，新野（今河南）人。萬曆庚戌進士，除户部主事，歷員外郎中，降廣德州同知，升應天府通判。調順天，尋復官户部主事，終員外。有《妙遠堂全集》四十卷，此據《四庫全書存目叢書》影印明天啓七年刻本録詞話三則。

一

《奉賀唐國大王六衮令誕帳詞》有引：伏以瓊樹分柯，届川至日升之運；仙蓂吐葉，開虹流電繞之祥。歡聲徧洽於茅封，遐慶駢增於箕福。鶴觴方御，梟藻隨賡。恭惟某：聰達凝資，温文浴德。剪桐啟祚包雉，衡淯水以疏疆；訓梓垂篇寶繁，弱夏璜而作鎮。雅度式其如玉，壯猷允矣維城。輪□帛以憂邊，陋曹植通親之表；執杯棬而飲慕，軼周王問寢之文。散十牘之墨精，軸三雍之策府。

彙淮南之字，出入風霜；探孔壁之書，鏗鏘琴瑟。建羽儀於宗牒，隆寵眷於帝心。車馬弓矢之賜接於途，琬琰絲綸之章表諸國。芙蓉開苑，溯容與以方舟；修竹夾池，映檀欒於飛蓋。惟賢者而樂靈沼，師牧子以問具茨。緑字舟臺，永勒清虚之籍；朱顴素頰，方安熙洽之朝。渤澥之塵且揚，春陵之氣長紫。恭逢周曆，適際玄冬。松傲霜濤，韻大夫於墀陛；禾含涷甲，標貞女於巖阿。清冷浮甘谷之杯，縹緲下緱山之駕。鯤絃晨撥，晴宇雷傳；螺黛夜陳，冰谿花笑。寧惟拉八公而為友，抑將指五嶽以名賔。號比冥靈，當八百歲誦莊生之樹；謔成童羖，更三十年稱衛武之詩。某幸厠衣冠，猥叨蘿蔦。薦安期之大棗，欲倣烟雲；奏宋玉之小言，獨慚金石。願駐屬車之響，少聆下里之歌。詞曰：「朱門寒薄，香霧霏簾幕。炙鵝管，饈麟臛。指揮羽葆集，咳唾珠璣落。誰能學，屏藩皇室如山嶽。莫問雙丸躍，甲子周如昨。南飛唱，西園酌。賔筵盛枚馬，陸地期佺偓。君王樂，年年笑對瑶池鶴。」（《妙遠堂全集》「為集・帳詞」）

二　《賀劉同吾明府壽帳詞》有引：伏以製錦蜚英，白水振絃歌之化；充閭叶瑞，紫氛開弧矢之祥。恩載雉郊，歡騰鳧藻。恭惟明府：棟隆杞梓，劍淬芙蓉。系本帝堯，圭組代延於世澤；書稱臣向，緗凤富於家傳。雞接晨談，鳳從夜吐。王子淵頌成聖主，句轡龍文；李供奉才本仙人，廷揚霞釆。臺千金而市骨，橋萬里以題名。道固委蛇，誰變投珠之色；器優盤錯，仍開展驥之區。取琴瑟以更張，卧桁楊而弗試。春風繞郭，香迎潘岳之花；皎月鈎簾，塵落史雲之甑。珍笑鞶於敝袴，勒俶載於新田。林畔奏刀，遇髖髀而立劃；宫前懸鏡，照肝膽以俱驚。遠山無螗蛄之聲，食甚變鴟鴞之響。

三投河伯婦聾俗，於焉革心；一案主家奴豪宗，因之斂手。寧獨先八荒而開壽域，抑且引九里以潤隣疆。惟商秋趨盡之期，適中嶽初生之日。菊銜霜蕊，映彭澤之深杯；露濯芝莖，供商巖之晚簌。試看偓佺，陸地何如。卓魯明時，稱彼兕觥。秩賔筵而瞻，雲氣佐其燕。衍隸樂府，以採風謡。詞曰：「蘆渚縈烟，蘋颸薦冷，見單車、忽下琴堂。國中老稚歡呼，家家袵席，處處笙簧。漫數從來，蒲亭單父，縹囊汗竹爍生光。忍見此，湍陽福曜，移照淮陽。試看時事非常，里空抒軸，道滿豺狼。奈俗吏無文，迂儒不效，請愁纓短腹鞭長。知郡國難留，洊登華要，早為霖雨徧窮荒。願回念，舊封畏壘，常祀庚桑。」右調《壽星明》。（同前）

三 《奉送邑侯白鹿司公榮擢淮陽障詞》：伏以綠綬敷春，舊績懋專城之譽；玄圭弼治，新恩隆半刺之權。歡載舄郊，情深驪唱。恭惟某：棟隆杞梓，劍淬芙蓉。郗桂謝蘭遒韻，代鍾於世澤；隋珠卞璧風標，夙冠於人倫。窓有談雞，筆能吐鳳。張安世之背傳五篋，腹作書倉；李供奉之立試萬言，廷揚霞采。驥千金而空北，鵬六月以搏南。賦有靈蛇，共仰天人之策；製成美錦，遂分民社之符。寧獨軼牧牛羊，而無曠責；抑且協比鸞鳳，以瑞明時。顧世際澄清都市，冀桓君之馬；而帝思輪轉河渠，勞遷史之書。空歌賈父以成碑，欲借寇君而無路。長堤疎柳，依依籠去蓋之塵；遠浦驚鴻，嗷嗷丁離亭之淚。乃有衣冠末屬，僚佐下員。素叨在冶之私，莫喻臨歧之恨。自兹升矣，遥瞻仙客之班；何以贈之，請聽巴人之唱。（同前）

張丑著輯詞話

張丑（一五七七—一六四三），原名謙德，字叔益，後改今名，字青父，號米庵，崑山（今江蘇）人。精鑒賞，知書畫。曾於萬歷乙卯得米芾《寶章待訪録》墨蹟，故名其書室曰寶米軒，並以自號。編著有《清河書畫舫》、《真蹟日録》。《清河書畫舫》十二卷，萬曆丙辰編成，其以書畫舫為名，取黄庭堅詩「米家書畫船」句。《真蹟日録》五卷，自題稱《書畫舫》成，鑒家謂其麤可觀覽，多以名品卷軸見示就正，因信手筆其一二，命曰《真蹟日録》，隨見隨書，不復差次時代。此據影印文淵閣《四庫全書》本《清河書畫舫》和《真蹟日録》録詞話四十五則。

一

《兵符圖》：《兵符圖》一卷，曹弗興畫，舊藏韓太史存良家。絹本，破碎，筆意奇絶，藺坡趙都承故物也。蘭坡，宋宗室，富於書畫收羅，不下千本，名卷多至三百外，其目首載《雲煙過眼録》，而刻本例闕，今全録之。蘭坡趙都承與懃所藏書畫：……蘇東坡書《韓文公廟碑》，詞翰長短句，與張厚之手簡，《興龍節樂語》前、後《赤壁賦》，《煙江疊嶂圖詩》，《魚𩵋冠頌》，《試諸葛氏筆》，《病佳帖》，《書鮮于子駿事》，《宜州家書》，《修橋三帖》，《湖州墨妙亭詩》，《超然臺賦》，《人參賦》，《顔樂亭詩》，《眼藥方》，書六賦，書杜詩，《與惠勤詩》，《墨君堂詩》，《海市詩》，《遊徑山詩》，《懷内詩》，詩翰，《蘭芳楚辭》。已上並東坡真跡。黄山谷書《大戴禮》，《田園樂詩》，《嘲熱客吟》，臨顔魯公《祭伯父文》，書范文正公廟詩，校韓魏公詩卷，《寄老庵枯木賦》，《跋頤真黑兔》，書東坡文，漁父詞，禪語，《别官賦》，《大孤山詩》，《醉中歌》，《壯遊詩》，《古德頌》，《楞嚴咒》。已上並山谷真跡。（節録自《清河書畫舫》卷一上「曹弗興」）

二　王維，字摩詰，開元初擢進士。官至尚書右丞。《唐史》自有傳，其出處之詳，此得以略也。維善畫，尤精山水，當時之畫家者流以謂天機所到而所學者皆不及，後世稱重，亦云維所畫不下吴道元也。觀其思致高遠，初未見於丹青時，時詩篇中已自有畫意，由是知維之畫出於天性，不必以畫拘。蓋生而知之者，故「落花寂寂啼山鳥，楊柳青青渡水人」又與「行到水窮處，坐看雲起時」及「白雲回望合，青靄入看無」之類，以其句法，皆所畫也。而《送元二使西安》詩者，後人以至鋪張為《陽關曲圖》。且往時之士人或有占其一藝者，無不以藝掩其德，若閻立本是也，至人以畫師名之，立本深以為耻。若維則不然矣，乃自為詩云：「夙世謬詞客，前身應畫師。」人卒不以畫師歸之也。如杜子美作詩品量人物，必有攸當，時猶稱維為「高人王右丞」也，則其他可知。何則？諸人之以畫名於世者，止長於畫也。若維者，妙齡屬辭，長而擢第，名盛於開元、天寶閒，豪英貴人虚左以迎，寧、薛諸王待之若師友，其兄弟乃以科名文學冠絶當代，故時稱「朝廷左相筆，天下右丞詩」之句，皆以官稱而不名也。至其卜築輞川，亦在圖畫中，是其胸次所存，無適而不瀟灑，移志之於畫過人，宜矣。重可惜者，兵火之餘，數百年閒而流落無幾，後來得其髣髴者猶可以絶俗也。正如《唐史》論杜子美謂「殘膏賸馥，霑丐後人」之意，况乃真得維之用心處耶？今御府所藏一百二十有六。……《宣和畫譜》（節録自同前書卷三下「王維」）

三 似道留心書畫家藏名蹟多至千卷，其宣和、紹興秘府故物，往往乞請得之，今徐烜赫名蹟載《悦生古蹟記》者不録，第録其稍隱者，著於篇。　法書：……孫位《春龍起蟄圖》，張志和《漁父詞圖》，《韋偃歲寒圖》……（節録自同前書卷五上「釋貫休」）

四 永叔、介甫俱文勝詞，詞勝詩，詩勝書。子瞻書勝詞，詞勝畫，畫勝文，文勝詩，然文等耳，餘俱非子瞻敵也。魯直書勝詞，詞勝詩，詩勝文。少游詞勝書，書勝文，文勝詩。《藝苑巵言》（同前）

五 米庵力購李西臺《千文》，甫就，尋為猶子誕嘉所得，作《蠻牌令》自遣云：「千字建中揮，覿面了頓忘飢。一從他别後，使我淚長垂。空想著、豐肌俊姿，何年貯、金屋鴛幃。涪翁賞，伯可題，誕嘉魚水，深護蛾眉。」崇禎庚午端陽節書。（同前書卷六上「李建中」）

六 河南俞氏藏董源《仙山樓閣圖》一軸，絹本，淺絳色，用筆最為疎逸，不惟樹石古雅，人物生動，而中間界畫精妙，不讓衛賢、郭忠恕輩。余每展玩，如從山陰道上行，令人應接不暇，始知湯垕評源《夏山圖》者端非虛語。乃沈括存中云：「北苑多寫江南真山，不為奇峭，其用筆極草草，近視之，幾不類物象，遠觀，則景物粲然。」是未許其秀潤也，豈亦未觀其全也？……北苑《夏山》少遜《風雨圖卷》，再閱，優劣自見。暇日漫綴小詞題其《溪山風雨》云：「雨淋風颷，叔達模真樣。展玩如聞澎濞響，傑出雲罨畫上。漁郎里網船開，山僧負衲歸來。村店重茅被眷，蒼皇驚動裙釵。」右調《清平樂》，步孫夫人韻。泰昌元年八月十日，詞旨前半評畫，後半敘景，皆實録也。傳聞叔達。（節録自同前書卷六下「董源」）

七 丘處機，字通密，號長春，登州棲霞縣人，詔贈長春演道主教真人。行草宗黄山谷。《書史會要》丘長春詞：「屈指追思前世，低頭省悟今生。今生若不做修行，又與輪迴作争。幸遇真常要妙，點頭暮故昏盲。便揮寶劍殺三彭，號得龜虵火迸。」《西江月》。長春子。花押，丘。仙翁事實詳具陶南村《輟耕録》中，所書《西江月》，蓋出仙翁手筆，詞語有指迷深意，尤可寶也。後學張丑敬觀恭題。真蹟（同前）

八 李後主《重屏圖》後有宋人書白樂天及荆公詩、元滕玉霄詞，楊儀部藏，楊致仕回，問之，則已贈京師人矣。《寓意編》（同前「李煜」）

九 燕穆之《楚江秋曉圖》：燕龍圖在王府以德業自勵，後世乃以能畫稱，觀此，足見其藝之不凡，但恨為此所掩。噫！以顏魯公之政事，而世亦以書稱，可見學之不可不慎也。乙丑三月，雲門山老樵齊郡張紳。「蕭條落木楚江秋，岸艤風檣萬斛舟。歷歷舊遊渾不忘，分明黄鶴斷磯頭。」寄翁。「幾聲哀角起寒譙，一夜清霜脆柳條。浦嶼未明滄海日，客帆應發楚江潮。山經太白西來險，鴈轉衡陽北去遥。愧我無才重弔屈，忠魂千古有誰招。」東婁秦衡。「日出楚山碧，照見龍鱗波。扁舟何處郎，解唱《竹枝歌》。神女朝雲裏，啼猿秋樹多。蒼梧望不極，遠意當如何？」古鹽官吴奎。燕尚書生有巧思，能奮志功業，圖畫特其一事耳。在燕府侍書時，王求畫，一筆不肯與，蓋恐王之志尚偏也，故其畫罕見於世。此卷筆力遒媚，其在早年所製無疑也。吴郡張適識。「月落楚江空，秋林待日紅。船開飛葉雨，人渡長潮風。閣影濤聲外，山形曙色中。神仙問何在，有路想難通。」吴下賀言。「猿啼秋樹邈，月落曉霜清。行客休争渡，風高浪未平。」林屋外史。「楚江秋向曙，畫裏景依然。旭日浮波面，凉風動樹顛。同來桃葉渡，相並木蘭船。欲問西洲信，潯陽何許邊。」吴僧普震。「碧水連空入望深，匡廬秋色正蕭森。曙分巴峽猿聲斷，月落湘潭鴈影沉。宿霧收邊横荻渚，炊煙起處隔楓林。何因得似歸來棹，笑傲衡門自楚吟。」石湖吴文泰。「曉風吹醒蓬窻夢，驚心斷魂潮尾。深鬢蕭蕭，秋煙黯黯，殘月漸看西墜。披衣乍起，對萬頃蒼茫，半空飛露，曙色纔分，巫山隱隱掃晴翠。行舟此際競發，歎還吴適楚，盡趨名利。投老襟懷，思鄉情緒，慵賦天涯羈旅。鷗汀鴈渚，記彷彿當年，遍經行處，今日披圖，舊遊如夢裏。」余嘗放舟武昌，泛赤壁磯，登黄鶴樓，上巫峽，涉瞿塘之險，於楚江晨夕飽覽奇勝，回首又廿餘年矣。今披此圖，恍然夢寐，追想舊遊，姑譜《齊天樂》詞以寓所慨云。歲癸酉十月望日，夢庵識。「木落秋江露濕衣，放舟有客候潮歸。煙霞彷彿天將曙，星斗升沉影漸稀。避弋鴈鴻投渚宿，忘機鷗鷺傍人飛。巫山巫峽曾登覽，猶憶題詩在翠微。」林泉瞿旼。「蒼茫巫峽曉，摇落楚天秋。神女千年廟，商人萬里舟。詩中曾想賦，畫裏每思遊。江海平生志，窮經老一丘。」韓奕。「本自為農住一丘，郤攜書劍歷河洲。龍門碣石尋常到，鴈宕天台汗漫遊。風舸順流如驟馬，人生隨處若浮鷗。夜來又作江湖夢，賸水殘山總是愁。」清江俞行之。「日光蕩微瀾，草色澹平楚。愁雲結蒼梧，騎龍下神女。水宿煙渚寒，山空木落雨。客懷歸鳥外，迢迢見孤嶼。」吴人王鳴吉。「江水滔滔日夜流，帆檣來去幾曾休。畫圖不盡古今恨，感慨令人憶壯遊。」俞貞木。「初晰澹微茫，猿啼楚江曉。恬風展波鏡，千里瀉瀰渺。起居船上人，驚飛岸邊鳥。行裝亂填委，徒御争紛擾。川后弭安流，天吴沕深窈。陰霾斂遥翳，目斷秋旻杳。響枻節歌長，翔颿逗風小。人生等萍寄，奔涉何時了。旅思協悲端，羇情重憂悄。忠沉不可見，永弔鳴寒篠。回首嗷湘纍，蒼山亂雲繞。」下同。《臺城路》：「黄陵廟下瀟湘浦，依稀少年羇旅。夢澤風生，渚宫花落，收盡峽雲巫雨。長天帶水，正日出三竿，客船猶艤。四望蒼蒼，秋光都在白蘋渚。流年暗驚易度，向畫中空見，舊遊如許。鼓瑟人遥，紉蘭事往，誰折芳馨寄與。魂消凝竚，待收拾閒情，寫成新句。心與鴻飛，空江煙浪裏。」去年秋友人謝彦起氏為孟敷陳孝廉索賦楚江秋曉詞，久未能成。今日偶過許瀾伯讀書山房，時夏雨初霽，軒窻明澈，因援筆賦此，留瀾伯，歸諸孟敷，殊愧不工也。洪武廿八年孟夏十有一日，吴人王璲。「曾記蒹葭水廟東，客心争渡曉雞中。平蕪月落三湘路，千里孤舟一鴈風。別去鄉關猶在夢，老來江海尚飄蓬。何因得似閑鷗鳥，兩兩沙邊睡正濃。」沈應。「荻花收陰月初落，兩岸雞聲夜光薄。津頭估客欲移舟，曙色一帆候風作。須臾海日燭天紅，怒濤洶湧分西東。三巴遠映蒼茫外，九疑尚在迷漫中。作商如仙真足慕，千里惟消數程度。畫圖一見意猶歡，何況身行此江路。」沈遠。「川烟破初旭，曙色楚江湄。斷峽猿啼迥，平沙雁起遲。征車催曉發，商舶候潮移。月落湘娥浦，雲愁屈子祠。野昏山隱隱，岸濶樹離離。露芷清遺馥，風篁翠裊枝。臨風多感舊，弔古謾遐思。南北嗟岐路，塵沙困鞅羈。秋聲紛亂葉，人影照輕漪。畫裏經遊處，披圖一詠詩。」頓丘葛昺。「大船駕帆曉欲發，小船載客客未絶。行李匆匆不憚勞，須臾會面須臾別。江濤洶湧聲如雷，名利縈擾心為摧。楚天秋高何所有，黄鶴磯頭多美酒。便當吟笑解金龜，勿向風波空皓首。」彭城錢復。《氐州第一》調《題楚江秋曉圖後》：「秋色翻霞，開曉閃閃，金烏已動江渚。細蹙靴紋，平鋪練帶，帆轟船移長水。商旅蟬聯，到認有、南冠行李。卉服巴人，蠻琛洞客，沸來蜂蟻。　總翠繁陰交杞梓，應坡坂、豫章風起。寫韻軒楹，祛蚊府靖，玉宇雲霄裏。想燕生，情思喜。蒼涼景、輕摹筆底。一片齊紈，便流芳、千年畫史。」楓江老漁。　……陳君永之有宋燕龍圖山水卷，元季國初諸人詩，蓋其大父孟敷所藏，間為人持去，莫知所之。其父良紹不勝惋惜，終良紹之世不能得。錫山華祖芳偶購得之，曰：「此陳氏故物也，吾何可私？」持歸永之，永之如獲拱璧，出示於予，且道其故。於戲！合浦還珠，魯國獲弓，其為喜幸之甚矣，未若此卷之尤為喜幸也。蓋珠也、弓也，特奇物而已。此卷既為奇物，又為父祖所寶，諸賢之作而多美陳氏家世之懿，由此觀之，不猶愈於珠、弓之獲也乎？宜永之求志其得失之自，以示夫子孫當什襲焉。龍圖姓燕,名肅,字穆之,陽翟人。善山水,師王維、李成,獨不設色。嘗侍書燕王府,以禮部尚書致仕。又嘗為龍圖閣直學士,故人稱為燕龍圖云。成化六年歲次庚寅中秋日,東原杜瓊書。(節録自同前書卷七上「燕肅」)

一〇 吴鎮仲珪書法翌光,畫師董巨,而尤工篇詠。故所製筆墨淋漓,風流爾雅。青浦曹氏藏其《唐人漁父詞圖》一弓,乃是倣傚荆浩之作,樹石奇古,辭翰俱精,真尤物也。按仲珪生時與盛懋同里閈,懋畫遠近著聞,求者踵相接也。然仲珪之筆絶不為人知,以坎壈終其身。今則仲珪遺迹高者價直百千,懋圖至廢格不行,古今好尚不同,必俟久而論定如此。梅道人紙本《唐人漁父詞圖》作於至正壬辰冬,凡為漁舟十有五,而其題詞通十有六。一詞魚舟以隔山不畫,尤高,布景極異,筆勢縱横,乃是廣荆浩遺法而成。前後題識娓娓,舊為姚公綬所藏,有張寧、卞榮、周鼎、董其昌跋。今在青浦曹重甫家,真奇品也。(同前書卷七下)

一一 楊補之自畫詠梅《柳梢青》詞十首,補之門人徐禹功畫梅,趙子固題詠,并張雨、吴瓘、吴鎮畫跋,吴寬、楊循吉、黄雲識尾,今在長洲郭氏,袁戒卿故物也。《畫系》(同前)

一二 陸放翁自書詩一卷,共計七首,字畫遒勁可愛。後有山陰杜思永跋,今在吴郡黄氏。放翁名遊,字務觀。工詞翰,書蹟飄逸。累官華文閣待制,封渭南縣伯。才氣超邁,尤長於詩,有集百卷行世。余得其《大聖樂》詞藁藏之。(同前)

一三 東坡一帖云:「王十六秀才遺拍板一串,意余有歌人,不知其無也。然亦有用陪傅大士唱《金剛經》耳。」字畫奇逸，如欲飛動。魯直作小楷書其下。此拍板以遺朝雲，使歌公所作《滿庭芳》，亦不惡也，然朝雲今為惠州土矣。《書系》（同前書卷八下）

一四　蘇軾書林次中所得李伯時《歸去來》、《陽關》二圖後二首：「不見何戡唱《渭城》，舊人空數米嘉榮。龍眠獨識殷勤處，畫出陽關意外聲。」「兩本新圖墨寶香，尊前獨唱《小秦王》。為君翻作《歸來引》，不學《陽關》空斷腸。」《東坡全集》（同前）

一五　蘇長公未識秦少游，少游知公將過維揚，作公筆語題壁，公果不能辨，大驚。及見孫莘老，出少游詩詞數百篇，讀之，乃歎曰：「向書壁者，必此郎也。」《坡公遺事》（同前書卷九上）

一六　《著色春山圖》附李易安詞稿：余向購藏艷艷《春山圖》短卷，秀潤精緻，當與項氏吴彩鸞《唐韻》同趣。尋為好事家餅金收去，僅録題識於此：著色《春山圖》艷艷真蹟，庚子穀日，偶從金昌常賣鋪中獲小袖卷，上作著色春山，雖氣骨尋常，而筆蹟秀潤，清遠可喜。諦視之，見石間有「艷艷」二字，莫曉所謂。然辨其絹素，實宋世物也。越數日，撿閱畫譜，始知艷艷為任才仲妾，有殊色，工真、行書，善青緑山水。因念才仲北宋名士，艷艷又閨秀也，為之命工重裝，以備藝林一種雅製云。亭亭山人張丑識。真蹟　任才仲妾艷艷，本良家子，有絶色。工真、行書，善著色山水。河南邵澤民侍郎家藏其《瀟湘八景》一册，細潤清遠，真足名世也。才仲死鍾賊之難，不知所在。《宋畫録》　任誼，字才仲，宋迪之甥。善畫山水竹石，髣髴籠淡，極其清逸可喜。艷艷蓋學其家，才仲云：「古來閨秀工丹青者，例乏丰姿，若李易安、管道昇之竹石，艷艷、阿環之山水，無忝於士氣也。」　易安居士能書能畫又能詞，而尤長於文藻，迄今學士每讀《金石録序》，頓令心神開爽，何物老嫗生此寧馨？大奇！大奇！《才婦録》　易安詞稿一紙，乃清秘閣故物也，筆勢清真可愛。此詞《漱玉集》中亦載，所謂離别曲者邪？卷尾略無題識，僅有點定兩字耳，録具於左：「紅藕香殘玉簟秋，輕解羅裳，獨上蘭舟。雲中誰寄錦書來，鴈字回時，月滿樓頭。花自飄零水自流，一種相思，兩處閒愁。此情無計可消除，纔下眉頭，却上心頭。」右調《一翦梅》。（同前）

一七　《諸上座帖》《馬伏波廟詩》，行書曹植樂府，書陰長生詩，大字《發願文》，楷書《頭陀贊》，懶殘和尚歌，書東坡赤壁詞，涪翁詩帖。……《黄魯直年譜》載元祐丁卯歲行書「大江東去」詞，全倣《瘞鶴銘》法，後附《次韻子瞻題郭熙秋山圖詩》，小楷精緊。右帖高頭長卷，頗屬合作，惜紙墨不甚稱耳。今在韓太史存良家，余屢欲購之，亦未得，本巖分宜故物也。　文徵仲藏黄魯直行書曹子建詩二首，用澄心堂紙、李廷珪墨為之，精采涣發，結構動人，真是綿中裹鐵，每於拙處見奇。今録其詞并跋以示後人。篇内「義」字筆誤，旁用小非字印而不為竄正，足見吾公一意書法，略不役志於校讐閒也。嗚呼！「用志不分，乃凝於神」，觀公兹卷，益信。……「大江東（脱『去』字）云云，右東坡先生作，黄庭堅書，惜墨不甚稱耳。本巖分宜故物，今在韓太史存良家，余屢欲購之，亦未得也。（同前「黄庭堅」）

一八　《中秋登海岳樓作》：「目窮淮海兩如銀，萬道虹光育蚌珍。天上若無修月户，桂枝撑損向西輪。」《海岳樓玩月作調寄〈蝶戀花〉》：「千古漣漪清絶地，海岳樓高，下瞰秦淮尾。水浸碧天天似水，廣寒宫闕人間世。　藹藹春和生海市，鰲戴三山，頃刻隨輪至。寶月圓時多異氣，夜光一顆千金貴。」雨三日未解，海岳咫尺不能到，焚香而已。日短，不能晝眠，又少人，往還悃悃，足下比何所樂？　芾啟。《山林集》　伯起又藏米南宫晚年書《宗室崇國公墓誌銘》，鄭居中譔文，幾二千字，極得多力豐筋緩紉急送之妙。後有袁桷、鄧文原、黄溍、柳貫、揭泫、葉盛、吴寬七跋，是廣省參政劉公欽謨故物也，跋載朱性甫《鐵網珊瑚》中。又見米老行書杜甫《題王宰畫山水歌》等帖，筆勢飄逸，大饒姿態，識者評此本極得晉、宋風致，不亞停雲館刻草書九帖也。右二行卷並藏檇李項氏，石刻粗存梗概耳。米尚有自撰自書《登黄鶴臺下臨金山賦》，在嚴分宜家，行筆奇偉，足稱墨寶云。（同前書卷九下「米芾」）

一九　少游《詩餘草藁》一卷，楷行妙絶，駸駸出黄豫章上。子瞻評其書云：「少遊行草甚有東晉風味。」真知言哉！　丁巳八月獲觀妙跡，漫書其尾。（同前「米芾」）

二〇　嚴氏藏山谷松風閣詞，崇寧元年冬書，比時初至鄂州所作，亦見《年譜》中，可考證也。（同前「黄庭堅」）

二一　《宋思陵行書杜陵詩帖》：「堂上不合生楓樹，怪底山川俗本作江山起烟霧。聞君掃却赤縣圖，乘興遺畫滄洲趣。畫師亦無數，好手不可遇。對此融心神，知君重豪素。豈但祁岳與鄭虔，筆力俗本作跡遠過楊契丹。得非玄圃裂，無乃瀟湘翻。悦俗本作悄然坐我天姥下，耳邊已似聞清猿。反思前夜風雨急，乃是蒲俗本作滿城鬼神入。元氣淋漓障猶濕，真宰上訴天應泣。野亭春還百俗本作雜花遠，漁翁冥踏孤舟立。滄浪水深青溟闊，欹岸側島秋毫末。不見湘妃鼓瑟時，至今斑竹臨江活。劉侯天機精，愛畫入骨髓。自有兩兒郎，揮洒亦莫比。大兒聰明到，能添老樹巔崖裏；小兒心孔開，貌得山僧及童子。若耶溪，雲門寺，吾獨胡為在泥滓？青鞋布襪從此始。」「少陵詩才人莫及，下筆便有萬鈞力。巍如巉巖千仞峰，顛崖疊嶂森森立。浩如長江風濤驚，魚鼈縱横蛟鼉出。障子一歌歌更奇，自是千古黄絹絲。遂使天下學詩者，望風佇立長嗟咨。趙宋中葉善揮翰，筆底龍蛇紙中見。嗟余老眼半昏花，看字歌詩不知倦。長歌數過心目舒，清風颯颯生坐隅。晉宋不鳴漢魏遠，後世誰敢争馳驅。」吴郡朱仲毅。「平生真賞，紙上龍蛇堪景仰。魏晉鍾王，世遠文訛不易詳。寸心誰許，只數唐初虞與褚。展閲思陵，遠接文皇譽日升。」調寄《減字木蘭花》，恭題宋高宗書杜甫歌行後。張丑。　宋高宗御書杜少陵七言古詩帖，神品宸翰，其值叁拾金。明萬曆十載裝池。項元汴敬秘。手跡(同前書卷十上「高宗」)

二二一　《瀟湘妙趣圖卷》題詠極多，不能全載，僅録元暉兩跋於此：夜雨欲霽，曉煙既泮，則其狀類此。余蓋戲為瀟湘寫千變萬化不可名神奇之趣，非古今畫家者流畫也。惟是京口翟伯壽，余生平至友，昨豪奪余自秘著色袖卷，盟於天而後不復力取歸。往歲掛冠神武門，居京口舊廬，以《白雪詞》寄之，世所謂《念奴嬌》也：「洞天晝永，正中和時候，涼飈初起。羽扇綸巾雩詠處，水繞山重雲委。好雨新晴，綺霞明麗，全是丹青戲。豪攘横卷，誓天應解深秘。留滯字學書林，折腰緣為米，無機涉世。投組歸來欣自肆，目仰雲霄醒醉。論少卑之，家聲接武，月旦評吾子。憑高臨望，桂輪徒共千里。」昨與吴傅朋蜀冷金箋上戲作一幅，比與達功相遇，知亦為此郎奪。因追省此詞，跋於小卷後。舊曾寫寄蔡天任，以《白雪》易其名，舊名可謂惡甚。懶拙道人元暉。昔陶隱居詩云：「山中何所有，嶺上多白雲。但可自怡悦，不堪持寄君。」余深愛此詩，屢用其韻跋與人袖卷，漫書一二於此。其一：「山氣最佳處，卷舒晴晦雲。心潛帝鄉者，願作乘彼君。」其一與翟伯壽横披書其上云：「山中宰相有仙骨，獨愛嶺頭生白雲。壁張此畫定驚倒，先請唤人扶著君。」紹興辛酉歲孟秋初八日，過嘉禾，獲再觀，懶拙老人米元暉書。並真蹟（同前「米友仁」）

二三 趙孟頫，字子昂，號松雪道人。宋太祖子秦王德芳之後，五世祖秀安僖王子偁，實生孝宗，賜第居湖州，公為湖州人。在宋試中國子監。國朝混一，程文憲以行省治書侍御史奉詔訪江南遺佚，得廿餘人，公居首選。又獨引公入見，神采秀異，照耀殿庭，世祖稱之為神仙中人，特授兵部郎中。歷仕成、武、仁、英五朝，累遷至翰林學士承旨，贈江浙等處行中書省平章政事，追封魏國公，謚文敏。性通敏持重，未嘗妄言笑。書一目輒成誦，詩、賦、文、詞清邃高古，善鑒定古器物名畫。畫山水、竹石、人物、花鳥，悉造其微，尤善書，為國朝第一，篆法《石鼓》《詛楚》，隸法梁、鍾，草法羲、獻，或得其片文遺帖，亦誇以為榮。然公之才名頗為書畫所掩，人知其書畫而不知其文章，知其文章而不知其經濟之才也。弟孟籲，字子俊，亦工書，殊得公之家傳。《書史會要》（同前書卷十下「趙孟頫」）

二四 管夫人漁父圖水墨短卷：全學董巨，或云畫屬承旨，容考。「遥想山堂數樹梅，凌寒玉蕊發南枝。山月照，曉風吹，只為清香苦欲歸。」「南望吴興路四千，幾時回去霅溪邊。名與利，付之天，笑把漁竿上畫船。」「身在燕山近帝居，歸心日夜憶東吴。斟美酒，膾新魚，除却清閒總不如。」「人生貴極是王侯，浮利浮名不自由。争得似，一扁舟，弄月吟風歸去休。」右《漁父詞》，仲姬書。子昂《漁父詞》其二：「儂在東南震澤州，烟波日日釣魚舟。山似翠，酒如油，醉眼看山百自由。」吴興郡夫人不學詩而能詩，不學畫而能畫，得於天然者也。此《漁父詞》皆相勸以歸之意，無貪榮苟進之心，其與「老妻强顔道，雙鬢未全斑。何苦行吟澤畔，不近長安」者異矣。皇慶二年十二月十八日，子昂書。真蹟

趙文敏公是小楷真書全學李北海，管仲姬，作草書得章帝、索靖、皇象遺意。子昂和管夫人《漁父》云：「渺渺烟波一葉舟，西風木落五湖秋。盟鷗鷺，傲王侯，管甚鱸魚不上鈎。」《松雪齋集》（同前）

二五 黄大癡《溪山雨意圖》：此是僕數年前寓平江光孝寺，陸明本將佳紙二幅，用大陀石硯、郭忠厚墨一時信手作之。此紙未畢，已為好事者取去，今復為世長所得。至正四年十月來溪上，足其意。時年七十有六，是歲十一月哉生明識。「青山不趂江流去，數點翠收林際雨。漁屋遠模糊，烟村半有無。大癡飛醉墨，秋與天争碧。净洗綺羅塵，一巢棲亂雲。」調寄《菩薩蠻》，筠庵王國器題。黄翁子久雖不能夢見房山鷗波，要亦非近世畫手可及，此卷尤為得意者。甲寅春倪瓚題。一峰道人晚年學畫，山水便以清遠名家。此《溪山雨意》畫卷可使高、趙斂衽，跋尾至有「不能夢見房山鷗波」之目，殆是攀安提萬，更欲盡其能事耳。雲林此語是真相知皮相者，謂為兩賢相厄相去，何啻千里？辛丑仲夏，寓長洲張丑題於此。真跡（同前書卷十一上「黄公望」）

二六 黄子久山水真跡：大癡道人為雲林生畫層巒曉色。「雪上溪山也自佳，黄翁摹寫慰幽

懷。若為賸載烏程酒，直到雲林叩野齋。」倪瓚題。　大癡翁寫雪山圖以贈山甫盧君，至正元年十月四日。真蹟　右真跡藏王文恪公家，按是年黄翁七十有三，倪迂四十有一，畫法蕭疎，詩詞清雅，足稱雙璧。且收藏得地紙墨如新，與《春林遠岫》同趣。完庵劉公嘗借摹之，增用廷美印章，以懷素小草録其題咏，亦妙跡也。此本今在余家。（同前）

二七　王叔明《南邨真逸圖》：《南邨先生傳》，江陰孫作次知譔：先生名宗儀，字九成，姓陶氏。其先由閩之長溪徙永嘉陶山，再徙台之黄巖。黄巖之族二，曰赤山，曰陶夏。陶夏諱泰和者，宋皇祐裏溪都巡檢也。復從湫水，是謂先生之始祖。曾大父居安，太府寺簿。大父應雷，太學録。父煜，贈承事郎、福建江西等處行樞密院都事。先生冲襟粹質，洒然不凡。少舉進士第一，不中即棄去。務古學，無所不窺，出游浙東西，師潞國張公翥、永嘉李孝光、京兆杜本，問文章為事，故其繩檢家法過人遠甚。尤刻志字學，工舅氏趙集賢雍篆筆。家甚貧，抵淞教授弟子，遇人無夷險佞直，一接以誠。平居寡言笑，至論古今人物上下數千年，竟日不倦。至正末浙帥泰不華、南臺御史丑閭辟舉行人校官，皆不就。未幾，太尉淮東張士誠開閫姑胥，數郡之士畢至，其部帥議以軍諮屈先生，亦謝不往入職。方洪武辛亥，詔取天下士，癸丑命守令舉人才，又以病免。或誚讓之曰：「黄金白璧，重利也；駟馬高蓋，榮勢也。天下之士孰不靡然嚮風？而子矯矯若是。」先生歎曰：「捧檄而喜，所以為親；禄不逮養，適增悲耳。況今賢良輩出，草莽之臣老死太平，幸莫大矣。踰分之榮，其敢覬乎？」藝圃一區，菓蔬薯芋，度給賓祭已，餘悉種菊，栽接溉壅，身自為之，間遇勝日，引觴獨酌，歌所自為詩，撫掌大噱，人莫測也。先生崎嶇亂離幾二十年，喪葬祭禮備盡其力，人以孝稱。由避兵家淞城之北、泗水之南，諸生買地結廬，遂居以老。晚益閉門著書，世所共傳《說郛》一百卷、《輟耕録》三十卷、《書史會要》九卷、《四書備遺》二卷，其未脱藁者不與焉。……《次温飛卿〈更漏子〉韻題王叔明〈南邨真逸圖卷〉》：「烏驚心，花濺淚，偏助王陶愁思。罹霧露，訴凋殘，鳴琴朱夏寒。山根水，松上雨，畫出良工獨苦。堂習聽，谷傳聲，丹青照眼明。」張丑書於米庵之西序。王叔明《鐵網珊瑚》小幅，一時題詠極多，畫品瀟疎可喜。（同前「王蒙」）

二八 《王叔明自題畫卷》：余觀《邵氏聞見録》，宋南渡後汴京故老呼妓於廢圃中，飲歌太白《秦樓月》一闋，坐中皆悲，感其能仰視，良由此詞乃北方懷古，故遺老易垂泣也。余亦嘗填《憶秦娥》一闋以道南方懷古之意：「花如雪，東風夜埽蘇堤月。蘇堤月，香銷南國，幾迴圓缺。錢塘江上潮聲歇，江邊楊柳誰攀折。誰攀折，西陵渡口，古今離別。」自太白創此曲之後，繼踵者甚衆，不過花間月下男女悲歡之情，就中能道者，惟有：「花蹊側，秦樓夜訪金釵客。金釵客，江梅風韻，海棠顔色。尊前醉倒君休惜，馬蹄去後空相憶。空相憶，山長水遠，幾時來得。」自南渡後皆淫哇喋□之音，能歌《憶秦娥》者甚少，有能歌者求余畫，故為畫此詞之意。王蒙。真跡 此卷近獲展閲，樂甚，奈具人索價太高，卷還之，為之太息者累日。不腆性極蒙鄙，見奇文奥典，輙忘飡廢寢以思之。家無擔石，遇法書名畫，至解衣縮食以購之，足稱二反。王蒙畫本更有叔銘題名者，蓋蚤歲筆也。（同前）

二九 《聽雨樓圖卷》：聽雨樓，玉雪坡。至正廿五年四月廿七日，黃鶴山人王叔明於盧生聽雨樓中畫。生名恒，字士恒，時東海雲林生同在此樓。……　奉題聽雨樓：「飛樓何凝陰，雨氣正含霧。瀟灑集羣霤，淅瀝散高樹。聲懸長風外，坐想當瀑布。習喧久漸息，静聽乃真趣。陰晴造化意，年芳暗中度。白髮如散絲，憑君寫幽素。」開封鄭元。……「少年聽雨歌樓上，銀燭昏羅帳。壯年聽雨客舟中，天濶雲低，斷鴈叫西風。而今聽雨僧廬下，鬢已星星也。悲歡離合總無情，一任空堦、點滴到天明。」右竹山先生所賦之詞，予偶獲觀此卷，因舉是詞，誠甫俾書之卷末。夫聽雨，一也，而詞中所云不同如此，蓋同者，耳也；不同者，心也。心之所發，情也，情之遇於景，接於物，其感有不同者。誠甫中年人，有樓聽雨，吾意其與在僧廬之下者同其情，誠甫乃曰：「吾聽雨，吾知在吾之樓而已。」遂書。竹山姓蔣，名捷，字勝慾，義興人。卷中諸先輩之先輩。詞之腔，《虞美人》也。韓奕。　聽雨樓卷諸賢記：……韓奕，字公望，吴之良醫也。好與名僧遊，所云蔣竹山者，則義興蔣氏也。以宋詞名世，其清新雅麗，雖周美成、張玉田不能過焉。（節録自同前）

三〇　倪雲林先生一生不畫人物，惟師子林，圖有之，亦罕著色者。　自高進道《水竹居圖》外，似聞徐太常藏《山陰丘壑圖》一軸，絶細，而有風韻，然未之見也。　倪高氏《鶴林圖卷》為周玄真作，舊藏華文伯家，今在董玄宰處。款云：《鶴林圖》，為元初畫，瓉。後有元鎮靈鶴詞，并鄭洪、來見心、胡若思、文徵仲等詩贊，而董玄宰跋之甚詳，前後凡十有八人。云其畫前作遠山一帶，中作疎林七株，復有方壇一、鶴一，雖蕭疎小筆，而逸趣無涯，真仙品也。　靈鶴辭後題名，書「倪」作「郳」，亦屬創見。（同前卷十一下「倪瓚」）

三一　倪元鎮《秋林野興圖詠》：余既與小山作《秋林野興圖》，九月中，小山攜以索題，憶八月望日經鋤齋木犀盛開，因賦下韻，今年自春徂秋，無一日有好興味，僅賦此一長句録左方：「政喜秋生研席凉，卷簾微露净琴張。林扉洞户發新興，翠雨黄雲籠遠床。竹粉因風晴靡靡，杉幢承月夜蒼蒼。焚香底用添金鴨，落蕊仍宜副枕囊。」己卯秋九月十四日，雲林生倪瓚。……越石舟中瞻對著色《僦居城東圖》，是雲林絶品，為之喜而不寐。追憶昔年曾於王百谷半偈庵中獲觀李易安《一翦梅》詞真跡，係清閟閣舊物，欣然會心，敬步元韻，填成一闋以志之，玉峰張丑廣德書：「生怕寒蟬碧樹秋，遠訪雲林，天際歸舟。城東山色畫無儔，「僦得城中二畝居」，雲林詩也。時高進道寓玉山之真義，與顧阿瑛為隣，寫圖奉贈云。坐對心飛故國樓。「畫圖寄到玉山居」，良琦詩也。丑本玉山人，浮居婁水，讀詩感歎，故有此結。還羡雙谿解北流，泛覽《山陰》，《山陰丘壑圖》亦為雲林生筆。銷釋牢愁。凌雲健筆果清幽，二十題頭，十倍龍頭。蓺林舊有畫狀元之目，故以「龍頭」為喻。旹庚申人日。雲林作畫惜墨如金，至無一筆不從口出，故能色澤膩潤。後人刻意摹擬，雖形體略同，其精神終不及也。（同前）

三二　錫山華氏寶藏希哲小楷《草堂詩餘》全部，師鍾元常。履吉真書《尚書》、《毛詩》全本，師王逸少。足稱雙璧，而希哲尤沈著痛快。又聞陸氏藏希哲小楷《北西廂》及《琵琶記》，書法極精，未及見之。（同前書卷十二上「祝允明」）

三三　唐子畏《梅谷圖》，絹本，淺絳色，全學宋名家。精緻中饒風韻，當為子畏神品，惜乎題詠内失去希哲一記、徵仲一詩，詳見元美跋尾中。此卷今在姚太史孟長家。按梅谷者，太史五世祖也。

《梅谷圖卷》：「孤山之麓何蕭森，下瞰白谷煙霞深。虬枝龍從哀壑暝，雪片錯落懸崖陰。主人勝有逋僊興，月出天高味疎影。還攜鐵笛過江南，與君直到羅浮頂。」王寵。「東風吹春入幽谷，千樹萬樹枝未綠。獨有梅花先衆芳，綽約參差香萬斛。江南春寒未泮冰，雪花散落如掌凝。陰厓絶壑杳無跡，貞姿瘦骨偏崚嶒。璚瑶璀璨不勝數，暗香疎影誰能譜。羅浮仙人跨白鳳，手弄玉笛摩霄舞。旖旎枝横却月觀，嬋娟妝滿凌風臺。蜀川已有杜陵詠，揚州再見何郎來。古來愛梅多有人，大庾之嶺西湖濱。何如此梅在深谷，□谺空洞藏清真。愚公鄭子皆隱淪，桃源武陵空有名。争妍競秀騁顔色，不與此谷同寒盟。谷中之人交最久，潔貌脩容稱良友。清魂入夢紙帳寒，香情色界無何有。後凋豈獨松與柏，歲寒猶見孤山叟。高標挺拔芳馨揚，貞心素契寧虚負。補之善畫非草草，玉質冰肌眼前好。廣平先生最識君，會向春風摛麗藻。」太原王穀祥。「寒盡尋春，幾回衝雪，小橋猶隔。偶至谿邊，瞥然相見，渾如曾識。　莫教寒雀争枝，恐踏碎、璚瑶可惜。分付東風，且遲開放，悄寒輕勒。」右未開「正擬論量，如何開拆，已露新妝。欲斂難收，將舒未可，半吐幽香。　貞心一點難藏，疎籬外、有人斷腸。月色朦朧，攪人魂夢，吟繞迴廊。」右半開「竹撩松搭，煖風吹動，不容時霎。萬樹香雲，滿林晴雪，幾重閣匼。　朝來花底閒行，早已覺、帽簷低壓。恨不折來，幽齋相對，勝添金鴨。」右盛開「竹外斜枝，風飄點點，懊恨來遲。雪圃瑶林，風吹狼籍，雨打離披。　枝頭青子催期，底須怨、笛聲太悲。乍蕊將舒，盛開欲墜，俱是佳時。」右將殘　和楊補之詠梅詞四首，調寄《柳梢青》，萬曆己卯竹醉日書，茂苑文嘉。　梅谷者，當是吾吳德、靖閒名士，唐六如伯虎為作圖，祝京兆希哲題署，而王太學履吉、選部禄之各賦一詩，殊足三絶。偶以示文休承，休承謂尚有京兆一序，待詔一詩，不知何緣脱落，因補書舊和楊補之《柳梢青》四詞於後，甫成，而信陽王師竹太史信來，以王元章梅、補之竹為贈，因舉以報之。古人折梅寄遠，故詩中用騎使語為雅事，第不識「仙骨寒香」一辭條後所存幾何，故不若郵筒中幀素之堪遠也。自今後南北山房各留之，以充歲寒一友生，如玉川子所云「忽到窗前疑是君」，猶足代面。萬曆己卯季夏，弇州山人王世貞書於九友齋。真蹟（同前書卷十二下「唐寅」）

三四 海岳遺跡：《龍團歌》：「瀛師謝公之所惠，大如車輪輕如紙。磨而試之黑過漆，元非本約重違意。寒雀比之立憔悴，道寧萬一歸於彼。不督芙蓉乃恕耳，三木模研理固異。耿墨比此天與地，開匣付介驚欲墜。惜之不得幾下淚，君匣鄂州便可碎，只留承晏使執侍。」黻呈。不扣，古謂之連珠，此是也。黻叩頭，適有煩聒，悚悚。江南竹禽一對奉獻，以充送行，貧居乏佳物，必多相諒也。專此不次。黻頓首仲永朝奉兄。鷺景來日定之。崇寧二年元宵前，都下與盧平父觀燈預賞，聞歌此詞，字多訛舛，今特為校正，其詞名《賀聖朝》，襄陽米芾元章書：「太平無事，四邊寧静狼烟喜（當作杳或渺）。國泰民安，堯年舜日，萬民樂業嬉笑。矚景龍門上，御燈鳳燭輝照。教坊進，鈞天妙舞，藝人巧。葆□（當作籙）宫前，賜御篆斷妖。艮嶽旁邊，御鑪深處暎蓬島。笙歌奏，吾皇不疾等，元宵景色來到，恐後月，陰晴未保。」先禮部真蹟也，乃遺佛印禪師。筆法輕清蕭灑，欽仰恭愛，世當寶之。敷文閣直學士右朝議大夫提舉佑神觀友仁謹跋。今日獻汲相國紀慶生申祝壽《訴衷情》輒録呈，芾頓首再拜。「薰風吹綻」云云，長年。頌德紀慶生申《鷓鴣天》，芾頓首再拜。「暖日晴烘」云云，老人。《跋〈鷓鴣天〉詞》：先子禮部紹聖中撰此樂章，以擬汲公相國眉壽，乃所遺草真蹟也。又有其詠梅兩絶句云：「姑射真人自少羣，要親高節許交君。一臺二妙逢清賞，甘遜佳名得致榮。」「江頭盡醉似泥何，管領仙姿酒醬多。烟艇兩三横岸處，惜花佇立想凌波。」敷文閣直學士右朝議大夫提舉佑神觀友仁謹跋。（《真蹟日録》卷二）

三五 名人書畫卷題跋記入録者於左：《季真表》，《平復帖》……《馬伏波廟詩》，《大江東去詞》……《南村真逸圖》，《寫〈憶秦娥〉詞意》，《惠山圖》。（節録自同前書卷四）

三六 展觀雲麾將軍李思訓設色《采蓮圖》卷，敬度《浣沙劉月蓮》一闋題後：「《浣溪紗》：楊柳眉，芙蓉面，卷舒閒。滿幅雲烟，蘇臺宫殿，月嬋娟。正緣空，一鏡升也天。《劉潑帽》：漸餘霞散綺違初願，珠露圓。□拂處，争歡忭。《秋夜月》：紛紛離合難排遣，聽棹歌似翦。《金蓮子》：珠一串，聲聲可憐。看雲麾小袖卷。筆空靈，揮灑傲龍眠。」玉峰張丑。（同前書卷四）

三七 詞度《滿江紅》題子昂畫李白觀瀑圖卷後：「思憶王孫，聞趙李輩，才情兩擅。瞥然見、圖成觀瀑，光生几案。斗酒百篇詞賦祖，寸心千古丹青冠。是雲東、逸史錦囊裝，無雙玩。」寓吴門張丑。（同前）

三八 兒時獲觀子敬《洛神》十三行真蹟，漫不省録。是後追憶其神化，勤購弗能，得歷三十年所，今不知深藏何地矣。敬度《沙雁揀南枝》以弔之：「《雁過沙》：想官奴，渺難期，賦感甄。《洛神賦》成，名

《感甄》。剩喜飛，麻牋積，漸成散逸。多虧帝輔能重會，嫵媚動人深相憶。《鎖南枝》：龍在淵，思未釋，劍還津，淚偷滴。」米庵張丑撰。（同前）

三九 米庵力購李西臺《千文》甫就，尋為猶子誕嘉所得，作《蠻牌令》自遣，云：「千字建中揮，覿面了頓忘飢。一從他別後，使我淚長垂。空想著，豐肌俊姿，何年貯，金屋鴛幃。涪翁賞，伯可題，誕嘉魚水，深護蛾眉。」崇禎庚午端陽節書。（同前）

四〇 《東風第一枝》題韓朝延家展子虔《春游圖》卷：「遠水生光，遥山疊翠，錦衣公子雕鞍。問誰纖指春風，展生畫就，齊紈流傳。何在臯橋畔，五馬諸韓。只恐伊、蝶散花飛，卧游日日盤桓。」清河張丑。（同前）

四一 較閲海嶽翁小楷《寶章待訪録》真蹟，是蜀紙烏絲闌寫本，全學歐、顏、褚、李筆法，是而翁第一名帖，傾資力購始得之，謹度《月雲高》一闋步高東嘉元韻，歌漫以自慶焉：「《月兒高》：倣書勞頓，鍾王果難近。降格寫，歐顏李，把烏絲刷使盡，名重書林。看清勁，比疎影。欽海嶽，期棲止，展寶墨，連忙投遴。《渡江雲》：正是集古名家，真異人竭力。更堪收藏，羞賤貧。」崑山張丑寫於雙玉亭。海嶽對上云：「臣書刷字。」《寶章待訪録》，《宋史·藝文》作《寶墨待訪録》。（同前）

四二 閲王右軍黄素《黄庭内景經》真蹟，敬度《八寶妝》一闋為報：「《黄庭》趣倍添，不比殘針線。半萬蠅頭，應接芳亂名（當作『名亂』）筆百千，都堪罷遣。金題玉躞閒凝盼，筆法長留，仙姿不見。仲將螺黛色垂殘，故弄柔尖，望重斗山。無雙國士思量徧，怎比得，羲之春笋纖。蕭閒堂上，等得眼兒穿。及見餘作念也，那轉憶，清真不貼眠。」《内景經》引七百四十四字，又四百三十六句，該字三千零五十二字，内缺七字，又結尾五字，共三千七百九十四字。（同前）

四三　《梁溪劉大香》：《梁州序》：蛟壺斟滿，龍尊傾倒，奇玩供人歡笑。蘭亭聚訟多，君淑問如皋。《浣溪紗》：甘露零，明蟾悄，把名賢一一相邀。《劉潑帽》：籠頭賤却烏紗帽，情正豪。聽寫出，嵇康調。《大迓鼓》：迢迢，客路遥。長房縮地，景仰魂勞。神游罨畫屏山峭，摩挲靈璧五峰高。《香柳娘》：且停杯聽著，且停杯盼著，驩娱此宵。不枉了關山同照。新詞《月雲高》：《月兒高》：墨池思忖，楷法久無准。每日把驚人句，將八法體認。提筆名言，空教我，受艱辛。黼扆文，贈慇懃，絶勝讀那金篦。《渡江雲》：縱使刻骨銘心，難報恩。筆勢當今，無上人。新詞：他誨人無隱聲，我聞頓精進。不遇傾心士，那楷法將無錯認。十載事臨池，今日裏，始歸真。從此後，書端謹。越顯得，言忠信。若非交友，箴規同懿親，怎荷壓慈一視仁。（同前）

四四　蘇長公手録《漢書》全部及《金剛經》，黄山谷小草《爾雅》，米元章正書《寶章待訪録》，蔡忠惠小楷《荔枝譜》、《茶録》，趙松雪楷行《春秋左氏傳》、《老子道德經》、《蓮華經》，班班見之記載中，今可見者，僅吾家舊藏米老《寶章録》耳。皇明書家所録册子有吴原博手鈔《東坡志林》、《穆天子傳》、《鬻子》、《鬼谷子》、《墨子》等帙，不下千百紙。其後則祝希哲小楷《嫣蜼子三近齋稿》、《夷堅丁志》三卷、《草堂詩餘》、《雲林先生續集》，草書《碧雞漫録》。文徵仲精楷《古本水滸傳》，自書歷年詩文稿三十册。唐子畏真書《爾雅翼》十二卷。王履吉楷録《尚書》、《毛詩》、《國語》正文。王禄之小楷《張燕公文集》，行書《玉雅宜三集》。文壽承小楷《缶鳴集》，文休承小楷《陶貞白集》。皆一時墨池鴻寶，好事家所當亟購者也。（同前書卷五）

四五 《碧雞漫志》，宋王晦叔名灼所著。灼别號熙（當作頤）堂，尚有《糖霜譜》七篇行世，最為詳悉。吾家舊藏祝希哲手録《漫志》一册，止有上中下三卷，而無卷首總論。按元人陶南村《説郛》所載具有總論，第後逐改，稍加删削，當會同兩本，以全晦叔之舊文，亦一快事，記此以俟。（同前）

浮白齋主人輯詞話

東洋文化研究所藏有浮白齋主人輯《詩話》、《稗篇》、《剌俗》，明刊本，有墨筆批，每種均有浮白居士識語。按馮夢龍號浮白齋主人，今人或云名許自昌。此據《稗篇》録詞話一則。

一

《金瓏璁傳》集曲名：《金瓏璁》者，《蘭陵王》臣也。父為《金蕉葉》，娶《尉池（當作遲）杯》女《紅娘子》而生璁。璁《少年遊》蕩，嘗從《耍孩兒》至《打毬場》，為《調笑令》之戲處。母訶之曰：「吾家世業廻文，子乃《遶地遊》，非《繡帶兒》也。」遂《集賢賓》以教之，瓏璁即《鎖寒牕》，《剔銀燈》，以觀《一封書》，至《月兒高》，方就《銷金帳》。每《惜餘春》，《泣顔回》早喪，未能成《大聖樂》也，其《好事近》古人裏坐。《憶多嬌》，則有《好姐姐》詠夫《水調歌頭》。憶客之情，不啻若《蝶戀花》也。」璁悉散以《錦纏《賞花聲》，則欲《醉花陰》也。《喜遷鶯》《鎖南枝》，則必《沉醉東風》；《梅花引》《瑞煙動》，則居羅幃今得《永團圞》，正可值此《宜春令》節，以慰吾父母《長相思》耳。故見《西江月》，則見《人月圓》也，聞以《憶秦娥》而《解三醒》矣。璁乃進言於父母，曰：「吾向者欲《步蟾宮》《折桂枝》，故不《惜分飛》耳。焉。《玉蝶(當作蝴)蝶》翻飛於上，《百花心》摇動於下，《太師引》、《柳穿魚》、《玉交枝》、《滿江紅》，可《石榴花》、曰《滿路花》、曰《雨中花》，以至《桃紅菊》與《萼一梅》、《金落索》、《挂梧桐》，靡不《滿庭芳》《玩仙燈》張陳於《上小樓》，豈不為《錦堂春》之樂哉？ 有《沁園春》雜植《四時花》卉，曰《金錢花》、曰旨，即與《金蕉葉》同與《晝錦堂》受封。時《黄鶯兒》緡蠻，《山桃兒》炫燿，《粉蝶兒》舞飛於《奈子花》，堂》《燭影摇紅》，母方《傍粧檯》《嬾畫眉》而《點絳唇》，啟《針線箱》，戴《女冠子》，而穿《紅繡鞋》，聞令》旨，封父為《醉翁子》，母為《香柳娘》夫人。 比璁奉旨及家，《玉漏遲》而《五更轉》矣，但見《晝錦不《忒忒令》職以勤政於《十二時》乎？」由是駕夜，賜以《金銀花》、《玉猫兒》、《江頭金桂》，授之《六么上海棠》而《醉扶歸》焉。 明日，王乃御《鳳凰閣》，辟為餘姚令。 璁叩首謝恩曰：「《感皇恩》至矣，敢《嘉慶子》也。」於是遂《賞宮花》，宴於《高陽臺》，奏以《清平樂》，酌以《沽美酒》，飲至《臉兒紅》，及《月士》試以《獅子序》、《黑麻序》、《梁州序》，璁作皆有古風，言有窮而《意不盡》，王見而稱之曰：「是乃而已乎？」時當大比，璁就《一撮櫂》《望江南》，過《浪淘沙》、《三仙橋》而應《帝春臺》試。 王命《三學云。於是父母命之曰：「《倘秀才》有萃地鐺之具，求《錦衣香》也，豈可徒《舞霓裳》，眷戀於《園林好》

道》，諸人戒之曰：「令《驀山溪》屬《甘州》部，有《二郎神》寇《祝英臺》，《福馬郎》寇《小重山》。擾亂《鷓鴣天》下，余不欲汝《鬭寶蟾》，遽徙為《鑼鼓令》也，惟欲使《甘州》歌《普天樂》，坐致《四邊静》之功耳。」璁乃《燒夜香》而誓，出《僥僥令》，使《啄木兒》、《蠻姑兒》等賊，不敢《夜遊湖》以《犯清音》之地，乃由《混江龍》取《油葫蘆》，由《西地錦》取《風帖兒》，軍衆《踏沙（當作莎）行》，若《駐雲飛》之狀，無有《不是路》者。其王《玉胞肚》，其德化遣《金人捧露盤》，實《縷縷金》，伏《鴈過沙》以迎，若有聞《風入松》之聲，而皆兵者矣。璁乃旋師奏凱，過《鵲仙子》，唱《洞仙歌》贈之，且謂之曰：「子是行也，《風雲會》、《門朝慶》、《天下樂》，伸《五供養》於親，享《逍遥樂》於無窮，誠哉《風流子》也。」璁意欲獻功，並祝《千秋歲》壽，竟詣闕，見《蘭陵王》，王以《山坡羊》、《水底魚》、《鬭雙鷄》為殽，以《油核桃》、《一剪梅》、《青杏兒》為果，宴於《鬧樊樓》，令歌兒為《鴈兒舞》，奏《太清歌》曲以美其《八聲甘州》之功，及拜為太師令，稱疾而歸，上勉留不從，乃行船《川撥棹》，而至《古輪臺》、《梅花塘》、《過秦樓》，有《虞美人》以《蘇幕遮》身，正露《眉兒彎》、《眼兒媚》，竊嘆賞之，曰：「此《錦衣公子》也，不識《念奴嬌》否乎？」時《山花子》零落，《玉樓春》既暮，而璁已《駐馬聽》治矣，縣有《菩薩蠻》作亂，犯及《吴織機》，其子《吴小西》詣璁泣《訴衷腸》，璁乃即命《蠻牌令》、《胡搗練》往援，復命《卜算》仙番卜算其吉凶，仙曰：「以子《節節高》之才，豈必披《紅衲襖》，持《鏵鍬兒》、《出隊子》以《破齊陳》而《鬭黑麻》乎？雖《醉高樓》，衣《雙鸂鶒》，以坐收《降黄龍》之功可也。」璁乃擢拍其《青樓（疑作玉）案》，曰：「子《聲聲浸（當作漫）》教我可也，我敢不三《換頭緒》，以《浣沙溪》之寇，使餘姚之民《晝夜樂》哉！」未幾而蠻平，《下山虎》亦北渡河，百姓皆舞《大迓鼓》，若《臨江仙》、《醉太平》樂矣。王聞之，遣《齊天樂》、《鮑老催》，以《鴈魚錦》、《一枝花》聘璁為《驀山溪》鎮守，賜以《皂羅袍》、《香羅帶》。斯時也，璁《憶王孫》欲《上馬嬌》，而望《御街行》，餘姚之民若《南鄉子》、《雙聲子》、《三段子》、《江神子》、《搗練子》、《生查子》、《滴溜子》，遮道挽留者凡八九子，即其《迎仙》、《舊遊》，則有《耍鮑老》戲於《霜天稅（當作曉）角》，父母皆《醉落魄》，而曰：「《倦尋芳》矣，然非汝《桂枝香》，安能令我若是《步步嬌》乎？爾其毋忘《歸朝歡》也。」璁於是每遇《秦樓月》朔，《掛真兒》於南向，拜曰：「吾安敢《怨王孫》而不思調《玉燭新》乎？」故《孤飛鴈》至，曰：「孤臣北向，當如是也。」《夜飛鵲》來，曰：「人臣夙夜當如是也，使坐視王之《玉山頹》而不救，璁必不以為若是《如夢令》矣。」是以《採桑子》、《漁歌子》咸誦其忠君愛國，猶《桃源憶故人》云。（《稗篇》）

蔣克謙輯詞話

蔣克謙，徐州（今江蘇）人。萬曆時任錦衣衛都指揮僉事。編輯《琴書大全》，萬曆庚寅自序謂高祖僻性嗜琴，稽往牒中有關於琴者，輙為手録，將梓之而未能。正德辛巳，祖父欲繼其事，而有志未就。克謙檢閱舊稿，殊散亂無紀，於是延海内琴士參互考訂，分門析類，纖悉無遺，釐為二十册，題曰《琴書大全》。此據《續修四庫全書》影印明萬曆十八年刻本録詞話八則。

一

《昭君怨》：《樂府解題》曰：王嬙，字昭君。《琴操》載：昭君，齊國王穰女，端正閒麗，未嘗窺門户。穰以其有異於人，求之者不與。年十七，獻之元帝，元帝以地遠，不之幸，以備後宫。積五六年，帝每遊後宮,常怨不出。後單于遣使朝貢,帝宴之,盡召後宮,昭君盛飾而至。帝問欲以一女賜單于,能者往,昭君越席請行,時單于使在傍,驚恨不及。昭君至匈奴,單于大悦,以為漢與我厚,縱酒作樂,遣使報漢白璧一雙、騵馬十疋,胡地珍寶之物。昭君恨帝始不見遇,乃作怨思之歌。單于死,子世達立,昭君謂之曰:「為胡者妻母,為秦者更娶。」世達曰:「欲作胡禮。」昭君乃吞藥而死。按《漢書·匈奴傳》曰:「竟寧中,呼韓邪死,子雕陶莫皋立為復株累若鞮單于,復妻昭君,不言,飲藥而死。」(《琴書大全》卷十二「曲調下」)

二 《烏夜啼》:《樂府解題》曰:臨川王義慶所作也,元嘉十七年,徙彭城王義康為豫章,義慶時為江州。至鎮,相見而哭,文帝聞而怪之,召還宅,大懼,妓妾夜聞烏啼聲,扣齋閤云:「明日應有赦。」其年更為南兖州刺史,因此作歌,故其和云:「籠窓不閘烏,夜夜望郎來。」後傳以為琴曲。《通典》曰:今所傳《烏夜啼》歌似非義慶本音,詞曰:「歌舞諸年少,娉婷無種則。菖蒲花可憐,聞名不相識。」(同前)

三 《醉公(當作翁,下同)吟》:《六一居士集》云:予於滁作醉翁亭,有太常博士沈遵者,好奇之士也,嘗往遊焉,愛其山水,歸而以琴寫之,為《醉公吟》三疊。去年,予奉使契丹,沈子會於恩冀之間,援琴而作之,有其聲而無其辭,乃為之辭而遺之云:「公之來兮,獸見而深伏,鳥見而高飛。公醒而往兮醉(脱『而』字)歸,朝醒暮醉兮無有四時。鳥鳴樂其林,獸出遊其蹊。伊嚶啁哳於翁前兮,醉而不知有心,不能以無情兮,有合必有離。水潺潺兮,公忽去而不顧;山岑岑兮,翁復來而幾時。風嫋婳兮山木落，春年年兮山草菲。嗟我無德於其人兮，有情於山禽與野麋。賢哉沈子兮，能寫我心而慰彼相思。」又曰：「沈夫子胡為醉翁吟，醉翁豈能知爾琴。滁山高絶滁水深，空巖悲風夜吹林。泉溜白（以下脱『玉懸青岑，一瀉萬仞源莫尋。醉翁每來喜登臨，醉倒石上遺』二十三字）其簪，雲荒石老歲月侵。子有三尺暉黄金，寫我幽思窮崎嶔。自言愛此萬仞水，謂是太古之遺音。泉淙石亂到不平，指下嗚咽悲人心。時時弄餘聲，言語軟滑如春禽。」又曰：「嗟乎沈夫子，爾琴誠工彈且止。我昔被謫居滁山，雖名為翁實少年。坐中醉客誰最賢，杜彬琵琶皮作絃。自從彬死世莫傳，玉練鏁聲入黄泉。死生聚散日零落，耳冷心衰翁寂寞。國恩未報慚禄厚，世事多虞嗟力薄。顔摧鬢改真〔一〕翁，心已憂醉安知樂。沈夫子謂我翁言何苦悲，人生百年飲酒能幾時。攬衣推琴起視夜，仰見河漢西南移。」《東坡集》云：琅琊幽谷，山水奇麗，泉鳴空澗，若中音會。醉翁喜之，把酒臨聽，輒欣然忘歸。既去十餘年，而好奇之士沈遵聞之往遊，以琴寫其聲，曰《醉翁吟》。節奏疎宕，而音指華暢，知琴者以為絶倫，然有其聲而無其辭，公雖為作歌，而與琴聲不合。又依《楚辭》作《醉翁吟》，好事者亦倚其辭以製曲，雖粗合均度，而琴聲為詞所繩約，終非天成也。後三十餘年，翁既捐館舍，而遵亦歿久。有廬山玉澗（一作澗）道人崔閑特妙於琴，恨此曲之無詞，乃譜其聲，而請於東坡居士亦（當作以）補之，云：「琅然，清圓，誰彈？響空山，無言，惟翁醉中知其天。月明風露娟娟，人未眠。荷蕢過山前，曰有心也哉此賢。醉公（當作翁）嘯詠，聲和流泉。醉翁去後，空有朝吟夜怨。山有時而童巔，水有時而回川，思翁無歲年。翁今飛仙，此意在人間，試聽徽外三兩絃。」又曰：「二水同器，有不相入。二琴同手，有不相應。今沈君信手彈琴，而與泉合；居士縱筆作詩，而與琴會，此必有真同者矣。浮屠法真，沈君之子也，故書以寄之，願師宴坐静室，自以為琴，而以學者為琴工，有能不謀而同三令無際者，願師取之。」（同前）

四 沈括筆談：高郵人桑景舒性知音，聽百物之聲，悉能占其災福，尤善樂律。舊傳有虞美人草，聞人作《虞美人》曲，則枝葉皆動，他曲不然，景舒試之，誠如所傳，乃詳其曲聲，曰皆吴音也。他日取琴，試用吴音製一曲，對草鼓之，枝葉亦動，乃謂之《虞美人操》，其聲調與《虞美人》曲全不相近，始末無一聲相似者，而草輒應之，與《虞美人》曲無異者。律法同管也，其知者臻妙如此。景舒進士及第，終於州縣官。今《虞美人操》盛行於吴間，人亦莫知其如何者為吴音。（同前書卷十七「雜録」）

五 《國史譜》言：「客有以按樂圖示王維，維曰此《霓裳》第三疊第一拍也，客未然，引工按曲，乃信。」此好奇者為之，凡畫奏樂，止能畫一聲，不過金石絲管同用一字耳，何曲無此聲？豈獨《霓裳》第三疊第一拍也？或疑舞節及他舉動拍法中别有奇聲可驗，此亦不然。《霓裳》曲凡十三疊，前六疊無拍，至第七疊方謂之疊遍，自此始有拍而舞作，白樂天詩云「中序擘騞初入拍」，中序即第七疊也，第三疊安得有拍？但言第三疊第一拍，即知其妄也。或説嘗有人觀畫彈琴圖曰：「此彈《廣陵散》也。」此或可信，《廣陵散》中有數聲他曲皆無，如撥攦聲之類是也。（同前）

六 《江湖紀聞》琴精歌詩：宋嘉熙丁酉，鄂州金鶴雲以琴碁書畫寓嘉興府，富家與招提寺相近，每夜聞女子歌曰：「音音音，音音你負心，你真負心。孤負我，到如今。記得年時，低低唱，淺淺斟，一曲直千金。　如今寂寞古墻陰，秋風荒草白雲深。斷橋流水何處尋，凄凄切切，冷冷清清，教奴怎禁。」月餘，識其辭，甚習，偶忘形，亦從而歌之。一夕，歌聲甚近，窺之，一女子，年約十七八，姿態綽約，迤邐行來，遂亟閉户，女子復歌而去。明夜就枕，將滅燈，歌聲又近，直前推户入室，至榻前，金問：「爾誰家人？何夜深至此？」女登榻，但歌不已，且歌且卧，牽裳啟股而要求合，金亦動念，遂不復拒，歡罷，女子潸然曰：「妾，曹刺史家人，棄妾於此。妾遇異人，授妾至道，可以為仙。但凡心未除，累遭降謫，今方別後，未卜會期，君前程甚遠，夾山之會，君其慎之。」金亦悲愴泣下，惜別，探囊中百金為意，女不受，强繫其衣，送之出户，女收淚，復歌而去。金明日方悟為妖祟，神思不懌，告主人已故，皆不能曉。其後招提修寺，鑿土為隄，於牆下得石匣，藏一古琴，繫百金焉。寺乃唐光啟中刺史曹珪捨宅為寺也。金後為縣令，卒於峽州，遂符夾山之説。（同前）

七　《夷堅志》麻姑琴精：劉過，字改之，襄陽人。雖為書生，而貲産贍足。得一妾，愛之甚。淳熙甲午預秋薦，將赴省試。臨岐眷戀，不忍行，在道賦《水仙子》一詞，每夜飲旅舍，輒使隨直小僕歌之。其語曰：「宿酒醺醺猶自醉，回顧頭來三十里。馬兒只管去如飛。騎一會，行一會，斷送殺人山共水。　是則青衫深可喜，不道恩情拚得未。雪迷前路小橋横。住底是，去底是，思量我了思量你。」其詞鄙淺不工，姑以寫意而已。到建昌，游麻姑山，薄暮獨酌，屢歌此詞，思想之極，至於墮淚。二更後，一美女忽來前，執拍板曰：「願唱一曲勸酒。」即歌曰：「別酒未斟心先醉，忍聽《陽關》辭故里。揚鞭勒馬奔皇都。三題盡，當際會，穩跳龍門三汲水。　天意令吾先送喜，不審君侯知得未。

誦，書之於紙，與之歡接，但不曉蔡邕背負之意。因留伴寢，始問為何人，曰：「我本麻姑上仙之妹，緣度王方平、蔡經不切（一作力），謫居此山，久不得回玉京。恰聞君新製雅麗，勉趁韻自媒，從此願陪後乘。」劉猶辭却之，然素深於情，長塗遠客，不能自制，遂與之偕東，而令乘小轎，相望於百步間。迨入都城，僦委巷密室同處。果擢第，調荆門教授以歸，過臨江，因遊閤皂山，道士熊若水修謁，謂之曰：「欲有所言，得乎？」劉曰：「何不可者。」熊曰：「吾善符籙，竊疑隨車娘子恐非人也，不可不審，於何地得之？」劉具以告，曰：「是矣，是矣，俟茲夕與並枕時，吾於門外作法行持乎，教授緊抱同衾人，切勿令竄佚。」劉如初戒。喚僕秉燭排闥入耳，擁一琴，頓悟昔日蔡邕之語，堅縛，置於傍。及旦，親自挈持，眠食不捨。及經麻姑，訪諸道流，乃云：「頃有趙知軍攜古琴過此，寶惜甚至。因摶拊之際，誤觸，隨（當作墮）砌下石上，損破不可治，乃埋之官廳西偏，斯其物也。」遽發瘞視之，匣空矣。劉舉琴置匣，命道衆焚香誦經呪，泣而焚之，且作小詩述懷。予案：劉當在詹騤榜中，而《登科記》不載。（同前）

八　評古琴詩：三吴僧義海，以琴名世。六一居士嘗問東坡琴詩孰優，東坡答以退之《聽穎師琴》，公曰：「此祇是聽琵琶耳。」或以問海，海曰：「歐陽公一代英偉，然斯語誤矣。『昵昵兒女語，恩怨相爾汝』，言輕柔細屑，真情出見也；『劃然變軒昂，勇士赴敵場』，精神餘溢，竦觀聽也；『浮雲柳絮無根蔕，天地闊遠隨飛揚』，縱横變態，浩乎不失自然也；『喧啾□（當作百）鳥羣，忽□（當作見）孤鳳凰』，又見脱穎孤絶，不同流俗下俚聲也；『躋攀分寸不可上，失勢一落千丈强』，起伏抑揚，不主故常也。皆指下絲聲妙處，惟琴為然。琵琶格上聲，烏能爾耶？退之深得其趣，未易譏評也。」東坡後有《聽惟賢琴詩》云：「大絃春温和且平，小絃廉折亮以清。平生未識宫與角，但聞牛鳴盎中雉登木。門前剥啄誰扣門，山僧未閑君莫嗔。歸家且覓千斛水，洗盡從來箏笛耳。」詩成，欲寄歐公，而公亡，每以為恨。客復以問海，海曰：「東坡詞氣倒山傾海，然未知琴，『春温和且平』、『廉折亮以清』，絲聲皆然，何獨琴也？又特言大小絃聲不及指下之韵，『牛鳴盎中雉登木』，槩言宫角耳，八音宫角，豈獨絲也？」聞者以海為知言。余嘗考今昔琴譜，謂宫者非宫，角者非角，又五調迭犯，宫聲為多，與五音之正者異，此又坡所未知也。苕溪漁隱曰：「東坡嘗因章質夫家喜琵琶者乞歌詞，亦取退之《聽穎師琴詩》稍加櫽括，使就聲律，為《水調歌頭》以遺之，其自序云：『歐公謂退之此詩最奇麗，然非聽琴，乃聽琵琶耳，余深然之。』觀此，則二公皆以此詩為聽琵琶矣。今《西清詩話》所載義海辨證此詩，復曲折能道其趣，為是真聽琴詩，世有深於琴者，必能辨之矣。《西清詩話》（同前書卷二十「琴詩下」）

沈德符詞話

沈德符（一五七八—一六四二），字景倩，又字虎臣。嘉興（今浙江）人。萬曆戊午舉人，年四十始上春官。於兩宋以來史乘別集、故家舊事，往往能敷陳其本末。家世仕宦，習聞國家故事，又習見嘉靖以來名人遺獻，講求掌故，網羅散失。著有《清權堂集》、《萬曆野獲編》及《續編》、《敝帚軒剩語》、《著飛凫語略》、《顧曲雜言》等。《萬曆野獲編》二十卷，續編十二卷，有萬曆丙午自序和萬曆己未續編小引。其書上記朝章掌故，下及風土人情、瑣事軼聞，凡内閣原委、詞林雅故，以及詞曲技藝、士女諧謔，無不畢陳。尤詳於世宗、神宗兩朝掌故。另有《補遺》四卷，系沈氏後人沈振所輯。又《敝帚軒剩語》三卷《補遺》一卷，雜記神怪俳諧事。此據《續修四庫全書》影印清道光七年刻同治八年重校刊補本《野獲編》和《學海類編》本《敝帚軒剩語》録詞話三十則。

一　中秋無月詩：世傳中秋無月詞，如永樂中，上開宴，月為雲掩，命學士解縉賦詩，因口占《落梅風》以進云：「嫦娥面，今夜圓，下雲簾，不着臣見。拚今宵、倚闌不去眠，看誰過、廣寒宫殿。」上大喜，復命以此意賦長歌。半夜，月復明，上大喜曰：「才子可謂奪天手段也。」按此詞雖佳，不如金海陵煬王在汴京作《鵲橋仙》詞云：「停盃不舉，停歌不發，等候銀蟾出海。是誰遮定水晶宫，作許大，通天障礙。　虯髭撚斷，星眸睁裂，猶恨劍鋒不快。一揮揮斷彩雲根，要看嫦娥體態。」似更雄快可喜。又先大父曾云：宏（當作弘）治癸丑庶吉士薛格，閣試《中秋不見月》詩，考第一，中一聯云：「關山有恨空聞笛，烏鵲無聲倦倚樓。」當時争傳誦之，惜其全首不稱耳。〇解所進歌行，遠不及詞之俊，不知文皇何以賞之？（《野獲編》卷一「列朝」）

二　母后先祔廟：世宗既追崇獻皇帝矣，至中葉又納諛臣言，祔獻皇於太廟稱宗。臣下畏禍，自侍郎唐胄之外，無復敢繼起者。上追忿往事，謂近代為不足法。及孝烈皇后崩，已先納梓宫於上所營壽宫矣。及小祥，遂下詔，欲奉神主入祔太廟。時宗伯費文通依違未果，比釋服，則有徐文貞為禮卿，僅婉辭，以為此聖子神孫之事，上遂大怒，而禮科都給事顔思忠復執部議以諫，内旨因他事杖一百為民，而孝烈入廟仁宗祧矣。按洪武十五年，孝慈皇后崩，次月葬鍾山之陽，定其名曰孝陵，至太祖升遐合葬焉，蓋用唐太宗昭陵故事，是亦國初未定之制也。至永樂五年，仁孝皇后崩，文皇聖意已不欲立封域於南方，故遲遲未葬。至七年幸北京，始得地於昌平縣，用江西術士廖均卿議，改封黄土山為天壽山。十年遷仁孝后梓宫北行安葬，因定陵名曰長陵，蓋三千里輀車遠涉，無暫窆他所之理，已非太祖時比矣。此後累朝不復遵此制，惟景泰七年廢后杭氏薨，即懷獻太子母也，帝謚爲孝肅皇后，先歸山陵，因祔太廟，此爲古來僅見之事，蓋自未入廟，乃令宫闈先侍祖宗，於典制甚悖。而陳、王諸輔臣不能救正，識者非之。比英宗復辟，禮臣胡濙始以爲言，上命遷后主於別室，時景帝違豫，未大漸也。未幾，襄王瞻墡入朝，謁陵回奏，稱景陵明樓未建，而杭氏所葬明樓高聳，與長、獻二陵相等，乞毁之，上命如議。然而陵名固尚未立，又未幾，帝與后俱廢矣。世宗薄視累朝，動以二祖爲法，以故臣下所建白，無一轉圜。然祔廟一事，肇自景帝，何足遵守？且尋遭廢斥，不祥之甚，惜當時無有以此密諷於上者。又孝烈之葬，先定名曰永陵，亦用二祖故事。方孝烈初崩，踰月，順天府進春例當並進，而中宫已虚，上命仍進几筵，府官用吉服從事，亦上所親定也。○葬孝烈時，上命居元宫之左，而虚其右以待元配孝潔合葬。未幾，又命孝烈復葬右云。世宗之命追眷故后，蓋用宋仁宗温成后故事，后薨未久，會立春，后閣已虚，詞臣不復進帖子詞，帝命仍進，禹玉代歐陽公口占爲詞，即所謂「花似玉容長不老，只應春色勝人間」者是也。（同前書卷三「宫闈」）

三　駙馬再選：宏（當作弘）治八年，内官監太監李廣受富民袁相重賄，選爲駙馬，尚德清公主，婚期有日矣，爲科道官發其事，得旨，斥相命別選，詰責太監蕭敬等選婚不謹，致有人言，而廣置不問。嘉靖六年，永淳公主將下降，禮部選婚，時永清衛軍餘（當作余）德敏奏釗父本勇士，家世惡疾母，又再醮庶妾，不可尚主。禮部郎中李浙奏德敏妄言，聽選官餘（當作余）陳釗名在第三，上親定爲駙馬矣。請逮治罪，上不許，命斥釗，再選，並奪侍郎劉龍俸。別選得謝詔，上以公主爲獻皇親女，命詔成婚。

二十日後，令師教習經書，以禮部儀制司主事金克厚為之師，駙馬教習用春曹自此始。至萬曆十年，上因胞妹永寧公主將下嫁，選京師富室子梁邦瑞，其人病瘵羸甚，人皆危之，特以大璫馮保納其數萬之賂，首揆江陵公力持之，慈聖太后亦為所惑。未幾合巹，鼻血雙下，沾濕袍袂，幾不成禮，宮監尚稱喜，以為掛紅吉兆。甫匝月，遂不起，公主嫠居數年而歿，竟不識人間房幃事。使當時能如兩朝，別謀佳耦，未必致命帝姬抑鬱早世，馮保滔天之罪，十倍李廣矣。○謝詔選後，京師人有《十好笑》之謠，其間嘲張、桂驟貴暴横者居多，其末則云：「十好笑，駙馬換個現世報。」蓋謝禿少髮，幾不能綰髻，故有此譏。然詔直至嘉靖末年卒，富貴者四十年。（同前書卷五「公主」）

四　二相詩詞：嚴分宜自為史官，即引疾歸卧數年，讀書賦詩，其集名《鈐山堂藁》，詩皆清利，作錢劉調，五言尤為長城，蓋李長沙流亞，特古樂府不逮之耳。夏貴溪亦能詩，然不甚當行，獨長於新聲，所著有《白鷗園詞藁》，豪邁俊爽，有辛幼庵（當作安）、劉改之風。其謀復河套，作《漁家傲》詞，亦其一也。二公故風流宰相，非伏獵弄麞之比，獨晚途狂謬取敗耳。夏之蘇夫人亦工詩餘，更是作家。（同前書卷八「内閣」）

五　計陷夏嚴：夏桂州主復河套，欲為書生封公侯計，至作《漁家傲》曲，徧令人屬和，以為功在漏刻。至世宗，入仇嚴之譖，始驚怖自辨，諉出套之罪於曾銑，上終不聽，以至西市之僇，此何異蔡元長主復燕雲，及送其子攸北征詩云：「百年信誓須堅守，六月王師盍少休？」又云「身非帷幄若為籌」，蓋諉伐遼之罪於蔡攸。比金人入犯，京終不免潭州竄死。初同一任事，後同一卸責，然蔡預策北征之必敗，而夏不能料套功之無成，其識見相去遠矣。當夏未下獄時，適陝西澄城縣有移山之變，事在嘉靖二十六年七月二十一日，直至十二月二十八日始入奏，時上方修長生祈福，而元旦得實封，且正值曾銑出塞失利之期，上震懼，且大怒。而嚴介溪授真人陶仲文密計，令譖夏於上，謂山崩應在聖躬，可如周太史答楚昭王故事，移於將相。又私語大璫：「漢世災異，賜三公死，以應天變。」又密疏引翟方進事，而夏遂不免矣。上元日即下聖諭，謂氣數固莫逃，亦不可坐視者是也。夏死後十四年，為壬戌歲，嚴氏敗，亦由術士藍道行扶乩傳仙語，稱嵩奸而階忠，上元不誅而待上誅。時皆云徐華亭實使之，蓋夏、嚴受禍皆出讐口，而扶乩更巧於占驗矣。當其同在事時，嚴之事貴溪，如子之奉嚴君，唯諾趨承，無復僚友之體。夏故淺人，遂視之如奴客。嚴雖深險，然為華亭所籠絡，移鄉貫，結婚姻，時時預其密謀，因以心膂相寄。不虞兩公各懷腹劍，陽托丙、魏、房、杜之同心，陰學勾踐沼吳之故智，可畏哉！嚴之殺夏，陰佑之者，陸炳、崔元也。嚴即逐後，乃子世蕃再以逃軍被重劾，時華亭意尚猶豫，而同里人楊豫孫、范惟丕進謀，不如殺之，以絶禍本，徐始憬然悟，而棄市之旨下矣。陸、崔武人，不足道，華亭所善兩公，俱名士大夫，惜哉！華亭謝事，高中元亦欲殺之，然而仇隙久著，且舉動明白，不設陰謀，如曹操議除楊彪，尚有英雄氣。（同前）

六 翰林應制：今上大婚以後，留意文史篇什，遇元旦、端陽、冬至，必命詞臣進對聯及詩詞之屬，間出內帑所藏書畫，令之題詠，或遊宴，即宣索進呈，至講筵尤為隆重，宴賞之外，間有横賜。先人與同年及前輩諸公，無日不從事楮墨。而禁臠法醞亦時時及門，以後上朝講漸稀，宸遊亦簡，至今日而謦蹕不聞聲，天庖不排，當歲時節序，亦未聞有一二文字進乙覽，詞臣日偃户高卧，或命酒高會而已。雖享清閒之福，而不蒙禁近之榮，似亦不如當時寵遇也。（同前書卷十「詞林」）

七　劉鳳臺：燕京歌妓劉鳳臺以豔名一時，今上丙子，宣城沈君典、吾鄉馮開之俱以公車入燕，與之遊。後沈、馮同為丁丑廷會二元，而劉委身於閩中福清人林尚炅。林本賈人，字丙卿，與沈、馮二公俱相善。至戊子年劉死於燕，林方賈於武林，聞訃，星馳以北。馮以謫居在家，為詩送之曰：「昔年曾醉美人家，却恨花開又落花。司馬青衫舊時淚，因風吹不到琵琶。」其感慨其深，林不以為忤。比入都，迎劉嫗厚養之，刻玉為主，書鳳臺名，而題長短句於背曰：「入時倒郎懷，出時對郎面。隨郎南北復東西，芳草天涯空繞徧。勝寫丹青圖，勝粧水月殿。玉魄與香魂，都在這一片。願作巫山枕畔雲，願作盧家梁上燕。莫作生前輕别離，教人看作班姬扇。」因抱玉主自隨，晝則供食，夕則附枕，仍攜以賈於四方，偶至粤西，為劇盜陳亞三等所戕，而沉其屍於江。會同邑人亦林姓者，為梧州府推官，習聞玉主事，適亞三等以他事捕至，拷掠不服，及搜槖中，得玉主，始駭曰：「此吾里林丙卿物，汝何從得之？」盜始吐實，得林屍於江，歛而歸之，盜盡服辜。時謂非玉主，則林冤終不白，劉蓋得請於冥司，以報林始終之誼也。林之姻家葉少宰，已為丙卿傳紀其事，而余又聞於林之姪號經宇者，因記略如此。○開之先生曾語余曰：鳳臺美不待言，即薦枕時，肌體之柔膩，情致之婉媚，兼飛燕、合德而有之，宜林之惑溺至此也。（同前書卷二十三「妓女」）

八　小唱：京師自宣德顧佐疏後，嚴禁官妓，縉紳無以為娱。於是小唱盛行，至今日幾如西晉太康矣。此輩狡猾解人意，每遇會客，酒鎗十百計，盡以付之，席散納完，無一遺漏，僮奴輩藉手以免訶責。然詗察時情，傳布秘語，至緝事衙門，亦藉以為耳目，則起於近年，人始畏惡之。其黠而慧者，類為要津所據，斷袖分桃之際，賚以酒貲仕牒，即充功曹，加納候選，突而弁兮，旋拜丞薄，而辭所歡矣。以予目睹，已不下數十輩。甲辰、乙巳間，小唱吴秀者最負名，首揆沈四明冑君名泰鴻者，以重賂納之邸第，嬖愛專房，非親狎不得接席。時同邑陳中允最稱入幕，後為御史宋燾所劾，云與八十金贖身之吴秀，傾跌於火樹銀花之下，仕紳笑之，大抵此輩俱浙之寧波人，與沈、陳二公投契更宜。近日又有臨清、汴城以至真定、保定兒童無聊賴，亦承乏充歌兒，然必僞稱浙人。一日，遇一北童問：「汝生何方？」應聲曰：「浙之慈谿。」又問：「汝為慈谿府慈谿州乎？」又對曰：「慈谿州。」再問：「汝曾渡錢塘江乎？」曰：「必經之途。」又問：「用何物以過來？」則曰：「騎頭口過來。」蓋習聞儕輩浙東語，而未曾親到，遂墮一時笑海。（同前書卷二十四「風俗」）

九　縉紳餘技：近年士大夫享太平之樂，以其聰明寄之剩技，余髫年見吴大參國倫善擊鼓，真淵淵有金石聲，但不知於王處仲何如。吴中縉紳則留意聲律，如太倉張工部新、吴江沈吏部璟、無錫吴進士澄時俱工度曲，每廣坐命技，即老優名倡，俱皇遽失措，真不減江東公瑾。此習尚所成，亦猶秦、晉諸公多嫻騎射耳。近在都下見王駙馬昺、張緹帥懋忠諸君，蹴鞠俱精絶，此蓋蹋擲通於擊刺，正徹侯本色，不足異也。（同前「技藝」）

一〇　西廂：元人周德清評《西廂》云：六字中三用韻，如「玉宇無塵」内「忽聽一聲猛驚」，及「玉驄嬌馬」内「自古相女配夫」，此皆三韻為難。予謂「古」、「女」仄聲，「夫」字平聲，未妥也。不如「雲斂晴空」内「本宫始終不同」，俱平聲乃佳耳。然此類凡元人皆能之，不獨《西廂》為然。如春景時曲云「柳綿滿天舞旋」，冬景云「臂中緊封守宫」，又云「醉烘玉容微紅」，重會時曲云「女郎兩相對當」，私情時曲云「玉娘粉粧生香」。《傷梅香》雜劇曲云「不妨莫慌我當」，《兩世姻緣》云「怎麽性大偏殺」，《歌舞麗春堂》云「四方八荒萬邦」，俱六字三韻，穩貼圓美，他尚未易枚舉。蓋勝國詞家高處自有在，此特其剩技耳。本朝周憲王《牡丹仙》雜劇云「意專向前謝天」等句，亦元人之亞。（同前書卷二十五「詞曲」）

一一　南北散套：元人如喬夢符、鄭德輝輩，俱以四折雜劇擅名，其餘技則工小令為多。若散套，雖諸人皆有之，惟馬東籬「百歲光陰」、張小山「長天落彩霞」為一時絶唱，元詞多佳，皆不及也。元人俱嫻北調，而不及南音，今南曲如《四時歡》、《窺青眼》、《人别後》諸套最古，或以為元人筆，亦未必然。即沈青門、陳大聲輩南詞宗匠，皆本朝成、宏（當作弘，下同）間人，又同時如康對山、王渼陂二太史俱以北擅場，並不染指於南。渼陂初學填詞，先延名師，閉門學唱三年，而後出手，其專精不泛及如此。章邱李中麓太常亦以填詞名，與康、王俱石友，不嫻度曲，即如所作《寶劍記》，生硬不諧，且不知南曲之有入聲，自以《中原音韻》叶之，以致吴儂見誚。同時惟臨朐馮海槎差為當行，亦以不作南詞耳。南詞自陳、沈諸公外，如「樓閣重重」、「因他消瘦」、「風兒疏刺刺」等套，尚是成、宏遺音。此外吴中詞人如唐伯虎、祝枝山，後為梁伯龍、張伯起輩，縱有才情，俱非本色矣。○今傳誦南曲如「東風轉歲華」，云是元人高則誠，不知乃陳大聲與徐髯仙聯句也。又「東野翠煙銷」，乃元人《子母冤家》戲文中曲，今亦屬之高筆，訛以傳訛至此。且今人但知陳大聲南調之工耳，其北《一枝花》「天空碧水澄」全套與馬致遠「百歲光陰」，皆詠秋景，真堪伯仲。又題情《新水令》「碧桃花外一聲鐘」全套亦綿麗不減元人，本朝詞手似無勝之者。陳名鐸，號秋碧，大聲，其字也，金陵人，官指揮使，今皆不知其為何代何方人矣。〇近代南詞散套盛行者，如張伯起「燈兒下」，乃依「幽窻下」舊腔贈一變童，即席取辦，宜其用韻之雜。如梁少白「貂裘染」，乃一揚州鹽客，眷舊院妓楊小環，求其題詠，曲成，以百金為壽。今無論其雜用庚清、真文、侵尋諸韻，即語意亦俚鄙可笑，真不值一文。（同前）

一二 邱文莊填詞：邱文莊淹博，本朝鮮儷，而行文拖沓，不為後學所式，至填詞，尤非當行。今《五倫全備》是其手筆，亦俚淺甚矣。初與王端毅同朝，王謂理學大儒，不宜留心詞曲，邱大恨之，因南太宰王僎為端毅作《王大司馬生傳》，稱許太過，遂云：「若有豪傑駁之，禍且不測。」又端毅所刻疏稿，凡成化間留中之疏俱書不報，邱又謂王故彰先帝拒諫之失，御醫劉文泰得邱語，因挾仇特疏，而王遂去位，所以報《五倫》之怨也。《五倫記》至今行人間，真所謂不幸而傳矣。（同前）

一三 絃索入曲：嘉、隆間度曲知音者，有松江何元朗，畜家僮習唱，一時優人俱避舍。然所唱俱北詞，尚得金、元蒜酪遺風。予幼時猶見老樂工二三人，其歌童也俱善絃索，今絕響矣。何又教女鬟數人，俱善北曲，為南教坊頓仁所賞，頓曾隨武宗入京，盡傳北方遺音，獨步東南，暮年流落，無復知其技者，正如李龜年江南晚景。其論曲，謂：「南曲簫管謂之唱調，不入絃索，不可入譜。」近日沈吏部所訂《南九宫譜》盛行，而《北九宫譜》反無人問，亦無人知矣。頓老又云：「絃索九宫或用滚絃，或用花和、大和釤絃，皆有定則。若南九宫無定則可依，且笛管稍長短其聲，便可就板。絃索若多一彈，少一彈，即⺮板矣，此説真不易之論。今吴下皆三絃合南曲，而又以簫管叶之，此唐人所云『錦襖上着蓑衣』，顧阿瑛小像詩所云『儒衣僧帽道人鞋』也。○簫管可入北調，而絃索不入南詞，蓋南曲不仗絃為節奏也。況北詞亦有不用絃索者，如鄭德輝、王實甫，間亦有焉。今人一例通用，遂入笑海。嘗見友人以漢隸自誇，余誚之曰：『此不過於真字上加一二筆飛撇，遂枉其名曰隸，此名隸楷，非隸漢也。』今南方北曲，瓦缶亂鳴，此名北南，非北曲也。只如時所争尚者『望蒲東』一套，其引子『望』字北音作『旺』，『葉』字北音作『夜』，『急』字北音作『紀』，『疊』字北音作『爹』，今之學者頗能談之，但一啟口便成南腔，正如鸚鵡效人言，非不近似，而禽吭終不能脱盡，奈何强名曰北。○老樂工云：『凡學唱從絃索入者，遇清唱則字窒而喉劣。』此亦至言，今學南曲者亦然。初按板時，即以簫管為輔，則其正音反為所遏，久而習成，遂如蛩蚷相倚，不可暫撇，若單喉獨唱，非音律長短而不諧，則腔調矜持而走板，蓋由初入門時不能盡其才也。曾見一二大家歌姬輩，甫啟朱唇，即有簫管夾其左右，好腔妙囀，反被拖帶，不能展施。此乃以邯鄲細步行荆榛泥濘中，欲如古所云高不揭、低不咽，難矣。若吾輩知音者，稍待學唱將成，即取其中一二人教以簫管，既諳疾徐之節，且助轉换之勢，宛轉高低，無不如意矣，今有以吹唱兩師並教者尤舛。（同前）

一四　填詞名手：本朝填詞高手，如陳大聲、沈青門之屬，俱南北散套，不作傳奇。惟周憲王所作雜劇最夥，其刻本名《誠齋樂府》，至今行世，雖警拔稍遜古人，而調入絃索，穩叶流麗，猶有金、元風範。南曲則《四節》、《連環》、《繡襦》之屬，出於成、宏（當作弘）間，稍爲時所稱。其後則嘉靖間陸天池名采者，吴中陸貞山黄門之弟也，所撰有《王仙客明珠記》、《韓壽偷香記》、《陳同甫椒觴記》、《程德遠分鞋記》諸劇，今惟《明珠》盛行。又鄭山人若庸《玉玦記》使事穩帖，用韻亦諧，内「遊西湖」一套，尤爲時所膾炙，所乏者，生動之色耳。近年則梁伯龍、張伯起，俱吴人，所作盛行於世，若以《中原音韻》律之，俱門外漢也。近沈寧庵吏部後起，獨恪守詞家三尺，如庚清、真文、桓歡、寒山、先天諸韻，最易互用者，斤斤力持，不少假借，可稱度曲申、韓，然詞之堪選入者殊尠。梅禹金《玉合記》最爲時所尚，然賓白盡俱駢語，餖飣太繁，其曲半使故事及成語，正如設色骷髏，粉捏化生，欲博人寵愛，難矣！湯義仍《牡丹亭夢》一出，家傳户誦，幾令《西廂》減價，奈不諳曲譜，用韻多任意處，乃才情自足不朽也。年來俚儒之稍通音律者，伶人之稍習文墨者，動輒編成一傳，自謂得沈吏部九宫正音之秘，然悠謬麄淺，登場聞之，穢及廣座，亦傳奇之一厄也。◎沈寧庵自號詞隱生，按北宋万俟雅言在徽宗朝直大晟府，亦自稱詞隱，豈偶合耶？抑慕而效之也？（同前）

一五　《太和記》：向年曾見刻本《太和記》，按二十四氣，每季填詞六折，用六古人故事，每事必具始終，每人必有本末。齣既曼衍，詞復冗長，若當場演之，一折可了一更漏。雖似出博洽人手，然非本色當行，又南曲居十之八，不可入絃索。後聞之一先輩，云是楊升庵太史筆，未知然否？然翊國公郭勛亦刻有《太和傳》，郭以科道聚劾，下鎮撫司究問，尋奉世宗聖旨：「勛曾贊大禮，並刻《太和傳》

等勞，合釋刑具，即問奏處分。」夫刻書至與贊禮並稱，似非傳奇可知。予未見郭書，不敢臆斷。然《北詞九宫譜》，本名《太和正音》，又似與音律相關，俱未可曉也。楊升庵生平填詞甚工，遠出《太和》之上，今所傳俱小令，而大套則失之矣。曾見楊親筆改定祝枝山詠月「玉盤金餅」一套，竄易甚多，如《西廂·待月》「斷送鶯鶯」，改為「成就鶯鶯」，餘不盡記矣。（同前）

一六　填詞有他意：填詞出才人餘技，本遊戲筆墨間耳。然亦有寓意譏訕者，如王渼陂之《杜甫遊春》，則指李西涯及楊石齋、賈南塢三相。康對山之《中山狼》，則指李空同。李中麓之《寶劍記》，則指分宜父子。近日王辰玉之《哭倒長安街》，則指建言諸公是也。又聞湯義仍之《紫簫》，亦指當時秉國首揆，纔成其半，即為人所議，因改為《紫釵》。而屠長卿之《彩毫記》，則竟以李青蓮自命，第未知果愜物情否耳？（同前）

一七　張伯起傳奇：伯起少年作《紅拂記》，演習之者遍國中。後以丙戌上太夫人壽作《祝髮記》，則母已八旬，而身亦耳順矣。其繼之者則有《竊符》、《灌園》、《扊扅》、《虎符》，共刻函為《陽春六集》，盛傳於世，可以止矣。暮年值播事奏功，大將楚人李應祥者求作傳奇，以侈其勳，潤筆稍溢，不免過於張大，似多此一段蛇足，其曲今亦不行。同時沈寧庵璟吏部自號詞隱生，亦酷愛填詞，至今三十餘種，其盛行者，惟《義俠》、《桃符》、《紅蕖》之屬。沈工歌譜，每製曲，必遵《中原音韻》、《太和正音》諸書，欲與金、元名家争長，則以意用韻，便俗唱而已。予每問之，答云：「子見高則誠《琵琶記》否？予用此例，奈何訝之？」（同前）

一八 梁伯龍傳奇：同時崑山梁伯龍辰魚亦稱詞家，有盛名，所作《浣紗記》，至傳海外，然止此，不復續筆。其大套小令則有《江東白苧》之刻，尚有傳之者。《浣紗》初出，梁遊青浦，時屠緯真隆為令，以上客禮之，即命優人演其新劇為壽，每遇佳句，輒浮大白酬之，梁亦豪飲自快。演至「出獵」，有所謂「擺開擺開」者，屠厲聲曰：「此惡語，當受罰。」蓋已預儲洿水以酒海灌三大盂，梁氣索，强盡之，大吐委頓。次日，不別竟去。屠凡言及，必大笑，以為得意事。（同前）

一九 《曇花記》：今上甲申歲，刑部主事俞識軒顯卿論劾禮部主事屠長卿隆，得旨，兩人俱革職為民。俞，松江之上海人，為孝廉時，適屠令松之青浦，以事干謁之，屠不聽，且加侮慢，俞心恨甚，至是具疏指屠淫縱，並及屠帷簿，至云「日中為市，交易而退」，又有「翠館侯門，青樓郎署」諸媟語，上覽之，大怒，遂並斥之。屠自邑令内召甫年餘，俞第後授官祇數月耳，睚眦之忿，兩人俱敗，終身不復振。人亦惜屠之才，然終不以登啟事也。西寧夫人有才色，工音律，屠亦能新聲，頗以自炫，每劇場輒闌入羣優中作技，夫人從簾箔中見之，或勞以香茗，因以外傳。至於通家往還亦有之，何至如俞疏云云也。近年屠作《曇花記》，忽以木清泰為主，嘗怪其無謂，一日，遇屠於武林，命其家僮演此曲，揮策四顧，如辛幼安之歌「千古江山」，自鳴得意。予於席間私問馮開之祭酒，云：「屠年伯此記出何典故？」馮笑曰：「子不知耶？『木』字增一蓋成『宋』字，『清』字與『西』為對，『泰』即寧之意也。屠晚年自恨往時孟浪，致累宋夫人被醜聲，侯方嚮用，亦因以坐廢，此懺悔文也。」時虞德園吏部在坐，亦聞之，笑曰：「故不如予作《曇花記序》云，此乃大雅《目連傳》，免涉閨閣葛藤語，差為得之。」予應

曰：「此乃着色《西遊記》，何必詰其真僞？」今馮年伯歿矣，其言必有所本，恨不細叩之。（同前）

二〇《拜月亭》：何元朗謂《拜月亭》勝《琵琶記》，而王弇州力争以為不然，此是王識見未到處。《琵琶》無論襲舊太多，與《西廂》同病，且其曲無一句可入絃索者。《拜月》則字字穩帖，與彈搊膠粘，蓋南曲全本可上絃索者，惟此耳。至於「走雨」、「錯認」、「拜月」諸折，俱問答往來，不用賓白，固為高手。即旦兒「髻雲堆」小曲，模擬閨秀嬌憨情態，活脱逼真。《琵琶》「咽糠」、「描真」亦佳，終不及也。向曾與王房仲談此曲，渠亦謂乃翁持論未確，且云：「不特别調之佳，即如聶古陀滿争遷都，俱是兩人胸臆見解，絶無奏疏套子，亦非今人所解。」予深服其言。若《西廂》才華富贍，北詞大本未有能繼之者，終是肉勝於骨，所以讓《月亭》一頭地。元人以鄭、馬、關、白為四大家，而不及王實甫，有以也。《月亭》後小半已為俗工删改，非復舊本矣。今細閲《拜新月》以後，無一詞可入選者，便知此語非謬。《月亭》之外，予最愛《繡襦記》中「鵝毛雪」一折，皆乞兒家常口頭話，鎔鑄渾成，不見斧鑿痕跡，可與古詩《孔雀東南飛》「唧唧復唧唧」並驅，予謂此必元人筆，非鄭虚舟所能辦也。後問沈寧庵吏部，云果曾於元雜劇中見之，恨其時不曾問得是出何詞。予所見《鄭元和》雜劇凡三本，皆無此曲。○往年癸巳，吴中諸公子習武，為江南撫臣朱鑒塘所訐，謂諸公子且反，其贈答詩云：「君實有心追季布，蓬門無計托朱家。」實謀反確證，給事中趙完璧因據以上聞。時三相皆吴越人，恐上遂信為真，急疏請行撫按會勘虚實，朱已去任，有代為解者曰：「《拜月亭》曲中陀滿興福投蔣世隆，蔣因有此句答贈，非創作者。」因取坊間刻本證之，果然，諸公子獄始漸解，王房仲亦諸公子中一人也。今細閲新舊刻本，俱無此一聯，豈大獄興時憎其連累，削去此二句耶？或云《拜月》初無是詩，特解紛者詭為此説，以代聊城矢耳，豈其然乎？（同前）

二一 北詞傳授：自吴人重南曲，皆祖崑山魏良輔，而北調幾廢。今惟金陵存此調，然北派亦不同，有金陵，有汴梁，有雲中，而吴中以北曲擅場者，僅見張野塘一人，故壽州産也，亦與金陵小有異同處。頃甲辰年馬四娘以「生平不識金閶」為恨，因挈其家女郎十五六人來吴中，唱《北西廂》全本。其中有巧孫者，故馬氏粗婢，貌奇醜，而聲遏雲，於北詞關捩竅妙處備得真傳，為一時獨步，他姬曾不得其十一也。四娘還曲中，即病亡。諸妓星散，巧孫亦去為市嫗，不理歌譜矣。今南教坊有傳壽者字靈脩，工北曲，其親生父家傳，誓不教一人。壽亦豪爽，談笑傾坐，若壽復嫁以去，北曲真同《廣陵散》矣。（同前）

二二 時尚小令：元人小令行於燕趙，後浸淫日盛，自宣、正至成、宏（當作弘）後，中原又行《鎖南枝》、《傍粧臺》、《山坡羊》之屬。李崆峒先生初自慶陽徙居汴梁，聞之，以為可繼《國風》之後；何大復繼至，亦酷愛之。今所傳《泥捏人》及《鞋打卦》、《熬鬏髻》三闋，為三牌名之冠，故不虚也。自兹以後，又有《耍孩兒》、《駐雲飛》、《醉太平》諸曲，然不如三曲之盛。嘉、隆間，乃興《鬧五更》、《寄生草》、《羅江怨》、《哭皇天》、《乾荷葉》、《粉紅蓮》、《桐城歌》、《銀紐絲》之屬，自兩淮以至江南，漸與詞曲相遠，不過寫淫媟情態，略具抑揚而已。比年以來，又有《打棗竿》、《掛枝兒》二曲，其腔調約略相似，則不問南北，不問男女，不問老幼良賤，人人習之，亦人人喜聽之，以至刊布成帙，舉世傳誦，沁人心腑。

其譜不知從何來，真可駭歎。又《山坡羊》者，李、何二公所喜，今南北詞俱有此名，但北方惟盛愛數落《山坡羊》，其曲自宣、大、遼陳三鎮傳來，今京師技女慣以此充絃索北調，其語穢褻鄙淺，並桑濮之音，亦離去已遠。而羈人遊婿嗜之獨深，丙夜開樽，争先招致，而教坊所隸箏纂等色，及九宫十二，則皆不知為何物矣。俗樂中之雅樂，尚不諧里耳如此，況真雅樂乎？（同前）

二三　雜劇：北雜劇已為金、元大手擅勝場，今人不復能措手。曾見汪太函四作，為《宋玉高唐夢》、《唐明皇七夕長生殿》、《范少伯西子五湖》、《陳思王遇洛神》，都非當行。惟徐文長渭《四聲猿》盛行，然以詞家三尺律之，猶河漢也。梁伯龍有《紅綃》、《紅線》二雜劇，頗稱諧穩，今被俗優合為一大本，南曲遂成惡趣。近年獨王辰玉太史衡所作《真傀儡》、《没奈何》諸劇，大得金、元蒜酪本色，可稱一時獨步。然此劇俱四折，用四人各唱一折，或一人共唱四折，故作者得逞其長，歌者亦盡其技。王初作《鬱輪袍》，乃多至七折，其《真傀儡》諸劇又只以一大折了之，似隔一塵。頃黄貞甫汝亨以進賢令内召還，貽湯義仍新作《牡丹亭記》，真是一種奇文，未知於王實甫、施君美如何？恐斷非近日諸賢所辦也。湯詞係南曲，因論北詞附及之。（同前）

二四　雜劇院本：涵虚子所記雜劇名家凡五百餘本，通行人間者不及百種。然更不止此，今教坊雜劇約有千本，然率多俚淺，其可閲者十之三耳。元人未滅南宋時，以此取士子優劣，每出一題，任人填曲，如宋宣和畫學出唐詩一句，恣其渲染，選其得畫外趣者登高第，於是宋畫元曲，千古無匹。元曲有一題而傳至四五本者，予皆見之。總只四折，蓋才情有限，北調又無多，且登場雖數人，而唱曲祇一人，作者與扮者力限俱盡現矣。自北有《西廂》，南有《拜月》，雜劇變為戲文，以至《琵琶》遂演為四十餘折，幾倍雜劇。然《西廂》到底描寫情感，予觀北劇盡有高出其上者，世人未曾遍觀，逐隊吠聲，詫為絶唱，真井蛙之見耳。○本朝能雜劇者不數人，自周憲王以至關中康、王諸公，稍稱當行，其後則山東馮、李亦近之。然如《小尼下山》、《園林午夢》、《皮匠參禪》等劇俱太單簿，僅可供笑謔，亦教坊耍樂院本之類耳。○雜劇如《王粲登樓》、《韓信胯下》、《關大王單刀會》、《趙太祖風雲會》之屬，不特命詞之高秀，而意象悲壯，自足籠蓋一時。至若《謅梅香》、《倩女離魂》、《牆頭馬上》等曲，非不輕俊，然不出房帷窠臼，以《西廂》例之可也。他如《千里送荆娘》、《元夜鬧東京》之屬則近粗莽，《華光顯聖》、《目連入冥》、《大聖收魔》之屬則太妖誕，以至《三星下界》、《天官賜福》種種吉慶傳奇，皆係供奉御前，呼嵩獻壽，但宜教坊及鐘鼓司肄習之，並勳戚貴璫輩讚賞之耳。若所謂院本者，本北宋徽宗時五花爨弄之遺，有散説，有道念，有筋斗，有科汎，初與雜劇本一種，至元世始分為兩，迨本朝，則院本不傳久矣。今尚稱院本，猶沿宋、金之舊也。金章宗時董解元《西廂》尚是院本模範，在元末已無人能按譜唱演者，況後世乎？（同前）

二五 舞名：頃在梁溪鄒彦吉家觀舞，因論皆婦人盤中掌上之遺耳，乃古人之舞不傳久矣。古有鞞舞、鼙舞、鐸舞、笛舞、鞶舞，固絶不知何狀，即最後如唐太宗《七德舞》，明皇之《龍池舞》、《傾盃舞》及《霓裳羽衣》之舞，在宋已亡。然古人酒歡起舞多男子，如唐張錫等《談容娘舞》、楊再思之《高麗舞》、祝欽朋之《八風舞》，則大臣亦為之。安禄山之《胡旋舞》，僕固懷恩為宦官駱奉仙舞，則胡虜亦為之。

若和歌起舞，與張存業求纏頭，則儲君亦爲之矣。唐開成間，樂人崇胡子其人能軟舞，其舞容有大垂手、小垂手、驚鴻、飛燕、婆娑之屬，其腰肢不異女郎，則知唐末已全重婦人。而唐時教坊樂又有《垂手羅》、《回波樂》、《蘭陵王》、《春鶯囀》、《半社渠》、《借席》、《烏夜啼》之屬，謂之軟舞；《阿遼柘枝》、《黄麞拂菻》、《大渭州》、《達摩叉》之屬，謂之健舞，又不專用女郎也。宋時宗廟朝享之外，亦用婦人，其所謂女童隊、小兒隊、教坊隊者，已如今俗舞。至金、元益以虜習，彌不可問。今世學舞者俱作汴梁與金陵，大抵俱軟舞，雖有南舞、北舞之異，然皆女妓爲之。即不然，亦男子女粧以悦客，古法澌滅，非始本朝也。至若舞用婦人，實勝男子，彼劉、項何等帝王，尚屬虞、戚爲之舞。唐人謂教坊雷大使舞極盡巧工，終非本色，蓋本色者，婦人態也。鄒深是予言。

二六　宣宗擊射：永樂十一年五月午節，車駕幸東苑，觀擊毬射柳，聽文武羣臣、四夷朝使，及在京耆老聚觀。先是命行在禮部議，分擊毬官爲兩朋。是日天清日朗，風埃不作，命駙馬都尉廣平侯袁容領左朋，寧陽侯陳懋領右朋，自皇太孫而下諸王大臣以次擊射，皇太孫擊射，連發皆中，上大喜，射畢，進皇太孫嘉勞之。因曰：「今日華夷畢集，朕有一言，爾當思對之，曰『萬方玉帛風雲會』」。皇太孫即叩頭對曰：「一統山河日月明。」上喜甚，賜名馬錦綺羅紗及番國布，因命儒臣賦詩，賜羣臣宴，時太孫侍上在北京。明年，上北征，仍以太孫隨侍軍中，比報大捷，勸上早還，遂以七月班師。蓋太孫神武不殺，久爲文皇所默契。即太子苦救漢王，文皇屢顧太孫，謂：「朕不欲以禍本貽爾。」則神算託付，祖孫一揆。他年樂安州之叛，一舉天戈，如摧枯拉朽，真天授，非人力也。○今京師午節尚有射柳之戲，俱在天壇，俱勳戚中貴居多。各邊文武大帥例亦舉射行宴犒禮，至禁中則有走驃騎、劃龍船二戲。上與宫眷臨視，極歡，命詞臣進詩詞對聯，頒賜優渥，邇年亦漸減矣。（同前書補遺卷一「列朝」）

二七 沈祖量：吴中才士好為小令，不過閨奩煙粉中語，吾友沈祖量同生贈妓作一詞，末句云：「任他百般打罵百般羞，也只是書生薄福難消受。」余謂柔情亦吾輩佳事，何至卑下委媟乃爾。此君雖有才名，其如風雲氣短何？沈未幾以貧鬱早世。（同前書補遺卷三「士人」）

二八 《類雋》《類函》：吴中鄭山人虚舟，名若庸，有雋才。少駔俠，多作犯科事。因斥士籍，避仇中州。趙一王禮之，令彙萃諸書，各分事類。事稍秘者，録之，凡二十年而成，名曰《類雋》，王弇州為之序。又二十餘年，吴中俞山人羡長名安期者，復集唐人類書刻之，名《類函》，李雲杜為之序。鄭書稍及唐以後，俞書則止於隋，閒及唐。鄭惟綴本事，而俞則旁收他文。二書俱有功藝苑，亦布衣之豪也。《類雋》全資朱邸，以故易成。《類函》則偏於友朋，以及妓女、方外，靡不捐資助之，大為時流所厭。若俞雅慕鄭書，每謂予以未及見為恨。予近購得，則《類函》已大行矣。鄭愛填詞，所著《繡襦》、《玉玦》諸記及小令、大套俱行於世。俞詩自雄渾，近日詞人，以幽秀勝之，遂稍稍見詘名，以之頓減。（《敝帚軒剩語》卷上）

二九 汪南溟文：王、李七子起時，汪太函雖與弇州同年，尚未得與其列。太函後以江陵公心膂驟貴，其副墨行世，暴得時名。弇州力引之，世遂稱元美、伯玉，而七子中僅存，吴明卿、余德甫俱出其下矣。汪文刻意摹古，盡有合處，至碑版紀事之文，時援古語以證今事，往往扞格不暢。其病大抵與歷下同。弇州晚年甚不服之，嘗云：「予心服江陵之功，而口不敢言，以世所曹惡也。予心誹太函之文，而口不敢言，以世所曹好也。無奈此二屈事何是。」亦定論。當海内盛趨徂中時，汪高自標榜，至謂文人倔强，未肯攀附者，目為戎蠻之不奉正朔。至今日而反脣弇州者日衆，又何論太函？太函居林下久，睹弇州再出，不免見獵之喜。時許文穆為次輔，其同里至戚也，屢言於首揆。吳縣三揆，太倉不能得，則又致書於弇州公，轉托其緩頰於太倉，以速汪之出，終以時情不允辭之，弇州亦尋里居矣。汪暮年眷金陵妓徐翩翩名驚鴻者，綢繆殊甚，至比之果位中人，慧月天人。品其文全擬佛經，穢褻如來，亦甚矣。其門下詞客如潘之恒、俞安期等，又從而傅會之，作歌作頌，更堪駭笑。江陵封公名文明者七十誕辰，弇州、太函俱有障詞，諛語太過，不無陳咸之憾。弇州刻其文集中行世，六七年而江陵敗，遂削去此文，然已家傳户誦矣。太函垂没，自刻全集，在江陵身後十年，却全載此文，亦不竄易一字，稍存雅道云。（同前）

三〇　宰相對聯：江陵盛時，有送對聯諂之者，云：「上相太師，一德輔三朝，功光日月。狀元榜眼，二難登兩第，學冠天人。」江陵欣然懸於家之廳事。先是華亭公罷相歸，其堂聯云：「庭訓尚存，老去敢忘佩服；國恩未報，歸來猶抱慚惶。」雖自占地步，然詞旨謙抑，勝張之誇詡多矣。往年殷歷城，罷相在里，張江陵以宋詩為對聯，寄之曰：「山中宰相無官府，天上神僊有子孫。」蓋諛與嘲各半頃者。沈四明謝事居家，則直用李適之語云：「避賢初罷相，樂聖且銜杯。」又今相國福清公邸中所粘桃符則云：「但將藥裹供衰病，未有涓埃答聖朝。」尤為渾雅。他宰相若翟諸城、嚴常熟、申吳門諸堂聯，則陳眉公已紀之矣。江陵公初賜第於鄉，上御筆親勒堂對曰：「志秉純忠，正氣垂之萬世；功昭捧日，休光播於百年。」可謂異典極褒。至癸未籍没，則并第宅不保矣。但對聯為御製御書，不知當時在事者何以處之。嘗於都下見一罷閒中貴堂中書一對云：「無子無孫，盡是他人之物；有花有酒，聊為卒歲之歌。」又全用南宋宰相喬行簡詞中之語，此輩亦知達生如此耶？（同前書「補遺」）

王驥德詞話

王驥德（？—一六二三），字伯良，號方諸生、秦樓外史等，會稽（今浙江紹興）人。未仕，早年師從徐渭，與沈璟、吕天成、馮夢龍等交往甚密。著有《方諸館集》、《方諸館樂府》、《曲律》、《古本西廂記校注》等。此據《續修四庫全書》影印明天啟五年毛以遂刻本《曲律》和影印明顧曲齋刻本《古雜劇》以及影印明萬曆四十一年香雪居刻本《新校注古本西廂記》録詞話九十一則。

一　《曲律自序》：曲何以言律也，以律譜音，六樂之成文不亂；以律繩曲，七均之從調不姦。方伶倫吹竹之初，迨后夔拊石之始，為聲僅五，為律僅十有二，何約也？至房中肇於唐山，水尺奏於寶常，於是布法益密，演數愈繁，調至八十有四，律至百四十有四，聲至一千有八，其變不勝窮焉。變極必反之元，數窮必趨於約，於是唐之孝孫、宋之劉几以暨完顔之金、蒙古之元漸省之，以止於六宫十一調。是六宫十一調者，第語被絃應索之詞，非槩宫懸廟假之奏也。然《康衢》之歌興自野老，《關雎》之詠采之《國風》，不曰今之曲即古之樂哉？粤自北詞變爲南曲，易忼慨爲風流，更雄勁爲柔曼，所謂地氣自北而南，亦云人聲繇徤而順，吹萬之衡，握之造化；狎主之執，成之賢豪。惟是元周高安氏有《中原音韻》之創，明涵虚子有《太和詞譜》之編，北士恃爲指南，北詞稟爲令甲，厥功偉矣。至於南曲，鵝鸛之陳久廢，刁斗之設不閑。綵筆如林，儘是嗚嗚之調；紅牙迭響，秖爲靡靡之音。俾太古之典刑斬於一旦，舊法之澌滅，悵在千秋。猥當齠齔之年，輒有絲肉之嗜。蕭齋讀罷，或辨吹緹；芸館文閒，時供擊節。浸淫歲月，稍竊涓埃，詎敢謂荀勖之多諧，庶幾徼周郎之一顧。友人孫比部夙傳家學，同舍鬱藍生蚤擅慧腸，並工風雅之脩，兼妙聲律之度。塤篪謬合，臭味略同。日於坐間舉白譚詞，明星錯於尊俎；抽黄指疢，清吹發於櫩楹。曰：「與其秘爲帳中，毋寧公之海内。曷其制律，用作懸書。」余且抱痾，遂踈握槧，既屢折簡，亟趨報成。余迺左持藥椀，右駐管城，日疏數行，積盈卷帙。布之小史，輒自爲嘲。今之爲詞曲者，上無豻狴之懸，下鮮棘木之聽，解弢而往，脱銜以快，遊於葛天之塗，適於華胥之圃久矣，奈何一旦閑之科條，束之鉗釱，俾高者駕言爲小乘之縛，卑者貰辭爲拘士之譚，夫有不披卷而姍，絶影而走者哉？嗟乎！創法貴嚴，沿流多窳。畫象之後，不啻三千；罣網於今，迺至七八。以是知畫一非苛，深文猶晚。宇壤寥廓，寧乏蜀鐘相應之大賢？蘭茝薰蒸，倘值高山為賞之同調。人持三尺，家作五申，還其古初，起茲流靡。不將引商刻羽，獨雄寡和之場；《渌水》《玄雲》，乃作大雅之覯哉？」客曰：「子言誠辯，抑為道殊卑，如壯夫羞稱小技可唾何？」余謝：「否，否。」駒隙易馳，河清難俟。世路莽蕩，英雄逗遛，吾藉以消吾壯心；酒後擊缶，鐙下缺壺，若不自知其為過也。萬曆庚戌冬長至後四日，琅邪方諸生書於朱鷺齋。（《曲律》）

二　論曲源第一：曲，樂之支也。自《康衢》《擊壤》《黄澤》《白雲》以降，於是《越人》《易水》《大風》《瓠子》之歌繼作，聲漸靡矣。樂府之名昉於西漢，其屬有鼓吹、横吹、相和、清商、雜調諸曲。六代沿其聲調，稍加藻艷，於今曲略近。入唐而以絶句為曲，如《清平》《鬱輪》《涼州》《水調》之類，然不盡其變，而於是始創為《憶秦娥》《菩薩蠻》等曲，蓋太白、飛卿輩實其作俑。入宋而詞始大振，署曰詩餘，於今曲益近，周待制、柳屯田其最也，然單詞隻韻，歌止一闋，又不盡其變。而金章宗時漸更為北詞，如世所傳董解元《西廂記》者，其聲猶未純也。入元而益漫衍其製，櫛調比聲，北曲遂擅盛一代，顧未免滯於絃索，且多染胡語，其聲近噍以殺，南人不習也。迨季世，入我明，又變而為南曲，婉麗嫵媚，一唱三歎，於是美善兼至，極聲調之致，始猶南北畫地相角。邇年以來，燕、趙之歌童舞女咸棄其桿撥，盡效南聲，而北詞幾廢。何元朗謂：「更數世後，北曲必且失傳。」宇宙氣數，於此可覘。至北之濫，流而為《粉紅蓮》《銀紐絲》《打棗竿》；南之濫，流而為吴之《山歌》、越之《採茶》諸小曲，不啻鄭聲，然各有其致。繇茲而往，吾不知其所終矣。（同前書卷一）

三　總論南北曲第二：曲之有南、北，非始今日也。關西胡鴻臚侍《珍珠船》其所著書名引劉勰《文心雕龍》謂塗山歌於候人，始為南音；有娀（當作娀）謠於飛燕，始為北聲。及夏甲為東，殷整為西。古四方皆有音，而今歌曲但統為南北，如《擊壤》、《康衢》、《卿雲》、《南風》、《詩》之二《南》，漢之樂府，下逮關、鄭、白、馬之撰，詞有雅、鄭，皆北音也；《孺子》、《接輿》、《越人》、《紫玉》、吴歈、楚艷，以及今之戲文，皆南音也。豫章左克明《古樂府》載：晉馬南渡，音樂散亡，僅存江南吴歌、荆楚西聲，自陳及隋，皆以《子夜》、《歡聞》、《前溪》、《阿子》等曲屬吴，以《石城》、《烏棲》、《估客》、《莫愁》等曲屬西。蓋吴音故統東南，而西曲則後之，人概目為北音矣。以辭而論，則宋胡翰所謂晉之東，其辭變為南北，南音多艷曲，北俗雜胡戎。以地而論，則吴萊氏所謂晉、宋、六代以降，南朝之樂多用吴音，北國之樂僅襲夷虜。以聲而論，則關中康得涵所謂南詞主激越，其變也為流麗；北曲主忼慨，其變也為樸實。惟樸實，故聲有矩度而難借；惟流麗，故唱得宛轉而易調。吴郡王元美謂南北二曲譬之同一師承，而頓漸分教，俱為國臣，而文武異科。北主勁切雄麗，南主清峭柔遠。北字多而調促，促處見筋；南字少而調緩，緩處見眼。北辭情少而聲情多，南聲情少而辭情多。北力在絃，南力在板。北宜和歌，南宜獨奏。北氣易粗，南氣易弱。此其大較。康，北人，故差易南調，似不如王論為確。然陰陽平仄之用，南北故絶不同，詳見後説。北曲，《中原音韻》論最詳備，此後多論南曲。（同前）

四 論調名第三：曲之調名，今俗曰牌名，始於漢之《朱鷺》、《石流》、《艾如張》、《巫山高》，梁、陳之《折楊柳》、《梅花落》、《雞鳴高樹巔》、《玉樹後庭花》等篇，於是詞而為《金荃》、《蘭畹》、《花間》、《草堂》諸調，曲而為金、元劇戲諸調。北調載天台陶九成《輟耕録》及國朝涵虚子《太和正音譜》，南調載毘陵蔣維忠名孝，嘉靖中進士。《南九宮十三調詞譜》，今吴江詞隱先生姓沈，名璟，萬曆中進士。又釐正而增益之者，諸書臚列甚備。然詞之與曲，寔分兩途。間有采入南北二曲者，北則於金而小令如《醉落魄》、《點絳唇》類，長調如《滿江紅》、《沁園春》類，皆仍其調而易其聲。於元而小令如《青玉案》、《搗練子》類，長調如《瑞鶴仙》、《賀新郎》、《滿庭芳》、《念奴嬌》類，或稍易字句，或止用其名而盡變其調。南則小令如《卜算子》、《生查子》、《憶秦娥》、《臨江仙》類，長調如《鵲橋仙》、《喜遷鶯》、《稱人心》、《意難忘》類，止用作引曲，過曲如《八聲甘州》、《桂枝香》類，亦止用其名而盡變其調。至南之於北，則如《金玉抱肚》、《豆葉黄》、《剔銀燈》、《繡帶兒》類，如元《普天樂》、《石榴花》、《醉太平》、《節節高》類。名同而調與聲皆絶不同，其名則自宋之詩餘，及金之變宋而為曲，元又變金而一為北曲，一為南曲，皆各立一種名色，視古樂府不知更幾滄桑矣。以下專論南曲。其義則有取古人詩詞句中語而名者，如《滿庭芳》則取吴融「滿庭芳草易黄昏」，《點絳唇》則取江淹「明珠點絳唇」，《鷓鴣天》則取鄭嵎「家在鷓鴣天」，《西江月》則取衛萬「只今惟有西江月，曾照吴王宫裏人」，《浣溪沙》則取少陵詩意，《青玉案》則取《四愁》詩語，《粉蝶兒》則取毛澤民「粉蝶兒共花同活」，《人月圓》則用王晉卿「年年此夜，華燈盛照，人月圓時」之類。有以地而名者，如《梁州序》、《八聲甘州》、《伊州令》之類；有以音節而名者，如《步步嬌》、《急板令》、《節節高》、《滴溜子》、《雙聲子》之類。其他無所取義，或以時序，或以人物，或以花鳥，或以寄託，或偶觸所見而名者，紛錯不可勝紀。而又有雜犯諸調而名者，如兩調合成而為《錦堂月》，三調合成而為《醉羅歌》，四五調合成而為《金絡索》，四五調全調連用而為《鴈魚錦》。或明曰《二犯江兒水》、《四犯黄鶯兒》、《六犯清音》、《七犯玉瓏璁》，又有八犯而為《八寶妝》，九犯而為《九疑山》，十犯而為《十樣錦》，十二犯而為《十二紅》，十六犯而為《一秤金》，三十犯而為《三十腔》類。又有取字義而二三調合為一調，如《醉歸花月渡》、《浣沙劉月蓮》類。見《新譜》，詞隱自製。又有一調分屬二宮，而聲各不同，如《小桃紅》一在正宫，一在越調，《紅芍藥》一在南吕宫，一在中吕宫類。有一調二名，如《素帶兒》又名《白練序》，《黄鶯兒》又名《金衣公子》類。有初本一調，後各傳而致句字增減不同，如《普天樂》、《錦纏道》類。有古體無考，俗傳增減句字，至繁聲過多，不可遵守，如《越恁好》、《雌雄畫眉》類。有其調存而宫調無可考，如《三仙橋》、《勝如花》類。有調名傳訛，字義不通，無可考正，如《奉時春》、《十破四》類。有其名存而本調無可考，如《小秀才》、《大夫娘》類。有其名存而腔久不傳，如《四塊金》、《嬌鶯兒》類。有二調句字相似，無可分别，如《青衲襖》、《紅衲襖》類。有各宫調有「賺」，而僅存一二，餘無可考類。有字面差訛，致失本意，如《生查子》，查，古槎字，用張騫乘槎事。《玉抱肚》，唐人呼帶為抱肚，宋真宗賜王安石有玉抱肚，今訛為《玉胞肚》。《醉公子》，唐人以詠公子，今訛為《醉翁子》。《朝天紫》，本牡丹名，見陸游《牡丹譜》，今訛為《朝天子》類。至古有所謂纏令、入破、出破之類，則按沈括《筆談》謂：「古樂府皆有聲有詞，連屬書之，如曰『賀賀賀』、『何何何』之類，皆和聲也，今絃管纏聲，亦其遺法。」則董解元古《西廂記》中所謂《醉落魄纏令》、《點絳唇纏令》，正此法，絃索有和聲故也。《明皇雜録》載：「天寶中多以邊地名曲，如《凉州》、《甘州》、《伊州》之類，其曲遍繁聲，名入破，後其地皆爲西番破没。」則今曲所謂入破、出破，蓋以調有繁聲故也。又古曲有艷，有趨，艷在曲之前，趨在曲之後，楊用修謂艷在曲前，即今之引子；趨在曲後，即今之尾聲是也。沈括又言：「曲有犯聲、側聲、正殺、寄殺、偏字、傍字、雙字、半字之法。」《樂典》言：「相應謂之犯，歸宿謂之煞。」今十三調譜中，每調有賺犯、攤犯、二犯、三犯、四犯、五犯、六犯、七犯、賺、道、和、傍拍，凡十一則，係六攝，每調皆有因，其法今盡不傳，無可考索，蓋正括所謂犯聲以下諸法。然此所謂犯，皆以聲言，非如今以此調犯他調之謂也。至有一調名而兩用，以此引曲，即以此爲過曲，如《琵琶記》之《念奴嬌》引曲「楚天過雨」云云，而下過曲「長空萬里」，則省曰本序，言本上曲之《念奴嬌》也。《拜月亭》之《惜奴嬌》引曲「禍不單行」云云，而下過曲「自與相别」，亦省曰本序。又《夜行船》引曲「六曲闌干」云云，而下過曲「春思懨懨」，亦省曰本序，亦言本上之《惜奴嬌》與《夜行船》也。然則《琵琶記》之《祝英臺》、《尾犯》、《高陽臺》三曲，皆以此引，以此過，皆可謂之本序，今却不然，而或於「新篁池閣」一曲，則亦署曰本序，不知前有《梁州令》引，則此可曰本序，今前引係他曲，而亦以本序名之，則非也。又登場首曲，北曰楔子，南曰引子，引子曰慢詞，過曲曰近詞。曲之第二調，北曰么，南曰前腔，曰换頭。前腔者，連用二首，或四五首，一字不易者是也。换頭者，换其前曲之頭，而稍增減其字，如《錦堂月》、《念奴嬌序》則换首句，《鎖南枝》、《二郎神》則並换其腹之第四、第五句，「人别後」散套第二調「争奈話别匆匆，雨散雲收」，與首調「夕陽影裏，見一簇寒蟬夜柳」，下句六字不同。《朝元令》則第一、第二、第三、第四，通調各自全换，只「合前」兩句與首調相同，《梁州序》則至第三、第四調而始换首二句之類是也。

煞曲曰尾聲，或曰餘文，或曰意不盡，或曰十二時，以凡尾聲皆十二板，故名。其實一也。為格句字，稍有不同，當各隨上用宮調，今多混用，非是，詳見後「論尾聲」條中。大略南調之創，稍次北調。《拜月》之作，稍先《琵琶》。今二記調絶不同，《拜月》諸調又絶不見他戲，是知創調之始當不止如今譜中所載者，特時代久遠，多致湮没，即其存者，而又腔調多不可考，惜哉！又世多以南之《點絳唇》、《粉蝶兒》、《二犯江兒水》作北調唱者，詞隱辯之甚詳，見譜中。然《大迓鼓》之「迓」改作「呀」，《撼亭秋》之「撼」仍誤作「感」，殊未當也。北詞各調載《輟耕録》、《中原音韻》、《太和正音譜》三書，迄今藉可考見。南詞舊有蔣氏《九宫》《十三調》二譜，《九宫譜》有詞，《十三調》無詞。詞隱於《九宫譜》參補新調，又並署平仄，考定訛謬，重刻以傳，却削去《十三調》一譜，間取有曲可查者，附入《九宫譜》後。今其書秘不大行，録載於此，以便觀者。（節録自同前）

五 論宫調第四：宫調之説，蓋微眇矣。周德清習矣而不察，詞隱語焉而不詳。或問曲何以謂宫調？何以有宫又復有調？何以宫之為六、調之為十一？既總之有（脱「十」字）七宫調矣，何以今之用者，北僅十三，南僅十一？又何以別有十三調之名也？曰：宫調之立，蓋本之十二律五聲，古極詳備，而今多散亡也。其説雜見歷代樂書：杜佑《通典》、鄭樵《樂略》、沈括《筆談》、蔡元定《律吕新書》、歐陽之秀《律通》、陳暘《樂考》、朱子《語類》、馬端臨《文獻通考》，及唐、宋諸賢樂論，近閩人李文利《律吕元聲》、嶺南黄泰泉《樂典》、吾鄉季長沙《樂律纂要》、《律吕別書》諸書，宏博浩繁，無暇殫述，第撮其要，則律之自黄鐘以下凡十二也，聲之自宫、商、角、徵、羽而外，有半宫、半徵，凡七也。古有旋相為宮之法，以律為經，復以律為緯，乘之每律，得十二調，合十二律，得八十四調，此古法也。然不勝其繁，而後世省之為四十八宮調，四十八宮調者，以律為經，以聲為緯，七聲之中，去徵聲及變宮、變徵，僅省為四，以聲之四，乘律之十二，於是每律得五調，而合之為四十八調。四十八調者，凡以宮聲乘律，皆呼曰宮，以商、角、羽三聲乘律，皆呼曰調。今列其目：黄鐘：宮，俗呼正宮。商，俗呼大石調。角，俗呼大石角調。羽，俗呼般涉調。大吕：宮，俗呼高宮。商，俗呼高大石調。角，俗呼高大石角。羽，俗呼高般涉。太簇：宮，俗呼中管高宮。商，俗呼中管高大石。角，俗呼中管高大石角。羽，俗呼中管高般涉。夾鐘：宮，俗呼中吕宮。商，俗呼雙調。角，俗呼雙角調。羽，俗呼中吕調。姑洗：宮，俗呼中管中吕宮。商，俗呼雙調。角，俗呼中管雙角調。羽，俗呼中吕調。仲吕：宮，俗呼道調宮。商，俗呼小石調。角，俗呼小石角調。羽，俗呼正平調。蕤賓：宮，俗呼中管道調宮。商，俗呼中管小石調。角，俗呼中管小石角調。羽，俗呼中管正平調。林鐘：宮，俗呼南吕宮。商，俗呼歇指調。角，俗呼歇指角調。羽，俗呼高平調。夷則：宮，俗呼仙吕宮。商，俗呼商調。角，俗呼商角調。羽，俗呼仙吕調。南吕：宮，俗呼中管仙吕宮。商，俗呼中管商調。角，俗呼中管商角調。羽，俗呼中管仙吕調。無射：宮，俗呼黄鐘宮。商，俗呼越調。角，俗呼越角調。羽，俗呼羽調。應鐘：宮，俗呼中管黄鐘宮。商，俗呼中管越調。角，俗呼中管越角調。羽，俗呼中管羽調。此所謂四十八調也。自宋以來，四十八調者不能具存，而僅存《中原音韻》所載六宮十一調，其所屬曲，聲調各自不同：仙吕宮清新綿邈，南吕宮感歎悲傷，中吕宮高下閃賺，黄鐘宮富貴纏綿，正宮惆悵雄壯，道宮飄逸清幽。以上皆屬宮。大石調風流蘊藉，小石調旖旎嫵媚。高平調條拗滉漾，「拗」舊作「拘」，誤。般涉調拾掇坑塹，歇指調急並虛歇，商角調悲傷宛轉，雙調健捷激裊，商調悽愴怨慕，角調嗚咽悠揚，宮調典雅沉重，越調陶寫冷笑。以上皆屬調。此總之所謂十七宮調也。自元以來，北又亡其四，道宮，歇指調，角調，宮調。而南又亡其五。商角調，並前北之四。自十七宮調而外又變為十三調，十三調者，蓋盡去宮聲不用，其中所列仙呂、黃鐘、正宮、中呂、南呂、道宮，但可呼之為調，而不可呼之為宮，如曰仙呂調、正宮調之類。然惟南曲有之，變之最晚。調有出入，詞則略同，而不妨與十七宮調並用者也。其宮調之中有從古所不能解者：宮聲於黃鐘起宮，不曰黃鐘宮，而曰正宮；於林鐘起宮，不曰林鐘宮，而曰南呂宮；於無射起宮，不曰無射宮，而曰黃鐘宮。其餘諸宮，又各立名色。蓋今正宮，實黃鐘也，而黃鐘，實無射也。沈括亦以為今樂聲音出入不全應古法，但略可配合，雖國工亦莫知其所因者，此也。又古調聲之法，黃鐘之管最長，長則極濁；無射之管最短，應鐘又短於無射，以無調，故不論。短則極清。又五音，宮、商宜濁，徵、羽用清。今正宮曰惆悵雄壯，近濁；越調曰陶寫冷笑，近清，似矣。獨無射之黃鐘，是清律也，而曰富貴纏綿，又近濁聲，殊不可解。問各曲之分屬各宮調也，亦有說乎？曰：此其法本之古歌詩者，而今不得悖也。蓋古譜曲之法，一均七聲。旋宮以七聲為均。均，言韻也。古無「韻」字，猶言一韻聲也。其五正聲，除去半宮、半徵而言也。皆可為調，如叶之樂章，則止以起調一聲為首尾。其七聲兼半宮、半徵而言則考其篇中上下之和，而以七律參錯用之，初無定位，非曰某句必用某律，某字必用某聲，但所用止於本均，而他宮不與焉耳。唐、宋所遺樂譜，如《鹿鳴》三章，皆以黄鐘清宫起音畢曲，而總謂之正宫；《關雎》三章，皆以無射清黄（當作商，下同）起音畢曲，而總謂之越調。今譜曲者於北黄鐘《醉花陰》首一字，亦以黄鐘清「六」譜之，六，樂家譜字，如凡、工、尺、合之類，凡清黄，皆曰六。下却每字隨調以叶，而即為黄鐘宫曲，沈括所謂「凡曲止是一聲，清濁高下，如縈縷然」，正此意也。然古樂先有詩而後有律，而今樂則先有律而後有詞，故各曲句之長短、字之多寡、聲之平仄，又各準其所謂仙吕則清新綿邈、越調則陶寫冷笑者以分叶之。各宫各調，部署甚嚴，如卒徒之各有主帥，不得陵越，正所謂聲止一均，他宫不與者也。宋之詩餘，亦自有宫調，姜堯章輩皆能自譜而自製之。其法相傳，至元益密，其時作者踵起，家擅專門，今亡，不可考矣。所沿而可守，以不墜古樂之一綫者，僅今日《九宫十三調》之一譜耳。南北之律一轍，北之歌也，必和以絃索，曲不入律，則與絃索相戾，故作北曲者，每凛凛遵其型範，至今不廢；南曲無問宫調，只按之一拍足矣，故作者多孟浪其調，至混淆錯亂，不可救藥。不知南曲未嘗不可被管絃，實與北曲一律，而奈何離之？夫作法之始，定自毖昚，離之，蓋自《琵琶》、《拜月》始。以兩君之才，何所不可，而猥自貫於不尋宫數調之一語，以開千古厲端，不無遺恨。吴人祝希哲，謂數十年前接賓客，尚有語及宫調者，今絶無之。由希哲而今，又不止數十年矣。或問：子言各宫調譜不出一均，而奈何有云與某宫某調出入而並用者也？曰：此所謂一均七聲，皆可為調，第易其首一字之律，而不必限之一隅者，故北曲中吕、越調皆有《鬬鵪鶉》，中吕、雙調皆有《醉春風》，南曲雙調多與仙吕出入，蓋其變也，此宫調之大略也。（同前書卷二）

六　論韻第七：韻書之夥也，作辭賦騷選則用古韻，有通韻，有叶韻，有轉注。作近體則用今韻，始沈約《類譜》，今裁於唐而為《禮部韻略》；作曲，則用元周德清《中原音韻》。古樂府悉係古韻，宋詞尚沿用詩韻，入金未能盡變，至元人譜曲，用韻始嚴。德清生最晚，始輯為此韻，作北曲者守之兢兢，無敢出入。獨南曲類多旁入他韻，如支思之於齊微、魚模，魚模之於家麻、歌戈、車遮，真文之於庚青、侵尋，或又之於寒山、桓歡、先天，寒山之於桓歡、先天、監咸、廉纖，或又甚而東鍾之於庚青，混無分別，不啻亂麻，令曲之道盡亡，而識者每為掩口。北劇每折只用一韻，南戲更韻，已非古法。至每韻復出入數韻而恬不知怪，抑何𥧌也？古詞惟王實甫《西廂記》終帙不出入一字，今之偶有一二字失韻，皆後人傳訛，至「眼橫秋水無塵」數語，原不用韻，元人故有此體，以其偶與侵尋本韻相近，何元朗遂訾為失韻，世遂羣然和之，實甫抱抑良久。余新刻《考正西廂記》注中辯之甚詳，不特為實甫洗冤，亦以為世之庸瞽而妄肆譏評者下一鍼砭耳。南曲自《玉玦記》出，而宮調之飭與押韻之嚴，始為反正之祖。邇詞隱大揚其瀾，世之赴的以趨者比比矣。然《中原》之韻亦大有說，古之為韻，如周顒、沈約、毛晃、劉淵、夏踈（當作竦）、吳棫輩，皆博綜典籍，富有才情，一書之成，不知更幾許歲月，費幾許考索，猶不能盡愜後世之口。德清，淺士，韻中略疏數語，輒已文理不通，其所謂韻，不過雜采元前賢詞曲，掇拾成編，非真有晰於五聲七音之旨，辨於諸子百氏之奧也。又周，江右人，率多土音，去中原甚遠，未必字字訂過，是欲憑影響之見以著為不刊之典，安保其無離而不叶於正者哉？蓋周之為韻，其功不在於合而在於分，而分之中猶有未盡然者，如江陽之於邦王、齊微之於歸回、魚居之於模吴、真親之於文門，先天之於鶻元，試細呼之，殊自逕庭，皆所宜更析。而其合之不經者，平聲如肱、轟、兄、崩、烹、盲、弘、鵬，舊屬庚、青、蒸三韻，而今兩收東鐘韻中；浮與蜉蝣之蜉同音，在《說文》亦作縛牟切，今却收入魚模韻中，音之為扶，而於尤侯本韻，竟並其字削去。夫「浮」之讀作「扶」，此方言也。呼字須本之《六經》，即《詩·菁莪》曰：「載沉載浮」，下文以「我心則休」叶，《角弓》曰「雨雪浮浮」，下文以「我是用憂」叶，《生民》曰「蒸之浮浮」，上文以「或簸或蹂」叶。夫三百篇，吾宣尼氏所刪而存者，不此之從，而欲區區以方言變亂雅音，何也？且周之韻，故為北詞設也，今為南曲，則益有不可從者。蓋南曲自有南方之音，從其地也，如遵其所為音且叶者，而歌龍為驢東切，歌玉為御，歌緑為慮，歌宅為柴，歌落為潦，歌握為杳，聽者不啻犨起而唾矣！至每一聲之字，亦漫並太多，如《菽園雜記》所譏者各韻而是。吴興王文璧嘗字為釐別，近檇李卜氏復增校以行於世，於是南音漸正，惜不能更定其類，而入聲之鴂舌，尚仍其舊耳。涵虚子有《瓊林雅韻》一編，又與周韻略似，則亦五十步之走也。或謂周韻行之已久，今不宜易更，則漁模一韻，《正韻》業已離之為二矣。德清可更沈約以下諸賢之詩韻，而今不可更一山人之詞韻哉？且今之歌者，為德清所誤，抑復不淺，如横之為紅、鵬之為蓬，止可於韻脚偶押在東鐘韻中者，作如是歌可耳，若在句中，却當仍作庚青韻之本音。今歌者槩作紅蓬之音，而遇有作庚青本音歌者，輒笑以為不識中州之音矣，敝至此哉！即就其所謂東鐘二字立作韻目，亦又自不通。夫詩韻之一東二冬，止取一字，今取二字作目，非以聲有陰陽二字之故耶？則惟是取一於陰、取一於陽可也，乃東鐘、支思、先天、歌戈、車遮、庚青，則兩陰字；齊微、漁模、尤侯，則兩陽字；寒山、桓歡、廉纖，則陰陽兩倒；僅江陽、皆來、真文、蕭豪、家麻、侵尋、監咸七韻不誤，要亦其偶合，而非真有涇渭於其間也。既兩取而曰江陽，則陰字當即首江字，而今首姜字，又真文而首分鄰，侵尋而首鍼林，監咸而首庵南，則其所謂偶合者，而目與韻又自相矛盾也，亦何取而以二字目之也？至謂平聲之有上下，皆以字有陰陽之故，遂以陰字屬下平，陽字屬上平，尤為可笑。詞隱先生欲別創一韻書，未就而卒。余之反周，蓋為南詞設也。而中多取聲《洪武正韻》，遂盡更其舊，命曰《南詞正韻》，別有蠡見，載凡例中。（同前）

七 論板眼第十一：古無拍，魏、晉之代有宋纖者，善擊節，始製為拍。古用九板，今六板，或五板。古拍板無譜，唐明皇命黃番綽始造為之。牛僧孺目拍板為樂句，言以句樂也。蓋凡曲，句有長短，字有多寡，調有緊慢，一視板以為節制，故謂之板眼。初啟聲即下者，為實板，又曰劈頭板；遇緊調，隨字即下，細調亦俟聲出，徐徐而下。字半下者，為掣板，亦曰枵板蓋「腰板」之誤；聲盡而下者，為截板，亦曰底板；場上前一人唱前調末一板與後一人唱次調初一板齊下，為合板。其板先於曲者，病曰促板；板後於曲者，病曰滯板，古皆謂之㑣音祁拍，言不中拍也。唐《霓裳羽衣曲》，初散聲六遍無拍，至中序始有拍。今引曲無板，過曲始有板，蓋其遺法。古今之腔調既變，板亦不同，於是有古板、新板之說。詞隱於板眼，一以反古為事，其言謂：「清唱，則板之長、短任意按之，試以鼓板夾定，則錙銖可辨。」又言：「古腔古板必不可增損，歌之善否，正不在增損腔板間。」又言：「板必依清唱而後為可守，至於搬演或稍損益之，不可為法。」具屬名言。其所點板《南詞韻選》及《唱曲當知》、《南九宮譜》，皆古人程法所在，當慎遵守。聞之先聲有傳腔遞板之法，以數人暗中圍坐，將舊曲每人歌一字，即以板輪流遞按，令數人歌之如一聲，按之如一板，稍有緊緩腔、先後板之誤，輒記字以罰，如此庶不致腔調參差，即古所謂纍纍如貫珠者，今至弋陽、太平之衮唱，而謂之流水板，此又拍板之一大厄也。（同前）

八　論須讀書第十三：詞曲雖小道哉，然非多讀書以博其見聞，發其旨趣，終非大雅。須自《國風》、《離騷》、古樂府及漢、魏、六朝、三唐諸詩，下迨《花間》、《草堂》諸詞，金、元雜劇諸曲，又至古今諸部類書，俱博蒐精採，蓄之胸中，於抽毫時掇取其神情標韻，寫之律吕，令聲樂自肥腸滿腦中流出，自然縱横該洽，與勦襲口耳者不同。勝國諸賢及實甫、則誠輩，皆讀書人，其下筆有許多典故，許多好語襯副，所以其製作千古不磨。至賣弄學問，堆垛陳腐，以嚇三家村人，又是種種惡道。古云：「作詩原是讀書人，不用書中一箇字。」吾於詞曲亦云。（同前）

九　論聲調第十五：與前腔調不同，前論唱，此專論曲。夫曲之不美聽者，以不識聲調故也。蓋曲之調，猶詩之調，詩惟初、盛之唐，其音響宏麗圓轉，稱大雅之聲。中、晚以後，降及宋、元，漸萎薾偏詖，以施於曲，便索然卑下不振。故凡曲調，欲其清，不欲其濁；欲其圓，不欲其滯；欲其響，不欲其沉；欲其俊，不欲其癡；欲其雅，不欲其麤；欲其和，不欲其殺；欲其流利輕滑而易歌，不欲其乖刺艱澀而難吐。其法須先熟讀唐詩，諷其句字，繹其節拍，使長灌注融液於心胸口吻之間，機括既熟，音律自諧，出之詞曲，必無沾唇拗嗓之病。昔人謂孟浩然詩諷詠之久，有金石宫商之聲，秦少游詩，人謂

其可入大石調，惟聲調之美故也。惟詩尚爾，而矧於曲？是故詩人之曲與書生之曲、俗子之曲，可望而知其槩也。（同前）

一〇 論襯字第十九：古詩餘無襯字，襯字自南北二曲始。北曲配絃索，雖繁聲稍多，不妨引帶。南曲取按拍板，板眼緊慢有數，襯字太多，搶帶不及，則調中正字反不分明。大凡對口曲，不能不用襯字，各大曲及散套，只是不用為佳。細調板緩，多用二三字尚不妨，緊調板急，若用多字，便躲閃不迭。凡曲自一字句起，至二字、三字、四字、五字、六字、七字句止，惟《虞美人》調有九字句，然是引曲，又非上二下七，則上四下五，若八字、十字以外，皆是襯字。今人不解，將襯字多處亦下實板，致主客不分。如古《荆釵記》《錦纏道》「説甚麽晉陶潛認作阮郎」，「説甚麽」三字，襯字也。《紅拂記》却作「我有屠龍劍釣鼇鈎射雕寶弓」，增了「屠龍劍」三字，是以「説甚麽」三字作實字也。《拜月亭》《玉芙蓉》末句「望當今聖明天子詔賢書」，本七字句，「望當今」三字係襯字，後人連襯字入句，如「我為你數歸期畫損掠兒梢」，遂成十一字句，至「金爐寶篆消」曲末句「算人心不比往來潮」，此是正格，「心」字當疊，詞隱謂「心」字下缺去聲、平聲二字，以為此死腔活板，故是大誤。又《琵琶記》《三換頭》，原無正腔可對，前調「這其間只是我不合來長安看花」，後謂「這其間只得把那壁廂且都拚捨」，每句有十三字，以為是本腔耶？不應有此長句，以為有襯字耶？不應於襯字上着板。《浣紗》却字字效之，亦是無可奈何。殊不知「這其間只是我」與「這其間只得把」是兩正句，以「我」字、「把」字叶韻。蓋東嘉此曲原以歌戈、家麻二韻同用，「他」原音作「拖」，上「我」字與調中「鎖」、「挫」、「他」、「墮」、

「何」五字相叶，下「把」字與調中「駕」、「掛」二字相叶。歷查遠而《香囊》、《明珠》、《雙珠》，近而《竊符》、《紫釵》、《南柯》，凡此二句皆韻，皆可為《琵琶》用韻之證，故知《浣紗》之不韻，殊謬也。又如散套《越恁好》「鬧花深處」一曲，純是襯字，無異纏令。今皆着板，至不可句讀音豆。凡此類，皆襯字太多之故，訛以傳訛，無所底止。周氏論樂府，以不重韻、無襯字、韻險語俊為上。世間惡曲，必拖泥帶水，難辨正腔，文人自寡此等病也。（同前）

一一　論小令第二十五：作小令與五七言絶句同法，要醞藉，要無襯字，要言簡而趣味無窮。昔人謂五言律詩如四十箇賢人，着一箇屠沽不得。小令亦須字字看得精細，着一戾句不得，着一草率字不得。弇州論詞，所謂「宛轉綿麗」、「淺至儇俏」，正作小令至語。周氏謂樂府、小令兩途，樂府語可入小令，小令語不可入樂府，未必其然，渠所謂小令，蓋市井所唱小曲也。（同前書卷三）

一二　論詠物第二十六：詠物毋得罵題，却要開口便見是何物。不貴説體，只貴説用。佛家所謂不即不離，是相非相，只於牝牡驪黄之外，約略寫其風韻，令人髣髴中如燈鏡傳影，了然目中，却摸捉不得，方是妙手。元人王和卿詠大蝴蝶：「掙破莊周夢，兩翅駕東風。三百座名園，一採一箇空。誰道風流種，諕殺尋芳的蜜蜂。輕輕飛動，把賣花人搧過橋東。」只起一句，便知是大蝴蝶，下文勢如破竹，却無一句不是俊語。古詞詠柳「窺青眼」，開口便知是柳，下「偏宜向朱門羽戟，畫橋遊舫」，又「倚闌凝望，消得幾番暮雨斜陽」等，皆從柳外做去，所以渺茫多趣。他如祝京兆詠月，陶陶區詠雁、梁伯龍詠蛺蝶等，非無一二佳語，只夾雜凡俗，便是不成片段。小令北調，王西樓最佳，如詠浴裙、睡鞋等曲，首首尖新。王渼陂、馮海浮詠鞋杯諸曲，亦多巧句，海浮「月兒芽彎環在腮上，筍兒尖穿破了鼻梁」，及「環兒脚一彎，花兒瓣兩邊」，又「心坎兒裏踢蹬，肚囊兒裏款行，腸襀兒裏穿芳徑」等，尤稱妙絶，亦未免間以粗豪語，不無遺恨耳。問如何是説體，如昔人詠柳絮「一似半天飄粉，遶樹疑酥，平地飛瓊堵」是也；如何是説用，如詠草「斜陽外，幾家斷橋村塢」，又「池塘雨歇，夢回南浦」，又「王孫何事在長途，好歸去，又驚春暮」是也。（同前）

一三 論俳諧第二十七：俳諧之曲，東方滑稽之流也，非絶穎之資、絶俊之筆，又運以絶圓之機，不得易作。着不得一箇太文字，又着不得一句張打油語，須以俗為雅，而一語之出，輒令人絶倒乃妙。元人嘲秃指甲詞：「十指如枯筍，和袖棒金尊。搊殺銀筝字不真，揉癢天生鈍。縱有相思淚痕，索把拳頭搵。」《中原音韻》及弇州皆極賞之，然首語及「揉癢天生鈍」句，尚覺着相。此體亦是西樓最佳，如《失雞》、《轉五方》等曲，皆極當行。吾鄉徐天池先生生平諧謔小令極多，如嘲少髮大脚妓《黄鶯兒》中二句「粧臺上省油，廝打處省揪。未下粧樓，金蓮一步，占着兩塊大磚頭」、嘲瘦妓「四兩麵條搓，抹胸膛，三寸羅，俏郎君一手撟平聲三箇」、嘲歪嘴妓「一箇海螺兒，在腮邊，不住吹，面前説話倒與傍人對。未抹胭脂，櫻桃一點，搓去聲過鼻梁西」等曲，大為士人傳誦，今未見其人也。（同前）

一四 論巧體第二十九：古詩有離合、建除、人名、藥名、州名、數目、集句等體。元人以數目入曲，作者甚多，句首自一至十，有順去逆回者。《輟耕録》載《折桂令》起句「博山銅，細裊香風」，一句兩韻，名曰短柱，為極難作，虞邵庵作「鑾輿三顧茅廬」一曲擬之，則二字一韻，蓋尤難矣。喬夢符有「當時處士山祠」一曲，亦用此體。嘉靖間，北都有劉憲副效祖者用此體，凡平聲每韻各賦一首，可稱一癖。《詞林摘艷》有《粉蝶兒》「從東隴風動松呼」長套，句句兩字一韻，然不見佳。藥名詩須字則正用，意却假借，讀去不覺，詳看始見，方得作法，如所謂「四海無遠志，一溪甘遂心」是也。陳大聲有藥名散套，首句「今年牡丹開較遲」，便是直用其名，更無別意，又後多借同音字為用，如借「霜梅」為「雙眉」、「茴香」為「回鄉」，其語猶俏，至借「白芨」為「北極」、「滑石」為「化石」，政可發一胡盧矣。今《紅蕖》用藥名、牌名、五色、五聲、八音及瀟湘八景、離合、集句等體，種種皆備，然不甚合作，倘不能窮極妙境，不如毋添蛇足之為愈也。（同前）

一五　詞曲小道，遏雲落塵，遠不暇論。明皇製《春光好》曲，而桃杏皆開，世歌《虞美人》曲，而草能按節以舞，聲之所感，豈其微哉？（同前「雜論第三十九上」）

一六　南北二調，天若限之。北之沉雄，南之柔婉，可畫地而知也。（同前）

一七　北人工篇章，南人工句字。工篇章，故以氣骨勝；工句字，故以色澤勝。（同前）

一八　詞曲本文人能事，亦有不盡然者。周德清撰《中原音韻》，下筆便如葛藤，所作「宰金頭黑脚天鵝」《折桂令》、「燕子來海棠開」《寨兒令》、「臉霞鬢鴉」《朝天子》等曲，又特警策可喜，即文人無以勝之，是殊不可曉也。（同前）

一九　北曲方言時用，而南曲不得用者，以北語所被者廣，大略相通，而南則土音各省郡不同，入曲則不能通曉故也。（同前）

二〇 元詞選者甚多，然皆後人施手，醇疵不免。惟《太平樂府》係楊澹齋所選，首首皆佳。蓋以元人選元詞，猶唐人之選《中興間氣》、《河洛英靈》二集，具眼故在也。（同前）

二一 北人尚餘天巧，今所流傳《打棗竿》諸小曲，有妙入神品者；南人苦學之，決不能入。蓋北之《打棗竿》與吴人之山歌，不必文士，皆北里之俠，或閨閫之秀，以無意得之，猶《詩》鄭、衛諸風，修大雅者反不能作也。（同前）

二二 唐三百年，詩人如林。元八十年，北詞名家亦不下二百人。明興二百四十年，作南曲錚錚者，指不易多屈，何哉？（同前）

二三 唐之絶句，唐之曲也，而其法宋人不傳。宋之詞，宋之曲也，而其法元人不傳。以至金、元人之北詞也，而其法今復不能悉傳，是何以故哉？ 國家經一番變遷，則兵燹流離，性命之不保，遑習此太平娱樂事哉？ 今日之南曲，他日其法之傳否，又不知作何底止也？ 為慨，且懼。（同前）

二四 《關雎》、《鹿鳴》，今歌法尚存，大都以兩字抑揚成聲，不易入里耳。漢之《朱鷺》、《石流》，讀尚聱牙，聲定椎樸。晉之《子夜》、《莫愁》，六朝之《玉樹》、《金釵》，唐之《霓裳》、《水調》，即日趨冶艷，然秖是五七詩句，必不能縱横如意。宋詞句有長短，聲有次第矣，亦尚限邊幅，未暢人情。至金、元之南北曲，而極之長套，斂之小令，能令聽者色飛，觸者腸靡，洋洋纚纚，聲蔑以加矣。此豈人事？抑天運之使然哉。（同前書卷四「雜論第三十九下」）

二五 予在都門日，一友人攜文淵閣所藏刻本《樂府大全》又名《樂府渾成》一本見示，蓋宋、元時詞譜。

即宋詞，非曲譜。止林鐘商一調中所載詞至二百餘闋，皆生平所未見。以樂律推之，其書尚多，當得數十本。所列凡目，亦世所不傳，所畫譜，絶與今樂家不同。有《卜算子》、《浪淘沙》、《鵲橋仙》、《摸魚兒》、《西江月》等，皆長調，又與詩餘不同。有《嬌木笪》，則元人曲所謂《喬木查》，蓋沿其名而誤其字者也。中佳句有「酒入愁腸，誰信道、都做淚珠兒滴」，又「怎知道恁地憶，再相逢、瘦了纔信得」，皆前人所未道。以是知詞曲之書原自浩瀚，即今曲，當亦有詳備之譜，一經散逸，遂並其法不傳，殊為可惜。今列其目並譜於後，以存典刑一斑。林鐘商目，隋呼歇指調：娋聲，品有大品、小品，歌曲子，唱歌，中腔，踏歌，引，三臺，傾盃樂，慢曲子，促拍，令，序，破子，急曲子，木笪，丁聲長行，大曲，曲破。

（節録自同前）

二六　元時北虜達達所用樂器，如箏、蓁、琵琶、胡琴、渾不似之類，其所彈之曲，亦與漢人不同，見《輟耕録》。不知其音調詞義如何，然亦各具一方之製，誰謂胡無人哉！今並識於此，以廣異聞。大曲：《哈八兒圖》，《口温》，《也葛倘兀》，《畏兀兒》，《閔古里》，《起土苦里》，《跋四土魯海》，《舍舍弼》，《摇落四》，《蒙古摇落四》，《門彈摇落四》，《阿耶兒虎》，《桑哥兒苦不丁》江南謂之孔雀雙手彈，《答刺》謂之白翎雀雙手彈，《阿斯闌扯弼》回盞曲雙手彈，《苦只把其》吕絃。　小曲：《哈兒火失哈赤》黑雀兒叫，《阿林捺》花紅，《曲律買》，《者歸》，《洞洞伯》，《牝疇兀兒》，《把擔葛失》，《削浪沙》，《馬吞》，《相公》，《仙鶴》，《阿丁水花》。　回回曲：《伉俚》，《馬黑某當當》，《清泉當當》。（同前）

二七　詞之異於詩也，曲之異於詞也，道迥不侔也。詩人而以詩為曲也，文人而以詞為曲也，誤矣，

必不可言曲也。（同前）

二八　作閨情曲，而多及景語，吾知其窘矣。此在高手，持一「情」字，模索洗發，方挹之不盡，寫之不窮，淋漓渺漫，自有餘力，何暇及眼前與我相二之花鳥煙雲，俾掩我真性，混我寸管哉？世之曲，詠情者强半，持此律之，品力可立見矣。（同前）

二九　晉人言：「絲不如竹，竹不如肉。」以為漸近自然。吾謂詩不如詞，詞不如曲，故是漸近人情。夫詩之限於律與絕也，即不盡於意，欲為一字之益，不可得也。詞之限於調也，即不盡於吻，欲為一語之益，不可得也。若曲，則調可累用，字可襯增。詩與詞不得以諧語方言入，而曲則惟吾意之欲至，口之欲宣，縱横出入，無之而無不可也。故吾謂快人情者，要毋過於曲也。（同前）

三〇　曲與詩原是兩腸，故近時才士輩出，而一搦管作曲，便非當家。汪司馬曲，是下膠漆詞耳。弇州曲不多見，特《四部稿》中有一《塞鴻秋》、兩《畫眉序》，用韻既雜，亦詞家語，非當行曲。《畫眉序》和頭第一字，法用去聲，却云「濃霜畫角遼陽道，知他夢裏何如」，濃字平聲，不可唱也。（同前）

三一　近之為詞者，北調則關中康狀元對山、王太史渼陂，蜀則楊狀元升庵，金陵則陳太史石亭、胡太史秋宇、徐山人髯仙，山東則李尚寶伯華、馮別駕海浮，山西則常廷評樓居，維陽則王山人西樓，濟南則王邑佐舜耕，吴中則楊儀部南峰。康富而蕪，王艷而整，楊俊而葩，陳、胡爽而放，徐暢而未汰，李豪而率。馮才氣勃勃，時見紕纇。常多俠而寡馴。西樓工短調，翩翩都雅。舜耕多近人情，兼善諧謔。楊較粗莽。諸君子間作南調，則皆非當家也。南則金陵陳大聲、金在衡，武林沈青門，吴唐伯虎、祝希哲、梁伯龍。而陳、梁最著，唐、金、沈小令並斐亹有致。祝小令亦佳，長則草草。陳、梁多大套，頗著才情，然多俗意陳語，伯仲間耳。餘未悉見，不敢定其甲乙也。（同前）

三二　王渼陂詞固多佳者，何元朗摘其小詞中「鶯巢濕、春隱花梢」，以為金、元人無此一句，然此詞全文：「泠泠象板粉兒敲，小小金杯緑蟻飄，重重畫閣紅塵落。喜豐年，恰遇着，幾般兒景致蹊蹺。鳳團小茶烹銀罐，驢背穩詩吟野橋。」除「鶯巢」句，下皆陳語，後三句對復不整。又云：「《杜甫遊春》劇，金、元人猶當北面。」此劇蓋借李林甫以罵時相者，其詞氣雄宕，固陵厲一時，然亦多雜凡語，何得便與元人抗衡？王元美復謂其聲價不在關、馬之下，皆過情之論也。（同前）

三三　對山亦忤於時，放情自廢，與渼陂皆以聲樂相尚，彼此酬和不輟。康所作尤多，非不莽具才氣，然喜生造，喜堆積，喜多用老生語，不得與王並驅。所著《沜東樂府》，可數百首，中元夜《落梅風》：「春雲澹，月色昏。坐空齋雪餘風潤。若嫦娥肯饒春幾分，向朱簾且收寒暈。」效自君之出矣。《沈醉東風》：「掃萬里龍沙未返，怨深閨蛾尾空彎。泣相思柳未勻，待好會梅初綻。隔魂臺水水山山，也要尋君到玉關，路比天涯近遠。」僅此二詞，頗饒風韻，餘未足取。第易「蛾眉」為「蛾尾」，亦不妥耳。（同前）

三四　升庵北調未盡閑律，然最有佳者。余最愛其《沉醉東風》小令云：「也不是石家的緑珠風韻，也不是喬家的碧玉青春。合雙鬟夢裏來，行萬里雲南近，似蘇家過嶺朝雲。休索我花鈿與繡裙，窮秀才牀頭金盡。」風流旖旎，即實甫能加之哉！（同前）

三五 松陵詞隱沈寧庵先生諱璟，其於曲學法律甚精，汎瀾極博，斤斤返古，力障狂瀾，中興之功，良不可沒。先生能詩，工行、草書。弱冠魁南宫，風標白晳如畫。仕由吏部郎轉丞光禄，值有忌者，遂屏跡郊居，放情詞曲，精心考索者垂三十年。雅善歌，與同里顧學憲道行先生並畜聲伎，為香山、洛社之遊。所著詞曲甚富，有《紅蕖》、《分錢》、《埋劍》、《十孝》、《雙魚》、《合衫》、《義俠》、《分柑》、《鴛衾》、《桃符》、《珠串》、《奇節》、《鑿井》、《四異》、《結髮》、《墜釵》、《博笑》等十七記，散曲曰《情癡寱語》、曰《詞隱新詞》二卷，取元人詞易為南詞，曰《曲海青冰》二卷。《紅蕖》蔚多藻語，《雙魚》而後專尚本色，蓋詞林之哲匠，後學之師模也。又嘗增定《南曲全譜》二十一卷，別輯《南詞韻選》十九卷。又有《論詞六則》、《唱曲當知》、《正吴編》及《考定琵琶記》等書，半已盛行於世，未刻者，存吾友鬱藍生處。生平故有詞癖，每客至，談及聲律，輒娓娓剖析，終日不置。嘗一命余序《南九宫譜》，既就梓，誤以均為韻。余請改正，先生復札，巽辭為謝，比札至，而先生已捐館舍矣。先是數年，道行先生亦卒。自兩先生殁，而吴中遂無復有繼其跡者，悲夫！（同前）

三六 詞隱所著散曲《情癡寱語》及《詞隱新詞》各一卷，大都法勝於詞。《曲海青冰》二卷，易北為南，用工良苦。前二種，吕勤之已為刻行，後一種，勤之既逝，不知流落何處，惜哉！（同前）

三七 詞隱生平為挽回曲調計，可謂苦心。嘗賦《二郎神》一套，又雪夜賦《鶯啼序》一套，皆極論作詞之法。中《黄鶯兒》調有：「自心傷，蕭蕭白首，誰與共雌黄。」《尾聲》：「吾言料没知音賞，這《流水》、《高山》逸響，直待後世鐘期也不妨。」二詞見勤之刻中，至今讀之，猶為悵然。蘇長公有言：「少

游已矣，雖萬人何贖！」吾於詞隱亦云。（同前）

三八 宛陵以詞為曲，才情綺合，故是文人麗裁。四明新采豐縟，下筆不休，然於此道本無解處。崑山時得一二致語，陳陳相因，不免紅腐。長洲體裁輕俊，快於登場，言言襪線，不成科段。其餘人珠家璧，各擅所長，不能枚舉。第尚達者或跳浪而寡馴，守法者或跼蹐而不化。若夫不廢繩檢，兼妙神情，甘苦匠心，丹雘應度，劑衆長於一冶，成五色之斐然者，則李于麟有言，亦惟天寔生才，不盡後之君子。（同前）

三九 吾越故有詞派，古則越人《鄂君》、越夫人《烏鳶》、越婦《采葛》、西施《采蓮》、夏統《慕歌》、小海《河女》，尚已。追宋而有《青梅》之歌，志稱其聲調宛轉，有《巴峽》、《竹枝》之麗。陸放翁小詞閒豔，與秦、黄並驅。元之季有楊鐵崖者，風流為後進之冠，今「伯業艱危」一曲，猶膾炙人口。近則謝泰興海門之《四喜》，陳山人鳴野之《息柯餘韻》，皆入逸品。至吾師徐天池先生所為《四聲猿》，而高華爽俊，穠麗奇偉，無所不有，稱詞人極則，追躅元人。今則自縉紳青襟，以迨山人墨客，染翰為新聲者不可勝紀，以余所善，史叔考撰《合紗》、《樱桃》、《鶼釵》、《雙鴛》、《孿甌》、《瓊花》、《青蟬》、《雙梅》、《夢磊》、《檀扇》、《梵書》，又散曲曰《齒雪餘香》，凡十二種。王澹翁撰《雙合》、《金椀》、《紫袍》、《蘭佩》、《櫻桃園》，散曲曰《欸乃編》，凡六種。二君皆自能度品登場，體調流麗，優人便之，一出而搬演，幾遍國中。姚江有葉美度進士者，工雋摹古，撰《玉麟》、《雙卿》、《鸞鎞》、《四豔》、《金鎖》以及諸雜劇，共十餘種。同舍有吕公子勤之曰鬱藍生者，從髫年便解摛掞，如《神女》、《金合》、《戒珠》、《神鏡》、《三星》、《雙棲》、《雙閣》、《四相》、《四元》、《二婿》、《神劍》，以迨小劇，共二三十種。惜玉樹早摧，齎志未竟。自餘獨本單行，如錢海屋輩，不下一二十人，一時風尚，槩可見已。（同前）

四〇 徐天池先生《四聲猿》，故是天地間一種奇絶文字。木蘭之北，與黄崇嘏之南，尤奇中之奇。先生居與余僅隔一垣，作時每了一劇，輒呼過齋頭，朗歌一過，津津意得。余拈所警絶以復，則舉大白以醻，賞為知音。中《月明度柳翠》一劇，係先生早年之筆，《木蘭》、《禰衡》，得之新創，而《女狀元》則命余更覓一事，以足四聲之數。余舉楊用修所稱《黄崇嘏春桃記》為對，先生遂以春桃名嘏。今好事者以《女狀元》並余舊所譜《陳子高傳》稱為《男皇后》，並刻以傳，亦一的對，特余不敢與先生匹耳。先生好談詞曲，每右本色，於《西廂》、《琵琶》皆有口授心解，獨不喜《玉玦》，目為板漢。先生逝矣，邈成千古，以方古人，蓋真曲子中縛不住者，則蘇長公其流哉？（同前）

四一 陳鳴野先生以詩畫書翰推重一時，生平好遊狹斜，故多贈青樓之作，儇俏清便，亦一詞場駿足。余生晚，不及識先生。今相國朱文懿公，先生壻也，嘗謂余言：「先生風流跌宕，喜遊揚後進，兼妙聲歌，故諸作絶無累字，今不可復見矣。」（同前）

四二 董少宰中峰先生，亦吾邑人也，幼舉神童，年十九，魁南宫第一。在翰苑時，曾有應制駕幸西湖南北調詞一闋，今存集中，即限於體裁，亦勝楊南峰數等。（同前）

四三 《南九宫》蔣氏舊譜，每調各輯一曲，功不可誣。然似集時義，只是遇一題，便檢一文備數，不問其佳否何如，故率多鄙俚及失調之曲。詞隱又多仍其舊，便注了平仄，作譜其間，是者固多，而亦有不能盡合處。故作詞者遇有杌隉，須别尋數調，仔細參酌，務求字字合律，方可下手，不宜盡泥舊文。余非敢以翹先生之過，蓋先生雅意，原欲世人共守畫一，以成雅道，余稍參一隙，亦為先生作忠臣意也。作譜，余寔慫恿先生為之，其時恨不曾請於先生將各宫調曲分細、中、緊三等，類置卷中，似更有次第，今無及矣。（同前）

四四　散曲絶難佳者，北詞載《太平樂府》、《雍熙樂府》、《詞林摘豔》，小令及長套多有妙絶可喜者，而南詞獨否，勤之第載其名，不及列曲。詞隱《南詞韻選》，列上上、次上二等。所謂上上，亦第取平仄不訛，及遵用周韻者而已，原不曾較其詞之工拙。又只是無中揀有，走馬看錦，子細着鍼砭不得。中小令間有佳者，而長套無一中窾。頃友人吴興關仲通同諸君過集齋頭，商搉其較，予為言：小令如唐六如、祝枝山輩，皆小有致，而祝多漫語。康對山、王渼陂、常樓居、馮海浮直是粗豪，原非本色。陳秋碧、沈青門、梁少白、李日華、金白嶼時有合作處，然較之元人，則彼以工勝，而此以趣合。長套亦惟是陳秋碧、梁少白最稱爛熳，陳起句「兜的上心來」、「薄倖太情雜」等，皆不成語，梁無此等累句，而陳時得一二致語。顧二君疵纇，自爾不少，他即稍有可觀，而腔韻不合者又不足數也。仲通謂：如子言，良確，然究竟彼善，寧無一長？因舉帙中人所常唱而世皆賞以為好曲者，如「窺青眼」、「暗想當年羅帕上，曾把新詩寫」、「因他消瘦」、「樓閣重重東風曉」、「人别後」諸曲為問，予謂前三曲已載前論第十六、第二十四篇中，即後二曲，毋論意庸語腐，不足言曲，亦疵病種種，不可勝舉。如「樓閣重重」一曲，前曰「東風曉」，後又曰「風雨清明到」，又曰「東風畫橋」；前曰「垂楊金粉消」，後又曰「柳絲暗約玉肌消」；前曰「緑映河橋」，後又曰「東風畫橋」；前曰「燕子剛來到」，又曰「畫棟梁空落燕巢」；前曰「心事上眉梢」，後又曰「心牽意掛」，又曰「我心中恨着」；前曰「恨人歸不比春歸早」，後又曰「那人何事還不到」；前曰「病懨懨難禁這兩朝」，後又曰「悶懨懨離情懊惱」；前曰「落紅惹得朱顔惱」，後又曰「落花和淚都做一樣飄」，而「朱顔惱」又與「離情懊惱」重；前曰「柳絲暗約玉肌消」，後又曰「如今瘦添楚腰」；前曰「夢回蝴蝶巫山杳」，後又曰「雲散楚峰高」；前曰「月明古驛」，後又曰「紗牕月曉」；前曰「繡户生芳草」，後又曰「別離一旦如秋草」，而「別離」句又與「離情懊惱」重。又一曲而押二「曉」字、三「消」字、二「橋」字、二「到」字、二「早」字、二「惱」字。又「緑映河橋」、「月明古驛」，非閨中語。又《醉扶歸》首二句、《皂羅袍》中四字句，俱宜對而不對，中僅「恨人歸不比春歸早」及「落花和淚都做一樣飄」二語稍俊，至末「可惜粧臺人易老」又不成語。詞隱亦以為「不思量寶髻」五字當改作仄仄仄平平，「花堆錦砌」當改作去上去平，「怕今宵琴瑟」「琴」字當改作仄聲，故止列次上。「人別後」曲，蔣氏舊譜謂其高則誠作，亦未必然，首調以七夕起，而「寒蟬」、「衰柳」、「水緑」、「蘋香」，非七夕語；「得成就」句與上文不接；「真箇勝腰纏跨鶴揚州」，俚甚；又「腰纏」下無十萬貫語，所纏何物？既曰「暮雨過紗牕涼已透」，又曰「雨散雲收」，又曰「西風桂子香韻幽」，又曰「滿城風雨還重九」。《集賢賓》首調言中秋，而「聽寒蛩聲滿牀頭」，非中秋語；次調起句用八字，非體，既曰「虚度中秋」，又曰「見池塘已暮秋」，又曰「對景傷秋」，又曰「傍水芙蓉兩岸秋」，又曰「强把金尊斷送秋」；既曰「水緑蘋香人自愁」，又曰「一種相思，分做兩處愁」，又曰「遮不斷，許多愁」，又曰「添愁」；既曰「如病酒」，又曰「白衣人送酒」，又曰「惟酒可消憂」，又曰「强把金尊斷送秋」；既曰「水緑蘋香」，又曰「相映白蘋洲」；既曰「緑荷」，又曰「橘緑」；既曰「一種相思」，又曰「相思未休」；既曰「水緑蘋香」，又曰「霜降水痕收」，又曰「傍水芙蓉兩岸秋」；既曰「空房自守」，又曰「凄凉怎守」；既曰「滿城風雨還重九」，又曰「一年好景還重九」。一曲押二「柳」字、四「愁」字、五「秋」字、二「收」字、三「酒」字、二「頭」字、三「九」字，惟二「瘦」字則同句可並押，稍不妨。中「怕朱顔去也」三句，語意俱不相蒙；「白衣送酒」二句，無謂；「幾番血淚」句，與上不相接；「羈人無力」，「無力」不通。「緑荷」、「紅蓼」、「白蘋」、「芙蓉」、「橘緑」、「橙黄」，何堆積至此？末句「斷送秋」，復不成語。弇州評此曲，謂不免雜以凡語。疵病如此，詎止凡語已耶？總之，一曲無大學問，一也；無大見識，二也；無巧思，三也；無俊語，四也；無次第，五也；無貫串，六也。只是飯飣一二膚淺話頭，强作嚎嗄，令盲小唱，持堅木拍板，酒筵上嚇不識字人可耳，何能當具眼者繩以三尺？舉此一斑，他可知矣。仲通曰：「善，子論如倉公按脈，百病皆見，勝不敢復相士矣。然請從末減，略取備員。」曰：無已，則舊譜所載古詞詠赤壁「大江逝水」《念奴嬌》五調，及楊鐵厓《蘇臺弔古》「霸業艱危」《夜行船序》六調，二詞頗具作意，惜皆用韻厖雜，前詞更甚，故詞隱《韻選》不收。此外，似無可取矣。仲通擊節謂：「子殊深文。」然不如此，不足論曲。（同前）

四五 一日，復取鐵厓詞諦觀之，殊不勝指摘。此詞出入三韻，起語「霸業艱危」句便腐而迂，下「玉液金莖」二語，事既纖細，語亦湊插。第二調，自「勾踐雄徒」起至下「身國俱亡」十許語，句句老生陳唾，且雄徒不雅，靈胥生造。《鬭黑蝶》次調「樵李亭荒」三語與下《錦衣香》起「館娃宫荆榛蔽」四語，又下《漿水令》起「採蓮溼紅芳盡死」四語，俱是一意。又「煙花山水」、「楊柳水殿欹」、「剩水殘山」、「香水鴛鴦去」、「無邊秋水」，五「水」字重用。又下「蒼煙蔽」與「荆榛蔽」，二「蔽」字重。「高臺」、「郊臺」、「臺城」、「層臺」，四「臺」字重。「緑樹」、「雪樹」，二「樹」字重。「走狗鬭雞」，「鬭」字當用平聲。「黍離故墟」，「墟」字當用仄聲。《漿水令》首末二段宜對不對，末句復少一字。蓋此曲之病，用韻雜出，一也；對偶不整，二也；塵語、俗語、生語、重語疊出，三也。此老故以詞曲自豪，今其伎倆乃止如此。吾非好為刻覈，就曲論曲，不得不爾。至「大江逝水」一曲，則與此不同，其詞第檃括蘇語，及參入《赤壁》二賦語，不必已創，無多瑕隙，特蘇詞元用古韻，假借太甚，不美歌聽。又起處「悠悠萬頃」與「茫茫東去」接用，「古城石壘」、「水落石出」、「穿空亂石」，三「石」字疊用，終非作法，為足恨耳。以是知曲之為道，其詣良苦，其境轉深。良工不示人以璞，一時草草，掩護無從，可不慎諸？（同前）

四六 世所傳《黄鶯兒》「寒食杏花天」，唐伯虎詞也。《二犯桂枝香》「韶光似酒」，秦憲副詞也。《玉芙蓉》「殘紅水上飄」，李日華詞也。《金索掛梧桐》「東風轉歲華」、《七犯玉瓏璁》「新紅上海棠」，祝京兆詞也。瑕瑜自不相掩。《畫眉序》「一見杜韋娘」，《夜行船序》「堪賞花朝」，《泣顔回》「東野翠煙消」，《普天樂》、《四時歡》、《千金笑》等曲，則學究之作，自然紅腐滿耳。南北調「小牕低卧日三竿」，《步步嬌》「宦海茫茫京塵渺」，又儒先大老之筆，不得以曲道繩之耳。（同前）

四七 今世所傳《西樓樂府》有二：一為王磐，字鴻漸，高郵人。一為王田，字舜耕，濟南人。二人俱號西樓。舜耕之詞較鴻漸頗富，然大不如鴻漸精煉，如《浴裙》、《睡鞋》、《閏元宵》、《轉五方》等曲，皆鴻漸作。弇州所謂「頗警健，工題贈而淺於風人之致」者，蓋指舜耕，非鴻漸也。鴻漸樂府曾見太學所存書籍亦列其目，為時所重，可知已。（同前）

四八　弇州所謂趙王之「紅殘驛使梅」、楊遂庵之「寂寞過花朝」、李空同之「指冷鳳凰笙」、陳石亭之《梅花序》、顧未齋之《單題梅》、王威寧之《黄鶯兒》，今惟「寂寞過花朝」一曲尚有傳者，自餘皆不及見，不知其工拙如何，要皆坊間盲賈棄擲不存之故，殊可惜也。（同前）

四九　李空同、何大復必不能曲，其時康對山、王渼陂皆以曲名，世争傳播，而二公絶然不聞，以是知之。即弇州所稱空同「指冷鳳凰笙」句，亦詞家語，非曲家語也。（同前）

五〇　甬東薛千仞《遺筆餘》二卷中載：王渼陂好為詞曲，客有規之者曰：「聞之太上立德，其次立功，其次立言，公何不留意經世文章？」渼陂應聲曰：「子不聞其次致曲乎？」足稱雅謔。（同前）

五一　吾友季賓王，與予同筆研最久，讀書好古，作文賦詩，事事頡頏争先，獨不能為詞曲。嘗謂：「我甘北面，子幸教我。」予謂：「天寔不曾賦子此一副腎腸，姑勿妄想。」賓王憮然。（同前）

五二　詞曲不尚雄勁險峻，只一味嫵媚閒豔，便稱合作，是故蘇長公、辛幼安並寘兩廡，不得入室。（同前）

五三　宋詞如李易安、孫夫人、阮逸女，皆稱佳手。元人北詞，二三青樓人尚能染指。今南詞僅楊用修夫人《黄鶯兒》所謂「積雨釀春寒，見繁花，樹樹殘，泥塗滿眼登臨倦。江流幾灣，雲山幾盤，天涯極目空腸斷。寄書難，無情征雁，飛不到滇南」一詞稍傳，第用韻出入，亦恨無閨閣婉媚之致，予疑以為升庵代作。自餘皆不聞之，豈真古今人不相及耶？（同前）

五四 山東李伯華所作百闋《傍粧臺》，為康得涵所賞。予購讀之，盡傖父語耳，一字不足采也。（同前）

五五 世所謂才士之曲，如王弇州、汪南溟、屠赤水輩，皆非當行。僅一湯海若稱射鵰手，而音律復不諧，曲豈易事哉？（同前）

五六 今之詞曲，即古之樂府也。吾友桐柏生嘗取古樂府中所列百餘題，盡易今調，為各譜一曲，其辭亦雅麗可喜，大是佳事，勸之已為刻行。（同前）

五七 宋詞見《草堂詩餘》者，往往妙絕，而歌法不傳，殊有遺恨。予客燕日，亦嘗即其詞為各譜今調，凡百餘曲，刻見《方諸館樂府》。（同前）

五八 小曲《掛枝兒》即《打棗竿》，是北人長技，南人每不能及。昨毛允遂貽我吳中新刻一帙，中如《噴嚏》、《枕頭》等曲，皆吳人所擬，即韻稍出入，然措意俊妙，雖北人無以加之，故知人情原不相遠也。（同前）

五九 論曲亨屯第四十：迂愚叟之志牡丹也，有榮辱籍焉。夫曲曷嘗不藉所遇以為幸不幸哉？遇則亨，而不遇則屯也。戲次其事，各得四十則，附志於後，以當好事者一噱。曲之亨：華堂、青樓、名園、水亭、雪閣、畫舫、花下、柳邊、佳風日、清宵、皎月、嬌喉、佳拍、美人歌、孌童唱、名優、姣旦、伶人解文義、豔衣裝、名士集、座有麗人、佳公子、知音客、鑒賞家、詩人賦贈篇、座客能走筆度新聲、閨人繡幕中聽、玉卮、美醞、佳茗、好香、明燭、珠箔障、繡履點拍、倚簫、合笙、主婦不惜纏頭、廝僕勤給事、精刻本、新翻豔詞出。曲之屯：賽社、醵錢、酬願、和爭、公府會、家宴、酒樓、村落、炎日、凄風、苦雨、老醜伶人、弋陽調、窮行頭、演惡劇、唱猥詞、沙喉、訛字、錯拍、刪落、鬧鑼鼓、傖父與席、下妓侑尊、新蒭酒敗喉、惡客闖座、客至大嚎、酗酒人罵座、席上行酒政、將軍作調笑人、三脚貓人妄譏彈、村人喝采、鄰家哭聲、僧道觀場、村婦列座、小兒啼、場下人廝打、主人惜燭、家僮告酒竭、田父舟人作勞、沿街覓錢。（同前）

六〇 《古雜劇序》：後三百篇而有楚之騷也，後騷而有漢之五言也，後五言而有唐之律也，後律而有宋之詞也，後詞而有元之曲也，代擅其至也，亦代相降也。至曲而降，斯極矣。然三百篇之有尼父也，騷之有紫陽也，五言之有選也，律之有高棅氏諸家也，詞之有《草堂》也，非恃傳者，恃傳之者也，而獨元之曲類多散逸，而世不盡見。國以初猶及以北曲名家者，而百年來率尚南之傳奇，業已視為芻狗，即有其傳之者，而浸假廢閣，終無傳也。夫元之曲以摹繪神理殫極，寸情足扶宇壤之秘，三閭而上無論，即令蘇、李、沈、宋、秦、黄諸君子而在作之，按節度曲，角技勝場，未知孰為左袒？千載而後，語樂於俳諧者，誰能廢之也？嗟夫！新聲代變，古樂幾亡。今傳奇之家無□充棟，然率多猥鄙，古法埽地，每令見者掩口。是編也，即未竟大全，顧典刑具在，庶幾吾孔氏存餼羊意耳。玉陽僊史序。（《古雜劇》）

六一 《金荃集》詞附，《花間集》，《草堂詩餘》，《詞品》，《詞林萬選》。（《新校注古本西廂記》「引證書目」）

六二 顧本雜録唐、宋以來詩詞及題跋諸文，間有佳者，或鄙猥可嗤，或無繫本傳事者，悉删去，其舊本未收及各誌銘宜采者，俱續補入。（同前書「凡例」）

六三 《醉春風》：古本「寡情人一見了有情娘」，今本作「多情寡情人」云云一句，與後折「我從來心硬，一見了也留情」一例，又與上文「往常時聽得説，傳粉的委實羞」一句，文氣正接。及《會真傳》中稱張生「内秉孤貞」數語皆合，又《醉春風》譜第三句第一字當用仄聲，似當從古本。兩「痒」字，後一「痒」字，另唱心漾，即狂蕩不自由之謂。元詞：「花柳鄉中，綺羅叢裏，纔見使人心漾。」俗本作「心忙」，謬，然「惹」字得平聲方叶。（同前書卷一）

六四 《小梁州》：「可喜娘」勿斷，董詞：「穿一套兒白衣裳，直許多韻相。」時居崔相之喪，故曰「淺淡粧」。又曰：「縞素衣裳。」鶻伶，伶俐之意，鶻，《中原音韻》讀作胡。伶音零，了慧貌，俗作憐字，通用，非。董詞作「鶻鴒」，他詞或作「胡伶」。古本六老，董詞作「渌老」，今從董。北人調侃謂眼，見《墨娥小録》。鶻伶渌老不尋常，稱紅娘之眼乖俊異常。下「偷睛望，眼挫裏抹張郎」，正見其眼之乖也。董詞：「那鶻鴒渌老兒，難道不清雅，見人不住偷睛抹叶罵」大都北語，元無正音，故字多通用。鶻伶，槩言伶俐，而帶言渌老，則指眼耳。元宋方壺詞：「懵懂的憐磕睡，鶻伶的惜惺惺。」王和卿詞：「假胡伶，聘聰明。」可徵其不專為眼也。（同前）

六五 《鴛鴦煞》：「多情却被無情惱」，東坡詞句。「無心無情」俱指行者沙彌等，承上曲來。董詞：「瞑子裏歸去」，又「一夜葫蘆提鬧到曉」，瞑子亦作酩子，瞑子，調侃暗地也。葫蘆提，方言糊塗之意，俗本每折後各有僞增《絡絲娘煞尾》二句，皆俗工搊彈引帶之詞，今悉削去。（同前）

六六 《八聲甘州》：此調第三句起韻，《正音譜》。鮮于伯機詞「江天暮雪，最可愛青簾，摇曳長杠」可證。此曲首句偶用損字作韻，次句不用，至第三句春字始復用韻，俗本改「多愁」作「傷神」，强叶，非。言本以多愁而瘦，又因傷春而益增其瘦也。趙德麟詞：「斷送一生憔悴，只消幾箇黄昏。」秦少游詞：「雨打梨花深閉門。」董詞：「怕黄昏忽地又黄昏，月憔花悴羅衣褪，生怕傍人問。寂寥書舍掩重門，手捲珠簾，雙目送行雲。」又有「銀葉龍香爐」，語俊甚。（同前書卷二）

六七 《混江龍》：首句古本作「落花成陣」與下「燕泥」句兩落花矣。秦淮海詞「落紅萬點愁如海」，又「落紅萬點」亦董語也，從今本作「落紅」是。「風飄」句係杜詩，丘豫見庭中落花曰：「飛此一片，減却春色，池塘夢曉。」用謝惠連事，稍不切。「夢」作「活」字，連下「曉」字看，與辭春相對。「繫春心」二句，即日近長安遠之意。李易安詞：「遥想楚雲深，人遠天涯近。」「金粉」，徐本作「胭粉」，「清減」作「玉減」，六朝三楚多麗人，故云云，用「金粉」無謂，不若從「胭粉」為俊。上文自「池塘夢曉」以下，對仗精整，不應以「清減」與「香消」作對，「香消」「玉減」分對，復近學究，且與上「香惹」兩「香」字亦礙。「香消」，蓋「消疎」之誤耳，今正。即「香惹」對「輕沾」，亦不的，終有誤字。總之，二曲皆絶麗之詞。王元美謂駢麗中情語，何元朗謂雖李供奉復生，豈能加之哉？但二調中用三「春」字，三「花」字，兩

「風」字，兩「香」字，兩「粉」字，既曰「落紅」，又曰「落花」，未免重疊過甚，為足恨耳。（同前）

六八 《寄生草》：「臉兒清秀，身兒韻」，韻，謂有風韻也。古注引吴昌齡詞：「海棠標格紅霞韻，宫額芙蓉印。」謂此調韻、印一押，從此曲來，則實甫之生，似先昌齡，未必爾也。徐云：「十年」句，鶯鶯自語，此只用見成語。「十年聰」下四字，俱不着緊，言此人又俊雅，又着人，又有文學，不由我不愛之也，非以功名顯達期之也。（同前）

六九 《六幺序》：《演繁露》云：唐有新翻羽調《緑腰》，白樂天詩注：即《六幺》也。《青箱雜記》又謂之《緑要》平聲，言《霓裳羽衣》之要拍也。「堝」從鈞本，諸本皆訛作「窩」，非。《宼家債主》劇：「儻有些兒好歹，可着我那堝裏發付。」《王魁負桂英》劇：「哎耶耶也，這堝兒是俺那送行的田地。」可證「堝兒裏斷」，「人急偎親」四字，另句調法如此。「堝兒裏」猶今俗言這所在、那所在之謂，「人急偎親」者，人急迫而相偎傍也。「赤緊」猶要緊，有福之人，指崔相國也。董詞：「驀聞人道，森森地，諕得魂離殼叶巧，孤孀子母没處投告。」又：「滿空紛紛土雨。」徐云：「北方塵土如雨，故曰土雨。」（同前）

七〇 《紫花兒序》：「早是他主人情重」，指「翠袖殷勤」一句，言令我一奉酒於生，便當做許大人情也。本晏叔原詞句，東閣用公孫弘事，内典言飲食之侈。曰：「炮鳳烹龍，雕蚶鏤蛤」，李白詩：「烹龍炮鳳玉脂泣」。白：月闌，月暈也，語新。（同前）

七一 《後庭花》：董詞：「也不打草，不勾思，先序幾句俺傳示，一揮揮就一篇詩。」勾，從古本作「搆」，然元詞俱止作勾，風流浪子皆稱人美詞。鮮于伯機詞：「元來則是，賣弄他風流浪子。」《倩女離魂》劇白：「那王秀才生的一表人物，聰明浪子。」顧君澤詞「風流浪子怎教貧」可證。末：「小可的難辦。」此辦猶言優為也，言上文作柬題詩，雖是弄聰明，而為此假意，然使小可之人，亦不能優為之也。辦，諸本作「到」，筠本作「辨」字解，俱非，辨、辦，古字元通用，朱本只作「辦」。（同前書卷三）

七二《二煞》：朱本及諸本作「隔墻花又低」，筠本作「隔花階又低」，並存。「嫌花密」，古本作「嫌花鬧」，似不如「密」字勝。「盈盈秋水，淡淡春山」，用秦少游詞句。兩「他」字用在句上，更俊。俗本作「望穿他，蹙損了」，便俗。徐云：後《二煞》紅雖攛掇張去，亦稍露功，不由己意。在冷言冷語中。據下折，張事敗，而紅多訕辭，可見。（同前）

七三《駐馬聽》：「淡黃楊柳帶棲鴉」，賀方回詞，對句景調俱稱，「我則怕」三字管至末。（同前）

七四《攪箏琵》：「身子詐」，古本作「乍」，「打扮的詐」，猶言打扮得喬也。董詞：「不苦詐打扮，不甚豔梳掠」，可證。「乍」字無據，今不從。「水米不粘牙」句屬上文看，自前調「自從日初想月華」至此調。「水米不粘牙」九句，皆並指鶯、生二人言。觀上紅白：「我看那生，和俺小姐巴不得到晚。」及「争扯殺」三字可見。「水米不粘牙」承上句來，言大家都為心猿意馬所牽繫，而飲食俱廢也。下又言：「我想小姐平日閉月羞花，深自珍重。」由今日觀之，果真耶？假耶？不意今日其風流之性，一旦難自按納，而遂一地裏胡為亂做至此也。「閉月羞花」借言其深藏密護，不易令人見之意，不得泥平常稱人之美説，此曲頗難解，若以「水米不粘牙」屬下文，遂以張生想鶯鶯言，便大憒憒矣。元張小山詞：「燕子鶯兒，蜂媒蝶使。」蓋亦見成語，金本謂真假是「直家」，可噦，朱本作「直加」，亦大無

謂。（同前）

七五《小桃紅》：秦少游詞：「月在柳梢頭，人約黄昏後。」「腦背後匆斷」直下至「衫袖元係」七字句，不然，與上「黄昏後」押兩「後」字矣。「怎凝眸」言羞而不堪看也。「鞋底尖兒瘦」語俊甚。啀，作聲貌。徐云：「北人謂相昵曰耨」。關漢卿《金線池》劇：「有耨處散誕，鬆寬着耨。」又散套：「不記得低低耨。」「那時不害半星見羞」正應賔白：「娘跟前有甚羞意。」徐云：褻而雅，真妙手也。（同前書卷四）

七六《端正好》：范希文詞：「碧雲天，黄葉地。」「葉」字易「花」字，平聲，從調耳。董詞：「君不見滿川紅葉，盡是離人眼中血。」（同前）

七七《小梁州》：古詞：「尊前只恐傷郎意，閣淚汪汪不敢垂。」「閣淚汪汪」，鶯指己言，恐人之知，故閣淚而不敢垂。偶然被人看見，故把頭低而推整素羅衣也。（同前）

七八《朝天子》：玉醅，古本作玉杯，詞隱生云：「玉醅勝。」古詞：「莫恨銀缾酒盡，但將妾淚添杯。」董詞：「一盞酒裹，白泠泠的滴彀，半盞來淚。」「茶飯匆斷，怕不待喫」，徐云：只是不喫二字，蘇子瞻詞：「蝸角虚名，蠅頭微利，筭來着甚乾忙。」一遞一聲，謂己與張生也。（同前）

七九《錦上花》：董詞：「正美滿，被功名，使人離缺。」「有限姻緣」，有分限之姻緣也。「害不倒」，猶言害不了，較「些」略可。「些」也，言向時之愁懷，以成親而較可，向時之思量，以別離而又掉不下也。「趄風吹」，盤旋之貌。元詞：「羊角風，趄地趄天。」「回折」或作「凹折」，《雍熙樂府》作「曲折」，

曲字聲不叶，皆字形相近之誤。（同前）

八〇　《清江引》：此皆言張生旅館淒涼之狀，董詞：「牀上無眠，愁對如年夜。」末句亦代張生説，客程未免沽酒，醒看已非昨夜歡娱之處，驚疑不知身在何處也。柳耆卿詞：「今朝酒醒何處，楊柳外，曉風殘月。」（同前）

八一　《集賢賓》：「雖離了這眼前」謂下文之愁悶，非謂人也。「直至心上」，有作一句讀，襯七字，首三句大略以眼前心上眉頭之愁悶，錯綜成文耳。元詞：「忽的眼前無，依然心上有」。「不甫能」，猶云未曾得也。李易安詞：「此情無計可消除，纔下眉頭，又上心頭。」范希文詞：「都來此事，眉間心上，無計相迴避。」「隱隱」，古本作「穩穩」，入曲語殊不雅。（同前書卷五）

八二　《逍遥樂》：陡，猶俗言陵陡之意。李景詞：「手捲真珠上玉鈎。」王和甫詞：「凭高不見，芳草連天遠」。欲忘憂而上粧樓，所見如此，又增其憂也。（同前）

八三　《掛金索》：俊詞也，惜下二語不對。李易安詞：「簾捲西風，人似黄花瘦。」（同前）

八四　《醋葫蘆》：古本「淚點兒固自有」，猶言元自有也。詞隱生欲作「兀自」，固，兀，聲相近，北人元無正音也。秦少游詞：「新啼痕間舊啼痕。」（同前）

八五　《沽美酒》：八椒圖，楊用修《秇林伐山》引《菽園雜記》謂龍生九子不成龍，各有所好。如贔屭、鴟吻之類，椒圖形似螺螄，性好閉，故立於門止。又《尸子》云：「法螺蚌而閉户。」《後漢・禮儀志》：殷以水德王，故以螺着户。今門上銅鐶獸面，一名椒圖。元詞所謂「户刻八椒圖」，以此。《菽

園雜記》原文謂出《山海經》、《博物志》，今二書皆不載。（同前）

八六 宋秦觀《調笑令》并引詩：「崔家有女名鶯鶯，未識春光先有情。河橋兵亂依蕭寺，紅愁綠慘見張生。張生一見春情重，明月拂墻花影動。夜半紅娘擁抱來，脈脈驚魂若春夢。」「春夢，神仙洞，冉冉拂墻花樹動。西廂待月知誰共，更覺玉人情重。紅娘深夜行雲送，困嚲釵橫金鳳」。按秦觀，字少游，一字太虛，號淮海，高郵人。少豪儁慷慨，溢於文詞，蘇長公以為有屈、宋才。薦除國史院編脩官。作《調笑令》詞十首，咏明妃以下諸美人，每篇冠以一詩，而詞之首語即用詩末語二字，蓋詩以引詞，本不可析。舊本以詩詞各署，誤。楊用脩《詞林萬選》亦取灼灼一首，詩詞漫列不分，至末語「淚滿紅綃，寄腸斷處」，注云：闕文，而下文復以「腸斷，繡簾捲」接去，可笑，蓋大儒已作俑矣。（同前書卷六）

八七 宋毛滂續《調笑令》并引詩：「春風户外花蕭蕭，綠牕繡屏阿母嬌。白玉郎君恃恩力，尊前心醉雙翠翹。西廂月冷濛花霧，落霞零亂墻東樹。此夜靈犀已暗通，玉環寄恨人何處。」「何處，長安路，不記墻東花拂樹。瑶琴理罷《霓裳》譜，依舊月牕風户。薄情年少如飛絮，夢逐玉環西去。」按毛滂，字澤民。號東堂，江山人。元祐中，蘇子瞻守杭，滂為法曹。子瞻重其文，薦於朝，擢知秀州。右詩及詞，蓋倣秦淮海為之者，咏古美人，自崔徽而下凡八人，語甚綺麗，見《東堂集》，舊本署曰李邴，非。（同前）

八八 宋趙令畤《蝶戀花》詞：夫傳奇者，唐元微之所述也，以不載於本集而出於小說，或疑其非是。

今觀其詞，自非大手筆，孰能與於此？至今士大夫極談幽玄，訪奇述異，無不舉此以為美話，至於娼優女子皆能調說大略。惜乎不比（當作被）之以音律，故不能播之聲樂，形之管絃。好事君子極飲肆歡之際，願欲一聽其說，或舉其末而忘其本，或紀其略而不及終其篇，此吾曹之所共恨者也。今於暇日，詳觀其文，略其煩褻，分之為十章，每章之下，屬之以詞，或全摭其文，或止取其意。又別為一曲，載之傳前，先叙全篇之義。調曰商調，曲名《蝶戀花》，句句言情，篇篇見意。奉勞歌伴，先聽（當作定）格調，後聽蕪詞：「麗質仙娥生月殿，謫向人間，未免凡情亂。宋玉牆東流美盼，亂花深處曾相見。　密意濃歡方有便，不奈浮名，旋遣輕分散。最是多才情太淺，等閑不念離人怨。」右一即小序中所謂別為一曲，載之傳前，先序全篇之意者，舊本漫列，且以一二三四次第其數，並前小序。所謂分之為十章者，更作十一章，可笑之甚。《傳》「余所善張君」至「終席而罷。奉勞歌伴，再和前聲」：後傳辭每段末皆有此二解。「錦額重簾深幾許，繡履彎彎，未著難朱户。强出嬌羞都不語，絳綃頻掩酥胸素。　黛淺愁生妝淡竚，怨絶情凝，不肯聊回顧。媚臉未匀新淚污，梅英猶帶春朝露。」末「著難朱户」舊本俱譌作「肯離朱户」，以不解文理之故，《傳》言：崔辭以疾，故言不欲著繡履，而難於朱户之出也，況下文又有「不肯聊回顧」之語，可複至是耶？「愁生」作「愁紅」，亦謬。《傳》「張生自是惓惓，願致其情」至「立綴春詞二首以授之」：「懊惱嬌娘情未慣，不道看看，役得人腸斷。萬語千言都不管，蘭房跬步如天遠。　廢寢忘餐思想遍，賴有青鸞，不比憑魚鴈。密意香箋論繾綣，春詞一紙芳心亂。」「娘」，舊本作「癡」，「役」作「逗」，「不比」作「不必」，皆謬。役，使也，言使得人腸斷也。《傳》「是夕，紅娘復至」至「疑是玉人來」：「庭院黄昏春雨霽，一縷深心，百種成牽繫。青翼驀然來報喜，魚牋微諭相容意。待月西廂人不寐，簾影搖光，朱户猶慵閉。花動拂牆紅蕚墜，分明疑是情人至。」「情人」，舊本作「玉人」，謬。《傳》「張亦微諭其旨」至「於是絶望矣」：「屈指幽期惟恐誤，恰到春宵，明月當三五。紅影壓牆花密處，花陰便是桃源路。不謂蘭誠金石固，斂袂怡聲，恣把多情數。惆悵空回誰共語，只應化作朝雲去。」「恰到」舊本作「恰道」，誤。《傳》「後數夕，張君臨軒獨寢」至「瑩於裀席而已」：「數夕孤眠如度歲，將謂今生，會合終無計。正是斷腸凝望際，雲心捧得嫦娥至。 玉困花柔羞抆淚，端麗妖嬈，不與前時比。人去月斜疑夢寐，衣香猶在妝留臂。」《傳》「是後又十餘日」至「張生遂西」：「一夢行雲還暫阻，盡把深誠，綴作新詩句。幸有青鸞堪密付，良宵從此無虚度。 兩意相歡朝又暮，争奈郎鞭，暫指長安路。最是動人愁怨處，離情盈抱終無語。」「朝又暮」舊本作「暮與暮」，謬。《傳》「不數月，張生復遊於蒲」至「趣歸鄭所，遂不復至」：「碧沼鴛鴦交頸舞，正恁雙棲，又遣分飛去。灑翰贈言終不許，援琴請盡奴心素。曲未成聲先怨慕，忍淚凝情，强作《霓裳序》。彈到離愁悽咽處，絃腸俱斷梨花雨。」「心素」舊本作「衷素」，「離愁」作「離情」，皆誤。《傳》「詰旦，張生遂行」至「千萬珍重」：「别後相思心目亂，不謂芳音，忽寄南來鴈。却寫花牋和淚卷，細書方寸教伊看。 獨寐良宵無計遣，夢裏依稀，暫若尋常見。幽會未終魂已斷，半衾如煖人猶遠。」「相思」，舊本作「思君」，「花牋」作「紅牋」，皆誤。《傳》「玉環一枚」至「勿以鄙為深念也」：「尺素重重封錦字，未盡幽閨，别後心中事。珮玉綵絲文竹器，願君一見知深意。環欲長圓絲萬繫，竹上斕斑，盡是相思淚。物會見郎人永棄，心馳魂去神千里。」物指玉環、絲竹等，謂物且見郎，人却永棄也，舊本不達此意，改作「勿謂見郎」，可唾。《傳》「張之友聞之」至「憐取眼前人」：「夢覺高唐雲雨散，十二巫峰，隔斷相思眼。不為傍人移步懶，為郎憔悴羞郎見。青翼不來孤鳳怨，路失桃源，再會終無便。舊恨新愁無計遣，情深何似情俱淺。」「情俱淺」舊本作「郎情淺」，謬。逍遥子曰：樂天謂微之能道人意中語，僕於是益知樂天之言為當也，何者？夫崔之才華婉美，詞采豔麗，則於所載緘書詩章盡之矣。如其都愉淫冶之態，則不可得而見。及觀其文，飄飄然仿佛出於人目前，雖丹青模寫其形狀，未知能如是工且至否？僕嘗采摭其意，撰成鼓子詞十章，示余友何東白先生，先生曰：文則美矣，意猶有不盡者，胡不復為一章於其後，具道張之與崔既不能以禮定其情，又不能合之於義。始相遇也，如是之篤；終相失也，如是之遽。必及於此，則全矣。余應之曰：先生真為文者也，言必欲有終始箴戒而後已。大抵鄙靡之詞，止欲歌其事之所可歌，不必如是之備。若夫聚散離合，亦人之常情，古今所同惜也。又況崔之始相得而終至相失，豈得已哉？如崔已他適，而張詭計以求見，崔知張之意，而潛賦詩以謝之，其情蓋未能忘者矣。樂天曰：「天長地久有時盡，此恨綿綿無絶期。」豈獨生（當作在）彼耶？予因命此意，復成一曲，綴於《傳》末：「鏡破人離何處問，路隔銀河，歲會知猶近。只道新來銷瘦損，玉容不見空傳信。棄擲前歡俱未忍，豈料盟言，陡頓無憑準。地久天長終有盡，綿綿不似無窮恨。」按趙令畤，字德麟，號聊復翁，宋宗室，封安定郡王。與蘇、黄諸公友善，著《侯鯖録》，王性之傳奇辨證，正見録中。「鯖」亦作「䰲」，音貞，煎煮魚肉也。《西京雜記》謂漢婁護傳食五侯，競致奇膳，合以為鯖，世謂五侯鯖。録中多采雜事，故取名編，嘗次第崔娘傳中語，綴《蝶戀花》詞十一章以授謳者，署曰逍遥子，蓋寓名也。元每詞摭叙傳文，稍裁節其語，舊本以煩複。止叙傳云某語至某語，今仍其舊，第前後兩小序，類為俗子篡易，悉從《侯鯖録》更定。（同前）

八九 明楊慎《黄鶯兒》詞：「何處閟仙粧，鎖祇園，眷夜長。垂囊淺黛情先向，融融粉香，熒熒淚光，遊春夢斷空相望。問伊行，為誰惆悵，憔悴只因郎。」詞隱生云：為誰惆悵改作平平仄仄，乃叶。按楊慎，字用脩，號升庵，成都人。嘉靖中大學士廷和子，第狀元，以議大禮得罪，謫戍滇南。博學高才，著述甚富。所作《黄鶯兒》八首，悉取前毛滂續《調笑令》詠崔徽諸美人詩，以寄今調，命曰調笑白語，詞首二字各因本詩末語，亦用秦淮海《調笑令》例，此詞以咏鶯鶯，載《博南新聲》。（同前）

九〇 《西廂》諸曲，其妙處正不易摘。王元美《藝苑卮言》至類舉數十語，以為白眉，殊未得解。又其旨本《香奩》、《金荃》之遺，語自不得不麗。何元朗《四友齋叢説》至訾為全帶脂粉，然則必銅將軍持鐵綽板唱「大江東去」而始可耶？（同前附「評語」）

九一 董解元倡為北詞，初變詩餘，用韻尚間沿詞體，獨以俚俗口語譜入絃索，是詞家所謂本色當行之祖。實甫再變，粉飾婉媚，遂掩前人，大抵董質而俊，王雅而豔，千古而後，並稱兩絶。陸生偺父，復譜為《會真》，寧直蛇足？故是螳臂，多見其不知量耳。（同前）

彭大翼輯詞話

彭大翼，字雲舉，又字一鶴，揚州（今江蘇）人，一作通州海門（今江蘇）人。貢生，萬曆二年通判梧州，浩然解組歸。日事繙閲，積四十年，編成類書《山堂肆考》，凡二百二十八卷，補遺十二卷。此據臺灣藝文印書館出版《類書薈編》影印明萬曆梅墅石渠閣刊本録詞話二百十二則。

一 金鏡：宋晁補之詠月詞曰：「青烟幕處，碧海飛金鏡。永夜閑堦桂影，露凉時，零落多少寒蛩。神京遠，唯有藍橋近。」按補之，字無咎，宗慤之曾孫也。（《山堂肆考·宫集》卷三「天文·月」）

二 令人和悦：蘇東坡在汝陰，州堂前梅花大開，月色鮮霽。王夫人曰：「春月色勝如秋月色，秋月令人悽慘，春月令人和悦。」先生大喜，遂召二歐飲，作《減字木蘭花》詞云：「不似秋光，只與離人照斷腸。」杜詩云：「秋月解傷神。」（同前）

三 秋風曲：《羯鼓録》：唐明皇製《秋風高》一曲，每奏之，則秋風徐來，夜葉交墜。（同前書宫集卷四「天文・風」）

四 棧道淋鈴：《明皇雜録》：上初入斜谷，屬霖雨彌旬，於棧道中聞鈴聲，與山相應。上悼念貴妃，因采其聲，為《雨淋鈴》曲以寄恨。（同前「天文・雨」）

五 取水烹茶：宋陶穀，字秀實，為學士，得黨太尉家姬。遇雪，陶取雪水烹茶，謂姬曰：「党家有此風否？」對曰：「彼粗人，安有此？但能於銷金帳中淺斟低唱，飲羊羔兒酒耳。」陶默然，慙其言。（同前書宫集卷五「天文・霜」）

六 滿空鸞鶴：張安國《憶秦娥》詞咏雪：「雲垂幕，陰風慘淡天花落。天花落，千林瓊玖，滿空鸞鶴。」（同前）

七 明皇判柳：《羯鼓録》：唐明皇嘗遇二月旦小殿柳杏將吐，歎曰：「對此景物，豈可不與判斷之？」呼高力士取羯鼓縱擊一曲，名《春光好》。回顧柳杏皆發，明皇笑曰：「不喚我作天公，可乎？」（同前書宫集卷八「時令・春」）

八 觀燈廣陵：《幽怪録》：開元十八年正月望日，帝謂葉法師曰：「四方之燈，此夕何處極盛？」對曰：「無踰廣陵。」帝曰：「何術以觀之。」師曰：「可。」俄而虹橋起於殿前，師奏橋成，但無回顧。於是帝步而上，太真及高力士、黄幡綽樂官數人從行。俄頃，已到廣陵寺觀，陳設之盛，燈火之光，照灼其殿。士女華麗，皆仰望，曰仙人現於五色雲中。帝大悦，師曰：「請勅伶官奏《霓裳羽衣》一曲。」後數日，廣陵果奏云云。一説此曲是玄宗登三鄉驛望女几山所作，劉禹錫詩：「開元天子萬事足，惟惜當時光景促。三鄉驛上望仙山，歸作《霓裳舞衣曲》。」「仙心從此在瑶池，三清八景相追隨。天上忽乘白雲去，世間空有秋風詞。」又《逸史》：羅公遠八月十五夜侍玄宗月宫翫月，有此曲。（同前「時令・元宵」）

九　婦人竊杯：宋宣和六年上元，徽宗鰲山賞翫，與民同樂，撒金錢，賜御酒。有夫妻携手遊觀，稠人中不覺失手。妻乃獨行，至端門，飲酒，竊金杯於懷中，衛士察知，押婦至御前。婦人作《鷓鴣天》奏上云：「月滿蓬壺燦爛燈，與郎携手至端門。貪觀鶴降笙簫舉，不覺鴛鴦失却羣。　天漸晚，感皇恩，傳宣賜酒飲盃巡。歸家惟恐公姑責，竊取金盃當照憑。」上喜，欲以金盃賜之，黄門云：「此詞恐伊夫宿搆，以欺陛下否？」上遂命婦人以金盃撰《念奴嬌》，婦承旨，口占一詞，上大悦，賜以金盃，命黄門引婦歸家。（同前）

一〇　草岸鞍：社日古詞：「落日解鞍芳草岸，花無人戴，醉也無人管。」（同前書宫集卷九「時令・社日」）

一一　集西池：《王直方詩話》：宋元祐中，秘閣上巳日集西池，王仲玉有詩，張文潛和之最工：「翠浪有聲黄繖動，春風無力綵旌垂。」秦少游詩：「簾幙千家錦繡垂。」仲玉笑曰：「又待入小石調也。」

（同前書宫集卷十「時令·上巳」）

一二　蒲酒：《歲時記》：端午日以菖蒲，或縷或屑泛酒，宋章簡公帖子：「菖蒲泛酒堯樽緑，菰葉縈（一作縈）絲楚粽香。」吴子和《喜遷鶯》詞：「梅霖初歇，正絳色海榴，争開佳節。角黍包金，香蒲切玉，是處綺筵羅列。」（同前書宫集卷十一「時令·端午」）

一三　公遠擲杖：《唐逸史》：羅公遠，鄂州人。開元中，中秋夜侍玄宗於宫中翫月，奏曰：「陛下能從臣月中游否？」乃取柱杖向空擲之，化為大橋，其色如銀。請帝同登，約行數十里，精光奪目，寒氣侵人。遂至大城闕，公遠曰：「此月宫也。」見僊女數百，皆素練霓裳，舞於廣庭，帝問曰：「此何曲也？」曰：「《霓裳羽衣曲》也。」帝密記其聲調而回。卻顧其橋，隨步而滅。旦，召伶官，依其聲，作《霓裳羽衣》之曲。（同前書宫集卷十二「時令·中秋」）

一四　作《水調歌》：《復雅歌詞》：東坡居士以丙辰中秋歡飲達旦，大醉，作《水調歌頭》詞，都下傳唱。神宗問内侍外面新行小詞，内侍録此進呈，讀至「又恐瓊樓玉宇，高處不勝寒」，上曰：「蘇軾終是愛君。」乃命量移汝州。（同前）

一五　陰晴同：《使燕録》：中秋天色陰晴，與夷狄同，蘇東坡曰：故人史生為余言，嘗見海賈云：中秋之月雖相去萬里，他日會合，相問陰晴，無不同者。公集中有中秋詩：「嘗聞此宵月，萬里同陰晴。天公自著意，此會那可輕。」又詠月詩：「暮雲收盡溢清寒，銀漢無聲轉玉盤。此生此夜不長好，明月明年何處看。」（同前）

一六　伯可撰詞：《荆楚歲時記》：重陽日，常有疎風冷雨。宋康伯可在翰院日，嘗重九遇雨，奉勅撰詞，伯可口占《望江南》一闋進云：「重陽日，陰雨四垂垂。戲馬臺前泥拍肚，龍山會上水平臍，直浸到東籬。　茱萸膀，菊蕊濕滋滋。落帽孟嘉尋箬笠，休官陶令覓蓑衣，兩個一身泥。」（同前書宫集卷十三「時令・重陽」）

一七　興慶：唐景龍中，中宗遊興慶池，侍宴者遞起歌舞，并唱《廻波詞》，喧雜失禮。次諫議大夫李景伯亦起歌曰：「廻波爾時酒巵，微臣職在箴規。侍宴既過三爵，諠譁竊恐非宜。」於是罷坐。（同前書宫集卷二十四「地理・池」）

一八　東坡漏湖：蘇東坡別業在宜興縣漏湖塘，其詩曰：「買田陽羨吾將老，從來只為溪山好。」陽羨，即今宜興也，秦置陽羨縣。（同前書宫集卷二十六「地理・莊」）

一九　海棠：海棠橋，在南寧府横州橋，南北皆植海棠。有書生祝姓者家此，宋秦觀嘗醉宿其家，明日題一詞：「喚起一聲人悄，衾冷夢寒窓曉。瘴雨過，海棠開，春色又添多少。　社酒釀成微笑，半破椰瓢共釂。覺傾倒，急投牀，醉鄉廣大人間小。」（同前書宫集卷二十七「地理・橋梁」）

二〇　乘月作詞：緑楊橋，在黄州府蘄水縣東。蘇軾嘗夜醉，乘月卧此橋，既覺，作《西江月》詞，其末句：「解鞍欹枕緑楊橋，杜宇數聲春曉。」（同前）

二一　似道遇葉李：宋帝㬎德祐中，詔責授辛相賈似道高州團練使。至洛陽橋，遇葉李，李乃似道為相時所摘（當謫）貶者，自漳州召還，見於客邸，因作一詞贈似道曰：「余歸路，君來路，天理昭昭胡雷州户，厓州户，人生會有相逢處。客中邂逅欠蒸羊，聊贈一篇長短賦。」按洛陽橋在泉州晉江縣東萬安渡，以其跨洛陽江，故名，一名萬安橋。宋郡守蔡襄君謨建，自為記云：萬安渡石橋，始造於皇祐五年四月庚寅，以嘉祐四年二月辛未訖功，累址於淵，釃水為四十七道，長三千六百丈，廣百有五尺，翼以扶欄，如其長之數而兩之，糜金一千四百萬。職其事者，盧錫、王寔、許忠浮、屠義波、宗善等十有五人。既成，太守莆陽蔡襄為之樂合燕飲。而落之明年秋，蒙召還京師，道由是出，因記所作，勒於岸左。又按江在泉州，而名洛陽者，唐宣宗嘗微行，覽山川勝槩，至泉州江上，有「類吾洛陽」之語，故名。葉李，臨安府學生，理宗景定四年貶漳州。不悟。公田闢會更何如，子細思量真自悟。（同前）

二二　號《萬歲樂》：唐武后造鳥歌《萬歲樂》，蓋鸚鵡與秦吉了鳥俱能言，后喜其能諧和，以高平調奏之。至憲宗時，劉弘去鳥歌改入黃鍾正宮調，號《聖朝萬歲樂》。（同前書宮集卷三十二「君道·聖壽」）

二三　作《千秋樂》：唐開元十六年八月初五日，玄宗以降誕日，宴百官於花萼樓下，作《千秋樂》。丞相源乾曜等請以是日為千秋節，布於天下，咸令宴樂，羣臣皆獻寶鏡，張九齡乃述前興廢之際，為書五卷，謂之《千秋金鑑録》，上之。（同前）

二四　秋風曲：唐明皇製《秋風高》一曲，每奏之，則秋風徐來，庭葉交墜。（同前書宮集卷三十三「君道·聖製」）

二五　賜樂府：宋仁宗廢后郭氏居瑶華宫，帝頗念之，遣使存問，賜以樂府，后和答之，辭甚悽惋，帝益悔焉。内侍閻文應以嘗譖后，懼其復立，屬后小疾，帝遣文應挾醫診視，數日，言后暴崩，中外疑文應進毒，范仲淹劾其罪，竄之嶺南，死於道。（同前書宫集卷三十三「君道・賞賜」）

二六　住太真宫：楊妃早孤，養於叔父河南府士曹玄璬家。開元二十二年十一月歸壽邸，二十八年十月，玄宗幸温泉宫，遣高力士取楊氏女於壽邸，度爲女道士，號太真，住太真宫。天寶四載七月，册左衛中郎將韋昭訓女配壽邸，是月，於鳳凰園册太真宫女道士楊氏爲貴妃，半后服用。進見之日，奏《霓裳羽衣曲》，上又自執麗水鎮庫紫磨金，琢成步摇，至粧閣，親與插鬢，寵愛甚於開元初武惠妃，宫中呼爲娘子，禮數同於皇后。册妃日，贈其父玄琰濟陰太守，母李氏隴西郡夫人，又贈玄琰兵部尚書，李氏凉國夫人，叔玄珪光禄卿、銀青光禄大夫，拜再從兄銛爲侍郎、兼數使，兄銛居朝列堂，弟錡尚太華公主。有姊三人，皆有才貌，往來宫中，必相宴餞。初雖結義頗深，後以權敵不叶。五載七月，妃子以妬悍忤旨，令高力士送還楊銛宅。及亭午，上思之不食，舉動發怒，力士探旨，固請召還。既夜，遂開安興坊，從太華宅以入。及曉，上見之内殿，大悦，貴妃拜泣謝過，自兹恩遇日深，後宫無得進幸矣。七載，加釗御史大夫權京兆尹，賜名國忠；封大姨爲韓國夫人，三姨爲虢國夫人，八姨爲秦國夫人，皆月給錢十萬，爲脂粉之資。九載二月，上與兄弟共處五王帳，無何，妃子竊吹寧王紫玉笛，故張祐詩曰：「梨花静院無人見，閑把寧王玉笛吹。」因此又忤旨，放出外第。時吉温與中貴人善，因入奏曰：「婦人智識不遠，有忤聖顔。既已久蒙恩，顧只合死於宫中，何惜一席之地，使其就戮，安忍取辱於外哉？」上即令中使張韜光賜妃御饌，妃因附使泣奏曰：「妾忤旨，罪當萬死，衣服之外，皆聖恩所賜，無可上獻，惟髮膚是父母所生。」乃引刀剪髮一繚附上，韜光以髮搭於肩以奏，上大驚，即使力士召還。（同前書宫集卷三十八「帝屬・妃」）

二七 獨為箴規：唐李景伯景龍中為諫議大夫，中宗宴侍臣，酒酣，各命為《廻波詞》，多以諂言媚上，至景伯，獨為箴規語曰：「廻波爾持酒巵，微臣職在箴規。侍宴既過三爵，諠譁竊恐非宜。」帝不悦，中書令蕭至忠曰：「真諫官也。」（同前書商集卷十三「臣職・諫議大夫」）

二八 寓意樂詞：宋蔡挺，字子正，應天宋城人。為人有智計，多詭譎，自以久留邊郡，鬱鬱不自聊，寓意樂府詞，有「應念玉關人老」之句，中使至，使倡優歌之，達於禁掖，神宗憫之，遂有樞府之拜。（同前書商集卷二十六「臣職・太守下」）

二九 貶監酒税：宋秦觀，字少游，高郵人。為史館編修。紹聖初，御史大夫刻其增損《實録》，貶監處州酒税，寓居僧寺中。有一□□□□罷魚豚税，來與彌陀共一龕。後以告謁寫佛□□□□編管横州。嘗夢中作詞，有「醉卧古藤陰，杳然不知處」等□句。徽宗立，放還，至藤州，為客道其夢中詞，索水飲之，遂立視而卒。（同前書商集卷三十三「仕進・貶謫」）

三〇 酣舞學士：唐崔日用宴内殿，酒酣，起為《回波舞》，求為學士，中宗即詔兼昭文館學士。（同前書商集卷三十三「仕進・濫官」）

三一 後房佐酒：宋嶺南太守閭丘公顯致仕居姑蘇，蘇東坡每詣之，必留連，嘗云：「過姑蘇，不遊虎丘，不謁閶丘，乃一欠事。」一日，公出後房佐酒，有名懿卿者善吹笛，坡作《水龍吟》贈之。（同前書商集卷三十三「仕進·致仕」）

三二　兒曹付家事：宋辛幼安，名棄疾，號稼軒居士。寧宗朝，奉身勇退，悉以家事付兒曹，作《西江月》一首：「萬里雲烟忽過，一身蒲柳先衰。而今何事最相宜，宜醉宜遊宜睡。　早起催科了納，更量出入收支。乃翁依舊管些兒，管竹管山管水。」（同前）

三三　無如堯佐：《湘山野録》：吕申公公著累乞致仕，仁宗問曰：「卿去，誰可代者？」申公乃引陳文惠堯佐，曰：「陛下必欲得英俊經綸之士，臣所不知。若圖任老成，鎮安百度，周知天下良苦，無如陳堯佐。」仁宗深然之，堯佐遂大拜。堯佐極懷申公引薦之德，因作燕詞，携酒過之，申公使之歌焉，歌云：「一社良辰，千家庭院，翩翩又見新歸燕。鳳凰巢穩喜為鄰，瀟湘烟暝來何晏。　亂入紅樓，低飛緑岸，畫梁時拂歌塵散。為誰歸去為誰來，主人恩重朱簾捲。」申公笑曰：「自恨捲簾人已老，莫愁調鼎子無功。」（同前書商集卷三十四「仕進·薦舉」）

三四　舉案：東漢梁鴻，字伯鸞，扶風人。家貧不娶，同縣孟氏女狀貌肥醜而黑，力能舉石臼。擇對不嫁，父母問故，答曰：「欲得賢如梁伯鸞者。」鴻聞而聘之，及嫁，以粧飾入門，七日而鴻不答。妻乃跪牀下請罪，鴻曰：「吾欲得裘褐之人，可與俱隱深山耳。乃衣綺縞，傅粉黛，豈鴻所願哉？」妻曰：「將以觀子之志耳，妾自有隱居之服。」乃更為椎髻，着布衣，操作而前，鴻大喜，曰：「真梁鴻妻也。」名之曰德曜，字孟光。乃共入灞陵山中，以耕織為業。後適吴，依大家皋伯通，居廡下，為賃舂，妻每饋食，不敢仰視，舉案齊眉。伯通察而異之，舍之於家，以賓禮重之。按：案，即盤也，古詞《青玉案》，亦是青玉盤，或以案為桌，非也。（同前書商集卷四十六「親屬·妻」）

三五 猥配駔儈：《漁隱叢話》：趙明誠，清獻公抃之子，妻清照，號易安居士，濟南李格非之女。明誠卒，再適非類。未幾反目，有啓與綦處厚云：「猥以桑榆之晚景，配兹駔儈之下材。」傳者無不笑之。有《漱玉集》三卷行世。按《氏族大全》趙姓下，亦以明誠為清獻公子。及觀東坡所撰《清獻公神道碑》，其二子曰岏曰屺，並無所謂明誠者。又觀葉文莊《水東日記》：明誠，是趙挺之子，挺之附媚蔡京，致位權要，則宜有此下才之子，當以葉説為是。若以明誠為清獻之子，則易安為清獻之子婦，又豈肯以桑榆晚景更適非類，為天下笑耶？非類，指張汝舟，易安再適之夫也。（同前）

三六 隨鴉：杜大中自行伍為將，與物無情，雖妻有過，亦以公杖杖之。有愛妾才色俱美，大中嘗表皆此妾所為。一日，大中方寢，妾至，見几間有紙頗佳，書《臨江仙》一闋，有「彩鳳隨鴉」之語，大中覺而視之，云：「鴉且打鳳。」於是掌其面，至項折而斃。（同前書角集卷三「親屬·寵妾」）

三七 通意韓翃：《異聞録》：昌黎韓翃字君平，有詩名，落托貧甚。有李生者，與翃友善，其幸姬曰柳氏，艷絶一時，李生居之别第，而館翃於其側，柳氏遂得通意焉。李生後知韓意，遂以柳贈韓，又以資三十萬佐韓之費。明年，禮部侍郎楊渡擢翃上第。後别柳省家於清也（一作河），歲餘，柳氏乏食，鬻粧具以自給。天寶末，盜覆二京，士民奔駭。柳氏乃剪髮毁形，寄跡法靈寺。是時淄青節度使侯希逸素聞翃名，奏為從事。及宣宗皇帝以神武反正，翃乃遣使間行求柳氏，以練囊盛麩金而題之曰：「章臺柳，章臺柳，昔日青青今在否？縱使長條似舊垂，也應攀折他人手。」柳氏捧金嗚咽，答詩曰：「楊柳枝，芳菲節，可恨年年贈離別。一葉隨風忽報秋，縱使君來豈堪折。」無何，有番將沙吒利者竊知柳名，刼以歸第，寵之專房。及希逸除左僕射入覲，翃得從行，至京師，已失柳氏所止。偶於龍首岡見柳氏，柳氏自車中問曰：「得非韓員外乎？某乃柳氏也。」使女奴竊言失身沙吒利，請詰旦幸相待於通政門。韓及期而往，柳以輕素結玉盒，實以香膏，自車中投之曰：「當遂永訣。」韓大不勝情。會淄青諸將合樂酒樓，使人請翃，翃强應之，然意色皆喪，音韻凄咽。有虞候許俊者，撫劍言曰：「此必有故，願一效用。」翃具以實告，俊曰：「請足下數字，當立致之。」乃衣縵胡，佩雙鞬，從一騎，徑造吒利第，伺其出行數里，排闥大呼曰：「將軍中惡，使召夫人。」僕侍辟易，無敢仰視。遂升堂，出翃札示柳氏，挾之，跨鞍馬，倏忽乃至，四座驚嘆。時沙吒利恩寵殊等，翃懼禍及，訴於希逸，希逸以事聞諸朝，詔柳氏還翃。按此韓翃，即是唐德宗時知制誥者，與韓通意，乃翃少年之事。（同前）

三八　炎海清涼：《東皋雜録》：王定國嶺外歸，出歌者勸蘇東坡酒，坡作《定風波》詞并序，定國歌兒名柔奴，姓宇文氏，家住京師，定國南遷歸，予問柔奴：「廣南風土，應是不好？」柔奴對曰：「此心安處是家鄉。」因為綴詞曰：「常羨人間琢玉郎，天教分付點酥娘。自作清歌傳皓齒，風起，雪飛炎海變清涼。　萬里歸來年愈少，微笑，笑時猶帶嶺梅香。試問嶺南應不好？却道，此心安處是家鄉。」（同前）（筆者按：此條原錯簡在卷二，據《四庫》本移此，下則同。）

三九　天游屬意：詹天游者，風流才思，不減昔人。故宋駙馬楊震有十姬，皆絶色，名粉兒者尤勝。

一日，招天游宴，盡出諸姬佐觴，天游屬意於粉兒，口占一詞：「淡淡春山兩點青，嬌羞一點口兒櫻。一梭兒玉一窩雲。白藕香中見西子，玉梅花下遇昭君。不曾真個也銷魂。」楊遂以粉兒贈之，曰：「請天游真個銷魂也。」（同前）

四〇 三影先生：宋張先，字子野，詩筆老健。倅秀州，創花月亭。其詞中警句「雲破月來花弄影」、「浮萍斷處見山影」、「隔牆送過秋千影」，世號三影先生。神宗朝為尚書郎。又《因話録》：應子和詩有「兩岸夕陽紅」、「風過落花紅」、「蠟炬短燒紅」之句，人號三紅秀才。（同前書角集卷七「人品·名士」）

四一 越樓歌聲：李尚書訥，為浙東廉使，夜登越城樓，聞歌聲激切。召至，乃去籍妓盛小叢《突厥三臺》詞也，詞云：「鴈門山上鴈初飛，馬邑闌中馬正肥。日旰山西逢驛使，殷勤南北送征衣。」（同前集角集卷十五「人品·娼妓」）

四二 題詞寓意：名妓楚娘，以姿學自負。三山林茂叔與之相厚，因官建昌，携楚回家。其妻李氏不能容，楚題詞於壁以寓意，云：「去年梅雪天，千里人歸遠。今歲梅雪天，千里人追怨。鐵石作心腸，鐵石剛（當作鋼）猶軟。江海比君恩，江海深猶淺。」李氏見詞，乃曰：「人非木石，胡不能容？」遂置長衾大被，三人共寢。（同前）

四三 悲戀希孟：宋謝希孟，陸象山門人也。少豪儁，與妓陸氏狎，象山責之，希孟但敬謝而已。他日，復為妓造鴛鴦樓，象山又以為言，希孟曰：「非特建樓，且為作記。」象山喜其文，不覺曰：「樓記云何？」即占首句云：「自遜、抗、機、雲之死，而天地英靈之氣不鍾於男子，而鍾於婦人。」象人（當作山）默然，知其悔也。一日，希孟在妓所，恍然有悟，忽發歸興，不告而行，妓追送江滸，悲戀而啼，希孟毅然取領巾書一詞與之，云：「雙槳浪花平，夾岸青山鎖。你自歸家我自歸，説著何如過？　我斷不思量，你莫思量我。將你從前與我心，再傍他人呵。」（同前）

四四　續婚符郎：京師孝感坊，有邢知縣、單推官，邢之妻，即單之姊。單有子名符郎，邢有女名春娘，在襁褓中已議婚。宣和中，邢挈家赴鄧州順陽縣官守，單亦舉家往揚州待推官闕，約官滿歸成婚。是年冬，戎寇大擾，邢夫妻皆遇害，春娘為賊所虜，轉賣在全州倡家，名楊玉。玉能作小詞，每公庭侍宴，本州前後守倅皆重之。紹興初，符郎受父蔭，為全州司户，見楊玉，甚慕之。有司理與司户契分相投，將與之為地，而太守嚴明，未敢。後司理置酒請司户，只點楊玉一名祇候，酒半酣，司户佯醉，嘔吐，偃息於書齋。司理令楊玉侍奉湯藥，因得一遇，因謂玉曰：「汝必是名公苗裔，但不可推究，果是何人？」玉羞愧，曰：「妾本是宦族，流落在此，非楊媪所生也。」問其父是何官何姓，玉涕泣曰：「妾姓邢，在京師孝感坊住，幼年許與舅之子結婚，父授某處知縣，不幸父母遇寇隕命，妾被掠賣至此。」司户復問：「汝舅何姓何官，其子何名？」玉各以實對，因大泣下。司户心知其春娘也，未敢言。後一日，司户置酒回司理，復召楊玉佐樽，遂不復與狎。因好言正色問之曰：「我今喪偶，汝肯隨我乎？」玉曰：「妾所願也。」司户知其厭惡風塵出於誠心，乃發書告父。時父在省為郎官，乃具狀，經朝廷徑送全州，乞歸良，續舊婚。父又致書全州太守，竟如法成婚。按符郎名飛

英，字騰實。（同前）

四五 尤喜樂府：李次山《義倡傳》：義倡者，長沙人，家世倡籍，善謳，尤喜秦少游樂府。少游坐鈎黨南遷，道長沙，訪潭土風俗，及妓籍中可與譚者。或言倡，遂往焉，坐語間，顧見几上文一編，就視之，目曰《秦學士詞》，因取閱竟，皆已平日所作者。少游竊怪之，故問曰：「秦學士，何人也？若何自得其詞之多？」倡不知其少游也，即具道所以。少游曰：「若素愛秦學士，彼秦學士亦嘗遇若乎？」曰：「秦學士，京師貴人也，焉得至此？使得見秦學士，雖為之妾御，死亦何恨？」少游察其語誠，因謂曰：「若欲見秦學士，即我是也，以朝命貶黜，因道而來此爾。」倡大驚，入謂母媼，有頃，媼出設位，坐少游於堂，倡立階下，北面拜，且張筵，虛左，示不敢抗。酒一行，率歌少游詞一闋以侑之，比夜乃罷。止少游宿，衾枕席褥必躬設，夜分寢定，倡乃寢。先平明起，立帳外以待。少游感其意，為留數日，將別，倡曰：「妾不肖之身，幸侍左右，今學士以王命不可久留，又不敢從行，恐以為累，唯誓潔身以報。」少游許之，一別數年，少游竟死於藤。倡一日晝寢，寤，驚泣曰：「吾自與秦學士別，未嘗見夢，今夢來別，非吉兆也，秦其死乎？」亟遣僕順途覘之，數日得報，秦果死矣。乃謂媼曰：「吾昔以此身許秦學士，今不可以死，故背之。」遂衰絰以赴，行數百里，遇於旅館，拊棺繞之，三週，一慟而絕。京口人鍾鳴將之常州教官，以聞於郡守李次山結，既為作《義倡傳》，又繫之贊云。（同前）

四六 長佐歡娛：宋成都官妓趙才卿性黠慧，帥府與都鈐帥會飲，命才卿佐酒作詞，應命立就《歸梁燕》云：「細柳營中有亞夫，華宴簇名姝。雅歌長許佐投壺，無一日，不歡娛。漢皇拓境思名將，

捧飛詔，欲登途。從前密約盡成虚，空贏得，淚流珠。」（同前）

四七　歌以侑觴：蘇東坡倅杭日，府僚湖中高會，羣妓畢集，惟秀蘭不來，營將督之再三，乃來。子瞻問其故，答曰：「沐浴倦卧，忽有叩門聲，急起詢之，營將催督也。整裝趨命，不覺稍遲。」時府僚多（當作有）屬意於秀蘭者，見其不來，恚恨不已，云：「必有私事。」秀蘭含淚力辯，而子瞻亦從旁冷語，陰為之解，府僚終不釋然也。適榴花盛開，秀蘭以一枝藉手獻座中，府僚愈怒，責其不恭，秀蘭進退無據，但低首垂淚而已。子瞻乃作一曲，名《賀新凉》，令秀蘭歌以侑觴。聲容絶佳，府僚大悦，劇飲而罷。（同前）

四八　舞以佐酒：《聞見録》：宋文潞公知成都，喜行樂，有飛語至京師。會御史何郯字聖徒，蜀人，當歸，上遣察之。李少愚謂文潞公曰：「此無足念慮。」因迎謁聖徒於漢州。同郡有妓善舞，命之佐酒，聖徒喜之，問其姓，曰：「楊。」聖徒曰：「所謂楊臺柳者也。」少愚因取妓帕，題詩曰：「蜀國佳人號細腰，東臺御史惜妖嬈。從今喚作楊臺柳，舞盡春風萬萬條。」且命其妓歌之。數日，聖徒至成都，頗嚴重。潞公一日宴聖徒，迎其妓雜府妓中，歌其詞以酌聖徒，聖徒每為之醉，此與陶秀實事同。（同前）

四九　拜謝涪翁：涪翁過瀘南，瀘帥留府會，有官妓盼盼，帥嘗寵之，涪翁贈《浣沙溪》詞曰：「脚上靴兒四寸羅，唇邊朱麝一櫻多。見人無語但廻波。　料得有心憐宋玉，祇因無奈楚襄何。今生有分向伊麽。」盼盼拜謝涪翁，瀘帥令唱詞侑觴。盼盼唱《惜春容》，涪翁大喜，醉飲而别。按：涪翁，黄

山谷號也，黄嘗為涪州别駕，故云。（同前）

五〇 紫山鍾愛：歌兒珠簾秀，姓朱氏，姿容甚姝麗，雜劇尤當今獨步。胡紫山宣慰極鍾愛之，嘗擬《沉醉東風》小曲以贈云：「錦織江邊翠竹，絨穿海上明珠。月淡時，風清處，都隔斷落紅塵土。一片閒情任卷舒，掛盡朝雲暮雨。」（同前）

五一 不誣仲友：天台營妓嚴蕊，字幼芳，名藝冠絶一時。唐太守仲友命賦紅白桃花，即調《如夢令》一闋。七夕郡齋高會名士，謝元卿命以己姓為韻賦七夕，酒未行而詞已就，名《鵲橋仙》。或與仲友有隙，欲摭其罪，指唐與蕊為濫，繫蕊於獄月餘，備受箠楚，而一語不及唐。吏勸其認罪不過杖，蕊曰：「賤妾縱與太守濫，罪不至死。然妄言以污士大夫，則死，不可誣也。」獄再兩月，委頓幾絶，而聲價愈騰。未幾，與唐有隙者改除，而岳商卿代之，命蕊作自陳，蕊口占《卜算子》呈覽，岳喜，即時出罪，判令落籍，而宗室納之。（同前）

五二 師兒密誓：宋淳熙初，行都角妓陶師兒與蕩子王生狎，甚相眷戀，為惡姥所間，不盡綢繆。一日，王生拉師兒遊西湖，唯一婢一僕隨之。尋常遊湖者，逼暮即歸。是日，王生與師兒有密誓，特故盤桓，比夜達岸，則城門已鎖，不可入矣。王生謂僕曰：「月色甚佳，清泛不可，再市酒殽，復遊湖中。」迤邐更闌，舟人倦寢，舟泊净慈寺藕花深處。王生、師兒相抱投入水中，舟人驚，救不及而死，都人作「長橋月，短橋月」以歌之，其所乘舟竟為棄物，經年無敢登者。（同前）

五三 郵亭掃地：周世宗時，陶穀奉使江南，留寫《六朝實録》。每進見，嚴冷，下視江左。韓熙載曰：「五柳公雖若端整，其守可嘌。」乃命妓秦弱蘭衣弊衣，為驛卒女，每日擁箒掃地。陶微見，悦之，詢其故，答曰：「妾，守驛者之女也。久喪夫，歸託父母。」陶因與狎，與一詞，名《風光好》，詞云：「好因緣，惡因緣，衹得郵亭一夜眠。　別神仙。　琵琶撥盡相思調，知音少，待得鸞膠續斷絃。是何年？」數日，李後主開宴，令弱蘭歌此詞，陶大沮，即日北歸。（同前）

五四　獻《賣（當作寶，下同）鼎詞》：賈似道卧治湖山，母猶在養，每歲八月八日似道生辰，四方善頌者以數千計，悉俾翹材館謄考，以第甲乙，一時傳誦，為之紙貴，然皆諛詞囈語耳。陳惟善有《賣鼎詞》，廖瑩中有《木蘭花慢》，陸景思有《甘州歌》，郭安居有《聲聲慢》。（同前書角集卷二十二「性行・姦邪」）

五五　上《糖多令》：《宋史》：彌遠（當作「似道」）嘗作半閒亭，每治事畢，即入亭中打坐。有佞人上《糖多令》詞，大稱其意。其詞曰：「天上摘星班，青牛度關。幻出蓬萊新院宇，花外竹，竹邊山，軒冕倘來閒。　人生閒最難，筭真閒、不到人間。一半神仙先占取，留一半，與公閒。」（同前）

五六　作啓賀友：《輟耕録》：陸伯麟側室育子，友人陸象翁以啓戲賀之，曰：「犯簾前禁，尋竈下盟。玉雖種於藍田，珠將還於合浦。移夜半鷺鷥之步，幾度驚惶；得天上麒麟之兒，這回喝采。既可續詩書禮樂之脉，深嗅得油鹽醬醋之香。」按東坡嘗咏婢謔詞，有「揭起裙兒，一陣油鹽醬醋香」之句，故象翁用之。（同前書角集卷二十四「性行・嘲謔下」）

五七　作文別妻：《輟耕録》：錢唐道士洪丹谷與一妓通，因娶為室，病且革，顧謂洪曰：「妾死在旦夕，卿須自執薪，還肯作一轉語乎？夫妾，歌兒也，卿能集曲調於妾未死時，使預聞之，雖死，無憾矣。」洪固滑稽輕佻者，遂作文曰：「二十年前我共伊，只因彼此太癡迷。忽然四大相離後，你是何人我是誰？共惟某人秀鍾谷，水聲《遏楚雲》，《玉交枝》堅《一片心》。《錦纏道》餘二十載，遽成《如夢令》，休憶《少年遊》。《哭相思》，兩手託空；《意難忘》，一筆勾斷。且道如何是一筆勾斷？《孝順哥》，終無孝順，《逍遥樂》，永遂逍遥。」聽畢，一笑而卒。（同前）

五八　《香奩集》：唐韓偓，字致元（一作光），萬年人。有《香奩集》一卷，李端叔酷喜之，誦其序云：「咀五色之靈芝，香生九竅；咽三危之瑞露，美動七情。」（同前書角集卷二十六「文學・著書上」）

五九　師友淵源：宋吕本中，性清約，工詩詞，所著有《師友淵源録》、《春秋解》。（同前）

六〇　《慶湖集》：宋衛州人賀鑄，字方回。元祐中累官泗州通判，又倅太平州。工詩詞，晚號慶湖遺老，所著有《慶湖集》。（同前）

六一　《漱玉集》：宋趙明誠妻李易安，夫亡，再適張汝舟。能詩詞，有《漱玉集》三卷。（同前）

六二　《漢南真稿》：唐温庭筠，字飛卿，并州祈（一作祁）人。有詩集五卷、《漢南真稿》十卷、《握蘭》、《金荃》等集並傳。（同前書角集卷二十七「文學・著書下」）

六三　得書八萬卷：梁金樓子聚書四十年，得書八萬卷。河間之侔，于漢室頗謂過之。唐蘇弁，字元容，聚書二萬卷，手自讎定。宋賀鑄，字方回，知章之後，開封人，藏書萬卷。長於樂府，有《慶湖遺老集》行於世。（同前書角集卷二十八「文學・藏書」）

六四　枕上作文：宋錢思公謂謝希深曰：「余平生所作義多在三上，謂馬上、枕上、厠上也，蓋惟此處可以屬思耳。」又嘗語僚屬曰：「『一生唯好讀書，坐則讀經史，卧則讀小説，上厠則閲小詞，未嘗頃刻釋卷也。』」（同前書角集卷二十八「文學·篤學」）

六五　據圖按曲：唐王維，客有《按樂圖》示之者，無題識，維徐曰：「此《霓裳》第三疊最初拍也。」引工按曲，果然。（同前書角集卷二十九「文學·博學」）

六六　假詞庭筠：唐宣宗愛《菩薩蠻》詞，丞相令狐綯假手温庭筠密進之，戒其勿泄。而庭筠遽言於人，且云：「中書堂上坐將軍。」譏相國無學識也。又李義山謂庭筠曰：「近得一聯句云：『遠比趙公，三十六年宰相。』未得偶句。」温曰：「何不云：『近同郭令，二十四考中書。』」庭筠才思艷發，而士行玷缺，縉紳薄之。（同前書角集卷二十九「文學·寡學」）

六七　《書》云「詩言志」，今俗樂詞曲各陳其情，乃其遺法也。「歌永言」，今俗樂唱詞曲，乃其遺法也。「聲依永」，今俗樂唱曲應以絲竹，乃其遺法也。「律和聲」，今俗樂以「合」、「四」、「工」、「尺」等字為板眼，如作「合」字，則衆音皆以「合」為節，「四」、「工」、「尺」等字亦然，而後不亂，乃其遺法也。白居易曰：「詩關美刺者，謂之諷諭；詠性情者，謂之閒適；觸事而發者，謂之感傷。」梅聖俞曰：「詩以聲律為竅，物象為骨，意格為髓。」（同前書角集卷三十一「文學·詩上」）

六八　六義之餘：唐元稹《樂府題序》：詩之流，二十四名：賦，頌，銘，贊，文，誄，箴，行，吟，詠，題，怨，嘆，章，篇，操，引，謡，謳，歌，曲，詞，調，皆詩人六義之餘。（同前）

六九 語意高妙：《苕溪漁話》：東坡赤壁懷古作《念奴嬌》詞，語意高妙，真古今絶唱，御覽重加嘆賞，賜名《西江月》。（同前）

七〇 傳之宫禁：宋祁過御街，逢内家車子，有褰帷呼小宋者。祁因作《鷓鴣天》一曲，其落句云：「劉郎已恨蓬山遠，更隔蓬山千萬重。」其詞傳達宫禁中，仁宗訪知呼小宋者，後與翰林語及小詞，祁惶懼，上曰：「蓬山不遠。」遂以呼小宋者贈之。（同前）

七一 《小秦王》歌：《直方詩話》：東坡作彭門守時，過徐州李公擇，中秋席上作一絶云：「暮雲收盡溢清寒，銀漢無聲轉玉盤。此宵此景不長好，明月明年何處看。」其後黄山谷在黔南，合以《小秦王》歌之。（同前）

七二 散語韻語：《後山叢談》：世語云：蘇明允不能詩，歐陽永叔不能賦，曾子固短於散語，黄魯直短於韻語，蘇子瞻詞如詩，秦少游詩如詞。（同前書角集卷三十二「文學・詩下」）

七三 晏元獻：晏元獻，字同叔，撫州臨川人。七歲善屬文，宋景德初，張知白安撫江西，薦之試神童科，除正字，置之祕閣。又召試中書，為集賢校理。從陳彭年學，後為江西留守。幕下士王琪、張亢最為上客，范仲淹、孔道輔、歐陽脩，一時名士多出其門。天聖中拜相。其屬文有元和風格。卒謚元獻。子叔原，號小山，有樂府行於世，山谷為序。（同前書角集卷三十九「謚法・制謚下」）

七四 馳送香炬：宋熊大經嘉定間為建陽簿，視篆之始，迎親未至，遣使馳送香炬慶親庭八袠之壽，自製《西江月》一曲以獻。（同前書角集卷四十二「人事・祝壽」）

七五　江上奏曲：宋元符三年十二月十九日，蘇東坡生日，置酒赤壁下，酒酣，笛聲起江上，使人問之，即進士李委作《鶴南飛》曲以獻也，曲嘹唳，有穿雲裂石之聲。（同前）

七六　拉殺似道：宋帝㬎德祐中，放賈似道循州，籍其家，遣使監押之貶所。會稽縣尉鄭虎臣以其父嘗為似道所配，欲報之，欣然請行。時似道寓建寧之開元寺，侍妾尚數十人，虎臣至，悉屏去，奪其寶玉，撤轎蓋，暴行秋日中，令舁轎夫唱杭州歌謔之。每名斥似道，窘辱備至。一日，入古寺，壁上有吴潛南行所題字，虎臣呼似道曰：「賈團練，吴丞相，何以至此？」似道慙不能對。至泉州洛陽橋，遇葉李自漳州放還，見於客邸，李賦詞贈之，似道俯首謝焉。及舟次南劍州黯淡灘，虎臣曰：「水清甚，何不死於此？」似道曰：「太皇許我不死，俟有詔，即死。」十月至漳州木綿庵，虎臣曰：「吾為天下殺似道，雖死何憾？」遂拘其子與妾於别館，即厠上拉其胸殺之。陳宜中至福州，捕虎臣，斃於獄。（同前書角集卷四十二「人事・報讎」）

七七　小小：姓蘇，南齊人，錢塘名妓，或曰唐人，非也。又《春渚紀聞》：宋司馬才仲，初在洛下，晝寢，夢一美姝搴帷而歌曰：「妾本錢塘江上住，花開花落，不管流年度。燕子啣將春色去，紗窗幾陣黄梅雨。」才仲詢其曲名，云是《黄金縷》，且曰：「後日相見於錢塘江上。」及才仲以東坡薦應制舉中等，遂為錢塘幕官，其廨舍後有蘇小墓在焉。（同前書角集卷四十五「人事・命名」）

七八　東坡洗兒詞：蘇東坡賀洗兒詞：「犀錢玉果，利市平分霑四坐。自愧無功，此事何如到得儂？」按：犀角黄，錢色似之，故曰犀錢。果白於玉，故曰玉果。吴人自稱曰儂。（同前書角集卷四十六「誕育·誕子」)

七九　青篛綠蓑：唐張志和自稱烟波釣徒，垂釣不設餌，志不在魚也。有漁歌云：「西塞山前白鷺飛，桃花流水鱖魚肥。青篛笠，綠蓑衣，斜風細雨不須歸。」又曰：「雲溪灣裡釣魚翁，舴艋為家西復東。江上雨，浦邊風，更著荷衣不嘆窮。」(同前書角集卷四十八「民業·漁人」)

八十　倚欄閒唱：仁王寺有一僧喜唱《望江南》，後出山主一刹，未幾，欲歸，作詩：「當初只得轉頭銜，轉得頭銜轉不堪。何似仁王高閣上，倚欄閒唱《望江南》。」故李元善每倦遊，則曰：「吾欲唱《望江南》矣。」(同前書徵集卷二「釋教·僧上」)

八一　踢倒軍持：宋王半山和俞秀老禪師詞云：「何如直截，踢倒軍持，贏取為山。」按軍持，取水瓶，常貯水，隨身以凈手，梵云軍持，此云凈瓶。踢倒軍持，勸其勿事行脚也。《寄歸傳》云：軍持有二，若甆瓦者是凈用，若銅鐵者是濁用。贏取為山者，言為山和尚，嘗欲謀住山，曰：「此山名骨山，和尚是肉，人之骨肉不相離，言僧人不當離山也。」(同前書徵集卷三「釋教·僧下」)

八二　詣謁光庭：蜀有道士詣紫極宫，謁杜光庭，朝夕飲醉，惟唱《感庭秋》詞。一夕列筵，二青衣童立侍，及光庭款户，乃令二童收拾筵具，摺疊之，隨手而小。又將二童合為一處，可寸許，悉納冠中。啟户，已不見矣。按光庭，唐縉雲人，咸通中進取不利，入天台山學道，應制為道門領袖。僖宗時，從幸興元，後隱青城山，蜀王建封為廣成先生。(同前書徵集卷四「道教·道士」)

八三　掩赭黄衣：昭陵發引，王禹玉作《清平》二曲，其一云：「上林春晚，曾奉玉宸遊。水殿戲龍舟，玉簫聲斷催仙馭，一去隔千秋。　遊人重到曲江頭，事往涕難收。空餘御幄傳香處，依舊水東流。」其二云：「玉宸朝晚，忽掩赭黄衣。愁露鎖金扉，蓬萊待得仙丹至，人世已成非。　龍軒長仗轉西畿，旌旆入雲飛。望陵宫女垂紅淚，不見翠輿歸。」（同前書徵集卷六「典禮・國哀」）

八四　驚鴻飛燕：《樂府雜録》：舞者，樂之容，有大垂手、小垂手，或象驚鴻，或如飛燕。有字舞，以舞人亞身於地布成字也。有花舞，著緑衣偃身合成花字也。有馬舞，攏馬人著綵衣執鞭於牀上舞蹀躞，蹄皆應節奏也。又有《回波樂》、《春鶯囀》、《烏夜啼》之屬，謂之軟舞。《柘枝》、《大凉州》、《達摩枝》之屬，謂之健舞。（同前書徵集卷十五「音樂・樂舞」）

八五　《迴波》：唐崔日用驟拜兵部侍郎，宴内殿，酒酣，起為《迴波舞》。（同前）

八六　施鈴：《樂苑》：羽調有《柘枝曲》，商調有《掘柘枝》，此舞因曲而名，用二女童，帽施金鈴，抃轉有聲，其來也，於二蓮花中藏之，花折而後見，對舞相呈，實舞中雅妙者也。（同前）

八七　七德：《唐史》：《七德舞》，本名《秦王破陣樂》，蓋太宗為秦王破劉武周軍中所作樂曲也，及即位，宴會必奏之，謂侍臣曰：雖發揚蹈厲，異乎文容，然功業所由，被之樂章，亦不忘本也。乃製舞圖，仍命吕才以教樂工百二十八人披銀甲執戟而舞。（同前）

八八　樂章源流：樂章，即樂府之本。樂歌，即樂府之流。自成周制為頌聲三十一篇，厥後鄭康成箋，其每篇皆為樂歌，故知成周之樂章，即後世之樂歌也。至漢世則有樂府，如武帝《郊祀》等歌，班固《明堂》等詩，猶可以質鬼神而告宗廟也。晉、宋之際，又有所謂古樂府之章，如釋子蘭、釋貫休等作，雖託物以寓興，而其辭終入於鄙俚，又與漢人之樂府異矣。孰知再變而為隋、唐、五代之樂歌乎？當唐之世，如賀知章、白樂天之所述，猶足以發越性情而時寓譏諷也，豈知樂歌又變為宋朝之長短句乎？世卒謂之詞曲，即樂府之異名也。然今世之所謂詞曲，即唐人之樂歌，則又愈降而愈下矣。自詞曲之變，又轉而為巷陌市井之歌，則又樂府之不足道云。（同前書徵集卷十六「音樂·樂章上」）

八九 《鷓鴣詞》：《鷓鴣詞》，近代思歸之詞曲也。唐李益詞：「湘江斑竹枝，錦翅鷓鴣飛。處處湘雲合，郎從何處歸？」鄭谷《席上贈歌者》：「花木樓臺近九衢，清歌妙舞倒金壺。齊中亦有江南客，莫向春深唱鷓鴣。」（同前）

九〇 《黃鸝留》：陳後主耽於酒色，尤重聲樂。遣宮女習北方簫鼓，酒酣，則奏之。又於清樂中造《黃鸝留》及《玉樹後庭花》、《金釵兩臂垂》等曲，與幸臣等製為歌詞，綺麗相高，極於輕薄，男女唱和，其音甚哀。（同前）

九一 《昔昔鹽》：梁樂府有《夜夜曲》，傷獨處也，一名《昔昔鹽》，昔即夜也。（同前）

九二 《胡騰兒》：錢起集有《胡騰兒》詞，即今之《醉回回》舞也。（同前）

九三 《娬媚娘》：唐太宗始召武氏為才人，既見，賜號娬媚娘，後民間皆歌《娬媚娘》曲。（同前）

九四 《悲切子》：唐武后朝，有一士人陷冤獄，籍其家，妻配入掖庭。善歌觱栗，乃撰《離別難》曲以寄情焉，初名《六（當作大）郎神》，蓋取畏（當作良）人第行也，既畏人知，號《悲切子》，終號

《怨回鶻》云。（同前）

九五 王維笑：開元中，李龜年製《胡渭州》曲云：「楊柳千尋色，桃花一苑春。風吹入簾裏，惟有惹衣香。」王維笑其不工，自是龜年製曲，必請維為之。（同前）

九六 《伊州》曲：《伊州》，商調曲，西凉節度蓋嘉運所進也。其曲五首，前七言二絶，後五言王（當作三）絶，入破五音，前七言三絶，後五言二絶。商調乃無射，以凡字殺，後入破，則無射羽林鍾也。名商角調，調借尺字殺，謂之側商，故王建曰「側商調裏唱《伊州》」。又有《甘州》曲，《甘州》仙吕調曲，乃夷則羽也。凡大曲，就本宫調製引、序、慢、近、令，蓋度曲者常態。今《甘州》有曲破，有八聲慢，有令而有象，《八聲甘州》歌者乃是用其法於中吕調耳。其後毛文錫之徒增排遍云，按曲中繁聲，名為入破。天寶樂章，多以邊地為名，若《凉州》、《甘州》、《伊州》之類，其曲遍繁聲，故為入破。後其地盡為西番所没，破，其兆矣。又歌終，更受其次，謂之度曲。（同前）

九七 《荔枝香》：唐天寶十四載，楊妃誕辰，上令梨園小部音聲，於長生殿奏新曲，未有名，會南海進荔枝，因名曲為《荔枝香》。（同前）

九八 《播皇猷》：唐宣宗每宴羣臣，製新曲，令女伶數十百人衣珠翠緹緣連袂而歌，其樂名《播皇猷》之曲。（同前）

九九 《款（當作欸，下同。）乃曲》：唐元稹逢春水行舟不進，作《款乃曲》，令舟子唱之，以取適於道路也。款乃，棹歌聲。（同前）

一〇〇 《霓裳曲》：樂史《太真外傳》：《霓裳羽衣曲》者，是玄宗登三鄉驛，望女几山所作也。故劉禹錫詩：「開元天子萬事足，惟惜當時光景促。三鄉驛上望僊山，歸作《霓裳羽衣曲》。僊心從此在瑶池，三分八景相追隨。天子忽乘白雲去，世間空有秋風詩。」又白樂天詩注：「此曲乃開元中西凉節度使楊敬述所造。」鄭愚《津陽門詩》注：葉法善嘗引上入月宫，聞僊樂，及歸，但記其半，遂以宫中笛寫之。會楊敬述進《婆羅門》曲，與其聲調相符，遂以月中所聞為散序，用敬述所進為其腔，而名《霓裳羽衣曲》。一説上與羅公遠望夜遊月宫，聆天樂，名《紫雲曲》，上默記其聲，歸而作此曲。後安禄山以燕叛，此曲遂亡，唐人詩云：「漁陽鞞鼓動地來，驚破《霓裳羽衣曲》。」（同前書徵集卷十七「音樂・樂章下」）

一〇一 《長相思》：樂府名，言行人久役而有所思也。宋林君復惜别《長相思》詞云：「吴山青，越山青，兩岸青山相送迎。誰知離别情。　君淚盈，妾淚盈，羅帶同心結未成。江頭潮已平。」康伯可西湖《長相思》：「南高峰，北高峰，一片湖光煙靄中。春來愁殺儂。　郎意濃，妾意濃，油壁車輕郎馬驄。相逢九里松。」馮延巳春歸《長相思》：「紅滿枝，緑滿枝，宿雨厭厭睡起遲。閒庭花影移。　憶歸期，數歸期，夢見雖多相見稀。相逢知幾時。」（同前）

一〇二 《望江南》：長短句小詞也。唐李衛公德裕為亡妓謝秋娘製，白居易因為二篇，其一曰：「江南好，風景舊曾諳。日出江花紅勝火，春來江水緑如藍，能不憶江南。」按《望江南》即唐《法曲獻仙音》也，但法曲凡三疊，《望江南》止兩疊耳。（同前）

一〇三 《竹枝詞》：唐劉禹錫貶朗州司馬，州接夜郎，風俗陋甚，家喜巫鬼，每祀，歌《竹枝》，禹錫以為屈原居湘沅間，作《九歌》，使楚人以迎送神，乃依其聲，作《竹枝》新詞十餘篇，使里中小兒歌之，本名《巴渝歌》也。（同前）

一〇四 六憶詞：沈約《六憶詞》，其一云：「憶來時，灼灼上堦墀。勤勤叙離別，慊慊道相思。相看常不足，相見乃忘機。」其二：「憶坐時，黯黯羅帷前。或歌四五曲，或弄兩三絃。笑時應莫比，嗔時更可憐。」其三：「憶眠時，人眠强未眠。解羅不待勸，就枕更須牽。復恐傍人見，嬌羞在燭前。」餘三首俱逸。（同前）

一〇五 倚樓曲：唐玄宗初自蜀回，夜登勤政樓，倚欄南望，煙月滿目，歌曰：「庭前琪樹已堪攀，塞北征人尚未還。」蓋盧思道詩也。歌畢，里中隱隱如有歌者，上謂高力士曰：「得非梨園舊人乎？為我訪來。」翌日，力士求於里中，召至，果是舊人。其夜，復乘月登樓，左右惟力士及故妃子侍者紅桃在焉，遂命其人歌《凉州》，《凉州》，即貴妃所製，上親御玉笛為倚樓曲，曲罷，無不掩泣，因廣其曲，傳於人間。（同前）

一〇六 《傾盃曲》：唐太宗貞觀中宴長孫無忌，造《傾盃曲》，一説宣宗善吹蘆管，自製此曲。（同前）

一〇七 《迴波樂》：唐中宗嘗内宴羣臣，引流泛觴，皆歌《迴波樂》曲。（同前）

一〇八 《何滿子》：白樂天曰：滄洲人，姓何，名滿，開元中犯罪繫獄，撰此曲，鞫獄者愍之，為奏明皇，不許，竟坐之，故曲名《何滿子》。唐張祐《宮詞》云：「故國三千里，深宮二十年。一聲《何滿子》，雙淚落君前。」（同前）

一〇九 《江南弄》：梁武帝《江南弄》：「衆花雜色滿上林，舒芳耀彩垂輕陰。連手躞蹀舞春心，舞春心，臨歲腴。中人望，獨踟躕。」一説《江南弄》即採菱採蓮歌也。（同前）

一一〇 《新凉州》：《凉州》，正宫調曲。開元中，西凉府都督郭知運所進，中有大遍、小遍，前後各七言二絶，中五言一絶，寧王憲聞其音，謂上曰：「音始於宮，散於商，成於角、徵、羽。斯曲也，君卑逼下，臣僭犯上，恐有播遷之禍。」及安史亂世，思憲審音先見云。貞元初，康崑崙翻入琵琶，以合諸樂，謂之《新凉州》。（同前）

一一一 《千秋樂》：唐玄宗以誕日，宴百僚於花萼樓下，作《千秋樂》。（同前）

一一二 《萬歲樂》：《鳥歌萬歲樂》，武后所造也。鸚鵡能言，嶺南奏吉了鳥亦能之。后喜其能諧和，以高平調奏之，蓋姑洗為壽星之次也。明皇分為二部，堂上立奏謂之立部伎，其曲最多。堂上坐奏謂之坐部伎，則僅六曲耳，而此曲居其四焉。又有《河西長命女》曲，亦用高平調。憲宗元和八年十月，劉弘去鳥歌，改入黄鐘正宫調，號《聖朝萬歲樂》。（同前）

一一三 聽風聽水：《詩話》：歐陽公《歸田録》論王建《霓裳》詞「弟子部中留一曲，聽風聽水作《霓裳》」，以不曉聽風聽水之義為恨。予觀唐人《西域記》：龜兹國王與臣庶知樂者，於泰山間聽風水之聲，均節成音，後翻入中國，如《伊州》、《甘州》、《凉州》，皆龜兹境也，此説近之。（同前）

一一四　悼念貴妃：唐明皇幸蜀，初入邪谷，霖雨彌旬，棧道中聞鈴聲，帝方悼念貴妃，採其聲為《霖雨（當為雨霖）鈴》曲以寄恨焉。時梨園子弟唯張野狐一人善觱篥，因使吹之，遂以傳世。（同前）

一一五　《水調歌》：《明皇雜録》：上於興慶宫西南起花蕚相輝樓，與諸王遊處。禄山犯順，議欲遷幸，置酒樓上，命作樂，有進《水調歌》曰：「山川滿目淚沾衣，富貴榮華能幾時？不見只今汾水上，惟有年年秋雁飛。」上問誰為此，對曰：「李嶠。」上曰：「真才子也。」遂不終飲而去。按《水調歌》者，以羽調屬水，故名。此調乃隋煬帝幸江都時所製，聲韻悲切，樂工王令言謂其弟子曰：「慎毋從行，此羽調有宫聲，宫，君也，宫聲往而不返，大駕不復回矣。」果如其言。（同前）

一一六　《菩薩蠻》：唐南蠻婦人學佛成者號菩薩，危髻金冠，瓔絡被體，宣宗大中時入貢，帝見之，遂好唱《菩薩蠻》小詞。李白詞云：「平林漠漠煙如織，寒山一帶傷心碧。暝色入高樓，有人樓上愁。玉階空佇立，宿鳥歸飛急。何處是歸程，長亭更短亭。」（同前）

一一七　數米嘉榮：《盧氏雜録》：歌曲之妙，元和中有米嘉榮、何戡，一二十年來，絶不聞有善唱，以拍彈行於世者。懿宗朝有恩澤曲子《别趙十》、《哭趙十》之名。劉禹錫與米嘉榮詩云：「三朝供奉米嘉榮，能變新聲作舊聲。如今後輩輕前輩，好遺先生事後生。」《事文類聚》劉公與米詩又與此異，其詩曰：「唱得《凉州》意外聲，舊人惟數米嘉榮。近來時勢輕先輩，好染髭鬚事後生。」又劉公自貶所聞何戡歌，因有詩云：「二十年來别帝京，重聞天樂不勝情。故人惟有何戡在，更請殷勤唱《渭

城》。」(同前)

一一八 稱康伯可:宋紹興中,上元節,康伯可應制作《瑞鶴仙》詞,其中有「風柔夜暖」已下等句,為高宗皇帝稱賞,宣賜甚厚。(同前)

一一九 《拜星月》:周美成秋怨《拜星月慢》:「夜色催更,清塵收露,小曲幽坊月暗。竹檻燈窗,識秋娘庭院。笑相遇,似覺瓊枝玉樹,暖日明霞光爛。水盼蘭情,總平生稀見。畫圖中,舊識春風面。誰知道,自到瑶臺畔。眷戀雨潤雲温,苦驚風雨散。念荒寒,寄宿無人館。重門閉,敗壁秋蛩嘆。怎奈何,一縷相思,隔溪山不斷。」(同前)

一二〇 《醉蓬萊》:宋柳永,字耆卿,累不第。仁宗召見之,會老人星見,入内都知史姓者愛其才,乞命永撰詞,以頌休祥。永作《醉蓬萊》詞以進,仁宗閲首句「漸亭皐葉下」「漸」字,意不懌;至「宸遊鳳輦何處」與真宗輓詞時同,慘然久之;讀至「太液波翻」,忿然曰:「何不言『太液波澄』耶?」擲之地,罷不用。已而又作《透碧霄》,有「寶運當千」之句,史又稱之於上,上曰:「『寶運當千』,非佳語也。」竟不推恩。一説耆卿初名三變,遊東都南北二巷,作新樂府,骫骳從俗,天下詠之,遂傳禁中。仁宗好其詞,每對酒,必使侍妓歌之再三,三變聞之,作宫詞號《醉蓬萊》,因内官達後宫,且求其助,仁宗聞而覺之,自是不復歌其詞。會改官制,以無行黜之。後改名求仕,至屯田員外郎。(同前)

一二一 《符存審》:五代符存審,少微賤,嘗犯法,當死,臨刑,指旁壞坦(當作垣),顧主者曰:「願就死於彼，冀得垣土覆尸。」主者哀而許之，為徙垣下。而主將方飲酒，顧其愛妓，思得善歌者佐酒，妓言有符存審嘗為妾歌，甚善，主將馳騎召存審，而存審以徙垣下，故未加刑，因召使飲所，使歌，悦之，得不死。故今樂府名有《符存審》。（同前）

一二二　賀方回：宋賀鑄，字方回，工於詞。東坡詩云：「能道江南腸斷句，只今惟有賀方回。」故今樂府有《賀方回》。（同前）

一二三　市鹽得譜：《江鄰幾雜志》：始教坊家人市鹽，得一曲譜於角子中，翻之，遂名曲曰《烏鹽角》。戴石屏有《烏鹽角行》，元人《月泉吟社》詩：「山歌聒耳《烏鹽角》，村酒柔情玉練搥。」（同前）

一二四　錫宴進詞：宋宣和中，上元錫宴，左丞范致虛進《滿庭芳慢》一闋，上俯同其韻以賜之。（同前）

一二五　《憶秦娥》：秦娥，世傳穆公女弄玉得仙，吹簫乘鸞而去。唐都秦地，妃主慕之，多為女道士者，如開元中金仙、玉真二公主是也。李白秋思《憶秦娥》詞：「簫聲咽，秦娥夢斷秦樓月。秦樓月，年年柳色，灞陵傷别。樂遊原上清秋節，咸陽古道音塵絶。音塵絶，西風殘照，漢家陵闕。」此詞一名《秦樓月》。（同前）

一二六　《望湘人》：賀方回《望湘人》詞：「厭鶯聲到枕，花氣入簾。醉魂愁夢相半。被惜餘薰，帶驚剩眼，幾許傷春春晚。淚竹痕鮮。佩蘭香老，湘天濃暖。記小江、風月佳時，屢約非煙遊伴。須信鸞弦易斷。奈雲和再鼓，曲終人遠。認羅襪無踪，舊處弄波清（後脱「淺」字）。青翰棹，艤白蘋

洲畔。儘目臨皐飛觀。不解寄、一字相思，幸有歸來飛燕。」（同前）

一二七　《一剪梅》：蔣捷《一剪梅》詞：「一片春愁帶酒澆，江上舟摇，樓上簾招。秋娘容與泰娘嬌，風又飄飄，雨又瀟瀟。　何日雲帆卸浦橋，銀字箏調，心字香燒。流光容易把人抛，紅了櫻桃，緑了芭蕉。」按番禺人作心字香，用素馨茉莉花半開者插净器中，以沉香薄劈，層層相間，密封之，日一易，不待花蔫，花過香成。所謂心字者，以香末縈篆成心字也，詞家多用之。張于湖詩：「心字夜香清。」晏小山詩：「記得年時相見，兩重心字羅衣。」「心字羅衣」，則謂心字香熏之耳。或謂女曲領如心字，故云。（同前）

一二八　《四園竹》：周美成秋怨《四園竹》詞：「浮雲護月，未放滿朱扉。鼠摇暗壁，螢度破窗，偷入書幃。秋意濃閑竚立，庭柯影裡，好風袖襟先知。　夜何其，江南路遶重山，心知慢與前期。奈何燈前墮淚，腸斷蕭娘，舊日書詞猶在紙。鴈信絶，清宵夢又稀。」（同前）

一二九　《思佳客》：宋高賓王秋扇《思佳客》詞：「入手西風意已投，不須玉斧為重修。撲螢凉夜沉沉月，障面清歌澹澹秋。　休棄置，且遲留，可憐又向篋中收。莫教詞損乘鸞女，漢殿凄凉萬古愁。」（同前）

一三〇　《賀新郎》：宋嚴次山送杜子野赴省《賀新郎》詞：「説到城南杜，儘風流，至今人號，去天尺五。家世聯翩蒼玉佩，自有文章機杼。看鸞凰九霄軒翥，文陣堂堂新得隽。正少年壯氣虹蜺吐，拈彩筆，月城去。　出關相送梅千樹，雪連空，馬蹄特特，曉寒人渡。帝里春濃（後脱「渾」字）似海，

催入明光奏賦。須快展亨衢濶步，人（此字當為衍文）隨世功名真漫浪，要平生所學期無負。須記得，別時語。」（同前）

一三一　《玉樓春》：宋子京春景《玉樓春》詞：「東城漸覺風光好，皺穀波紋迎客棹。綠楊煙外曉雲輕，紅杏枝頭春意鬧。　浮生長恨歡娛少，肯愛千金輕一笑。為君持酒勸斜陽，且向花前留晚照。」（同前）

一三二　《畫堂春》：秦少游春怨《畫堂春》詞：「東風吹柳日初長，雨餘芳草斜陽。杏花零落燕泥香，睡損紅粧。　香篆暗消鸞鳳，畫屏縈遶瀟湘。暮寒輕透薄羅裳，無限思量。」（同前）

一三三　《金人捧露盤》：宋曾純甫詞：「記神京，繁華地，舊遊踪。正御溝春水溶溶。平康巷陌，繡鞍金勒躍青驄，解衣（脫『沽』字）酒醉，絃管柳綠花紅。　到如今，餘霜鬢，嗟前事，夢魂中。但寒煙滿目飛蓬。（脫『雕欄玉砌』四字）空餘三十六離宮。寒笳驚起暮天鴈，寂寞東風。」（同前）

一三四　《玉女摇僊珮》：宋柳耆卿詞略：「飛瓊伴侶，偶別珠宫，未返神僊行綴。取次梳粧，尋常言語，有得幾多姝麗。擬把名花比，恐傍人笑我，譚何容易。細思筭，奇葩艷卉，惟是深紅淺白而已。爭如這多情，占得人間，千嬌百媚。」（同前）

一三五　《思公子》：樂府歌，取《楚詞》「思公子兮徒離憂」意。（同前）

一三六　《憶王孫》：樂府名，秦少游春景《憶王孫》詞：「萋萋芳草憶王孫，柳外高樓空斷魂。杜宇聲聲不忍聞，欲黄昏，雨打梨花深閉門。」又樂有《怨王孫》、《哀王孫》曲。（同前）

一三七　鳥聲：《中朝故事》：驪山多飛鳥，名阿濫堆，唐明皇採其聲為曲。張祐詩云：「紅樹蕭蕭閣半開，玉皇曾幸此宫來。至今風俗驪山下，村笛又吹《阿濫堆》。」按《阿濫堆》，又名《阿䩭迴》，又名《鶻爛堆》。（同前）

一三八　《酹江月》：《念奴嬌》，一名《酹江月》，一名《赤壁詞》，一名《大江東去》，一名《百字金（當為令）》。馬浩瀾詞云：「東風輕軟，把緑波吹作，縠紋微皺。彩舫亭亭寬似屋，載得玉壺芳酒。勝景天開，佳朋雲集，樂繼蘭亭後。珍禽兩兩驚飛，猶自回首。學士巷口桃花，南屏松色，蘇小門前柳。冷翠柔金，紅綺幔掩，映月明山秀。閒試評量，總宜圖畫，無此丹青手。歸時侵夜，香街華月如晝。」東坡赤壁懷古亦有此詞。（同前）

一三九　《渡江雲》：周美成春景《渡江雲》詞：「晴嵐多（一作分）楚甸，暖回鴈翼，陣勢起平沙。驟驚春在眼，借問何時委曲，到山家。塗香暈色，盛粉飾，争作妍華。千萬絲，陌頭楊柳，漸漸可藏鴉。　堪嗟，清江東注，畫舸西流，指長安日下。愁宴闌、風翻旗尾，潮濺烏紗。今朝正對初弦月，傍水驛，深艤蒹葭。沉恨處，時時自剔燈花。」（同前）

一四〇　《御街行》：白樂天有《花非花》辭一首云：「花非花，霧非霧，夜半來，天明去。來如春夢不多時，去似朝雲無覓處。」宋張子野衍之為《御街行》云：「天非花艷輕非霧，夜半來，天明去。來如春夢不多時，去似朝雲無覓處。　乳雞新燕，落月沉星，紞紞城頭鼓。參差漸辨西池樹，朱閣斜欹户。緑苔深徑少人行，苔上屐痕無數。殘香餘粉，閒衾剩枕，天把多情付。」（同前）

一四一　《瑶臺第一層》：《後山詩話》：武才人出壽宫，色冠後庭，裕陵得之，會教坊獻新聲，爲詩作詞，號《瑶臺第一層》。（同前）

一四二　離鸞：《琴録》：琴曲有蔡氏五弄：《雙鳳離鸞》、《歸風送遠》、《幽蘭白雪》、《長清短清》、《長側短側》。清調：《大遊小遊》、《明君胡笳》、《廣陵散》、《白魚》、《楚妃歎》、《風入松》、《烏夜啼》、《楚明光》、《石上流泉》、《雙燕離》、《陽春弄》、《悦人弄》、《連珠弄》、《中揮清》、《暢志清》、《蟹行清》、《看客清》、《便僻清》、《婉轉清》。漢張安世年十五爲成帝侍中，善鼓琴，能爲《雙鳳離鸞》之曲。又劉道强能爲《單鵠寡凫》之弄，聽之者，悲不自勝。（同前書徵集卷十八「音樂·琴」）

一四三　《賀若》曲：《冷齋夜話》：世傳琴曲有十小調，皆隋賀若弼所製：一《不换金》，二《不换玉》，三《峽泛吟》，四《越溪吟》，五《越江吟》，六《孤猿吟》，七《清夜吟》，八《葉下聞蟬》，九《三清》，十亡其名，琴家但名《賀若》而已。宋太宗尤愛之，改《不换金》曰《楚澤涵秋》，《不换玉》曰《塞門積雪》，命詞臣探題製詞。時蘇易簡探得《越江吟》，其詞曰：「非雲非烟瑶池宴，片片碧桃，冷落黄金殿。蝦鬚半捲天香散，奏雲和孤竹，清婉入霄漢。紅顔醉態爛漫，金輿轉霓旌影亂，簫聲遠。」又東坡詩注云：《賀若》，琴操名，唐宣宗時待詔賀若所製，因人得名。故東坡《聽道士彈賀若》詩曰：「清風終日自開簾，凉月今宵肯挂簷。琴裏若能知《賀若》，詩中定合愛陶潛。」（同前）

一四四　馬上奏：漢武帝元封中，以江都王建女細君爲公主，妻烏孫王昆莫爲右夫人，念其行道思慕，使知音者馬上奏琵琶以慰之。又元帝，王昭君初適匈奴，在路愁怨，遂於馬上彈琵琶以寄恨，至今傳之，以為《昭君怨》。（同前書徵集卷十八「音樂·琵琶」）

一四五 琵琶曲：《蔡寛夫詩話》：《樂譜》：琵琶曲有《轉關六么》，其聲調閒婉。又有《護索梁州》，其音節閒繁。（同前）

一四六 自比倡優：李綱初仕隋，為太子洗馬。太子勇宴宫臣，左庶子唐令則奏琵琶，又歌《娬媚娘》曲，綱曰：「令則官居調護，自比倡優，進淫聲，惑視聽，誠使上聞之，豈不為殿下累乎？」（同前）

一四七 稱為神人：唐貞元中，康崑崙善琵琶。兩市祈雨，因鬬聲樂，崑崙登街東綵樓，彈一曲新翻羽調《绿腰》，必謂街西無敵。曲罷，西市樓上出一女郎，抱樂器云：「我亦彈此曲，兼移在楓香調中。」及下撥，聲如雷，妙絶入神，崑崙拜清（當作請）為師，女郎更衣出，乃僧善本，俗姓段。翌日，德宗召入，令教崑崙，段師曰：「請彈一調。」崑崙彈畢，段師曰：「本領何襍，兼帶邪聲。」崑崙曰：「段師，神人也。臣少學時，會鄰家女出授一品絃，後更易數師。」段曰：「且遣崑崙不近樂器十餘年，忘其本態，然後可教。」詔許之，後果盡得師之藝。又讓皇帝子漢中王瑀聞崑崙奏琵琶，曰：「琶聲多，琵聲少，是未可彈五十四絲大絃也。」注云：「《绿腰》即《録要》是也，本自樂工進曲，上令録出要者，故名。」（同前）

一四八 傳心：蘇東坡《木蘭花》詞：「琵琶絶藝，年紀都來十一二。撥弄么絃，未解將心指下傳。主人嗔小，欲向東風先醉倒。已屬君家，且更從容等待他。」（同前）

一四九 吹《阿濫》：見樂章，又賀方回長短句云：「待月上潮平波艷，塞管孤吹新阿濫。」（同前書徵集卷十九「音樂・箏」)

一五〇 《折楊柳》:杜子美《吹笛》詩:「胡騎中宵堪北走,武陵一曲想南征。故園楊柳今摇落,安得愁中却盡生。」按《折楊柳》,樂府笛曲名,晉桓伊嘗為征南將軍,撰《折楊柳》曲。(同前)

一五一 《落梅花》:李白《與史郎中飲聽黄鶴樓吹笛》詩:「一為遷客去長沙,西望長安不見家。黄鶴樓中吹玉笛,江城五月落梅花。」按《落梅花》,亦笛曲名。又李白《青溪半夜聞笛》詩:「羌笛《梅花引》,吴溪隴水清。山山秋浦月,腸斷玉關情。」(同前)

一五二 萊公甚惜:《歸田録》:燕龍圖肅有巧思,初為永興推官,知府寇萊公好舞《柘枝》,有一鼓,甚惜之,其環忽脱,公悵然。以問諸匠,皆莫知所為,燕請以環腳為鑠簧納之,則不脱矣,萊公大喜。(同前書徵集卷十九「音樂・鼓」)

一五三 十三樓:十三間樓,在杭州西湖之北岸。蘇東坡《南柯子》詞云:「山與歌眉斂,波同醉眼流。遊人都上十三樓,不羨竹西歌吹古揚州。」又汴京舊有十三樓。(同前書徵集卷二十七「宫室・樓」)

一五四 弄水:唐(當作宋)俞秀老紫芝題弄水亭《臨江仙》詞:「弄水亭前千萬景,登臨不忍空迴。水輕墨淡寫蓬萊,莫教世眼,容易洗塵埃。　收去雨昏都不見,展時不似雲開。先生高趣更多才,人人盡道,小杜却重來。」(同前書徵集卷二十八「宫室・亭」)

一五五 快哉:亭在黄州府城南,宋郡人張夢得建,可覽江山之勝。蘇軾扁名「快哉」,又作詞,末句

云：「一點浩然氣，千里快哉風。」（同前）

一五六　六客堂：在湖州郡治圃中，宋元祐中知州張詢作六客詞，序云：「昔李公擇（當作擇）為此郡，張子野、劉孝叔在焉，而楊元素、蘇子瞻、陳令舉過之，會於碧瀾堂，子野作六客詞，傳於四方。今僕守是邦，子瞻與曹子方、劉景文、蘇伯固、張秉（當作秉）道來過，與僕為六，而向之六客，獨子瞻在，故復繼前作，子野為前六客詞，子瞻為後六客詞。」（同前書徵集卷二十八「宫室・堂」）

一五七　萬柳：順天府南有萬柳堂，元廉希憲別墅也。空（當作堂）臨池，池中多蓮，繞池植柳，風景可愛，每招盧摯（當作摯）、趙孟頫等游宴，時有歌以《小聖詞》侑觴者，孟頫賦詩：「萬柳堂前數畝池，平鋪雲錦蓋漣漪。主人自有滄洲趣，游女仍歌白雪詞。手把荷花來勸酒，步隨芳草索題詩。誰知咫尺京城外，便有無窮萬里思。」（同前）

一五八　銀蒜為押：歐陽公玉臺體詩：「銀蒜鈎簾宛地垂。」蔣捷《白紵》詞：「早是東風作惡，旋安排、一雙銀蒜，鎮帷幙。」宋、元親王納妃，及公主下降，皆有銀蒜簾押幾百雙，蓋鑄銀為蒜，以押簾也。（同前書徵集卷三十七「器用・簾」）

一五九　鴛鴦：晁以鷹（當為「次膺」）《鷓鴣天》詞咏荼蘼花曰：「風不定，雨初晴，曉來苔上拾殘英。速教貯向鴛鴦枕，猶有餘香入夢清。」（同前書徵集卷三十八「器用・枕」）

一六〇　罨毱被：《孔六帖》：鄭愚《津陽門詩》：「象牀塵積罨毱被。」注云：「上在華清日，罨毱公主嘗與上晨聽按《新水調》，愛之，主起晚，遽自真珠被而出。及寇至，倉皇隨駕出宫。後不之省，及上歸南宫，一旦入此中，而當時罨靸之被，宛然塵積。」（同前書徵集卷四十六「衣服・被」）

一六一　浮蟻：《文選》：浮蟻鼎沸，言酒初開，其浮蟻如鼎之沸也。《醉落魄》詞：「琥珀香浮蟻。」（同前書徵集卷四十八「飲食・酒下」）

一六二　勝雪：宋周邦彦，字美成，其《少年遊》詞：「并刀如水，吴鹽勝雪。」李白詩：「吴鹽如花皎如雪。」（同前書羽集卷二「飲食・鹽」）

一六三　傳來仙苑：馬古洲《賀新郎》詞：「古來好物難為伴，只瓊花一種，傳來仙苑。獨許揚州作珍産，便勝了、千千萬萬。自昔聞名今見面，數歸期，屈指家山遠。歸去説，也希罕。」（同前書羽集卷五「花品・瓊花」）

一六四　玉骨雲腴：向子諲詞：「無雙亭下瓊花樹，玉骨雲腴，傾國稱姝。除却揚州是處無。天教紅藥來驂乘，桃李先驅，總作花奴。翠擁紅遮到五都。」（同前）

一六五　覺師培植：《漁隱叢話》：招隱寺玉蕊花，累經兵燬，自普覺師來主法席，頓還三百年舊觀。晉、宋以來招隱名甲京口，古松修竹，清泉幽洞，播在談詠，誇詡勝絶。邇者採伐童赭，實不副名。覺師培植，掃剔之志弗倦，加以年序，蒼翠環合，景物增邃，師與此寺此詞同永其傳。（同前書羽集卷五「花品・玉蕊花」）

一六六　瓊枝：白居易詩：「瀛女偷乘鳳下遲，洞中潛歇弄瓊枝。不緣啼鳥春饒舌，青瑣仙郎可得知。」又宋劉潛夫克莊《昭君怨》詞：「后土祠中標韻，天上人間一本。道號玉真妃，字瓊姬。我

與花曾半面，流落天涯相見。莫把玉簫吹，怕驚飛。」（同前）

一六七 姚黄魏紫：《西京褉記》：花之奇者，有姚黄魏紫，乃姚家黄牡丹、魏家紫牡丹也。又《青瑣高議》：明皇時有獻牡丹者，謂之楊家紅，乃楊勉家花也。蓋貴妃匀面，口脂在手，印於花上，詔於仙春館栽之，來年花開，上有指印紅迹，帝名為《一捻紅》。（同前書羽集卷五「花品・牡丹花」）

一六八 翠蓋牙籤：辛稼軒《鷓鴣天》詞：「翠蓋牙籤幾百株，楊家姊妹夜遊初。五花結隊香如霧，一朵傾城醉未蘇。閒小立，困相扶，夜來風雨有情無。愁紅慘緑今宵看，却似吴宫教陣圖。」（同前）

一六九 絶艷奇芳：宋晁無咎《望海潮》詞曰：「人間花老，天涯春去，揚州别是風光。紅藥五株，佳名千種，天然浩態狂香。尊貴御衣黄，未便教、西洛獨占花王。困倚東風，漢宫誰敢鬬新粧。年年高會維揚，看家誇絶艷，人詫奇芳。結蕊當屏，聯葩就幄，紅遮緑遶華堂。花面映交相，更秉蕳觀洧，幽意難忘。罷酒風亭，夢魂驚恐在仙鄉。」按《毛詩・鄭風・溱洧》注云：「蕳，蘭也。」（同前書羽集卷五「花品・芍藥花」）

一七〇 飄蘭麝：僧仲殊《金菊對芙蓉》詞：「花則一名，種分三色，嫩紅妖白嬌黄。映清秋佳景，雨霽風凉。郊墟十里飄蘭麝，瀟洒處、旖旎非常。自然風韻，開時不惹，蝶亂蜂忙。携酒獨浥蟾光，問花神何屬，離兑中央。引騒人乘興，廣賦詩章。幾多才子争攀折，嫦娥道、三種清香，狀元紅是，黄為榜眼，白探花郎。」（同前書羽集卷六「花品・桂花」）

一七一　高標：向子諲《浣溪沙》詞：「緑玉叢中紫玉條，幽花疎淡更香饒，不將紅粉污高標。空谷佳人宜作伴，貴游公子不能招，小窗相對誦《離騷》。」（同前書羽集卷六「花品・蘭花」）

一七二　塵緣邈隔：朱文公《滿江紅》詞：「臨風一笑，問羣芳、誰是真香純白。獨立無朋，算來有、姑射山頭仙客。絶艷誰憐，真心自保，邈與塵緣隔。天然殊勝，不關風露冰雪。應笑俗桃粗李無言，翻引狂蜂亂蝶。争似黄昏閑弄影，清淺一溪霜月。畫角初殘，瑶臺夢斷，直下成休歇。緑陰青子，莫教容易摧折。」（同前書羽集卷六花品・梅花）

一七三　天然香韻：王梅溪蠟梅詞：「蠟换梅姿，天然香韻初非俗。蝶馳蜂逐，蜜在花梢熟。岩壑深藏，幾載甘幽獨。因坡谷一標題目，高價掀蘭菊。」又石湖《梅譜》：蠟梅本非梅類，以其與梅同時，香又相近，色酷似蜜脾，故名蠟梅。凡三種，以子種出，不經接，花小香淡，其品最下，俗謂之狗蠅梅。經接，花疎，雖盛開，花常半含，名磬口梅，言似僧磬之口也。又有最先開，色深黄，如紫檀，花密香穠，名檀香黄，此品最佳。（同前）

一七四　雪後精神：楊誠齋詩：「梅仙曉沐銀浦水，冰膚别放瑶林春。詩人莫作雪前看，雪後精神添一半。」又朱希真《渡江雲》詞：「瓊枝小，雪天分外精神好。」（同前）

一七五　堆紅凝白：朱希真《孤鸞》詞詠早梅：「天然標格，小蕚堆紅，芳姿凝白。淡竚新粧，淺點壽陽宫額。」（同前）

一七六　似語如愁：朱希真《念奴嬌》詞咏梅花：「見梅驚笑，問經年何處，收香藏白。似語如愁，却問我，何苦紅塵久客。觀裏栽桃，壇頭種杏，到處成疎隔。且管領春回，孤標争肯接，雄蜂雌蝶。豈是無情，知受了、多少凄凉風月。寄驛人遥，和羹心在，謾使芳塵歇。東風寂寞，可人為誰攀折。」（同前）

一七七　昌齡通夢：唐王昌齡，字少伯，有梅花詩：「落落寞寞路不分，夢中唤作梨花雲。」蘇東坡咏梅《西江月》詞：「玉骨那愁瘴霧，冰肌自有仙風。海仙時遣探芳叢，倒挂緑毛么鳳。素面翻嫌粉涴，洗粧不褪唇紅。高情已逐曉雲空，不與梨花同夢。」東坡詩乃用昌齡語。（同前）

一七八　含露：晁次膺《水龍吟》詞：「嶺梅香雪飄零盡，繁杏枝頭猶未。小桃一種妖嬈，偏占春工用意。微噴丹砂，半含朝露，粉墻低倚。是誰家丫女，嬌癡怨别，空凝睇，東風裏。好是佳人半醉，近横波一枝争媚。玄都觀裏，武陵溪上，空隨流水。惆悵如紅雨，風不定，五更天氣。念當年門裏，如今陌上，洒離人淚。」（同前書羽集卷六「花品・桃花」）

一七九　照影：晏叔原《蝶戀花》詞：「妖艷秋蓮生别浦，紅臉青腰，舊識凌波女。照影弄粧嬌欲語，西風豈是繁華主。可恨良辰天不與，纔過斜陽，又值黄昏雨。朝落暮開空自許，竟無人，解心中苦。」（同前書羽集卷七「花品・荷花」）

一八〇　潘妃却酒：周美成《水龍吟》詞：「素肌應怯餘寒，艷陽占盡青蕪地。樊川照日，靈關遮路，殘紅斂避。傳火樓臺，妬花風雨，長門深閉。亞簾櫳半濕，一枝在手，偏勾引得，黄昏淚。别有風前月底，布繁英，滿園歌吹。朱鉛退盡，潘妃却酒，昭君乍起。雪浪翻空，粉裳縞夜，不成春意。恨玉容不見，瓊英謾好，與何人比。」（同前書羽集卷七「花品·梨花」）

一八一　凄凉意：前人《蝶戀花》詞咏王道輔畫梨花：「鏤雪成花檀作蕊，愛伴秋千，摇曳春風裏。翠袖年年寒食淚，為伊牽惹愁無際。　幽艷偏宜春雨細，紅粉闌干，有箇人相似。鈿合金釵誰與寄，丹青傳得凄凉意。」（同前）

一八二　炎州珍產：張于湖詞：「炎州珍產，吴人未識，天與人間獨步。」（同前書羽集卷七「花品·茉莉花」）

一八三　調冰弄雪：宋劉叔安《念奴嬌》詞：「調冰弄雪，想花神清夢，徘徊南土。一夏天香收不起，付與蕊仙無語。秀入精神，凉生肌骨，銷盡人間暑。稼軒愁絶，惜花還勝兒女。　長記歌酒闌珊，開時向晚，笑浥金莖露。月浸闌干天似水，誰伴秋娘牕户。困殢雲鬟，醉欹風帽，總是牽情處。返魂何在，玉川風味如許。」（同前）

一八四　長伴荔枝來：韓南澗《南柯子》詞：「五月炎州路，千叢撲地開。只疑標韻是江梅，不道春風庭院雪成堆。　寶髻瓊瑶綴，仙衣翡翠裁。一枝長伴荔枝來，付與玉人和笑插鸞釵。」（同前）

一八五　較似酴醿瘦：宋盧祖皐《洞僊歌》詞：「玉肌翠袖，較似酴醿瘦。幾番熏醒夜牕酒，問炎州何事，得許清凉塵不到，一段冰壺剪就。」（同前）

一八六　半含朝雨：万俟雅言《寶鼎現》詞：「見梨花初帶夜月，海棠半含朝雨。」又陳去非《海棠》詩：「海棠默默要詩催，日暮紫綿無數開。欲識此花奇絶處，明朝有雨試重來。」（同前書羽集卷七

「花品·海棠花」)

一八七　共占春風：晏元獻《訴衷情》詞：「海棠珠綴一重重，清曉近簾櫳。胭脂淡誰與勻，偏向臉邊濃。　看葉嫩，惜花紅，意無窮。如花如葉，歲歲年年，共占春風。」(同前)

一八八　燕王谷：范石湖詞：「馬蹄塵撲，春風得意笙歌逐。款門不問誰家竹，只揀紅粧高處燒銀燭。　碧雞坊裡花如屋，燕王宮下花成谷。不須悔唱關山曲，只為海棠也合來西蜀。」(同前)

一八九　秋艷：晏元獻《少年遊》詞：「霜華滿樹，蘭凋蕙慘，秋艷入芙蓉。臙脂嫩臉，黄金輕蕊，猶自怨東風。　前歡往事，當歌對酒，無限到心中。更憑朱檻憶芳容，腸斷一枝紅。」(同前書羽集卷八「花品·芙蓉花」)

一九〇　低昂烟雨裏：東坡曰：「九月十日，君猷置酒秋香亭，有拒霜獨向君猷開，坐客喜笑，以為非使君莫可當，作《定風波》詞以紀之，詞曰：『兩兩輕紅半暈腮，依依獨為使君回。若道使君無此意，何為雙花不向別人開。　但看低昂烟雨裏，勸君休訴十分盃。更問樽前狂副使，來歲花開時節與誰來。』」(同前)

一九一　殷勤霜露中：范石湖《菩薩蠻》詞：「冰明玉潤天然色，拚作西風客。不肯嫁東風，殷勤霜露中。　綠牕梳洗晚，罰飲琉璃盞。斜日上粧臺，酒紅和困來。」(同前)

一九二　玉臺金盞：馬莊父《水僊子》詞：「白玉為臺金作盞，香是江南名閬苑。年時把酒對君歡，歌不斷，杯無筭，花月當樓人意滿。　翹載一枝蟬影亂，樂事且隨人意換。西樓回首月明中，花已綻，人何遠，可惜國香天不管。」（同前書羽集卷八「花品・水僊花」）

一九三　香泛流酥：張仲宗《臨江僊》詞：「鶯喚屏山驚睡覺，嬌羞須索郎扶。茶蘼斗帳罷薰爐，翠穿珠落索，香泛玉流酥。　長記枕痕消醉色，日高猶倦粧梳。一枝春瘦想如初，夢迷芳草路，望斷素鱗書。」（同前書羽集卷八「花品・茶蘼花」）

一九四　嫩態：晏元獻《菩薩蠻》詞：「秋花最是黄花好，天然嫩態迎秋早。染得道家衣，淡粧梳洗時。　晚來清露滴，一一金杯側。插向緑雲鬢，便隨王母僊。」（同前書羽集卷八「花品・葵花」）

一九五　淡薄粧：章藝齋《南柯子》詞：「細葉黄金嫩，繁花白雪香。共誰連璧向河陽，自是不須湯餅試何郎。　婀娜璁瓏髻，輕盈淡薄粧。莫令韓壽在伊傍，便逐遊蜂驚蝶過東墻。」（同前書羽集卷九「花品・山礬花」）

一九六　飛綿：周美成《蝶戀花》詞：「蠢蠢黄金初脱後，暖日飛綿，取次粘牎牖。不見長條低拂酒，贈行應已輸先手。　鶯擲金梭飛不透，小榭危樓，處處添奇秀。何日隋堤縈馬首，路長人倦空思舊。」（同前書羽集卷九「花品・楊柳花」）

一九七　輕飛亂舞：章質夫《水龍吟》詞咏楊花：「燕忙鶯懶芳殘，正堤上、柳花飄墜。輕飛亂舞，點畫青林，全無才思。閑趁遊絲，静臨深院，日長門閉。傍珠簾散漫，垂垂欲下，依前被，風扶起。　蘭帳玉人睡覺，怪春衣、雪霑瓊綴。繡床漸滿，香毬無數，纔圓却碎。時見蜂兒，仰粘輕粉，魚吞池水。望章臺路杳，金鞍遊蕩，有盈盈淚。」（同前

一九八　清順覔詞：錢塘西湖有詩僧清順，居其下，自名藏吾(當作春)塢。門前有二古松，各有凌霄花絡其上。順嘗晝卧，蘇子瞻為郡，一日，屏騎從過之，松風搔然。順指落花覔句，子瞻為作《木蘭花》詞云：「雙龍對起，白角蒼顔烟雨裏。疎影微香，下有幽人晝夢長。湖風清軟，雙鵲飛來争噪晚。翠颭紅輕，時墜凌霄百尺英。」(同前書羽集卷九「花品·凌霄花」)

一九九　蘇臺：古詞：「咸陽原上，姑蘇臺下，腸斷緑波南浦。迢遥歸思碧連雲，解送春山盡處。」(同前書羽集卷十「草卉·草」)

二〇〇　少游卧藤：秦少游詞有「醉卧古藤陰下，杳不知南北」之句，後至藤州而卒。(同前書羽集卷十一「草卉·藤」)

二〇一　水晶丸：劉貢父詩：「錦筵火齊堆金盤，五月甘漿破齒寒。南國已隨朱夏熟，北人猶指畫圖看。煙嵐不續丹櫻獻，玉座空悲羯鼓殘。相見任誇雙蒂美，多情莫唱水晶丸。」歐陽公《浪淘沙》：「五嶺麥秋殘，荔子初丹。絳紗囊裹水晶丸，可惜天教生處遠，不近長安。往事憶開元，妃子偏憐。一從魂散馬嵬關，只有紅塵無驛使，滿眼驪山。」(同前書羽集卷十二「果品·荔枝」)

二〇二　纖手擘：東坡《减字木蘭花》詞：「閩溪珍獻，過海雲帆來似箭。玉座金盤，不貢奇葩四十年。輕紅釅白，雅稱佳人纖手擘。骨細肌香，恰似當年十八娘。」(同前)

二〇三　笑臉看：古《滿庭芳》詞：「年年輸帝里歡呼，内監粧點金盤。曾得真妃，笑臉頻看。」(同前)

二〇四　裹酥：張仲殊詞：「味過華林芳蔕，色兼陽井沉朱。輕勻絳蠟裹團酥，不比人間甘露。神鼎十分火棗，龍盤三寸紅珠。清含冰蜜洗雲腴，只恐身輕飛去。」（同前書羽集卷十五「果品·柿子」）

二〇五　媚眼：宋周美成、賀方回詞：「愛日輕明新雪後，媚眼星星，漸欲穿窓牖。不待長條傾別酒，一枝已入離人手。淺淺柔黄輕臘透，過盡冰霜，便與春争秀。强對青銅簪白首，老來風味難依舊。」（同前書羽集卷十八「樹木·柳」）

二〇六　試鈴：宋張子野《滿江紅》詞：「晴鴿試鈴風力軟，雛鶯弄舌春寒薄。」（同前書羽集卷二十二「羽蟲·鴿」）

二〇七　唐皇四百：唐明皇教舞馬四百蹄，分左右部，俱有名稱，曰某家驕，其曲曰《傾盃樂》。馬皆衣以錦繡，絡以金鐸，每作樂，奮首鼓尾，縱横應節。禄山取數十疋歸范陽，後為田承嗣所得，不知其伎也。一日大饗，樂作，馬聞樂而舞，廐人以為妖，擊之而斃。（同前書羽集卷二十八「羽蟲·馬」）

二〇八　遨步：古詞：「遨步蘭皐。」（同前書羽集卷四十「補遺·人事」）

二〇九　披情：古詞：「過巖石而披情。」（同前）

二一〇　三臺：《資暇録》：鄴中有三臺，石崇遊宴之地，置樂工以促飲。（同前書羽集卷四十二「補遺·宫室」）

二一一　鬧掃妝：鬧掃妝，唐末宫人髻名，亦猶盤鴉墮馬之類是也。唐詩：「還梳鬧掃學宫妝，獨立閑庭納夜凉。手把玉釵敲翠竹，清歌一曲月如霜。」又京師有鬧裝帶，白樂天詩：「貴主冠浮動，親王帶鬧裝。」薛田詩：「九包綰就佳人髻，三鬧妝成子弟鞓。」故詞曲有「角帶鬧黄鞓」之句，今有作傲黄鞓者，誤矣。（同前書羽集卷四十三「補遺·服飾」）

二一二 山茵：唐人詞：「薛引山茵，荷拍水蓋。」（同前書羽集卷四十四「補遺·花木」）

吕天成詞話

吕天成(一五八〇—一六一八),字勤之,號棘津,别署郁藍生,竹癡居士,浙江余姚人。出生於官宦世家,為沈璟的弟子,與葉憲祖、卜世臣、王驥德等交遊甚厚。所著有《曲品》,有萬曆癸丑自序,全書共收録明代天啟以前的傳奇和散曲作家一百五十餘人、作品名目一百九十多種。嘉靖前的作者作品分為神、妙、能、具四品,其後的作者作品分為上、中、下三品,每品又分上、中、下三等,並對重要作家作品加以簡單的評述。此據《續修四庫全書》影印清乾隆五十六年楊志鴻抄本録詞話一則。

一　博觀傳奇,近時為盛。大江左右,騷雅沸騰,吴浙之間,風流掩映。第當行之手不多遇,本色之義未講明。當行兼論作法，本色只指填詞。當行不在組織餖飣學問，此中自有關節局段，一毫增損不得，若組織正以蠹當行；本色不在摹剿家常語言，此中別有機神情趣，一毫粧點不來，若摹剿正以蝕本色。今人不能融會此旨，傳奇之派，遂判而為二：一則工藻繢以擬當行，一則襲樸淡以充本色。甲鄙乙為寡文，此嗤彼為喪質。而不知果屬當行，則句調必多本色矣；果具本色，則境態必是當行矣。今之竊其似而相敵也，而吾則兩收之。即不當行，其華可擷；即不本色，其質可風。進而有宮調之學，類以相從，聲中緩急之節；紛以錯出，詞多礙戾之音。難欺師曠之聰，莫招公瑾之顧。按譜取給，故自無難；逐套註明，方為有緒。又進而有音韻平仄之學，句必一韻而始叶，聲必迭置而後諧。響落梁塵，歌翻扇底。昧者不少，解者漸多。又進而有八聲陰陽之學，吹以天籟，協乎元聲。律呂所以相宣，神人用以允翕。抑揚高下，發調俱圓；清濁宮商，辨音最眇。此韻學之缺典，曲部之秘傳。柳城啟其端，方諸闡其教。必究斯義，厥道乃精，考之今人，褒如充耳。《廣陵散》已落人間，《霓裳曲》重翻天上。後有作者，不易吾言矣。嗟乎！才豪如雨，持論不得太可（當作苛）；佳曲如林，掄收何忍過隘。僭分九等，開列左方。入吾品者，可詡流傳；軼吾品者，自慚腐穢。作新傳奇品。

（《曲品》卷上）

孫雲翼詞話

李劉（一一七五—一二四五），字公甫，號梅亭，宋崇仁（今屬江西）人。著有《梅亭類藁》、《梅亭四六》等，今存《四六標準》，為其門人所編，明孫雲翼箋釋。雲翼，字禹儉，丹陽（今江蘇）人。萬曆辛卯鄉舉，知彝陵州。文工齊梁體，有《清暢齋駢語》、《鰲陽漫藁》、《橘山四六註》、《梅亭四六註》行世。此據影印文淵閣《四庫全書》本《梅亭四六註》録詞話一則。

一 《謝丁制置黼惠詞》：《宋史·忠義傳》：丁黼，成都制置使也，嘉熙三年北兵自新井入，詐豎宋將李顯忠之旗，直趨成都，黼以為潰卒，以旗榜招之，既知其非，引兵夜出，兵散，力戰死之。北兵未至，黼自誓死守，至是從黼者唯幕客楊大異及所信任者數人。大異死而復蘇。黼帥蜀，為政寬大，蜀人思之。事平，賜額立廟。轉粟青天之上，牋詞來謝於青天；杜詩：轉粟上青天。樂廣傳：若披雲霧而覩青天。射蓬白雪之邊，度曲敢當於白雪？《禮記》：男子生，桑弧蓬矢以射天地四方。白雪即雪山，杜詩：西山白雪三城戍。《野客叢書》云：《漢書》：自度曲。如瓚注：謂歌終，更授其次，引張衡賦「度曲未終」之語為證，《西京賦》復引《漢書》為證，正如瓚之失，是不深攷耳。二音各有意義，元帝度曲，乃隱度之度，音鐸，如應劭所注，師古所音是也。《西京賦》乃度次之度，音杜，豈《漢書》之意哉？注但見《漢書》有此二字，故引為證，而不知其意自別。《文苑》宋玉《笛賦》：度曲羊腸。此語却可以為證，又在《漢書》之先。今人詞中用此二字，類祖《漢書》，非也。《漢書·元帝紀》贊：自度曲，被歌聲。師古曰：度，大各反。應劭曰：自隱度作新曲，因持新曲，以為歌詩，聲也。荀悦曰：被聲，能播樂也。張衡《西京賦》：度曲未終，雲起雪飛。田藝蘅云：歌終，更授，其次曰度曲，即今之遞曲也。吕誏曰：曲之節度，非也。沈約《傷美人賦》：信美顔如玉，咀清哇而度曲。杜詩：翠眉縈度曲。山谷詩：松風自度曲，我琴不須彈。又：時時能度曲，秀句入新腔。杜氏《通典》雜歌：曲有《白雪》，周曲也，平調、清調、瑟調，皆周房中之遺聲也，漢代謂之三調。按張華《博物志》云：《白雪》，是天帝使素女鼓五絃琴曲名，以其調高，人和遂寡，自宋玉以來迄於今祀，未有能歌《白雪》者。有美朝中之措，《朝中措》，小令名，宋有時相本寒生，及登臺位，常以措大自負。生日，都下有一妓易歐陽公《朝中措》數字為壽，曰：「平山欄檻倚晴空，山色有無中。手種庭前桃李，別來幾度春風？文章宰相，揮毫萬字，一飲千鍾。行樂不須年少，目前看仙翁。」時相憐其善改易，又愛《朝中措》之名，厚賞之。取見貽方外之游。《莊子》：彼游方之外者也，而丘，游方之內者也。恭惟某官：遼鶴高標，《續搜神記》：遼東城門有華表柱，忽有一鶴集，徘徊空中，言曰：「有鳥有鳥丁令威，去家千載今來歸。城郭如古人民非，何不學仙去，空伴冢纍纍。」遂上冲天。庖牛餘刃，《莊子》：庖丁為惠文君解牛。注：庖人，丁其名也。又：恢恢乎其於游刃，必有餘地矣。春風楊柳之句，宜拍紅牙。歐陽文忠公守維揚日，於大明寺側建平山堂，頗得游觀之勝。劉原父出守揚州，文忠公作《朝中措》以餞之，其詞有云：「手種堂前楊柳，別來幾度春風。」後東坡亦守是邦，登平山堂有感，賦《西江月》云：「欲弔文章太守，仍歌楊柳春風。」此因丁帥贈《朝中措》詞，故云「春風楊柳」之句，蓋以歐、蘇美之也。紅牙謂拍板，又東坡在玉堂，有幕士善謳，因問：我詞比柳詞何如？對曰：柳郎中詞，只好十七八女孩兒，執紅牙拍板唱「楊柳外，曉風殘月」，學士詞，須關西大漢執鐵板唱「大江東去」，公為之絶倒。夜月梧桐之篇，何關白髮？某既聞耳矣，《食貨志》：既聞耳矣，如淳曰：聞于天子之耳。又寓目焉。《左傳》：得臣與寓目焉。適有高峰緣雲之行，高峰緣雲，言登丈人峰也。少陵《丈人山》詩：丈人祠西佳氣濃，緣雲擬住最高峰。《魯靈光殿賦》：飛陛揭孽，緣雲上征。別圖公堂披霧之謝。樂廣傳：此人之水鏡，見之瑩然，若披雲霧而睹青天也。梁元帝詩：還思逢樂廣，能令雲霧褰。駱賓王詩：情披樂廣天。杜詩：天宇清霜净，公堂宿霧披。（《四六標準》卷十四）

唐文獻詞話

唐文獻，字元徵，號抑所，華亭（今上海）人。萬曆丙戌廷試第一，授修撰，為東宮講官。歷禮部侍郎，掌翰林院，卒謚文恪。著有《占星堂集》，一名《唐文恪公文集》。此據《四庫全書存目叢書》影印明楊鶴、崔爾進刻本《唐文恪公文集》録詞話一則。

一

《題花映彤綸詩册序》：自昔歌頌之作，厥旨殷繁。夫惟懷賢慕義，本乎人情；戀别傷離，流諸天籟。俾當官者以為口碑，考言者信若惇史，斯足述已，良有取焉。今天子嘉與海内循良，式隆上理，璽書就徵，山川動色。我華邑侯項公實參訬選，啣鳳之詔自天，歌驪之行有日。於是玄齠黄髮、田畯紅女，莫不目極惜恂，情深餞寵，距轍如雲，攀車若市，不佞嚮之，所述備矣。其若縉紳章縫，則亦不勝好爵之縻，思效輿人之頌，撰德選詞，纍十成百。我友陸孝廉君策嘗以文章道誼受公異知，裒而獻之，以當《陽關三疊》。美哉！洋洋乎！非甚盛德疇能當此者乎？夫華稱奧區，今為瘠土，以方輪錯出之鄉，當水火頻仍之後，二東有空杼之悲，中谷有仳離之感，其來久矣。維侯夙秉慈惠，兼擅神明。下車敷化，雷動飈舉，五雞三彘，既勤恤之。有方問羊知馬，亦鈎距之，兼設菹止以來，治文無害。郵絶夜行之卒，鄉無不藝之征。信彼豚魚，懷及雛雉。締觀三年之内，陌上成陰，百里之間，桑中可詠。所謂留歌暮來去謡，曙鼓以侯當之，曾無恧焉。而又勤思民瘼，務盡下情，達稱三老，猥及一命，莫不遷之。幸舍假以霽顔，當其卧閣晝閒，棼絲就理。樞衣講業，既盡任棠拔薤之情；躧履徒寘，亦弘郭伋待期之信。雖城府不設，洛陽之止水不貯中庭；然明信自孚，關西之貽金自絶暮夜。用能使群言湊進，弘議畢升，以至譽表六條，功最千里，雖其淵嶽之資，自成峻遠，亦由塵露之微助其高深者耶？夫以侯之穆然，大雅所謂鳴琴亦治，戴星亦治，彼烏用榜門屏以謝賓客，虛典謁以遠苞苴。容人未優，師心則拙。徒知松栢之蔭宜取孤清，而未覩蘭蕙之芬因風愈遠，以此方侯，又何翅龍與蜓歟？侯兹行矣，藉令五袴無謡，兩岐無頌，猶當以悶悶之政受知明明之主，又況其流名雅頌著美聲詩，亦如甘棠遺弗剪之歌，隰桑哲孔膠之詠，仰佴往哲，掩美來兹，有如孝廉所録，不亦盛乎？比者狼胥烽熾，鯨海波揚，方天子側席之秋，乃志士叩墀之日。上幸召見侯，將以侯獻替帷扆，掌握喉脣，玉階方寸敷奏云：何旒黈以前，陳詩可已。某不佞，幸托部民之末，霑沃河潤之餘。職司簪筆，敢弁首簡，匪云希聲莞奏，亦欲嗣響蛩吟者乎？（《唐文恪公文集》卷三）

王寅詞話

王寅，字仲芳，一字亮卿，歙縣（今安徽）人。少為高才生，棄去遠遊，俶儻自負。工詩習禪，嘗北走大梁，問詩於李夢陽；中年習禪，事古峰和尚，古峰曰：「吾徧遊海內五嶽，今將偏歷海外五嶽而後出世。」寅聞其語而悦之，因自號十嶽山人。喜談兵，以布衣入胡宗憲幕，多所匡正，不能盡用。著有《十嶽山人集》、《王仲房集》等。今存《十嶽山人詩集》四卷、《王十嶽樂府》一卷，後者有萬曆乙酉自序。此據《四庫全書存目叢書》影印明萬曆間程開泰等刻本《王十嶽樂府》録自序一文。

一

《樂府小序》：予客生大江之北，年弱冠而好説劍。迺遍遊中原，聞縉紳先生有以樂府名家者，無不訪而問焉。若韻書，若譜格，八百三十二名家，一千七百五十餘雜劇，皆得領其大略矣。後還鄣鄉，圖以明經干禄，而置之，若未前聞。及壯無成，遂愧為儒，棄去之時，於隱園獨居之暇，隨境感事，漫一編揑，惟存此册，散失者多。兒輩以予老而請梓之，噫！樂府由於三百篇極其變，無容言矣。制作雖始於金、元，比興實承於豐鎬。分有南北，合統中原，才本性真，氣從疆土方言，亦為跌宕，詞情自别。風神樂府之擬，孰謂易於擬耶？江左從來亦有二三作者足稱，庶幾矣。近浸多見，惜哉！務頭未暇，尚昧三聲，他何足論。予此册之梓，用傳中原名家，以希教益耳，豈敢自信於按拍，而未審其能盡協律得被之鵾絃否也？萬曆乙酉年六月朔，十嶽山人王寅。

文翔鳳詞話

文翔鳳，字天瑞，號太青，三水（今陝西）人。萬曆庚戌進士，天啓時任僉事，官至太僕寺少卿。所著有《文太青先生文集》、《太微經》。此據《四庫全書存目叢書》影印鈔本《文太青先生文集》録詞話一則。又據《四庫禁燬書叢刊》影印清順治十七年熊人霖刻本《文直行書》録序文一則。

一

《徐司理中秋宴啓》：伏以臯陶淑問，獻泮水以樂思；召伯巡行，化汝旁而先被。適仰見月行九道，秋深值團玉之宵；況平分天運四時，金壯應明刑之署。恭惟執事：入洛價增，卜瀍功濟。金掌光畀卿士，謫仙之行已圓；玉京劍桂南宮，朝會之程將滿。觀濤江曲，共携八月諸侯；遡水伊人，不阻一方宛在。腈地即天中之隩，佇盼見廣寒八萬三千户，向練溪流映圓暉，居然持斧吴剛；佳期臨聖祝之期，舉觴望天子八十一萬年，並嵩嶽偕呼多壽，終是愛君蘇軾。某借《霓裳》之新譜，淹留請醉嫦娥；繫鵲鏡於神州，搗盡初收杵臼。濠洲襟帶，宜垂白兔之宫；桂窟香風，許獻玄霜之粒。

二

（《文太青先生文集》）

《緑雪樓集叙》：自予挾其道以游燕，則見新聲繁作，有欲吭獻吉代之者。濟南王生獨定慶陽之位，又十年，挾其道以游吴，則新聲益烟熾不可撲。遏古道之寄者，蠡斷矣。獻吉一輩人庚獲罪於後生，若以善詬為品，獨熊良孺先生笥弘德之集，比於商齊所志且尚，予以慶陽之再蜕，亟與語，欲偕拯一世之溺，曰：「微子莫克還宫聲之舊。」其所持論以宫聲準五帝三代之遺音，云漢盛於宫而衰於商，六朝純羽，唐之李、杜、韓，宫之再盛也。宋不復宫，迄元而純羽。獨以獻吉諸君子為宫之元，云一代之氣運蓋繫是，熊子殆可與論禮樂以達於政者耶！夫雅頌得所而樂正作禮樂，聖人之所嫌。史稱三百五篇孔子皆絃歌之，樂蓋寓之詩。援《詩》以正樂，援《春秋》以正禮，故經六而削垂之者四，非果有兩經之亡以待補者，詩亡而樂亡，樂亡而世益莫知詩。予非能審音者也，即唐人之樂府已不可施之管絃，如漢初之郊祀房中，予又安能命宫總四於千載無詩之後，以徵清商、清角之悲，辨宫聲之返不返耶？然尚能審其氣，文章有生氣，有半生半死之氣，今新聲之纖碎輕繫，而愴以淫者，調即差池，不可槩然，皆半生半死之氣。其枯寂而摔落，若近於澹者，衰世之音也，聽之拼人凄斷；其綺靡而滑蕩，若近於致者，亂世之音也，聽之拼人散嫚。以詞為詩，故詩絶於氣脆。以詩為文，故文絶於氣俳。又試按所揚詡之文，聊推一通，謔浪以嬉，則輒予之態；裝括以蕪，則輒予之搆；雕摹以僵，則輒予之體。其於裂氣，旬也。（節録自《文直行書》）

凌濛初詞話

凌濛初（一五八〇？——一六四四），字玄房，號初成、稚成，别號即空觀主人，烏程（今浙江湖州）人。萬曆時補廪膳生，崇禎七年任上海丞，擢徐州通判，卒於任。編著有《聖門傳詩嫡冢》、《言詩翼》、《詩逆》、《合評選詩》、《陶韋合集》、《初刻拍案驚奇》、《二刻拍案驚奇》、《南音三籟》等。此據《續修四庫全書》影印明刊本《南音三籟》「譚曲雜劄」録詞話一則。

一

元曲源流，古樂府之體，故方言常語，沓而成章，着不得一毫故實。即有用者，亦其本色事，如藍橋、祆廟、陽臺、巫山之類，以拗出之，為警俊之句，决不直用詩詞中他典故填實者也。一變而為詩餘、集句，非當行矣，而未可厭也。再變而為詩學大成，羣書摘錦，可厭矣，而未村煞也。忽又變而文詞、説唱、胡謅、蓮花落，村婦惡聲，俗夫褻譫，無一不備矣。今之時行曲求一語如唱本《山坡羊》、《刮地風》、《打棗竿》吴歌等中一妙句，所必無也。故以藻繢為曲，譬如以排律諸聯入《陌上桑》、《董妖嬈》樂府諸題下，多見其不類。以鄙俚為曲，譬如以三家村學究口號歪詩擬《康衢》、《擊壤》，謂自我作祖，出口成章，豈不可笑？而乃攘臂自命，日新不巳，直是有靦面目。

徐應秋詞話

徐應秋，字君義，自稱鄉嬛外史，西安（今浙江衢州）人。萬曆丙辰進士，釋褐，兩令劇邑，皆有惠政。官福建左布政使，為魏忠賢所銜，削奪歸里。無他嗜好，喜讀未見之書，充棟之藏，漁獵殆盡，手為丹黄，户外事泊如。著書甚富，所著有《玉芝堂談薈》、《雪艇塵餘》、《古文藻海》、《古文奇艷》、《駢字憑霄》等。《玉芝堂談薈》三十六卷，為考證之學，嗜博愛奇，其例立一標題為綱，備引諸書以證之，大抵採自小説雜記者居多。此據廣陵古籍刻印社影印《筆記小説大觀》本録詞話三十七則。

一

自奉之侈：史稱窮奢極欲者，范蠡相越，日致千金，家僮閑算術者萬人，收四海難得之貨，積如山阜，或藏之井塹，謂之寶井。奇容麗色，溢於閨房，謂之遊宫。糜竺用陶朱之術，貲擬王侯，有寶庫千間，大珠如卵，散滿於庭，謂之寶庭。……王黼居相位，當全盛時，最極富貴，於室置一榻，以金玉為屏，翠綺為帳，圍以小榻，擇美姬處之，名曰擁帳。平原郡王家翠堂七楹，全以石青為飾，為諸姬教習聲伎之所，一時伶官樂師皆梨園國工，吹彈舞拍，各有總之者，只笙一部，已是二十餘人。張鎡宴客牡丹會，既集坐一虚堂，寂無所有，俄問左右云：「香發未？」答云：「已發。」命卷簾，則異香自内出，郁然滿坐。羣伎以酒殽絲竹次第而至，别有名伎數十，首戴牡丹，衣領皆繡如其色，歌昔人所作牡丹詞，進酌而退，前後花與伎凡十易，杯器皆如其色。酒竟，歌者舞者數百人，列行送客，燭光香霧，歌吹雜作，恍然若仙遊。（節録自《玉芝堂談薈》卷三）

二　同姓事相類：湘東王有《同姓名録》，其書今不存，羅泌謂古今姓名同者，劉弘、王褒俱十有二，張良有九，張敞、王吉俱十有八。胡元瑞《筆叢》、陳心叔名疑、《琅邪代醉》、《天中記》俱有考，不暇縷舉，姑摘其灼灼者：……李將姬柳氏，名章臺柳，所謂「縱使長條似舊垂，也應攀折他人手」者。而蜀妓柳氏，所謂「從今喚作陽臺柳，舞盡春風萬萬條」，亦名陽臺柳。韓退之侍兒名柳枝，所謂「别來楊柳街頭樹，擺亂春風只好飛」者。而白樂天侍兒亦名柳枝，所謂「兩枝楊柳小樓中，嫋嫋多年伴醉翁」。李義山屬情洛中婦，能吹葉嚼蕊，調歌擫管，為天海風濤之曲，亦名柳枝。楊廉夫侍兒亦名柳枝。（節録自同前書卷六）

三　御溝題葉：御溝題葉事凡六見：天寶末，宫娥衰悴，不願備宫掖，有落葉題詩，隨御水流，云：

「舊寵悲秋扇，新恩寄早春。聊題一片葉，寄與接流人。」著作郎顧况得而和之，置溝上流，云：「愁見鶯啼柳絮飛，上陽宫女斷腸時。君恩不禁東流水，葉上題詩寄阿誰。」又《本事詩》載梧葉題詩曰：「一入深宫裏，年年不見春。聊題一片葉，寄與有情人。」况得之明日，於上流亦題一葉云云，後十餘日，有人來苑中尋春，又得一葉，題云：「一葉題詩出禁城，詩人酬和獨含情。自嗟不及中流葉，蕩漾乘春取次行。」《青瑣高議》：僖宗時，于祐於御溝中拾一葉，上有詩曰：「流水何太急，深宫盡日閒。殷勤寄紅葉，好去到人間。」祐亦題詩於葉，置溝上流，宫人韓夫人拾之。後祐託韓詠門館，值帝放宫女三千人，詠以韓氏嫁祐，成禮之夕，各於笥中取紅葉相視，乃曰：「事豈偶然？」詠開宴慶之，曰：「二人可謝媒矣。」韓氏作詩云：「一聯佳句隨流水，十載幽思滿素懷。今日却成鸞鳳侣，方知紅葉是良媒。」《雲溪友議》：宣宗朝，有題紅葉隨流者，盧渥舍人應舉，偶得之，藏於巾笥，及宣宗有旨，許宫人從人，盧所獲人覩紅葉，吁嗟久之，曰：「當時偶題，不謂君得之也。」陸務觀《侍兒小名録》：貞元中進士賈全虚黜於春官，臨御溝得葉，悲想其人，涕泗交集，不能離溝上，街吏頗疑其事。金吾奏其實，德宗亦為感動，令中人細詢之，乃翠筠宫奉恩院王才人養女鳳兒也，德宗召全虚，授金吾衛兵曹，以鳳兒賜之，并其院資皆畀焉。《北夢瑣言》：襄陽進士李茵得御溝紅葉，茵收貯書囊。後僖宗幸蜀，茵奔竄民家，見一宫娥，自云：「宫中侍書，號雲芳子。」茵與之款接，見紅葉，歎曰：「此妾所題也。」同行詣蜀，因具述宫中之事。及綿州逢内官，逼令上馬而去。其夜復至，曰：「妾已重賂中官，求得從君矣。」後數年，李茵病瘠，道士言其面有邪氣，雲芳子自陳綿州相遇，實已自經而死，感君相厚，故相從耳。又《玉溪編事》：侯繼圖尚書微時，曾秋日於大慈寺倚欄，忽秋風四起，有桐葉飄墜，上有詩云：「拭翠斂雙蛾，為鬱心中事。搦管下庭除，書作相思字。此字不書紙，書向秋葉上，願逐秋風起。天下有心人，書解相思死。」侯貯箱中。五六年，與任氏為婚，任見之曰：「此妾所作也。」京師宦子張生因元宵遊乾明寺，拾得紅綃帕，裹一香囊，有細書絕句三首云：「囊裹真香誰見竊，鮫綃滴淚染成紅。殷勤遺下輕綃意，留與情郎懷袖中。金珠富貴吾家事，常渴佳期今寂寥。偶用志誠求雅合，良媒未必勝紅綃。」詩尾書曰：「有情者若得此，欲與妾一面，請來年燈節，於相藍後門車前有雙鴛鴦燈者是也。」生歎賞久之。如期往候，果見雕輪綉轂掛鴛鴦燈一盞，乃誦詩於車後，氏遂令尼約生，次日與之歡合，生問之，女口占一詩云：「門前畫戟尋常設，堂上犀簪取次看。最是惱人情緒處，鳳凰樓上月華寒。」吟畢，告曰：「妾乃節度使李公侍妾，李公老邁，悞妾芳年。」遂與侍婢彩雲隨生逃，隱姑蘇，偕老焉。《金鑾密記》：翰林有龍口渠，通内苑，大雨之後，必飄諸花蕊，經谿而出，有百種香色，名不可盡，春月尤妙。宋子京過御街，遇内家車子，有褰簾者曰：「小宋也。」子京遂作詞曰：「寶轀雕輪狹路逢，一聲腸斷繡幃中。身無彩鳳雙飛翼，心有靈犀一點通。金作屋，玉為櫳，車如流水馬如龍。劉郎已恨蓬山遠，更隔遠(當作蓬)山幾萬重。」其詞達禁中，仁宗知之，問内人第幾車子，何人呼小宋，有内人自陳，上召子京，從容語及，笑曰：「蓬山不遠。」以内人賜之。《本事詩》：開元中，頒邊軍纊衣製於宮中，有兵士於袍中得詩曰：「沙場征戍客，寒苦若為眠。戰袍經手作，知落阿誰邊。蓄意多添線，含情更著綿。今生已過也，結取後身緣。」兵士以詩白於帥，帥進之，玄宗命以詩遍示六宫，有宫人自言萬死，玄宗深憫之，遂以嫁得詩人，曰：「我與汝結今生緣也。」邊人皆感泣。（同前）

四 《霓裳》奏樂圖：王維書畫特臻其妙，有得奏樂圖者，不知其名，維視之曰：「《霓裳》第七疊第一拍也，《霓裳》曲凡十三疊，前六疊無拍，至第七疊始有拍而舞作。」好事者集樂工按之，一無差誤，咸服其精。《國史補》則云：維嘗至招國坊庾敬休宅，見屋壁畫有奏樂圖，維熟視而笑，或問其故，維曰：「此《霓裳羽衣曲》第三疊第一拍。」好事者集樂工驗之，用指無差者。按凡畫奏樂，止能畫一聲，不過金石管絃同用一字耳，何曲無此聲？豈獨《霓裳》第三疊第一拍也？或疑舞節及佗舉動拍法中别有奇聲可驗，此亦未然。《霓裳》曲凡十三疊，前六疊無拍，至第七疊，方謂之疊遍，自此始有拍而舞作。故樂天詩：「中序擘騞初入拍。」中序，即第九疊也，第三疊安得有拍？或説常有人觀畫彈琴圖，曰：「此彈《廣陵散》也。」此或可信，《廣陵散》中有數聲他曲所無，如□（當作撥）擺聲之類是也。（同前書卷七）

五 賞等身金：《舊唐書》：郝玭鎮臨經，勇敢無敵，聲振虜廷。普贊下令國人曰：「有生得郝玭者，賞之以等身金。」楊用修曰：「宋賈黄中幼日聰悟過人，父取書與其身相等，令誦之，謂之等身書。」張子野《歸朝歡》詞云：「聲轉轆轤聞露井，曉汲銀瓶牽素綆。西園人語夜來風，叢英飄墜紅成逕。寶猊煙未冷，蓮臺香蠟殘痕凝。等身金，誰能買此好光景。」不觀賈黄中傳，知等身金為何語乎？按用修以等身書為等身金出處，似未見《舊唐書》也。（同前）

六 海棠睡未足：古人多以花比美人，《楊妃外傳》載明皇登沉香亭，召太真，時太真卯酒醉未醒，侍兒扶而至，明皇曰：「豈是妃子醉耶？海棠睡未足耳。」東坡《海棠》詩：「只恐夜深花睡去，故燒高燭照紅粧。」正用此事，張宏（當作弘）範詠海棠：「醉臉勻紅，向人無語誇顏色。一枝香雪，猶染嵬坡血。庭院黄昏，燕子來時節。芳心含露垂香頰，羞對開元月。」又以楊妃詠海棠矣。又《花間集》有「一枝嬌卧醉芙蓉」之語，本《拾遺記》。寶歷二年，浙東貢舞女飛燕、輕鳳，藏之金屋寶帳，宫中為之語曰：「寶帳香重重，一雙紅芙蓉。」李賀詩：「西施曉夢綃帳寒，香鬟墮髻半沉檀。轆轤咿啞轉鳴玉，驚起芙蓉睡新足。」《天寶遺事》：太液池有千葉白蓮盛開，與貴戚宴賞，左右皆嘆羡之。帝指貴妃，示左右曰：「争如我解語花。」袁寶兒每夜採水仙花一斛，覆裙襦其上，詰朝，服以見帝，帝謂肉身水仙。（同前）

七 文人寵遇：王元美曰：自古文章，於人主未必遇，遇者，正不必佳。獨司馬相如於漢武帝奏《子虚賦》，不意其今人，嘆曰：「朕獨不得與此人同時哉！」奏《大人賦》，大悦，飄飄有凌雲之氣。既死，索其遺稿，得《封禪書》，見而異之，此是千古君臣相遇，令傅粉大家讀之，且不能句矣。漢、魏以來，文人寵遇，冠絶一時者，李白天寶中徵就金馬，降輦步迎，如見綺、皓，以七寶牀賜食，御手調羹以賜之。開元中，木芍藥植於興慶池東沉香亭前，會花方繁開，上乘炤花白，妃以步輦從。詔選梨園子弟中尤者，得十六色，帝曰：「賞名花，對妃子，焉用舊樂詞為？」即命李龜年持金花箋宣翰林學士李白立進《清平調》樂詞三篇，上命梨園子弟約詞調撫絲竹，妃子持玻璃七寶杯，酌涼州蒲桃酒，領歌，意能書字，帝勅宮嬪十人侍白左右，執牙筆呵之，取而書詔。又嘗召入賦宮體詩，下筆醉甚，上令宮人張朱絲闌之。王岐公在翰苑時，中秋有月，上問當直學士為誰，左右以姓名對。命小殿對設二位，召來賜酒，公至殿側侍班，俄頃，女童小樂引步輦至，宣學士就坐，公奏無君臣對坐之禮，上聞云：「天下無事，月色清美，與醉聲色，何如與學士論文？正欲略去苛禮，放懷飲酒。」公乃再拜就座，夜漏下三鼓，上悦甚，令左右宮嬪各取領巾裙帶或團扇手帕求詩，内侍舉牙床，以金相（一作鑲）水晶硯、珊瑚筆架、玉管筆，皆上所用者，於公前，來者應之，上云：「豈可虚辱，須與學士潤筆。」遂各取頭上珠花一朵，裝公幞頭，簪不盡者，置公服袖中。宴罷，月將西沉，上命輟金蓮燭，令内侍扶掖歸院。翌日，都下盛傳天子請客。《錢氏私誌》：徽皇聞米元章有字學，一日，於瑶林殿張絹圖，方廣數丈許，設瑪瑙硯、李廷珪墨、牙管筆、金硯匣、玉鎮紙、水滴，召米書之，上出簾觀看，令梁守道相伴，賜酒果。乃反繫袍袖，跳躍便捷，落筆如雲，龍蛇飛動。聞上在簾外，回顧抗聲曰：「奇絶陛下。」上大喜，盡以硯匣鎮紙之屬賜之。丁晉公鎮金陵，陛辭，真宗出周昉《卧雪圖》曰：「付卿，到金陵，可選一絶勝處張之。」丁遂張於賞心亭。宋高宗聞吴益遊冷泉，野服濯足，以小詩召之云：「趁此一軒風月好，橘香酒熟待君來。」及至曰：「昨冷泉之遊樂乎？朕宫中亦有此境。」既至九疊石，引泉象飛來峰者，而冷泉中揭畫一幅，乃圖吴野服濯足，且御製一詩其上，因以賜之。諸公遭際寵遇可謂希有。他如張華進《博物志》，賜以于闐青鐵硯、遼西麟角筆、南越側理紙，曾覿進《壺中天》詞，賜水晶盌、金束帶、紫番羅。柳公權以隔風紗作《龍城記》、《八朝名品録》，賜剪刀麫、月兒羹。張裴裳以「異林花共色，別樹鳥同聲」獲蛟龍錦，武平一以「飛埃結紅霧，遊蓋飄青雲」獨插御花，姚鉉以「花枝冷濺昭陽雨，釣線斜牽太液風」被寵，張蠙以「檣頭細雨垂纖草，水面回風聚落花」見知。玉柄塵（當作麈）尾親授張譏，辟暑名犀宣賜李訓，杜黄裳，眷禮優崇，例外錫九龍之燭。張曲江風生論辯，光華升七寶之床。裴晉公在中書，得頒換骨之醪。白香山居禁近，曾賜防風之粥。俱用文翰詞華，承人主賞識優異，亦儒者之極榮也。至於隋煬恨燕泥於道衡，梁武詘徵事於孝標，孟浩然以詩名，明皇遇於王維館中，誦詩，乃以「不才明主棄」之語見擯終身，李泌薦薛勝知制誥，進其《據河賦》，以「天子玉齒」對「金錢熒煌」，德宗不説，數薦皆不從，孟貫見周世宗，甚禮敬之，及誦所作，以「有巢無主」，不蒙録用。有才無命，千古所同慨矣。（同前）

八 女子能文知兵：女子能文者：女侍中，則魏元乂妻胡氏、齊高岳母山氏、趙彦深母傅氏及南漢盧瓊仙。女學士，則孔貴嬪、袁大捨等，唐德宗朝貝州宋氏五女若莘、若昭、若荀、若倫、若憲。女博士，則宋孝朝韓蘭英。女狀元，則黄崇嘏。女進士，則林妙玉。女校書，則薛濤。其他若花蕊《宫詞》，賢妃章疏，蔡琰記録先業，易安擅麗詩詞，竇氏璇璣文迴（當作「迴文」）織錦，大家漢史，名繼蘭臺，有才士不敢望者而最稱勝事者。（節録自同前）

九 聽音知吉凶：師開鼓琴，以東方西方之聲而知室之朝夕。師曠吹律，以南風北風之聲而知軍之勝敗，精之至也。李龜年嘗至岐王宅，聞琴曰：「此秦聲。」良久又曰：「此楚聲。」主人入問，則前彈者隴西沈妍，後彈者揚州薛滿。《唐書》：高宗時，章懷太子作《寶慶曲》，閱於太清觀，李嗣真謂人曰：「宮不召商，君臣乖也。角與徵戾，父子疑也。死聲多且哀，若國家無事，太子任其咎。」俄而太子廢。《開天傳信記》：明皇時，涼州獻新曲，帝召諸王觀焉，寧王進曰：「斯曲宮離而少徵，商亂而加暴，宮不勝則君勢卑，商有餘則臣事僭，恐一旦有播遷之禍。」果有安史之亂。《北史》：隋樂人王令言妙達音律，大業末，煬帝將幸江都，令言子於户外彈琵琶，作翻調《安公子》曲，令言聞之曰：「變，變，此曲興自早晚，歸，幸無從行，帝必不反。此曲宮聲往而不反，宮，君也。」帝竟被弑於江都。萬寶常生而聰穎，妙達八音，常（一作嘗）聽太常之樂，泣謂人曰：「淫厲而哀，天下不久相殺盡。」時海内全盛，人以為不爾。及大業之末，卒驗其事。裴知古奏樂，謂元行冲曰：「金石諧和，當有吉慶之事，其在唐室子孫乎？」是月中宗即位。《五代史》：高祖初定雅樂，宴羣臣於承福殿，奏黄鍾，王仁裕聞之，曰：「音不純肅，而無和聲，當有争者，起於禁中。」已而兩軍校鬭，昇龍門内。武后朝，裴知古以知音值太常，路逢乘馬者，聞其聲，云：「此人當墜馬。」行未至半里，馬驚墜地死。又觀人迎婦，聞婦珮聲曰：「此婦不利姑。」是夕，姑有疾亡。宋沇有音律之學，上作樂曲罷，問其得失，曰：「曲雖妙，其間有不可者。」指一琵琶者云：「此人大逆殘忍，不日抵法，不宜在至尊前。」又指一笙者云：「此人神魂已遊墟墓，不可更令供奉。」既而琵琶者為同儕告訐，為其父自縊，不得屍，録按鞠伏罪；笙者乃憂懼，不食，旬日而卒。《玉堂清話》：清泰中，王仁裕從事梁苑，正月郊野尚寒，引諸幕寮餞朝客於折柳亭，樂作，王獨訝之，曰：「今日必有譸張之事，樂舉羽而有宮聲，羽為水，宮為土，水土相尅，得無憂乎？」少時筵散，范延光引賓客大獵，為奔馬所墜，此亦可與師開、師曠方美矣。《歸田録》：太常所用王朴樂編鐘，形不圓而側垂。其後胡瑗改鑄編鐘，遂圓其形而下垂，叩之，拚鬱而不揚，其鑄鐘又長爾而震憚，其聲不和，著作佐郎劉羲叟竊謂人曰：「此與周景王無射鐘無異，必有眩惑之疾。」未幾，仁宗得疾，人以羲叟之言驗矣。《漢書》：蔡邕在陳留，有隣人以酒食召邕，客有彈琴者，邕至門潛聽之，曰：「以樂召我，而有殺心，何也？」遂返。主人追而問故，琴者曰：「我向鼓絃，見螳螂向鳴蟬，蟬將去，螳螂為一前一却，吾心惟恐螳螂之失蟬也。」邕曰：「此足當之矣。」《孔叢子》：孔子晝息於室而鼓琴焉，閔子自外聞之，告曾子曰：「向也夫子之音清徹以和，淪入至道，今也更為幽沉之聲，幽則利欲之所為發，沉則貪得之所欲施，夫子何所感而若是？」曾子入問之，夫子曰：「然，向見猫方捕鼠，欲其得之，故為之音也。」可與聽音矣。（同前書卷八）

一〇　朱竹詩：朱竹，古所無，起於國初。宋仲温在試院，卷尾以朱筆掃之，故張伯雨有「偶見一枝紅石竹」之句。管夫人嘗畫懸崖朱竹一枝，楊廉夫題其上云：「網得珊瑚枝，擲向篔簹谷。明年錦棚兒，春風生面目。」又高季廸題有朱竹《水龍吟》云：「淇園丹鳳飛來，幾時留得參差翼。簫聲吹斷，彩雲忽墜，碧雲猶隔。想是湘靈，淚彈多處，血痕都積。看蕭疎瘦影，隔簾欲動，應是落花狼藉。莫道清高也俗，再相逢，子猷還惜。此君未老，歲寒猶有，少年顔色。誰把珊瑚，和煙換去，琅玕千尺。細看來，不是天工，却是那春風筆。」徐惟和題云：「根如頳虬鬚，葉如丹鳳尾。有時截作釣魚竿，珊瑚亂拂桃花水。有時擲杖化為龍，白日青天赤鱗起。能將紅霧變蒼煙，産在朱明幾洞天。須臾絳節生

彤管，只向松間滴露妍。」謝在杭詩：「秋老龍孫醉不醒，却疑血淚灑湘靈。只緣悮染紅塵色，無復琅玕舊日青。」（同前）

一一　落花詩：落花詩始於二宋，莒公賦云：「一夜東風拂苑墻，歸來何處剩凄凉。漢臯珮冷臨江失，金谷樓危到地香。淚臉補痕勞獺髓，舞臺收影費鸞觴。南朝樂府多賡曲，桃葉桃根盡可傷。」景文賦云：「墜素翻紅各自傷，青樓煙雨忍相忘。欲飛更作回風舞，已落猶成半面粧。滄海客歸珠迸淚，章臺人去骨遺香。可憐無意傳芳蝶，盡委花心與蜜房。」誠絶唱也。沈啟南以七言詠落花至三十律，虞長孺、僧儒遂至百律，近時作者亦多佳句，如唐伯虎之「雙臉臙脂開北地，五更風雨葬西施」、「紅顔仙脱三生骨，紫陌香銷一丈塵」、「熒熒愛水衫前淚，眇眇遊魂樹底春」、「鏡中紅粉春風面，燭下銀屏夜雨軒」、「奔月已將丹換骨，墮樓端把死酬恩」、「燒燈坐盡千金夜，對酒空思一點紅」，余襄公之「金谷已空新步障，馬嵬徒見舊香囊」，文徵仲之「丹葩漂泊明妃淚，綠葉參差杜牧情」，沈啟南「錦里門前溪好浣，黄陵廟裏鳥還啼」，馬彧叔「武陵路别回漁艇，金谷春深落妓釵」、「影摇團扇愁班女，艷逐微波度洛妃」，于文若「紅樓白日憐珠墜，青塚黄昏痛玉埋」，董叔允「拂地《霓裳》迴妙舞，凌波羅襪冷香魂」、「楚妃腰細難勝雨，漢女身輕合避風」，丘文舉「撩亂隋宫抛剪彩，漂流秦苑棄餘脂」，魏君屏「馬嵬妃死香猶在，垓下人亡血未乾」，邵肇復「楚客有魂招《九辨》，押衙何計贖無雙」，又「金谷樓中魂已斷，玉人斜畔骨空埋」，又「湘水帝妃啼夜雨，巫山神女散朝雲」，又「倩女香魂虚入夢，少翁幻術詎延年」、「他生未卜逢金鈿，再世還期續玉簫」、「强學迴風羞自舞，欲教奔月苦難升」，徐興公「麗華魂散胭脂井，闢盼香銷燕子樓」，皆摸（當作模）擬二宋而俊麗可喜。申文定公亦有落花三十首，吳門林若撫和之，凡六十首，新意綺詞，各不相下，吳門范長白允臨為其序曰：「今夫咏雜英於芳甸，賦繁囿之蘩荑。暖風初扇，魂醒迷迭之香；潤色輕籠，頰暈蕪（當作燕）支之石。枝堪戲蝶，影足留鶯。是以濡翰者競謝綉於柔跗，含毫者炫江花於麗萼。蓋藉韻韶容，倚才穠質，易為力耳。若乃因風委砌，泫露辭條。香雜燕泥而俱乾，艷隨鶯翅以偕落。繽紛舞席，零亂歌茵。蕊氣全消，蔫香半死。綠珠魂散，空餘翡翠之樓；碧玉聲沉，惟剩鴛鴦之井。香閨少婦，驚看墜靨遺鈿；紫塞征人，驚見聚雯飄霰。傷摇落於遲暮，感逝景之難停。而若撫氏，乃能弔粉泣香，摹憔寫悴，卒使枯卉傍玉砌以揚輝，落英藉彩毫而長價」云云，兹不備載。然總不如韓偓《哭花》一絶：「會（一作曾）愁香結破顔遲，今見妖紅委地時。若是有情争不哭，夜來風雨葬西施。」又馬浩瀾《滿庭芳》詞：「春老園林，雨餘庭院，偏惹蝶駭蜂猜。蔫紅緺白，狼藉滿蒼苔。正是愁腸欲斷，珠箔外、點點飄來。分明似身輕飛燕，扶下碧雲臺。　當初珍重意，金錢競買，玉砌新栽。更翠屏遮藹，羯鼓催開。誰道天機錦綉，都化作紫陌塵埃。紗窗裏，有人憐惜，無語托香腮。」纖麗工緻，真可以謝花神矣。（同前）

一二　女子男飾：女子詐為男子者，唐昭義軍兵馬使國子祭酒石氏，朔方兵馬使御史大夫孟氏。外蜀司户參軍黄崇嘏，臨卬人，作詩上蜀相周庠，庠首薦之，屢攝府縣，吏事精敏，胥徒畏服，庠欲妻以女，嘏以詩辭之曰：「一辭拾翠碧江湄，貧守蓬茅但賦詩。自着藍衫居郡掾，永抛鸞鏡畫蛾眉。立身卓爾青松操，挺志堅然白璧姿。幕府若容為坦腹，願天速變作男兒。」庠大驚，具述本末，乃嫁之。傳奇有《女狀元春桃記》，即其事也。……小説宣德間，河西務劉翁夫婦業沽酒，家亦小康，年俱六十餘，無子。值雪甚，有童子隨父投宿，及明，父病，數日竟死。此男遂留為兒，名劉方。居二載，復值大風，有少年覆舟遇救，持一竹籠，詢之，則山東劉奇，父聽選在京，遭疫，父母俱喪，籠中乃火化遺骨也。劉翁惻然，為助資，命奇去。月餘復來，云故鄉河決，已漂盡矣，願乞片地埋骨，而身為僕役以報，劉翁許之，奇與方遂為兄弟。久之，劉夫婦俱没，方復往京，携母柩至，與父合葬。事畢，停沽酒而開布肆，家事日起，有來議姻者，奇欲之，而方執意不可。一日，見梁燕營巢，奇題一詞於壁云：「營巢燕，雙雙雄，朝暮銜泥辛苦同。若不尋雌繼聲（一作雛）卵，巢成畢竟巢還空。」方亦援筆和詩云：「營巢燕，雙雙飛，天設雌雄事久期。雌者得雄願已足，雄首（一作者）將雌朝不知。」奇大驚，曰：「吾弟殆木蘭乎？」自同卧以來，即酷暑未嘗赤體，合之題詞可知也。乃佯為不悟，使方再和，方復書曰：「營巢燕，聲聲叶，莫使青春空歲月。可憐和氏璧無瑕，何事楚君偏不納。」奇笑曰：「吾弟果女子也。」方面發赤，奇固問之，蹙額告曰：「妾向寓京師，因母喪，隨父還鄉，恐途中不便，故為男扮。後繇父没，未得與母同穴，故不敢改形。今幸喪事已畢，即欲自明，思家事尚微，兄獨力難成，故復遲遲耳。」奇曰：「弟詞中有俯就之意，昔為兄弟，今為夫婦，不亦可乎？」方曰：「妾籌之熟矣，三宗墳墓俱在於此，亦難恝然，兄若不棄，共奉三姓家香火，妾之願也。」是夜兩人分席而卧，次日，請鎮中年老者為媒，遂成花燭，里中傳為異事，因名其地為三義村。（節録自同前書卷十）

一三　淚凝如血：薛靈芸聞别父母，歔欷累日，淚下沾衣，至升車之時，以玉唾壺盛淚，即如紅色，至京師，壺中淚凝如血矣。楊貴妃初承恩，與父母相別，涕泣登車，時天寒，淚結為紅冰。王德璉詞：「淚結紅冰，香消獺髓。」楊廉夫詩：「紅冰嚼碎齒不冷，丹霞入腹鳴殷雷。」張節之有悼妾詩：「桃葉歌殘思不勝，天風吹淚結紅冰。夜來書館寒威重，誰送薰香半臂綾。」《拾遺記》：吳潘夫人遊昭宣臺，唾於玉壺中，侍婢瀉於臺下，得火齊指環，即挂石榴枝上，因其處起榴環堂。又楊貴妃每夏月衣輕綃，有汗出，紅膩而多香，或拭之於巾帕之上，其色如桃花也。（同前書卷十二）

一四 潑火雨：唐彦謙《上巳》詩：「微微潑火雨，草草踏青人。」白香山《洛橋寒食》詩：「蹴毬塵不起，潑火雨新晴。」毛并（當作幵）《滿江紅》詞：「潑火初收，鞦韆外、輕煙漠漠。春漸遠，緑楊芳草，燕飛池閣。」《遯齋閑覽》：河朔謂清明桃花雨曰潑火雨，又杏花開時，正值清明，謂之杏花雨。又《荆楚歲時記》：春曰榆莢雨，《氾勝之書》：三月榆莢雨，高地强土可以種禾。夏至曰梅雨，五月雨曰隔轍雨，六月雨曰濯枝雨，七月六日雨曰洗車雨，七日雨曰洒淚雨，見《歲時雜記》。八月雨曰豆花雨，九月雨曰黄雀雨，見《提要録》。三月三日留客雨，見陸幾（當作機）《要覽》。四月薇香雨，見李賀集。五月分龍雨，見《續博物志》。又八月初三至二十三為詹天雨，立冬日液雨，見《瑣碎録》。旦日雨為月額雨，見《金樓子》。又分别功德論雨有三種，天及龍皆能降雨，天雨細霧下者是，龍雨甚麄下者是，阿修羅共天鬬時亦能降雨，麄細不定。《法苑珠林》：兜率天雨摩尼珠，護世城雨美膳，阿修羅雨兵仗，羅浮提世界雨清净水。《尸子》：神農氏治天下，欲雨則雨，五日為行雨，旬為穀雨，旬五日為時雨。《田家雜占》：二月八日張大帝生日，前後必有風雨，極準，俗號云請客風、送客雨。正日謂

之洗街雨，初十謂之洗厨雨。（同前書卷十九）

一五　三素雲：唐試進士，嘗以立春日望三素雲為題。陶弘景《水仙賦》：「迎九玄於金闕，望三素於太清。」李義山《送宫人入道》詩：「九枝燈外朝金殿，三素雲中侍玉皇。」蘇魏公帖子詞：「萬年枝上看春色，三素雲中望玉宸。」許冲元帖子詞：「三素雲飛依北極，九農星正見南方。」鮑溶《温泉》詩：「山蒸陰火雲三素，落日（一作『日落』）温泉鷄一鳴。」吴筠詩：「瓊臺仞為劫，孤映大羅表。嘗有三素雲，凝光自飛繞。」三素雲，道家語也。按《修真八道秘言》曰：立春日清朝北望，有紫緑白三雲，為三元君三素飛雲也。春分夜半子時東北望，有玄青黄雲，是太微天帝君三素雲也。立夏清旦北望，有紫青黄雲，是太極上真君三元内宫真人三素雲也。夏至清旦南望，有赤白青雲者，是扶桑大帝君三素雲也。立秋清旦正西北望，有白赤紫者，是太素真人天皇白帝君三素雲也。秋分清旦南望，有素赤黄雲者，是南極真人上皇赤帝三素雲也。立冬清旦西南望，有緑紫青雲者，是上清真人帝君皇祖三素雲也。冬至清旦正東望，有朱碧黄雲者，是太霄玉妃太虚上真人三素雲也。又《易通卦驗》：冬至初陽，雲出箕，如樹。立春青陽，一云少陽，雲出房，如積水。小寒蒼陽，雲出氐。大寒黑陽，雲出心。雨水黄陽，雲出亢。驚蟄赤陽，雲出翼。春分正陽，雲出軫，如白鵠。清明白陽，雲出奎。穀雨太陽，雲出張，如車蓋。立夏初陰，雲出觜，如赤珠，一云如赤繒。小滿上陽，雲出心。芒種長陽，雲出斗，如雄鷄。夏至少陰，雲出參，如水波。寒露正陰，雲出井，如冠纓。霜降太陰，雲出鬼，上如羊，下如蟠石。又兵書：韓雲如布，趙雲如牛，秦雲如行人，魏雲如鼠，楚雲如日，宋雲如車，魯雲如馬，衛雲如犬，周雲如輪，齊雲如絳衣，越雲如龍，蜀雲如菌。《吕氏春秋》：山雲草莽，水雲魚鱗，旱雲煙火，雨雲水氣。《孫氏瑞應圖》：稍（一作梢，下同）雲，瑞雲，人君德至則出，若樹木稍，稍然也。《宋史》：祥符元年封泰山，十月壬辰，天文院言紫雲如蓋，黄雲如龍鳳，青雲如草木，名稍雲。又散髻雲，《五行志》：有雲如猋風散髻，髻如亂髮也。《象教皮編》：佛家有九雲：寶蓮花雲，堅固香雲，無邊色樓閣雲，種種色妙衣雲，無邊清净栴檀雲，妙莊嚴寶蓋雲，燒香雲，妙鬘雲，清净雲，莊嚴具雲。虞道園詩：「平攬華鬘結，化為樓閣雲。」又粉雲，蔣捷詞：「粉雲天未起。」覆車雲，《京房易傳》：黄雲如覆車，為大豐。寶光雲，元遺山《五雲山寺》詩：「兜綿羅界寶光雲。」砲車雲，《國史補》：暴風之候，有砲車雲。東坡詩：「終日江頭天色惡，砲車雲起風欲作。」《相雨書》：四方北斗中無雲，惟河中有雲三枚相連，如浴豨，三日大雨，四方有濯魚雲，疾者立雨，遲者雨少。吴□（當作範）《占候風氣秘訣》：有青雲，如雉兔，臨城營，軍敗走。《兵書》曰：有雲如丹虵，隨星後，大戰殺將。《吕氏春秋》：雲狀有若馬，若白鵠，若衆車。有其狀若人，蒼衣赤首，不動，其名曰天衝。有其狀若懸釜而赤，其名□（當作旍）雲。《古書》：月始出而黑雲貫月，名曰繳雲。或一或二或三或四，不出三日，有暴雨。《八節占雲》：立春，其日晴明少雲，歲熟，陰則旱蟲傷禾豆。春分，東方有來雲，歲熟。立秋，有白雲及小雨則吉，晴明物不成。秋分，白雲則善，晴明物不成。立冬，晴明小寒，人君吉，天下喜。冬至，其日有雲雪寒，大豐，晴明物不成。（同前）

一六 九光霞：《十洲記》：崑崙之山，景雲燭日，朱霞九光。唐詩：「三素雲中迎雨（一作羽）駕，九光霞內宿仙壇。」黄履齋詞：「縹緲九霞光裏夢，香在衣裳賸馥。」張掄詞：「仙娥花月精神，奏鳳管、鸞絃鬭新。萬歲聲中，九霞杯內，長醉芳春。」霞一作赮。《天文志》：雷雹赮蝱，亦作蝦。《史記》：蝦虹又作瑕，《甘泉賦》：「噏清雲之流瑕。」《河圖》曰：「赤水之氣，上蒸為霞。」（同前）

一七 花信風：古詩：「早禾映雨初晴後，苦楝花風吹日長。」又：「楝花開後風光好，梅子黄時雨意濃。」按花信風凡二十四番，陰陽寒暖，各隨其時。但先期一日，有風雨微寒者是。《吕氏春秋》稱春之德風，風不信則花不成是也。梁元帝《纂要》：花信曰鶩兒、木蘭、李花、瑒花、榿花、桐花、金櫻、黄芀、楝花、荷花、檳榔、蔓羅、菱花、木槿、桂花、蘆花、蘭花、蓼花、桃花、枇杷、梅花、水仙、山茶、瑞香，然難以配四時，蓋通一歲言也。《荆楚歲時記》：小寒三信：梅花、山茶、水仙。大寒三信：瑞香、蘭花、山礬。立春三信：迎春、櫻桃、望春。雨水三信：菜花、杏花、李花。驚蟄三信：桃花、棠棣、薔薇。春分三信：海棠、梨花、木蘭。清明三信：桐花、麥花、柳花。穀雨三信：牡丹、荼蘼、楝花。此後立夏矣。徐師川詩：「一百五日寒食雨，二十四番花信風。」崔德符詩：「清明煙火尚闌珊，花信風來第幾番。」晏元獻詩：「春寒欲盡復未盡，二十四番花信風。」此用花信風也。尹邅詩：「曉雨催花信，春衣汙酒痕。」張澤詩：「春容將變臘，暖信已驚花。」則但言花信而不言風。蔣竹山詞：「春晴也好，春陰也好，着些兒春雨越好。春雨如絲，綉出花枝紅裊。怎禁他，孟婆合皂（一作早）。梅花風小，杏花風小，海棠風驀的寒峭。歲歲春光，被二十四風吹老。楝花風，爾且慢到。」又元人：「榆莢雨酣新水滑，楝花風軟薄寒收。」正用《荆楚歲時記》耳。又三月有鳥信風，五月有麥信風，見《國史補》。河朔春時，疾風數日一作三日乃止，曰吹花擘柳風，見《遯齋閑覽》。南中六月則有東南長風，號黄雀風，見《風土記》。梅雨初過，清風至彌旬，名舶䑲風，見《嶺南録》。東坡詩：「三時已斷黄梅雨，萬里初來舶䑲風。」九月鯉魚風，見《提要録》，李賀詩：「門前流水江陵道，鯉魚風起芙蓉老。」羅鄂詞：「九日江南秋色，黄雀雨，鯉魚風。」李商隱《燕臺》詞：「後溪暗起鯉魚風，船旗閃斷芙蓉幹。」古詞：「瑞霞成綺，映舶䑲、鯉魚風起。」八月蔔萄風，見《金樓子》。又《起世經》：難陀苑中有三種風輪，曰開，曰浄，曰吹。開者，有風輪來開諸門；浄者，有風輪來掃除其地，令皆清浄；吹者，有風輪來吹花樹，令花布散。《番禺雜記》：颶風將發，有微風細雨，先緩後急，謂之鍊風。前蜀王衍咸寧元年十月幸秦州，大風發屋拔木，太史曰：「此貪狼風也，當有敗軍殺將者。」《兵書》云：「風從震來，名嬰兒風。」諺云春寒多雨水，元宵前後必有料峭之風，謂之元宵風。上行曰扶摇風，曲上曰羊角風，見《莊子》。凡風和暢清悦，温凉適時，塵埃不起，人情恬澹，是謂祥風。天色皆冥，雲氣昏濁，風聲寒慘，浚溢蓬勃，是謂怒風。風勢錯雜交亂，乍起乍止，深藏難測，其聲聒耳，是謂小人魅惑之風。風勢暴起，南北不定，離合氛埃，是謂上下不寧之風。風勢冥冥，白日陰慘，黄霧四合，是謂正化未明之風。風勢悽悽，南北離合，上下蓬勃，是謂大兵將至之風。風勢凜冽，人懷戰慄，是謂刑罰慘刻之風。風聲啾唧慘切，令人悲憤，為大喪之風。風聲欻欻，如火奔馳，乍起乍息，為旱火之風。連風晦暝，至四五日，人皆悲傷，為大水殺人之風。又宫風，聲如牛鳴窖中，隆隆如雷鼓之響。徵風，聲如奔馬，如炎火，如縛彘駭走。羽風，聲如擊濕鼓，如麋鹿鳴子，如激水揚波。商風,聲如離羣羊,如扣鐘磬,如蜚羽之集,如嗚咽流水,鳴聲惑人。角風,聲如千人語,埌埌然,令人悲哀,啾啾如人呌笑,如呼,如雉登木,俱見《占書》。(同前)

一八　巫山香雨:宋之問:「寶夜交香雨,金河吐細泉。」李賀:「依微香雨清氤氳。」元微之:「雨香雲淡覺微和。」張仲山詞:「碧雲香雨小樓空,春光已到消魂處。」羅隱《巫山曲》:「下厭重泉上千仞,香雲結夢西風緊。」或謂雨與雲何得云香?愚謂蕭招遇洛神後,逢雨,認得香氣,曰:「此從巫山來,梵僧不空,祈雨焚白檀香龍上,令左右掬庭水嗅之,果有檀香氣,此亦香雨也。《拾遺記》:方丈山有石色如肺,燒之有煙,香聞數百里,煙氣升天,則為香雲。香雲遍潤,則成香雨。又瀛州時有香風,泠然而起,張袖受之,則歷年不歇,沾膚軟滑。(同前)

一九　五色泉:水性靈異者,扶桑碧海,水色正黑;西域乳海,白滑如乳;南方黑溪,涉則玄髕;北方漆海,色可緇毛。松江谷水與葛稚川煉丹湖湧泉常作五色,常德府有丹砂井,廖平以丹砂三十斛寘於此,泉赤如絳。……臨城舒姑泉,一聞絃歌,應節而湧。茅山昭明讀書臺撫掌泉,聞拍掌之聲則湧。大茅峰東喜客泉,客至則出。無為州笑泉,聞笑聲則沸。西寧衞泉,聞人足音則溢。池州仙姑井,觀者拍手呼仙女,則水花湧出。强村樂音泉,唱《浪淘沙》一曲,即得一杯。長壽縣不語灘,舟人多言,則水勢漬湧。京山珍珠泉,其水沸出如珠,聞人聲則珠愈衆。(節録自同前書卷二十四)

二〇　鬭鴨欄:馮延巳《謁金門》長短句:「鬭鴨闌干獨倚,碧玉搔頭斜墮。」人多疑鴨不能鬭,考《西京雜記》:魯恭王好鬭雞鴨及鵝雁。《趙飛燕外傳》:陽華李姑畜鬭鴨水池上。《江表傳》:魏文帝遣使求鬬鴨。《陸游傳》：建昌侯作鬬鴨闌，頗施小巧。今臨湘縣有鬬鴨磯。《王僧達傳》：僧達往楊列橋觀鬬鴨，為有司所劾。陸龜蒙居震澤，養鬬鴨一闌。《舊唐書》：齊王祐好養鬬鴨，未反前，忽有野狸入籠中，咬四十餘鴨，及敗，同惡而誅者四十四人。隋朝官本陸探徽（當作微）有《鬬鴨圖》。顧寶光有《高麗鬬鴨圖》。張説《巴陵早春》詩：「江上春光早可觀，巧將春物妬餘寒。水苔共繞留鶯石，花鳥争開鬬鴨闌。」則鴨固能鬬矣。近時許石城有「買得曲池堪鬬鴨，種成芳樹好藏鶯」之句，為時所膾炙。又晉王楊南郡小兒時與諸從兄弟各養鵝共鬬，南郡鵝每不如，夜往鵝闌，悉殺之，是鵝亦能鬬也。（同前）

二一　瑟瑟枕：杜詩《石笋行》：「雨多往往得瑟瑟，此事恍忽難明論。」瑟瑟，珠類。《博雅》：「瑟瑟，碧色珠也。」《酉陽雜俎》：「蜀石笋，街中大雨，往往得雜色小珠。」可以互證。《程氏（脱「演」字）繁露》援《唐語林》：盧昂主福建鹽鐵，有瑟瑟枕，大如斗。或云至寶，無價；或云美石，非瑟瑟。《明皇雜録》：上於華清池置長湯，於湯中疊瑟瑟。云疊，則亦似疑於石矣。然虢國夫人造宅既成，賞匠役金杯二、瑟瑟三斗。《同昌公主傳》：瑟瑟幕紋如碧絲，貫以真珠則終，言珠者，近是。古人詩詞如《陳陶》詩：「瑟瑟盤輕促世珠，黄泥局瀉流年箭。」《花間集》：「耳墜金鐶穿瑟瑟。」孫何詩：「猩猩箋寫宫詞濕，瑟瑟函盛手詔香。」此以瑟瑟為珠者也。白樂天詩：「楓葉蘆花秋瑟瑟」、「兩面蒼蒼岸，中心瑟瑟流」、「寒食青青草，春風瑟瑟波」、「未秋已瑟瑟，欲雨先沉沉」、「隱起磷磷狀，凝成瑟瑟胚」、「沙頭雨染班班草，水面風驅瑟瑟波」、「一道殘陽炤水中，半江瑟瑟半江紅」，王周詩：「嘉陵江水色，一帶揉藍碧。天女瑟瑟衣，天風晚來織。」鄧文原：「楚江秋瑟瑟，吴苑曉蒼蒼。」韋莊詩：「留得溪頭瑟瑟波，潑成紙上猩猩色。」王庭筠：「帝遣名山護此邦，千家瑟瑟嵌西窗。山僧乞與堦前地，招客先開四十雙。」蕭遘詩：「月曉已聞花市合，江平偏見竹簰多。好教載取芳菲樹，剩炤岷天瑟瑟波。」宋景文詩：「踏溪分藕養新荷，鈿蓋斜臨瑟瑟波。」《花間集》：「瑟瑟羅裙金縷腰。」則止言其色之深碧耳。《木草綱目》曰寶石，《山海經》謂之采石。碧者，唐謂之瑟瑟；紅者，宋人謂之靺鞨。（同前書卷二十七）

二二　紅靺鞨：文與可《朱櫻歌》：「凝霞作丸珠尚軟，油露成津蜜初劃。君王日午坐猗蘭，翡翠一盤紅靺鞨。」葛魯卿《西江月》詞：「靺鞨斜紅帶柳，琉璃漲緑平橋。人間花月見新妖，不數江南蘇小。」「靺鞨」二字人或不知所出。按《唐寶記》：靺鞨，國名，古肅慎地也。其地産寶石，名紅靺鞨，大如巨栗，赤爛如朱櫻，視之如不可觸，觸之甚堅，不可破。《廣異記》：靺鞨有紅紫二色，瑩徹若空，而實堅重，珮之者為鬼神所護，入水不溺，入火不然。宋楚州有尼真如，忽有人接去上天，授以十二寶，中有紅靺鞨，大如栗。又小説，李昌武與王倡往來，死後，倡復至所居，贈以一物，紺碧似玉，冷如槲葉，曰：「此玉京夫人所賜靺鞨寶也。」則靺鞨蓋有碧色者。《廣異記》：乾元中，江淮間一波斯胡人腋下有小瓶大如拳，云瓶中是紫靺鞨，人得之者，為鬼神所護，入火不燒，涉水不溺。（同前）

二三　玻璃甲：劉言史《樂府雜詞》：「蟬翼紅冠粉黛輕，雲和新敎羽衣成。月華如雪金堦下，迸却玻璃義甲聲。」彈箏者於指外作繫爪護甲，名曰義甲。梁簡文詩：「停絃時繫爪，息飲治唇朱。」陳後主詩「促柱點唇鶯欲語，調絃繫爪雁相連」是也，或以銀，或以玻璃為之，故李義山詩：「十二學彈箏，銀甲不曾卸。」隋煬帝湖上曲：「檀板輕聲銀甲緩，醅浮香米玉蛆寒。」（同前書卷二十八）

二四 雙魚洗：張仲宗《夜遊宫》詞：「半吐寒梅未折，雙魚洗、冰澌初結。」雙魚洗，盥水之器，見《博古圖》。《清異録》：李煜為長秋周氏居柔儀殿，其焚香之器曰把子蓮、三雲鳳、折腰獅子、小三神山、互字金鳳口罌玉、太古容華鼎，凡數十種，皆金玉為之。又歐陽通善書，修飾文具，其家藏遺物甚多，皆别創名號，研室曰紫方館，金花盛研滴曰金小相，鎮紙曰套子龜小連城千鈞史，界尺曰謡準氏，芒筆曰畦宗郎君，夾槽曰半身龍。王建初，軍中隱語，劍為奪命龍，甲曰千斤使，弩曰百步王，旗曰愁眉錦，梁祖大旗曰火龍標。汾陽王有劍曰玉柄龍，張百（一作伯）雨有古銅洗，種小芭蕉白石，名之曰蕉池積雪。（同前）

二五 洗兒錢：《世説》載晉元帝生子，普賜羣臣，殷羨謝曰：「皇子誕育，普天同慶，臣無勳焉，猥蒙頒賚。」帝笑曰：「此事豈可使卿有勳耶？」後南唐時宫中嘗賜洗兒果，有近臣謝表云：「猥蒙寵數，深愧無功。」此正用《世説》事。而李後主亦曰：「此事如何著卿有功？」故東坡洗兒詞謂：「深愧無功，此事如何著得儂。」又用南唐史中語。又觀《北史》有一事亦相類，秦孝王妃生男，隋文帝大喜，頒賜羣官有差，李文博曰：「今王妃生男，於羣臣何事？」乃妄受賞。」此事亦然，但其言差隱耳。《容齋四筆》：「車駕都錢塘以來，皇子在邸生男及女，則戚里、三衙、浙漕、京尹皆有餉獻，隨即致答，自金幣之外，洗兒錢果動以十數合，極其珍巧，莫知事例之所起。劉原父嘗以為無名之費，無甚於此。韓偓《金鑾密記》：天復二年，大駕在岐，皇女生三日，賜洗兒果子、金銀錢、銀葉坐子、金銀錠子。唐昭宗於時尚復講此，蓋宫掖相承，欲罷不能也。《燕翼貽謀録》：大中祥符八年二月丁酉，值仁宗皇帝誕生日，真宗皇帝喜甚，宰臣以下稱賀。宫中出包子以賜臣下，其中皆金珠也。（同前）

二六　鴉黄：古人閨閣之飾，可攷者有鴉黄、有檀暈、有星靨、有玄的、有花鈿，大率相類。鴉黄，則古詩「額黄無限夕陽山」，虞世南詠袁寶兒云「學畫鴉黄半未成」，駱賓王：「寫月圖黄罷，凌波拾翠通。」盧炤隣「纖纖初月上鴉黄」，又「鴉黄粉面車中出」，黄翰詩「車中有人金作面」，裴慶餘慶（此字當為衍文）詩：「滿額鵝黄金縷衣，玉搔頭裊鳳雙飛。」温庭筠詞：「小山重疊金明滅。」又：「蕊黄無限當山額。」又：「撥蕊添黄子，呵花滿翠鬟。」又：「粉心黄蕊花，靨黛眉山兩點。」又：「臉上金霞細，眉間翠鈿深。」崔液詩：「鴛鴦裁錦被，翡翠貼花黄。」牛嶠詩：「額黄侵膩髮，臂釧透紅紗。」陳去非《臘梅》詩：「智瓊額黄且勿誇，眼明見此風前花。」張泌詩「蕊黄香帖畫金蟬」，王荆公詩「漢宫嬌額半塗黄」，《洛春謡》「枝（當作脂）粉粧成半額黄」，劉瑗賦：「訝宿粧之猶調，笑殘黄之不正。」庚子山賦：「靨上星稀，黄中月落。」張仲宗《滿江紅》詞：「蝶粉蜂黄都過了，枕痕一線紅生玉。」注：「蝶粉蜂黄，唐人宫粧。」李商隱詩：「何處拂胸資蝶粉，幾時塗額藉蜂黄。」梁簡文詩：「同安鬟裏撥，異作額間黄。」《清異録》：「江南晚季，建陽進茶油花子，形制各别，宫嬪縷合於面，皆淡粧，以此花餅施於額上，號北苑粧。」楊用修以為黄粧，久廢，今汴蜀妓女以金箔飛額上，猶其遺意。自後周天元帝令宫人黄眉黑粧，其風流於後世。又謂黄粧實始自智瓊，然詳味前人題詠文義，黄施於額，與眉全别，惟温飛卿詩:「豹尾車中趙飛燕,柳風吹散蛾間黄。」張泌詩「依約殘眉理舊黄」,黄子常詞「黛眉淡黄生喜」,彷彿似眉粧也。檀暈,則東坡梅詩有:「鮫綃剪碎玉簪輕,檀暈粧成雪色明。」按宇文士及《粧臺記》:婦女畫眉,有倒暈粧。《譜》有正暈牡丹、倒暈牡丹。樂府有「暈眉櫳鬢」之句,東坡詩「斜看新粧眉倒暈」,又「倒暈連眉綉領浮」。《畫譜》:七十二色,有檀色,淺赬色也。《花間集》:「檀畫荔枝紅,金蔓蜻蜓軟。」又「燒春醲美小檀霞」,又「翠鈿檀注助容光」,又「細香檀粉淚縱横」,又「斜分八字淺檀蛾」,又「臂留檀印齒痕香」,又「香檀細畫侵桃臉」,又「淺眉微斂注檀輕」。李後主「沉檀輕注些兒箇」,毛熙震「歌聲慢發開檀點」。羅虬《比紅兒》詩「臉檀眉黛一時新」,唐末有胭脂暈品,所以點唇曰石榴嬌、小紅春、大紅春、嫩吴香、半邊嬌、萬金紅、聖檀心、露珠兒、内家圓、天宫巧、洛兒殷、淡紅心、猩猩暈、小珠龍格雙、唐媚花奴之目,見《清異録》,大約注頰膏唇之飾。然薛昭藴「檀眉半斂愁低」,又似以粧眉者。靨飾,彷於吴宫,有獺髓補痕之事,女粧遂有之。温庭筠詞:「綉衣遮笑靨,煙草粘飛蝶。」《花間集》「淺笑含雙靨」,又「一雙笑靨嚬香蘂」,又「濃蛾淡靨不勝情」,又「笑靨嫩疑花折,愁眉翠斂山横」,又「寶幌有人紅兩靨」,又「膩粉半粘金靨子」,又「小唇秀靨,團鳳眉心,倩郎帖」,陳後主詩:「靨飾隨星去,髻影雜雲來。」梁簡文詩:「分粧開淺靨,繞臉傅斜紅。」古美人粧面,以脂匀兩頰,有酒暈粧、桃花粧、飛霞粧,即徐陵《玉臺序》所謂「南都石黛,最發雙蛾;北地燕支,偏關兩靨」是也。元微之《會真記》:鶯鶯初見張生,不加新飾,垂鬟黛接,雙臉斷紅而已。《花間集》「翠蛾雙臉正含情」,又「花如雙臉柳如腰」,又「嫩紅雙臉似花明」,又「淚凝雙臉渚蓮光」,正詠靨飾耳。若宋淳化間京師婦女競剪黑光紙團靨，又裝縷魚腮骨號魚媚子，乃古花鈿之遺也，《酉陽雜俎》以為花子，自上官昭容所製，以掩黥迹。然隋文帝宮已貼五色花子，則其風已久。宋壽陽公主梅花落面，因為梅花粧，豈其所昉乎？《釋名》稱古天子諸侯，羣妾以次進御，有月事者，更不言說，第以丹注面，令女史見之，後人以為兩腮之飾。王粲《神女賦》：「施玄的，結羽釵。」繁欽《弭愁賦》：「點圜的之熒熒，施雙輔而相望。」傅玄《鏡賦》：「珥明璫之雙熠，點隻的以發姿。」張景陽《扇賦》：「皎質服鮮，玄的點絳。」玄的一曰華的，一作龍黔。《博雅》：龍須謂之黔，蓋以龍女況之。（同前書卷二十九）

二七　芙蓉歸雲髻：《採蘭雜志》：甄后既入魏宮，有一綠蛇，口中常有赤珠，若梧桐子大，不傷人。每日后梳粧，則盤結一髻於后前，后異之，因效而為髻，巧奪天工，故后髻每日不同，號為靈蛇髻。按《中華古今注》：周文王製平頭髻，昭帝又製小鬟雙裙髻。始皇詔后梳凌雲髻，三妃望仙九鬟髻，九嬪參鸞髻。至漢高祖又令宮人梳奉聖髻，武帝又令梳十二鬟髻，又梳墮馬髻，靈帝令梳瑶臺髻，魏文帝令宮人梳百花髻、芙蓉歸雲髻。梁天鑑中，武帝令宮人梳迴心髻、歸真髻，作白粧青黛眉，有茵鬱髻。隋有凌虛髻、祥雲髻。隋大業中令宮人梳朝雲近香髻、歸秦髻、奉仙髻、節暈粧。貞觀中梳歸順髻，又太真偏梳朵子，作啼粧愁來髻，又飛髻，又百合髻，作白粧黑眉。北齊后宮女官八品，偏髾髻，髾，髮覆眉也。又鬧掃，亦髻名。唐詩：「還梳鬧掃作宮粧。」《衡山記》：小兒髮初生，為小髻數十，其父母為兒女相勝之詞曰：「蒲桃髻，十穗勝五穗。」《漢武內傳》：王母降漢武帝，帶靈飛大綬，腰佩分景之劍，頭上太華髻，戴太真晨嬰之冠，履玄璚鳳文之履。（同前）

二八　桂紅膏：元順帝寵妃程夫人春夜登翠鸞樓，倚闌弄玉龍之笛，吹一詞云：「蘭徑香銷玉輦蹤，梨花不忍負春風。緑窗深鎖無人見，自碾朱砂養守宫。」按守宫，一名蜥蜴，或謂之蝘蜓。《漢武故事》：端午日，以器養之，食以朱砂，體盡赤，所食滿七斤，至明年端午，擣萬杵，以點女人肢體，終年不滅，惟房室則滅，故號守宫。詞人多用之，如李賀詩：「玉臼夜擣紅守宫。」李商隱詩：「巴西夜市紅守宫，後房點臂斑斑紅。」古宫詞：「愛惜加窮袴，防閑託守宫。」元雅正卿詩：「秋期暗度鷩催織，春信潛通悮守宫。」成化間妓女楊玉香詩：「守宫落盡深紅色，明日低頭出洞房。」不可殫述。又《史諱録》：明皇開元初，宫人被進御者，日印選，以綢繆記印於臂上，文曰風月常新。印畢，漬以桂紅膏，則水洗色不退。按桂紅膏、綢繆印，正與守宫相反。事頗新僻，未經人拈出。（同前）

二九　詩體：風雅頌既亡，一變而為《離騷》，再變而為西漢五言，三變而為歌行雜體，四變而為沈宋律詩。五言起於李陵、蘇武或云枚乘，七言起於漢武《柏梁》，四言起於漢楚王傅韋孟，六言起於漢司農谷永，三言起於晉夏侯湛，九言起於高貴鄉公。以時而論，則有建安體，漢末年號，曹子建父子及鄴中七子之詩。……曰弄古樂府有《江南弄》，曰長調，曰短調……以怨名者，古詞有《寒夜怨》、《玉階怨》。（節録自同前書卷三十）

三〇　凝脂讀佞：《詩》：「膚如凝脂。」唐詩：「日炤凝紅香。」白樂天詩：「落絮無風凝不飛。」又：「舞繁紅袖凝，歌切翠眉愁。」又：「舞急紅腰凝，歌遲翠黛低。」徐翰臣詞：「重省別時，淚漬羅巾猶凝。」張子野詞：「蓮臺香蠟殘痕凝。」高賓王詞：「想蕁汀、水雲愁凝。」柳耆卿詞：「遍天邊、亂雲愁百九十橋，夾岸朱樓夾柳條。」又：「煩君一日殷勤意，示我十年感遇詩。」十俱音諶，作平聲。唐彥謙詩：「三十六所春宮殿，一一香風透管絃。」又：「緑漲東西南北水，紅闌三百九十橋。」又：「春城三之司，俱從去聲。又相字作入聲，「為問長安月，誰教不相離」是也，相字下自注云：「思必切。」唐為州司馬，三見歲重陽。」武元衡：「惟有白鬚張司馬，不言名利尚相從。」蒲桃之蒲，琵琶之琵，司馬張祐詩：「生摘枇杷酸」、「空樓一曲琵琶聲」。白樂天詩：「四十著緋軍司馬，男兒官職未蹉跎。」「一真珠細撼鈴。」又：「忽聞水上琵琶聲。」又：「燭淚連盤疊蒲桃。」又：「（脱『況』字）對東溪野枇杷。」鑿落盞，金屑琵琶槽。」秦再思：「昨日施僧裙帶上，斷腸猶繫琵琶絃。」又：「四絃不似琵琶聲，亂寫笙路。碧雲香雨小樓空，春光已到銷魂處。」夭俱讀歪。樂天詩：「羌管吹楊柳，燕姬酌蒲桃。銀含鴉，隨風趂蝶學夭邪。」宋詞：「杏靨夭邪，榆錢薄淡。」張仲宗詞：「薄劣東風，夭邪柳絮，明朝重覓吹白集》：「西食甘露，飲榮泉文西。」俱讀先。唐詩：「錢唐蘇小小，人道最夭邪。」又：「長安女兒雙髻風東西。」曹子建《飛蓬篇》：「驚朕接我出，故歸彼中田。當南而更北，謂東而反西。」漢樂章象載《瑜賦》：「幸賴大賢，我矜我憐。昔濟我東，今振我西。」魏明帝：「涼風夕起，悲彼秋蟬。變形易色，隨禁。」泥俱讀擬。嵇康《琴賦》：「春蘭被其東，沙棠植其西。涓子宅其後，玉醴涌其前。」趙壹《窮鳥楊乘詩：「畫泥琴聲夜泥書。」元豨文原贈妓詩：「銀燈影裏泥人嬌。」柳耆卿詞：「泥謹邀寵最難釵。」杜牧之《登紅華樓》詩：「為郡異鄉能泥酒。」《非煙傳》：「郎心應似琴心怨，脉脉春心更泥誰。」凝。」俱讀佞。杜子美詩：「忽忽窮愁泥殺人。」元微之《憶内》詩：「顧我無衣搜畫匣，泥他沽酒拔金

《雨》詩：「燈檠昏魚目，薰鑪咽麝臍。」檠作去聲。王建《贈李僕射》詩：「每日城南空挑戰。」以挑作上聲。《贈田侍中歸鎮》詩：「緑窗紅燈酒初新。」以燈作去聲。李山甫《赴舉別所知》：「黄祖不憐鸚鵡客，誌公偏賞麒麟兒。」以麒為去聲。元微之《春遊篇》：「欲終心懶慢，轉恐意闌散。」以散為平聲。劉删詩：「回艫乘派水，舉帆逐分風。」張曲江詩：「征鞍稅北渚，歸帆指南郵。」趙東曦詩：「帝城馳夢想，歸帆滿風飈。」包何詩：「錦帆乘風轉，金裝熠地新。」孟浩然詩：「嶺北回征帆，巴東問故人。」徐安貞詩：「暮雨衣猶濕，春風帆正開。」帆字作梵音。杜少陵詩：「遠投錦江波。」投，音豆。（同前書卷三十一）

三一　五色賦：唐寇豹與謝觀同在崔裔孫門下，以才藻知名。豹謂觀曰：「君《白賦》，有何佳語？」觀曰：「曉入梁王之苑，雪滿羣山；夜登庾亮之樓，月明千里。」觀謂豹曰：「君胡不作赤賦？」豹曰：「田單破齊之日，火燎平原；武王伐紂之年，血流標杵。」文山效之作《黑賦》：「孫臏啣枚之際，半夜失踪；達摩面壁以來，九年閉目。」坐中一客賦青曰：「帝女之望巫陽，遠山過雨；王孫之別南浦，芳草連天。」一客賦黄曰：「杜甫柴門之外，雨漲春流；衛青油幕之前，沙含夕熠。」文山評「月明千里」得白之神，曰火曰血，不免著跡。或改之曰：「孫綽賦天臺景，赤城霞起而建標；杜牧詠江南春，十里鶯啼而映緑。」又賦黄曰：「靈均之嘆木葉，秋老洞庭；淵明之啜落英，霜清彭澤。」楊用修改黑賦：「周庭之列畢蘇，裳如蟻陣；陳閣之迎張孔，鬢似鴉翎。」予嘗從友生小集，席間以五色字在下者為令，除花名外，如「槐花黄，舉子忙」、「《文選》熟，秀才緑」、「枇杷黄，醫者忙」、「橘子黄，醫者藏」、法書之殺青、蒸青、汗青。王夷甫口中雌黄，老子有牝牡驪黄。字法「樹頭紅，田裏空」，塗額之蜂黄，寫書之殺青、蒸青、汗青。王夷甫口中雌黄，老子有牝牡驪黄。飲酒有飛白，粧飾有鉛紅蛾緑。智瓊額黄，七命菜黄之鮐，注菜黄，地名。校書有鉛黄，奏疏有貼黄。星名有有舉白、浮白，東坡詩：「仍須煩素手，自點葉家白建溪茶名。」馬病有玄黄。珍味有熊白燕翠，星名有太白，嫦娥奔月，占於有黄。《唐書》：諸道歲進閹兒，號私白。《列子》：「執雕虎，力士名，有中黄。」《抱朴子》：「黄帝適東岱而奉中黄。」樂府有《解紅曲》云：「百戲罷，五音清，解紅一曲教新成。」馬名有騰黄、翠黄、飛黄、吉黄、腹丹。又女工為女紅，馬名炤夜白。大杖名孟青，大枷名彌尾青，鳥名有海東情（當作青）。元朝鴈佳名昔寶赤，河間王馬追風赤，又馬名有龍驤赤、奔虹赤、發電赤、什代赤、颯露紫、翔麟紫、蘢菘白、騰霜白、旋風白。《橘譜》有海紅。宋世馬有好頭赤。姜堯章吹洞簫度曲，妓小紅輒歌而和之。崔氏青衣名輕紅，閬州參軍黄涉婢曰笑春紅昭，宋末供奉琵琶樂工有闞小紅。漢王靈孝為雌狐所魅，名阿紫。《清異録》：雪名冷飛白，犀角之佳者名鷄味白，米之佳者名竹根黄，稻名有回頭黄。《異聞總録》：太原府二龍威靈甚著，廟貌特雄，常化形為青蛇，人目為大青、小青。又聰道人結廬入和山東峰，二虎為之衛，名大青、小青。王公權家酒名荔枝緑。藥名有曾青、空青、半黄、雄黄、雌黄、蛇黄、包彤、天竺黄、水脂碧。骰子名六赤，鳥名有十二紅，九旗中有大赤。武王懸紂頭於太白，酒器有大白，單雄信鎗名寒骨白。北俗罷任，以花枝挂彩，曰長紅。木有男青、女青、冬青，珠有結緑。元時雙調曲名有《忽都白》。《石林燕語》：表章略舉事目與日月道里，見於前，及封皮者，謂之引黄。曹明善曾作詞刺伯顔，名《岷江緑》。《金史》有阿里白，謂以物與人，而人已愛物

也。《清異録》：香附子，湖人謂之回頭青。（節録自同前）

三二　投壺百嬌：玉女投壺，每投十枝，百二十梟，設有出不入者，天帝為之啓噓。梟一作嬌。《神異經》：「東王公與玉女投壺千二百嬌。」嬌音尻。楊大年詩：「書題柱史藏三尺，壺矢誰同賽百嬌。」謝無逸詞：「雙鰲枕，百嬌壺。」《雜藝編》：投壺實以豆，恐大矢躍也。今則以躍為貴，謂之驍。有倚竿、帶劍、狼壺、豹尾、龍首之名，其妙者有蓮花驍。《西京雜記》：「郭舍人一箭能七十餘驍。」顔光禄載汝南周璝、會稽賀徽並四十餘驍。古傳投壺之工者：王胡之閉目，賀革置障，石崇妓隔屏風，薛脊或背坐反投而無不中。今之投壺名最多，有春睡、聽琴、倒插、卷簾、鴈啣蘆、翻胡等項，不下三十餘種。（同前）

三三　六赤：《李洞集》有《贈龍州李郎中先夢六赤因打葉子》詩：「紅蠟香煙撥畫楹，梅花落盡庾樓清。光輝圓魄啣山冷，彩鏤方牙著腕輕。寶帖牽來獅子鎮，金盆引出鳳凰傾。徽黄喜兆莊周夢，六赤重新擲印成。」六赤者，古之瓊㼆，今之骰子也。唐人骰子凡四點，當加緋者，或簇相思子。温庭筠詩：「玲瓏投子安紅豆，入骨相思知也無。」并四枚簇一面，則唐投子將近方寸矣，與今稍不類。又今骰子么四皆緋，《宣室志》：東都空宅張秀才夜深欹枕，有二物展轉地上，每一物各有二十一眼，内四眼剡如火色相馳逐。明日，搜之，得骰子一雙，則古時第四為緋耳。《萬花谷》：古者飲酒擊博，其形似箭，長五寸，其數六，刻以牙為之，頭類鶴，故名六鶴齊飛。宋齊以降，有骰子之制，即六鶴之變也。劉禹錫《觀博序》：主人陳握槊之器於廡下，有博齒，其製用骨，觚稜四，均鏤以朱墨，耦而合數，以骰子為博齒，其名甚新。胡應麟曰：「今骰子六面二十一點，正與唐同。或笑骰子既方，安得無六面者？」是不知外國骰子有四面而無么六者，見洪氏《譜雙》。又有二面者，古五木皆骰子類也，不知起於何時，或謂列言投瓊。孔稱博奕，然《穆天子傳》：王與并公博，又在孔、列之先。《潘氏紀聞》：骰子飾四以朱者，因明皇與貴妃彩戰將北，惟重四可轉敗為勝，上擲而連呼叱之，骰子宛轉良久而成重四，上大悦，顧高力士，令賜四緋，因之遂不易。《清異録》：博徒隱語，以骰子為惺惺二十一。《唐宋居士説》：擲骰子呪云：「伊帝揭帝，彌揭羅帝。念滿十萬遍，彩隨呼而成。」（同前）

三四　《六么》：《碧溪漫志》：《六么》，一名《緑腰》。元微之《琵琶歌》：「逡巡彈得《六么》徹，霜刀破竹無殘節。」沈亞之《歌者乘記》云：「合韻奏《（脱「緑」字）腰》。」又《誌盧金蘭墓》云：「為《緑腰》、《玉樹》之舞。」《唐史·士蕃傳》云：「奏《凉州》、《胡渭》、《緑腰》雜曲。」段安節《琵琶録》云：「《緑腰》本《録要》也，樂工進曲，上命録其要者。」白樂天《楊柳枝詞》：「《六么》《水調》家家唱，白雪梅花處處吹。」又《樂世篇》：「管急絃繁拍漸稠，《緑腰》宛轉曲終頭。誠知《樂世》聲聲樂，老病人軀未免愁。」註云：「《樂世》一名《六么》。」王建《宫詞》：「琵琶先抹《六么》頭。」然則《六么》、《緑腰》，蓋同義而字偶別用耳。（同前）

三五　累棊蠟鳳：陸儼山曰：古之摴蒱、陸博，今皆不傳。漢魏所尚彈棊，今亦不復見。滕元霄自叙少時以累棊蠟鳳為戲，不知所謂蠟鳳者又何事耳。黄山谷小詞又有打揭之戲，至謂「小五出來，跋翻和九（二句當作『小五出來無事，却跋翻和九底。』）若要十一花下苑（當作死），管十三、不如十二。」

似有譜者，雖無益之事，覽之茫然，殊以博洽為媿。又今人以雙陸子壘高為勝，王建《宫詞》有云：「分明閑坐賭櫻桃，休却投壺玉腕勞。各把沉香雙陸子，局中鬬壘阿誰高。」（同前）

三六　頻迦鳥：《酉陽雜俎》：鳥有四千五百種，獸有二千五百種，偶就諸書中摘羽族之異者：迦陵，仙禽也，在卵殼中，鳴聲已壓衆鳥。《楞嚴經》：迦陵仙音遍十方界，温陵云：「其聲和雅，佛音似之。」又頻迦共命鳥，一頭兩身。會述之：頻迦、迦陵，此翻好聲音。蒼梧有鳥名馮霄，吐五色氣，銜土成墳，積珠成壠，其珠輕細如塵。……《朝野僉載》：劍南彭蜀間有鳥，大如指，五色畢具。有鳥（當作冠）似鳳，食桐花，謂之桐花鳥。李德裕有《桐花鳳扇賦序》，劉績《霏雪録》云：「即東坡所謂緑毛么鳳也，俗名倒掛。」唐僧隱巒詩：「五色毛衣比鳳雛，深春花裏□（一作只）如無。美人買得偏憐愛，移向金釵重幾銖。」《益部方物略記》：桐花鳳，二月桃花始開，是鳥翱翔其間，丹碧成文，纖嘴長尾，仰露以飲，至花落輒去。賛曰金花之露，俗曰鳳類，緑羽纖爪，藻背翠尾，花落則隱，以是見貴。李之儀有《阮郎歸》一詞詠倒掛，云：此鳥以十二月來，日間焚好香，則收而藏之羽翼間，夜則張尾翼而倒掛以放香，一名收香倒掛，又名探花使。性極馴，好集美人釵上，宴客終席不去。（節録自同前書卷三十三）

三七　紅荳蔻：唐詩「紅荳生南國」，又「荳蔻稍頭二月初」，按《桂海虞衡志》：紅荳蔻花，叢生，葉瘦，如碧蘆，春末發。初開花，先抽一幹，有大籜包之，籜解花見，一穗數十蘂，淡紅鮮妍，如桃杏花色，蕊重則下垂如葡萄，又如火齊瓔絡，及剪彩鸞枝之狀。此花無實，不與草荳蔻同種，每蕊心有兩瓣相並。詞人托興，如比目連理云耳。《資暇集》：豆有圓而紅，其首烏者，舉世呼為相思子，即紅豆之異名也。其木斜斫之則有文，可為□（一作奕）博局及琵琶槽，其樹大株而白，枝葉似槐，其花與皂莢花無殊。其子若穭豆，處於甲中，通身皆紅。李善云：「其實赤，如珊瑚是也。」《徐氏筆精》云：嶺南閩中有相思木，歲久結子，色紅，如大荳，故名相思子。每一樹結子數斛，非即紅荳也。《筆叢》謂温廷（當作庭）筠「玲瓏骰子安紅荳，入骨相思知也無」，相思子即紅荳也，恐非。《益部方物略記》：紅荳，花白色，實若大紅荳，以似得名，葉如冬青。（同前書卷三十六）

畢懋康詞話

畢懋康，字孟侯，號東郊，歙縣（今安徽）人。萬曆戊戌進士，除中書舍人。天啓中累官右僉都御史，撫治鄖陽。崇禎初起南京通政使，歷南京户部右侍郎。著有《西清集》、《管涔集》。此據《四庫全書存目叢書》影印明崇禎間刻本《野獲園詩》録序文一則。

一

《野獲園詩叙》：宋初承唐季萎薾之習，楊、劉登壇，文體俳比，歐陽文忠公崛起漢東，有砥柱古道，翰林風月，其詩三千；吏部文章，為年二百。夫惟大雅卓爾不羣，蔚然為一代宗匠矣。今歐陽使君子玉以公家裔孫擅西州名，儁彭蠡、匡廬、洪井、滕閣之勝，夙蕩濯其襟期，自其為諸生之日，已自致壇坫之上。長唫短詠，風馳遠邇，既掇蕊榜，筮宰海陽，左挈黄山，右睨白嶽。新安大好山水，於是稱僊令神，君於其間，玄覽無窮。丹砂有骨，車停刃解，庭静雀喧，每從素絲委蛇之餘，輶軒問俗之際。矢為篇章，日新富有。余得受而盡讀之，格韻峻增，神機疏豁，若意得境空之時，寒雪瑩心，春融溢吻，復不知人世上何者為游塵？何者為隽詬？抑何其聲之廉以直而悠以遠也？至其為詩餘小令，自爾風流跌宕，則狷之啼也，鶯之語也，遼之丸，旭之書也。視漢卿、實甫作，喁喁兒女語者，大有逕庭矣。我朝風雅自國初正始振於弘治，而盛於嘉、隆，北地、歷下、婁江、新都大放厥詞，更霸九合。然而擬議相仍，譏排漸起，其在於今，亦當運會浸淫之日矣。起衰濟溺，正須文忠其人。使君家學淵源，期當五百，奪輈而舞，問鼎中原，安得不以執耳？涖盟之事屬之。昔文忠之興，有臨川、南豐、眉山父子，攀龍附鳳，暉麗後先，如《廬山高》一詩，轢李轢杜，王、蘇左辟，蓋有韵之文，公為翹楚。况子固不能詩之憾，彭淵材遺議具在也。迺江西詩派，魯直、後山巋然雄長，而取致聱齖，崎嶇格磔，間遜渾成。若使君之流麗爾雅，居然文忠後身，前無古人，後無巨子，即此一編，足以建幟，豹彩濡而愈焕，鸞文脩而愈炳，鑄新叶利，玄詣無涯，吾尤未倪其所止也。它時掉鞅渠祿，潤色鴻猷，争清鐘呂，不啻若昔范蔚宗七葉相傳，結集藝苑，艷為盛事。於是乎六一先生之緒有聞孫，布濩流衍而不韞韣矣。方外司馬畢懋康孟侯譔。（《野獲圈詩》）

陳玉輝詞話

陳玉輝，字荆碧，一作字達卿，號荆碧，惠安（今福建）人。萬曆辛丑進士，初授吉水令，行取兵部主事，擢御史，轄屯田馬政單車之任。居鄉八載，復起南京監察御史，掌大計，風裁嚴峻，書牘不入，視事五月卒。所著有《客客軒散言》、《皇荂草》、《公餘課兒草》、《岳陽草》、《文江政紀》等。此據《四庫全書存目叢書》影印清康熙十一年刻本《陳先生適適齋鑑鬚集》録詞話一則。

一

《林冲寰賚蘺館集序》：二十年來，吾黨以吏治著聲，無有陏景彝者。歲乙卯，余以屯牧之役，問風夏丘，則景彝囊所綰綬處也。長老為余言：林侯雖去，此久乎？猶及記綰綬時閎襟淵識，蹊裡達表，從衣襮間望見肺腑，遇事氣慨以忼，孳孳問窮簷疾苦，批導於操縱弛張之間。大者斧劓，細者絲櫛。當旁午轇轕，而五官之用有餘。吾儕戴德，宜其有遐思乎？夫一臠知鑊中之味，跡所以治夏丘，干以貳漢津、明江，潯江可概，而知以吏治著聲不虚爾。及余家居，寓目《賨蘺館集》，不覺擊節嘆曰：文學吏治非岐，萬物芸芸，總敷於根，其根沃，勾甲以春，華蔓於夏。文也者根才與情而出，景彝之文，夫獨非敷於根乎哉？閎襟，故其文該稽淵識，故其文沈函；遇事氣慨以忼，故其文鋒芒雪煜；繇裡達表，從衣襮間望見肺腑，故其文朗豁開張，無厥塞黯深之習；孳孳問窮簷疾苦，故其文懇惻婉摯，批導於操縱張弛之間；大者斧劓，細者絲櫛，當旁午轇轕，而五官之用有餘，故其文走丸決溜，隨吾胸臆之所卷舒。寸管之所縱横，而無不中肯，斯所謂吏治文學兼之乎？景彝有遠韻，每登臨，弔柳子厚、鄒志完、秦少游輩故跡，徘徊嘆息不能去。夫子厚以急進廢逐，志完、少游以忤權擯斥，心鬱於跡，情圍於境，故放浪山水，其詞多嘽緩流連。景彝繇夏丘而漢津，而明江，循聲休邑，監司賢之，兩臺又賢之，治狀屢薦高等，心跡情境之間，生平亦足愉快乎哉？故是編出以經世務居多。

（《陳先生適適齋鑒鬚集》卷三）

李國橏詞話

李國橏，字元治，號續溪，高陽（今河北）人。萬曆癸丑進士，改庶吉士，後任山東布政使，累官至尚書兼東閣大學士。請歸，以得侍母為快，居五六年而卒，贈太保，謚文敏。有《李文敏公遺集定本》二卷。此據東京大學綜合圖書館藏明刊本《正音攟言》並參見《四庫全書存目叢書》影印清康熙七年李爵刻本《李文敏公遺集定本》録詞話一則。

一

《題正音小引》：大塊之有噫烝也，調調刁刁，谽谽鏗硠，厥名天籟，感物而運，噓為聲，聲相應，故生變，變成方，謂之音。音之有五也，叩角擊盆，猶其笙瑟鏞竽也。宫亂則荒，商亂則陂，角亂則憂，徵亂則哀，羽亂則危，是故不知聲者，不可與言音，不知音者，不可與言樂。自土音各操，嘈遝淩慢，迫休文以四聲限詩，雙聲兩韻禁格，若枘鑿操觚，攢眉腹儉舌吃，應鉢順勢，囍於追逋，正音其希聲乎？予里先正青屏先生，家世閥閱，弱冠以奇儁魁京，府司李登州以抗直拂袖。詩益豪，上薄風雅，氣呑曹劉，尤工於樂府，讀其詩集、詩餘，踔然大手筆，建安而下，殆難望其項背。既唫詠登峰，戲遊不律，擒為駢偶成文，切響尋變，入節纍纍，如貫貝編珠。又如造淩雲臺，銖錙悉稱，至録鯖纂異，鈞韶鏘鳴，振紙聽之，恍疑倫伶吹鳳竹，精異入神也。先生學海經神行有宫庭，為振古殊絶人物，故摇管琳瑯，敲金戛玉，叩宫嚼徵，刻羽引商，音叶於聲，無嘈遝也。聲依於氣，無怗懘也，有亂其成律者哉！蘇文忠之言曰：「吾文如萬斛泉隨地而出。」先生其握青泥珠乎？陰氏之群玉，以棟之五車，聚馬（一作毛）成裘，此其芥子納須彌耳。《洪武正韻》一編燦然，如二曜麗天，垂憲萬禩。乃撮其淵泫，翼昭代同文之盛治，先生之功，其不刊矣，詎直為獺祭衲結者繡出鴛鴦也耶？審音知樂，審音知政，於正音之鍥徵治道焉。時崇禎龍飛戊辰孟春之吉，邑後學李國楷題。（《正音擴言》，按此又見載於《李文敏公遺集定本》卷上，題作《青屏偶句正音小引》，文稍異。）

周永年詞話

周永年（一五八二—一六四七），字安期，吴江（今江蘇蘇州）人。諸生。少負才名，制義詩文倚待立就，所著詩累萬首。所著有《鄧尉聖恩寺志》、《松陵别乘》、《吴都法乘》、《吴中志餘》、《懷響齋詞》。此據上海古籍出版社影印《明詞彙刊》本《豔雪篇》録序文一則。

一　《艷雪集原序》：《文賦》有之曰：「詩緣情而綺靡。」夫情則上溯風雅，下沿詞曲，莫不緣以為準，若「綺靡」兩字用以為詩法，則其病必至巧，累於理。僭以為詩餘法，則其妙更在情，生於文，故詩餘之為物本緣情之旨，而極綺靡之變者也。從來詩與詩餘亦時離時合，供奉之《清平》，助教之《金荃》，皆詞傳於詩者也。玉局之以快爽致勝，屯田之以柔婉取妍，皆詞奪其詩者也。大都唐之詞，則詩之裔，而宋之詞，則曲之祖。唐詩主情興，故詞與詩合；宋詩主事理，故詞與詩離。士不深於比興之義，音律之用，而但長短其詩句以命之曰詞，徒見其不知變耳。吾友葛震甫挾洞庭震澤之靈秀，以游於人間，其所爲詩業已登峰造極，可謂境兼奥曠，致合騷雅，而當其推襟送抱，候月臨花，頌酒賡色，則往往以詩外之別傳，爲詞中之妙趣。試取其《艷雪集》一再歌之，奇不傷骨，靡不傷氣，而追風入麗，沿波得奇，瀟灑婉孌之情無不備寫，蓋舉樂府方俗之詞，玉壺工艷之語，香篋纖媚之調，一一寄之於詞。而得其詞者，知其深於詩，愛其詞者，并忘其工於詩也。要而論之真，至之情，必本於性。奇逸之情，必乘於才。震甫玉性不雕，雲才自舉，其自漢、魏、六朝以還周、秦諸家，而上隨所位置，各占坐席，此其根蒂所在，固有異乎今之詞人者矣。吴江周永年撰。（《艷雪篇》）

范鳳翼詞話

范鳳翼，字異羽，通州（今江蘇）人。萬曆戊戌進士，除知灤州，遷户部主事、吏部郎中，累官尚寶少卿，光禄少卿。汰墨吏，進名臣顧憲臣、高攀龍等，為時所忌歸。有《勳卿集》。此據《四庫禁燬書叢刊》影印明崇禎間刻本《范勳卿文集》及《全集》録詞話二則。

一

《樂府古題要解序》：詩迄於周，騷迄於楚，樂府肇於西漢，所從來矣。蓋漢承秦後，去古未遠，内有唐山夫人爾雅之辭，外有張蒼善律曆，吹律調樂。高帝起豐、沛，樂楚聲，房中詞樂皆楚聲，樂其所自生也。孝惠二年，使樂令夏寬備其簫管，更名安世，復令歌兒習三侯之章，吹祭原廟。文、景因之，禮官肄業，漢家一代音聲，實自蒼始。迨於孝武，議郊祀禮，始立樂官采詩，命司馬長卿輩造為歌辭，用之甘泉圜丘，協律李延年典之，樂府之名所由起也。其後鐃歌、鼓吹、横吹、相和、平調、清調、瑟調，通謂之樂府。然韶響難追，鄭聲易啓，詩聲俱鄭，總萃為雜曲，遂多靡靡之音矣。胡致堂曰：「古樂府，詩之旁行也。詞曲，古樂府之末造也。」亶其然乎？古今品題樂府者，語體則王僧虔，刊誤則嚴儀卿，解題則吴海虞、楊用修，論法則王元美、胡元瑞。元瑞《詩藪》尤博而辯，然第感世道之升降，分作者之貞淫，而學古叙事，摹擬任心，舛駁相沿，逗漏半屬，令讀者茫然而弁髦置之，鮮有能訂其訛疑、暢其本旨者。近得唐人吴兢《樂府要解》，不翅陰靄之日，夜行之燭，千年暗室之一燈也。按兢，唐史官，方直寡諧。其譔天后實録書，張説證魏元忠事，不為陰祈曲筆，時以方董狐，則其解樂府古題當有證據，不虚矣。然房中之曲，郊廟之章，與夫琴操、古歌謡槩未之及，豈其時競新聲，恐卧古樂，而於左克明、郭茂倩之所編纂者世不相及耶？余攷《文淵閣書目》有《樂府解題》七册，《廣題》一册，不知作者何人。而雲間徐伯臣獻忠有《樂府原》，其排纘纂釋，與吴解大同小異，亦詳亦核。余友薛千仞復云，舊有沈隱侯《樂府解》，為大泌先生索觀，今無覓處，又一大缺陷也。故因刻《要解》併及之，四海同聲倘有家藏，不秘帳中，出以相示，尤所望也。（《范勛卿文集》卷二）

二 《楊贊皇燈詞塵詠題辭》：劉晝之言曰：愚者之養魚鳥也，見天之寒，則内魚於温湯之中，而栖鳥於火林之上，水木所以養魚鳥也，養之失理，必至燋爛，斯言雖小，可以喻大矣。故士之養志業者，未能貞性汰情，而輕試於炙手可熱之地，亦猶温湯之内魚、火林之栖鳥，豈可哉？始吾聞英資雋骨博極羣書，如贊皇楊子，年未不惑，乃遽據惇師老德之坐，切咄咄怪之。已而暗揣贊皇膺肺間事，其托境綦虚，其詣理綦實，其取世資最薄，而所擔荷最不小。以謂天生我才，諒必有以天下行多事，設猝以艱鉅加我，我寧得嘗試而希倖得乎哉？故須冰雪厲其精神，而精神乃益勁挺；澹泊養其性韻，而性韻乃益高潔；磨礪銛其才鋒，而才鋒乃益穎露。譬則寒谷之胎，陽厚霜之啓燠，天地則爾，人道奚疑？然則貧其士者富其功，明其志者精其用，固令人未易測也。予嘗為贊皇思之，吾里之以學博成進士，信華膴者，不有袁氏竹溪、鶴野兩先生為前茅乎？我國朝不有海中丞風節凛凛，即從廣文表聲，即翁青陽之狀頭，縱官至少保，而公望遠遜者乎？任贊皇熟計步趨，異日不負其志業，是予所幾幾以待者也。一日，贊皇函書以制義及詩草示予，乞序付梓，予見《西湖草》與副榜卷，已有陳伯玉為之序，《越上秋聲》已有蕭侍御為之序，惟《續燈詞》與《詠塵》之作，予為弁其首。蓋燈詞摛其藻秀，塵韻窮其靈奇，而予所以待贊皇，固不獨以此。夫其制義之名家，詩詞之掩古，海内有目所共覩，何俟予言？贊皇而司鐸秋浦，則有次尾、伯宗二子，可互相師友者在，天下實多事，其必以予言質之。（《范勛卿全集》卷二）

熊明遇詞話

熊明遇，字良孺，一字子良，進賢（今江西）人。萬曆辛丑進士，授長興知縣，擢兵科給事。出為福建僉事，遷寧夏參議。天啓初進太僕少卿，謫戍貴州平溪衛。崇禎初釋還，起兵部右侍郎、南京刑部尚書，改兵部，改工部，引疾歸，卒。所著有《緑雲樓集》、《劍草》、《經約》。此據《四庫禁燬書叢刊》影印清順治十七年熊人霖刻本《文直行書文》録詞話二則。

一

《采薇草詩叙》：先王歌詠以理，性情比之絃管，詩三百篇，皆可供樂師北面。其盛者，感神人，通天地，儀舞鳥獸，聞而知其為治世之音，和之至也。變風變雅，各寫亂象，當時詩人實不知其所以然而然。故鐘律之理徵，音聲之闕鉅。晉子野、吴季札有定論矣。漢、唐人主好音，多徵詞以備樂府，伶官操器立奏，延年、龜年其顯者，然詞多徵司馬相如、李太白諸名手，亦不輕易此道耳。盛明之詩，含吐於草昧，至李長沙相君以臺閣名貴，奬掖文藻，學士鄉風，而北地肇還古之功，洋洋乎盈耳哉！嘉、隆作者品式具備，聲調燁然，即未之詣極於至和，亦可為和也。萬曆之末輕儁起，而以晉語攻漢，以元詞攻唐，以宋人之嬉笑怒駡攻經史之雅正，駸駸乎徵亂矣。夫崇尚氣格而發紓掉厲，誠無當於温厚之旨。然孅妍類婦人，寒瘦類僧道，恢諧類優劇，其於治世之象何居？三年前切切然約同志曰：宜振宫聲以救之，循亂環治，毋曰偶然，今則約以宫聲協四聲，期於含吐宇宙之完氣，而歸之至和焉。嗟乎！充類至義之精，即少陵諸篇什，未為盡和也。少陵非不能盡和，其世使之然也。猶武之不能韶也。余謏聞，安足比數？然三年間動盪於登嶽浮湘，静深於風霜瘴厲，一切浮游感槩之氣，默就調御，亦不知其所以然而然。氣兆聲，聲兆象，恭逢今上坐明堂，蕭清廟，歌《天保》、《鹿鳴》，而以《采薇》、《杕杜》慰負羈之臣，則諓諓之章，政如牧豎嬉遊於晴天化日，扣牛角而吹木葉，一出於天倪而已矣。（《文直行書文》卷六）

二 《言意草叙》：「詩言意，歌長言，聲依永，律和聲。」此虞廷命夔典樂之詞也。於時「擊石拊石，百獸率舞」，載觀南風之操，解愠阜財，則詩之先天聖人以意開之矣。故博采風俗，協比聲律，而萬民咸滌蕩邪穢，以餙厥性，是以哀感而噍殺，樂感而嘽緩，喜感而發散，怒感而麤厲，敬感而直廉，愛感而和柔，六者皆意也。先王慎所以感之，期於和安而無沾滯。順氣成象，各歸其分，而萬物之理以類，甚乎哉！意之與詩，餙詩之與樂，比而樂之，與治通也。聞樂知德，百世如貫，乃三百篇之風雅變正，抑何其皦如繹如乎？學士大夫之詩歌，漢魏為盛，漢武徵詩，以備樂府，郊祀、房中、鐃歌，頗存古意。六朝靡靡矣。建安以來，質渾真摯，顏、謝以降，奥博嚴邃，宏麗劌苦，漸以多途，唐詩屢變，古亦無存。而元人之詞曲，亦以樂府名罪矣。樂府，雅也，古也；詞曲，鄭也，今也。然古已為今，勢不能作。《朱鷺》、《石流》、《翁離》、《赤雁》、《實鼎》之章而就，今以揆其氣，就氣以揆其意，詩豈可類於詞曲哉？氣必渾渾乎，鬱積旁魄，偶意所會，形之詠言，各抒其結，□含蓄以自寫，引遊憚發越陶瑜，語必天造，無所杼軸，上如抗，下如墜，曲如折，止如稾，木方中矩句中鈎，浩浩翰翰乎如四時風雨，夷淡逸遠，冲肆簡質，高徹綺贍，縝栗峻潔，歸於敬而不嫚，重而不輕，而後其所言之意和正，而聖者動宫，義者動商，仁者動角，禮者動徵，知者動羽，樂師採之，協律比絃，可以綱紀天地，變化黎庶，豈區區與下里競尺寸之度哉？余黔淺，徒抱其意，前所稱引，范古埴今，僅此審其津途，而力不足以致之，祇於《采薇》、《采菽》、《芝棠》以後，起辛未之夏午至今，其中勞逸、榮辱、憂喜之境具矣。境具而意亦與之具，言我之所欲言，能言當言，不暇旁溢，跐人藩籬，譬彼候蟲之鳴，或以股以翼，以注以味，皆動於時，然而不知其所以然，乃輒端委古今，啓發前行者，特耀俗目之綺靡輕薄，戾聖朝薰和之治也，敦厚安雅之音，非曰能之，願學焉。（同前）

伍袁萃詞話

伍袁萃，字聖起，號寧方，吴縣（今江蘇蘇州）人。萬曆庚辰進士，歷兵部員外郎，署職方事，累遷廣東海北道副使。致仕歸。編著有《逸我軒集》、《林居漫録》、《希齡録》、《希齡續録》、《駁漫録評正》、《簡文編》、《遵典集》等。《林居漫録》前集六卷、别集九卷、畸集五卷、多集六卷，是書所載多朝野故實，往往引明初之事以證明季弊政。此據《續修四庫全書》影印明萬曆刻本録詞話一則。

一　昔人作小詞云：「玉堂金馬，竹籬茅舍，總是無心處。」旨哉斯言！士君子誠以無心應世，則用之而天飛，舍之而泥蟠，焉往而不自適哉！一有心焉，毋論貧賤，即富貴之極，亦不自適也。（《林居漫録》卷一）

張萱詞話

張萱，字孟奇，號九岳，别號西園，博羅（今廣東）人。萬曆壬午舉人，由中書舍人官至户部郎中，仕終平越府知府。好學博識，經史百氏，靡不淹通。所著有《西園全集》《存稿》《彙稿》、《彙雅前編》《後編》、《疑耀》《彙雅》、《西園聞見録》、《西省識小録》、《西園彙史》各若干卷等。《疑耀》七卷，自序云三十年前為《疑耀》，凡二十七卷，蓋未卒之業。歲戊申，分司吴關，焦太史竑、黄觀察汝亨讀而嗜之，遂相與為序以授梓。時榷事已竣，得代，僅梓行七卷。其書多由記憶而成，其他考証往往有依據。此據《嶺南遺書》本《疑耀》和《續修四庫全書》影印民國二十九年哈佛燕京學社排印本《西園聞見録》録詞話十二則。

一 北音無入聲：周德清在元時，自謂自（當作知）音者，故嘗著《中原音韻》，今所行《洪武正韻》多宗之。余故有侍兒工琵琶，嘗譜《太和正音》，止有平上去三聲，而無入聲。余竊疑之，不知其與周德清之音韻實暗合也。德清，北人，其所著《音韻》皆北聲，故以六為溜，以國為鬼，謂之中原之音，可乎？至四聲而闕入聲，尤為謬妄。聲之有平上去入，猶天之有元亨利貞、地之有東南西北也，闕一，其可乎？故余所梓《太和正音譜》曰《北雅》以此。（《疑耀》卷一）

二 詩叶管絃：詩自三百篇而後，至於我明，卒未有一語可被管絃者，蓋文采有餘、性情不足也。音調出於性情，性情和而後音調諧，此天地自然之妙，不假安排者。近世有取陶淵明《歸去來辭》、李太白《把酒問月》、李長吉《將進酒》、蘇長公《前》《後赤壁賦》協入聲律，宋玉灼《碧雞漫志》謂之暗合孫吴，余按今人之以諸公詩賦譜諸管絃者，皆更換其句，錯綜其章，添减其字，方於聲律可協，皆非諸公原文也，於孫吴終非暗合矣。（同前書卷二）

三 女兒把子：今江南女兒未破瓜者，額前髮縛一把子，即張子野詞「垂螺近額」、晏小山詞「雙螺未學同心結」，垂螺、雙螺，即把子也。（同前書卷五）

四 鄭端簡公曉曰：淫奔之什，多男女泛然相值相戲之詞。惟衛風外内亂，禽獸行，如雄雉苦匏河鶉鵲不如矣，所以竟滅於狄，觀此，則知《關雎》為王化之基不誣。裯第之間、隱微之際，世之治亂、國之興亡、家之昌替、身之壽夭存焉，慎哉！（《西園聞見録》卷三）

五 徐公有貞自金齒赦歸，放迹湖山，縱情烟霞之賞。妓樂歌嘯，風趣超逸，輝照岩谷，望之若真仙下游，古賢復出。然念念朝廷，恒懷隱憂。平生意氣所寄，夐存物外，探祕剔幽，莫非奇致。嘗買地包山之岨，有冲昇之想焉。性喜夜燈與客坐語，徹曙無倦狀。或孤步選勝，若有遇奇流至人，下視汗濁，糠粃如浼。及曹石敗，自號天全居士，日以山水為樂。遊靈岩小寺，調《水龍吟》詞云：「佳麗地，是吾鄉，看西山更比東山好。有罨畫樓臺，金碧岩扉，彷彿十洲三島。却也有、風流安石，清真逸少。向西施洞口，望湖亭畔，對雲影天光，上下相涵相耀。似寶鏡裏，翠娥粧照。且登臨，且談笑。眼前事，幾多堪弔。香徑蹤消，屧廊聲香（當作杳），麋鹿還遊未了。也莫管、吴越興亡，為煩惱、是非顛倒。古與今，一般難料。嘆宦海風波，幾人歸蚤，得在家中老。遇酒美花新，歌清舞妙，儘開懷抱。又何須較短量長，此生心、應自有天知道。醉呼童，進餘盃更酌，得到三更，乘月回仙棹。」此天全歸田時自慰之作也。（同前書卷二十一）

六 李北海風仁五歲，日記小學千餘言。七歲賦詩，九歲大書輒成體，通國呼為奇童。奉母孝，事兄如父，各致忻愛。年十四，補弟子員。惟放筆工文章，聞譽益起。督學御史浮梁戴公、山陰司馬公亟每試，必稱曰：「奇才，奇才。」然任放不諧俗耳。忌刻者常側目待之，竟遭誣黜落。王公大人迎致，賓禮屏障，得春揮洒，重於金玉。武宗皇帝南還，近侍上其詞翰，詔見行宫，愛之，兩幸其宅，賜之品服及雜器，命扈從還京，許授美官。會武帝崩，竟復還，不可謂非命也。性好游觀聲伎之樂，築快園於城東，廣數十畝，其中臺池館閣之盛，委曲有幽況，花木四時不絶。善製小令，得周美成、秦少游之訣，又能自度曲，棋酒之次，命伶僮侍女傳其新聲，蓋無日不暢如也。所著述有《南京志》若干卷，乞

下應天府給筆札，繕寫進御。（《同前書卷二十二》）

七　常明卿多力善射，雖為文法吏，時韎韋附注兩鞬，騎而馳於郊，諸徹侯子弟從俠少年飲，常前，突據上坐，起角射，咸不及問，稍知為常評事，敬之，奉大白為壽。常飲滿沾醉，竟馳去弗顧。又時遇娼家宿，至日高春徐起。或參會，不及長吏，詢之，傲然曰：「故賤時數過從胡姬飲，今不欲自居於薄，又遇之耳。」竟用考調判陳州，庭詈御史，以法罷歸。益縱酒自放，居恒從歌伎酒間，度新聲，悲壯艷麗，稱其為人。又好彭老御內術，自謂得之神仙，可立取。一日，省墓，從外舅滕洗馬飲，大醉，衣紅，腰雙刀，馳馬絶塵，從者不及，前渡水，馬顧見水中影，驚蹶，墜水，刀出於腹，潰腸死，年僅三十四。平陽守王溱，其故人，為收葬之。（《同前書卷二十三》）

八　楊循吉，字君謙。儀部主事，與郎中不相得，謝病歸。久之，病良，已起，復除原官。循吉多病，而好讀書，最不喜人間酬應。開卷至得意，因起踔不休，人遂相目呼顙主事云。復官彌月，再乞病，告吏部，以格不可，即病，已，復病耶，安得告而可為者？致仕耳。循吉恚曰：「吾難致仕耶？」即自劾罷，時僅三十餘。既以歸，益亡復問外事，而踪跡益詭怪。寡出，敝冠羸輿馬，故以起人易而更侮之。又好緣文章語中傷人。正德末，循吉老且貧，賞識伶臧賢，為上所幸。上一日問誰為善詞者，與偕來，賢頓首曰：「故主事楊循吉，吴人也，善詞。」上輒為詔起循吉，郡邑守令心知，故强前，為循吉治裝，見循吉冠武人冠，韎韐式錦，已怪之，又乘勢語多侵守令。已見上畢，上每有所幸燕，令循吉應制為新聲，咸稱旨，受賞，然賞無異伶伍。又不授循吉官秩，間謂曰：「若嫺樂，能為伶長乎？」循吉愧悔，汗洽背，謀於賢，乃以他語怨上放歸。歸益不自懌，諸後進少年非薄之，無禮問者。而其文亦漸落，不復進，卒窮老以死。所著《奚囊雜纂》，未成書。嘗作《水仙子》詞曰：「歸來重整舊生涯，瀟洒柴桑處士家。草庵兒不用高和大，會清標豈用繁華。紙糊窗，柏木榻。掛一幅單條畫，供一枝得意花，自燒香童子煎茶。」後居三吴，榜於門曰：「客至，不下樓，恕老懶。見客，不答禮，恕老病。客問事，不對，恕老墨。發言，無所遜，恕老迂。飲酒，不輒樂，恕老狂。」（同前）

九　何唐曰：詩言志，今俗樂詞曲各陳其情，乃其遺法也。歌永言，今俗樂之唱詞曲，乃其遺法也。當歌之時，和以樂器之聲，與歌聲清濁高下相應，是謂聲依永。俗樂唱曲，應以絲竹，乃其遺法也。此則小成矣，若奏，衆音清濁高下，難得齊一，須律以齊之，如作黄鐘宫調，則衆音之聲皆用黄鐘為節，太簇商亦然。清濁高下自齊一而不亂，是謂律和聲。俗樂以合四工尺等字為板眼，如作工字，則衆音皆以工為節，尺亦然，而從律不亂，乃其遺法也。八音克諧，則樂乃大成矣。（同前書卷五十）

一〇　夫古樂不復於今久矣，自元入中國，胡樂盛行。我聖祖掃除洗濯，會朝清明，悉崇古雅，觀諸大明集禮所載，昭如日星，人所共見。奈何浸淫日久，新聲代變，俗樂雜乎雅，胡樂雜乎俗，而浾濃噍殺之音，沉溺怪幻之技作矣。孔子曰：「樂則韶舞，放鄭聲。」又曰：「惡鄭聲，恐其亂雅樂也。」他日夾谷之會，又斥萊夷之舞之熒惑。漢臣陳禪亦曰：「帝王之廷，不宜作夷狄之樂。」夷狄不可亂華者如此，固未可委於韎師而混之寄象鞮譯也。今宜歷考雅樂之章，革去胡樂之部，凡淫哇之聲，有亂乎正音者，斥之不使復用。凡妖冶之技，有出於奇妖者，禁之不使復習，庶乎風行自近而大道為公。俗正於遠，而頌聲可作者矣。大明集禮俗樂之名，古未嘗有。至齊宣王始有今樂、古樂之辨，漢高祖定天下，與故人父老相樂飲酒，作大風之歌，令沛中童兒百二十人習而歌之。至武帝立樂府，採詩夜誦，有趙代秦楚之謳，以李延年為協律郎，多舉司馬相如等數十人，造為詩賦，略論律吕，以合八音之調，作十九章之歌，以正月上辛用事甘泉圜丘，使童冠男女七十人俱歌昏詞。至哀帝時，詔罷樂府官，凡郊祭樂及古兵法樂，非鄭衛之樂者，條奏别屬他官。世祖平隴蜀，乃增廣郊祀諸樂曰黄門樂，天子宴羣臣用之，曰短簫鐃歌，軍中用之。其後章帝親製歌詩樂章，列在食舉。又製《雲臺》十二門詩，各以其月祀而奏之。魏文帝受禪，改《漢鐃歌》十二曲，使繆襲為詞，言代漢之意。並製鞞歌五曲，鞞歌未詳其始，相傳以為高帝用巴渝伐楚，其人好歌舞，有曲四篇，一曰《矛渝》，二曰《弩渝》，三曰《安臺》，四曰《行辭》，辭既古，莫能曉其句，讀至魏初，乃改作焉。晋武帝受禪，命傅玄、荀勗等改漢鐃歌代魏鼓角横吹曲，及正旦大會，王公上壽等曲。梁武帝命沈約製雅歌外，又改漢鼓吹舊曲，更造新歌，以述功德。後魏道武設宫懸正樂，兼奏燕、秦、吴之音，五方殊俗之曲，又有掖庭中歌真人代歌，凡百五十章。北齊武成改漢鼓吹《朱鷺》等曲，惟《黄雀》、《釣竿》二曲略而不用，諸州鎮戍各給鼓吹樂人，多少以等級為差。唐太宗製《破陣樂》以象武功。唐玄宗分樂為二部：堂上立奏，謂之立部伎；堂下坐奏，謂之坐部伎。立部伎有八：一曰《永安樂》，二曰《太平樂》，三曰《破陣樂》，四曰《慶善樂》，五曰《大定樂》，六曰《上元樂》，高宗所造；七曰《聖壽樂》，武后所作；八曰《光聖樂》，高宗所造。坐部伎有六：一曰《宴樂》，張文收所作；二曰《長壽樂》，三曰《天授樂》，四曰《鳥獸萬歲樂》，武后所作；五曰《龍池樂》，六曰《小破陣樂》，玄宗所作。生於坐部伎也。又選坐部弟子三百教於梨園，號梨園弟子，宫女數百，亦為梨園弟子。又作《霓裳羽衣曲》及隋法曲，號曰清樂。法曲之始，即清商三調，並漢氏以來舊曲，晉朝播遷，其音分散，隋文帝平陳，得之，領於清商署，唐武后時，惟存四十四曲。唐又分清樂、謙樂與高嚴、天竺、高昌、疎勒等諸番樂，總為十部伎。代宗復兩京，製《寶應長寧樂》及《廣平太乙樂》。文宗製《雲韶法曲》。宣宗製新曲，教女伶數十百人衣珠繡歌之，其歌有《播皇猷》及《葱嶺》等曲。宋有教坊樂，分為四部，凡聖節三大宴，為十九次陳奏，間以雜劇，繼以致詞，稱述德美。舞用女弟子隊、小兒隊各十次，有雲韶部，黄門樂也；鈞容部，軍中樂也。元燕樂分為三隊：樂音王隊，元旦用之；壽星隊，聖節用之；禮樂隊，朝賀用之。各分為十次，更迭上奏，器服歌舞，俱有節序。（節録自同前書卷五十一）

一一　王圻曰：按周、陳以前，雅鄭淆雜，隋文帝平陳，盡得清商樂，以其源自漢也，謂為九代遺聲，立清商署以肄之。乃分雅俗二部，如梁之十二雅，用諸郊廟朝廷者是也。俗部十六調，正宫、黄鐘宫、中吕宫、南吕宫，各有商羽變宫，至唐增高宫、道調、仙吕為二十八調，皆從濁至清，下則益濁，上則益清，慢者過節，急者流蕩。其後聲器寖殊，或以倍四為度，復有中管之格，有與律吕同名而聲不近雅者。其宫調乃應夾鐘之律，燕設用之，蔡元定所謂燕樂是也。大抵俗部諸曲悉源於雅樂，後失其傳，而更為妖聲艷詞耳。唐玄宗又立胡部，天寶樂曲皆以邊地名，若《凉州》、《伊州》、《甘州》之類，又認道調法曲、胡部新聲合作，其調惟以羽為宫，於是漢樂又絶矣。宋、元以來，因金人北曲變為南

而教坊之樂有院本，有雜劇，有爨弄，有女舞，與此正同，戲，叫噪哀促，子女複雜，世俗筵宴則用之。淫聲奇伎備矣。（同前）

一二　太祖洪武初年，以國家創業之初，禮制未備，勑中書省令天下郡縣舉素志高潔、博古通今、練達時宜之士，禮送至京，命陶凱等更製樂章。上命協音律者歌之，謂侍臣曰：「禮以導敬，樂以宣和。不敬不和，何以為治？」元時古樂俱廢，惟淫詞艷曲更唱迭和，又使胡虜之聲與正音相雜，甚者以古先帝王祀典神祇飾為隊舞，諧戲殿廷，殊非所以導中和、崇治體也。今所制樂章頗協音律，有和平廣大之意，自今一切流俗諠譊淫褻之樂悉屏去之。（同前）

周嘉胄詞話

周嘉胄（一五八二—一六五八），字江左，揚州（今江蘇）人。行蹟不詳。編著《香乘》二十八卷，崇禎辛巳自序云好睡，嗜香性習成癖，有生之樂在兹，遁世之情彌篤。少時嘗為此書，成十三卷，時欲命梓，殊歉挂漏。乃復窮搜遍輯，積有年月，得二十八卷，乃授剞劂，三十載精勤，庶幾不負。其書凡香之名品故實，以及修合賞鑒諸法，無不旁徵博引，一一具有始末。此據早稻田大學藏抄本録詞話六則。

一　沉香亭：唐明皇與楊貴妃於沉香亭賞木芍藥，不用舊樂府，召李白為新詞，白獻《清平調》詞三章。《天寶遺事》（《香乘》卷十「香事分類下」）

二 心字香：番禺人作心字香，用素馨茉莉半開者著净器，薄劈沉水香，層層相間，封，日一易，不待花蔫，花過香成。蔣捷詞云：「銀字箏調，心字香燒。」范石湖《驂鸞録》（同前書卷十二「香事别録」）

三 木犀《鷓鴣天》（元裕之）：桂子紛翻浥露黄，桂花高静愛年芳。薔薇水潤宫衣軟，婆律膏清月殿凉。 雲岫句，海仙方，情緣心事兩難忘。襄蓮枉誤秋風客，可是無塵袖裏香。（同前書卷二十七「香詩彙」）

四 龍涎香《天香》（王沂孫）：「孤嶠蟠烟，層濤蜕月，驪宫夜採鉛水。訊遠槎風，夢深薇露，化作斷魂心字。紅瓷候火，還乍識、冰環玉指。一縷縈簾翠影，依稀海天雲氣。 幾回殢嬌半醉，剪春燈、夜寒花碎。更好故溪風飛雪，小窗深閉。荀令如今頓老，總忘却、樽前舊風味。謾惜餘熏，空篝素被。」（同前）

五 輭香《慶清朝慢》（詹天游）：熊訥齋請賦，且曰：「賦者不少，願掃陳言。」：「紅雨争飛，香塵生潤，將春都作成泥。分明惠風，微露花氣遲遲。 無奈汗酥浥透，温柔香裏濕雲癡。偏厮稱，霓裳霞佩，玉骨冰肌。 難品處，難詠處，驀然地、不在著着意。聞時款款，生綃扇底，嫩凉動個些兒。似醉渾無氣力，海棠一色睡胭脂。甚奇絶，這般風韻，韓壽争知。」（同前）

六 詞句：玉帳鴛鴦噴蘭麝太白。 沉檀烟起盤紅霧徐昌國。 寂莫繡屏春一縷韋應物。 爐香静衣惹御爐香薛昭藴。 博山香炷融；爐香烟冷自亭亭李中主。 香草續殘爐謝希深。 爐香逐遊絲轉；四和裊金凫；盡日水沉香一縷；玉盤香轉看徘徊；金鴨香凝袖謝無逸。 衣潤費爐煙周美成。 朱射掌中香；長日篆烟消；香滿雲窓月，户爐熏，熟水留。看綉被，熏香透。（同前）

艾南英輯詞話

艾南英(一五八三—一六四六),字千子,東鄉(今江西)人。萬曆末場屋文腐爛,南英深疾之,與同郡章世純、羅萬藻、陳際泰以興起斯文爲任,刻四人所作行之世,世人翕然歸之。天啓甲子舉人,對策有譏刺魏忠賢語,停三科。崇禎初年始詔許會試,久之卒不第。兩京繼覆,江西郡縣盡失,南英乃入閩,唐王召見,授兵部主事,尋改御史,以疾卒於延平。所著有《天傭子集》、《禹貢圖註》,又編有《萬寶全書》,此據東洋文化研究所藏崇禎戊辰存仁堂陳懷軒刻本《新刻艾先生天禄閣彙編採精便覽萬寶全書》録詞話五則。

一 拜堂致語:切以禮重婚姻,嘗閑(當作闢)人倫之大;義當配偶,乃承宗祀之傳。縹緲青烟,輝

（脱「煌」字）花燭。爼供蘋藻，首嚴見廟之儀；贄備羊羔，聊拜先堂之禮。集珠履玳簪之客，環金釵玉珥之賓。慶賀良宵，觀光盛事。爐薰寶鴨，已拈沉水之香；步擁金蓮，請下深深之拜。《鷓鴣天》：「婚禮今朝請拜堂，誠心全仗玉爐香。神明上下同昭格，王母王公共降祥。魚得水兮（當為衍文）鳳得凰，匆匆喜氣藹蘭房。百年夫婦今宵合，夢葉熊羆早弄璋。」（《新刻艾先生天禄閣彙編採精便覽萬寶全書》卷五）

二　夏桂洲勸諭《西江月》共四首：「麄衣淡飯足矣，村居陋巷何妨。謹言慎行禮從容，反覆人言心難量。　驕奢起而敗壞，勤儉守而榮昌。骨肉貧者莫相忘，都在自家心上。」「本分順乎天理，前程管取久長。他非我是莫争强，忍耐些兒總尚。　禮樂詩書勤學，酒色財氣少狂。閑中檢點日行藏，都在自家心上。」「作善者為慶澤，作惡終有禍殃。　憐貧愛老效忠良，何用躬誠俯仰。　運去黄金失色，時來鐵也争光。眼前得失與存亡，都在自家心上。」「凡事有成有敗，任他誰弱誰强。　身安飽煖足家常，富貴從天所降。　得意濃時便罡，知恩深處休忘。遠之愚謬近賢良，都在自家心上。」（同前書卷十二「勸諭門」）

三　酒色財氣《西江月》：「酒是人間美禄，勸君休要貪精。須能和事與酧賓，聖賢知戒懼，節飲不荒淫。　禹帝曾疏儀狄，惡其蕩性妨形。　堪歎沉湎喪其身，猖狂癡畢卓，李白與劉伶。」「色本傾城傾國，勸君好惡知機。　須然傳嗣禮相宜，聖賢遺訓在，寡欲可防危。　舜帝娥皇二女，恁般不惹閑非。　堪歎暴虐逞胡為，無端昏桀紂，妲己與楊妃。」「財本人間至寶，能來能去能貧。　勸君休要苦勞心，聖賢常節儉，用度有權衡。仁者散財得福，不仁聚貸亡身。堪歎崇利可為懲，鄧通曾餓死，石氏也遭刑。」「氣乃人身充暢，剛柔相濟相扶。勸君休要逞狂徒，聖賢存大勇，禮義可安居。孟氏浩然大道，張公百忍為圖。堪歎小忿□愚夫，重瞳身自刎，三氣死周瑜。」（同前）

四　傳誦：「勸君休戀煙花榻，他家害人別有法。去取龜龍項下珠，善卸天王身上甲。猛虎禁持若善羊，鳳凰退作無毛鴨。饒君生鐵鑄心腸，往來被他鎔作蠟。」《西江月》：「莫戀歌樓妓館，休貪美色嬌聲。分明是個陷人坑，可咲愚人不省。樂處易生愁怨，笑中真有刀兵。等閑失却入他們，莫是蝦蟆落井。」此作皆為遊玩青樓而樂於妓館，日歌夜淫，竟不知些天命，直至財盡，人無所倚，故作此也。（同前書卷十九「洞房捷語」）

五　神聖固臍膏，《西江月》詞二首：「弄月追風才子，偷香竊玉佳人。若還有意洞房春，倒鳳顛鸞有定。常思千合閗耍，金鎗不倒尤宜。管教雲雨到天明，兩下歡娛難盡。」「細想歡中之意，果然賽過金丹。鶯鶯一見便心歡，惹得張生心亂。能使才郎情動，頓教玉女思凡。風流才子莫辭閑，縱有千金不換。」詩曰：「戰戰兢兢一把拿，渾身上下盡酥麻。古人留下仙丹藥，採盡人間百朵花。」用大附子，一箇要一兩六錢者為極佳，一兩三四錢者次之。甘逐，甘草，各一錢五分。母丁香七个。○右將大附子開一孔，剮空，入三味於其內，用南京堆花燒酒半斤，將瓦礶來貯入附子，用綿紙封礶口，以粘米數顆放紙上，以米熟為度，取出前藥，搗杵如泥成羔（當作膏）。上膏藥時入射（當作麝）香二厘於內，貼臍上，用絹帛繫住。（同前書卷十九「洞房春意妙方」）

周懋宗詞話

周懋宗，字因仲，其里貫，序末作汝南（今河南）周懋宗，而卷端下題作越州（今浙江紹興）周懋宗。行蹟不詳，萬曆間人。此據内閣文庫藏萬曆戊午周懋宗校刊《楊升庵辭品》四卷本録序文一則。

一《辭品序》：樂府者，三百篇之變也。漢興，唐山夫人、李協律、馬卿、枚叔為最勝，然皆用之於郊廟，蓋猶有姬公考父之遺風焉。至東京當塗之世，逐臣怨子、騷人悲士，如《董逃》、《上留》諸篇，一彈三嘆，則多慨慷激楚之音矣。靡極於六代，而李唐振之，然自李、杜之外，止能工五七言，而樂府則衰。青蓮《草堂集》復載詩餘，有《菩薩蠻》、《憶秦娥》，則又樂府之變焉。長短成調，參差和律，如唐季《花間集》所録，則皆《草堂》之濫觴也。迨於歐、蘇、秦、黄，而詩餘翕然稱盛。柳三變、周美成能作婉孌語，辛棄疾、岳珂能為悲壯語，此其選也。及北風日競，關、白、馬、鄭變詞為曲，而瞿宗吉、聶大年尚存餼羊，然佳者亦不數得也。國朝人文方盛，錦窠老人、康對山、王渼陂輩皆操北音，祝希哲、唐子畏皆操南音，歌曲騰而詞學則茀廢矣。升庵先生慨然思起而存之，於是上迄六朝，下迨國初，搜剔剪截，穿引包籠，撮述編綴，為《辭品》四卷，稗官正史所未見之人，《花間》、《草堂》所未載之筆，莫不粲然畢備，使讀者知詞學焉。抑予於是而又有感也。三百篇之詩，房中朝廟協以絲竹，漢、魏之際，歌工止能歌四篇，至遏江止傳一篇，而歌旋以亡。唐之梨園坊曲，所歌如《清平調》及小説所載，王涣之（當作「王之涣」）「黄河遠上」之句，皆絶句耳，而樂府之聲又廢。故雖傳，雅如升庵先生止能存其辭，不能考其聲之若何也。予家舊藏此書，丹鉛紛襍，云出自先生之筆，予不忍其不行也，因校録之，以公之雅人，必有能嗜而讀之者，則亦先生之志也。萬曆戊午季春，汝南周懋宗書。

朱應奎輯詞話

朱應奎，字麗明，廣漢（今四川）人。萬曆乙未科進士，官至參政。編《翼學編》十三卷，其書以《大學》格致、誠正、修齊、治平分類，雜載碎事。此據《四庫全書存目叢書》影印明萬曆間刻本録詞話四則。

一 四雪：楊國忠以沉香為閣，檀香為欄檻，射（當作麝）香和泥為壁，至牡丹開時，登閣以賞，謂之四香閣。王介甫嘗謂「梨花一枝春帶雨」、「桃花亂落如紅雨」、「院落深沉杏花雨」、「珠簾暮捲西山雨」，謂之四雨詩。予意李白之「梨花白雪香」，元穆之「落梅香雪浣蒼苔」，東坡之《卧海棠》「泥污臙脂雪」、楊廷秀之《木樨》「雪花四出剪鵝黄」，是真以花為雪，而雪且各色也。園林中植此四花，以四雪取名爲亭，可陋揚之香而過王之四雨矣。（《翼學編》卷一「格致集」）

二 舞馬：中宗時，殿中奏蹀馬之戲，宛轉中律，遇作飲酒樂者，以口銜（當作啣）盃，卧而復起。玄宗嘗令教舞馬四百匹，分爲左右，目爲某家寵、某家嬌，衣以文繡，絡以金鈴，飾其鬣，門（當作間）雜以珠玉，其曲謂之《傾盃樂》，歌其曲，無不奮首鼓尾，縱横應節。（同前）

三 柘枝舞：《樂府雜録》云：健舞曲有《柘枝》，軟舞曲有《屈柘》。《樂苑》曰：《柘枝曲》，羽調也。《屈柘枝》，商調也。此舞因曲爲名，用二女童帽施金鈴，抃轉有聲，其來也，於二蓮花中藏，花拆而後見對舞，實舞中雅妙者也。《教坊記》曰：凡棚車上擊鼓，非《柘枝》，則阿遼破也。《羯鼓録》曰：凡曲有意盡聲不盡者，須以他曲解之，如《耶婆色雞》用《屈柘》急遍解，《屈柘》用《渾脱》解是也。沈亞之、盧肇俱有《柘枝賦》。按盧賦，則柘枝之名本由郅支來，而沈賦謂昔神之克以玉笛按之，非天樂也，曲名《霓裳羽衣》，流傳□□□。（同前書卷三「格致集」）

四 《霓裳羽衣曲》：葉法師嘗引上入月宫，聞仙樂，及歸，但記其半，遂於笛中寫之，會西凉節度使楊敬述所進《婆羅門曲》，與其聲合，遂以月中所聞爲散序，敬述所進爲其腔。曲凡十一編（當作遍），凡曲，中必急拍遽節，惟此曲畢引聲益緩。王建詩：「朝元閣上山風起，聽盡《霓裳》玉露寒。」白樂天詩：「鸞吟鳳調無腔拍，一似《霓裳》散序聲。」其音屬黄鐘，其調屬商，其譜三十六段，其奏樂用女人三十，每審十人迭奏，而音極清高。（同前）

李如一詞話

李如一，初名鵬翀，字貫之，江陰（今江蘇）人。處士。篤學好古，其論學以六經為淵海，箋疏為梯航。所著有《存餘稿》、《水南翰記》。此據上海古籍出版社影印《説郛續》本《水南翰記》録詞話一則。

一　楊夢羽儀調《撥不斷》：「菊苗肥，菖蒲瘦，生涯此外吾何有。竹影閒侵枕畔書，花香自入盃中酒，玉樓春晝。」「心無縈，眉無皺，今朝過也明朝又。屋外江山是主賓，窓前烏兔從飛走，青氊依舊。」

曹臣輯詞話

曹臣(一五八三—一六四七),字藎之,又字野臣,號文几山人,歙縣(今安徽)人,一作蘇州(今江蘇)人。耻於干禄,不求進取,一生布衣。著有《鬼訂集》、《舌華録》等。《舌華録》九卷,是書取前人問答雋語分類編輯,凡十八門,倣《世説新語》,所録皆取面談。凡筆札之詞不載,故曰舌華,取佛經舌本蓮華之意。上起漢魏,下逮明人。此據《四庫全書存目叢書》影印明萬曆間刻本録詞話二則,其中眉端刻有袁中道的評語。

一　柳耆卿、蘇長公各以填詞名,而二家不同。東坡問一優人曰:「我詞何如柳學士?」(眉評:發端何冷。)優曰:「學士那比得相公?」坡驚曰:「如何?」優曰:「公詞須用丈二將軍銅琵琶、鐵綽板唱相公的『大江東去』，柳學士却着十七、十八女郎唱『楊柳外，曉風殘月』。」(眉評：妙音。)坡為之撫掌。(《舌華録》卷三「諧語」)

二　大通禪師操律高潔，人非齋沐，不敢登堂。東坡挾妓謁之，大通愠形於色，坡乃作《南柯子》一首，令妓齊歌之，大通亦為之解頤。公曰：「今日參破老禪矣。」(眉評：千古一人。)其詞云：「師唱誰家曲，宗風嗣阿誰。借君拍板與門槌，我也逢場作戲莫相疑。　溪女方偷眼，山僧莫睫眉。却愁彌勒下生遲，不見老婆三五少年時。」(同前書卷五「韻語」)

鄭世魁輯詞話

鄭世魁，號雲齋，閩建（今福建）人。書商，萬曆時在世。編印《五車拔錦》，有萬曆丁酉自得生序，云：「余家世彙萬卷書，凡天地帝王、古今名物，片詞隻字，有利便於民者，莫不了了胸臆。第欲得删繁就簡，摘粹而撥尤者，竟未之見。近書林鄭氏新集《五車拔錦》若干篇……」序後有缺。此據東洋文化研究所藏萬曆丁酉書林鄭氏雲齋繡梓本《新鍥全補天下四民利用便觀五車拔錦》録詞話十二則。

一

拜堂致語：切以禮重婚姻，實關人倫之大；義當配偶，乃承宗祀之傳。縹緲青烟，輝煌花燭。俎供蘋藻，首嚴見廟之儀；贄備寒榛，聊拜先堂之禮。集珠履玳瓚之客，環金釵玉珥之賓。慶賀良宵，觀光盛事。爐薰寶鴨，已拈沉木之香；步擁金蓮，請下寅君之拜。《鷓鴣天》：「婚禮今朝講拜堂，誠心全仗玉爐香。神明上下同昭格，王母王公共降祥。　魚得水，鳳得凰，匆匆喜氣藹蘭房。百年夫婦今宵合，夢葉熊羆早弄璋。」切以男薄乾道，女順坤儀，禮自有尊卑，拜無先後。男先下膝，女略沾裙。須相見之如賓，效齊眉而到老。可無拙句，少贊容儀。詩：「男才女貌兩堂堂，銀燒高燒徹夜光。敬請夫妻齊下拜，匆匆喜氣下蘭房。」拜儀已畢，禮意云週。伏願筐筐奉祀，格祖禰以垂恩；箕箒掃塵，事舅姑而盡禮。室家雍肅，琴瑟和諧。夢叶羔羆，即見多男之喜；吉占鸞鳳，永傳百世之昌。暫别佳賓，退歸香閣。（《新鍥全補天下四民利用便觀五車拔錦》卷九「婚娶門・聘儀要覽」）

二　打雙陸起例歌：《西江月》：「么六把門已定，二四三五成梁。須知四六做煙梁，五六單行為障。　擲得么三采出，填垓此處高强。到家先起妙無雙，陸曰全贏取賞。」〇凡擲得重色運，俱呼為雙，謂如雙么、雙陸是也。……雙陸格制：雙陸率以六為限，其法左右各一十一（或作十二）路，號曰梁。白黑各十五馬，右前六梁二馬，左前二梁三馬，白黑相偶。用骰子二。其采行，白馬自右歸左，黑馬自左歸右。或以二骰之數共行一馬，或行二馬，或移或疊，凡馬單立，則敵為可擊，兩馬相比為一梁，你馬即不得打，亦不得同途。凡遇打，必候元入局處空位，典采相當始得下。示如第三梁空，今乃得三采則下。所打者未下，則他馬不得行。至後六梁未之歸梁，凡疊梁已滿，如打得他馬，即併馬於近下五格，只開後一梁，為敵久地，右不獲他馬，既盡移歸頭梁之四內。每擲，視其采，拈出二馬，數有餘則取，不足則捨，采小不取，則併移歸下梁，常頃飲兩馬，不可移動，動則頭破。後六梁謂之末梁，馬先出盡為勝，勝而他馬未歸梁，或歸梁而無一馬出局，則勝隻籌，唯所約無有定數。（同前書卷十五「八譜門・雙陸規局」）

三　蹴踘家門：夫古曰蹴踘者，儒名也；今曰齊雲者，俗名也。實晉時壯士習運之能，乃皇朝豪傑戲遊之學。士夫稱喜，子弟偏宜，能令剛氣潛消，頓使芳心歡美。雖費衣而違食，最欺村而滅强。身雖肥盈，常習此，氣如飛，乃高者。愛斯能令友社架上無你衣我衣，囊中無我錢你錢，方可作圓社。如有學者，全在明師指教而踢，不明法者，實千鈞之難。得法者，如反掌之易。凡教徒弟者，有三不可教，有三可教。一者村沙不常性。二者不聽師教，不達圓情。三者人無禮樂，失其信乎？此三者，不可教也。一性格温柔，為人常情。二身材雅俊。三達道務，知進退。此三者，可教也。詩：「齊雲家數少人知，奥妙中間實是奇。」圓社規場：四海齊雲社，當場蹴氣毬。作者偏愛惜，圓社最風流。况有青春年少，同輩朋儔，向柳巷花街翫賞，在紅塵紫陌追遊。脱了搊來憑眼活，認真惟有準毬兒。挾住惟口明，識踢乃無憂。右踏右花，踢似烏龍擺尾；左側左虚，捻似丹鳳摇頭。下住處全在低美，打著人惟伏誰收。使力藏力，以柔取柔。集閑中名為一絶，决勝負分作三籌。俺也絲鞋羅襪，短襖輕裘。襟沾香汗濕，襪污軟塵浮。背劍仙人時側目，攛梭玉女細凝眸。盼鉗兒前後，仰身身移不動；金剪刀往來，移步步過頭低。况乎奢華治世，豪富皇州。春風宣鼓吹，化日沸歌謳。歡笑對吴姬越女，繁華勝楚館秦樓。湖山風物，花月春秋。四聖觀柳邊行樂，三天竺松下優游。樂事賞心，難並四美。勝友良朋，無外五侯。心向閑中着，人於悼裏求。踢圓社者，必不是方頭。《滿庭芳》：「若論風流，無過圓社，拐賺蹬躡搭齊全。門庭富貴，曾到御簾前。灌口二郎為首，趙皇腳下流傳。人都道，齊雲一社，三錦獨争先。花前並月下，全身錦繡，偷側雙肩。更高而不遠，一搭打鞦韆。落處圓光賺拐，雙佩側躡相連。高人處，翻身結伴，天下總呼（脱『圓』字）。《滿庭芳》：「十二香皮，裁成圓錦，莫非少年堪收。緑楊深處，恣意樂追遊。低拂花稍褭下，侵雲漢、月滿當秋。堪觀（脱『處』字），偷頭十字拐，舞袖拂銀鉤。肩尖並拐搭，五陵公子，恣意忘憂。幾回沉醉，低築傍高樓。雖不遇文章高貴，分左右、曾對王侯。君知否，閑中第一，占斷（脱『是』字）風流。」（同前「八譜門・齊雲軌範」）

四　毬門制度：左軍一行人並着緋，右軍一行人並着緑（圖略）。《鷓鴣天》：「巧過縫圓異樣花，輕身徤體實堪誇。能令公子精神爽，引動王孫禮儀家。真富貴，逞奢華，一團和氣遍天涯。漢王宋帝皆從胄，占斷風流第一家。」（同前）

五　一令要按景，以天地三陽泰為主，要二曲牌名湊成巧語，押韻合意：天地三陽泰，乾坤萬象新，街頭《沽美酒》，堂上《集賢賓》；天地三陽泰，衣冠色色新，齊賀《普天樂》，同來《醉太平》；天地三陽泰，笙歌括耳新，輕敲《三捧皷》，齊唱《絳都春》。（同前書卷二十九「侑觴門・奇筵酒令」）

六　一令上要《論語》一句，中間添二曲牌，下又要《論語》一句合意：有朋自遠方來，慌忙《沽美酒》，飲得《沉醉東風》，不亦樂乎；入公門，敬去《朝天子》，遇着《三學士》，鞠躬如也；與朋友交，修下《一封書》，約定去《赴佳期》，言而有信。（同前）

七　一令要兩個曲牌名，下一字相同，又要《西廂》一句貫穿合意：《油葫蘆》，《醋葫蘆》。《油葫蘆》光油油耀花人眼睛，《醋葫蘆》酸溜溜螫得牙疼；《月中花》，《雨中花》。《月中花》顫魏魏花稍弄影，《雨中花》亂紛紛落紅堆徑；《紅娘子》，《七娘子》，《紅娘子》隔窗兒咳嗽一聲，《七娘子》啟朱脣連忙答應。（同前）

八　一令要三個曲牌名，中間俗語問答，末用《西廂》一句貫穿合意：《紅娘子》《罵玉郎》《沉醉東風》，玉郎如何答應？他陪着笑臉兒相迎；《倘秀才》《朝天子》《賀聖朝》，那天子如何道答？曰在瓊林宴上搊；《鮑老催》《香柳娘》《好事近》，香柳娘問有何事？新婚燕爾安排定。（同前）

九　一令要曲牌名三個，相連合意，下要俗語一句相承：《風流子》《脱布衫》《沽美酒》，顧口不顧身；《紅娘子》《上小樓》《剔銀燈》，照上不照下；《香柳娘》《罵玉郎》《遶池遊》，思外不思家。（同前）

一〇　一令要一骨牌名拆開，中間添一曲牌名合意：踏梯《上小樓》望月；七紅《沽美酒》沉醉；將軍《得勝令》掛印。（同前）

一一　一令上要曲牌名三個串意，尾用《西廂》一句相承：《沽美酒》《集賢賓》，不得《沉醉東風》，《西廂》：請將來着人不快活；《香柳娘》《哭相思》，不肯《上象牙床》，《西廂》：坐不安，睡不寧；《虞美人》《羅帳裏坐》，不見《賀郎兒》，《西廂》：顛來倒去不害心頭。（同前）

一二　呂純陽先生難世作：《鷓鴣天》：「識破乾坤懶進身，山居林下養精神。功名未退心先退，家計雖貧志不貧。　山作伴，水為鄰，悠悠風月養天真。世間多少紅塵客，似我清閑有幾人。」（同前書卷三十三「修真門・修真紀要」）

孫能傳詞話

孫能傳，字一之，四明（今浙江寧波）人。萬曆丙辰進士，中書舍人，為主事，官至工部員外郎。編著有《剡溪漫筆》、《益智編》、《明謚法纂》。又與張萱等編《内閣藏書目録》。此據臺灣學生書局出版《雜著秘笈叢刊》影印明萬曆四十二年刻本《剡溪漫筆》録詞話五則。又據《續修四庫全書》影印清遲雲樓抄本《内閣藏書目録》録所載詞集。

一

一點：岑嘉州詩喜用一點字，《赤驃馬歌》：「草頭一點疾如飛，卻使蒼鷹翻向後。」《送王少府》：「西看一點是關樓。」《送李明府》：「嚴灘一點舟中月。」其下語皆工。杜詩：「關山同一點。」亦指月言，東坡夏夜《洞仙歌》「一點明月窺人」本此，若鄭谷之「一點山螢」，李群玉之「一點殘燈」，秦少

游之「一點青山」，則人能道之，未為奇也。（《剡溪漫筆》卷一）

二　鳳頭釵詞：陸務觀初娶唐氏，伉儷相得，弗獲於姑。既出，而未忍絶之，為別館，時時往焉。姑知而掩之，事不得隱，竟絶之。改適趙士程，春日出遊，遇於沈氏園，唐以語趙，遣致酒餚，陸悵然，賦《釵頭鳳》詞題園壁間。此與東漢鄧元義妻極相類。然務觀不忍遽絶，貯之別館，是欺其母也。沈園一詞，固亦人情，至云「東風惡，歡情薄」，無乃幾於怨乎？元義亦知妻之非有他過，而子朗又其腹出也。母子至情，朗豈能若是恝乃母？與書皆不答，與衣輒燒之，母欲見朗，至親家李氏堂上，以他辭請朗，朗見母，再拜，泣涕，因起出，惟不敢以恩害義，故抑情至此。務觀之有媿於朗多矣。（同前書卷三）

三　蒲傳正戒子弟曰：「寒可無衣，饑可無食，至於書，不可一日失。」尤延之儲書甚盛，饑讀之以當食，寒讀之以當衣，孤寂而讀之以當朋友，幽憂而讀之以當金石琴瑟。錢思公言平生惟好讀書，坐則讀經史，卧則讀小説，上厠則閱小辭。古人於書篤好如此。曾大父竹莊府君酷嗜書，雖登第後未嘗頃刻釋卷。暑月多蚊，納足雙甕中，夜久乃罷。一時裒蓄頗富，會卒於京邸，書皆散亡。余性亦嗜書，一切酣歌博奕，珍玩嬉遊，皆可以書易之，為困於一經，無暇旁涉。今復老矣，區區志願，欲聚書萬餘卷，於竹莊舊址搆小樓儲之，作老蠹魚，遊於其中。戊申冬，厄於融風，數世之藏，悉為灰燼，可惜也。讀三君語，口津津地涎出矣。（同前書卷四）

四　文字穢媟：文字作穢媟語，自是斯言之玷，如漢《雜事秘辛》記恒帝選后一事，其叙致誠，亦奇艷。然「女瑩燕處」一段，至於「胸乳菽發」、「私處墳起」等語，亦穢媟太甚矣。選后，乃國家盛禮，何必描寫至此？吴姁審視，事或有之，可筆之於書以對之帝后乎？柳子厚《河間傳》文亦近穢，雖借以寄刺，何乃為此淫醜之詞？至如俗傳《如意君》等傳，及近日吴下《青樓傳》所紀松陵善戰，尤污辱翰墨，嬴秦一炬，焉可無也？黄魯直少時嘗作樂府，以使酒玩世，道人法秀謂以筆墨勸淫於我法中，當犁舌之獄，文士宜以為戒。（同前書卷五）

五 詞臣供奉：宋時立春、端午等節，翰林院進帖子詞，剪帖於禁中，門帳、皇帝閣、皇太后閣俱六篇，皇后閣五篇，夫人閣四篇，以至皇大（當太）子府亦有之。其詞用五七言絶句，詠景物而寓諷意，國朝則無之。又如除擢中外臣僚，及罷免謫斥，皆有制臣。臣僚表奏有批答，賜宗藩將相禮物，及外國使臣往來賜御筵生餼茶藥酒果，皆有口宣。奏告諸陵及酌獻皆有表本，隣敵慶吊有國書。他如青詞、朱表、齋文、疏文、歌辭、樂語之類，尚多有之，國朝多不復用。昔人謂翰林學士非真才，不堪其任，比於大帥之將重兵，能吏之宰劇邑，謂其制作繁多，難以供應，今不爾也。（同前書卷六）

六 《稼軒集》四册，全，宋辛棄疾長短句。又四册，全。又一册，不全。（《内閣藏書目録》卷三「集部」）

七 長短句，一册，楊慎著。（同前）

八 《樂府混成集》，一百五册，不全。莫詳編輯姓氏，皆詞曲也，内有腔板譜，分五音十二律，類次之，原一百二十七册，今闕二十二册。（同前書卷四「總集部」）

九《中州元氣》，四册，不全。莫詳編集姓氏，皆古樂府詞曲也，凡十册，今闕其六。（同前）

一〇《白石道人歌曲》，一册，全。宋慶元間番陽氏姜夔奏進樂章。（同前書卷五「樂律部」）

一一《雙溪醉隱樂府》，十二册，不全。元左丞相□□（當作耶律鑄）著，分前、續、别、外、新五集，中多闕逸。（同前）

一二《續東□（當作几）詩餘》，一册，全，宋岳珂翁。（同前書卷八「雜部」）

沈士麟詞話

沈士麟，字德生，仁和（今浙江杭州）人。萬曆丁酉舉人。此據《續修四庫全書》影印明末刻本《秋水庵花影集》録序文一則。

一

《秋水庵花影集序》：予奔走長安街，面士尺許，僅爭廣文一席，跋涉千里，非哉！予之愚也。乙丑之秋，又將掛孤篷，渡浙水而西。荻花蕭條，霜月慘澹，四顧童僕，依棲無色。子野將予水湄，予謂之曰：「吾於世味已嚼蠟，幸為我求隙地於東西佘間，行將與爾賦咏著述，何物五斗能使人折腰耶？」子野戲曰：「予，冷人也，合受冷趣；爾，熱人也，應受熱業。爾若飄然歸來，我當分草堂半榻，容汝四大，何必買山而隱耶？」予笑曰：「子何居高而視下也？區區沈生，亦有心胸頭面者。斑衣捧檄，固知喜動顔色。乃山鬼移文，亦知愧入毛髮。此行，予之不得已也。戊辰之役，倘拾得一第，則借一命娛兩親。不然，則袖書歸田，為老農畢世耳。」子野曰：「善，吾固知君非久於風塵者，吾將結茆花下以待。」已而閱予行裝，見予諸行卷，因曰：「吾亦有數首，欲乞子一言以行於世。」開緘出之，則《花影集》也。艷句淋漓，藻色飛動，予捧讀良久，心花皆開，拍案嘆曰：「嗟乎！予所行世，不過一時塵言。而子則千秋慧業，豈不仙凡霄壤，尚敢輕置一喙哉？」雖然，惟子野知我，亦惟我知子野。子野詞章高妙，人人所知，然予以為正非子野本色也。子野外服儒風，内宗梵行，其於世間色相一切放下，高棲山谷，睥睨今古，視富貴如浮雲，功名若苴土。即至山水烟霞，文章句字，亦如夢花泡影，過眼變滅。但其性靈穎慧，機鋒自然，不覺吐而為詞，溢而為曲。以故不雕琢而工，不磨滌而净，不粉澤而艷，不穿鑿而奇，不拂拭而新，不揉摛而韻。蓋直出其緒餘，玩世弄物，彼其胸中寧有纖毫留滯者哉？　即其命名「花影」，而其意固已遠矣。予之知子野者，殆得之文彩之外、章句之先。若區區語其藻艷而已，則名箋酒翰，路口成碑，俊舌歌鶯，青樓偷譜，誰不知之，而何取於問序於予？　安見予之為知子野也？　予惟是速了熱業，轉受冷趣。他時分得子野草堂半榻，當以性靈為師，梵貝為課，賦咏著述，亦多休却。子野此時，靡詞綺語，亦請一切報罷。我正恐其機鋒四出，技不勝癢，指尖毛孔皆蒸蒸然不得太平也。（《秋水庵花影集》）

施紹莘詞話

施紹莘，字子野，自號峰泖浪仙，華亭（今上海）人。以諸生隱西佘，工樂府詞曲，以才豔稱。著《秋水庵花影集》五卷，前四卷為曲，後一卷為詩餘，多作於崇禎中，大抵皆紅愁緑慘之詞。此據《續修四庫全書》影印明末刻本《秋水庵花影集》並參校《四庫全書存目叢書》本録詞話一百一十三則。

一

《秋水庵花影集序》：峰泖浪仙行吟山谷，盤礴烟水，如槁木，如寒灰。我喪其我，不知我為何等我也。一日，刺杖水涯，撥苔花，數游魚，藻開萍破，見耳目口鼻浮浮然在水面焉。因自念言：「此是我耶？抑是影耶？影肖我耶？我肖影耶？我之為我，亦幻甚矣。」何必多識字，日夜與柔管作緣。平生寡交遊，偏與毛氏之宗姓世世結納，狎之曰管城子，尊之曰穎君，以之電掃橫行，則署之曰藏鋒都尉。且愛之恤之，珍之秘之。不用之於名場呫嗶，而用之於韻事風流；不用之於詁語酸言，而用之於雄詞藻句；不用之於雌黄恩怨，而用之於嘯咏吟諧；不用之於政牘刑書，而用之於花評艷史；不用之於歌功佞德，而用之於惜粉憐紅；不用之於書算持籌，而用之於風人騷雅；不用之於北闕封章，而用之於東皐著述；不用之於青史編年，而用之於春衫記淚；不用之於諛辭表墓，而用之於艷句酬香；不用之於枉駕高軒，而用之於過溪枯衲，庶幾無負於柔管哉。宜其感恩思報，而辛苦隨我一生也。但綺語之業，日深月積，抑何不自愛至此矣。猶記十六七時，便喜吟咏，而詩餘樂府，於中為尤多。十餘年來，費紙不知幾十萬。嘗貯之古錦囊，挑以筇竹杖，向桃花溪畔，杏樹村邊，黄葉丹楓，白雲青嶂，席地高歌一兩篇。雖不入譜律，亦復欣然自喜。山童騎黄犢，負夕陽而歸，亦令拍手和歌，喁于互答。因擇其聲之幽脆者，命歌工教以音律。於是花月下，香茗前，詩酒畔，風雪裏，以至茅茨草舍之酸寒，崇臺廣囿之弘侈，高山流水之雄奇，松龕石室之幽致，曲房金屋之妖研，玉缸珠履之豪肆，銀箏寶瑟之縈魂，機錦砧衣之愴思，荒臺古路之傷心，南浦西樓之感喟，憐花尋夢之閒情，寄淚緘絲之逸事，分鞵破鏡之悲離，贈枕聯釵之好會，佳時令節之杯觴，感舊懷恩之涕淚，隨時隨地，莫不有刱譜新聲，稱宜迭唱。每聽雙鬟豎子拍板一聲，則泬寥傳響，情境生動，可謂極風情之致，享文字之樂矣。但浮沉濁亂於此中，我正為我身心性命憂耳。謂當傾篋中藏，吹杖頭火，向稻花風裏，舉蒲葵扇，呼嗚嗚而播之，我見其灰飛烟滅，而我之真面目始具矣。適有客至，倚杖與語，客曰：

「向聽爾詞，耳根快矣，獨不可使眼根亦受用乎？請授梨棗，使世間有眼人飽看一回也。」浪仙對曰：「我寫不言之句，故將以手為口，爾聽無聲之詞，乃欲以目易耳耶？我且不知爾之非我，我之非爾，爾猶執耳之非目、目之非耳耶？爾不見夫花影乎？花外之影，影即非花；影中之花，花即是影。然則何有何無？何彼何此？焉知珠聲絹字非已飛之劫灰，而本無之幻相也哉？衍爾若作句字觀，則些些綺語，永為拔舌成案。若作花影觀，則滿紙胡言，隨口變滅，疏影稀微，已為我向佛懺悔久矣。雖謂梓氏之刀為祖龍之火，可也。」客曰：「命之矣。」乃私授剞劂，而即錄浪仙之語為之序，蓋序之變格也。（《秋水庵花影集》）

二 僞竊：小詞雖極蕪陋，然自寫一得，亦頗自珍惜，奈每每為人掩竊。曾於一歌姬扇頭見《夢江南》十首，宛然予作，而已識他人姓字矣。如此者甚多，一一鶴聲飛上天，豈容假人耶？不敢不辨。（同前書「雜記」）

三 《夢江南》「人何處，人在碧雲樓」：小詞不難麗而難新，不難宛而難尖，如此宛麗，而更有如此之尖新，即置之《花間集》，固須遜其風華耳。又：一語深得疊字法，遂成妙句。（雨鴈帶愁橫浦樹，風花驚夢撲簾鈎）（《秋水庵花影集》卷五「詩餘」）

四 《夢江南》「人何處，人在蓼花汀」：澄鮮透逸。（水國夜霜衣霧薄，畫樓朝鏡臉潮生）（同前）

五 《夢江南》「人何處，人在水雲天」：妙句。（輕雨等煙籠舊事，暮山如夢隔前緣）（同前）

六 《夢江南》「人何處，人在夜香亭」：字字鮮美。（茉莉暗香纏秀髮，砑羅文袋捉新螢）（同前）

七　《夢江南》「人何處，人在月明村」：曾經人道否？（小犬吠花嗔影亂，鴉鬟驚魘背燈昏）（同前）

八　《夢江南》「人何處，人在小書齋」：寫出無聊。（對鏡不言彈粉淚，啟窗扶嬾晒紅鞋）（同前）

九　《夢江南》「人何處，人在碧紗窗」：香艷極矣。（金鴨篆銷香透骨，繡衾紅貼夢跟郎）（同前）

一〇　《夢江南》「人何處，人在暮煙中」：一幅奇畫。（樹裡人家秋色鬧，水邊榪子夜燈紅）（同前）

一一　《夢江南》「人去也，人去楚天遥」：字法妙。（遠樹與雲粘極甫［當作浦］）又：生新句。（小船如鴨浴寒潮）（同前）

一二　《夢江南》「人去也，人去墨花鮮」：巧思。（别淚秪餘箋上竹，同心惟有畫中蘭）（同前）

一三　《夢江南》「人去也，人去綉衾寒」：常語翻出新聲。（餘淚枕冰光宛宛，贈香心字曲團團）（同前）

一四　《夢江南》「人去也，人去酒初醒」：真語。（記夢不明添懊惱，譜愁成曲倍生新）（同前）

一五　《夢江南》「人去也，人去贈香羅」：真，真。（密語付來知鄭重，用心收得費摩挲）（同前）

一六　《夢江南》「人去也，人去恰晨鐘」：「減」字妙。（上船衝霧減燈紅）（同前）

一七　《夢江南》「人去也，人去忽天明」：新妙。（恍惚夜來非夢境，凄凉今日似他生）（同前）

一八　《長相思》「秋夜長」：淡語，却無限思量。（是這花陰是這廊，那時曾見娘）（同前）

一九　《長相思》「雨鐘長」：情景宛然。（一盞青燈守等郎，脱鞋纔上床）又：淫慾有此。（郎不回來今夜長，一條鴛被香）（同前）

二〇《長相思》「晚粧時」：寫出無聊。（獨擁寒衾炙麝臍，燭花殘一枝）（同前）

二一《長相思》「知君時」：恍見驚喜。（珍重尊前看我時，剛才見面時）（同前）

二二《長相思》「憐君時」：妙。（空有書來人遠時）　又：更妙。（無書有夢時）（同前）

二三《昭君怨》「欲雨却晴天氣」：暮景，妙在「一點」二字、「隔」字，有迷情。「就」字，有近趣。（同前）

二四《生查子》「千帳護春寒」：不知云何？（燭影上牙床，深夜燈窓語）。　又：形容曲盡。（下片）（同前）

二五《點絳唇》「輕雨如絲」：宛然雨况，妙在「醒猶睡」三害（疑作字）。　旁：不粘雨，却摹出雨景。（平蕪如地，一片芊綿翠）（同前）

二六《點絳唇》「寺枕荒塘」：奇句。（時時雪浪吞僧屋）　又：新妙。（天水鸜哥緑）（同前）

二七《點絳唇》「半畆荒園」：風致欲仙。（同前）

二八《點絳唇》「三面臨流」：真境奇語。（月明如束，憐樹迴廻緑）（同前）

二九《點絳唇》「金縷絲絲」：人情直是淡煙輕絮。（同前）

三〇《點絳唇》「蘋蓼灘頭」：仙句。（鷺鷥脚踏孤霞影）。　又：眼前句。（不愁迷徑，記得門前井）（同前）

三一《點絳唇》「虹掛船梢」：宛然晚景。（晚鴉棲盡，枯樹祠前暝）　又：思家風致如畫。（山妻

應烹葵煮茗，飯熟久相等）（同前）

三二《點絳唇》「春雨調酥」：淡語遠情。（煙波霧雨，一聲西過櫓）（同前）

三三《點絳唇》「雨帶微潮」：三字光景可想。（推窗曉）（同前）

三四《如夢令》「日約樓陰整整」：予嘗愛古詞「踏不折一枝梅影」之句，此語可以配享。又：得景。（日約樓陰整整）（同前）

三五《如夢令》「只是亂花芳樹」：怎捱得過。又：真，真。（静裡自思量，覺道眼前無數）（同前）

三六《如夢令》「回首不禁腸斷」：排（當作徘）徊無聊之。（筆者按：後當有脱文未印出）（同前）

三七《如夢令》「今夜月窺簾縫」：光景妙。（燈影兩三人）（同前）

三八《如夢令》「記得年時夢見」：古夢，亦奇。（同前）

三九《如夢令》「有客儒冠覆頂」：跟前祥理，不須深言。（同前）

四〇《如夢令》「其在西堂竹裡」：却又説破。（如是，如是，打破語言文字）（同前）

四一《如夢令》「漠漠小窓煙霧」：正是現前指點。（苔面落花多，指點月來雲破）又：奇妙。（罪過，罪過，驚醒梵天龍部）（同前）

四二《浣溪沙》「如鏡窺粧逗小樓」：此景從無人模得。（倒簪花影上人頭）又：光景妙。（柳絲濃翠拂鞋鈎）（同前）

四三 《浣溪沙》「格子紅牙處處斜」：無聊展轉，不□神傷。（同前）

四四 《浣溪沙》「雨過雲頭出淡紅」：摹畫語。 又：新句。（小桃收淚見東風） 又：陡然上心。（花間忽記舊行蹤）（同前）

四五 《浣溪沙》「百舌聲聲鬧入來」：將「隙」字襯「窺」字，得景。 又旁：濃灎。（東風一院晚花開）（同前）

四六 《浣溪沙》「恰好温和晒麥天」：妙在「娟娟」、「潑潑」四字。 又旁：宛然村叟。（老人簷下拆裘）（同前）

四七 《浣溪沙》「雨過荼蘼破粉痕」：至多情人語。（同前）

四八 《浣溪沙》「一片猩紅剛秀蔞」：風流罪過，孽債如山，正是文人本色。（同前）

四九 《浣溪沙》「杜若芳洲淡淡煙」：起句嬌情。 又旁：何况人耶？（燕悲春盡亦呢喃）（同前）

五〇 《浣溪沙》「鶯老心慵不耐啼」：過來人語，字字情與？ 又旁：「或」字妙。（燕雛毛濕或危栖） 又：無限縈纏。（因改舊詩重感夢）（同前）

五一 《浣溪沙》「手揭簾衣漾曉風」：妖媚之態恍然。（有人羞倩拾鞋弓） 又：美人遺照。（耐人瞧，覷面微紅）（同前）

五二 《浣溪沙》「手折花枝玉笋寒」：甚於畫眉。（半簪儂鬢半郎冠） 又：正恐露出酸態。（檀

郎生受不寒酸）（同前）

五三《浣溪沙》「衫子偏教窄窄裁」：我見猶憐。（吹彈得破粉香腮）　又：柔怨風難，真是美人。（下片）（同前）

五四《浣溪沙》「瞥見春愁不可消」：畫出美人神髓。（骨裡有香無可嗅）（同前）

五五《浣溪沙》「半是花聲半雨聲」：怕聽不得。（薄衾單枕一人聽）　又：摹神語。（凄凉情況似孤燈）（同前）

五六《浣溪沙》「搯着衾窩舊贈香」：可憐。（照人垂淚燭煌煌）（同前）

五七《浣溪沙》「愁卧寒冰六尺藤」：一句萬轉，直寫思境之變。（下片）（同前）

五八《浣溪沙》「燈暗銀篝灺玉蟲」：無情花雨却生出美人遲暮，可謂無限閒心，一往有深情矣。又：險語。（四邊愁陣煞鏖攻）（同前）

五九《浣溪沙》「浪漱莎根緑半篙」：直叙，亦是畫。令人魂銷魄奪，所云不教人見轉風流也。（同前）

六〇《菩薩蠻》「龍鱗漸老池頭竹」：寫出園林情景。（同前）

六一《菩薩蠻》「薰風夜釀枝頭白」：《花間》□語。（寂寞一枝香，困花今夜長）　又：文情淫麗。妙。（浣面温湯水。倩入鬢邊鴉，一頭和露花）（同前）

六二《菩薩蠻》「淺斟低唱《陽關》徹」：不記情而記雨，正是情。（記取雨絲絲，是郎初別時）

又：韻絶。（奴自合愁哉，怕郎愁也來）（同前）

六三 《菩薩蠻》「不争一步東西各」：口脂亦認得妓，妙。（風遞口脂香，隔船遥認娘） 又：逼真，宋人語。（春愁無處所） 又：更難為情。（日暮越愁郎，燈光影裡娘）（同前）

六四 《菩薩蠻》「春江渡口春風惡」：妙境尖思。（畫舫隱垂楊，偷窺一線娘） 又：語淡情長。（從此措蕭郎，幾時重見娘）（同前）

六五 《菩薩蠻》「船頭一點粘無錫」：「粘」字妙。（船頭一點粘無錫） 又：唐人妙句。（鐘杳隔江雲，愁眠愁殺人）（同前）

六六 《菩薩蠻》「春深加倍心情惡」：妙。（深自掩窓紗，怕人言落花） 又：黯然魂消。（風起落花飛，不知雙淚垂）（同前）

六七 《菩薩蠻》「一燈徹夜陪孤寢」：妙。（淚眼不分明，燈花罨盞昏）（同前）

六八 《玉聯環》「東風陌上吹香雨」：光景。（微笑語携筐去） 又：境外情深。（倩人説與落花餘，去不得，還應住）（同前）

六九 《憶秦娥》「添悽寞」：宛然獨眠孤館。（同前）

七〇 《憶秦娥》「尋密約」：寫出妖媚。（嬌慵擡起雙鬟落，欲兜鞋失教郎索）（同前）

七一 《憶秦娥》「人歸去」：真堪哭殺。（明年打點，為伊標墓）（同前）

七二 《減字木蘭花》「寒煙衰草」：不言愁，愁已無限。（同前）

七三　《清平樂》「寒添未甚」：「竟」字妙。（一輪月竟黄昏）（同前）

七四　《浪淘沙》「休去依欄杆」：起妙。（休去依欄杆）　又：摹神。（皮毛忽地似禁寒）（同前）

七五　《浪淘沙》「早起便看山」：畫所不到。（同前）

七六　《浪淘沙》「半髀短鬟兒」：淫艷無比。　又：誰知此樂。（同前）

七七　《木蘭花》「鬟鬟已褪心猶暖」：可憐。（小時心性且收來，着意看郎嗔喜臉）　又：可憐。（有些往事在心頭，悶則紫簫吹一遍）（同前）

七八　《木蘭花》「小鬟未解佯嬌靦」：寫出嬌癡，形神欲肖。　又：窮酸寡醋。（可惜教人容易見）（同前）

七九　《鷓鴣天》「緊閉重門茉莉香」：淫艷繁華，宛然在目。（同前）

八〇　《玉樓春》「芳心付與春收拾」：無中生有，無限閒情。　又：秀。（檢點腰兒無氣力）（同前）

八一　《玉樓春》「年時曾宿花間霧」：我見猶憐。（同前）

八二　《玉樓春》「重重樓閣扃朱户」：不須説破，只如此，正如此。（樓為今夜獨眠樓，路是去年離別路）（同前）

八三　《玉樓春》「空庭一葉傳秋警」：香艷極矣。　又：窺人甚底。（直進羅幃窺鳳枕）（同前）

八四　《虞美人》「夕陽紅抹花飛急」：常語翻出，新以妙絶。（同前）

八五《虞美人》「無可辨人煙樹裡」：真可謂詩中有畫。（同前）

八六《醉紅粧》「那人年紀」：寫出媚態。（一波秋暈喜斜睃）　又：妙。（嫁與檀郎應折福，敢容易，做兒夫）（同前）

八七《行香子》「點點眉山」：妙句。（况清秋，蘋思晚，稻聲乾）　又：妙。（何曾睡穩，只是身翻）（同前）

八八《蝶戀花》「陣陣薰風熏繡幕」：摹景幽思。（静糝花陰，困得猧兒着）（同前）

八九《蝶戀花》「别後十朝風雨九」：真愁殺人。　又：妙句。（柳帶堪思扳折手，歸期不信叮嚀口）（同前）

九〇《青玉案》「好花好酒知多少」：看此應界外，醒矣。（同前）

九一《青玉案》「幾乎忘了春之杪」：此小詞中《齊物論》也。（同前）

九二《天仙子》「瘦竹自摇清夜影」：奇句。（獨鶴影，似人影，飛鴈劈空分地影）　又：句有神。（落葉影，動燈影）（同前）

九三《江城子》「杏花零落水平堤」：吐出波瀾，自妙。（同前）

九四《江城子》「蕊珠宫裡掌花仙」：花俏多頭，頭力弘大。（同前）

九五《西江月》「好月朦朧過了」：無限感愴。　又：真情實境。（同前）

九六《西江月》「又是花飛似雪」：二語已堪痛哭。（又是花飛似雪，玉樓人去三年）（同前）

九七　《西江月》「個個難抛紫綬」：此語可省。（與誰兩個掙輸贏）（同前）

九八　《青衫濕》「孤燈燈畔孤燈影」：為指大照，幾於頰上三毛矣。（同前）

九九　《醉春風》「剛見梅花嫩」：景寫情，俱妙境。（同前）

一〇〇　《江城梅花引》「風風雨雨要清明」：妙。（怕胡認，任奴嗔，枉你心）　又：妙。（羞見伊，恁樣人）（同前）

一〇一　《滿江紅》「風雨沉綿」：無限纏綿，綿華秀勁，可稱字字新穎。（同前）

一〇二　《千秋歲引》「小巷繁砧」：新妙。（哀鳴鴈説遼陽事，驚棲鵲話黄姑約）（同前）

一〇三　《疎簾淡月》「竊梅聲價」：多情人語。（惱香魂，逼禁無那）（同前）

一〇四　《洞仙歌》「憑誰獻壽」：情景妙絶。（簪白首、粧點仙翁古秀）（同前）

一〇五　《滿庭芳》「柔夢縈魂」：妙句。（柔夢縈魂，淫香浸骨）　又：妙。（影微微，一線酥胸）（同前）

一〇六　《滿庭芳》「蘋水浮天」：宛然。（偷窺門縫，隱約眉山）（同前）

一〇七　《念奴嬌》「鵲橋初駕」：□壽詞俱灑脱有致，尤他人所難。（同前）

一〇八　《綺羅香》「細不如絲」：景中有情，其□自遠。（同前）

一〇九　《雨淋鈴》「吹吹還列」：此篇摹情寫景，□□形容□字尤妙。（同前）

一一〇　《拜星月慢》「香了寒金」：奇語。（月被花，篩竹藏）　又：真境語。（細數月缺分離，又

早團圞快)(同前)

一一一《薄倖》「如何薄倖」：如此起自妙。(如何薄倖，有耳朵、些些作證)又：奇。(況吟時，酒夜亂，花疎竹園愁境起。)又：妙。(來尋夢，道是是人是影)(同前)

一一二《絳都春》「窓兒低小」：景字字摹神。(同前)

一一三《戚氏》「峭寒生」：識得恁破。又：隨分做底專脚頭，不可不硬。胸襟眼界，不可不濶，此英雄本色也。(同前)

顧乃大詞話

顧乃大，字彦容。行蹟不詳。此據《續修四庫全書》影印明末刻本《秋水庵花影集》録序文一則。

一

《秋水庵花影集序》：吾友施子野氏，嫺雅絶倫，風流自賞。夙稱博物，兼負情癡。既篡蠹以時親，復雕蟲之旁涉。新聲驚座，佳製盈笥。爰繕芸箋，命名《花影》。蓋以綵分江令，雪壓巴人。非關墨妙筆精，獨出騷心賦手。比物連類，托興肖形。或醒塵勞，或傷遲暮。或千秋憑吊，臨水登山；或一室晤言，炙香煮茗。或訴長門有恨，或憐翠閣無聊。巾藻淋漓，芍藥贈佳人南國；管華璀璨，葡萄傾公子西園。況夫春水緑波，秋原紅樹。清商緩奏，酸拍停催。魂銷殘月曉風，夢斷黄蘆苦竹。三秋一日，能無采葛之賡；千里寸心，曷已離鴻之唱。腸疑繡簇，字比珠圓。教坊譜入瓊笙，樂府名題黄絹。其險邃似桃迷秦澗，桂被蜀砉，别構奇觀，杳無俗狀。其娟秀似孤山萬樹，楚畹數叢，谷中弱態離披，溪畔冰痕清淺。其駢冶似平泉杏鬧，金谷草薫，鸚鵡珠簾，胭脂零亂，鴛鴦膩浦，香霧溟濛。銀燭高燒，忽共鞦韆遥送；瑶臺空掃，却因蟾魄重窺。其綿惋又似貞娘墓古，妃子亭荒。依然細碧交加，率爾老紅如雨。毵毵啼露，淡淡篩烟。倚殘照以無言，隨暮鴉而低墮。總之，非空非色，疑假疑真。擢月姊之精神，繪成殊艷；借天孫之杼柚，幻出靈葩。《彤管》《玉臺》，方斯蔑矣；《金荃》《蘭畹》，自謂過之。况大雅寖湮，元徽逾邈，塗膏乞馥，奚啻濫觴？襲豖承魚，仍慚本色。惟兹敷以蕙質，濬自紈襟。前無古而後無今，華於朝而秀於夕。塵飛葉落，緑珠巧叶鸞絲；徵嚼宫含，碧玉香生鶯舌。幾與《鬱輪袍》嗣響，堪為鐵綽板解嘲。翩翩柳寵花嬌，冉冉月來雲破。聊附馬山人之逸事，不負張郎中之後身。咄哉歌苑功臣，允矣詞壇宗主。敢藉斯編而不朽，詎云所好以阿私。（《秋水庵花影集》）

顧胤光詞話

顧胤光，字闇生，號石萍，華亭（今上海）人。萬曆戊午舉人。此據《續修四庫全書》影印明末刻本《秋水庵花影集》録序文一則。

一　《秋水庵花影集序》：夫詞，詩之餘也。前人謂工詩不必工詞，詩料不可入詞料，則詞固别有當行。而余嘗評覽宋、元詞家，如蘇如柳，如王、董、關、馬諸君，各擒致標體，不傍門户。濃澹啼笑，無相優劣。而後人醜争效顰，技同剪綵，摹形傷板，鏤情涉俚。偷字不掩其酸，填艷祇拾其唾。難哉！脱邯鄲而出步也。吾友子野弱冠好詞，即工詞，積十餘年而不靳，公諸同調，以「花影」名集，則命意遠矣。蓋詞不難填實，而難使虚，而花之弄影，妙香色之俱空。詞不難琢巧而難寫生，而影之取花，妙即離之雙遣。詞不難繁音之噪耳，而難柔致之感物，而影暈花，花篩影，妙嫵媚之無骨，而參差之善隨。以子野詞拈作花觀，兩字歡愁，皆嫣紅而慘緑也，百態離合，疑笑晴而泣雨也；以子野詞拈作影觀，趣横景移，得意在精神之摹寫也，思微香寂，幽賞在澹漠之領會也；以子野詞拈作花影觀，脂氣净掃，冷韻逼人，杳焉作羅浮仙子想，則横水之一枝也。嬌痴欲絶，如雨後烟初，真堪一字一金屋，則臨鏡之睡醒也。當年鐵板誰唱，千秋絶調，則百尺松濤響秋月也；舊日纖腰齊褪，一時情語，則千條柳綫摇春風也。若乃尋幽盟，咏孤芳，三徑高韻，素琴無絃，依稀東籬晚香之微有傲態；更或宜紅牙，可雪兒，移刻度字，周郎微顧，仿佛藥欄烘日之争含勝情。至如愁冷江皋，芙蓉池面，烟迷洛浦，水仙凌波。沉香微醉，調扶芳艷俱來；壽陽妝開，句并清揚共婉。暮雨梨魂，燈下題紈扇之無恩；日移春夢，紗窗譜高唐之有約。似此引類屬情，拈思取境，宛爾闔合，不禁萬斛才情從花影逗露少許耶？子野有種情多，一切愁緣病緣，大半根花緣得。居平含宫嚼徵，引商刻羽。半生苦心此道，是能脱盡宋、元來粉墨習氣，而獨自登壇作飛將軍者。雨閣雲窗，膽瓶曲几，寫烏絲，付家樂部，興到，命青衣添沉水，進小玉，卮名酒，偕解人子夜徵歡。則「雲破月來」之句，不負自許張三影後身矣。

（《秋水庵花影集》）

范守己詞話

范守己，字介孺，洧川（今河南）人。萬曆甲戌進士，入館選，以論張居正出為雲間司。遷建昌兵備，轉兵部右侍郎，官至按察司僉事。所著有《御龍子集》、《郢堊集》、《周易會通》、《肅皇外史》、《籌邊圖記》、《御龍子瑣談》、《揮麈雅談》等。此據《四庫全書存目叢書》影印萬曆十八年侯廷珮刻本《御龍子集》録詞話二則。

一

康德涵有甥曰張鍊者，大有乃舅風。能為古文辭，五七言律，駸駸與德涵争牛耳。其樂府似在乃舅上。《汧東》、《碧山》等帙中多小令，不甚佳，其為北調大套曲歌之，簌簌可落梁上塵矣。（《御龍子集·曲洧新聞》卷三）

二 《憶秦娥次朱淑真韻》：「秦樓曲，淡黄衫子人如玉。人如玉，青鸞信杳，愁眉頻蹙。 雲鬟倭髻新妝束，玳筵開處相追逐。相追逐，行雲散後，巫山六六。」《眼兒眉，次朱淑真韻》：「灞橋板折柳絲柔，啼淚住還流。芳年易老，幽期難再，目斷秦樓。 池塘日暖雙鴛起，無奈惹離愁。蘼蕪山下，丁香樹底，步步回頭。」《虞美人次何仲默韻》：「巫僊夢裡垂青盼，臨去秋波轉。嬌嬈杏臉帶微醺，眉畫遠山雙鬢綰烏雲。 陽臺雨歇無消息，恨少凌風翼。春桃一夜墮殘紅，無限思量，盡在柳煙中。」 右三辭原韵見戴仲鶡集中，余弱冠時，取而和之，以視劉翁、高翁，高□然曰：「可以衙官蘇、黄矣。」亡何，失之。兹檢故帙，得其草，欲付回禄氏，不忍也。姑存於此，以見幼年手筆乃爾耳。（同前書《吹劒草》卷二十）

陳薦夫詞話

陳薦夫，名藻，一作名邦藻，以字行，更字幼孺，閩縣（今福建）人。萬曆甲午舉人。所著有《水明樓集》、《藏真館集》、《犟玉樓集》。此據《四庫全書存目叢書》影印明萬曆間刻本《水明樓集》録詞話三則。

一

《詩家全體序》：蓋楚黄見松李公守昭武之三年，歲通人和，庭清訟簡，政體既立，雅道益弘。業已鍥諸醫方，嘉惠元元矣。已，又編輯古近諸詩，題曰《詩家全體》。不佞薄言羈旅，濫竽校讐，受事終篇，颺言首簡。竊睹詩之所謂體者，太古之世，嘔吟成音，於喁成籟。烏乎？詩亦烏乎？體自三百篇以降，則三言四言而迄於長篇古詩，律詩而迄於詞調，蓋髮簡而指不可僂矣。譬之太始，元氣渾淪，氤氳氲氳爾耳。及一元在寅，三百既躶，於是四肢百骸，分司布職，視者、聽者、握者、趨者、藏者、洩者、經者、絡者、齲者、毳者各一，其官亦各一，其體摩頂放踵，含血附肉，而又神氣周流，筋角支束，然後生人有全體。故有偏枯殘闕，傴僂蹣跚，其體偏者；疲癃木强，痿痺不仁，其體廢者。非夫所謂心志愉快，手足便利，氣無滑和，官無失職，又孰為調劑是哉？以今所稱詩家諸體，則三言四言，胚胎衆體，固當為之腹心。樂府、辭賦、歌謠、長篇、雜體更相傳變，更相導引，為之經絡支節，五七律絶，稍涉華艷，尤貴精明，則肌膚耳目耳。詩餘詞調，允是詩苗，則毛髮爪牙耳。四聲音韻，衆響幅輳，則聲氣耳。一有不具，終愧全詩。近世操觚登壇之士，大都粗習一體，罕究大全，奄近體為勝場，視古作如隔世，飛觴畢景，側弁豪吟。第曰詩耳，詩耳，此無異偏形廢體，遊於秦越人之門，顧揚揚然自矜其榮啓期之樂也。則公所為編全體以加惠詞壇者，視諸醫方，當不啻棘爾，是故由三四而之雜言，由四唐而遡隆古，篇末字研，區分派拆，或自略而及詳，或舉一以該百。而又衍詩家之旁支，濬詞流之别潤，即辭賦、歌謠、樂府、琴曲、詩餘、韻譜，靡不精覈，較若列眉，即一篇可以徵體，積衆體可以會全。夫非《素問》、《内經》與夫《青囊》、《上池》、《背明》、《視垣》之術，俾詞林後學人窺六義之圖，經家測四詩之脉理者哉！迺其周流運用，委輸聯絡，其諸體中若神氣然者，則有詩法雜論，發而未發，而公固引之，至若公之分符經政，清静寧一，慈愛淡洽，無偏無廢，操為治大體者，則又以詩為政，而途歌里咏，實嘔吟之矣。（《水明樓集》卷十一）

二《四代宫詞序》：椒宫栢館，蛾眉望幸之區；金屋瑤臺，鉛粉銷魂之地。阿房則五樓十閣，長樂則萬户千門。九華縣璧月為璫，結綺倚彤雲作檻。鑾輿罷御，長信之草色芳菲；翠輦不來，上林之花枝繚繞。於中懷春淑女，有美其人。圭訪良家，桂搜令族。嫣紅黛翠，悉是宫粧；巧笑含顰，無非嬪則。又且顔妖穠李，齒盛破瓜。連蟬非自理之環，雙鴛豈獨宿之被。粧樓映月，柔情與皓魄同孤；禁籞看花，冶思對風枝俱動。葳蕤雉扇，倏過別宫。隱約羊車，俄歸天上。縷金楚袖，紅銷夜月之啼；纖素齊紈，白掩秋風之淚。莫不高旻弔影，薄命嗟身。或悲我生不辰，或嘆流光易擲。月計歲積，而幽怨之情生矣。又有寵接更衣，恩深起舞。趙家姊妹，錦薦同時；符氏雌雄，紫宫雙入。露臺別館，在在傳宣；白雪廻風，頻頻見賞。南溟照夜，咸首集其明璫；西國辟寒，俱先充其瑱珥。於是游讌恒焉，耳目侈焉。是以金閨上宰，繡闥名姬。處深宫而得知，抄内家之向説。奎章宸翰，親擒秘密之文；褘翟徽音，亦載清和之筆。想禁宫之景象，或草澤賡歌；疏昭代之起居，則名公競爽。然皆取材纖麗，搆思幽沈。多至百篇，少者數十。他如錯綜歷代，組織四唐。隻韻单辭，合而成詠。裒為集句，百二十章。唯胡元倐起毳氊，肇基沙漠。茸茸皮帽，紫籠奇氏之親；罟罟珠冠，高戴女真之妹。雖錦宫翠館之樂，頓絶華風；而巡幸宴賞之遺，可徵故實。故流風遺信，紥牘連篇，亦作者所不廢也。余友林生偃蹇髫年，沈冥壯歲。蟲魚失據，怨皇甫之書淫；亥豕□訛，等征南之傳癖。雖近剛方禀質，實亦宛孌□情。爰集詩詞古今千首，遍搜載籍上下四朝。總曰宫詞，合為一卷。並得情於怨腑，能鏤恨於枯腸。叙幽岑則蛩吟泉咽，譚綺靡則玉屑珠霏。素粉金箋，錯落青娥之血；彩毫銀管，沾濡丹掖之香。豈徒錦軸霞標，輝煌四代；微吟暢咏，瞬息千年。將使稽古考文，得取盈於成數；屬詞比事，亦縱覽於全篇。故玉石並收，瑕瑜相錯，有弗較焉。（同前）

三　《疎影齋詩序》：嗟夫！古今人非不相及也，功有離合，則事有難易；神有勞逸，則思有巧拙。今人譚詩大都遠推唐音，下視明響，則亦闇於大較爾。唐以詩賦制科，士之於詩少習長安，若弓箕冶裘然，乃今經學制義束於令甲，陳詞腐其腸胃，曲説支其靈竅，老生垂白，兀兀窮年，間有負奇之士，稍致力於四聲。即學使者操甲乙殿最繩其後，此其離合勞逸之數，眎唐人奚啻倍蓰什伯者？繇斯以譚，則仲聲可謂處作者之至，難得詞人之極巧者矣。仲聲為吴大夫子脩仲子，弱冠隸學官，受功令，每以經學詘其曹偶，人亦從而經學之，顧仲聲復時時治四聲，咄嗟滿楮，不令曹偶見也。嘗持以質余，余始知仲聲嫺於詩矣。今兹撤棘，業已得雋於鄉，藉令以仲聲温柔雋永，端重沈着，脱遇唐人博學宏詞之科，不譚笑，而兩有之耶？烏覩其不相及也者？方今偕計續食，置對公車，登慈恩之浮圖，醉曲江之春色，承通宵之紫誥，草行樂之新詞，洗濯帖括，一意風雅。功離者合，神勞者逸。行且究壺奧於四唐，撤藩籬於漢魏，超然精進，列於作家，猶然易於前而難於後，巧於始而拙於今，吾弗信也。然子脩先生雅以聲詩稱是，嘗與袁景從諸先輩同社，則仲聲固冰水青藍，厥有所出矣。（同前）

陳完詞話

陳完，字名甫，號海沙，南通州（今江蘇）人。萬曆丙午舉人。有《皆春園集》四卷，此據《四庫全書存目叢書》影印明萬曆間刻本録詞話七則。

一

《詞場合璧小引》：古之賢達甘於隱淪者，各有所托，或托之詩，或托之酒，或托之聲色，要非無意也者。余初以母老，絶意公車。已而母殁，無心捧檄，且鄙性不羈，又不能僕僕以逐時好。見世之升沉靡定，勝負不常，總是逢場作戲。於是感時憂事，觸目激衷，輒著雜劇，填新詞，久之，遂成十餘重，凡聲之高下，字之陰陽，靡不統之九宫，得之三昧，揣切分别，務臻妙境，不然不已也。至於伎倆雜陳，每顧周郎之曲，宫商迭奏，頗善中郎之聽，雖奇事，足堪抵掌，而良工未免苦心矣，然戲戲耳。

余固托之乎戲，大都本人倫，關世教，即感應可以觀父子焉，觸邪可以觀君臣焉，輪廻可以觀人生之變幻焉。而諸本又以四樂為首，四樂者，余之所托而逃焉者也。蓋有深意焉，豈徒流連光景以耗壯心，頤養情性以遣餘年已哉！比歲杜門抱痾，百念俱廢，回視舊業如弁髦。然偶檢笥中，不忍自棄，彙成十帙，貽厥同好，見余之托，此亦不為無意云。（《皆春園集》卷三）

二《送鍾太守入覲帳詞并引》：某稱間世人豪，連山家學。策名桂籍，榮分兔窟之香；筮仕芹宮，暫典鱣堂之教。肆蜚英於甲榜，遂掄秀於銓司。煌煌墨綬銅章，帝遣賢臣出守；濟濟朱旛皂蓋，民誇刺史來臨。居官敦儉素之風，問俗解嚴苛之禁。仁推狴犴，真教枯木生萸；威懾萑苻，不用重門擊柝。下里頌聲大作，當途薦剡交騰。屬三年考績初成，忽五月征車就駕。薰風吹彩旆，願言縮地從之；曉日上彤廷，乍覺朝天近矣。某叨沾儒雅，景慕賢勞。進秩酬功，豫喜鴻逵之漸；臨岐綣別，彌深藿日之傾。聊托歌詞，用華行色。詞曰：「甘棠樹，侯在緑陰深處。三載成功歸漢署，攀轅留不住。閶闔曉天雲霧，冉冉環珮聲度。只恐明堂需玉柱，山州無召父。」右調《謁金門》（同前書卷四）

三《賀朱别駕平寇帳詞并引》：伏以才華允懋，對揚禮樂三千；德器惟弘，涵蓄甲兵數萬。功存保障，譽播循良。恭惟某：越國人豪，考亭家樂。緊用賓於上國，爰筮仕於西曹。尋膺别駕之除，暫任專城之佐。心推簡易，政解煩苛。官規遠紹龔黄，民類争歌召杜。邇者頑愚不軌，嘯聚團沙。嘗厪撫諭之恩，莫易沉迷之習。平兹醜虜，賴我明公。帷幄從容，操黄公之秘術；山陵向背，握玄女之靈符。師出有名，聲揚鼓鐸。鋒交無敵，威懾貔貅。致江南收破竹之勳，由海北助擊蛇之陣。聯舟振旅歌，迎柳岸春風；賣劍興農耕，動花村夜月。妖氛净斂，協氣歡融。雖海邑攸寧，會速雉馴之化；而雲逵孔達，難淹鴻漸之期。王朝將晉秩酬功，士類競脩辭頌德。因叨大庇，聊獻微忱。詞曰：「百里山州稱樂土，緑逗桑麻春氣煦。倏然溟渤起鯨鯢，揚鼙鼓鬣成雷雨。使君文且武，登臺拔劍虹光吐。笑談中，妖氛撲滅，黎庶咸安堵。　記得元戎推尚父，博帶褒衣居幕府。宦途華軌日駸駸，龍韜虎略今齊古。聲望流寰宇，薦書指日通明主。賜環飛，老成材幹，收作明堂柱。」右調《歸朝歡》。（同前）

四《送張郡倅北擢帳詞並引》：某稱家居建武，系出文億。璧水澄心，不替三餘之學；寶刀入夢，尋膺半刺之除。曰清曰慎曰勤，有猷有為有守。明通法律，折疑獄於片言；小試經綸，蜚賢聲於三載。憲臺褒奬，鄰郡謳歌。方觀治績之成，忽報徵書之至。盱江地迥，計輟南歸；繕部工繁，程嚴北上。雲中宫殿，賛百堵之皆興；幕下簿書，飭五材而畢具。君子邁從龍之會，士人興繫馬之思。車轔轔，風湮漠漠。自今伊始，常依日月之光；無疾其驅，少玩湖山之景。深惟遺愛，均管離愁。敞祖席於臨岐，且親緑酒；颺征旗之載道，漸遠鴻儀。聊托歌詞，用華行色。詞曰：「昔日兒童，撲手喜歌來暮。聽喬遷，共添愁緒。驪歌一曲聲如訴，無奈公車，背我堂堂去。　看賢侯俊才，堪稱寶樹。領春恩，又遷華署。願從今、移孝輸忠，在黄金臺上，脩建擎天柱。」右調《錦纏道》。（同前）

五《送朱比部之邵武帳詞並引》：某稱越國英流，考亭緒學。胸蟠列宿，占兔窟之秋香；氣吐長蜺，破龍門之春浪。初試經綸於粉署，繼分風月於黄堂。有康民阜物之心，無遷客逐臣之態。照姦搜隱，剖疑獄於如流；矜寡恤孤，致懽聲之載道。弘敷典禮，遄集工程。羞蘋藻則潛德重光，戮鯨鯢斯驚波遂晏。古稱循吏，今見明公。肆當途薦剡交馳，僅春月除書復下。由州以府，既占地位之高；因屈而伸，更識天機之妙。未誇展驥，共喜遷鶯。携琴鶴以隨身，戒車旗而就道。清標絶俗，真同山谷梅花；離思縈人，共覩河橋柳色。扳留莫遂，瞻戀彌深。無疾其驅，更進一盃之酒；有言敢贈，因辭百鎰之金。聊托蕪詞，用將芹臆。詞曰：「楚楚甘棠，更染滄煙輕霧。遍山原、緑陰交護。登車漫指南歸路。籠鶴囊琴，總有天仙趣。荷君王賜環，怎生留住。樵川人、又歌來暮。看自今、鳳翥鴻儀，在碧雲霄上，竟把勳名樹。」右調《錦纏道》。（同前）

六《賀李侯保障成功帳詞並引》：某稱性涵簡毅，儀著謙恭。璧水從游，早勵成賢之志；寶刀入夢，適得筮仕之期。治佐黄堂，榮分赤紱。貞守懼一塵之染，代耕甘五斗之餐。雖小試其經綸，遂大張乎聲望。頃緣倭變，愈軫民艱。龍劍高揮，捍山城而克鞏；虎符暫攝，扶海甸於瀕危。志在奠安，哭投盤錯。總是因時致用，何嘗昡巧為能。蓋一官竭圖報之私，斯半載見賛襄之美。鯨波日歛，農畝秋登。褒嘉仍出於監司，歡慶並騰於下里。况夫我輩，均在帡幪；賴有君侯，深煩保障。顧高華而欣羡，宜吉禮之虔脩。羽拂鴻逵，預卜陞遷之兆；筵開菊節，聊賡頌美之詞。冀爾雅懷，鑒兹微悃。詞曰：「湮消山島清，海霽波光耀。鯨鯢俱汩没，齊歡笑。鄉兵不點，仍去親耕釣。頻年逢殺運，賛畫驅除，總是我侯才調。新添華髮，猶自頻頻照。欲建勳名，何須廊廟。山州半刺，但得

民安樂，是把君恩報。士林間，欣秉筆，争相褒勞。」右調《滿路花》。（同前）

七　《壽陳處士七衮帳詞并引》：某稱性秉冲和，儀崇簡朴。昇平世界，長興擊壤之歌；表正鄉閭，遠慕太丘之行。有懷避俗，無相封侯。築矮屋以棲遲，撫長松而寄傲。布袍芒履，非沽孑孑之名；石枕藤牀，復作籧籧之夢。開田園於負郭，搆書史以傳家。玉粒供餐，瓊枝挺秀。付利名於一笑，誓心跡之雙清。八月漸闌，七旬伊始。童顔尚駐，何須更煉其丹；鶴髮長垂，不用頻看此鏡。唯嘉辰之適會，斯樂事之交並。青玉案前，裊裊香騰寶鴨；紫霞盃裏，離離影照金芝。天畀康寧，人欽耆舊。顧吾儕之不穀，與公子而同游。師友相兼，素聞庭訓。冠裳既集，宜祝椿齡。冀添海屋之籌，試秉詞林之筆。漫陳俚語，共表微忱。詞曰：「華堂開宴，舞袖連歌扇。天正爽，秋纔半。風敲榕葉脆，露灑蘭花顫。酒闌後，老人星在中霄現。有子攻文翰，會把鰲頭占。城市裏，溪橋畔。一筇堪自適，五斗何須戀。便看取，封章飛下金鑾殿。」右調《千秋歲》。（同前）

黄道周詞話

黄道周（一五八五—一六四六），字幼玄，一字螭若，號石齋，漳浦（今福建）人。博極羣書，天啟壬戌進士，授編修。崇禎初進中允，官進右諭德。以文章風節高天下，嚴冷方剛，不諧流俗，公卿多畏而忌之，謫戍廣西。明亡後，為唐王聿鍵禮部尚書，督師出婺源，師潰被執，不屈死。周學貫古今，所至學者雲集。著有《駢枝别集》、《石齋詠業》、《大滌函書》、《洪範明義》、《三易洞璣》、《月令明義》、《坊記集傳》、《儒行集傳》、《緇衣集傳》、《榕檀問業》、《博物典彙》等。此據《續修四庫全書》影印清康熙五十三年鄭玫刻本《黄石齋先生文集》和影印明崇禎刻本《博物典彙》録詞話二則。

一　唐太宗貞觀初，合考隋氏所傳南北之樂，梁、陳盡吴、楚之聲，周、齊皆胡虜之音，乃命太常卿祖孝孫正宫調，起居郎吕才習音韻，協律郎張文收考律吕，平其散漫，為之折衷，周（當作用）享諸神，樂多以夏為名，宋以永為名，梁以雅為名，後周亦以夏為名，隋氏因之。唐以和為名，造十二和，以法天之成數，號大唐雅樂：一曰豫和，以降天神；二曰順和，以降地祇；三曰永和，以降人鬼；四曰肅和，登歌以奠玉帛；五曰雍和，凡祭祀以入俎；六曰壽和，以酌獻飲福；七曰太和，以為行節；八曰舒和，以出入二舞；九曰昭和，皇帝、皇太子以舉酒；十曰休和，皇帝以飯以肅拜；十一曰正和，皇后受册以行；十二曰承和，皇太子在其宫，有會以行。至開元中，又造三和，曰祴和、豐和、宣和，其十五和。〇唐之自製樂，凡三大舞：一曰《七德舞》，二曰《九功舞》，三曰《上元舞》。《七德舞》者，本名《秦王破陣樂》，太宗為秦王破劉武周，軍中相與作《秦王破陣樂》曲，及即位，宴會必奏之。《九功舞》者，本名《功成慶善樂》，太宗生於慶善宫，貞觀六年幸之，宴從臣，賞賜閭里，同漢沛宛，帝歡甚，賦詩，起居郎吕才被之管絃，名曰《功成慶善樂》。其舞容進蹈安徐，以象文德。《上元舞》，高宗所作也，大祠享皆用之，至上元三年，詔惟圜丘方澤太廟乃用，餘皆罷。〇玄宗分樂為二部，堂下立奏謂之立部伎，堂上坐奏謂之坐部伎。又酷愛法曲，選坐部子弟三百教於梨園，號皇帝梨園弟子。當時有《荔枝香》、《霓裳羽衣曲》之類。（《博物典彙》卷二「樂制」）

二　《書燕喜漳音後》：繇求逸致，共在農山；正叔老儒，樂觀垓下。雖穆如之詠多慙，而點爾之懷不絶。如使世道休明，尚從干羽以誦歸昌；即今黎庶粗安，亦修鑿耕而忘帝力。彤弓鐘鼓，賭言一朝；珥筆興詩，邈焉千古。歎夾谷之難從，悲率野其何極。式歌且舞，我德伊何？載寢載興，公歸未遠。既發綿蠻之音，爰終驪駒之曲。令帳下歌兒能勝鐵綽板者，奏此「大江東」，足資撫掌云爾。

（《黄石齋先生文集》卷十二）

林瀌輯詞話

林瀌，字元盛，福州（今福建）人。官廣東三水、龍門二縣教諭，終昌化縣知縣。有《藻軒閒録補續詞叢類採》八卷，林氏萬曆乙巳跋云：曩讀書西郊居，涉獵百家，當意會處，輒節取而録之，録即黏之牕櫺牖户間，歷數年，累幾萬言，兩年後蠹朽腐落已過半，隨檢拾殘賸，挾之粤署，時暇筆就一帙，以備稽覽，分為八卷，命曰《詞叢類採》。此據内閣文庫藏抄本《詞叢類採》録詞話二則。

一　詩話：吕士隆知宣州，好笞官妓，適杭州，一妓到，士隆喜之。一日，郡妓小過，士隆欲笞之，妓曰：「不敢辭，但杭妓不安。」士隆捨之，梅聖俞作詩：「莫打鴨，驚鴛鴦。鴛鴦新向池中落，不比孤洲老鴰鶬。」(《詞叢類採》卷五「妓女類」)

二 羯鼓録：唐明皇尤愛羯鼓玉笛，云八音之領袖。春雨初晴，景色明媚。帝曰：「對此景，豈可不與他判斷之乎？」謂宴賞以樂其景。乃命羯鼓夷狄之樂，臨軒縱擊一曲，名《春光好》，回頭，柳杏皆發，上笑曰：「此一事不喚我作天公乎？」言若天公之發生物。又製《秋風高》曲名，至秋迥徹奏之，遠風徐來，庭葉飛下。(同前書卷六「歌樂類」)

蕭士瑋詞話

蕭士瑋（一五八五—一六五一），字伯玉，泰和（今江西）人。明萬曆丙辰會試，天啓壬戌賜同進士出身。授行人，吏部郎中。謫河南知事，歷南京考功郎中。後拂衣歸，坐卧春浮園中，著書樂道以終。有《春浮園集》、《南歸日録》、《偶録》、《日涉録》、《汴遊録》、《起信論解》。此據《四庫禁燬書叢刊》影印清光緒刻本《春浮園偶録》録詞話一則。

一

（辛未六月）十四，買宋名家詞一，勝國三詩人集一，板甚精，宋元名人集盡得如此板行之，甚快，然何可得？（《春浮園偶録》）

余象斗輯詞話

余象斗，字仰止，自稱三台館山人，建安（今福建）人。書商，隆慶萬曆間在世。編著有《皇明諸司公案》、《南遊記》、《北遊記》、《萬用正宗》、《萬錦情林》等書。此據東洋文化研究所藏明萬曆二十七年余氏雙峰堂刊本《新刻天下四民便覽三台萬用正宗》和上海古籍出版社出版《古本小説集成》影印萬曆戊戌冬余文台繡梓本《新刻芸窓彙爽萬錦情林》録詞話一百七十三則。

一《張于湖宿女真觀記》：話説宋朝淮西和州涇陽縣有一秀才，姓張，名孝祥，字安谷（當作國），號于湖。腹中背記五車書，胸中包藏千古史。因戀新婚，不赴科第。其父作詩以誡之：「西風颯颯逼槐黃，文士紛紛赴選場。休戀鳳衾鴛帳煖，桂花香似麝蘭香。」于湖見詩，遂上京赴舉，幸喜登第，除授江西臨江縣尹。在任一清如水，四民咸仰。一日餘閑，往臨江亭觀玩，但見山青水秀，景物鮮明，見正面屏風畫着瀟湘八景，左壁「范蠡歸湖」，右壁「子房歸山」，悠悠之樂，猛然觸心，遂手題詩一首云：「洞庭潮送客，景物晚煙籠。雨過山嵐静，潮回港艤通。北去搜千疊，南來轉萬篷。不如趨潮去，江邊學釣翁。」題罷，歸衙，不在話下。不覺四季光陰如撚指，兩輪日月似奔梭，三年任滿，陞越州通判，未任一年，改陞金陵建康府尹。帶領伴僕王安，雇船前去。饑食渴飲，夜住曉行，來到洋子江，過金山寺，見十數人駕快船一隻，問云：「來船莫不是建康府尹張爺的船麽？」于湖叫王安答道：「只說不是。」王安回道：「後船來的是。」那接官公人去了，王安回覆道：「不知相公何意，不要公人跟隨入城？」于湖曰：「他們跟着，不得閑行遊玩，且同你入城尋親訪友，茶坊酒肆，勾欄寺觀，俱以遊玩，方可理任。」來到通江橋邊，時八月天氣，尚且炎熱，于湖分付王安：「上岸尋個寺觀，燒些湯水，洗浴解凉則個。」王安上岸，行無半里，見一座道觀，王安只得向前，與門公唱喏道：「我官人行船辛苦，欲借浴堂與官人洗澡則個。」門公道：「請坐，待小人與觀主説知。」門公轉過鶴軒，與觀主説道：「有一官人借浴堂洗澡，稟過觀主得知。」觀主曰：「天氣炎熱，施浴何妨？」傳語請入，門公報知于湖，于湖即入軒前，與觀主相見，于湖將眼覷見：觀主頭戴星冠，身披鶴袍，人物清標，丰姿伶俐，于湖暗暗喝采道：「不知來到女真觀，遇此觀主，半老佳人，任(當作恁)般風韻。」調《西江月》詞一闋，單道觀主妙處，於：「半舊鞋兒着穩，重糊紙扇多風。隔年煮酒味偏濃，雨過櫻桃色重。有距公雞快鬬，尾長山雉梟雄。燒殘銀燭焰頭紅，半老佳人可共。」吟畢，與觀主分賓而坐，觀主問：「尊官何處？高姓貴名？因甚到此？」于湖道：「小生洛陽人氏。姓何，名通甫。遊玩至此，天氣炎熱，竟到上宫借求一浴而已。」于湖請問觀主高姓尊庚，答曰：「貧道在俗姓潘，年四十有八，諱名法成。」正説之間，簾櫳響處，只見一人俄然而來，頭戴七星冠，身披紫霞服，皂絲絛，紅朱履，約有二十餘載，顔色如三十三天天上玉女降凡世，精神似八十一洞洞中仙女下瑶池。生得丰姿伶俐，冠乎天成。于湖一見，蕩却三魂，散了七魄。觀主令道進前，稽首施禮畢，佇立側邊，啓唇問道：「官宰高姓？」于湖答道：「小姓姓何，名通甫。」那姑姑言：「小道事冗，不及陪奉。」稽首而去。于湖道：「好個佳人，可惜做了道姑。」又問觀主：「適間來者是上宫别院？」觀主答道：「敝觀知客。」正問之間，只見小童請相公沐浴，即至浴堂浴罷，到東廊下客房梳篦整冠。值門公在側，便問門公多(脱少字)年紀，門公道：「小人今年六十二歲。」于湖道：「你在此幾年？」門公道：「在此二十餘年。」于湖道：「你身上衣服誰管你的？」門公道：「告相公得知，小人但得三飡足矣，豈望衣服乎？」于湖道：「王安，你去船中取布一疋，賜與門公做衣服穿。」王安即去，取布與門公，門公拜謝。于湖就問門公曰：「方纔鶴軒相見那個知客，姓名甚麼？那里人氏？今年幾歲？」門公道：「姓陳，名妙常，今年二十三歲，金陵建康府人氏，十五歲在此出家。」于湖曰：「他的宿房在哪里？」門公道：「在東廊第一間房便是。」女童來，請相公晚齋撞散，于湖到鶴軒相見：「多蒙觀主見容洗浴，又賜晚齋，何以克當？小生舟中炎熱，欲假客館暫歇一宵，來日便行，自當拜謝。」觀主曰：「無傷，如若未行，敝寺寬住數日。」當晚于湖閑步東廊之下，明月如晝，遂吟詩曰：「浩蕩偏宜八月秋，蟾光皎潔照諸州。誰家寶鏡新磨出，掛在長空忘却收。」乘此月明，訊（當作信）步閑行，聽得琴聲響亮，見座黑門樓未關，挨身而入，見十餘個道姑盤環而坐，知客中坐撫琴。于湖歎曰：「此女正是鳳凰入雞伴，難比一般禽類。」正看之際，忽然琴絃也（當作巳）斷，知客曰：「莫不是有人盜聽吾琴？」于湖慌忙而轉，自言曰：「何年月日，再逢此女，是吾願足矣，可憐落在空門。」乘此月色，題詩一首，就於粉壁上云：「星斗當天月正圓，忽聞窓下理琴絃。瑶池降下真仙子，看罷教人獨慘然。」尾後書「洛陽才子何通甫題」，書畢，回房歇息。次早，門公來請早齋，齋畢，却收拾待起程，只見門公來請道：「知客有請。」于湖道：「多蒙好意。」即至知客房中，分賓而坐。茶罷，知客言：「夜來軒中有失迎候。」于湖道：「無故攪擾，何出此言矣。」觀見壁上有詩一首：「曉日瑶臺夜氣清，天風吹落步雲聲。塵根未盡俗緣在，千里關山月正明。」于湖問道：「此詩何人所作？」知客答曰：「昔漢武帝遊王母宫，見仙妃在彼，數女撫琴，故作『天風吹落步雲聲』。」于湖聽得，暗道：「十分人物，寫作俱高，有十二分奇妙。」知客道：「小道今早上殿回來，見壁間先生佳作，重蒙過獎。」于湖道：「小生衝撞貴寓，竊聽琴音，回房亂道《臨江仙》小詞一闋以奉，伏乞勿擲。」就袖中取出，遞與知客，拆開觀看：「誤入蓬萊仙洞，松陰忽覩數嬋娟。衆中一個最堪憐。瑶琴横膝上，共坐飲霞觴。　雲鎖洞房歸去晚，月華冷氣侵高堂。覺來猶自惜餘香。有心歸洛浦，無計到巫山。」知客看了，暗道：「正是引賊入寨。」于湖曰：「知客休哂。」知客曰：「重蒙所賜佳章，又好笑，又好惱，書云：『夫人必自侮，然後人侮人。』小道欲言，尤恐冒瀆洪威。」于湖曰：「久聞知客佳妙，小生抛磚引玉。」知客道：「相公勿罪。」落筆遂寫《楊柳枝》詞一闋云：「襄王魂夢雲雨期，兩心癡。子今無計戀瑶婭（當作姬），自着迷。道心堅似絮沾泥，不往飛。」任取楊枝作柳枝，强挨屍。」寫罷，遞與于湖觀看，大笑，知客道：「班門弄斧，望相公勿哂。」于湖亦作《楊柳枝》詞一闋以奉云：「碧玉冠簪金縷衣，雪如肌。從今休去説西施，怎如伊。杏臉桃腮不傅粉，最偏宜。好對眉兒共眼兒，覷人遲。」寫畢，遞與知客，知客不語，亦作前詞一闋以答云：「清净堂前不捲簾，景幽然。閑花野草漫連天，莫胡言。獨坐黄昏誰是伴，一爐煙。閑來窓下理琴絃，小神仙。」寫畢，遞與于湖，看罷，連忙起身，知客言稱衝撞，于湖辭别，回船中呌王安取絹一疋，送至觀中，謝了觀主，進城上任理事。于湖自言：「特性急了，今回挫（當作錯）過，何時再逢這般聰明女子。」悔之不已。却説陳妙常懊恨不及：「是我性子忒急了些，好個官人，看他詩中語句。」從此惹起凡心，常有思念之意。不覺又是十月初一日，本觀設齋，會集衆道姑，道姑齊來與觀主稽首，正問答間，門公報曰：「觀外有一秀才，言稱和州瀝陽縣人，姓潘，要見觀主。」觀主道：「請他進來。」門公出報知，引到鶴軒相見，觀主道：「孩兒幾時到此？」那潘必正拜了四拜，退下，言道：「列位姑姑，就此相見。」衆道姑還禮，俱各請坐，觀主與衆道姑道：「這秀才是我姪兒，姓潘名必正，從家而來，家眷安否？」必正道：「俱各平安，有書在此。」觀主道：「幾時離家？」必正道：「舊歲十二月離家，正月到京應舉，二月初九日頭塲過了，第二塲忽然患病，未曾終塲，待欲回家所，有書在此，未曾下得，如今特來拜見姑娘。」觀主道：「行李安在何處？」必正回道：「只在船中。」觀主道：「你與門公去搬上來，住數日，另討船回去。」必正同門公將行李搬至觀中。觀主教女童灑掃後房，與必正安歇。必正道：「一朝半日便要回家，不須多事。」觀主道：「寬住幾日，我要與你説話。」到晚歇了。次早，必正云（當作去）各道姑房裏相訪訖，閑坐之間，問門公姓甚磨（當作麽），門公道：「小人姓戚，名中立。」就在門檻上坐了，必正道：「東廊盡頭那一間房住的道姑，姓甚名誰？」門公道：「是本院知客陳妙常者，一觀之中，只是他生得秀麗，吟詩歌賦，撫琴誦經，無有不能者。」必正道：「曾有秀才過客與他賡詩和韻否？」門公道：「適問小人這件衣服，便知是個官人，姓何，名通甫，號洛陽才子者送與小人的。」必正道：「為甚的送與你？」門公道：「是小人引見陳妙常，得布一疋送與小人。」必正即將綿紬海青一件與你（當作他），必正又分付門公：「你休對人説我將這件衣服送你。」門公道：「小人決然不説。」必正調一個相思《楊柳》詞封了，令門公遞送與知客，通報道：「潘官人特來相訪。」妙常微微冷笑道：「在那裏，請進。」潘必正向前施禮，邀入客位，分賓而坐，茶罷，必正道：「適間小生浼門公送一柬，亂道《楊柳枝》詞一闋奉上。」知客拆觀：「傍觀道宫過茅屋，驚人目。星冠珠履逍遥服，能粧束。絶世儀容瓊姬態，傾城國。淡粧全無半點俗，荆山玉。」妙常見了大驚：「此人言詞典雅，字若龍蛇，况兼人物穩厚，比那何家大不同。」妙常道：「多蒙佳句，請問官人青春有幾？」必正道：「二十有五。」妙常道：「那月壽旦？」必正曰：「卑人八月十三日賤生。」妙常道：「官人是大。」必正道：「知客是幾時壽旦？」妙常道：「目下不遠。」正説之間，只見小童來請道：「觀主有請。」必正起身，各自回去。必正到鶴軒見觀主，觀主道：「必正這幾日身體如何？」必正道：「托姑娘清福，頗安。」觀主道：「你且住一程回去。」必正道：「只是攪擾姑娘。」茶罷，相别。回房中去，自説：「要回至急，奈被些(當作此)人勾住，又得姑娘相留。」十分歡喜也，就在房中撫琴。陳妙常在園住脚聽琴，迺《鳳求凰》曲，暗暗喝采，自回房中去了。次日，妙常使女童請潘官人吃茶，必正即隨女童到妙常房内，依次而坐。茶罷，妙常將琴放在琴几上，解開紫金袋，燒炷好香，打個稽□，必正還禮。請必正撫琴，必正道：「學生不諳撫琴。」妙常道：「何故太謙？」觀主道：「必正先撫一曲，然後知客回撫。」撫畢，各自散了。自此，往來將經半月。一日，必正走到妙常房中，女童道：「官人請坐。」必正言：「師父在否？」女童道：「師父去石城下長春院訪一起觀主未回，官人寬坐，師父便回。」必正見書厨(當作櫥)未鎖，起身開看，拿起一部《通鑒》來看，内有一帖，見了大驚，去了三魂，蕩了七魄，乃是《西江月》一首：「松院青燈閃閃，芸堂鐘鼓沉沉。黄昏獨自展孤衾，懶睡思愁不穩。　一念静中有動，遍身慾火難禁。强將津唾嚥凡心，争奈凡心轉盛。」必正道：「此是凡胎俗骨，何苦出家，有此怨意？不若乘機嘲戲，他若不從，却有招詞在此。」遂寫《西江月》一首：「玉貌何須傅粉，仙葩豈類凡花。終朝只去戀黄芽，不顧星前月下。　冠上星簪北斗，案頭經誦《南華》。未知何日到仙家，曾許彩鸞同咵(當作跨)。」寫畢，放在硯匣底下，露些紙角出來。把《通鑒》安頓了，却待轉身，妙常回來，與必正相見，叙禮坐定。茶罷，必正言何往，妙常道：「長春院觀主患病，去訪，留吃中飯，有失相迎，潘官人未曾中膳麽？」必正道：「正欲回房吃飯。」妙常道：「寬坐，取琴來請教一曲。」見硯匣下一簡，拿出展開觀看，不與(當作看)萬事俱休，看了柳眉剔起，星眼圓睁，叫道：「好也，好也，潘必正,是何道理?此間是清净道場,祝聖之處,寫甚淫詞豔曲,調戲良人。先到觀主處説明,再到官府處定奪,將我做娼妓等輩看承,雖然不才也是宦家門第。」必正雙脚(當作膝)跪下道:「師况(當作兄)高抬貴手,一時狂興,誤寫此詞,望乞恕罪。」妙常道:「你是讀書之人,難容此理,定要與觀主説知,再不許上我門來。」必正道:「陳妙常,『有風不可使盡帆』,有應即對,有問即答。」妙常道:「我甚言許你道『曾許彩鸞同跨』?」必正道:「我説出來,你不要賴。」妙常道:「你説,你説。」必正道:「『强將津唾嚥凡心,争奈凡心轉盛。』」妙常回嗔作喜道:「從何而來?」滿面通紅。必正道:「在我袖中。」妙常用手來取,却被必正拖住道:「同你到觀主處説明,再送官司定奪。」妙常倍(當作陪)笑道:「罷了,落在你手中。」先前硬似生鐵,向後軟如糖綿,眉來眼去,情興如火。必正道:「且將這兩個女童如何發落?」妙常就差兩個女童送一幅素白絹子與張春院觀主,這兩個女童聽差,二人開了大門,關上中門去了。必正、妙常雙雙攜手,同入蘭房。必正雙膝跪下道:「死生不忘賢卿恩意。」妙常道:「你莫此等閑,身猶處子,並無點洩。」卸下星冠,脱下衣服,取一幅白香綾帕,親手取紅,必正見了,心中大喜。妙常曰:「潘郎,這是五百年前結了此段姻緣,今日交付與君,休使賤妾有白頭之歎。」恰似交頸鴛鴦戲水,並頭鸞鳳穿花。喜孜孜連理共枝,美甘甘同心結蒂。哈哈(當作「恰恰」)鶯聲不離耳畔,喃喃燕語甜吐舌尖。楊柳腰,點點春濃;櫻桃口,微微氣喘。星眼朦朧,細細汗流香玉體;酥胸蕩漾,涓涓露滴牡丹心。真合美愛色情多,怎比偷情滋味別。又有一篇《南香(當作鄉)子》詞單道日間雲雨,其詞曰:「情興兩和諧,摟定香肩臉貼腮。手摸酥胸軟似綿,美奇哉,褪了袴兒脱繡鞋。玉體着郎懷，舌送丁香口便開。倒鳳顛鸞雲雨態，多情此夜，千萬早些來。」兩個雲雨起來，妙常戴了冠子道：「戴冠子好，不戴冠子好？」必正作《鷓鴣天》一首：「卸下星冠覩玉容，宛如神女下巫峰。霎時雲雨歡娛罷，無限恩情兩意濃。輕摟抱，款相從，時間一度一春風。若還得遂平生願，盡在今宵一夢中。」妙常看罷，道：「羞答答的，今晚不許再來，我要上殿誦經，不可汚了身體。」必正道：「總莫閑說。」必正遂出一聯與妙常對，云：「霎時雲雨，難同徹夜之歡娛。」妙常對云：「半晌恩情，怎比通宵之快樂。」必正道：「承蒙不阻，犬馬不能報也，今晚莫上殿也罷。」妙常道：「待我上殿同來也無妨，你房正連我房，晚間掇梯從牆上過來，使觀主不疑。」必正滿面笑容道：「死生不忘，歡志無限。」吟詩一首：「一見仙容不下懷，愁眉深鎖幾曾開。多蒙窈窕慇懃意，暮暮朝朝暗約來。」寫畢，只見妙常看罷此詩，心中大怒，回詩一首：「君心欲我隔千山，我欲還君彈指間。今日與君成配合，莫將容易意闌珊。」必正見了詩道：「承蒙師兄佳作，我輩如何發遣？」妙常回嗔作喜道：「自今為始，以夫婦叙禮，不許師兄相稱。」正説之間，兩個女童回來，阻住，必正作別回房。次早，見姑娘，姑娘道：「賢姪身體如何？」必正道：「稍安。」辭别回房，坐定，自思妙常生得十分人物，寫作俱高。正欲掇梯過牆，只見日色未落，不得到晚，吟詩四句：「紅輪何苦不銜山，佇立堦前幾度看。但得疎星三四點，免教仙子候花間。」只見樓頭鼓擂，寺内鐘鳴，衆道姑上殿各散，回房睡了。必正開了房門，正欲掇梯過牆之際，只聽得隔牆叫一聲：「潘必正。」叫道（當作者）是何人：花面金剛，玉體魔王，綺羅織就豺狼。法塲斗帳，牢獄牙牀。柳眉刀，星眼劍，絳唇鎗。口美舌香，蛇蝎心腸。共他者，無不遭殃。纖塵落水，片雪投湯。秦楚强，吴越壯，也為他亡。早知色是傷人劍，殺盡世間少不妨。必正聽得叫，連忙下來，即是姑娘，姑娘道：「你那裏去？」必正道：「登廁。」姑娘道：「你彈一曲《鳳友鸞交》與我聽着。」必正就撫，畢，姑娘回房去了。必正依舊上牆，陳妙常接他下來。兩個攜手到亭子上，並肩而坐。妙常道：「你上牆來了，因何到下去撫琴？」必正道如此如此，妙常道：「早是不曾過來，倘若被他瞧見，如何是了？」必正看見好一座花園，但見：淡煙籠院宇，薄霧罩池塘。雙雙粉蝶宿花叢，對對遊蜂穿柳砌。湖山隱隱，依稀見座峰尖；池沼澄清，彷彿一天星斗。颯颯金風穿繡幕，團團明月透珠簾。妙常道：「等你不來，見湖山石眼透出月光，遂吟詩一絶。」云：「蟾蜍一線透湖山，斜倚欄杆偷眼看。仰觀斗柄横三點，心忙移步出花間。」必正聽得，大笑道：「我不能得日落，口吟四句，韻腳一般相同。」妙常道：「願聞。」必正吟云：「紅輪何苦不銜山，佇立堦前幾度看。但見疎星三四點，免教仙子候花間。」妙常聽罷道：「果實好笑。」必正道：「我與你同心同意，前世分定夫妻。」言罷，二人入房，解帶脱衣，覆雨翻雲。正是：歡娱嫌夜短，寂寞恨更長。不覺天曉，送到粉墻，送必正仍歸舊路去了。次日，見姑娘，姑娘道：「吃早飯否？」必正道：「未曾吃，適來偶見一太醫，看脈，若不用葷腥調理，恐傷性命。」姑娘聽罷，吃了一驚，便叫門公買酒肉雞鵝果品之類，送在必正房中，必正撿入。到晚，將酒饌與妙常同飲，正是：竹葉穿心過，桃花上臉來。茶為花博士，酒是色神仙。兩個眉來眼去，情興如火，燈光之下，看妙常有傾國傾城之態，口占《菩薩蠻》一闋云：「芸堂空鎖傾城色，萬態千嬌誰能及。何幸到鴛幃，春心不自持。點染香羅片，遂我平生願。此處會雲英，何須上玉京。」妙常聽罷，亦口占《菩薩蠻》一闋云：「香衾初展芭蕉緑，垂楊枝上流鶯宿。花嫩不禁噪，春風卒未休。千金身已破，點點愁眉鎖。密語囑檀郎，人前口謹防。」必正看了，情興越濃，二人解帶脱衣，雲雨初罷，遂於枕上説海誓山盟，就中訴深情密意。必正道：「五更了，鄰雞三唱，此乃是前生宿世姻緣，最怪是曉霞穿碧落，偏嫌的紅日透紗窓。」二人披衣而起，各自回房。夜去明來，約有半年之期。必正一日與妙常閑坐，只見妙常兩眼垂淚，愁眉不展，好生不樂。必正見罷，將手帕抹净了妙常眼淚，問道：「如何這等煩惱？」妙常袖裏取出一個帖子遞與必正，必正展開看了，却是《臨江仙》詞一闋，云：「眉自雲開初月，纖纖一搦腰肢。與君相識不多時，不知因個甚，裙帶短些兒。茶飯不食常是病，終朝如醉如癡。此情猶恐外人疑，轉將心腹事，報與粉郎知。」必正看了，道：「既有此事，何不早説，有甚難哉？」妙常道：「我平日在此欺那手下的人，今日做出這場醜事，未知如何是好？只得尋個死路，免污他人眼目。」淚下如雨，必正道：「但放心懷，待我明日入城，切一帖墮胎的藥，吃了便好。」妙常道：「我曉得你做個脱身之計，去了不來，我命只在今夜。」必正道：「此何心哉！」辭別妙常，入到城中，正行間，遇着頭擡喝道而來，必正躲避不及，街旁佇立，却是必正的故友張于湖。于湖一見必正，連叫住轎，與必正相見，邀必正同到于湖府中，分賓而坐。茶罷，于湖問必正行館何處，必正道：「在城外女貞觀姑娘處。」于湖道：「令姑是何人？」必正道：「是住持潘法成。」于湖道：「既是此觀，觀中有一好物在彼。」必正道：「兄長何以知之？」于湖道：「舊歲在彼借水洗浴，曾作《楊柳枝》詞。」必正道：「莫不是洛陽（脱『才』字）子何通甫作的？」于湖說：「正是。」二人大笑。必正備言前事，于湖曰：「此事有何難哉？你揑作指腹為親，為因兵火離革（當作隔），欲求完娶，告一紙狀來，我自有道理。」必正別了于湖，回到觀中，與妙常具說其事。晚間，到姑娘房中，必正雙膝跪下，將妙常之事說與姑娘，姑娘道：「我也有些知覺，你肯娶他麼？」必正道：「小姪願娶。」姑娘道：「叫他來問他。」必正叫妙常到房裏，見了姑娘，姑娘道：「你做得好事。」妙常低頭不語，姑娘道：「去寫狀子來，明日進城去告。」明日五更侵早，三人同到建康府下狀，當值放告日期，太守升堂，潘必正三人跪下，相公道：「告甚麼？」觀主道：「告乞還俗事。」相公道：「潘必正、陳妙常二人既是指腹為親，各供本身之事，供得明白，准你還俗。如無下落，决不依准。」潘必正供詞：「鄉貢舉人潘必正，伏蒙琴堂判府龍圖侍郎臺下：告為給親完娶事。必正才愧相如，無挑琴之興；賢同顏子，有秉燭之憂。先母與陳母指腹為婚，因兵火流離，情意寫絶，豈期偶然會合，共訴前因。各留原剪衫襟，堪台仁恕，許配終身，偕老夫妻，所供是實。」女貞觀知客陳妙常供曰：「伏聞生居宦族，迺無謝女之才；長在玄門，叨沐孫姑之德。塵根以（當作已）盡，絶孟光志（疑作之）慕梁鴻；俗緣以再，斷雲英之約裴航。鬧中取静，行坐看經；忙裏偷閑，尋師講道。豈期百年冤債來尋，況是嚴師力學。今有度牒，係是官文，未敢自專。伏望判府俯察來詞，特賜與决。」金陵建康府女貞觀道姑潘法成狀供：「本觀女姑陳妙常，伊母陳谷英存日，將女妙常曾指腹許潘必正為妻，見有原割衫襟合同為照。為因兵火離隔，各無音耗。幸蒙天賜，偶然相會，所說舊日根苗，輻輳姻緣。俱在青春之際，如樂昌破鏡重圓，似文君駕車之願。所有原關度牒在身，未敢還俗。恕蒙准告，望乞台判。」太守看畢，援筆判曰：「道可道，名可名，强名曰道。色即空，空即色，故曰真空。清者濁之源，守不住煉藥丹爐；動者静之基，熬不過凡情慾火。大都未撞着知音，多管是前生注定。拋棄了布袍草履，再穿上紫袖羅裳。收拾起紙帳梅花，準備着羅幃繡幕。無緣處，青浦黄庭消白日；有分在，洞房花燭對黄昏。」張于湖判畢，即令還俗。潘必正與陳妙常成親既畢，于湖舉必正賢良方正，除授蘇州府吴江縣尹。後官全（當作至）禮部侍郎。妙常生一男一女，夫婦晝錦榮歸，盡享天年而終。（《新刻芸窗彙爽萬錦情林》卷一上欄「記類」）

二 《玩江樓記》：「誰家柔女勝姮娥，行步香塵體態多。兩朵桃花焙曉日，一雙星眼轉秋波。釵從鬢畔飛金鳳，柳傍眉間鎖翠蛾。萬種風流觀不盡，馬行十步九蹉跎。」這首詩是柳耆卿題美人詩，當時是宋神宗朝，東京有一才子，姓柳，雙名耆卿，排行第七，人皆稱柳七官人。年二十五歲，丰姿灑落，人材出衆，琴棋書畫，吟詩作賦，無所不通。專愛在花街柳巷，多少名妓無不瞻仰。他在京師，與三個出名上等行首家取樂，一個唤作陳師師，一個唤作趙香香，一個唤作徐冬冬，這三個行首陪錢争養着那柳七官人。曾作詞兒一闋為證，詞名《西江月》：「師師媚容豔質，香香與我情多。冬冬與我煞脾和，獨自窩盤三個。撰字蒼生未肯，權將好字停那。如今意下待如何，姦字中間着我。」這柳七官人在三個行首家閑耍，一日做一篇歌頭曲尾，歌云：「十里荷花九里紅，中間一朵白松松。白蓮到好摸藕吃，紅蓮只好結蓮蓬。蓮蓬好吃藕玲瓏。開花雖結子，也是一場空。一時乘酒興，空肚裏，吃三鍾。番(當作翻)身落水尋不見，則聽得、採蓮船聲撲鼕鼕。」柳七官人一日攜僕到金陵城外玩江樓上，獨自個翫賞，吃得大醉，命僕取筆，作詞一闋，詞寄《虞美人》，乃寫於樓中粉壁上云：「春花秋月何時了，往事知多少。小樓昨夜又東風，故園不堪回首月明中。雕欄玉砌應由(當作猶)在，只是珠(當作朱)顔改了(此字為衍文)。問君却有許多愁，恰似一江春水向江流。」柳七官人詞罷，擲筆於樓，拂袖而返京師。這耆卿詩詞文采，壓於才士。因此，近侍官僚喜敬者，多舉孝廉，保奏耆卿為浙江管下餘杭縣宰。耆卿乃辭官僚，别了三個行首，各各餞别，而不忍捨。遂别親朋，帶將僕人，攜琴劍書箱，迤逦在路。不則一日，來到餘杭縣上任。端的為官清正，訟簡詞清。過了兩月，使用己財起造一樓於官塘水次，效金樓之樓，題之額曰翫江樓，以日取樂。本處有一美妓，歌妓姓周，名字月仙，那柳七官人每召至樓上歌唱祗應。……月仙拜謝耆卿而回，自此日多嘗侍耆卿之側，與之歡悦無怠。忽一日，耆卿酒醉，命月仙取紙筆，作詞一闋，詞寄《浪裏來》，其詞曰：「柳解元使了計策，周月仙中了機謀。我交那打魚人，准備了釣鼇鉤。你是猩猩(當作『惺惺』)人筭我，出不得文人手。姐姐免勞慚歉，我將那點鋼鍬，掘倒了玩江樓。」柳七官人寫罷，付與周月仙，月仙謝了自回。這柳縣宰在任三年，周月仙慇懃奉侍，兩情愛篤。却恨任滿回京，與周月仙相别，自回京都，至今風月江湖上，萬古漁樵作話文，有詩云：「一别知音兩地愁，任他月上玩江樓。來年此日知何處，摇(當指遥)指白雲天際頭。」(節録自同前)

三 《芙蓉屏記》：至正辛卯，真州有崔生名英，行家極富。以父蔭補浙江温州永嘉尉，攜妻王氏赴任，道經蘇州之圌山，治舟少憩，買紙錢牲酒賽於神廟，既畢，與妻小飲舟中，舟人見其飲器皆金銀，遽起惡念。是夜，沉英水中，並婢僕殺之，謂王氏曰：「爾知所以不死者乎？我次子尚未有室，今與人撑船往杭州，一兩月歸來，與汝成親，汝即吾家人，第安心無恐。」言訖，席捲其所有，而以新婦呼王氏，王氏佯應之，勉為經理，曲盡慇懃，舟人私喜得婦，漸稔熟，不復防閑。將月餘，值中秋節，舟人盛餙酒殽，雄飲痛醉。王氏伺其睡沉，輕身上岸，行二三里，忽迷路，四面皆水鄉，惟蘆葦孤（當作菰）蒲，一望無際，且生自良家，雙彎纖細，不任跋涉之苦，又恐追尋者，至於是盡力而奔。久之，東方漸白，遥望林木中有屋宇，急往投之，至則門猶未啓，鐘梵之聲隱然，少頃開門，乃一尼院。王氏逕入，院主問所以來故，王氏未敢以實對，紿之曰：「妾，真州人，阿舅宦遊江浙，挈家偕行赴任，而良人没矣。孀居數年，舅以嫁永嘉崔尉為次妻，正室悍戾難事，箠辱萬端。近者解官，舟次於此，因中秋賞月，命妾取酒杯，不料失手，墜金盞於江，必欲寘之死地，遂逃生至此。」尼曰：「娘子既不肯歸舟，家鄉又遠，欲別求配偶，卒乏良媒，孤苦一身，將何所託？」王惟涕泣而已，尼又曰：「老身有一言相勸，未審尊意如何？」王曰：「若吾師有以見處，即死無憾。」尼曰：「此間僻在荒濱，人跡不到，茭葑之與鄰，鷗鷺之與友，幸得一二同袍，皆五十以上，侍者數人，又皆淳謹。娘子雖年芳貌美，奈命蹇時乖，盍若捨愛離癡，悟身為幻，被緇削髮，猶此出家，禪榻佛燈，晨飡暮粥，聊隨緣以度歲月，豈不勝於為人寵妾，受今世之苦惱而結來世之仇怨乎？」王拜謝曰：「是所志也。」遂落髮，於佛前立，法名慧圓。王讀書識字，寫染俱通，不期月間，悉究内典，大為院主所禮待，凡事之巨細，非王主張，莫敢輒自行者，而復寬和柔善，人皆愛之。每日於白衣大士前禮百餘拜，密訴心曲，雖隆寒盛暑弗替。既罷，即深居奥室，人罕見其面。歲餘，忽有人至院隨喜，留齋而去。明日，特將芙蓉一幅來施，老尼張掛素屏。王過見之，識為英筆（當作筆），因詢所自，院主曰：「近日檀越布施。」王問：「檀越姓名？今住甚處？以甚為生？」曰：「同縣顧阿秀兄弟，以操舟為業，年來如意，人頗道其劫掠江湖間，未知誠然否。」王又問：「亦嘗來此乎否？」尼曰：「少到耳。」即默識之，乃援筆題於屏上曰：「少日風流張敞筆，寫生不數今黃筌。芙蓉屏出最鮮妍。豈知嬌豔色，飜抱死生冤。粉繪淒涼餘幻質，只今流落有誰憐。素屏寂寞伴孤禪。今生緣已斷，願結再生緣。」其詞蓋《臨江仙》也，尼皆不曉其所謂。一日，忽在城有郭慶春者，以他事至院，見畫與題，悅其精緻，買歸清玩。適御史大夫高公納麟退居姑蘇，多慕書畫，慶春以屏獻之，公置於内館，而未暇問其詳。偶外間忽有人賣草書四幅，公取觀之，字格類懷素而清勁不俗，公問：「誰寫？」其人對：「是某學書。」公視其貌，非庸碌者，即究其鄉里姓名，則蹙眉對曰：「英姓崔，字俊臣，世居真州，承父蔭補永嘉尉，挈累赴官，不自慎重，為舟人圖，沉英水中，家財妻妾不復顧矣。幸幼時習水，潛泅波間，度既遠，遂登岸，投民家，而舉體沾濕，了無一錢在身。賴主翁善良，易以裳衣，待以酒飯，贈以盤纏遣之，曰：『既遭賊劫，理合聞官，不敢奉留，恐相連累。』英遂問路出城，陳告於平江路，今聽候一年，並無消耗，惟賣字以度日，非敢謂善書也，不意惡札上徹鈞覽。」公聞其語，深憫之，曰：「子既如斯，付之無奈。且留我西塾，訓諸孫寫字，不亦可乎？」英幸甚。公延入内館，與飲，英忽見屏間芙蓉，潸然垂淚，公怪問之，曰：「此舟中失物之一，英手筆也，何得在此？」又誦其詞，復曰：「英妻所作。」公曰：「何以辨識？」曰：「識其字畫，且其詞意有在，真拙婦所作無疑。」公曰：「若然，當為子任捕盜之責，子姑秘之。」乃館英於門下。……（節録自同前）

四《滕穆醉遊聚景園記》：延祐初，永嘉滕生名穆，年二十六，美風調，善吟詠，為衆所推重。素聞臨安山水之勝，思一遊焉。甲寅歲科舉之詔興，遂以鄉書赴薦，至則僑居湧金門外，無日不往於南北二山，及湖上諸剎，靈隱、天竺、净慈、寶石之類，以至玉泉、虎跑、天龍、靈鷲。石室之洞，冷泉之亭，幽澗深林，懸崖絶壁，足殆將遍焉。七月之望，於麴院賞蓮，因而宿湖，泊雷峰塔下。是夜，月色如晝，荷香滿身，時聞大魚跳擲於波間，宿鳥飛鳴於岸際。生已大醉，寢不能寐，披襟而起，遶堤觀望。行至聚景園，信步而入。是時，宋亡已四十年，園中臺館，如會芳殿、清虛閣、翠光亭，皆已頹毁，惟瑶津西軒巍然獨存。生至軒下，倚欄少憩，忽見有一美人先行，一侍女隨之自外而入。風鬟霧鬢，綽約多姿，望之殊若神仙。生於軒下屏息以觀其所為，美人曰：「湖山如故，風景不殊，但時移世換，令人有黍離之悲爾。」行至園北太湖石畔，遂詠詩曰：「湖上園林好，重來憶舊遊。徵歌調玉樹，閲舞按《梁州》。徑狹花迎輦，池深柳拂舟。昔人皆已没，誰與話風流。」生放逸者，初見其貌，已不能定情。及聞此作，技癢，不可復禁耶，於軒下續吟曰：「湖上園亭好，相逢絶代人。姮娥辭月殿，織女下天津。未會心中意，渾疑夢裏身。願吹鄒子律，幽谷發陽春。」吟已，即趨出赴之，美人亦不驚訝，但徐言曰：「固知郎君在此，特來尋訪耳。」生問其姓名，美人曰：「妾棄人間已六十年矣，欲自陳叙，誠恐驚動郎君。」生聞此言，審其為鬼，亦無所懼，固問之，乃曰：「芳華姓衛，故理宗朝宫人也，年二十三而没，殯於此園之側。今晚因往演福堂訪賈貴妃，蒙延久坐，不覺歸遲，致令郎君於此久待。」即命侍女曰：「翹翹，可於君舍中取茵席酒果來，今夜月色清明，郎君又至，不可虛度，可便於此賞月也。」翹翹應命而去。須臾，以氍毹鋪於中庭，設白玉碾花樽，碧琉璃盞，醪醴馨香，聞於空際，與生笑謔笑詠，言詞清婉。復命翹翹歌以勸酒，翹翹請歌柳耆卿《望海嘲（當作潮）》詞，美人曰：「對新人，不宜歌舊曲。」即於席上自製《木蘭花慢》一闋，令翹翹歌之曰：「記前朝舊事，曾此地，會神仙。向月砌雲堦，重攜翠袖，來拾花鈿。繁華總隨流水，歎一塲春夢杳難圓。廢巷芙渠滴露，斷堤楊柳垂煙。刃峰南北只依然，輦路草芊芊。恨别館離宫，煙銷鳳蓋，波没龍船。平生銀屏金屋，對漆燈、無焰夜如年。落日牛羊隴上，西風燕雀林邊。」歌畢，美人潸然出淚，生言慰解，仍以微詞挑之，以觀其意。即起謝曰：「殂謝之人，久為塵土，若得奉事巾櫛，死且不朽，且郎君適間詩句固已許之矣，願吹鄒子之律，而一發幽谷之春也。」生曰：「向者之詩率口而成，實本無意，豈料便為語讖。」良久，月隱西垣，星沉北嶺，即命翹翹撤席。美人曰：「敝居僻陋，非郎君之所處，只此西軒可也。」遂與生攜手而入，息於軒下，交會之事，一如人間。將旦，揮涕而别。……（節録自同前）

五　時海宇奠安，黎民樂業。百餘年間，耳不聞金戈鐵馬之聲，目不視烽火狼煙之警。誠至治之期，太平之日也。於戲！人生值此，既乏南山之壽，須閑北海之樽，可信是輕塵弱草，休教負美景良辰：百年秋露與春花，展放眉頭莫自嗟。吟幾首詩消世慮，酌三杯酒度韶華。閑敲棋子心情樂，慢撥瑶琴心趣賒。分外不須多着意，且將風月作生涯。嘗有辜生者，軺其名，本貫廣東瓊州人氏。丰姿冠玉，標格魁梧，涉獵經史，吞吐雲煙，真士林中之翹楚者也。一旦，父母呼而命之曰：「爾有祖姑，適臨高之黎氏，乃子奉朝廷命而為土官。經今數載，音問杳然，皆爾親之薄倖，以致睽違之久，疎闊之甚也。孔子云：『親者毋失其為親，故者毋失其為故，此人道之當然。』即辰春風和暢，景物熙明，今備微贄，代我探訪一度，以將情意。」生唯唯聽命，收拾琴書，命僕童佑哥隨行。生即至，入謁表叔，見之盡禮。乃引赴中堂，進拜祖姑暨嬸，並諸兄弟，皆相見畢，詢及故舊，生一一答之，盡恭且詳。乃館生於西廡清桂西軒之下。明日侵晨，踵春暉堂揖祖姑，適瑜侍焉，將趨屏後避生，祖姑止之曰：「呵呵，出拜四哥生行第四也，都是一家人，何避嫌之有？」瑜得命，即下堦與生叙禮。生竊視之，顏色絶世，光彩動人。真所謂入眼平生未曾有者也。厥後，祖姑甚鍾愛生，凡晨昏，命生與瑜侍食左右。……生自得祖姑言之後，凡有需求，無不得者。一日，生命其侍童佑哥問瑜娘取檳榔，遂以蠟紙封蜜釀者十顆饋生，並標書於其上曰：「進御之餘，敬以五雙奉兄，伏乞垂納。」生但謂其有容色，不意其亦識字也，見之大喜曰：「西廂之事，可得而諧矣。」乃製《西江月》詞，命佑哥持以謝云：「蠟紙重重包裹，彩毫一一題封。謂言已進大明宫，特取餘甜相奉。口嚼檳榔味美，心懷玉友情濃。物雖有盡意無窮，感德海深山重。」女見之，微微而哂，就以雲箋裁成小簡書數字以復，云：「感承佳作，負荷良多。第以白雪陽春，難為和耳。」生得此簡，歡喜欲狂，不覺經史之心頓釋，花月之思愈興，他無所願也，惟屬意瑜娘而已。朝夕求間尋便，欲以感動於瑜。然瑜馴謹穩實，生挑之，不答，問之，不應，莫得而圖之。一夕，月初出，叔孀會飲於漱玉亭上，命使女召生，生以手揮之，使先行，生徐徐後赴。至蘭房東軒之隅，海棠樹下，遇瑜獨歸，生曰：「五姐何歸之速耶？」瑜曰：「倦矣，故歸。」生曰：「久懷一事，欲以相聞，不識可乎？」女以他辭拒之，曰：「昨承佳作，健羨，健羨。」生曰：「不為是也。」女不答而去，生大慚，悒悒而赴宴，半酣而歸。自思棠下之遇，不果所懷，遂製平韻《憶秦娥》以泄其悒怏之意，云：「憶秦娥，憶秦娥，無意奈渠何。奈渠何，一場好事，從此蹉跎。　茫茫日月如梭，悠悠光景逐流波。花天月地，畢竟閑過。」一日，生就外館。女竊入其所居之軒，發其書笥，見所作之詩詞，知生之意有在也，黑（當作默）記歸，感歎移時，見生之容色變常，飲食減少，頗憐之焉。一夕，女晚繡綠紗窓下，生行過窓外，偶念周美成詞「些小事，惱人腸」之句，瑜隔窓問曰：「四哥何事惱愁腸也，盍為我言之？」生曰：「子自思之。」女曰：「兄欲歸乎？」生曰：「不然。」女又曰：「兄思兄之情人乎？」生又曰：「非也。」女又曰：「春寒逼兄耶？」生曰：「非寒也，愁也。」女曰：「何不撥之乎？」生曰：「誰肯與我撥之？」女笑而不答，生欲進而與之語，自度不可，於是退居軒間，思向者窓前之言，乃作詞以識其事，名曰《花心動》：「萬緒千端，惱人腸肚事，有誰共説。多麗多嬌，有意有情，特地為人撩撥。　綠紗窓晚珠簾捲，繡宋（當作床）貌如花模月。　如簧語，一聲纔歇，千愁頓雪。　惟恨衷腸未竭。空惆悵，歸來又成間絶。一片乍消，千種仍生，擁就心頭成結。　琴心未必君知否，何日也，山盟同誓。休猜訝，不是狂蜂浪蝶。」生濃墨楷書，命侍童持以示女，女覽畢，擲於地曰：「我本無此意，四哥何苦誣人也？」侍童歸以告。生殆無以為懷，乃於軒之西壁畫一鶯，後題一絶於其上，云：「遷喬公子彙金衣，獨自飛來獨自啼。可惜上林如許樹，何緣借得一枝棲。」見者謂其題鶯，殊不知覺其托意於中也。一日，瑜之侍妾碧桃偶過生軒，歸謂瑜娘曰：「適來見西邊軒裏瓊州官人畫一鳥於壁上，甚是可愛。」瑜因伺生出，遂到生軒，玩素良久，知其意也，乃和一詩，書於片紙之上，置於几間而歸，詩曰：「金衣今已換緇衣，開口如啼却不啼。自是傍牆飛不起，休愁無樹借君棲。」語意爽人，甚是有情。生歸，見瑜所和之詩，正想玩間，忽見碧桃持一簡至，生啓之，魚箋爛然絢目，乃是《喜遷鶯》詞也：「嬌癡倦極，正柳困花柔，東風無力。桃錦纔舒，杏花又褪，種種惱人春色。不恨佳期難遇，惟恨芳年易擲。堪據處，有東逝流水，西沉斜日。記得此去，早築盟壇，共定風流策。也不難愁，更休煩夢，務要身親經歷。欲使情如膠漆，先使心同金石。相期也，在西廂待月，藍田種璧。」生得此詞，大喜過望，願得之心，逾於平昔，每尋間便，思與女一致款曲，終不可得也。過數日，表叔赴縣，嬸又歸寧，女乃潛出，直抵生軒。生偶輟講而歸，適瑜在焉，揖而謝曰：「往日之詞，直中阿堵中事，誠能踐之，雖死無憾。」瑜曰：「前詞聊以寬兄之意耳，豈有他哉？」生曰：「所謂『身親經歷』者，果歷何事耶？」女不答，遂欲引去。生掩窓扉而阻之，因謂之曰：「輅自二月來抵仙鄉，今則蓂莢已三更矣，自從見卿之後，頓覺魂飛魄散，廢寢忘飡，奈何無間可乘，今蒙下顧寒窓，而輅偶出適歸，抑且不先不後，豈非天意乎？而卿又欲見拒，此輅之所深不識也。」女曰：「兄言良是，妾豈不知而為是沽嬌哉？抑以人之耳目長也。」生曰：「為之奈何？」女曰：「俗語云：心堅石也穿，但遲之歲月而已。」生曰：「青春易擲，若遲之以歲月，豈不錯過了時節哉？」女曰：「妾，女子也，局量褊淺，無有深謀遠慮，在兄圖之則善矣。」言未已，忽聞衆聲喧嘩，遂遁去，不得再語。生乃製《浣溪沙》以記其事，云：「雲淡風輕午漏遲，晝餘乘興乍歸時，忽驚仙子下瑶池。　有意鴝鵒窓下語，無端百舌樹梢啼，教人如夢又如癡。」（節録自同前書卷一下欄「鍾情麗集」）

六　又一夕，叔審（當作嬸）俱赴鄰家飲宴，生獨坐，若有所失。正憂悶間，忽見瑜娘掀扉而入，謂生曰：「兄何憂之多耶？」生曰：「愁何足惜，但腸斷為可惜耳。」女曰：「何事腸斷？」生曰：「盡在不言中。」女曰：「妾試為兄謀之。」生起，而以手作抱頸狀，向瑜曰：「卿言既許矣，不可只作一埸話柄，恐斷送人性命，惟子念之圖之。」女曰：「兄尚不念圖，況妾乎？」生曰：「畧圖之熟矣。」女指牆謂生曰：「奈此何？」生曰：「事至如此，雖千仞之山尚不足畏，數仞之牆，何足道哉！」女曰：「所謂圖者，其計安出？」生乃以扇指示所達之路，女笑曰：「恐不然也，妾之一心，惟兄是從而已。事若不遂，當以死相謝，第恐兄之不能踐言耳。」生以手抱瑜，欲求合歡，女不從。正反覆間，忽聞叔嬸回，遂出迎接。次日，生乃作《鳳凰臺上憶吹簫》之詞以示女云：「水月精神，乾坤清氣，天生才貌無雙。算來十洲三島，無此嬌娘。堪笑蘭臺公子，虚想像，賦詠《高唐》。何如花解語，玉又生香。　茫茫，今宵何夕，親曾見姮娥，降下紗窓。又以將合，風雨來訪。記得何時，約言難踐，空斷愁腸。腸斷處，無可奈何，數仞危牆。」生念瑜娘之言，欲實其心，奈何無路可達。將欲越危牆，恐傷身命，終日沉思，計無所出：「惟有得向春暉堂安寢，則身可通矣。」遂稱病不起。表叔省之，生詐之曰：「近來數夜卧此軒間，纔瞑目，便見鬼魅或牛頭或馬面等來相擊鬧，心甚怖焉。但以精神恍惚所至，不以為意。昨夜又夢一長牙者語余曰：『明日大王來請你，你勿復起。』不覺今日身體沉重，不能起止。」叔聞此語大驚，遂移之東軒，命其小子名銘者伴生寢焉。生私念：「本欲設計尋入中堂，只將移向東軒，無以異於西軒也。」至夜半，佯狂大叫，舉家驚視。生良久始言曰：「向見一人冠黄巾，同昨所見長牙者坐，罵余曰：『我吽你莫起，你强要起。』黄巾者曰：『大王請先生去作平賊露布耳，無他也。』言未已，又見一紅髮尖嘴者至，促曰：『連忙去，毋羈滯。』將扶余出，余與之勍敵良久。喜諸人起來快，不然，被伊捉去矣。」祖姑聞言大恐，令人請良巫壓禳，生乃厚賂巫者，命伊言曰：「若在此宿卧，恐性命難保，除非移入中堂，則自無事矣。」比時即移生入中堂，生病尋安，日則肄業於軒間，夜則居宿於堂上。後第三夜，生謂諸侍伴曰：「今宵服藥，忌人見，你輩回後間宿歇。」至夜静，生遂步入蘭房西室之前，正見女於月桂叢邊焚香拜月，生潛出，立牆陰以俟之。聞其微吟云：「爐煙裊裊夜沉沉，獨立花間拜太陰。心事不須重跪訴，姮娥委是我知心。」瑜吟訖，突見生至，且驚且喜，曰：「聞兄被魅，今夜乃得至此耶？」生曰：「若非被魅，安能會卿於此乎？」相與攜手入室，明燈並坐。生熟視之，容貌愈嬌，肌膚愈瑩，情不能忍，乃曰：「我腸斷盡矣。」欲挽女以就枕，女堅意不從，因謂生曰：「妾與兄深盟密約，惟在乎情堅意固而已，不在乎朝朝暮暮之間也。苟以此為念，則妾淫蕩之女也。淫蕩之女，兄何取耶？」生曰：「卿雖不從，然略已至此，設使他人知之，寧信無他事也？」女曰：「但秉吾心而已。」生雖不能自持，然見其議論，亦喜其秉心堅確，不得已從之，遂相與終夜坐談，女曰：「妾嘗讀《鶯鶯傳》、《嬌紅記》，未嘗不掩卷歎息，自恨無鶯、嬌之姿色，又不遇張、申之才情緣，自見兄之後，密察其氣概文才，固無減於張、申，第孱陋之質，有愧二女，不足以感君耳。」生曰：「卿知其一，未知其二，當時鶯鶯有自送（當作選）佳期之美，嬌娘有血漬其衣之驗，今宵之遇，固不異於當時也。而卿之見拒，何耶？抑亦以愚陋之跡，不足以當清雅之意，將欲深藏固閉，以待善價而沽也？」女厲色言曰：「妾豈不近人情者，但以情慾相期，美滿於百年也。假使今日苟圖片時之樂，玉壺一缺，不可復補，合巹之際，將何以為質耶？」生曰：「此事輅任之，勿慮也，但不如此，不足以表情之交孚，卿請勿疑。」女曰：「諺語有云：『但得五湖明月在，不愁無處下金鈎。』正此之謂也，兄自此勿復舉矣。」生興稍闌，乃口念《菩薩蠻》詞以贈女云：「不緣色膽如天大，何由得入天台界。辜負阮郎來，桃花不肯開。　芳心空一寸，柔腸千萬束。從此問花神，何苦逼人情。」女亦口念《西江月》以答生：「借問雲朝雨暮，何如地久天長。慇懃致語示才郎，且把芳心頓放。　苦戀片時歡樂，輕飄一點沉香。那時三萬六千場，樂爾無災無瘴。」自後，生凡數次就瑜，瑜終固執如前，委道百端，略不經意。或與並坐，或與並卧，見生纔有異意，即厲色正言以拒之，生作《望江南》詞以示女：「堪歎處，到碧紗廚。一寸柔腸千寸斷，十廻密約九廻孤，夜夜相支吾。　駒過隙，借問子知乎。弱草輕塵能幾許，癡雲閣雨待何如，後會恐難圖。」生情不能已，復繼之以詩一絶云：「青鸞無計入紅樓，入到紅樓休又休。争似當初不相識，也無歡喜也無愁。」女見詞與詩，笑曰：「兄言不喻往夜之言乎？」生曰：「余豈不喻？但以興逸難當，姑排遣之耳。」暨晚，生歸獨坐，自思：「廢（當作費）盡心機，得達女室，終不見從，必無意於己也。」至夜，復思不如與女作别，至則長吁短歎，憑几而卧，終不與女一言，女問之，亦不答。百般開喻，逼勒再三，始一啓口曰：「我今夜被你斷送了也。」女大悟，謂生曰：「兄果堅心乎？」生曰：「若不堅心，早歸去矣。」女因呼碧桃添香，呼生共拜於月下，祝曰：「妾瑜生居閨閣，一十七歲於兹矣，今夕以情牽意絆，不得已，以千金之體許之於情人辜輅者，非惟有愧於心，抑且有愧於月也，敬以月下共設深盟，期以死生不忘，存亡如一，無負斯心，永遠無斁也，苟有違者，天其誅之。」祝罷，挽生就寢，因謂生曰：「妾年殊幼，枕席之上，漠然不知，正昔人所謂：『嬌姿未慣風和雨，分付東君好護持。』望兄見憐，則大幸矣。」生笑曰：「彼此皆然。」遂相與並枕同衾，貼胸交股。春風生繡帳，溶溶露滴牡丹開；檀口揾香腮，淡淡雲生芳草濕。曲盡人間之樂，不啻若天上之降也。雖鴛鴦之交頸，鸞鳳之和鳴，亦不足形容其萬一矣。展轉之際，不覺血漬生裙，女乃起而剪之，謂生曰：「留此以為他日之驗。」生笑而從之，女以口念《虞美人》詞以贈生，云：「平生恩愛知多少，盡在今宵了。此情之外更無加，頓覺明珠減價玉生瑕。　霎時喪却千金節，生死從今決。囑君千萬莫忘情，堅著一鈎新月帶三星。」生亦口念《菩薩蠻》詞以答女：「春風桃李花開夜，燭燒鳳臘香燃麝。魚水喜相逢，猶疑是夢中。　感情良不少，報德何時了。細語問鶯鶯，何人解此情？」瑜得生詞，謝曰：「妾今夕溺於兄之情愛，就致喪身失節，殊乖禮法，非緣兄，亦不至此也。幸為後日之圖，則妾之終身庶得所托矣。」生曰：「五姐千金之身為我而喪，猶當銘肝鏤骨以報子之深恩矣，豈肯負月下之盟耶？」自後，生夜必至。（節録自同前「鍾情麗集」）

七　自後，暮聚曉散，幾月餘，温存繾綣之情蔑以加矣。不覺大火西流，金風又起。父母以生久别，遣僕持書促歸甚急，生得書，言之叔孀，治裝將為歸計。生至夜，復抵女室，告以將别之由，二人不忍離别之情見於顔色，短歎長吁，悲不能已。久之，女徐拭淚曰：「第無傷感，且盡綢繆，未知後會何時也？」生曰：「我去三兩月，必定再來，子無勞苦，搆思成疾，此特暫别而已。」女乃吟詩二絶以别生：「烏啼月落滿天霜，執手相看淚滿眶。明月相如歸去也，文君從此倍凄凉。」「秋雨梧桐葉落時，悲秋懷抱正凄凄。多情自古傷離别，莫笑鶯鶯減玉肌。」生乃以玉耳環饋女，並留題一絶云：「黄雀銜來已數年，别時留取贈嬋娟。莫將閑事縈衷曲，常把佳音在耳邊。」暨晚，生以他事不果行。至夜，女命侍女以白金十錠、青布四端、花巾二十條、裙帶二十雙並詞一闋以贐生，詞名《柳梢青》：「南陌花殘，西廂月暗，風雨凄凄。見説君歸，明松金釧，暗減玉肌。吁嗟後會難期，將何物，美（當作表）人别離。萬斛離愁，千行情淚，兩地相思。」生亦立綴排十韻以贈女别云……（節録自同前「鍾情麗集」）

八

生别到家之後，行止坐卧，食息起居，無非為女記憶也，經史家事，略不介意，終日昏昏而已。先是，城之西北隅有村曰邁遊，山明水秀，多生佳麗。有名小馥者，字微香，亦美麗超群。其俗有紡紗塲之習，生嘗遊畋其間，與之亦相好也。……微香以生久别，見生至大喜，而生憂悶之懷凄然可掬。微香以王生在，亦不敢詰。迄至夜分，王生倦而就寢，微香乃謂生曰：「自從君之别妾也，不覺烏兔沉東西矣，以妾思君之心，不啻若大旱之望雲霓也，深藏固蔽，以待君久矣。近聞君歸，喜動顔色，思得一見而無由。今夜既蒙垂顧，正當繾綣以償契闊之情，而君之短歎長吁，愀然不樂，何也？豈非疑妾有外意，抑亦君有别遇乎？」生曰：「感子之情，亦已多矣。奈何將新變故易，以故變新難。」香笑曰：「妾之言果不差矣，君盍均而惠乎？」生不答，微香曰：「君寓臨邑，所遇者得非臨邑人乎？」生曰：「然。」復問：「女為誰名？何氏之女？」生不肯言，再三逼勒，生良久始言曰：「子亦我之情人也，語亦無害，子宜祕之，勿言其姓名於人，斯可矣。」微香指燈而誓曰：「我若違君之囑，有如此燈，請言之，勿慮也。」生乃曰：「黎氏，名瑜娘，字玉真。」微香歎息而言曰：「此女無雙也，其面團而光，其質富而潤，其目凝而澄，其聲清而婉，果然乎？」生曰：「子之言，如親見，何以知之？」微香曰：「妾之表親有善穿珠者，前日往臨邑，知黎土官家有此女也，且聞其善詩，有作贈君否？」生乃誦其《柳梢青》與微香，微香擊節歎曰：「才貌兼全，真天上之人也，子之視我如土塊，不亦宜乎？」乃綴《滿庭芳》一闋自歌以賀生：「月下歌聲，風前笛韻，遥思當日風流。枕邊言語，猶記在心頭。玉珮玎璫，别後空惆悵，永巷閑幽。行雲去，纔離楚岫，却又入瀛洲。　仙境裏，奇逢姝麗，端好綢繆。羡金桃玉李，風（當作鳳）偶鸞儔。一個文章清雅，一個體態嬌柔。引得我，雕欄獨倚，一日似三秋。」生觀訖，起謝曰：「余愛卿之情不為不多，負卿之罪亦不為不少。」（節録自同前「鍾情麗集」）

九　生自别瑜娘之後，倏爾斗柄三移，然而相思之心如一日也。奈鱗鴻杳杳，後會無由。是月某日，適值祖姑生旦，乃托所親言於父母曰：「某日祖姑誕辰，理當往賀，何吝四哥一行，而不使之往慶耶？」父從之。次日，遂命生起行。既到，表叔一家見生，莫不欣然喜其再至，於是復館生於清桂西軒之下。生遍視窓軒如故，詩畫若新，惟庭前花木有異耳，不勝舊遊之感，遂吟近體一律以寓意：「一年兩度謁仙門，前值春風後值冬。草木已非前度色，軒窓還是舊遊宗（當作踪）。重臨楊柳三三徑，專憶高唐六六峰。知是深盟應不負，虛言萬事轉頭空。」生至數日，不能乘間與瑜一語，因設卧中之計，尚未克果，而祖姑之壽日届矣，乃製《千秋歲令》一首以慶壽：「菊遲梅早，報導陽春小。坡老說，斯時好。北堂萱草茂，南極箕星皎。人盡道，群仙此日離蓬島。　寶炬紅光耀，金獸祥煙渺。松竹嫩，蟠桃老。永隨王母壽，却笑籛鏗夭。華堂上，年年膝下斑衣繞。」後一日，生侍祖姑於春暉堂上，忽見堂側新開一池，乘隙處趨往視之，正見瑜娘倚牆觀畫，生笑而言曰：「不期而會，天耶？人耶？」瑜曰：「天也，豈人之所能也？不期然而然，非天而何？」遂挽生共坐於石砌之上，且曰：「此地僻陋，人跡罕到，姑坐此，徐徐而入可也。」遂相與訴其間闊之情、夢想之苦，自未及酉，雙雙不離。……自此之後，情好如初。一日，以前卷展開評論，女曰：「微香之才調何如？」生曰：「卿乃天上之碧桃，月中之丹桂，彼不過微芳小豔而已，豈敢與卿争妍媸也？正昔人所謂西施、王嬙争洗脚臉，與天下婦人鬬美者也。」女感其言，乃吟《長相思》詞一闋以戲生：「大巫山，小巫山，暮暮朝朝雲雨間，誰憐鳳偶閑。　歌已闌，樂已闌，繞向瑶臺覓彩鸞，金波依舊團。」（節録自同前「鍾情麗集」）

一〇　一夕，天色陰晦，生與女待月久之，乃同歸蘭室，席地而坐，盡將出其所藏《西廂》、《嬌紅》等書，共枕而玩。女曰：「《西廂記》如何？」生曰：「《西廂記》不知何人所作也，攷之於唐元禎（疑脱微字）之嘗作《鶯鶯傳》並《會真詩》三十韻，清新精緻，最為當時文人所稱羨。《西廂記》之權輿，其本於此也歟？然鶯鶯有詩寄張生云：『自從别後減容光，萬轉千愁懶下牀。不為旁人羞不起，為郎憔悴却羞郎。』此詩最妙，可以伯仲義山、牧之，而此記不載，又不知其何故也？且句語多北方之音，南方之人知其味者罕焉。」又問《嬌紅記》如何？生曰：「亦未知其作者何人，但知其鋪叙格局井井有條而可觀，模寫言詞朗朗可聽而不厭也，苟非有制作之才，焉能若是哉？然其諸小詞多鄙猥，可人者僅一二焉，子觀之熟矣，其中有何詞最佳？」女曰：「《一剪梅》。」生曰：「以予看之，似有病。」女曰：「兄勿言，待妾思之。」頃曰：「誠有之。」生曰：「何在？」曰：「離有悲歡，合有悲乎？」生笑曰：「夫離别，人情之所不忍者也。大丈夫之仗劍對樽酒，猶不能無動於心，况子女之交者？其曰離有悲，固然也；離有歡，吾不之信也。至若會合者，人之所深欲者也。雖四海五湖之人，一朝同處，而喜歡聲亦有不期然而然者，况男女交情之深乎？謂合有歡，不言可知矣；謂之合有悲，吾未之信也。」女曰：「兄（脱以字）何者為佳？」生曰：「『如此鍾情古所稀，吁嗟好事到頭非。汪汪兩眼西風淚，灑向陽臺化作灰』一詩而已。」女曰：「與其景慕他人，孰若親歷於己？妾之遇兄，較之往昔，殆亦彼此之間而已。他日幸得相逢，當集平昔所作之詩詞為一集，俾與二記傳之不朽，不亦宜乎？」生感其意，乃口占一曲，自歌以寫懷云，歌曰：「西江月尚團團，錦江水尚潺潺。荒墳貴賤總摧殘，回首真堪歎。真堪歎，可憐骨爛名難爛。殘篇留得在人間，付與多情看。待月情懷，竊香手段，這般人，真好漢。想崔、張行踪，憶申、嬌氣岸，相對着腸頻斷。此情此恨，汝爾相逢豈等閑？須教通慣，休教明判，若還團圞，早作風流傳。」（節録自同前「鍾情麗集」）

一日，生與女同步後園晴雨軒中，徘徊觀行，正談謔間，而瑜之弟黎銘值而見之，生大駭，恐言於叔嬸，乃厚結銘心。初，生有一琴，名曰碧泉，平生所嗜好者，銘嘗問取，生不之與，至是而遺焉。

雖得銘之歡心,然而諸婢切切含恨,惟待叔嬸回便發其事。生自思形跡不寧,設使叔嬸知之,負愧無極矣。托以歸省,告於祖姑,祖姑固留之再三,生終不從。瑜夜潛出,與生別曰:「好事多磨,自古然也,歡會未幾,讒言禍起,奈之何哉! 兄歸,善加保養,方便再來,毋以間隙,遂成永別,使盟誓為虛言也。」因泣下沾襟,生亦掩淚將別。女以《一剪梅》詞一闋並詩一首授生,曰:「妾之情意竭於此矣,兄歸,展而歌之,即如妾之在左右也。」詞曰:「紅滿苔堦緑滿枝,杜宇聲歸,杜宇聲悲。交歡未久又分離,彩鳳孤飛,彩鳳孤棲。 別後相逢是幾時,後會難知,後會難期。為言何以表相思,一首情詞,一首情詩。」詩曰:「萬點啼痕紙半張,薄言難盡覺心傷。分明一把離情劍,刺碎心肝割斷腸。」生亦綴《法駕到引》詞一首以別女,云:「歸去也,歸去也,歸去幾時來。峽口雲行仙夢杳,雨中花謝鳥聲哀。落葉滿空堦。 真個是,真個是,真個惱人腸。沙上鴛鴦棲未穩,枝頭鸚鵡叫何忙,相對淚沾裳。 須記得,須記得,須記月前盟。料必兩人扶一木,莫移鈎月帶三星,了此此生情。」女覽畢,謂生曰:「往者邁遊諸女所贈之詩,意甚忠厚,今將薄禮寄兄以餽之,可乎?」生曰:「可。」女乃命侍女取花巾八條、裙帶三十三雙與生收訖,女遂含淚再拜而別。(節録自同前「鍾情麗集」)

一二 時生入泮宮,不滿月間,生父忽然捐館。生哀毁踰禮,水漿不入口者三日。既葬,躬自負土,不受人助。既葬之後,終日哭泣而已,不復視事。時有白鶴雙竹之祥,人以為孝感所致。自是家道日益凌替,而瑜娘之父始有悔親之心,遂不復相往來。而生以守制故,不暇理事,不相聞者二載。然而瑜娘慕生之心,曷嘗少置? 風景之接於目,人事之感於心,累累形諸詩詞,多不盡録,姑記一二以語知音者：「征鴻無信，遊鴻無信，更相望斷春潮無信。辜郎何處不歸來，怎禁許多愁悶。　青山有盡，綠水有盡，惟有相思無盡。眼中珠淚幾時乾，一寸截成千寸。」右調《鵲橋仙》。「芭蕉葉上雨難留，松柏梢頭風未收。萬悶千愁無着處，並歸心上與眉頭。　腸如襪線條條斷，淚似源頭涓涓流。倚遍欄杆人不見，滿天風雨下西樓。」《瑞鷓鴣》。「春望歸，秋望歸，目斷江山幾落暉。　啼痕點點垂。　朝相思，暮相思，終日何時是盡期，傷心寄與誰。」《長相思》。「雨打梨花深閉門，辜負青春，虛負青春。　傷心樂事共誰論，花下消魂，月下消魂。　愁聚眉峰盡日顰，千點啼痕，萬點啼痕。曉看天色暮看雲，行也思君，坐也思君。」《一剪梅》。（節録自同前「鍾情麗集」）

一三　時有同郡富室符氏者，素聞瑜娘才色，又聞生久不至，遂散財賂，冀必得瑜娘為婚而後已焉。故有與瑜父言者，非譽符家道之華腴，必稱符才貌之出衆；非言生家道之蕭條，必毁生行止之落魄。瑜父遂欲解盟，然猶慮搆成詞訟，猶豫未决。又有為其畫策者，曰：「內外兄弟姊妹不可為婚，法律所禁，倘或興訟，以此推之，何畏之有？」遂决意許符氏，然猶未敢輕動。或勸其家納符氏聘禮者，瑜父從之。後瑜娘緝知，悲不自勝，以死自誓，終不他適。黎性方嚴，聞之大怒。瑜乃以白巾自縊，賴衆知覺救解，得免，黎方覺悔。然瑜之心雖不肯從，而符之盟終不可解。……未幾，生家蒼頭忽持書至，密以一箋付瑜，瑜泣讀之，乃疊韻詩一首，別無所言，讀畢，歎曰：「兄尚不余信也。」詩曰：「一自往年邊扁便，無奈鱗鴻專轉傳。勸君莫把海山盟，移向他人擅閃善。」自是生既禪之後，夜就枕間，忽夢往黎家，至於春暉堂後新創亭上，心甚憂悶，困睡，夢及至黎室，正想玩間，忽見瑜至，相見之際，再拜再悲。遂相攜手入於蘭房之内，二人席地而坐，歴道其夢想之苦、解盟之由，相對泣下。已而瑜收淚言曰：「今日相逢，將以為可喜，則又可悲，將以為可悲，則又可喜，悲耶？喜耶？吾不得而知耶？」生曰：「苦盡甘來，一定之理，前日之别固為可悲，今日之逢則又可喜。可悲者既已過矣，可喜者當與卿共之。」瑜遂命絳桃取酒，與生共飲，復命仙桃歌以侑觴，仙桃請歌東坡《水調歌頭》，生曰：「時勢不同，情懷各異，彼詞雖妙，非吾事也。」乃立綴《念奴嬌》一曲，命仙桃歌之，絳桃和之：「牽情不了，歎人生、無奈别離多少。一自慇懃相送後，天際歸舟杳。青（當作倩）女魂消，崔徽夢斷，瘦得飢（當作肌）膚小。寒閨深閉，腸斷幾番昏曉。　悵望鳳鳥不至，妖禽怪鳥，恣狂呼亂叫。悄悄憂心何處告，且喜故人重到。滿酌流霞，浩歌明月，與爾開懷抱。等閑信筆，寫出《念奴嬌》調。」曲畫，二人相顧，淚灑數行。已而復相謂曰：「今夜相逢，何啻夢中，可無述作以記之乎？」生請命題，女曰：「《如夢令》為題，不亦宜乎？」生遂援筆書於紙屏之上：「久别喜相逢，春從何處來。四眼頻相顧，雙睛何快哉。　對此一盞燈，如醉又如癡。大旱見雲霓，和羹得鹽梅。憂心冰似泮，笑臉天如開。且呼童且奉酒，與君開此懷。」寫畢，忽聽角起譙樓，鐘鳴梵宇，推枕少伸，乃是南柯一學（當作夢）。且憶其詩詞，因起録之。（節録自同前「鍾情麗集」）

一四　生歸家數日，復往舊約。及至，不復露身，但寓於佃夫之家，陰使老嫗為通情焉。至中秋夜四更，賞月罷散，但以醉寢。瑜乃竊開後門走出，時生正竚立俟候，忽見瑜至，相與同到寓所，命佃夫扛篙至海濱，時舟在岸，生乃抱瑜登舟，渡海而東，半月間，始得登岸。其程中所作《八景》附録於此……登岸之際，忽見僕夫在彼俟候，迎瑜歸家。既至，擇日設花燭之會，行合巹之禮，二人交歡之時，不啻若仙之降也。乃於枕上共成一詞，以識喜云，詞名《一剪梅》：「金菊花開玉簟秋，鸞下粧樓，鳳下粧樓。新人原是舊交遊，魚水相投，情意相投。舉案齊眉到白頭，千歲綢繆，百歲綢繆。竊香待月舊風流，從此休休，自此休休。」自是之後，符氏緝知，具狀詞告於郡。時倅郡者由進士出身，博學好事，亦重風情，素聞生之才名、瑜之佳譽，勒生與瑜供狀詞，生與瑜供畢，次第呈上。（節録自同前「鍾情麗集」）

一五　先是，二人淹滯囹圄，極情悽愴。及至判斷明白，將使瑜父領瑜前歸，二人相語別，曰：「妾與君歷盡危險，備經辛苦，猶不得遂其美滿之情，今日繫於囹圄之中，此人之至惡者也。非緣兄，亦不致此。我父又將領妾遠回，今夜與君在此，不知明日又在何處也。死則已矣，倘若不死，庶毋相忘於患難之中。」二人抱頭大慟，絶而復甦者數次。既而拭淚，立會數次，以極其情。不覺鐘敲譙閣，日上三竿矣。女遂自摘其髮繫生之臂，生亦摘髮以繫瑜臂，仰天而誓曰：「雖今生不得為同室人，亦當死為同穴鬼，縱有死生之殊，永無違背之異，皇天后土，其證之焉。」瑜乃口念《沁園春》一闋，歌以別生，每歌一句，長哭一聲。滿獄聞之，莫不掩泣。歌曰：「夫為妻亡，妻為夫死，死又何難。念狼虎叢中，曾經險阻，鑊湯獄裏，受盡辛酸。有口難言，含冤莫訴，碎了心腸爛了肝。愁殺處，見君猶縲絏，我獨生還。恩情萬種千般，誓死死生生永不單。這三世冤家無解結，一條性命惜摧殘。生不同衾，死當同穴，付與符氏冷眼看。須記取，綿綿長恨，天上人間。」瑜及臨去之時，生之婢女以酒送瑜，瑜乃出一箋付之，使之與生，乃《醉春風》詞一曲：「玉貌減容色，柳腰無氣力。可憐好事到頭非。啾啾唧唧，彩鳳分飛。寶鏡墜井，魂招不得。回頭長歎息，血點垂胸臆。乾坤有盡意無窮，惜惜愁愁，嗟嗟歎歎，相思罔極。」瑜娘既出，生亦疎放，然溺於所愛，恩愈厚而情愈深，終日不食，終夜不寢，癡癡呆呆，如醉如夢，動静語默，皆思瑜之心形也，甚至精神耗損，容有變色。所為之事旋踵而忘，不知其與荀情崔魄，果孰先而孰後也。（節録自同前「鍾情麗集」）

一六　《秋香亭記》：至正間有商生者，隨父宦遊浙西，寓居吴郡，其鄰則弘農楊氏宅也。楊氏乃延祐大詩人浦城公之裔，浦城娶於商，其孫女名采采，與生姑表兄妹也。浦城已没，商氏尚存，生自幼以聰敏為黨所稱，商氏，即生之祖姑也，嘗撫生指采采謂曰：「汝宜益加進修，吾孫女誓不適他族，當令事汝，蓋欲繼二姓之歡，永以為好也。」其父母樂聞此語，喜而從命，即欲歸之，而生嚴親以生年幼，恐其怠於筆硯，請俟他日。……適高郵張氏兵起，三吴擾亂，生父挈家南歸錢塘，展轉岩屺、四明以避亂，女家亦此（當作北）徙金陵，音耗不通者二載。洪武初元，國朝統一區夏，道路行李往來無阻。時生父已没，獨奉母居錢塘故址，遣舊使蒼頭往金陵物色之，則女已適太原王氏，生一子矣。蒼頭回報，生雖悵然絶望，然終欲一致款曲於女，以洽達其情。遂市剪綵花二盝，紫綿脂百餅，以其負約，不復致書，正令齎二物以通音問，蒼頭至門，趦趄進退，未敢遽入也。值女垂簾，呼問曰：「得非商兄家舊人耶？」蒼頭曰：「諾。」遂以二物進，並致生意，女動問良久，淚數行下，乃剪烏絲欄為簡回生曰：……生得書，置之中箱，每一展玩，則鬱鬱不樂者累日，蓋終不能忘情焉耳。遂取其詩韻以見意云：「秋香亭上舊姻緣，長記中秋半夜天。鴛枕沁紅粧淚濕，鳳衫凝碧唾花圓。斷絃無復鸞膠續，舊盒虛勞蝶使傳。惟有當時端正月，清光能照兩人邊。」生之友山陽瞿祐，與生同里，往來最熟，備知其詳，既以理諭之，乃作《滿庭芳》一闋，以棹（當作悼）其情云，詞曰：「月老難憑，星期易阻，御溝紅葉堪標。辛勤種玉，擬弄鳳凰簫。可惜國香無主，儘零落、路（當作落）日山腰。尋春晚，緑陰清晝，鶗鴂已無聊。藍橋，雖不遠，世無磨勒，誰盜結（當作紅）綃。帳歡蹤永隔，離恨難消。回首天香亭上，雙桂老，落葉飄飄。相思債，還他未了，腸斷可憐霄（當作宵）。」又叙其始終離合之跡，以附於古今傳記之末，使多情者覽之，則章臺柳折，佳人之恨無窮，仗義者聞之，則茅山藥成，俠士之心有在，又安知其終如人如已也？（節録自同前書卷二上欄）

一七 話説南宋理宗皇帝寶慶二年春三月初，去這行在臨安府萬松嶺上，有個太尉姓裴名朗，字士明，年五十歲，為人淳善，博覽群書，琴棋音樂，靡不精通。夫人高氏，年四十歲，無子，止生一女，年方十五，小字秀娘，生得端嚴美貌，傾城國色，好似西施重再活，猶如仙子降人間，聰明伶俐，琴棋書畫，詩詞歌賦，女工針指，無所不通。太尉夫人惜似心頭之氣，愛如掌上之珠。有個侍女名阿香，年十二歲，日則同行同伴，夜則小姐牀前打鋪，寸步不離。這小姐性格温和，禮上愛下，凡府中侍婢奶娘，無有不敬，不在話下。却説這湧金門外西湖之上，裏有六條小橋，外有六條大橋。那水港通南北兩山，山水灌溉，下培田禾。這西湖第一橋名曰映波橋，第二橋名曰鎖瀾橋，第三橋名曰望仙橋，第四橋名曰壓堤橋，第五橋名曰東浦橋，第六橋名曰跨虹橋。這每條大橋上，高宗天子常夜遊於西湖之上，至晚不回宫，就在六條橋亭子内宿，至曉回宫。那六條橋上各造一座亭子，朱紅欄杆，緑油飛檻，雕簷各立牌額一面，因此起稱為夜遊湖，不問官員士庶，俱許遊賞，與民同樂。這臨安府城内開鋪店坊之人，日間無工夫去遊西湖，每遇佳節之日未牌時分，打點酒樽食品，俱出湧金門外，僱倩畫舫或小劃船，呼朋喚友，攜子提孫，公子王孫，佳人才子，俱去夜遊，有多少密約偷期之事。各人遊至三更已後，去那六條橋亭子上歇宿，時人稱為「西湖裏點燈東湖裏明」，説不盡西湖美景，有篇《折桂令》詞單道西湖好處，其詞云：「蘇公堤上，今古堪誇。春夏秋冬，四季奢華。瀲灩湖光，溟濛山色，掩映朝霞。紫陌上垂楊繫馬，斷橋邊流水人家。畫舫撑棹，翠袖羅裳，韻悠悠笙歌嘹嘹，醉醺醺笑語喧譁。」却説裴太尉一日見街坊上王孫公子雕鞍駿馬，佳人才子香車煖轎，來來往往，紛紛嚷嚷，俱出郊外踏青。太尉回府，夫人出來迎接，至後堂坐下，夫人問太尉：「今日是三月十五日，來日是清明令節之辰，我欲同太慰（當作尉）往外閑走一遭，遊賞西湖則個，不知太尉心下如何？」「我今日特地在内推事早回，要明日早告假往北山玉泉寺前拜掃先塋（當作塋）化紙，夫人可分付廚下侍婢打點殽饌，及女孩兒同往一遊，可乎？」夫人大喜，隨即分付畢。次早，太尉入内告假回來，與夫人、小姐同出湧金門外下船，望西湖第三橋泊岸。太尉、夫人、小姐上了轎，同往玉泉寺中佛殿上燒香已畢，又同至玉泉池邊看金魚，往來出没。其日遊翫，佳人才子不計其數，惟秀娘小姐猛見人叢中有一少年，生得眉清目秀，齒白唇紅，如潘安重出世，似宋玉再還魂，年約二十，青春丰采。這小姐目不轉睛，細視那少年書生，即心中忖道：世上有如此美貌書生，使奴異日偕得如此少年，平生願足。欲向前問其居址姓氏，争奈雙親在傍，心雖愛慕，恨不能一語，正心中怏悒之間。却説那少年，乃在城諸家塘劉員外的兒子，名喚劉澄，字清之。其日外祖家上墳，請生閑翫同往。當日見小姐目不轉視，乃四目相射，徘徊不捨。却説裴太尉與夫人、小姐上了轎，回至船邊下轎，坐在船中，倚欄觀看。端的好個西湖，勝似蓬萊三島，古人有篇詞道：「羡西湖到處矜誇，聒耳笙歌，滿目繁華。十里湖光，六橋風月，三竺煙霞。觀才子流觴泛斝，看遊人荷插紛華。疊竹分茶，問柳尋花。描不成九曲高峰，畫不就十萬名家。」(節録自同前「裴秀娘夜遊西湖記」)

一八　却説裴小姐正在大船之中，舉目遥望，碧天似鏡，皓月如銀，六橋亭上，燈火熒煌，四顧湖中，大船小船有數千艇。見一小船止離大船丈餘水面，船上坐着個少年，莫非玉泉觀魚者乎？細視良久，果是那生也，小姐無計奈何，乃口綴一詞名《訴衷情》：「乍逢兩下想留心，妾意尚沉吟。遊賞勸(當作勸)，心廢(當作費)盡，剗地兩離分。親間阻，怎許情。今宵望，重相見，除非是夢中。」詞罷，欲歌之，使此生知奴意有在也，恐母親詳之，乃以手擊欄杆，歌古詩一絶，詩曰：「湖光瀲灎晴便好，山色空濛雨亦奇。若把西湖比西子，淡粧濃抹兩相宜。」歌其詩，而聲清韻美，這劉生聽得，不覺手舞足蹈，而言曰：「天生如此美女，人才奇絶，既歌此詩，必有情意，若得為夫婦，實出望外。」遂命移舟相近畫舫，聽其歌詞。這小姐見生移舟傍船，其心益深，不能一訴衷曲，乃取核桃二枚，以袖中白綾汗巾裹之，問天買卦曰：「妾若得此生為夫，此為投之於生懷，若不得諧和，此雙桃投之於水中。」遂乃擲之，果入生懷中。生拱手稱謝，已而開視，則雙桃也。生遂取袖中香羅錦帕包核桃一枚，復投之於小姐大船上來，小姐急拾錦帕，揣入懷中，心甚喜悦。……這小姐思慕那生，日夕不安，懨懨害倒。自思曰：「枉服藥劑，若要痊安，除非遂奴心上之人。」勉强起來，將筆硯至牀前，調詞一首，名寄《西江月》：「强對粧臺開鑑，容顔瘦比黄花。玉泉觀景轉回家，整日不茶不飯。不為閑花野草，休耽浪酒閑茶。西湖夜遇少年，放這寃家不下。」寫罷，將詞摺就四方，壓在硯池底下，依前上牀睡了。（節録自同前「裴秀娘夜遊西湖記」）

一九　白生奇姐佳會：是日黄昏時候，白生（名白景雲）歸，入見趙母，因請見李老夫人及陳夫人，夫人曰：「好個清俊秀才，他日必成偉器。」生以所賞銀花獻之趙母，趙母喜甚，分賜三姬，各粧為士寶花勝，奇姐一枝，尤加巧麗，瓊姐戲以詞曰：「姮娥神已屬王孫，坐對花神久斷魂。燕語鶯聲不忍聞。想越（疑作黄）昏，花勝鮮妍獨倚門。」右調《憶王孫》。（節録自同前書卷二下欄「三妙傳錦」）

二〇　四人遂為同牀之會，推錦（指趙錦娘）為先，錦嬌縮含羞，生曰：「姊妹既同歡同悦，必須盡情盡意。」瓊（指李瓊姐）曰：「四姊何無花月興？」奇（指奇姐）曰：「四姊何不逞風流？」於是生與錦盡歡，錦亦無所顧忌。次及瓊姐，含羞無言，錦曰：「吾妹真花月，何乃獨無言？」奇曰：「彼得意自忘言也。」瓊曰：「如妹痛切，不得不言耳。」以次及奇，再三推阻，錦、瓊共按玉肌，逼生大張佳興，生曰：「吾何忍如是？但於見意即休耳。」生勸二姬釋手，自與奇姐綢繆，輕快温存，護持痛惜，瓊曰：「大哥用精細工夫。」生曰：「吾亦因材而篤。」自是而情已溢矣。至五更睡覺，斜月照於窗紗，生疑為天曙也，唤諸姬俱起，則明月在天。錦笑曰：「月出皎兮，狡人僚兮。」瓊笑曰：「星月皎潔，明河在天。」奇笑曰：「月白風清，如此良夜何？」瓊因請曰：「君之歌賦，已得聞矣，妙曲芳詞，未聞命也，願請教。」生曰：「請命題。」瓊曰：「試調《蝶戀花》如何？」生曰：「請刻韻。」瓊因誦東坡「花褪殘紅青杏小」之章，因曰：「君即此為韻，試看可與東坡頡頏否？」遂吟曰：「誰家寶鏡一輪小，拋向雲間，光遍羅幃遶。夜殘（當作淺）夜深今多少，玉露玲瓏濺芳草。　院宇深沉誰知道，驚夢殘更，却被佳人笑。恨斷楚天情悄悄，花暗蝶朦添煩惱。」瓊曰：「甚妙，吾姊妹聯句以和之，何如？」錦辭謝曰：「非所長也。」奇曰：「縱使不如，亦紀佳會，何妨，何妨。」於是瓊為首倡：「緑窓人静月明小瓊，銀漢波澄，乍向藍橋遶奇。　楚峽濛濛春非少錦，淡淡巫雲擒瑶草瓊。　不謂姮娥來知道奇，驚起東君，自驚還自笑錦。聞睡鴨啼鴉聲消，幾番惹得多情惱。」生歎曰：「真三妙也，此生何幸，有此奇逢乎？」因復就枕，談話衷情，不能盡述也。（節録自同前）

二一　慶節上壽會飲：越五月五日，生為母賀節。母亦置酒邀生，生辭。李老夫人、陳夫人各遣侍婢新珠、蘭香速之，生入謝，老夫人曰：「彼此旅寓。」命三姬相見，瓊、奇堅執不出，生飲數盃，逡巡告退。老夫人曰：「守禮之士也。」趙母曰：「此兒無苟言，無苟動，真讀書家法也，其親宦遊，無人照覷，況當佳節，令其岑寂，吾心甚不安耳。」於是復備一席，令小哥送至生寓共飲，生吟一詞，名曰《浣溪沙》：「晴天明水漲藍橋，畫鷁簫鼓明江皐，翩翩彩袖擁東鄰。　倚欄干悶縈懷抱，武陵溪畔燕歸巢，誰憐月影上花梢。」小哥敏穎，默記其詞，歸為夫人誦之。老夫人精取詞章，瓊之文史，皆老夫人手校（當作教）者也，極口稱善，以示三姬，三姬聞之悄然，老夫人曰：「汝等不足白郎詩與？未免謂其傷春太露耳。」三姬微笑，少頃，亦罷筵。……於是置生席於堂之小箱，命小哥侍焉，飲至半酣，生與小哥出席勸酒，老夫人曰：「酒不須勸，久聞高才，欲請一為壽，何如？」生辭謝，老夫人曰：「吾已見《浣溪沙》矣。」生曰：「惶愧，惶愧。」遂請命題，老夫人曰：「莫如《千秋歲》。」生復請刻韻，老夫人曰：「吾幼時尚記辛幼安有『塞垣秋草，又報平安好』之句，即賡此韻，尤見奇材。」生不假思，索拈筆揮毫，其詞曰：「緑蔭芳草，黄鸝聲聲好。瑶臺上，華筵表。的的青鸞舞，王母霏顔笑。蟠桃也，千歲穠華渾不老。　雅有玉山摧倒，南極先來到。玄鶴算，良非小。優遊乾坤裏，添籌還未了。備五福，彭籛讓壽考。」李老夫人曰：「好詞，好詞。」喚瓊姐曰：「汝向時亦能為之，今筆硯久疏，尚能製乎？」瓊姐遜謝，老夫人曰：「聊試一詞以求教耳。」瓊因製詞曰：「玉堦瑶草，報道年年好。綺閣上，瓊臺表。蟠桃生滿樹，採擷真堪笑。再結子，又是三千年不老。　好懷盡傾倒，壽星都來到。乘鸞客，才非小。倚馬雄才，萬言猶未了。吐芳詞，長祝慈闈多壽考。」李夫人見之，曰：「妙哉！詞也，可為女學士矣。」詞畢，各就位。（節録自同前「三妙傳錦」）

二　次日，洗硯於魚池，坐蘭室中，聞窗内有嘈笑聲。生（名劉一春）悄步池側，忽見手持繡鞋，可三寸許，置於簾外石上，僅露纖纖一手，吟曰：「碧欄杆外苔痕濕，果是果來換繡鞋。」又一應聲曰：「今欲曬向西窗趁晚晴乎？」生聞之，思幽僻處有此，其董永之織女乎？其孫恪之袁氏乎？未幾，又憑窗而吟曰：「芳心蕩漾，夜來愁擁梅花帳。風送香清，薰徹孤衾夢不成。隔簷鶯鬧，為人鼓出相思調。體怯輕寒，連理羞將病眼看。」詞名《減字木蘭花》。長歎一聲，初不知有生之在其側，探首簾外，生亦突抵簾前，兩面忽一相覿，其女低聲曰：「簾外一生，美如冠玉，非天臺路，何以至此？」命侍女取繡鞋而入。生初見之：月眉星眼，霧鬢雲鬟，撇下一天丰韻；柳腰花面，櫻唇笋手，占來百媚芳姿。盡態極妍，顔盛色茂，恍若玉環之再世，毛、施之復肉，其美難將口狀，而通詞句，雅吟詠，又疑奇花而解語，真所謂仙宫只有、世間無者也。生猛然自失曰：「此奇貨可居也。」乍遇間，而自手及足，自面及心，總收一目，知微翁所云佳配又果在此乎？有女懷春，吉士誘之，吾今所寓，無異梅軒，使不至此，幾虚過一生矣。久立，未忍遽去，意女已廻避，而不知端於簾内窺生，生佯為不見者，曰：「外面令人倍惆悵，裏頭舉眼自明矣。」因朗賦一詞，以作詞戰之先鋒云：「和光豔，春盈面，掀簾晴書香風扇。人寂寂，愁如織，暖風倦體，看花無力。雕梁畔，雙來燕，喃喃訴出愁多遍。傾城色，初相識，佳詞賦，也漏春消息。」詞名《穪芳時》生自思：「遊學每遇故知，已出非意，園名洛陽，軒曰迎春，若將有待予之至者，况静（當作今）所遇文姬，與師處相見，才貌難伯仲。數日之間，二接才麗，益不易得，何幸中之幸也。」乃書知微翁之數於壁間，又思女性幽静，外言難入，而乃出口成章如是，深喜其可以筆句動也。作《如夢令》以自幸：「日暖風和時候，玉女花前邂逅。謾賦啓朱唇，輕遞脂香未透。欣驟，欣驟，有日相如琴奏。」後女知此情為生所覺，心生愧赧，每玩景臨風，常定睛不語者移時。蓋聞生之詞，接生之貌，愛生之才，若動隱情而口不可言耳。而生心亦未嘗一刻不在女也。為雨沮，絶步園之後。值晴霽，輟卷縱觀。適守朴翁命愛童持羅衣授生，童因尾生閒步，生指女室問之，童曰：「此吾鄰孫氏所居，其女名芳桃，改名碧蓮，年已十八，詩賦詞歌，琴棋書畫，刺繡工夫，無不完備精絶。早喪其母，未曾許配，故其父擇此居之。買一鄰女以伴蓮，姓曹，名桂紅，後改名素梅，少蓮娘二歲，視若親妹，無一間言，諳文墨，美姿容，蓮娘之亞也。嘗於培桂軒中聯四景詩，迭為倡和，以為得趣，常謂梅曰：『國朝若開女進士科，吾期奪傳臚首唱，亦許汝共步瀛洲。』聞者四羨，而卒無能覿一面，得一詞者。其父性喜外出探友，或竟日而返，或信宿而歸，歸則愛獨處一室而無親人。生聞言，心神不勝踴躍，囑童曰：「為我嚴鎖外門，吾今愛静，無事則免使他人入來。」童會生之意，唯唯笑曰：「吾固知此門鎖鑰匙非童不可也。」生初聞其為芳桃，忽憶師處所見，繼又聞其為碧蓮，猛省知微翁所云，於是念蓮之心更切矣，復題於壁曰：「直須杜門絶客，深下一團工夫，定叫鐵杵成針，不負遠來夙志。」客至，見之，咸以生不喜交接，故候謁者亦稀。生亦自謂數有可乘，乃私號「愛蓮子」，冀自遇於碧蓮，口占一詞，名曰《臨江仙》：「一覿嬌恣（當作姿）魂已散，滿腔心事誰知。東瞻西盼竟差遲。粧（當作裝）聾還作啞，似醉復如癡。我欲將心書尺素，倩人寄首新詩。個中暗與約佳期。不知何年更何月，何日更何時。」時有友李見陽拉生郊遊，生與偕行，適數妓鬬草於得春亭下，詢之，皆樂平巷中名妓，一曰李月英，一曰高巧雲，一曰包伊玉，一曰許文仙。生亦喜花柳趣，心甚留愛，乃曰：「今日之行，觸眼見琳琅珠玉，皆子美詩中黄四娘也。」同與談笑移時，偕至印月溪邊，覿鴛鴦浴水，粉蝶穿花，因曰：「諸妹俱士女班頭，吾欲擇其一，以締永好，先唱《憶秦娥》詞，能續成者即取之。」生徐曰：「春堤曲，一溪水漾新紋緑。（脱『新紋緑』三字），鴦鴛弄日，晴沂對浴。」文仙執生之手，嘻嘻然應曰：「和風不斷香馥鬱，牆頭粉蝶相隨逐。相隨逐，雙雙飛入，花間並宿。」詞成，群口喝采。生敬且愛，期約而回。坐窓下，花影横欄，春香飄户，有寂寥意。同步於萬緑亭前，愛童揮小扇以逐飛蝶，生亦促之。忽二蜂争花墮，花下相抱不解，生拆之，對童而笑，童笑曰：「物之性猶人之性，釋之，釋之，毋拆其至傷也。」生棄蝶，成《西江月》詞：「三月韶光過半，一年勝景堪奇。傷春自個謾徘徊，偶覩遊蜂墮地。款款柔情莫托，殷殷分付蜂媒。惟期及早效于飛，不負花前一對。」越夕，生囑愛童守房，徑訪妓家，文仙出《嬌紅記》與生觀之。曰：「有是哉！有始無終，非美談也。」留宿而回。（節録自同前書卷三下欄「覓蓮記傳」）

二三（素）梅歸，對蓮備道生語，且有礜生意，蓮故作不理，偷書一歌於窓外。「鶯聲清曉傳春語，道說與遊人。趂我嬌華，莫放歌《金縷》。杜鵑一夜叫聲喧，呼凄風，喚妬雨。促吾直往天涯去，要尋樂地誰為主。」生至，味之，自覺蓮之留意甚速，喜焉如狂，曰：「且記此詞，為他日負賴表記。」然時或見蓮，則見其故逞百媚之姿，或微露可疑之狀，或掩窓自蔽，或以目流情，或與桂紅相謔，或正色不可動。假意真情，不可測識，而生亦未與蓮親接一語。且此有守桂，彼有桂紅，亦未敢深信。故會面雖屢屢，心旆雖摇摇，而每為首鼠之狀。（節録自同前）

二四 蓮曰：「妾，嬌體也，乃相煎太急，今日膽落於君矣。此臂今當斷，君亦何取於妾？且此何地也，此何時也，此何事也，妾與君何如人也，而敢犯禮侵義若是也？」力欲脱身，墜下金鐲。生方拾之，而素梅適至，生避於樹下。梅曰：「料蓮娘被困，故獨馬單鎗至此，可同我回。」蓮與俱返，體若竦惕者，謂梅曰：「此生技癢，觸物便吟，豈其錦心繡口，故吐句皆若宿構耶？」梅笑而不答，又曰：「此生出語温存，動容靦腆，必多情而重義者，今日反累彼懷抱矣。」梅又笑而不答，又曰：「此生遠之則可愛，近之則可畏，何也？」梅又笑而不答，蓮有慚色，欲行不行者久之。生尚立不動，形如槁木，心如沸鼎，方歎曰：「天乎？天乎？救兵卒至，解圍自登，所謂對面不相逢者乎？相見不相親，不如不相見。驚餌魚，傷弓鳥，何緣再得？」因作《行香子》詞書於蓮扇：「山石之旁，紅緑齊芳。遇佳娥，正出蘭房。嬌嬌媚媚，巧樣梳粧。更好丰韻，好標緻，好行藏。　絶世無雙，不比尋常。儘吾戲調何妨。止應配我，個樣新郎。謾眼空勞，心妄想，興徒狂。」書罷，見扇骨上細刻「劉一春」三字，乃知蓮之念已，更覺愈不能遣。（節録自同前「覓蓮記傳」）

二五　正論間，生推門而出，見蓮、梅俱在，步又中止，倚花而偷望之。花面與粉面争嬌，脂香與花香競馥，自不忍舍，歎曰：「凡間仙人，可以療饑。」又歎曰：「碧蓮、素梅者，千萬人中兩人耳。」占詞二闋書於（筆者按：影印原底本此與後文意思不銜接，當有缺漏）：「謾醉春風中，齊唱徹宜春令曲。休輕放絳都春光，武陵春去，春雲怨惹愁眉蹙。」二十牌名　題罷，回至壇前，抱膝而坐，心自計曰：「吾之見蓮者，邂逅也。吾之寓此者，暫也。吾之窺蓮者，私也。蓮之愛我者，倖也。彼此之傳情歌詠者，禮所禁也。吾志之所期者，未可必也。知微翁所云者，渺茫之數也。而蓮之年則已及笄，而必有他適矣。吾欲乘邂逅之暫，觸禮之所禁，僥倖以行吾私，焉保其不他適而必符此數，必遂吾志乎？使我後日要醜婦，則我當為我惜，而彼亦當惜我，使彼終身伴拙夫，則彼當為彼惜，而我亦當惜彼，一春情緒，兩下湮沉矣。然既生春，又生蓮，天若行方便，必無此事也。」悵悵然自為問答者久之。又欲至文仙處以散積悶，值守朴翁帶二歌童攜酌於閒閒堂。生醉甚，翁斟大巵勸生，生力辭。守朴翁曰：「吾羨子有八斗之才，倚馬可待，今以情字為韻，若能立就一絶句，吾當代子飲之。」生即應曰：「《熙春臺》外《柳梢青》，《晝錦堂》前《醉太平》。《好事近》今《如夢令》，《傳言玉女》《訴衷情》。」八牌名。守朴翁素質直，初不知生之寓意有在也，但笑曰：「玉女，即姮娥也，今秋必要高中。」盡歡而罷。（節録自同前「覓蓮記傳」）

二六　自是蓮常凝目窓外，又恐生見之，又恐生之不見，意欲絶生，情不忍絶，意欲許生，身不敢許半吞半吐語自嬌。每羞澀依依，有不可形狀意。面對十軸，乃《美女怯春圖》，蓮戲之曰：「吾因春無奈耳，爾無知，何作此鬱結狀也？」乃賦於其上曰：「萬斛新愁眉鎖住，憑欄不賦啼鵑句。終朝埋恨幾時舒，良工難畫相思處。多情對此愁千緒，心隨風逐沾飛絮。不如將心托筆寄丹青，落得不知春又去。」《步蟾宫》又書一詞於緑窓之側，濃淡筆，短長句，以堅生志、寫己怨也。「春山愁壓慵臨鏡，憶芳菲，嗟薄命。望中煙草連天，座裏花陰斜映。空度流年，浪虚美景，誰把佳期牢訂。對景怨東風，無語垂簾静。狂蜂浪蝶多情興，争抱一枝紅杏。鶗鴂隔樹喧聲，喚動惜春心性。燕子雙雙，鶯兒對對，花也枝，枝交並。」蓮書未畢，因慶娘處女使至，亟入接問。少頃生至，誦之，知其為《晝夜樂》詞，而末韻未成，取筆續之曰：「百物總關情，何事人孤另。」《晝夜樂》時鸚鵡處於檻内，連呼「有客」，生曰：「客是誰？」蓮於内低應曰：「忽到窓前，疑是君矣。」自為捲簾，見生猶執筆而立，對生曰：「有客，有客。」言（當作生）執其筆，相揖於隔窓。生曰：「只分窓内外耳，我見蓮娘多嫵媚，相

（當作想）蓮娘見我亦如是也。」蓮未及對，忽回首，梅立於後，曰：「所言公，公言之。」蓮逃別室，生曰：「主人何避客之深也？」猶不忍去，撫窗窺內。紅乃曰：「何為至此？得非欲窺見室家之好乎？」生曰：「為室家不足，無奈看花洛陽，以收天下春。」紅又含意曰：「先生儒者，當折桂枝，醉春紅，占春魁。今穿花至此，豈三年力學不窺園者乎？」因笑倚窗側，以袖拂生，生亦倚身窗外，以手撫紅曰：「蓮情何如？」曰：「不濃不淡。」生曰：「繡户春風暖，想蓮娘晴熱矣。」梅曰：「青燈夜雨寒，恐先生心冷耳。」正謔間，蓮至，命梅烹茶，梅少退。蓮至前，將露私言，似欲接手，而童已至，梅内指曰：「鬼僕又來矣。」各默然而散，童曰：「適來王、謝諸相公來訂文會，叩門至軒中，吾善計回之去，恐復來，尾躡踪跡，識破行境，故唐突而來。」生曰：「甚是。」步至東，坐於湖山石上，愛童拂拭落花，生曰：「昔日相逢，碧桃初放，今梅酸濺齒，春氣將闌。天上好錦（當作景），人間樂事，顧不為我一留也。」作《虞美人》詞以送春：「殘花無奈黄昏雨，那更更長苦。枕頭聽得子規啼，叫道春光今去幾時回。　東君不管離人老，花信憑誰討。一生須得幾青春，盡日書齋做個憶春人。」次日，生憶玩詞之處已沉，感蓮之惠然肯近，而尚未能接一心話。會愈多則情愈戀，話更難則念愈深，雲破月來之時，花落門扃之際，皆惱人滋味也，占《賀聖朝》詞：「癡心偷步巫山下，枉自擔驚怕。胸前着火，心腸乾熱，誰人堪話。　書中之女千金價，甚日青鸞跨。心似風箏，身如傀儡，懸懸牽掛。」又《春光好》：「春已矣，樹浮青，少啼鶯。數點催花雨弄聲，不可聽。　心事千頭千腦，幽齋孤影孤形。試問玉人曾約否，半應承。」又三字詩：「月升樹，花影重。酒未醒，愁又濃。」蓮亦自見生之後，常無言静坐。

素梅侍側，一目視蓮，久不移。蓮曰：「視我何為？」梅曰：「近來善風鑑，能摸心相。」蓮曰：「何如？」梅曰：「口内無言，心中有事。」蓮曰：「然，今日情思不爽，兼倦人天氣，恨不能寄愁天上，埋憂地下，第取琴試操一曲，餘音似前否？」梅為之設几焚香，置琴於上，蓮方整絃，遽曰：「指力倦，琴音歇，不若以棋較勝負。」梅又為之設棋枰，下未終局，遽推枰而起，自理繡工。又曰：「眼昏，不便針線，煖酒較手技可也。」酒至未飲，則曰：「恐醉，姑置之。」梅曰：「消遣我太甚，今日何異平日？如此，信必有故。」蓮曰：「予實不知。」梅曰：「他人有心，予忖度之矣。」蓮曰：「無浪言，為我捲簾，細數落花，何如？」梅掀簾，曰：「外間世情甚不美。」曰：「何故？」曰：「緑暗紅稀，飄零顔色，春去矣。」蓮喟然曰：「春去乎？春亦解誤人乎？」梅曰：「春不誤人，人有誤春者。」蓮曰：「吾惜春，非誤春也。」梅曰：「惜春何不留春？」蓮曰：「春肯為我留乎？」命取手軸，書曰夜雨生愁：「姻（當作煙）雨妬春聲不歇，無故把繁華摧折。看敵（當作敧）綢留春，斜兜花辧（當作瓣），不放東君别。隔檻丁香和恨結，淚滴處衣羅凝血。正冷落佳人，柴門深閉，剛是愁時節。」《雨中花》蓮方書，梅笑曰：「劉先生於窓外多時矣。」蓮曰：「何不蚤言。」欣然投筆而起，控首外望，乃誑也。蓮甚不快，遂置前詞，和衣而卧，而生果至。（節録自同前「覓蓮記傳」）

二七　越數日，生與其友闞世隆、張文傑者遊酌於園中，未幾，諸葛鈞至，相與暢飲於萬緑亭。世隆曰：「今日劉、闞、張復會於桃園，可無侑酒者乎？」文傑笑曰：「憑軍師處之。」生曰：「吾熟一妓，招之則來，得一點紅，足以消酒。」遣人邀文仙，則已去跡多日矣。生稍興，勉强聯句，俱至大醉。生滌手，獨至池邊，適蓮捲簾，面池獨立，因生手揮殘瀝，投一帕於外，帶一香囊，生拾之，左右瞻顧，欲以稱謝，而愛童先諸友至。蓮遥見，長吁避之。生忌友之覺也，即與偕返，送友出。命童訪文仙所在，乃知鴇兒之故，欲賣之，恐其不允，貽之行者，故去數日而生不知也。生聞，似有所失，覺蓮帕，檢視繡袋，更憶文仙所贈，又亂一心曲矣。作詞念之：「章臺多柳枝，此枝世稀有。愛爾美恩情，到我十之九。別來夢亦勞，天涯幾翹首。思卿卿在心，念卿卿在口。料卿亦同心，有我相思否。」又因投帕之惠，拍手歌《鳳凰閣》詞：「記當初花下，分明傳約。思量就把芳心托。豈料書生福薄，竟成空諾。能勾向他行着脚。你也不合，常把眼來睃着。怎知書幌添蕭索。奈何哉，這病根幾時芟却，直若到空梁月落。」自後蓮情愈濃，心懷恍恍。素梅亦悉蓮之情，恐蹈他故，再四以言餂而試之，蓮笑曰：「汝欲以碧桃絳桃、三春三紅之事待我，如傷風敗俗諸話本乎？」梅曰：「此事恐非兒女子所可自行，劉君前程萬里，非近到之器。就之，恐玷彼清德；絶之，恐喪彼性命。差毫釐而謬千里，其端在此，勿謂素梅今日不言也。」蓮正色曰：「何以劉君為惜哉！女子之身，賤之則鴻毛，貴之則萬金也，鼎鐺有耳，豈不聞女子妄從可賤，汝弗疑。」長歎不語者移時，復謂梅曰：「自思天下有淫婦人，故天下無貞男子。瑜娘之遇辜生，吾不為也。崔鶯之遇張生，吾不敢也。嬌娘之遇申生，吾不為也。伍娘之遇陳生，吾不屑也。倘達士垂情，俯遂幽志，吾當百計善籌，惟圖成好相識，以為佳配，决不作惡姻緣，以遺話巴。吾度劉君之意無不可，草草之事不難為，而所以不敢輕舉妄行者，蓋長慮却顧耳。然劉君之用情於我者專矣，日月丸跳，如隙駒壑蛇，深欲息意不思春，恐報劉之日短也。」作一詞名《臨江仙》：「一覩仙郎腸幾斷，斷腸枉自癡癡。癡心長自擬佳期。期郎還不定，定有害相思。思深偏切愁人夢，夢中添下孤恓，恓惶淚滴幾多時。時動文君想，想在俏相如。」倚牀而坐，體若不勝，梅曰：「弱體不勝衣，為郎憔悴多矣。」蓮曰：「憔悴無傷，恐不能自憔悴而止也。」梅亦慮老父覺之，勸以勉强笑語。（節録自同前「覓蓮記傳」）

二八　至晚，生以香扇墜一個、玉條環一副、枕頭席一領、老人圖一幅奉答，囑童奉蓮，曰：「亦欲詳一意耳。」蓮收之，復於生曰：「要弄偷香手，終存竊玉心。若能同枕席，永賦白頭吟。」生得之曰：「知我者，其蓮乎？」自此以後，雖絶步於園中，而馳心於池側者不能忘，乃抵書投地曰：「原初來意，本欲尋新温故，以期進取，今所遇若是，雖孔情墨守，何以堪之？抽黄數黑之心，易為倚翠偎紅之句；登天步月之想，翻為尤雲殢雨之思。然只愁佳人難再得，不憂富貴不逼人也。」書一短詞於扇面：「寂寂寥寥度此春，朝朝暮暮兩眉顰，重重疊疊眼添新。　句句聲聲心裏事，孤孤孑孑客邊身，思思想想意中人。」《浣溪沙》　帶愛童，鎖外門，赴叢芳館會。蓮偶至軒前，撥紙窓窺之，見琴側有一對云：「惜花恨春去，折桂待秋來。」又見紅紙帖云：「覓蓮得新藕，折桂獲靈苗。喜事福人書。」蓮細思不能解，適几上有幅花箋，乃書一歌行並二絶句：「自思忽自笑，甘為何等人。句中説秦晉，筆底約朱陳。我意欲作假，君心要認真。呵聞道洛陽花似錦，偏我來時不遇春。」絶句：「月清秦閣冷，雲近楚山低。春色剛來到，東君錯放歸。」「霜節透高枝，横窓月上時。成林應有日，可待鳳凰棲。」素梅忙至，曰：「此劉君寓室也，那敢獨行？幸不在，使其卒至，則書室為陽臺矣。」蓮曰：「好容易，是誰敢？」梅笑曰：「極會敢、極肯敢者，劉先生也。」蓮曰：「吾亦不敢。」梅曰：「不敢，請爾，固所願也。」蓮曰：「吾亦不願。」梅曰：「願是不願，不願是願。」蓮曰：「吾無願乎爾，子為我願之乎？」梅曰：「兩相情願，各無異悔。」蓮不答，亦不欲行，梅曰：「忠言不入，衒玉求售，非計之得也。」徑先去。蓮初意以生無一面之識，無一絲之因，適一時之遇，纔一窗之隔，今而至於朝暮見，且兩月餘，男子所無之事，識禮甘犯之，而尚不及罄一心談。著意製《桃源憶故人》及《賀新郎》二詞，瞰梅睡，懷以探生。偶生他出，意已不懌，又值素梅見之，不可久待。乃留一戒指並原製二詞於詩箋上，以界尺壓之，仍閉窗而去。（節録自同前「覓蓮記傳」）

二九 生索然沮興，曰：「前日佳情方沐，而今日又復變卦，焉得以隔浦池目為浣紗溪，以培桂軒署作回心院乎？」即棄釣歸室，將愛童而睡。睡起，即令童取酒，飲至醉，枕書隱几。聞扣門聲，放之入，乃金友勝，因至徽坊，覓得話本，特持與生觀之，見《天緣奇遇》，鄙之曰：「獸心狗行，喪盡天真，為此話本，其無後乎？」見《荔枝奇逢》及《懷春雅集》，留之，私念曰：「男情女欲，何人無之？不意今者近出吾身，苟得遂此志，則風月談中又增一本傳奇，可笑也。」送友勝出，愈醉不可忍，復隱几而卧。又聞扣門者，乃守朴翁内姪耿汝和也，是人刻而妬，姦而褊，唱和每出生下，而反好勝，生稍輕之。又嘗對生求守桂，生不與，故有憾於生。是日偶至，見生窗有《竹（當作燭）影摇紅》一詞，儘含風味，且素知他側居一女，心甚疑之。而生尚酩酊，汝和因强生解其詞，生朗誦一遍，因被酒，漏言曰：「吾心可成金石，雖蘇、張更生，弄轉丸之舌，不能間我愛也。」汝和乘醉以言挑之，生笑曰：「吾始覩其貌，心之而不置，吾既得其詞，手之而不釋，意者同志相得與？」汝和故作不解，生吟曰：「隔漢美姬，女中解魁。今朝重覩西施，奈情猿怎持。　興言念之，心如醉兮。縱然今夜于飛，恨佳期已遲已遲。」《四字令》　汝和曰：「此事何所據？」生袖出碧蓮《桃源憶故人》詞遞汝和，觀之，曰：「汝虛甘罪，所供是實。」愛童計不知所出，適欲接之，而汝和即懷去。生曰：「自我得之，自我失之，亦復何恨！」又大笑就寢，童捧之而睡，至夜半言之，而生眊然不記也。（節録自同前「覓蓮記傳」）

三〇　次日，愛童扣窓不獲，轉至欣欣亭後，見蓮、梅共立於石榴樹下。蓮邀童入，問其故，童亦為生諱之，蓮懷少釋。童出袖中雲箋，曰：「此劉相公辭帖也。」拆觀之：「萬種相思未了償，被人生嫉妬，又參商。　花前笑語尚留香。　輕別也，能得不思量。　寄語囑蓮娘，莫忘前日話，換心腸。　好將密約細端詳。　卿知否，吾意與天長。」《小重山》　蓮未知生來期，情不能舍，亦成一詞：「《二郎神》去竟何之，《重疊山》西。《亭前柳》樹空啼鳥，《滿庭芳》草凄凄（當作『萋萋』）。我《怨王孫》《薄倖》《聲聲謾（當作慢）》訴凄其。　《長相思》《憶舊遊》時，春《鎖南枝》。而今仲《夏初臨》也，《踈簾淡月》空輝。試問《阮郎歸》未，《念奴嬌》怯誰知。」十四牌名　（節録自同前「覓蓮記傳」）

三一　次日，整騎，往萬石山探友，適舟自南來，推篷者，守桂也。　生於馬上問曰：「胡為乎來哉，必有以也。」童曰：「奉主翁命來請。」生返騎，曰：「不去則辜蓮，欲去則忌耿，如進退掣肘何？」童曰：「耿氏為吾主不悅，已隨父至遼東，吾來時，蓮娘、梅姐皆有私囑，此行安穩，不必猶豫也。」生以手加額曰：「此天助吾。」辭父母啓行，父囑曰：「守朴翁為我契交，汝當執弟子禮，用心舉業，無孤留汝意。」生受命登舟，童曰：「頗懷蓮娘否？」生出新製《半天飛》曲，命童唱之：「花樣嬌嬈，便有巧手，丹青怎畫描。越地把芳名叫，能勾在懷中抱。標，倘就了鳳鸞交，我再替你畫着眉梢，整着雲翹，傅着香腮，束着纖腰。多媚多嬌，打扮佐（當作做）個觀音貌，不羡當年有二喬。」「費盡心情，他作怪蹺蹊不志誠。假意兒胡答應，不顧我添新病。卿，實為你漸勞形，只落得吃着虚驚，挨着殘更，撫着愁胸，怨着前生，雙眼睁睁。無繮意馬難拴定，何日堂開孔雀屏。」即晚抵舊寓。時守朴翁搆一亭於隔浦池上，初成，上署一匾，挽生書之。又晤知微翁之數，欣然大書曰覓蓮亭，心自喜曰：又增我一樂地也。次日，天色暄熱，生設几於無署亭中。命童取文具，連揮數幅。有迎春軒之詩，有晴暉、萬緑亭之歌，有閑閑堂之記，有蘭室、無署亭之詞，皆各書以真草篆隸，字字龍蛇，章章星斗，煥然新目，整飾可愛。守朴翁創一見之，不覺鼓掌曰：「重勞珠玉，蓬篳生輝。」薄暮，置酒覓蓮亭中，邀師生共賞之。生視池中有並頭蓮數株，慶幸不置，翁曰：「吾種荷幾年，今始覩此蓮，蓋為子而瑞也。」生讓不敢當。時月東升，正照蓮紗窓，生凝眸熟視，若欲飛渡。忽其師扣卓（當作桌）歌曰：「新亭趁晚泛霞觴，槐陰微剩雨餘凉。鴛鴦躍處晴波滉，開遍荷花風亦香。夜闌披月扶歸去，醉誦《南山》詩一章。」守朴翁亦作一詞，名《秋波媚》：「碧天夜色浸閑亭，荷香帶露清。身邊皓月，杯中詩思，分外風情。臨風對月聯詩句，詩成醉亦醒。一觴歌罷，萬聲俱寂，四壁空明。」其師與守朴翁命生為覓蓮亭詞，生應命曰：「向晚新亭共賞，荷開香溢壺漿。愛蓮情似藕絲長，心與波紋蕩漾。欲把蓮房掇取，宛隔在水中央。争如鴛鴦兩兩睡黄粱，佐（當作做）個宿花模樣。」《西江月》守朴翁笑曰：「少年詞趣，自是逸灑。」取筆，命生書於粉壁，題曰：「愛蓮子一春書。」翁喜，對生談乘龍之夢，生暗幸以爲乘龍佳婿，盡歡而散。生酒後，愛童對生曰：「相公覓蓮亭詞嫌於太露，恐耿生之外有耿生也。」後翁果以覓蓮亭之詞憶耿汝和之言，追思閑閑堂之句，亦不能無疑於生。（節録自同前「覓蓮記傳」）

三二　蓮自生歸之後，意緒沉沉，百不經慮，惟翻閲書本，檢攷詩詞。几上有《草堂詩餘》，信手揭之，見《卜算子》詞云：「有意送春歸，無計留春住。畢竟年年用着來，何似休歸去。目斷楚山遥，不見春歸路。」掩卷歎曰：「是詞能道吾心中語。」改其末韻云：「繡閣佳人也是愁，暗淚飄紅雨。」是時蓮之表妹邵慶娘，乃母姑之女也，幼常居處，甚相得，以冬間於歸，恐久不得會，特至候蓮，蓮父留之。故蓮雖知生之已至，而不敢窺園者數日。生亦自來以久，不獲一見，心亦疑之。且蓮以汝和之事爲戒，生以繡鳳之試爲嫌，彼此兩存形跡，但令童往覘，亦不識慶娘，不敢交一語而返。（節録自同前「覓蓮記傳」）

三三　忽守桂持燈來，生命入行酒，因備問碧蓮，詢及於舅氏，始知其爲業師趙樂水之甥女，大驚異。以知微翁之數、紅雨亭之詩及見碧蓮於隔牆之事，備述於梅，時蓮有《懷春百詠》並平昔得意佳句，集爲一帙，題曰《留春一話》。梅聞生之言，心大異之，故並以此集示生，生嘖嘖稱羡，題詞於集後：「春心摇拽，無尋蝶使。姻緣簿裏，偷添名字。新詞一闋締新盟，佳配雙成償夙志。」《哭岐婆》　天將旦矣，同童返室，即修一書，命人馳師問疾。蓮啓觀之，乃劉一春柬也，亦始知其爲母舅之徒。昔嘗一面，今又同園，追思紅雨亭之絶句，蓋天啓也。而情倍念生，不欲久留，幸以舅恙稍愈，先父而歸。

（節録自同前「覓蓮記傳」）

三四 頃之，碧蓮為懶梳粧狀，持鳳簫扇掩酥胸而來，飄飄若仙子之下臨凡世。見生，佇立不動，生迎而揖之。蓮側身邪（當作斜）視而拜，舉簫謂生曰：「虧吹此以引鳳凰。」生大喜曰：「卿其真蓮娘耶？其姮娥耶？其神女耶？吾其真見耶？其餓眼生花耶？其醉中夢裏耶？」蓮曰：「凡胎俗質，何勞誤愛如是。」回頭顧後，又復四望，生曰：「何故？」曰：「我極熟素梅，見之，猶覺有畏心。」生曰：「我極熟愛童，見之，未免有疑心。蓋欲心則起畏，私心則生疑，情固然也。」蓮曰：「夜來有約，何忍背之？」生曰：「卿自痛我，我何曾背卿也？」蓮笑出一詞云：「昨夜候君子不至，作此記悶者。」生月下觀之：「懶上牙牀，懶下牙牀。捱到黄昏整素粧。有約不來過夜半，念有千遍劉郎。」生躍然曰：「吾昨夜候卿不出，亦作一詞，見之絶倒，大為奇事，卿試閲之。」「朝也思量，暮也思量。滿擬今宵話一場。人面不知何處去，念有千遍蓮娘。」蓮失色曰：「如是哉！如是哉！只此可作一番話本，非一心一口，何由一詞一意？得君子如此，不負平生。今當以二詞為一闋，名曰《同心結》。」（節録自同前「覓蓮記傳」）

三五 童行未數步，二人背月而來，生問曰：「何至此？」童曰：「睡醒無聊，偶成《西江月》詞，會中無以為樂，敢弄斧班門，以助一笑。」蓮躡生足，曰：「去。」生曰：「聽，無傷也。」童嘻然曰：「東舍多情才子，西鄰有意佳人。看來何等熱親親，因情一言難盡。不見不勝縈掛，乍逢乍覺歡欣。可憐未遂洞房春，常把詩詞傳信。」蓮笑曰：「强將之手無弱兵，昔有弄臣，今有弄童，童殆梅之匹矣。」生曰：「童比得素梅否？年幼未諳調情，吾常岑寂也。」蓮曰：「何為有此語？」曰：「吾得於假睡中。」蓮定睛不語，隙地而笑，不與生別，徑去。生與童返，稱蓮之真見厚情。（節録自同前「覓蓮記傳」）

三六 至家，生父命行，生偕家童、愛童並本縣差送夫役而往，深谷逶迤而生是涉，高山岩岩而生是越，路途倦體，離思縈心，占一詞：「辭故里，拂行鞭，人倦長途馬不前。一擔新愁挑着去，謾埋枕上自熬煎。」《搗練子》生抵任，舅氏勞之曰：「爾青年但知章句，未諳事體，以後出仕居卿，必有任性使勢、强佔侵漁之弊，若今不肖士夫所為，致往往為人譏訕，羞親辱祖，損德隳名，皆由不曾經歷之故，故人以少年高科為不幸。此行歷途路，涉江河，任勞苦，經饑渴，冒風霜，亦足以老才堅志。且住衙內，略曉宦情官況，於仕籍上不無少補。故招爾來，可省吾言。」生曰：「然，惟舅舅教之。」此時金賊死，群盜無首，逃散者多。生喜，遣家童歸報平安，囑私致封書於蓮，蓮拆觀之：「一別來，隔離別恨關幾重，有如許高大，惟夢中私越以會卿，不知亦開門接我以話一通宵否？抵任後，幸群盜漸散。然日夕難挨，茫茫間闊五，意八九十月矣，計來未滿旬日。獨坐愁苦，每一念之思，頃迷心忽。浮身如土偶，腸骨欲沸熱，强起步之，竟昧南北。回想荷池之側，如瑶臺仙界，如閬苑蓬萊，欲再於此領佳句，何能？何能？各天遐想，無歡有恨，無樂有愁，始知別離之況在百情中為獨苦。短箋莫訴，長漏無仇，無奈，無奈。月夕之囑，言猶在耳，臨燈脩楮，心懸粧次矣。短詞達意，祟炤好好：『夜潤夢難收，宋玉多情我結儔。千點漏聲萬點淚，悠悠，霜月雞聲幾段愁。難展皺眉頭，怨句哀吟送客秋。蟋蟀牀頭調夜曲，啾啾，又聽驚人鴈別樓。』《南鄉子》『噫思多處紅珠滴，秋葉落添愁。寂寂孤身客，通信託歸鴻。』逐句迴文《菩薩蠻》」蓮讀罷，謂梅曰：「劉君之思吾，猶之思彼也。」蓮自生去後，已過月餘，未嘗舉目視窻外，未嘗移步至池邊，未嘗試筆揮一詞，未嘗啓口吟一句，惟鎮日静坐，略習女工。至是登樓，感望中之情，歎曰：「古樹鴉成陣，空山葉做堆，如此天氣，奈離人何？」偶成二詞：「飄蕩寒風天色憊，帳裏佳人，暗老應無奈。霜裏荷房今又敗，碧蓮冷落無聊賴。盼望郎君天海外，種種新愁，交付誰人賣。為君褪却腰圍帶，為君兜下傷秋債。」《蝶戀花》「愁思鎖眉峰，愁損芳容。愁腸寸結淚拋紅。愁對銀缸增歎息，愁轉加濃。愁自舉金鐘，愁倚屏風。愁聞譙鼓送鼕鼕。愁擁孤衾寒似鐵，愁整薰櫳。」《賣花聲》俄而素梅至，手持白綾帨一條，蓮接之，曰：「此帨潔白可愛，足堪題寫，試集古五言古風一章，或珍藏，或遠寄，待劉君子觀之，表别後懷思之意，何如？」碧蓮口念，素梅書之。（節録自同前「覓蓮記傳」）

三七 生亦有喜容，坐亭上，與談鄉話。久之，見殘照籠松，輕雲浮棟，忽動鄉思，作絶句：「舊愁萬種推未開，又苦新愁眉上來。無限雲山無限恨，思鄉慵上望鄉臺。」歸與妗誇文耀武，圍爐而坐，飲於燈下。更一衣，袖裏得碧蓮舊詞集古一闋：「當時書語正堪悲田書，不用登臨怨落暉牧之，今在窮荒豈易歸郭勿甫。酒盈杯韓無咎，撥盡寒爐一夜灰吕蒙正。」《憶王孫》又首尾聯環二絶：「客病懨懨有自知，相思最切月明時。燈花落燼人初睡，夢入鄉山帶月馳。」「夢入鄉山帶月馳，覺來偏是五更時。雞聲啼落闗情淚，客病懨懨有自知。」（節録自同前）

三八 後舅以事公出，有一婢曰雲香，文雅而秀麗，妗信愛之，嘗與生飲，則命香侍之，且許陪飲。舅之婢六七人，皆愛生，而雲（脱「香」字）尤甚，備切温存，常較手技，或與燕笑。生雖與之戲談，而以碧蓮為念，信誓自持，雖暗室相值，雖幽室久處，雖執手相歡，而無一絲苟簡，蓋良玉之温潤而栗，然涅而不緇者也。然賦性天植，平易可親，雖不媚人，人自近之。……殘臘將盡，父母以生未娶，久在外省，而碧蓮亦時有小恙，故遣前價召生。蓮聞之喜，而價私至求書。蓮預以五彩線結成二歌，效織錦回文之意，又書一闋於小箋。價至，生得家報，如珍萬金，又得蓮詞，未啓函，如見面也。與雲香觀之，香曰：「蘇若蘭之巧，女相如之才也。」生曰：「汝賽得否？」香曰：「碔砆之於美玉。」生讀之曰：「妾望君兮水隔水，君望妾兮山隔山。惟有夢中情更切，不辭山水接君顔。枕邊夢去心亦去，醒後夢還心不還。而今萬點相思淚，焉能彈點到君間。夜寂兮不嘩，月明兮窓紗。有懷兮耿耿，所思兮天涯。尺素兮誰寄，望目兮雲賒。吁嗟兮忘寐，知心兮燈花。」又一《玉蝶環》詞：「幾時慵整烏蟬鬢，香消蘭燼。臨牀脩楮付親親，淚濕數行書信。近日衷情休問，欲言先恨。君顔遠在五雲端，目與行雲無盡。」香曰：「君所匹有如此，豈復他顧？宜乎視我如道旁苦李也。」生略哂之，香又曰：「當寬心，翁歸，須贊行。第下妾緣慳，無由久視君子為恨。」生曰：「清風無老日，明月有圓時，暫離雖不忍，後會諒有期也。」香潸然淚下，嗚咽不禁，生問其故，香曰：「心腹有苦事。」生曰：「何不言？」香曰：「吾志得諧，則不必言，不然，則汲汲過此生，無可言也。」生曰：「汝志度得可諧否？」曰：「易則至易，難則甚難。」生詰之，終不言。生亦不忍舍，小貼書一別詞：「多時旅邸遲留，欲歸難。今日未離行處，怕陽關。　輕别去，何緣再覩紅顔。一夜清清好夢，到伊間。」《上西樓》香得詞，含淚藏袖中。至晚，香亦以小帖書《桃源憶故人》詞，預以送生：「仰君德望山來重，詠月嘲風曾共。巾櫛慚非鴛鳳，情愛無根（當作限）重。　緣慳又值鄉心動，念想都成春夢。未到先懷心送，一曲俚歌奉。」香方書畢，而主父自外回，置之袖中出迎。（節録自同前「覓蓮記傳」）

三九　後經鳳巢谷，生慕其前數大驗，將欲問終身事，誠意登訪，而知微翁已滅跡遊五山矣。生返舟，值仲春末旬，草色浮青，野菜添緑，而夾岸鶯花無異去年春景。生對文仙曰：「汝記得春亭之詞乎？《憶秦娥》一闋，吾二人之月老也。」文仙曰：「有往日，然後有今日，誠不敢忘。」生又對秀靈曰：「《上西樓》一闋，吾二人之媒妁也。」秀靈曰：「蓮娘何自而得之？」曰：「紅雨亭一詩，又吾二人之冰人也。」文仙曰：「男女有詞，婚姻賴之，如之何其廢詞也？」各各謔笑。忽愛童指前村曰：「此見龍灣，抵家不及百里矣。」生喜吟曰：「忽指前村近，行行意自欣。風塵他處客，花柳到鄉春。客思歸詩思，新人共舊人。倩言靈韻鵑，傳信慰親親。」（節録自同前「覓蓮記傳」）

四十　翌日至家，武南翁選日為生畢姻。蓮父欲以素梅為從，梅曰：「老父孑居，晨昏，當代温凊。」言甚懇切，蓮父不强。佳期已至，生行親迎禮，重以他鄉返旆，獲就新婚，桃夭湜媚，黄鳥喈鳴，正之子于歸時也。樂水偕守朴翁畢集，咸謂新郎新婦足稱佳兒佳婦，遽此佳配，人間絶稀，非先種德，文福雙齊，何以至此？生晚謂蓮曰：「相會周年，今償此志，想前度劉郎今又來矣。今晚比覓蓮亭之夜，更又何如？」蓮曰：「又覺勝之，蓋假山之會面矣而未心也，琴簫之會心矣而未真也，荷亭之會真矣而未親也，至今合巹之會，則……」蓮笑而不竟其言。生曰：「何故？」蓮曰：「自君子别後，賜一日而九斷，心一夜而九飛，引領成勞，破粉成痕，立影對孤軀，含啼私自憐耳。別久而有今日，思久而有今宵，何謂不樂也？」蓮又指自身曰：「此無足貴，但雖與君子幽會多時，而此身仍為處子，亦足以少蓋前愆。使前日惟欲是從是從（此字疑誤），則今宵之愧心愧容，無由釋矣。」生喚秀靈至前，述其言，撫其膺曰：「彼亦仍處子也。」蓮重感而敬之。是晚，共賦一詞：「蓮曰：君有題柱才。生曰：卿比生香玉。蓮曰：樂意相牽絲幕紅，萬願今宵足。生曰：桂榜喜書名。蓮曰：洞房諧花燭。生曰：並嚲香肩入繡帷，兩兩鴛鴦逐。」《卜筭子》生於枕上視蓮，若人中之仙也，生自視，若仙中之人也，得意處與尋常伉儷大不相侔。（節録自同前「覓蓮記傳」）

四一 詠鍼嘲妓：有一士人携友遊翫警街，偶見妓女刺繡帳前，有同遊者謂士人曰：「汝能吟詠，可以鍼為題作一詞，何如？」士人即題曰：「曾經鍛鍊鋭鋒聳，佳人玉手拈弄。有時挑得花心動。那時節，佳人只喜硬剛剛，軟的原來不用。」題畢，士人謂其友曰：「汝亦能詩，可無詠乎？」友作詩云：「一寸空鋼鐵作成，綺羅叢裏度芳春。若教玉手抽來急，挑得花心朵朵新。」妓見二士才華，頗亦心動，遂與之契合。（同前書卷四上欄「詩類」）

四二 元末時，秋官吴守禮者，浙之湖人也。初，論伯顏專權亂法，蠹國害民，疏上，忤旨，奪職放歸。於是買田築室，以訓子為事。子名廷璋，字汝玉，號尋芳主人。涉獵書史，揮吐雲煙，姿容俊雅，技通百家，且喜遊俠及兵事，真文章班、馬，風月張、韓也。守禮欲使子謀仕，生曰：「今何時也？可求仕哉？水溢山崩，熒飛日食，天變不可挽矣。異端作亂，隸卒稱兵，人變不可支矣。兼以侏儒御重位，猩羶執大權，直節難容，奸邪立黨。予家本南人，何忍拜犬羊、偶豕彘乎？有田可耕，有廬可守，適性怡情，偃仰於世足矣，何必披袍束帶，徒為夷虜所貴乎？况天人交變，運曆將終，不幾十年，必有真天子出，吾其俟之。」守禮聞言，亦服其識見之卓。一日，以事辭父往臨安，過藴玉巷，見小橋曲水，媚柳喬松，又有野花襯地，幽鳥啼枝。正息步凝眸間，不覺笑語聲從風自牆内來者，嬌柔小巧，温然可掬，暗思：「必佳娃貴麗也。」隨促馬窺之，果見美姿五六，皆拍蝶花間，惟一淡粧素服，獨立碧桃樹下，體態幽閒，丰神綽約，容顔瀲艷，嬌媚時生，惟心神可悟，而言語不足以形容也。正玩好間，一女曰：「牆外何郎？敢偷覷人如此？」聞之，皆遁去。生歸寓，若有所失，情思不堪，因賦律詩一首以自解：「無端雲雨惱襄王，不覺歸來意欲狂。為惜桃花飛雨急，難禁蝶翅舞春忙。滿懷芳興憑誰訴，一段幽思入夢長。笑語無情聲漸杳，可憐不管斷人腸。」晨起，再往候之，小門深閉而已。俄見一老嫗據石浣衣，生揖而進曰：「牆内何氏園也？」嫗曰：「參府王君家玩也。」「非其諱士龍者乎？」對曰：「然。」「彼有息女否？」答曰：「有女二：長曰嬌鸞，寡服未釋；次曰嬌鳳，聘伐未偕。」……後一夕，鸞獨坐卧雲軒中，月弄花枝，影碎風旋，爐篆香遥，自念金蘭流水，不能倚玉樹而遇知音，其為情也，誠不堪矣！即呼侍婢春英者——慧巧倜儻，亦豔質也——同至後園集芳亭前，步月舒悶。忽聞琴聲丁丁，清如鶴唳中天，急若飛泉赴壑，或怨或悲，如泣如慕，誠有耳接而心恰者。鸞即迤邐池亭，穿窓窺之，見生正襟危坐，據膝撫牀而彈，清香裊裊，孤燭煌煌，望之若神仙中人。恐為生聽覺，即與春英怏怏而去，歸不能寐，適筆硯在傍，援而書曰：「正好歡娛綵幔，何事赤繩緣斷。步月散幽懷，又被琴聲撩亂。情願，情願，孤枕與君分半。」詞意爽心，令人發興。右調《如夢令》。自是，口雖不言，心則已領會矣。（節録自同前書卷四下欄「浙湖三奇傳」）

四三 越四五日，春英不至。生出亭前觀之，見一小鬟，手持香草。生曰：「拾此何用？」鬟曰：「浸油潤髮耳。」「見春英姐否？」鬟曰：「不知也。」生曰：「彼此一家，何為推阻？」鬟曰：「吾值新姨房，彼為鸞姐所屬，是以不知也。」生曰：「新姨為誰？」鬟曰：「姓柳，名巫雲，家翁之寵妾也，邇因遠征，權為長奪，鬱鬱不得志，惟哦吟以度青宵耳。」言畢，鬟去，春英適來，生語英曰：「別後心事懸懸，癡病日篤，賢姬何不出一奇謀以活涸轍之枯魚哉？」英曰：「吾嘗為汝圖矣，但芳心玉石，何能即開？遲之歲月，可也。」生曰：「予豈不諒，第勢如累卵，信子所言是，猶輪萬里之米而救饑餓士也，事能濟乎？」英良久曰：「鸞姐知詩，不若製一詞以撥之，何如？」生曰：「善。」乃邀英於書閣中，方欲搆思，見英侍立，星眸含俏，雲鬢籠情，彼此互觀，欲思交動。乃謂英曰：「詩興不來，春興先到，奈何？奈何？」即挽英就枕，英亦不辭。金蓮半起，玉體全偎。當芙蓉露滴之時，殆恍若夢寐中魂魂矣。生起，曰：「予欲建策謀人，得子發仞（當作軔，下同），既能一戰致捷，後雖有勍敵堅城，可破竹下矣。」英曰：「但恐得下手之日，不記發仞之人耳。」生曰：「如有此心，神明共殛。」將行，索詞，生一揮而就，乃《憶秦娥》也：「相逢後，月暗簫聲人病酒。人病酒，一種風流，甚時消受。無聊獨立青青柳，恍然邂逅原非偶。（脱『原非偶』三字），覓個良宵，丁香解扣。」英度來久，急遽趨回，所索之詞，竟遺於路。不意為小鬟所見，拾送巫雲，巫雲拆視之，曰：「此情詞也，嬌鸞有外遇矣。」執而白之渠母，免玷王氏風，可乎？」復自忖曰：「彼母窘我，我亦無賴，又何苦自作怨？況聞吴公子瀟灑聰明，愈於王老十倍，不若詐鸞詞以先接之，何如？」遂封一紙，命小鬟持去，詞名《好事近》：「好夢久飄遥，一束將人輕撩。准擬月兒高，莫把幽期負了。曲房深幕護絞銷（當作綃），留待多情到。此際慇懃報導，要輕輕悄悄。」生方倚檻看花，忽見小鬟報曰：「鸞姐有書，約公子一會。」生曰：「春英何在？」鬟曰：「侍老夫人處，是以不來。然鸞姐害羞，夜不設火。公子如約，竟過集芳亭，進小門，達太和堂，透迎暉室，由左而旋，即鸞寢所，慎毋悮也。」生得詞，喜動顏色，恨不得揮太陽於咸池，揭清光於石室。（節録自同前「浙湖三奇傳」）

四四　雲起，乃相與生執手而别。生方及門，見一女童持盒至前，口稱：「鳳姐奉謝，望公子笑留。」生開視之，乃牙扇一柄，九鸞香百枝，生急問曰：「子非秋蟾姐乎？」對曰「公子何識？」生曰：「久慕芳名，嘗懸念慮。」將近身叙話，蟾害羞馳去。生因自悔，作詞以道之：「春夢斷，心事仗誰憐。寂寂歸來情未遣。小窓幸接新緣厚，貺自天傳。　鬟翠展，相欲留連。恍隨鶯燕忙飛遠。望斷紅塵重惆然，徒使旅魂牽。」右調《望江月（當作南）》。（節録自同前「浙湖三奇傳」）

四五　嬌鳳素愛生才，今得書，亦不甚怪。且依方治之，疾果愈。時暮春景候，幽禽亂呼，舞蝶相逐，生無聊，欲趨會巫雲，以話得秋蟾事。道經迎翠軒，得一金鳳釵，口纓尾翠，製極工巧可愛，生喜，取而藏之。及至雲所，雲已不在。復回故道，而鳳與蟾方咄咄相視，生趨揖，曰：「目患方除，今又竭力耶？」鳳未及答，蟾在傍應曰：「承方致愈，幸已涵明，早失一釵，來此尋覓。」生曰：「何以失之？」鳳曰：「無心而失之。」生曰：「失雖無心，得者不免有緣。」鳳曰：「棄之而已。」生曰：「金質鳳名，何忍相棄？」鳳曰：「縱不忍，奈無覓何？」生曰：「第求之天下，豈有求而不得者矣？」鳳即怒蟾曰：「汝在我後，眇不一看，安用汝為？」生徐袖中出釵，曰：「僕久蓄此，果愜意，即當代償。」鳳接，笑曰：「舊物耳，兄何欺？」生曰：「繡閨書室若隔天淵，而失釵竟入僕手，不可謂無緣也，敢云欺乎？」語未竟，報鸞娘來，生即趨出，謾成一詞：「訪舊歸來嗟不遇，轉過迎暉，又與新人語。數句情言微自露，嬌娥可是猶難悟。拾得金釵原有主，笑接慇懃，好把雲鬟護。雖得相逢遊洛浦，反教添我相思慕。」右調《蝶戀花》。（節録自同前「浙湖三奇傳」）

四六 春英忿鸞之辱己也，乃盜鸞《如夢令》詞及紅鸞頭鞋一隻與生，曰：「嬌娘子手製，當為公子作媒。」生覽之，不覺大喜過望。候晚，密趨卧雲軒，見鸞獨立凝神，口誦「不如意事常八九」之句，生即在背接曰：「何意不如？僕當解卿一二。」鸞駭問曰：「汝來此何幹？」生曰：「來赴約耳。」鸞曰：「有何約可赴？」生出鞋，曰：「此物卿既與之，今復悔耶？」鸞愕然，曰：「此必春英所竊，兄何見欺？」生曰：「然則『與君分半』之詞，亦春英所作乎？」鸞不覺面色微紅，低首不答，指撚裙帶而已。生復附耳曰：「白玉久沉，青春難再，事已至此，守尚何為？」即挽鸞頸就大理石上，羅裙半卸，繡襦齊挑，眼朦朧而纖手牢鈎，腰閃爍而靈犀緊輳。在鸞，久疏舊欲，覺芳興之甚濃；在生，幸接新緣，識春懷之正熾。是以玉容無主，任教踏碎花香；弱體難禁，拚取番（當作翻）殘桃浪。真天地間之一大快也，生喜鸞多趣有情，乃於枕上構一詞以慶之：「蝶怨蜂愁迷不醒，分得枕邊春興。何用鞋憑證，風流一刻皆前定。寄語多情雖細聽，早辦通宵歡慶。還把新絃整，莫使粧臺負明鏡。」右調《惜春飛》。鸞起曰：「通宵之樂，實妾本心，第礙春英耳。」生紿曰：「不妨，當並取之，以塞其口。」（節録自同前「浙湖三奇傳」）

四七 正笑話間，忽索前鞋及詞，已無覓矣。生遮以別言，鸞愈疑生不已，遂以實告，鸞重有不平意，少坐而去。生雖喜得鸞，因鳳事未諧，鬱鬱不樂，伏枕而眠，竟不赴鸞之約。鸞久候不至，意為巫雲所要，乃怨雲奪己之愛，欲謀相傾，然所恨在彼，而所惜在生，又未敢悻然自快也。寢不能安，作一詞以寫其意：「曉來密約小亭中，戚戚兩情濃。良宵挨盡心如痛，徒使我望眼成空。紅葉無憑，緑窓虛扃，何處覓飛鴻？欲眠猶自倚薰籠，幽恨積眉峰。孤燈獨守難成夢，凄涼了、一枕殘紅。不是緣慳，非幹薄倖，都為妬花風。」右調《一叢花》。明早，鸞以此詞命春英持送生。生接覽之，自悔無及，即同英入謝罪。過太和堂，望見嬌鳳立麗春館下，看金魚戲。生使英先回，竟趨赴鳳，鳳問秋蟾曰：「一雌前行，衆雄隨後，何相逼之甚耶？」生曰：「天下事，非相逼，焉能有成？」鳳整容施禮，而生已當胸緊抱，曰：「今日乃入手耶？」鳳怒曰：「兄何太狂，人見則彼此名損多矣。」生曰：「為卿死上不吝，何名之有？」鳳因且拒且走，生恐傷彼力，尋亦放手，但隨之而行，直至閨中。鳳方坐一小兀舒氣，生即蹲踞面前，曰：「子誠鐵石人耶？自拜嬌姿，即勞夢寐，屢為吐露，不獲垂憐，使我空池虛館中，當月朗燈殘之候，度刻如年，形影相弔，將欲思歸，則香扇猶在目也，情柬猶未還也，何忍一旦自失。及至姑留，又以熱心而對冷眼，甚不能堪。是以千迴萬轉，食減容消，若癡醉沉昏然者，無非卿使之也。卿縱欲為彭娥德耀之行，何斷送人至此極乎？」言訖，不覺淚下，鳳扶生起，曰：「妾非草木，豈謂無情？方寸中被兄縈亂久矣。然終不顯然就兄者，誠以私合竊取，終非美滿之福，祇自招人議耳。況觀兄之學與才，必不久卧池中者，故父母亦愛兄敬兄。苟或事遂牽紅，則偕老終身，妾願足矣。計不出此，而徒依依吾前，何不諒之甚耶？」生曰：「卿言誠是，但世情易變，後會難期，能保其事之必諧乎？倘或天不從人，則萬斛相思，頓成一夢，必難復牽子襟以自訴矣，悔恨又當何如？」鳳又曰：「爾我情緣甚非易得，此身既許於君，將死生以之，復肯流落他人手哉？」即脱指上玉記事一枚、繫青絲髮一縷與生，曰：「兄當以結髮為圖，以苟合為戒。」生袖中偶有鴛鴦荷包，亦與鳳，曰：「情聯意絆，百歲相思。」正話間，秋蟾馳至，頗知此情，乃曰：「彼此歃盟，不可無證。況姻緣得意，妾亦有所托者。」即折髻上玉簪，以半與生，祝曰：「君情若堅。」以半與鳳，祝曰：「姐志若白，緑鬢成交，蒼頭無斁。」生、鳳皆笑而收之，生感鳳意，口占清夜詞一闋：「蘭房兮春曉，玉人起兮纖彎小。誓同兮盟牢，黄河長兮泰山老。　鶯愁兮蝶困，緑蔭蔭兮紅暈。密約兮雖都苦，沉夢兮難醒。」鳳亦以詞答生：「默步庭闌，無端又被狂郎見。排鶯狎燕，頓使酥胸顫。　訂説盟言，半怯桃花面。情洽處，且休留戀，願中金屏箭。」右調《點絳唇》。生欲赴鸞以自解，乃怏怏而别。（節録自同前「浙湖三奇傳」）

四八　生雖未得通鳳，然而脂香粉色，殆領會盡矣。況其意會惓惓，生亦感釋，病為之少差。生匿不聞，欲瞷鳳再至。越日，果來，據牀問曰：「兩日頗快否？」生曰：「癡病懨懨，未知此身孰有？敢望快乎？萬一復理巾櫛，當索快於吾卿，不識周旋之意何如耳？」鳳欲寬生，乃曰：「恭喜，後惟兄是從，敢執前見以負罪耶？」生不勝喜，病亦漸愈。初起，即往候鳳，鳳見生，喜愛過於平日，因謂生曰：「兄在患時，妾心膽幾裂，夜不解衣者數晚，憂兄之情，行止處坐卧不釋也。今幸無恙，綿遠之期可卜矣。」因出所作之詞示生：「緣乖分薄，平地風波惡。得意人兒疾作，兩處一般擔閣。書齋相問痛消魂，孤衾拚與温存。忍别歸來心戚，一線紅泉偷滴。」右調《青玉案》。生亦出詞，乃謝鳳者也，詞云：「病起試（當作識）紅塵，患難方知益故人。欄卸含嬌輕解處，情真，一枕酥香分外親。報德愧無因，惹我相思恨轉新。骨瘦不堪情士（當作事）重，傷春，緑暗紅稀再問津。」右調《南鄉子》。彼此看訖，情話綢繆，生不覺興動，欲求鳳會，鳳不允，生曰：「卿言在耳，今又背之，守信者當不如是也。」鳳曰：「妾非爽信，但兄新愈，諸邪易去，當迷雲溺雨之時，能保其情之不少縱乎？倘有不虞，雖曰愛兄，實害兄矣，妾忍見耶？」生雖失望，然鳳言歷歷可聽，亦不甚强之。（節録自同前「浙湖三奇傳」）

四九　然自巫雲去後，夫人以鳳無所托，命鸞與俱，家事代雲分理，是以人之出入、門之啓閉，親為防閑，鸞欲獨估（當作佔）生情，今反兩不得便，心竊悔焉。生亦怏怏失意，且遭連雨，益難為情。是夜，伏枕不安，謾成詩詞各一首：「熟梅小雨故連宵，旅館愁來不待招。筆硯病餘功課懶，家鄉雲外夢魂遥。簷聲逼枕添惆悵，燈影憐人伴寂寥。新緑滿園雖可意，久虚尋常任風摇。」《香柳娘》：「對孤燈悄然，對孤燈悄然。夜間人倦，雨聲滴破（當作相）思怨。這情緒可憐，這情緒可憐。展轉不成眠，懶把羅衾戀。想伊兒妙年，想伊兒妙年。腸斷心灰，務偕姻眷。」（節録自同前「浙湖三奇傳」）

五〇　生抵家，備以王愛留之情、鳳求婚之意，曲道於父，父不勝喜，曰：「此吾責也。」即為書及白金百兩、彩段（當作緞）二端、金釵環各二事，遣人往台求婚。王得書，謂巫雲曰：「吴兵部求鳳姐親，汝為何如？」雲曰：「簪纓世胄，才茂學優，何不可之有？」王笑曰：「吾亦久蓄此意，但不欲自啓耳，今當乘其來求索，以為贅，則吾老有所托矣。至於花燭之事，且待賊平榮歸，親自校點也。」因以聘禮送回夫人，答書許焉。人還，生大喜如醉，因成一詞以自慶，名曰《西江月》：「久待西廂明月，今方願遂蕬喬。已知鸞鳳下湘瀟，何用信傳青鳥。　曉苑飛花有主，春田蕴玉成瑶。雲橋再渡樂良宵，正是嫦娥年少。」生欲再往報鳳，生父止之曰：「前以客禮留連，今初締結，不宜輕數，姑俟有辭而往，可也。」生欝欝不敢逆。（節録自同前「浙湖三奇傳」）

五一　自是，朝暮依依，惟生是念。而生在家，亦惟鸞、鳳是圖。奈斷案之後，士彪嚴為關防，雖蒼頭孺子不許私出入，恐與生有所約也。將及年餘，竟不能通一紙。生欲抱義與逞，生父又力阻止之，以故兩相擔閣。二嬌居處怨慕，所自排者，惟形之於詩詞耳，有《四景閨怨》録後……鸞見詩，謂鳳曰：「妹有是心，予獨無情乎？　然詩妙矣，不能和，當以曲賡。」亦成《四景題情》一套於左：《降（當作絳）都春》：「情濃乍別，為多才，寸心千里縈結。　暗想當初，背地香偷曾玉竊。如今惹下相思孽，到不如無情妥貼。　滿懷愁緒，幾能勾對他分説。」《出隊子》：「蘭芽長茁，又見春光早漏泄。　鶯鶯燕燕飛成列，凝眸都是傷春物，嬌滴棠梨，何心去折。」《集賢賓》：「花飛碎玉飄香屑，憑闌目斷天涯。　猛聽黄鷓聲弄舌，喚起我離愁切切。狠心薄劣，閃得我羅裙寬褶。無聊也，自且把珠簾半揭。」《黃鶯兒》：「枝頭梅乍結，困人天，微雨歇。南薰獨對枉自嗟。冰絃懶撥，香泉懶啜。端為恩情一旦撇，心哽咽，淚濕紗衫，相看都是血。」《玉胞肚》：「情乖愛奪，盼佳期，頓成永絶。空堪羨，並蒂荷花，怎支吾，暮蟬聲迭。蘭湯浴罷鬢雲斜，倩誰將我個腰脱。」《山坡羊》：「滿地舞旋紅葉，欲待題詩難寫。近月臨粧，不覺嬌姿怯。親瓜葛，夢與同歡悦。又被西風忽動簷頭鐵，頃刻驚開原各别。悶也，拍瑶臺，燈閃滅。怨也，擲菱花，拚碎跌。」《五供養》：「西窓待月，挨幾個黄昏時節。相思滋味逐頭新，秋來更徹。是誰家砧杵聲頻，搗得我憂心欲裂。芳盟盡屬空，好事番成拙。楚岫雲遮，高唐夢蝶。」《忒忒令》：「繡閣寒侵，把獸爐謾熱。歎藍關，人阻截，幾一（疑作番）間揉碎梅花，揉碎梅花，惜孤衾，香自潔。怕寒鴉，啼漸越。」《僥僥令》：「愁結板橋霜，夢冷茅簷雪。書翠流紅事已賒。甚時得破鏡全，斷簪接。」《尾聲》：「相思擔重苦難車，拚與他珠沉玉抉，你見不（當作『不見』）程姬貞且烈。」（節録自同前「浙湖三奇傳」）

五二　生乃擇日命駕，一家啓行，官民有送生者，列鼓吹旌旗，舳艫夫馬，皆極盛麗，舟中風景，不能盡述，有一詞以道之：「心事今朝除悒怏，只憐雲遶家鄉。豪情騎鶴任翺翔。手攀仙苑桂，身惹御爐香。　極目煙霞迷畫舫，一天紫緑斜陽。遠山偏向望中長。將何酧美景，宿酒醉新粧。」右調《臨江仙》。　及家，生父甚喜，即設宴宴夫人。酒罷，生偕鸞、鳳歸寢。鸞與生笑語自如，獨鳳俯首憑几，若有所憶者。（節録自同前「浙湖三奇傳」）

五三 武穆忠義詞：岳鄂王飛，精忠天植，在宋將中建節最少，其恢復中原之志，見於翰墨者不可殫述，嘗作《滿江紅》詞曰：「怒髮冲冠，憑欄處、瀟瀟雨歇。擡望眼，仰天長嘯，壯懷激烈。三十功名塵與土，八千里路雲和月。莫等閒，白了少年頭，空悲切。靖康恥，猶未雪。臣子恨，何時滅。駕長虹、踏破賀蘭山缺。壯志飢飡胡虜肉，笑談渴飲匈奴血。待從頭、收拾舊山河，朝天闕。」國朝長州文徵明先生嘗和其詞云：「拂拭殘碑，勅飛字、依稀堪讀。慨當初，倚飛何重，後來何酷。果是功成身合死，可憐事去言難贖。最無辜，堪恨更堪憐，風波獄。豈不惜，中原蹙。豈不念，徽欽辱。但徽欽既返，此身何屬。千載休談南渡錯，當時自怕中原復。區區一檜亦何能，逢其欲。」意以殺飛者，高宗私心之為，特不過假手於檜耳，此亦《春秋》推見至隱之法。（同前書卷五上欄「詞類二」）

五四 遊岳王祠詞：何公喬官至尚書，遊岳王祠，作詞曰：「自分林泉人，此腰久不折。今見穆王祠，下拜非予越。一拜忠義之堂堂，二拜精忠之凛烈。三拜文武之全才，四拜古今之豪傑。為二帝之仇，雪中原之恥。朱仙鎮已逼東京，十二金牌和議決。倉糧雖盡莫須有，國體已忘公道絶。嗟哉五國海天邊，二帝向誰説。我有一管筆，利似龍泉鐵。可剳檜之心，斷檜之舌，砍檜之頭，刺檜之血。万卨附勢欺君，固當粉其骨。張浚（當作俊）之妬賢嫉能，亦安能逃其責。風清月朗酒酣時，擊盞叩壺歌一闋。為人臣子，不能為君之流涕者，是亦失臣之節。大奸劉摯、賈似道，萬里山河宋家滅。」（同前）

五五 登釣臺詞：昔有士人浪迹四方，過嚴州，登子陵釣臺，覩其中春村暮零（當作「春樹暮雲」），溪聲山色足超賞心，使人世路塵襟急圖懷頓脱落於斯須，仰瞻四壁詩詞，搆思於名公高客者，殆不可以一二屈指，其中一詞尤為妙絶，詞云：「雲山蒼蒼兮煙水稠，石磴潺潺兮江水流。故人兮冕旒，先生兮羊裘。使人皆先生兮，誰其伊周。使人不先生兮，誰為巢由。可仕止久速兮，舍聖人吾將安求。清風一絲兮，垂為名釣，蕉黄荔丹兮，香火千秋。臺下幾篙兮，榮辱之舟，先生一笑兮白雲收。」（同前）

五六 寶妻守節詞：岳州破時，徐君寶妻張氏被虜，乘間題詞於壁，其詞名《滿庭芳》，曰：「天上繁華，江南人物，尚遺宣若水（當作『政風』）流。緑窓朱户，十里爛銀鈎。一旦兵刀齊舉，旌旗擁、百萬貔貅。長驅入，歌樓舞榭，風捲落花愁。清平三百載，典章文物，掃地俱休。幸此身未北，猶客南州。破鏡徐郎何在，空惆悵、相見無由。從今後，斷魂千里，夜夜岳陽樓。」書罷，赴水而死。（同前）

五七 綵花詞：劉鼎臣，婺州人。戲省試於行都，其妻朱氏自製綵花一枝贈之，並侑以《鷓鴣天》詞云：「金屋無人夜剪繒，寶釵翻過齒痕輕。臨行執手殷懃贈，襯與蕭郎兩鬢青。聽囑付，好看承，千金不抵一時情。明年宴罷瓊林晚，酒面微紅相映明。」（同前）

五八 寄外詞：易祓，字彦章，潭州人。以優等為前郎，久不歸，其妻作《一剪梅》詞寄之云：「染淚修書寄彦章，貪却前郎，忘却回郎。功名成遂不還鄉，石做心腸，鐵做心腸。紅日三竿懶畫粧，虚度韶光，瘦損容光。不知何日得成雙，羞對鴛鴦，懶對鴛鴦。」彦章感之，遂歸。（同前）

五九 伊川令詞：花仲胤爲相州録事，久而不歸，其妻寄一柬，詞一闋曰《伊川令》，云：「西風昨夜穿簾幙，閨院添消索。最是梧桐零落，迤邐秋光過却。人情音信難託，教奴獨自守空房，淚珠與燈花共落。」胤拆簡覽之，「伊」字作「尹」字，遂作《踏莎行》（當作《行香子》）詞寄回與妻云：「頓首啓情人，即日參（當作恭）惟問好音。接得綵箋詞一首，堪驚，題起詞名恨（脱『轉』字）生。展轉意多情，寄與音書不志誠。不寫伊川題尹字，無心，料想伊家不要人。」妻復答詞一闋云：「奴啓情人勿見罪，閑將小書作尹字。情人不解其中意，共伊間别幾多時，身邊少個人兒。」胤見之，大笑稱賞，時人咸榮之。（同前）

六〇 餞夫别詞：戴復古未遇時，流寓江右武寧。有富家翁愛其才，以女妻之。三年餘，戴欲作歸計，妻問其故，告以先曾娶。妻白之父，父怒，妻解釋。以奩具贈之，仍餞以詞曰：「惜多才，憐薄命，無計可留汝。揉碎花箋，忍寫斷腸句。道傍楊柳依依，千絲萬縷，抵不住、一分愁緒。捉月盟（脱『言』字），不是夢中語。後日君若重來，不相忘處，把杯酒，澆奴墳土。」别後，遂赴水而死。此真令人嗟嘆。（同前）

六一 兩姨兄妹：梁意娘者，儒家女。十六能詩，與李生爲兩姨兄弟，時節往來。一日，意娘因父母俱出，輒與李生通焉。生歸，女思生不至，寄柬書云：「痛别之後，靡日不思，兄何見疎？杳無音耗，能復一來否？紫繡香囊、金魚扇墜雖粗且微，皆予所親製，如不棄去，庶得常近玉體，餘非面晤，莫伸此意，作《秦樓月》一闋聊寄情耳。」其詞曰：「春宵短，香閨寂寞愁無限。愁無限，一聲窓外，曉鶯新轉。起來無語成嬌嬾，柔腸易斷人難見。人難見，這些心緒，如何消遣。」生得之，益為思感。將赴其約，又聞飛謗，因入市問，卜得兆曰：「隔江望寶，迢迢阻隔，雖欲從之，水深莫測。」生恍然自失，又阻其行，女見失約，又寄二詩與生云：「尺素緘愁不忍窺，柔腸結盡轉相思。萡情忍作經年别，何日相逢一解衣。」又云：「踪跡浮萍落五湖，一番相别一番疎。不知此去從何去，還許春風得見無。」女賞春畢，寄生小帖云：「比日媽媽邀諸母遊東園，日暖風和，紅稠緑疊，暗想年華，頓添愁緒。對諸姊妹，雖强歡笑，而思戀之情終不可抑，因成小詞録呈。」詞名《茶瓶兒》云：「滿地落花鋪繡，麗色著人如酒。曉鶯窓外啼楊柳，愁不奈，兩眉頻皺。關山杳，音信悄，那堪是昔年時候。盟言辜負知多少，對好景、頓成消瘦。」後因情愛相牽，形於顔色，父母知之，結為夫婦，乃遂其願焉。（同前）

六二　春心詞：陳敏夫隨兄任廣州參軍，其兄（筆者按：以下至此末尾，影印原底本缺一頁，此參照早稻田大學藏林近陽《新刻增補全相燕居筆記》卷二「詞類」載補。）素無妻室，專寵一姬，名越娘，美貌能詩。兄在任不禄，敏夫與越娘搬挈還家，歸次成都，越娘吟詩一聯曰：「悠悠江水漲帆渡，疊疊雲山緩轡行。」令敏夫和後，敏夫應聲曰：「今夜不知何處宿，清風明月最關情。」微寓相挑之意，越娘微笑。是夜宿雙溪，月明如晝，越娘開樽同敏夫飲，唱酬歡洽，問敏夫：「今夜何處宿？」答曰：「廊下圖得看月。」越娘曰：「我房門不閉也，圖得看月。」各有餘情。夜深，敏夫聞廊下有履聲，乃潛起，見越娘摇手，令低聲迎進，相抱曰：「今日被君詩句惹動春心。」遂就寢，越娘乃吟詞一闋，名《春心詞》云：「一自東君去後，幾多恩愛睽離。頻凝淚眼望鄉畿，驛路迢迢千里。　願我風情不薄，與君驛邸相隨。參軍

雖死不須悲，幸有連枝同氣。」（同前）

六三　楚娘詞：楚娘，名妓也。以姿色自負，每作詩誇耀於人。其吟《春遊》詩云：「破曉尋春緩轡行，滿城桃李鬬芳英。桃紅李白皆麤鄙，争似冰肌瑩眼明。」又吟《桂花》詩云：「丹桂迎（筆者按：此則開頭至此，影印原底本缺一頁，此參照早稻田大學藏林近陽《新刻增補全相燕居筆記》卷二「詞類」載補。）風蓓蕾開，摘來斜插竟相隈。清香不與羣芳並，仙種原從月裡來。」三山林茂叔與楚娘厚，因官建昌，携楚回家，其妻李氏稍不能容。楚題詞於壁以寓意，名《生查子》云：「去年梅雪天，千里人歸遠。今歲梅雪天，千里人追怨。鐵石作心腸，鐵石剛猶軟。江海比君恩，江海深又淺。」李氏見詞，乃曰：「人非木石，胡不能容？」遂長枕大被，三人同寢，聞者嘲之。（同前）

六四　勝瓊詞：宋儀曹李之問解長安幕，詣京師，改秩都下。聶勝瓊，名妓也，質性慧黠，李見而喜之，遂與交密。將行，勝瓊送别，餞飲於蓮花樓，唱一詞，末句曰：「無計留春住，奈何無計隨君去。」李復留經月，為細君督歸甚切，遂飲别。不旬日，聶作一詞，名《鷓鴣天》以寄之，云：「玉慘花愁出鳳城，蓮花樓下柳青青。樽前一唱陽關後，别個人人第五程。　尋好夢，夢難成，况誰知我作時情。枕前淚共簷前雨，隔個窗兒滴到明。」李在中路得之，藏於篋間。抵家，為其妻所得，因為之，李以實告，妻喜其語句清健，遂出粧奩資夫娶歸。瓊至，即棄冠櫛，損其粧飾，委曲以事主母，終身和悦，無少間隙焉。（同前）

六五　春容詞：涪翁過瀘南，瀘帥留府宴飲，有歌妓盼盼，性頗聰慧，帥嘗寵之。涪翁贈《浣沙溪》詞曰：「脚上鞋兒四寸羅，唇邊朱麝一櫻多，見人無語但回波。料得有心憐宋玉，衹因無奈楚襄何，今生有分向伊麽。」盼盼拜謝，瀘帥令唱詞侑觴，盼盼唱《惜春容》詞云：「少年看花雙鬢緑，走馬章臺管絃逐。而今老更惜花深，往往看花看不足。坐中美女顔如玉，為我一歌《金縷曲》。歸時壓得帽簷攲，頭上春風紅簌簌。」涪翁大喜，醉飲而別。（同前）

六六　紅白桃花詞：嚴蘂，字幼安（當作芳），天台妓。名藝寛（當作冠）絶一時。唐太守仲友嘗命賦紅白桃花，即調《如夢令》「不是」云：「道是梨花不是，道是杏花不是。白白與紅紅，別是東風情味。曾記，曾記，人在武陵微醉。」時七夕，郡齋高會，名士謝元卿命以己姓為韻，賦七夕，酒未行而詞已就，名《鵲橋仙》云：「碧梧初出，桂花纔謝（此句當作『桂花纔吐，謝池上水花微謝』）。穿針人在合歡樓。正月露、玉盤高瀉。　蛛忙鵲嬾，耕慵織倦，空做古今佳話。人間剛道隔年期，怕天上、方纔隔夜。」或與仲友有隙，欲摭其罪，指唐與蘂為濫，繫獄月餘，備受箠楚，而一語不及唐。移籍紹興，置獄鞫之，久亦不服，吏勸其認，罪不過杖，蘂曰：「賤妓縱與太守濫，罪不至死，然妄言以汚士大夫，則死，不可誣也。」獄再兩月，委頓幾絶，而聲價愈騰。未幾，與唐有隙者改除，而岳商卿代之，命蘂作自陳，蘂口占《卜筭子》詞云：「不是愛風塵，是被前縁誤。花落花開自有時，總賴東君主。　去也終須去，住也如何住。若得山花插滿頭，莫問奴歸處。」呈覽，岳喜，即時出罪，判令落籍，而宗室納之。（同前）

六七　雄雌交賤：陳全遊金陵衏衕，多所題詠，俱悄爽語。其題睡鞋詞云：「新紅睡鞋三寸正，不着地，偏乾净。燈前換晚粧，被底勾春興。）醉幾回，輕薄醒。」又與一妓飲，適見雄雞交雌者，妓請咏之，詞云：「汝靈禽，非走獸。風流事，誰不有。只好背地偷情，那許當場弄醜。若是依律問罪，應該笞杖徒流。更加一等强論，殺來與我下酒。」又見一妓新浴起曳單裙者，即咏曰：「華清宴罷新浴起，尚濕裙拖地。單嫌月色明，偷向花陰立。悄東風，悄東風，有心兒輕揭起。」又見一妓揭裙就地小遺者，詞云：「緑楊深鎖誰家院，佳人急走行方便。揭起綺羅裙，露出花心現。衝破緑苔痕，滿地真珠濺。那小娘兒不見，墻兒外，馬兒上，有覷見。」似此類尚多，不能悉録。（同前）

六八 長短句：吴淑姫，湖州士人女，慧而能詩詞，貌美家貧，為富家子所據。或投郡訴其姦淫，王龜齡為太守，逮繫司理獄，既伏罪，且受徒刑。郡僚相與詣理院觀之，仍具酒，引使至席，風格傾一坐，遂命脱枷侍飲，諭之曰：「知汝能長短句，宜以一章自咏，當宛轉白待制，為汝解脱，不然，危矣。」女即請題，時冬末雪消，春日且至，令道此景作長短句，令捉筆立成，曰：「烟霏霏，雨霏霏，（脱『雪』字）向梅花枝上堆，春從何處回。醉眼開，睡眼開，疎影横斜安在哉，從教塞管催。」諸客賞歎，為之盡歡。明日，以告王公，言其寃，遂釋之。（同前）

六九 祁羽狄，字子輶，吴中傑士也。美姿容，性聰敏，八歲能屬文，十歲識詩律，弱冠時飄逸絶人，每以李白自期，落落不與俗輩伍，生獨有志於翰林。每歎曰：「烏臺青瑣，豈若金馬玉堂耶？」下筆數千言，不待思索。為詩聲（當作歌）詞賦奇妙絶倒，且善鍾、王書法，又粗知丹青。時人目為才子，多欲以女妻之，生志在歸娶，皆不應。其姑適廉尚，督府參軍也。姑蚤亡，繼岑氏，生三女，皆殊色：

長曰玉勝，次曰麗貞，三曰毓秀，隨父任所，皆未適人。尚以衰老乞骸骨歸，時朝廷主昏臣閒，奸宄弄權，生不求仕，每散步尋詩，寄身林壑，或操舟訪祠，傍水徘徊。……近晚，生果登樓，與徐氏通焉，繾綣，徐氏問曰：「扇墜從何來？」生曰：「卿之所賜，何佯問耶？」徐氏曰：「妾未嘗贈君，適山茶謂君從外得者，妾以為然，一與君一叙，今乃知山茶計也。」徐氏悔不及，明早，果以百金贈生行。生再三辭謝，因留一詞以別之：「蝶醉蜂迷鶯下（當作不）語，衹以妙娘為主。玉墜憑誰取，又成紅集（當作葉）偕鴛侶。兩地風流知幾許，自喜連奇遇。愁對傷心處，何時共枕重相叙。」右調《惜春（當作分）飛》。（節録自同前書卷五下欄「天緣奇遇」）

七〇（素）蘭在諸婢中最年長，玉勝命掌繡工。一婢拙於繡，遷怒於蘭，因而逐之，不容內寢，怨恨之態形於夢寐間也。見生至，怪而問曰：「君何以至此也？」生不答，但狎之，蘭始亦推阻，既而歎曰：「勝姐已棄妾，尚何守？」遂納生。生本以風流有情，而蘭亦年長知味，鴛衾顛倒，不啻膠漆。生密問曰：「麗貞何如？」蘭曰：「天上人也。」曰：「可動乎？」曰：「讀書守禮，不可動也。且君兄妹，何起此心？」生悅而抱曰：「對知心人不覺吐露心腹。」既而問：「桂紅與誰同寢？」蘭曰：「桂紅，勝姐之愛婢也，此人聰慧，與文娥同學，筆硯工，君以情鈎之，亦可狎者。」生喜，天明就外，作一詞以紀其勝：「素蘭花，紅桂（當作『桂紅』）樹，迎翠軒中，錯被春留住。乖巧小卿機不露，借風邀雨，脱殼金蟬去。一杯茶，咫尺路，却似羊腸，又把車輪誤。且向桂花紅處吐，攀取高枝，再轉登雲步。」右調《蘇幕遮》。（節録自同前「天緣奇遇」）

七一 生去後，三女皆在百花亭看杜鵑花，東兒報曰：「祁君去矣。」勝與秀知生無顔而歸，相對微笑，麗貞獨有憂色，停眸視花，吁歎良久，無非念生意也。玉勝不知，問曰：「妹子尚恨祁生耶？祁生果薄倖，昨觸妹，又辱桂紅，被污之女，不可近身，已托鄰母作媒出賣矣。」貞曰：「彼辱妹，姊尚容之；彼辱婢，姊乃不容耶？」玉勝語塞，蓋勝久欲私生，惟恐二妹忌之，又忿桂紅先接之也。貞是夕憑欄對月，幽恨萬種，乃製一詞，自訴念生之情，每歌一句，則長吁一聲。文娥等侍側，皆為之欷歔：「聞郎去後淚先垂，愁雲欺瘦眉。情深須用待佳期，郎心不耐遲。香閨静，寄新詩，眼前人易知。寸心相愛反相離，此情郎慢思。」右調《阮郎歸》。（節録自同前「天緣奇遇」）

七二 生歸不數日，為仇家蕭鶴者所誣，發生昔未結之事，鶴以官豪，捕生甚急。生夜渡，欲往訴當道，為守渡者所覺，執送蕭氏。蕭富家，層堂疊室，將生禁後房，待事中人至，即送官理矣。生夜静忿欝，無以自慰，忽憶仙子「玉簪解厄」之言，乃拜禱，吟一詞：「撒人長恨幾時休，兩眼不勝羞。男兒壯年多困憂，何日一抬頭。轍中鮒，雨中鳩，望誰週。横鋪鐵網，高展金丸，畢何（脱『仇』字）。」右調《訴衷情》。（節録自同前「天緣奇遇」）

七三 生去後，麗貞雖念生，不過形於詠歎而已。而玉勝則慕生之甚，言動如狂。每强扶倦態，對鏡畫眉，不覺長嘆一聲，兩手如墜。日就枕蓆，飲食若忘，夢中忽忽如對人語，及醒，則揮淚筆牀而已。聞貞有《阮郎歸》調，令素蘭索之，貞不與，勝知其必為生也，亦自作一調，以道望生之意：「思思念念風流種，心為愁深如痛。繡衾象牀如共，羞把寒衾擁。桂紅樓上春心動，悔把多情殘送。却笑自家愁重，番作巫山夢。」右調《桃源憶故人》。廉至旦月，遣人邀生，知生伏闕奏辯，嗟歎良久，恨無以助之也。（節録自同前「天緣奇遇」）

七四 是歲，生赴小考，補郡庠弟子員。後數日，生整衣冠，往拜廉，廉一家歡慰，帶三女出見，皆曰：「三哥恭喜。」即宴生於怡慶堂，笙歌交作，酧酢疊行。至晚，銀燭滿堂，侍女環立，廉夫婦已醺，而生猶未醉。岑命三女以次奉生酒，玉勝舉杯近生，語云：「妾有言，幸君弗醉。」蓋欲私生也，生不知，應曰：「已酩酊矣。」麗貞舉杯，乃戲生曰：「新秀才請酒。」生亦笑曰：「何不道新郎飲酒？」貞愧而退，怒形於色。毓秀見貞不悅，及舉杯奉生，乃曰：「兄何以言，使貞姐含怒？」蓋生以前所寄書有情，故量易而戲之，不知為玉勝計也。夜深席散，生被酒寢外館，勝自往呼之，生不醒，勝恐館童驚覺，長吁而返，悶倚銀缸，形影相弔，口占一詞，且訴且泣：「何事無情貪睡，帶上分明留意。指日望郎來，要説許多心事。沉醉，沉醉，不管斷腸流淚。」右調《如夢令》。（節録自同前「天緣奇遇」）

七五 玉勝留詩而出，過中門，聞行步聲，遥視之，即生也。以手招生，生急至，勝曰：「無情郎從何來？」生以麗貞寄書事告勝，勝曰：「實妾為之，非貞也。」即邀生同入含春庭後，就大理石牀解衣交頸，水滲桃花，並枕顛鸞，風摇玉樹，香滴滴露滋金蕊，思昏昏骨透靈酥。時紅日漸高，毓秀已起，恐生苦宿酒，令東兒餽生以茶。東兒至生館，但見一詩在几，寂無人跡，東兒取詩還報，曰：「祁生不知何往，但見几上此紙耳。」秀觀之，歎曰：「勝姐作不規矣。」時生與勝潛散，各喜不為人知。勝理粧後作一詞紀其樂：「風動花心春早起。亭後空牀，一枕鴛鴦睡。歸到蘭房粧倦洗，幾回又搊相思水。但願風流長到底。莫使人知，都在心兒裏。郎至香閨非遠地，幸郎早辦通宵計。」右調《蝶戀花》。勝以詞使素蘭寄生，且囑生將几上詩毁之。生見詞甚喜，然几上詩未之見，生語蘭曰：「向曾許桂紅代償金釧一雙。」並和前詞，以復勝：「蝴蝶醉花心，飛不起。轉過春庭，又抱花睡。今因採桂羞難洗，歸家掬盡相思水。中見日好花開，到底苦盡甘來，喜在心裏。昔又願春光，同兩地，勝如雲路平生計。」右調《蝶戀花》。蘭笑曰：「『春光』、『兩地』，君得隴望蜀耶？」生曰：「非子不能知此趣也。」蘭復勝，勝以為几上詩生匿之矣。（節録自同前「天緣奇遇」）

七六　不意毓秀以詩示麗貞，貞亦以勝一假書之故告秀，二人恐累傷己，謀欲露之，然而姊妹之間慮傷和氣，而麗貞又念敗生之德，不復再來，欲行欲止，持於兩疑。秀曰：「今母晝寢，請以勝姐詩置母枕旁，母起見之，但知姊之私蕩，再不復為我計也，況詩上又無稱號，亦豈累祁君耶？」麗貞曰：「善。」秀往置之，立候母醒。文娥素以母故厚生，竊知其事，私達於生，生曰：「事急矣。」入告於勝，勝曰：「秀立牀前，何以竊之？」生曰：「秀之所為，貞使之也。文娥，則貞婢也，托文娥以貞命呼秀，秀必出矣。今先使素蘭隱門後，同秀出，蘭即入取之。」勝曰：「計雖妙，奈文娥不肯何？」生曰：「娥之母，我故人也，彼念其母，必肯念我。」呼文娥語之，果如命詒秀，曰：「貞姐有一言，急請一面。」秀出見貞，貞亦晝寢，未嘗呼秀也，秀急候母，詩已忘矣。秀以文娥誘，已使貞痛責之，文娥懼，乘夜潛出而逃，不知去所。玉勝脱得詩，而恨二妹之共計也，思欲傾之，作《風雨恨》一篇以記其怒：「風何狂，雨何驟，妬花不管花枝瘦。花瘦亦何妨，深嗟風雨忙。風不歇，雨不歇，一枝花，自摇折。幸得東皇巧護遮，風風雨雨曲欄斜。花枝不放春光漏，依舊清香到碧軒。」所謂「風狂雨驟」者，指二妹之始也。（節録自同前「天緣奇遇」）

七七 生歸，即赴試。廉知之，遣人饋贐，三女皆私有所贈。生登領，作詞分謝之，謝廉尚參軍：「孤身常托舊門牆，此恩海様難忘。又蒙豐贐實行囊，書劍生光。深夏暫違顔範，新秋使揖華堂。時來倘試緑羅裳，展草垂彊。」右調《畫堂春》。謝玉勝：「含春笑解香羅結，相思只恐傍人説。腰肢輕展血傾衣，朱唇私語香生話。無端又為功名別，幾回（筆者按：以下至此末尾，影印原底本缺漏，此參照早稻田大學藏林近陽《新刻增補全相燕居筆記》卷四載補。）夢轉肝腸裂。囑卿休作倚門粧，新秋共泛歸舟月。」右調《玉春樓》。謝麗貞：「楊柳垂簾緑正濃。碧雲軒内，情語喁喁。玉人長歎倚欄東。知音語，惹動美荷花（當作『惹動芰荷風』）。猛地見慈容。緫然多好意，也成空。相思今隔小山重。」右調《小重山》。謝毓秀：「惜別似傷春，春住人難住。蝴蝶紛紛最惱人，緫把春推去。記取碧苔陰，勝似青雲路。愁壓行鞭憶心人，未走先回顧。」右調《卜算子》。（節録自同前「天緣奇遇」）

七八 祁生與文娥得脱歸，即投廉家，廉自溜兒成獄，知生路中失所，為物故矣。不意至此，復得見生，而又見文娥歸，舉家甚喜。及麗貞、毓秀出，争問：「久寓何地？且何以得遇文娥？」生一一道所以，衆皆驚歎，眼前惟玉勝不在，生聞其故，乃知嫁竹副使子矣，悵然久之。至晚就館，百念到心，撫枕不寐，乃搆一詞，名《憶秦娥》：「空碌碌，春光到處人如玉。人如玉，舊時姻緣，何年再續。

阿鳳猶然眉兒蹙，文娥已許通心腹。通心腹，幾時消了，新愁萬斛。」（節録自同前「天緣奇遇」）

七九　文娥知二人意，因説曰：「妾知貞姐與君思欲並蒂久矣，但君欲速成，貞恐終棄，是以久疑，妾今與二人決之。請二人各出所有以訂盟，作一長計，不可亦乎？」生曰：「善。」即剪一指甲付貞，祝曰：「指日成親，百年相守。」貞乃剪髮一縷付生，祝曰：「青鬢付君，白頭相愛。」娥曰：「妾請為盟主。」因取橘分贈二人，祝曰：「決成連理，並蒂同春，然佳期即在今晚矣，有背盟者，妾當首出。」貞首肯之，生喜而出，縱筆作一詞，名曰《好事近》：「好事謝文娥，便把眼前為約。准備月明時，獲取個通宵樂。　天生雙橘蒂相連，喚醒相思魄。得到錦衾香處，把親親抱著。」（節録自同前「天緣奇遇」）

八十　天明散去，時驗紅不遂所欲，乃寄生一詞以招之，名《隔浦漣（當作蓮）》：「紅蘭相映翠葆，郎在香閨窈。雲重遮嬌月，巢深怨棲鳥。睡蝶迷幽草，頻相告。鴛鴨同池沼，郎年少。　通資（當作宵）不起，何故恁般傾倒。有約偏違幽興，獨捱清曉。今本望郎到，任他慇懃，郎須撇了。」生得詞，至晚會驗紅於外寓。（節録自同前「天緣奇遇」）

八一　廉持詩入，示岑曰：「子輶真天才也，他日必有大就，我欲效温嶠故事，將麗貞許之，可乎？」岑曰：「妾有此意久矣。」時文娥、小卿在側，一馳報生，一馳報貞。貞正念生，得此報，喜動顔色。生得報，亦狂不自禁。是夜廉以酒醉，與岑早寢。生乃潛入，以指尖繫貞户，貞開户見生，且驚且喜，各以父母意交賀，生因牽貞袖求合，貞曰：「兄鄭重，待婚禮成，取洞房花燭之喜，不亦善乎？」生曰：「天從人願，事已決矣，況機不可失，尚相却耶？」遂抱貞就枕，貞不能阻。六禮未行，先赴陽臺之會；兩情久協，纔伸錦幔之歡。怯怯細腰，含羞慢展，温温嫩乳，解扣輕摹。起金蓮而弱態難支，度靈犀而嬌聲細作。流紅一謝，春染絞綃；翠近半含，香傾肺腑。恍如鴛侶，何啻鸞鳳。誠仙府之奇逢，實人間之快事也。天明，生就外，貞以玉如意贈生，生曰：「卿我如意耶？」一笑而别，至外，喜積於心，作一詞以自遣：「佳期私許暗敲門，待黄昏，已黄昏。喜得無人，悄入洞房深。桃臉自羞心自愛，漏聲遠，入羅幃，解繡裙。枕邊枕邊好温存，被已濕，釵已横。愛也愛，聲不穩，尤且自慇懃。惟有窓前，明月露新痕。近照怕及花，憔悴損。花瘦也，比前番，瘦幾分。」右調《江城梅花引》。自是早出晚入，極綣（疑為盡）繾綣，舉家皆知，所未知者，廉夫婦也。（節録自同前「天緣奇遇」）

八二　光陰迅倏，又及試期。生辭廉夫婦及貞、秀赴科，貞私贈甚厚，不可悉記，權（當作惟）一詞録於左：「初綰同心結，又為功名别。一聲去也，愁千結，心如割。願月中丹桂，早被郎攀折。莫似前科，誤了良時節。記取枕邊情，衾上盟。定成秦晉同偕老，歡如昔。最苦征鞍發，從此相思急。安得魂隨去，處處伴郎歇。」右調《陽關引》。生途中惟以貞為念，至旅邸欝欝不寧，寢食皆廢，作樂府一首，名曰《長相思》：「長相思，心不絶，思到相思心欲裂。羅幃素月清不眠，淚如懸河積成血。山可崩，海可竭，人生不可輕離别。别時容易見時難，長歎一回一嗚咽。」（節録自同前「天緣奇遇」）

八三　生欲言不言，正徘徊間，琴娘不覺淚下。（趙）子昂疑，强問所以，生不能隱，遂告以實，子昂歎曰：「為蕭氏婢，亦有救人之心，可謂賢矣，然君之故人僕，豈敢留？」即逐肩輿送至生第，生感子昂恩，作一詞以謝之：「玉堂風伯，醉後風流佳句得。忽見嬌恣（當作姿），淚眼凄凉捧玉巵。可憐病客，錦帳鴛衾猶未結。重感瑶琴，只贈豪家不贈貧。」右調《減字木蘭花》。（節録自同前「天緣奇遇」）

八四 生乃自束戎裝，以仙女所贈玉簪插於冠頂，且祝曰：「玉香仙子曾云簪能解厄，今與賊戰，宜衛我矣。」祝罷，即搗賊營，賊望生頂紅光貫天，威風刮地，不覺失聲而潰。生令軍中衝以狗血，賊皆傾仆墮地。生就視之，皆紙人也。每一紙人胸前皆寫生人年甲，練其精力以成怪耳。生命取以火焚之，劉志先乃伏誅。餘黨七十餘人，前舟人在湖口謀生者皆在内，生並斬之。遂與章别，發舟南還，章台載酒於樽，作詞以送之：「千里故人，一尊席上，笑口同開。念五六年前，三千士内，隨君驥尾，得占名魁。君受王恩，妙齡歸娶，一棹笙歌碧水隈。青霄立，見中天奎璧，光動三台。如君海内奇才，七步風流氣似雷。況韜略兼全，兩番威賊，他年麟閣，預卜仙階。沙燕留人，潭花送客，把手高歌一快哉。蒼生望，願早攜鴛侶，共駕回來。」（節録自同前「天緣奇遇」）

八五 生到任點軍，殘缺死者甚衆。生查其妻小遺孤，編為一册，册内有一人與生同里開（當作閈）者，觀其名，即陸用也。用以狡詐主母至死，遂問軍。生以軍令取用，時用以陣亡，其妻山茶入見，生問曰：「汝夫既厄，隻身何托？」山茶叩首告曰：「適吴妙娘夫亦以販官鹽，問軍到此，今其夫亦戰死矣，而妙娘尚有私蓄，是以相依在此，苟全性命。」生曰：「妙娘湖上之恩，乃我再生之主也。」即令入見。時分雖尊卑，而情同離合，會晤之頃，不覺垂淚，問妙娘：「歸否？」妙娘泣曰：「恨無路耳。」生乃匿以為妾。山茶則以秀郎配之，將册中概除其名籍，以絶查究。妙娘曰：「妾少為情客妻，壯為軍人婦，年踰三十，流落於此，幸君帶歸，不死足矣，敢僭衾枕耶？」生曰：「吾為重臣，美妾如簇，非愛卿色也。第卿乃始交之人，又有湖上之惠，豈為薄倖郎，身貴便忘賤耶？」是夜，挽妙娘同寢，喜甚，口占一詞：「少年一枕吴歌夢，春光怕洩驚相送。許久曰芳容，相逢湖水中。　贈金知惠重，銘刻心常頌。今日是天緣，難將貴賤言。」右調《重重（當作疊）金》。生即得妙娘，即起馬巡邊，梯山杭（當作航）水，自北而南，名震蠻夷，威如雷電。（節録自同前「天緣奇遇」）

八六　生歸，又娶美姬二人，曰碧梧，曰翠竹，及麗貞、玉勝、毓秀、曉雲、金園、驗紅、嬌元、孔姬、文娥、吴妙娘共一十二人，號曰香臺十二釵，婢輩山茶、素蘭、桂紅、琴娘、涵師、興錫、金菊、老翠、潘英、東兒、金錢、南薰及新進者僅百餘人，號曰錦繡萬花屏。珮環之聲聞於市井，麝蘭之氣達於街衢。生戾夜暮，皓齒輕歌，細腰雙舞，笙歌雜作，珍羞若山，紅粉朱顏環侍左右，雖雜作珍羞（按：當作「雖南面之樂」）不過是也。宅後設一圃，大可二百畝，疊石為山，編籬為徑，峻亭廣屋，飛角相連，異木奇花，顔色相照，四景長春，萬態畢集。流觴曲水，丹竈石牀，不可一下一舉也。生行遊，必命侍妾捧筆硯，每至一處，必加題詠，然亦不能悉記，而吴中傳聞者，止一三詞而已。題繡谷堂：「簾捲華堂名繡谷，高山翠列如屏。列圍風竹珮環聲。奇花千萬種，松栢兩三層。　山外有山山外水，水邊山頂皆亭。緑蔭斜徑小橋横。眼前堆錦繡，何處問蓬瀛。」右調《臨江仙》。　題筠谿軒：「香鎖籬黄金地棠，風生水榭竹陰涼，小思（當作窓）飛影印池塘。　浪潑春雷欲化龍，笋圍山徑鳳來翔，暑天冰簟即瀟湘。」右調《浣溪沙》。　題曲水流觴：「春曉轆轤飛勝槩，曲曲清流塵不礙。玉龍昨夜卧松陰，雲自蓋，自（當作山）自載，偃仰屈伸常自在。　浮觴更把蘭亭賽，别是人間閑世界。恍如仙女渡銀河，溪雖隘，行偏快，衹用先生長坐待。」右調《天仙子》。園内鑿池，僅百餘畝，内設六島，每島皆有樓臺亭榭，其制各異，石橋相連，下皆舟楫，謂之西池六院，一院則使二妾居之，二妾則以六婢事之。每院笙歌，晝夜不絶，雕欄翠棟，輝煌相映，爐煙瑞彩，靄霧氤氲，勝態極研（當作妍），不可盡述。（節録自同前「天緣奇遇」）

八七　萬柳堂：京師城外萬柳堂，亦一宴遊處也。野雲廉公一日於中置酒，招疎齋盧公、松雪趙公同飲，時歌兒劉氏名解語花者左手折荷花，右手執盃，歌《小聖樂》云：「緑葉陰濃，偏池亭水閣，偏趂凉多。海榴初綻，朵朵蹙紅羅。乳燕雛鶯弄語，對高柳、鳴蟬相和。驟雨過，似瓊珠亂撒，打遍新荷。　人生百歲有幾，念良辰美景，休放虚過。富貧前定，何用苦張羅。命友邀賓宴賞，飲芳醑，淺斟低歌。且酩酊，從教二輪，往來如梭。」既而行酒，趙公喜，即席賦詩曰：「萬柳堂前數畝池，平鋪雲錦蓋漣漪。主人自有滄洲趣，遊女仍歌白雪詞。手把荷花來勸酒，步隨芳草映羅衣。誰知咫尺京城外，便有無窮萬里思。」此詩集中無，《小聖樂》乃小石調曲，元遺山先生好問所製，而名姬多歌之，俗以為《驟雨打新荷》者是也。（同前書卷六上欄「附雜類」）

八八　詠美人指甲《沁園春》調：銷薄春冰，碾輕寒玉，漸長漸彎。見鳳鞵泥污，偎人强剔，龍涎香斷，撥火輕翻。學撫瑶琴，時時欲剪，更掬水魚鱗波底寒。纖柔處，試摘花香滿，鏤棗成斑。　時將粉淚偷彈，記綰玉、曾敎柳傅看。算恩情相著，搔便玉體，歸期暗數，畫偏闌杆。每到相思，沉吟静處，斜倚朱唇皓齒間。風流甚，把仙郎暗搯，莫放春閒。（同前）

八九　詠美人足《沁園春》調：洛浦淩波，為誰微步，輕塵暗生。記踏花芳徑，亂紅不損，步苔幽砌，嫩綠無痕。襯玉羅慳，銷金樣窄，載不起盈盈一段春。嬉遊倦，笑教人款捻，微褪些根。　有時自度歌聲，悄不覺、微尖點拍頻。憶金蓮移換，文鴛得侶，繡緉催袞，舞鳳輕分。懊恨深遮，牽情半露，出没風前煙縷裙。知何似，似一鈎新月，淺碧籠雲。（同前）

九〇　詠美人眉《沁園春》調：巧鬭彎環，纖凝嫵媚，明粧未收。似江亭曉玩，遥山拂翠，宫簾暮捲，新月横鈎。掃黛嫌濃，塗鉛訝淺，能畫張郎不自由。傷春倦，為皺多無力，翻做嬌羞。　填來不滿横秋，料着得、人間多少愁。記魚箋緘啓，背人偷斂，鴈鈿膠併，運指輕揉。有喜先占，長顰難效。柳葉輕黄金（當作今）在否。雙尖鎖，試臨鸞一展，依舊風流。（同前）

九一　詠美人目《沁園春》調：漆點填眶，鳳梢侵鬢，天然俊生。記隔花瞥見，疎星炯炯，倚欄凝注，止水盈盈。端正窺簾，瞢騰並枕，睥睨檀郎長是青。端相久，待嫣然一笑，密意將成。　困酣曾被鶯驚，强臨鏡、挼抄猶未醒。憶帳中親見，似嫌羅密，尊前相顧，翻怕燈明。醉後看承，歌闌鬭弄，幾度孜孜頻送情。難忘處，是絞綃（當作「鮫綃」）濕透，别淚雙零。（同前）

九二　蘇小小：司馬才仲初在洛下，晝寢，夢一美姝牽帷而歌曰：「妾本錢塘江上住，花開花落，不管流年度。燕子銜將春色去，紗窗幾陣黄梅雨。」才仲愛其詞，因詢曲名，云是《黄金縷》，且曰後日相見於錢塘江上。及才仲以東坡先生薦應制舉中等，遂為錢塘幕官，其廨舍後堂蘇小墓在焉。時秦少章為錢塘尉，為續其詞後云：「斜插犀梳雲半吐，檀板輕敲，唱徹《黄金縷》。夢斷綵雲無覓處，夜涼明月生春浦。」不逾年而才仲得疾，所乘畫水輿艤泊河塘，柁工遽見才仲携一麗人登舟，即前聲喏，而火起舟尾，倉忙走報，家已慟哭矣。（同前）

九三　虞美人詞：槐陰别院宜清晝，人坐春風秀。美人圖子阿誰留，都是宣和名筆内家收。　鶯鶯燕燕分飛後，粉淡梨花瘦。只除蘇小不風流，斜插一枝萱草鳳釵頭。（同前）

九四　珠簾秀：歌兒珠簾秀姓朱氏，姿容姝麗，雜劇今時獨步。胡紫山宣慰極鍾愛之，嘗擬《沉醉東風》小曲以贈云：「錦織江邊翠竹，絨穿海上明珠。月淡時，風清處，都隔斷落紅塵土。一片閒情任卷舒，掛盡朝雲暮雨。」馮海粟先生亦贈有《鷓鴣天》云：「十二欄杆映遠眸，醉香空斷楚天秋。蝦鬚影薄微微見，龜背紋輕細細浮。　香霧斂，翠雲收，海霞為帶月為鈎。夜來捲盡西山雨，不着人間半點愁。」皆咏珠簾以寓意也，由是聲價益重。（同前）

九五　《如夢令》：一人娶妻無元，袁可潛贈之《如夢令》云：「今夜盛排筵宴，准擬尋芳一遍，春去已多時，問甚紅深紅淺。不見，不見，還你一方白絹。」（同前）

九六　與妓永訣：錢塘道士洪丹谷與一妓通，因娶為室，病且革，顧謂洪曰：「妾死在旦夕，卿須自執薪，還肯作一轉語乎？夫妾，歌兒也，卿能集曲調於妾未死時，使預聞之，雖死無恨矣。」洪固滑稽輕佻者，遂作文曰：「三十年前□（當作我）共伊，只因彼此太癡迷。忽然四大相離後，你是何人我是誰？　恭惟芳卿：容賽秋水，聲遏楚雲，《玉交枝》堅《一片心》，《錦傳（當作纏）道》餘二十載。遽成《如夢令》，休憶《少年遊》。《哭相思》，兩手託空；《意難忘》，一筆勾斷。且道如何是一筆勾斷，《孝

順歌》終無孝順，《逍遥樂》永遂逍遥。」聽畢，一笑而逝。（同前）

九七　與妓下火文：崑山娼周氏係籍部中，張子韶為守時，娼暴亡，適道川來訪，因命作下火文云：「可惜可惜許，大家且説道，可惜箇甚麽，可惜《巫山一段雲》，眼如新水《點絳唇》，昔年繡閣《迎新（當作仙）客》，今日《桃源憶故人》。休記《醜奴兒》斂子，便須抖擻《好精神》。南柯夢斷如何也，一曲離愁別是春。大衆還知某人向甚麽處去，這裏分明會得《驀山溪》畔，頭頭盡是《喜相逢》，《芳草渡》頭，處處《六么》《花十八》，其或未然，更聽下句。咦，與君一把無明火，燒盡千愁萬恨心。」（同前）

九八　幸時逢，字會卿，江右世家也。年方弱冠，性温，貌美豐容，灑落不羈，博學，於韜略尤究心焉。叔，仲華，常語人曰：「此吾家千里駒也。」甚鍾愛之。有姑，適須爾聘，徙居洛陽，姑蚤亡。繼娶元氏，生行雲一女，年二八，姣好，質色如望遠山，臉際常若芙蓉，肌膚柔滑如脂。素閑静，寡笑語，間一笑一語，令人消魂，足僅三寸，世所未有，舉步輕盈，能鬬飛動。性極慧，能察人意中事。真絶品也。尚未適人。一日，生將往謁之，命僕童文兒收拾琴書隨行。既至，因入謁，爾聘見之，盡禮，遂引生至中堂，呼元氏出，拜問起居，禮貌修整，元氏見生閒雅，心念：得壻若此人，吾女何恨？聘問：「行雲何在？」侍女金菊以未理妝對，聘曰：「一别數年，今各長成，寧忍不識一面乎？」即令金菊促之，行雲不得已，斂環而出，香風一至，仙子迎簾，雲鬢半蓬，玉容萬媚，金蓮窄窄，睡態遲遲。生立俟之，自遠而近，停眸一覰，魂魄蕩然。相揖後，以序坐，元氏以家事詰生，生心已屬行雲，惟唯唯而已。聘謂生久不相見，款留備至，生雖迫於家事，而以行雲故，即以久留許之。是夕，館生於堂之東，去堂二十餘步，生歸館，惆悵無聊，乃賦《蝶戀花》詞一闋，書於粉壁之上：「此身似入蓬萊島，邂逅相逢，嬌姿真窈窕。懶對詩書成懊惱，有情争奈無情好。　纔上藤牀和衣倒，花藏深院，蜂蝶難尋到。孤幃悄悄自煎熬，失鎖駒猿魂漂渺。」不意行雲返室，亦厚屬生，呼侍女小桃曰：「幸兄卧否？」桃曰：「不知也。」雲語之曰：「汝往廂房窺之。」去良久，歸云：「郎君獨坐微吟，題於壁間，妾諦視之，乃《蝶戀花》詞也。」遂口占一過，雲心動，密令小桃私饋生苦茶。……一夕，爾聘與元氏早寢，雲移步東軒，徘徊明月下，若有所思。生偶至，見其秋波滴瀝，雲鬢輕盈，臉襯鮮霞，肌凝瑞雪，比花花解語，比玉玉生香。啓一點朱唇，露兩行皓齒，謂生曰：「風差勁，兄衣厚否？」生恍然曰：「能念我寒，而不念我斷腸耶？」雲笑曰：「何事斷腸？」生曰：「予自遇子後，魂飛魄揚，竟夕不寐。每見子言語態度，非無情者，試以言餂子，則子必變色以拒之，予莫測子之心，予將歸矣，子明以告我。」雲因慨然，良久曰：「妾非草木，豈謂無情？　方寸中被兄縈亂久矣，然終不顯然就兄者，誠以私奔竊取非善計也，衹自招人議耳。」生曰：「子言固然，通之媒妁，能保其必諧乎？」雲曰：「妾心已屬於君，生死以之，肯流落他人手哉？」即脱指上玉記事一枚，繫青絲髮一縷與生，曰：「兄當以結髮為圖，以苟合為戒。」正話間，金菊持燈至，生悵悵而出，夜不成寐，因賦《如夢令》一詞自悼：「明月好風良夜，夢到楚王臺下。雲薄兩難成，佳會又為虚話。　誤也，誤也，青着眼兒乾罷。」詞成，忽覺寒熱頓生，明不能起。爾聘為之迎醫，小桃私報行雲，雲甚憂之，密與桃親往問疾。（節録自同前書卷六下欄「傳奇雅集」）

九九　次早，入謝連氏，遇紫英於堂西小閣中，英時對鏡畫眉未終，弱蘭侍焉。生近前謂之曰：「蘭煤燈燼耶？燭花也。」英曰：「燈花耳。」生曰：「若是，則願以一半遺我書家信。」英舉手分煤，油污其指，因牽生衣我（當作戲）之，生笑曰：「敢不留以為贄。」英因弱蘭在側，變色曰：「妾無他意，君何戲我？」生見英色變，恐連氏知之，即趨出，珍藏兩份之煤於枕中，因作《西江月》詞以紀之，詞曰：「試問蘭煤燈燼，佳人積久方成。殷勤一半付多情，油污不堪自整。　妾手分來的的，郎衣拭處輕輕。為言留此表深情，此約又還未定。」一日生就外館，紫英知生不在，乃潛出，抵生軒，見几上《西江月》詞，歎曰：「天下才子也。」（節録自同前「傳奇雅集」）

一〇〇　一日，生步聚景園，至愛月亭，見紫芝佇立亭下，光容鑑物，豔麗驚人，似珠初滌月華，如柳乍含煙媚，蘭房靈濯，玉瑩塵清。視池内鴛鴦，久不移目，援筆以賦之，未畢，望見生至，急引身而去。几上文具不及收，生前進，見詞，名《卜筭子》也，詞云：「秋日映寒塘，風弄文禽影。　翠鬣紅毛盡不如，時向波心整。」生遂續芝未盡之句，以挑之云：「韓魄獨淒涼，有恨無人省。只為多情托此生，花下頻交頸。」書罷投筆而去，芝見生續其詞，語有微刺之意，笑曰：「此狂生也。」將懷之袖，而生復至，遂將原詞各分其半，步生前還之。……芝因視生曰：「日後相遇，幸勿以言為戲，懼他人之耳目長也。」因口占《菩薩蠻》詞以贈生，詞云：「夜深偷展紗窗緑，小桃枝上留鶯宿。花嫩不禁揉，春風卒未休。　千金身已破，脉脉愁無那。特地囑檀郎，人前口謹防。」生亦口占以和之：「緑窗深貯傾城色，燈花送喜秋波溢。一笑入羅幃，春心不自持。　雨雲情散亂，弱體羞還顫。從此問雲情，何須問玉京。」（節録自同前「傳奇雅集」）

一〇一　越數日，生與連城、翠娥共計謀巧珠，令月香誘珠至，生潛形於連城内室。巧珠與翠娥並坐，述生往事，言笑頃之，巧珠欲行，翠娥挽之曰：「可宿此。」巧珠不逆其詐，解衣與娥共卧。……巧珠曰：「賤妾陋軀為兄所破，静言思之，有靦面目。但君亂之，君終之，毋使妾為章臺之柳，則幸矣。」生曰：「予非薄倖人，不必過為之慮。」乃於枕上，乃占《糖多令》一闋以贈巧珠，詞云：「深院鎖幽芳，三星照洞房。驀然間得效鸞凰。姊妹訴情猶未了，開繡帳，解衣裳。　新柳未揉黄，枝柔那耐霜。耳畔低聲頻囑咐，偕老事，好商量。」巧珠亦依韻和以酧生：「少年惜紅芳，文君在繡房。馬相如賦就求凰。此夕偶諧雲雨事，桃浪起，濕衣裳。　從此退蜂黄，芙蓉愁見霜。海誓山盟休忘却，兩下裏，細思量。」（節録自同前「傳奇雅集」）

一〇二　打雙陸起例歌：《西江月》：「么六把門已定，二四三五成梁。須知四六作煙梁，五六單行為障。　擲得么三采出，填垓此處高强。到家先起妙無雙，陸曰全贏取賞。」〇凡擲得重色運花，俱呼為雙，謂如雙么、雙陸是也。　雙陸格制：雙陸率以六為根（當作限），其法左右各十二路，號曰梁。白黑各十五馬，右前六梁，左後一梁，各布十五馬，右後六梁没，左前二梁三馬，白黑相偶。用骰子二。其采行，白馬自右歸左，黑馬自左歸右。或以二骰之數兵行，一馬或行，二馬或移或疊，凡馬單立，則敵馬可擊，兩馬相比為一梁，他馬既不得打，亦不得同途。凡遇打，必候元入局處空位，與采相當始得下。謂如第三梁空，今乃得三采則下。所打者未下，則他馬不得行。至後六梁謂之歸梁，凡疊動已滿，如打得他馬，即併馬於近下五路，只開後一梁為敵人地，右不獲他馬，既盡移歸頭梁之内。每擲，視其采，拈出二馬，數有餘則取，不足則否，采小不取，則併移歸下梁。常須固兩馬，不可移動，動則頭破。後六梁謂之末梁，馬先出盡為勝，勝而他馬未歸梁，或歸梁而無一馬出局則勝。雙籌，凡賞罰之籌，唯所約，無有定數。（《新刻天下四民便覽三台萬用正宗》卷十「牙牌適興·樗蒲逸興」）

一〇三　初學蹴踘法：夫蹴踘者，拐搭膁辭，踢毬之祖。其餘踢搭，皆外而生也。捌搭膁辭既真，何患外踢而不生也。須要腰不曲，背脚不拗。不穿搨，不失位，要格樣而美老期好矣，此法全在專心，急中用意，眼親步活，方知得也，又須量健色，大小輕重，如勢開窄，鞋韈須□□，衣冠濟楚，性格柔耐，容儀温雅，遜□為□□□□知如此，方為圓社。詩曰：「圓社江湖雅氣多，風流富貴是如何。王孫公子來相踢，少年勤學莫蹉跎。」《鷓鴣天》：「虎掌蔡花六錠銀，全憑巧匠弄精神。裏膁外拐知高下，逼拐如尖月一輪。　欺强傲，壓村人，其間奥妙幾堪承。不問國戚公侯子，會着區區並馬行。」◎仁者，心之德，愛之理，衆人失之，古之聖賢之所全也。王孫公子，士宦豪俊，皆要以仁存心，不可盜學輕師，示達圓情，閉塞賢門，阻窒相識，以失之仁愛之心焉。（同前書卷十三「蹴踘門」）

一〇四　正賽天下子弟官籌：《滿庭芳》：「若説風流，無過圓社，拐膁蹬躡捻齊全。門庭富貴，曾到御簾前。灌口二郎為首，趙皇上下脚流傳。人都道、齊雲一社，三錦獨争先。　前花並柳下，全身錦帶，偷側雙肩。更高而不遠，一搭打鞦韆。毬落處圓光膁拐，雙背劍則躡相連。高人處，番身結伴，天下揔呼圓。」……《鷓鴣天》：「巧匠圓縫異樣花，輕身健體實堪誇。　能令公子精神爽，善使王孫禮儀加。　宜富貴，逞奢華，一團和氣遍天涯。　漢王昔日皆曾習，占斷風流第一家。」○凡蹴踘，在場中，如校尉打透茶頭，或菜頭打過校尉，各以酒禮哨水，又或王孫公子、仕宦豪傑之士在場，踢者或拐膝尖打過校尉茶頭，透者或銀或靴韈衣，務必當以酒禮物贈之，此為皆是豪傑之餘也。一團和氣，到處相親，若無你我，纔為齊雲，軟款温柔，入其圓情，此古人之風不可失其禮也。《滿庭芳》：「十二香皮，裁成圓錦，無非少年堪收。緑楊深處，恣意樂追遊。低拂花稍慢下，侵雲漢、月滿當秋。堪觀處，偷頭十字拐，舞袖掛銀鈎。　肩尖並拐踏，武陵公子，恣意忘憂。幾回運動，低蹴傍高樓。最親近、文章高貴，分左右、曾對王侯。君知否，閑中第一，占斷（脱『是』字）風流。」香皮十二，形象地而圓象天，勢若奔雲，高冲上而低下降，香脆一套，每令宿氣歸其中，巧樣五般，但自家監内樂意。杏花陰處，或王孫公子，或青春年少狂客，尋一段清幽地，各侍立於四圍，即作大小耍場。不要挽，而大轉，山場拐搭，佩劍指腰肩。偷閑低首，猶如喜鵲踏枝，垂勢番身，宛若流鶯展翅。四旋戀，猶大賺斯打小賺。　順左右，垂眉短繡帶。三峰尖上，逞些兒出衆的疎狂；十字街頭，下幾個驚人的解數。孤鸞力健迸冲天，朝天拐勢，輕折虛躡。　黄金臺畔，也曾喜動龍顔；白玉堦前，累次得聞奉詔。綵楊高築，使風流才子樂追遊，花樹曾抛，令歡笑佳人有時偷眼覷。詩曰：「鞦韆臺畔畫樓西，一築高兮一築低。高侵雲漢垂天久，低拂花稍下脚遲。」「小桃五尺水為妙，白打三間纔是奇。總有黄金千萬兩，終須難氣七毬泥。」（同前）

一〇五　撞案社規：既為閑客，必占校尉之名，自齊雲云：占斷風流第一，同衆圓友，須以義為先。

既叨三錦之風，必播芳名之聲譽。若過遇名師撞案，先供單子，上都部署，教正社司。或脚頭，或解數，或十一踢，須要依單子一踢，不可前為後，後為前。差錯少許，三次撞案先脱，下山不賽。今月日社司稟白。《西江月》：「請知諸郡子弟，盡是湖海商朋。今年袖手賽齊雲，别是一番風韻。來時向前參聖，然後疏上書名。千金不惜訪前人，必是毬中取勝。」（同前）

一〇六　神聖固臍膏，《西江月》二首：「弄月追風才子，偷香竊玉佳人。若還有意洞房春，倒鳳顛鸞有定。常思千合閗耍，金鎗不倒尤宜。管教雲雨到天明，兩下歡娱難盡。」「細想歡中之意，果然賽過仙丹。鶯鶯一見便心歡，惹得張生心亂。能使才郎情動，頓教玉女思凡。風流子弟莫辭閑，縱有千金不換。」詩曰：「戰戰兢兢一把拿，渾身上下盡酥麻。古人留下仙丹藥，採盡人間百朵花。」（同前書卷十八「洞房春意仙方」）

一〇七　上要按景以天地三陽泰為主，要二曲牌名湊成巧語押韻合意：天地三陽泰，乾坤萬象新，街頭《沽美酒》，當上《集賢賓》；天地三陽泰，衣冠色色新，齊賀《普天樂》，同來《醉太平》；天地三陽泰，笙歌括耳新。輕敲《三捧鼓》，齊唱《降（當作絳）都春》。（同前書卷十九「侑觴門・時興酒令」）

一〇八　一令上要《論語》一句，中間添二曲牌，下又要《論語》一句合意：有朋自遠方來，慌忙《沽美酒》，飲得《沉醉東風》，不亦樂乎；入公門，敬去《朝天子》，遇着《三學士》，鞠躬如也；與朋友交，修下《一封書》，約定去《赴佳期》，言而有信。（同前）

一〇九　一令要兩個曲牌名，下二字相同，又要《西廂》二句貫穿合意：《油葫蘆》，《醋葫蘆》。《油葫蘆》光油油耀花人眼睛，《醋葫蘆》酸溜溜螫得牙疼；《月中花》，《雨中花》。《月中花》顫魏魏花稍弄影，《雨中花》亂紛紛落紅堆徑；《紅娘子》，《七娘子》，《紅娘子》隔窓兒咳嗽一聲，《七娘子》啟朱脣連忙答應。（同前）

一一〇　一令要三個曲牌名，中間俗語問答，末用《西廂》一句貫穿合意：《紅娘子》《罵玉郎》《沉醉東風》，玉郎如何答應？他陪着笑臉兒相迎；《倘秀才》《朝天子》《賀聖朝》，那天子如何道答？曰在瓊林宴上擱；《鮑老催》《香柳娘》《好事近》，香柳娘問有何事？新婚燕爾安排定。（同前）

一一一　一令要曲牌名三個，相連合意，下要俗語一句相承：《風流子》《脱布衫》《沽美酒》，顧口不顧身；《紅娘子》《上小樓》《剔銀燈》，照上不照下；《香柳娘》《罵玉郎》《遶池遊》，思外不思家。（同前）

一一二　一令要一骨牌名拆開，中間添一曲牌名合意：踏梯《上小樓》望月；七紅《沽美酒》沉醉；將軍《得勝令》掛印。（同前）

一一三　一令上要曲牌名三個串意，尾用《西廂》一句相承：《沽美酒》《集賢賓》，不得《沉醉東風》，《西廂》：請將來着人不快活；《香柳娘》《哭相思》，不肯《上象牙床》，《西廂》：坐不安，睡不寧；《虞美人》《羅帳裏坐》，不見《賀郎兒》，《西廂》：顛來倒去不害心頭（當作煩）。（同前）

一一四　要三個曲牌名，上中下三字相同，結尾四書一句貫穿合意：《人月圓》、《稱人心》、《虞美人》，《四書》：三人同行；《子規啼》、《奈子花》、《風流子》，《四書》：三子者出；《月兒高》、《人月圓》、

《猴山月》，《四書》：三月不知肉味。（同前）

一一五　要曲牌名接下古文一句：《風入松》，松下問童子；《後庭花》，花下一壺酒；《鷓鴣天》，天若不愛酒。（同前）

一一六　上要曲牌名一個，下用古文一句解意：《賀新郎》娶個《好姐姐》，芙蓉如面柳如眉；《虞美人》嫁個《天仙子》，夫子紅顏美少年；《銷金帳》裏兩個《訴衷情》，夜半無人私語時。（同前）

一一七　要二曲牌名，中間千文一句，俱要頂真：《鷓鴣天》，天地玄黄，《黄鶯兒》；《降黄龍》，龍師火帝，《帝臺春》；《滴滴金》，金生麗水，《水仙子》。（同前）

一一八　上要千文一句，中間一藥名，下要二曲牌名結尾，相貫合意：肆筵設席，使君子《沽美酒》，飲得《沉醉東風》；孝當竭力，背母《上小樓》，飲盡那《沽美酒》；誅斬賊盗，將軍《破陣子》，幸喜《得勝令》。（同前）

一一九　上要《蒙求》一句，中要《千文》一句，下要曲牌名，俱要頂真：一疏散金，金生麗水，《水仙子》；孔明卧龍，龍師火帝，《帝臺春》；女媧補天，天地玄黄，《黄鶯兒》。（同前）

一二〇　上要三骨牌名，中間《千文》一句，結尾一曲牌名，俱要頂真：霞天一鴈，鴈啣珠，珠稱夜光，《光光乍》；觀燈十五，五嶽朝天，天地玄黄，《黄鶯兒》。（同前）

一二一　上要一骨牌名，中要一曲牌名，下要《千文》一句貫穿頂真：霞天一鴈，《鴈兒落》，落葉飄飖；梅稍月，《月兒高》，高冠陪輦；孩兒十，《十月景》，景行惟賢。（同前）

一二二　上要《百姓》一句，中要一古人故事，下要一曲牌名頂真：趙錢孫李，李白翫月，《月兒高》；何呂施張，張顛墮鵲，《鵲踏枝》；祁毛禹狄，狄青平西，《西河柳》。（同前）

一二三　上要一曲牌名，中要《百姓》一句，結尾《蒙求》一句，俱要頂真：《一塊金》，金魏陶姜，姜肱共被；《渡江曲》，雲蘇潘葛，葛亮題廬；《月兒高》，高夏蔡田，田横感歌。（同前）

一二四　上要《蒙求》一句，中要《千家詩》一句，下要一曲牌名，俱要頂真：丁寬易東，東風嫋嫋泛崇光，《光先乍》；范蠡泛湖，湖光瀲灧晴光好，《好如如》；真長望月，月落烏啼霜滿天，《天仙子》。（同前）

一二五　取曲牌名二個，詩一句，骨牌名一個，下用一合多名頂，俱要合意：《耍孩兒》觀《燈十五》，行至烏衣巷口，踢破靴頭；《倘秀才》看《魚遊春水》，獨立朱雀橋邊，遇着鴉鬟；《三學士》去看《緑暗紅稀》，只見一枝紅杏，個個點指。（同前）

一二六　要兩個曲牌名，下二字相同，又要《西廂》二句貫串合意：《油葫蘆》，《醋葫蘆》，《油葫蘆》光油油耀花人眼睛，《醋葫蘆》酸溜溜螫得牙疼痛；《月中花》，《雨中花》，《月中花》顫巍巍花稍弄影，《雨中花》亂紛紛落紅堆徑；《紅娘子》，《七娘子》，《紅娘子》隔窗兒咳嗽一聲，《七娘子》啟朱唇連忙答應。（同前）

一二七　要三個曲牌名，中間俗語問答，末用《西廂》一句貫串合意：《紅娘子》《罵玉郎》《沉醉東風》，玉郎如何答應他？陪着笑臉兒相迎；《倘秀才》《朝天子》《賀聖朝》，那天子如何道答？曰在瓊林

宴上搊；《鮑老催》《香柳娘》《好事近》，香柳娘問有何事？新婚燕爾安排定。（同前）

一二八　要曲牌三個合意相串，上下字相同，末用《西廂》結尾合意：《好姐姐》穿一雙《紅繡鞋》《端正好》，料應來，小脚兒難行；《香柳娘》戴上《一枝花》《金菊香》，怎當他傾國傾城貌；《三學士》吃得《沉醉東風》《快活三》，席面兒暢好是鳴合。（同前）

一二九　要曲牌三個相連合意，下用俗語一句，相承結尾：《風流子》《脱布衫》《沽美酒》，顧口不顧身；《紅娘子》《上小樓》《剔銀燈》，照上不照下；《香柳娘》《駡玉郎》《遶池遊》，思外不思家。（同前）

一三〇　要曲牌名四個相串合意：《吴十四》肩挑《沽美酒》手牽《山坡羊》同去《賀新郎》；《好姐姐》頭戴《一枝花》身穿《十樣錦》粧扮《赴佳期》；《三學士》身穿《皂羅袍》手捧《一封書》敬去《朝天子》。（同前）

一三一　要曲牌名四個相串合意：《六娘子》《銷金帳》抱着《耍孩兒》；《好姐姐》《燒夜香》拜告《月兒高》；《香柳娘》《駡玉郎》為甚《悮佳期》；《虞美人》《羅帳裏》坐候《太平歌》。（同前）

一三二　上要曲牌名三個串意，結尾《西廂記》相承，又嘲東家慳悋：《沽美酒》《集賢賓》，不得《沉醉東風》，《西廂》：請將來着人不快活；《香柳娘》《哭相思》，不肯《上象牙床》，《西廂》：坐不安，睡不寧；《虞美人》《羅帳裏坐》，不見《賀郎兒》，《西廂》：顛來倒去不害心煩。（同前）

一三三　要曲牌名二個，内一字相同，下要一骨牌結尾合意：《降黄龍》，《混江龍》，骨牌：二龍戲珠；《賀新郎》，《駡玉郎》，骨牌：二郎遊五岳；《上馬嬌》，《駐馬聽》，骨牌：雙騎馬奪錢伍；《粉蝶

兒》，《玉蝴蝶》，骨牌：雙蝶戲梅。（同前）

一三四　要曲牌名二個，結尾要一骨牌，起頭頂上一字：《混江龍》，《下山虎》，骨牌：龍虎風雲會；《金菊香》，《玉芙蓉》，骨牌：金菊對芙蓉；《楚江秋》，《漢宮春》，骨牌：楚漢争鋒。（同前）

一三五　上要一曲牌名寓意，下要一古人名同俗語合意：《水底魚兒》不用俺，劉先生留鮮煮；《二郎神》共一胎，桑生雙生；《耍孩兒》不會行，閔子騫惘子牽。（同前）

一三六　上要一曲牌名，暗猜出地名合意：《脱布衫》，汴梁；《江兒水》，清流；《浪淘水》，吉水。（同前）

一三七　駕馬令：凡令官行此令，用枚馬三枚，或二或三，納於碟中，用盞覆之，乃唱曰《一封書》：「江湖令，少人知，你道盤中有幾枚。」猜令者唱曰：「江湖令，我也知，我道盤中有二枚（或三枚）。」如猜着，令官乃唱曰：「竹籬茅舍，香醪免斟。恭喜先生道得真。」若猜不着，令官乃唱曰：「竹籬茅舍，香醪免斟。滿斟羞殺先生道不真。」（同前「硃寫酒令・江湖令」）

一三八　孟浩然踏雪尋梅令：訣曰：尋梅見雪則有飲，見梅則免飲。見花則與花同飲，梅自飲二盃。《皂羅袍》：「踏雪郊源（當作原），尋遍問梅花。何處笑然吟鞭，衆芳摇落獨鮮妍，等閑識得東風面。［合］横斜疎影，山邊水邊，晴光浮動，風前月前，直須探，向前村轉。」《前腔》：答不是。「水玉深藏寒艷，問梅花消息。頃訪逋仙，風情占斷，伴孤山，尋常未得時人見。［合前］」《前腔》：答是。「老圃欣逢流盼看，千姿清秀，不類塵凡，粉容嬌臉。過嬋娟，寒枝鐵幹堪留戀。［合前］」（同前）

一三九　凡作者數魚是屈指，論價是伸指，不可雜亂，亂者罰酒：《步步高》：「小小船兒忙擺着，繫住柳稍枝。賣魚阿賣的是甚麽樣魚，賣的是鯆鰱鯉鯇鯿。一斤魚要多少價錢，一斤魚要三錢五分五釐五毫。貴了貴了我不買，買不買，且自摇船回去眠。」用筯作櫓摇去。（同前）

一四〇　此令做臨江人説話：《清江引》：「小小船兒柳樹下稍，我買魚呵，甚人呵買魚。我是臨江王小官，我這裡鯖鰱鱖鯇鯿，任君來看選。我不要鯖鰱鱖鯇鯿，我只要個鯉魚，回家去養親。」花方（當作芳），酌，「酒」字不可説出，只飲酒便是。又《清江引》：「此花解愁，插在鬢後。在（當作左）手提壺右斟酒，酒到手，莫停留。酒在盃乾，左手提壺傳下手。」（同前）

一四一　此後俱唱，擲，擲得者不飲：《西江月》：「一自情人去後，兩行珠淚常抛。三番四覆夢蹺蹺，五服六親難靠。坐卧七思八想，春光九十將凋。十一十二夜迢迢，不得成雙不了。」《浪淘沙》：「一個妙人兒，一個妙人兒，兩朵彎眉，三柳梳頭四件齊，身穿五綵梅花襖，六幅裙兒。」《清江引》：「骰兒將來碗内丢，五左並六右。紅勸客飲自飲酒，一二三且過下家手。」〇此令一句一擲，擲着者免飲。《卜筭子》：「春風花草香么二三，邀士女，飲壺觴么二三。一曲《滿庭芳》么二三，首夏得清和四五六。　魚戲動新荷四五六，西湖十里好煙波四五六。銀浪裏，擲金梭四五六，人唱採蓮歌四五六。」又：「秋凉入郊墟七八九，簡編可捲舒七八九。十年讀盡五車書七八九，出白屋，步雲衢七八九。　潭潭相府君七八九。」又：「冬嶺秀孤松十十一十二，飛雪舞濛濛十十一十二。烏鵲争棲井上桐十十一十二，梅影瘦，月朦朧十十一十二，人在廣寒宫十十一十二。」「十度來朝金闕，轉過九重鳳闈。八寶衣珠簾半捲，七星臺龍燭光明。六曲欄杆例看武士，五鳳樓簫鼓齊鳴。四百員文武官僚專聽静鞭三下響，兩邊羽扇拂聲開，一座明王登寶殿。」（同前）

一四二《蝶戀花》詞四書二句：軍人農父（當作夫）共屯田，器也週全，糧也週全。言乎德惠已多年。老也懷恩，少也懷恩。足食足兵，民信之矣。（同前書卷二十「新增奇巧燈謎·四書類」）

一四三 閨怨四曲牌名：寄語飛瓊窈窕娘，因何失約在西廂。鮫綃孤枕難成夢，玉簫聲斷去忙忙。○《傳言玉女》《悞佳期》《羅帳裡坐》《憶秦娥》。（同前書卷二十「新增奇巧燈謎·曲牌名類」）

一四四《昭君怨》四曲牌名：金蓮款步出宫難，可憐紅粉去和番。暮想芳容難再會，簇擁征馳出漢關。○《步步嬌》《惜奴嬌》《憶多嬌》《上馬嬌》。（同前）

一四五 春思四曲牌名：花落殘紅滿徑鮮，沉吟懊恨不成眠。鏡鸞塵掩頻頻倚，盼看長安各一天。○《鋪地錦》《怨相思》《傍妝臺》《望遠行》。（同前）

一四六 宫情二曲牌名：待得君王寵幸時，芙蓉如面柳如眉。君情淚怯姿容瘦，無復當年美貌持。○《惜奴嬌》《泣顏回》。（同前）

一四七 述古四曲牌名：趙公園内遇鉏麑，唐生欣然接子儀。月下乘舟蘇子樂，呈祥胎鳥洞賓騎。○《燒夜香》《歸朝歡》《夜行船》《瑞鶴仙》。（同前）

一四八 趨朝四曲牌名：翰林臣宰早朝回，龍顏咫尺拜金鑾。大會天才纔能客，酕醄簇擁轉家來。○《三學士》《朝天子》《集賢賓》《碎扶歸》。（同前）

一四九　自詠四曲牌名：簷前喜鵲噪聲喧，報道佳期在目前。喜見東籬黃菊綻，便邀佳客飲華筵。〇《生查子》《好事近》《金錢花》《集賢賓》。（同前）

一五〇　恩情四曲牌名：金屋嬋娟影在東，情人有約偬成空。記得少年騎竹馬，看看又是白頭翁。〇《錦堂月》《悮佳期》《耍孩兒》《鮑老催》。（同前）

一五一　對聯二曲牌名：幼女緣分眉惟喜，麝蘭藏笥篋。《香柳娘》　佳人紅襯臉不勝，巵酒倚欄杆。《醉娘兒》（同前）

一五二　《西江月》千字文一句：堂上八音之樂，聽來難得相同。連地趙璧價無窮，不值一文何用。〇樂殊貴賤。（同前書卷二十「新增奇巧燈謎·字謎類」）

一五三　《悮佳期》千家詩一句：會郎曾許赴花陰，誰想冤家別戀親。南樓鴈唳聲悲慘，無眠又是月三更。〇有約不來過夜半。（同前書卷二十「新增奇巧燈謎·千家詩類」）

一五四　貴相歌：「自從鑿開混沌殼，一氣由來有清濁。孕其清者生貴賢，孕其濁者生愚朴。貴賢之來固非一，或自脩行或神匿。星辰謫降或精靈，或自神仙假胎息。精神澄徹骨法清，剛毅汪洋誰可識。嵬岩器宇旋旋生，行若浮雲坐碇石。身小聲大隔江聞，日角龍顔額懸璧。目光爛若曙星懸，鼻梁聳貫天中出。背後接語身不轉，體細面麄情性釋。眉根細緑新月分，獨坐如山腰背積。不帶芝蘭身自香，上長下短手垂膝。重瞳二肘人難會，龍顙鐘聲面盈尺。糞如疊帶漩濺珠，膚似凝脂目如漆。身如貝兮面如蓮，虎驟龍奔自飄逸。顴骨隆平玉枕豐，舌至準頭有長理。相對咫尺不見耳，正面魏然如隱指。口丹背負皮生鱗，天地朝歸生骨起。清中藏濁濁中清，足下生毛兼黑痣。龍來吞虎指圓長，肉角出頂聳雙耳。九州相繼駟馬豐，邊地隆高無蹇否？」歌曰：「欲語人間大貴人，形容骨格更精靈。頭平額闊天倉滿，兩耳垂肩不反輪。神清氣銳沖牛斗，玉體瑩盈奎壁澄。龍眉鳳眼伏犀鼻，序立朝班簪玉纓。」《西江月》：「堂堂相貌俱足，凜凜神氣尤清。眉高目秀喜聰明，富貴生成已定。腰圓背厚玉帶，竟能班超群英，少年貯聽振宸京，須知造物有應。」斷訣曰：巨鰲骨入頂者官居極品，伏犀貫頂，龍準龍鼻龍顏，額高隆頭方正，龍眉鳳眼，龍鬚鳳頸，龍形龍眼，香肌玉顏，兩耳垂肩。雙手過膝，龍行虎步，龍食虎飡，八彩秀眉，重瞳四乳。掌內一柱紋穿指三節者，俱為天子，次則位列諸侯。鶴形虎形，獅形象形，犀牛形猴形，一二品之職。護骨即輔骨、龍虎骨、日月骨，二三品之職。額方印堂方，準頭直，三四品之職。聲響頭圓背厚，土星大豐，或人瘦神清，鵝行鴨步者，七八品之官。但八九品之官，福堂滿，印堂平，土星豐厚，山林骨起之相也。腦後品字連珠，橫山仰月，枕骨者，四五品之職。詩曰：「語話似鳴鐘，天倉地閣隆。眉清並目秀，齒白又唇紅。坐如山岳穩，行似風氣叢。鵝行並鴨步，金紫祿重重。」（同前書卷三十「相法門·貴相圖」）

一五五 富相歌：「五行敦厚形豐足，地閣方平耳伏垂。說帶喉音甕中響，齒如榴子項餘皮。背聳三山如負甲，腹垂向下若懸箕。三陽臥蠶如臥指，鼻準隆平樂且宜。虎頭燕頷山林秀，日角珠庭揖兩眉。四水通流不相返，五倉俱滿福遲遲。首尾不欺中嶽正，鼻如懸膽鬢毛微。胸前平正四字口，牛嚼羊吞悉有儀。虎卧龍蟠息不聞，眉疎有彩眼藏神。山根不斷年壽潤，輪郭分明貼肉羊。三停端正雙角起，五嶽隆高八卦盈。鵝行鴨步身腰厚，肉滑筋藏骨更清。欲識始終終富者，蒲固塵埃骨法成。」歌曰：「欲識人間巨富人，腰身端厚福來臨。天倉隆起多財祿，口角珠庭抱兩眉。背聳三山如負甲，臍深納李腹垂箕。堆金積穀家肥潤，看取牛龜鵝鴨行。」又訣曰：骨重皮臂慢，豐隆接地倉。口方齒齦白，金玉滿倉箱。頭小額頤光，神凝體骨寬。語聲沉更遠，珠玉掌中看。墻壁平如砥，蘭臺闊更長。雖然神氣濁，其奈畜金囊。貴骨連金匱，豐隆聳更端。掌紅如猩血，幃幄擁金鑾。大抵身形瘦，聲高氣韻舒。耳朝方口正，積聚自榆如。《西江月》：「聳聳天庭高廣，盈盈地閣方圓。準頭豐正面如蓮，牛步鵝行穩厚。坐似太山釘石，洪聲肚腹便便。堆金積玉富無邊，福壽綿綿悠遠。」

（同前「相法門·富相圖」）

一五六　窮通歌：「骨重皮膚慢，天倉接地倉。口方齒齦密，滯外内紅黄。體膚尤細膩，眉高眼神藏。語聲沉更遠，墻壁平欠光。雖然神暫濁，蘭臺潤更長。日孛光明潤，神耐似錦囊。掌紅喜更軟，兩顴骨又方。倘若身形瘦，精彩氣堅剛。上下停均等，金帛滿倉廂。窮通相有準，中末享華堂。」又斷訣：量大不慊，性寬不暴。有忍有容，雖貧不苟。怒不變色，久坐神安。行亦穩重，睡不嘆息。反不改常，貧不絶義。難不苟取，見物不妬。無詐無欺，心事平易。如船重載，或鬚不齊。腰不過軟，腹圓有橐。掌平如鏡，五官三就。六府四成，五岳且朝，四瀆不反。骨格不粗，粗中有細。濁中帶清，胸襟灑樂。上停太欠，中末停嘉。性剛有柔，腦有横枕。四部俱朝，形俗神清。鵝行鵝步。但部位方正神舒，終能發達，聚積資需，如此入格，窮通之相也。《西江月》：「神氣暫時昏滯，天庭窄額門低。印堂窄狹薄黄眉，早歲窮通不遂。　肚橐手平如鏡，耳珠朝口神清。鵝行鴨步部方真，終能發達聚積。」（同前「相法門·窮通相圖」）

一五七　彌壽歌：「富貴在人誠易見，世所難知惟壽焉。休將形肖定長短，龜鶴未必其可然。神粹骨明肉又堅，琅琅聲韻谷中傳。背膊如龜行又似，人中髭滿手如綿。笏紋隱隱朝書上，法令相侵地閣邊。鶴形龜息頭皮厚，顴骨斜飛與耳連。毫生耳内眉長白，項下雙條耳成骨。陽不輕輕陰不膩，精實神靈及省眠。伏犀三路貫天樑，溝洫深平潤更長。陰隲龍宫深更滿，荆徐楊豫冀相當。壽堂有骨須隆起，固密齊平瓠齒方。目有守睛神隱藏，天庭生骨居中央。更若天根在雙瞳，三甲三壬入老鄉。」又歌訣：何識人之有壽，先取骨格堅剛。要知神氣長短，最嫌食物猖狂。壽夭不在人中之，取頭皮寬厚為良。骨多肉少不足，神昏氣暢聲朗。連言數句聲亮，最喜面色紅黄。人蟲得此大壽，百歲安享華堂。《西江月》：「借問人間彌壽，頭平額潤聲圓。腦後枕骨玉樓全，壽帶地閣綿遠。雙縧喜生項下，夙夜漕漕涓涓。額高如鳳福無邊，遐筭并及籛鏗。」（同前「相法門·彌壽相圖」）

一五八　夭折歌：「欲識人間速死期，山根青氣號魂雅。少肥氣短色浮緊（疑作紫），眼浮神光肉似泥。蛇行腰折筋寒束，鷺鼻眉攢蹙似悲。中正生毛眉八字，耳薄無根弱且低。人中漸滿唇先縮，失志溶溶坐立欹。睛凸露兮項欲折，耳鼻如綿聲氣嘶。頂陷背深腰又薄，邊地全無駬馬羸。精神不醉看如醉，鼻毛反出鬢黄垂。眉交鎖印妻刑剋，氣冷形單壽豈宜。」歌曰：「髮重身輕最可憐，面如繃鼓上唇掀。面嫩身粗腰又軟，腦骨不密亦如綿。坐視言語神帶睡，眠泄元氣夢狂言。形容青藍顯頻現，此人不久喪黄泉。」《西江月》：「未言而色先變，言長而氣先絶。氣短神枯尤更别，少肥氣短聲竭。久坐身體過軟，立且倚門傍壁。又嫌骨少肉盈滑，早赴幽冥之客。」（同前「相法門・夭折相圖」）

一五九　貧賤歌：「欲知貧賤人形貌，鼻鵰無梁齒露牙。雀腹下輕空上重，攢眉蹙額髮交加。背陷成坑胸骨露，乳細如鍼額削瓜。腰凋露臀眉壓眼，身簏藏黑面如華。開口欲言涎已墜，膝攣肩卓步欹斜。口尖一撮如吹火，掉臂摇頭喜嘆嗟。四水返傾神似困，三停上短鼻門賒。食遲混速如屍睡，縱紋入口號騰蛇。蜂腰步速及聲乾，氣短來從肝膈間。形過於神神不足，氣因其色色奚安？準頭垂肉頤尖短，壽上懸鍼口縮囊。青藍滿面生塵垢，皮若枯柴禄食慳。眼堂枯蹈姦門聳，笑語無規身束寒。蛇行雀竄聲雄濁，蠅面毬頭法主姦。口臭生髭兼顧步，勾紋鼻上不須看。」歌曰：「五行不正體偏斜，笑語唇掀露齒牙。頭小額尖頤頂窄，面容憔悴髮交加。悲聲嗚似喉聲泣，額矗眉尖腦又斜。此相應知始終薄，仍須防害破人家。」《西江月》：「頭尖額窄神短，聲粗眼露骨槎。三停五岳俱偏斜。鼻竅仰天多詐。　身如鷄胸狗肚，面多雜滯無華。此相定知破人家，一生勞碌波查。」（同前「相法門・貧賤相圖」）

一六〇　孤獨歌：「人生孤獨事因何，顴骨高兮氣不和。更兼魚尾枯無肉，喉結眉交鼻骨鹺。耳薄無輪唇略綽，淚堂坑陷及肩峨。立理人中應抱子，山根斷折六親孤。行如馬驟頭先進，食似猪殨淋漓多。項短齒疎顴骨聳，突胸削額皮如鼉。眉揭露稜羊目狠，弔庭低窄髮生過。色帶桃花仍不立，喉音焦細走奔波。輔骨露筋年上紋，準頭常赤汗何頻。舉步脚跟不至地，眉短何曾覆眼輪。日角缺陷足横平，絲髮渾驚弱冠人。尺陽紋理兼單賤，背陷成坑易主貧。耳白於面光凝脂，聳過雙眉若掣時。腹若抱兒臍納李，學堂豐潤頰相宜。日角光隆駟馬肥，司空平滿神光威。將軍案上生紅紫，骨堅肉食走如飛。睛如點漆耳門寬，骨上豐隆肉不乾。虎視更加獅子鼻，眉疎清薄秀且彎。四瀆清明及印堂，犀牛望月最為强。日月麗天頦額古，膚薄色黄年少昌。」歌曰：「薄紗染皂出粟米，縱然有妻也無兒。再兼山根印堂陷，五年三次路邊啼。」又歌曰：「不哭常如哭，無愁却似愁。憂心常切切，榮樂半途休。」又歌曰：「心不愁而眉蹙蹙，眼無憂若淚汪汪。早無刑尅，末見孤單。」《西江月》：「爛蠶肉腫光映，孤獨峰聳鼻高。眉稜骨起眼堂枯，卯酉雞卵面凹。人中平滿唇囂，烏鴉扇翅背陷。囊肩縮頸角如稜，男女合此鰥寡。」（同前「相法門・孤苦相圖」）

一六一　兇惡歌：「目細而深名隱僻，下斜偷視亦如然。人中長廣及狹下，冷笑無情露兩顴。突然項後肉巃起，静坐不言口自褰。摇頭弄舌胸堂窄，寐語狂言豈是賢。眉斜如草豎還長，皮肉横生性暴剛。睫下看人神反射，豺聲蜂目神光鮮。鵝肩虎吻並長鶩，赤縷千瞳氣不藏。音似破鑼枝翰（疑作幹）折，心多姦賊主兇亡。」又歌：「髮内嫌黑痣，羊月見重重。頭仰如般剥，行路多不平。面青似警駭，黑氣似煙塵。猪脂研光現，赤黄亦侵睛。此相遭十惡，輕者擬徒流。唇黑白牛肉，頸硬眉壓睛。黑白赤砂重，頭痕面露筋。麞頭鷄眼凸，兇敗喪其身。」《西江月》：「取人利己面黑，殘害性命睛紅。見人歡喜太陽空，斜窺眼仰轉動。　唇泊好生言語，青藍滯氣重朦。面肉横繃性强兇，九死喪身無哄。」（同前「相法門·兇惡相圖」）

一六二　流賊歌：「語話多不定，近前亦愴忙。金木無輪郭，骨格面無顴。喫飯如吞刺，含漿似噎磚。眼黄神氣局，雨中鷺鷥行。睡卧如猪喇，貧賤不堪言。雪下塞（當作寒）鴉立，鬚黄怒氣强。鼠目赤紗睛，縮頸又昂肩。形容粗促俗，面黑氣塵煙。斜視心毒害，流賊之相全。」又歌：「口角向下又高低，食如羊食腰擺柳。身位厚薄筋蚯蚓，脚掌彎彎背無肉。手掌無紋指節粗，有胸無肚如鵲腹。頭尖額小口鼻尖，背陷背薄軟小腰。神色昏沉神色黑，髮鬢粗黄粗骨格。金木水火土不稱，含食而言又猖獗。氣大聲粗似破羅，睡夢狂言如語譫。茹食偷視與邪窺，行步脚動疾如電。頭低氣局身小短，骨節粗露形容黄。黑如煙塵青菜華，結喉露齒耳又反。太倉太陷山根折，面大無鼻面骨粗。神昏面上多紋皺，未言變色食喉響。貪食恨少渾不飽，額筋盤蚯蚓狠惡。面部偏害人圖利，利己死不有牀前。」《西江月》：「睛紅黑白混雜，眉粗額塌頭偏。髭鬚粗濁惡燋，連鬢生倒至顴邊。獐頭獐眼鼠目，鬼牙唇黑尤央。王莽大逆篡明君，蜂腰鼠耳俱全。」（同前「相法門·流賊相圖」）

一六三　盗賊歌：「人面個個相似，緣何得認其真。頭痕般剥有三刑，鼠目蛇身狗眼睛。無故頻頻偷視，忽然面色多青。昔日王敦篡明君，兇歸牢獄及刑併。頭痕般剥最為刑，羅網之中有名。鼠目蜂睛鷄犬眼，每生奸宄害人身。鬼眉尖刀眉壓眼，眼睛昂覷眉稜黑。睛紅白紗交雜，須知死葬海丘濱。」又訣曰：眉低壓眼，眼仰視眉，面如驚駭，額有三痕。鷄睛蜂睛，狗眼蛇睛。猪眼魚睛，鬚赤滯球。髮捲鬢螺，咬牙自恨，天倉青脉，髮赤燋枯。鼠食面青，偷視斜視，低首昂睛，人面假禮。轉步偷視，觀上視下，目似火輪，赤白侵睛。睛紅如火，面惡視人，眼惡睛露，額偏帶煞。猪形羊形，馬形蛇形，步行輕重，脚粗手粗。面是背非，性暴性兇，涎流口角，鷄食狗食。眉粗鬚粗，髮黄髮粗，體俗形俗，口尖鼻尖。入此相者，鼠竊狗偷之徒也。《西江月》：「賊與人皆相像，只因損壞心田。羊睛狗眼又駝肩，眉毛高雜神昏。鬍鬚赤濁亦甚，天庭兩顴塵煙。目多斜視惡心堅，害人利己無厭。」（同前「相法門・盗賊相圖」）

一六四 刑傷歌：「少年刑尅是何方，髮際低壓應陰陽。黑白青嫩分父母，右損陰兮左損陽。日角破兮先損父，寒毛生角又無處。眉頭抽旋父兇死，右眉抽旋母兇亡。額門華高兩重重，縱然兇處不為兇。下有斷紋來侵害，左損萱花右損翁。」照依部位推斷，不可忽略。《西江月》：「子刑父母理幻，前生注定無差。止因日月角傾斜，眉有高低上下。耳低父不見面，損母面嫩桃花。更嫌部位痣紋疤，顴露凖偏額窄。」（同前「相法門・刑傷相圖」）

一六五 益父母相訣：口無大小，眉無高低。耳無大小，鼻無歪斜。眉無兩樣，目無兩樣，耳無兩樣，如有兩樣者，偏庶之生。一父母之相，額闊高隆，耳不反輪。日月角齊，髮際匀净，天庭高聳，顴骨方齊，所益父母。歌曰：「天庭高聳利雙親，日角高兮月角平。髮際又無寒毛玷，金木相朝不反形。眼無大小不露白，羅計雙分益二親。」《西江月》：「眉目秀無大小，顴骨喜不高低。兩耳不反輪不飛，日月二角並齊。鼻端直不偏曲，人口方正無崎。天庭匀净而相虧，此子定利親闈。」（同前「相法門」）

一六六　尅妻歌：「姦門青慘妻多刑，若凡明潤頗賢稱。夫妻和順姦門滿，姦門暗慘妻有淫。更兼眉亂而壓眼，背夫常念外來情。人間妻女多淫亂，只因氣色顯姦門。」《西江月》：「魚尾紋玷慘暗，疤痕缺痣相侵。眉毛稜骨壓姦門，天倉青脉鼻細。　姦門黄光澤潤，妻賢財穀豐盈。眉毛亂者主妻淫，青觔主妻剛性。」（同前）

一六七　尅子歌：「人生相貌怕兼寒，面雖銀綵定孤單。不愁眼淚常常現，無憂面皺煞紋纏。卧蠶深陷枯尤黑，印堂最怕有懸鍼。正面橘皮多尅子，若凡入此相孤單。」《西江月》：「姦門太陷顴露，印堂帶煞懸鍼。孤峰獨聳哭容形，斜眼山根軟細。　唇皺口如吹火，淚堂深陷橘皮。虎形鬚硬破鑼聲，有子必須形盡。」（同前）

一六八　尅兄弟歌：「十樣眉毛仔細推，粗濁黄淡薄難為。若更皷槌稜骨現，刑傷破尅便相摧。面肉横生面無肉，重腮恩義反成懟。眉中旋毛帶絇絞，刑兄嫁嫂忍羞愧。」《西江月》：「穿心六害眉重，鼻梁脊露骨高。旋毛交連黄更薄，丁頭鼠尾稜峩。　重羅疊計責慘，縱有情分不和。刑兄尅弟喪南柯，不尅結仇深勇。」（同前）

一六九　眉為保壽官：宜清輕秀彎長，毫毛亦順，高眼一寸，尾毛拂入天倉。不粗不濁，眉毛貼肉，眉骨不露，印堂不交，此保壽官成也。若粗濃黄淡，薄骨露眉，毛相連，眉低壓眼，眉毛交雜，此保壽官，不成，主壯年，上下破敗。《滿庭芳》：「濃厚淹留，薄疎孤獨，短促兄弟非宜。骨稜高起，性勇好為非。清秀彎如月樣，文章顯，折桂榮奇。印堂廣，雙分入鬢，卿相位何疑。　竪毛多主殺，神剛氣暴，豈有思維？交頭並印促，背禄奔馳，横直妨妻害子。旋螺聚，必執鎗旗。低壓眼、相連不斷，運至必災危。」論曰：運限者兩眉管四年，入中主左二年，二十六七，右二年二十八九，眉中忽然生長白毫，謂之壽毫，然不宜早生。《萬金相》云：二十生毫三十死，四十生毫命壽長，若四十之上者，三年内遇貴。歌曰：「兩眉羅計分左右，不重不疊高疎優。雙分入鬢多富貴，粗濃低壓不愚優。」《西江月》：「眉喜高疎清秀，更宜齊拂天倉。高灣新月順為良，聰名飽學名望。或如龍眉柳葉，且似鳳眉清長。得此富貴拜朝堂，不貴則富為上。」（同前書卷三十「相法門・風鑑秘旨・五官五嶽六府圖訣」）

一七〇 耳為操聽官：不論大小，輪郭分明，高眉一寸，又喜堅硬。對面不見耳，聖珠朝口，輪郭不飛不反，採聽官成矣。若反無輪，臯薄開花。低眉一寸，輪郭不相顧，鼠耳、水耳、箭羽耳，此官不成，主十載破敗。《滿庭芳》：「成敗傾欹，聰明高聳，耳皮粗青黑飄蓬。色如瑩玉，年少作三公。貼肉重珠紅潤，自然旺，財禄亨通。若尖小，直如箭羽，安得不孤窮。命門難入指，壽元夭短，志淺愚蒙。無輪兼反薄，家破囊空，厚大垂肩極貴。夭年過、八十歲終。今年七十者，毛生竅内，頭白老龍鐘。」論曰：運限者，上古之壽，一百二十歲為終，今七十者稀。《萬金相法》：三主，七十五歲為約，左耳七年，右耳八年，男左女右。又天部十年，共二十五年。歌曰：「兩耳金木二星評，最取輪郭最分明。上高眉兮君得位，眉低於耳正為臣。君臣若宜相朝對，富貴榮華遠傳名。垂珠朝口太公位，甘羅耳白早馳聲。更有長毫生耳内，曰富曰貴壽康寧。」《西江月》：「郭硬輪紅色潤，或白過白馳

名。土木金耳貴非輕，亦喜君臣相稱。或如棊子大發，或如虎耳威鎮。對面不見耳為榮，貴立朝班佇聽。」（同前）

一七一　口為出納官：口要唇紅齒白，又喜四方，如榴子玉牙、金牙、鐵齒牛牙，彎弓仰月，兩唇齊密，口角明潤，齒鼻齊豐。兩唇不掀不反，出納官成也。最嫌唇掀齒露，猪口、羊口、鯽魚口，有鬚無髭覆船口，此官不成。五十五六上下破敗。《滿庭芳》：「短促唇掀，色青齒露，編斜骨肉相煎。闊而不正，虛詐豈堪言。偏薄是非，謗讒如珠抹，名譽相傳。食時多硬咽，必主迍邅。當向睦中，不合三世，元氣天促天年。覆載多紋理，掩人過惡，得子孫須賢。食祿足，不掀不反似珠砂。聰明學堂為第一，發達馳名貴可誇。」《西江月》：「唇紅齒白仰月，龍口親曾見、低垂兩角，常被世人嫌。」論曰：運限者，口管十五年為末，主五十六至六十四，口有三聚。歌曰：「石榴金齒為銀牙，齒白唇紅亦可加。人中深長如破竹，當門二齒學堂華。口角向上牛唇四方。人中破竹喜深長，官祿希疎明朗。言詞句句堪聽，聲出丹田為良。名聞顯達立朝綱，矗矗側側□□。」（同前）

一七二　眼為監察官：宜黑白分明，黑如漆，白如玉，精神光綵，又喜神藏，不流不露，眼尾波雙分入眉。影映神光，射入眼目。又無混雜，監察官成矣。若黃白侵睛，睛黃流光如淚。或蛇睛鷄眼羊睛，猪馬魚等之眼無神光，波短睛圓露四白，又無神氣，暗昧不明，此官不成，主中年十載破敗。《滿庭芳》：「兩眼浮光，雙輪噴尤，殺人賊好姦謀。睛如點漆，應不是常流。眼大者多，攻藝業上，視者勿與交游。斜觀狠目强獨勝，慳吝更貪求。圓大神光露，心懷兇狠，訟獄堪憂。似鷄蛇鼠目，不濫須偷偷。角深藏、毒害頻偷，視定無良籌。神清爽、秀長如鳳目，身顯作王侯。」論曰：運限者，兩目管六年，左目三十三二，右三十三四五，目有四神。歌曰：「鳳睛龍睛及象睛，虎睛牛目要神清。眉蓋眼兮眼射鬢，波長秀氣威儀形。瞭然在目聰明俣，不讀詩書也可人。人生得此簪纓貴，獨壓朝班為上卿。」《西江月》：「眉清目秀機巧，龍睛鳳睛可稱。黑多白少甚分明，載神光射目映。得此文章秀士，光流於外異名。眼為日月喜光明，貴顯三公一定。」（同前）

一七三　鼻為審辨官：不論大小，方正為强，山根又喜不斷，蘭臺廷尉分明。準齊豐，不露脊，各合形像者，此審辨官成也。最嫌羊嘴劍鋒鯽魚之鼻，又嫌斷小紋侵，狗鼻扁鼻，竈門仰天，面大鼻小，三停三曲，則審辨官不成，四十至五十四五，此景破財。《滿庭芳》：「□□慳貪，高隆顯宦，斜扁曲陷堪傷。若□短促，未敢許榮昌。生怕十分昂，露如懸膽，必顯朝郎。年壽上縱横紋，家破苦窮亡。山根更祈，田園不守，妻子先亡。形如鷹嘴樣，狡狠難當。廣大巢窩須穩，光明注財錦殊常。準頭黑，蘭臺黯慘，旬日必身亡。」論曰：運限鼻，管十年，自印堂三十六，至右庫四十五，鼻有二節。歌曰：「月脖宫中折又失，家財早破事相煎。妻兒晚見尤難保，況是迍邅屬少年。」又歌曰：「鼻如懸膽準頭豐，胡羊盛囊並載筒。大貴隆準伏犀鼻，虎鼻牛鼻生財隆。金甲二匱來拱護，富貴榮華有始終。」《西江月》：「鼻梁方正直聳，兩邊廚竈不空。金甲二匱禾禄隆，財帛穩穩明充。年壽疾厄不露，準頭又喜圓豐。中年利益亦榮華，發達無休稱重。」（同前）

倪綰維輯詞話

倪綰維，一作倪綰惟，字綏甫，晉安（今福建）人。行蹟不詳，編輯《群譚採餘》，多載詩話之語。此據内閣文庫藏明萬曆刊本録詞話六十二則。

一　明善，元遺老，善戲謔，能以詼諧諷人。偽吴張士誠據蘇時，其弟士德攘奪民地，以廣園囿，侈宴樂，席間無明善則弗樂。一日，雪大作，士德設宴，張女樂以侑觴，邀明善咏雪，善走筆題云：「漫天墜，撲地飛，白占許多田地。凍殺吴民都是你，難道國家祥瑞？」書畢，士德大愧，卒亦莫敢誰何。（《群譚採餘》卷一「天文」）

二　韓信嶺有韓苑洛先生《踏莎行》：「高嶺連雲，寒烟帶雨，長楊滿路悲風起。將軍墓上草蕭蕭，荒祠白日眠狐鼠。九里山前，未央宫裏，凄凉往事煩胸臆。烏江邠水兩悠悠，東流不盡英雄淚。」且云欲吊淮陰，而原忠之詩甚婉，乃製小詞：「淮陰欲吊思遲遲，已有原忠壁上詩。黄鶴樓前無李白，西風惆悵寫新詞。」有楊受堂御史詩云：「將軍傳首日，高帝擊豨年。天下誰為定，英雄不自全。固知兒女詐，豈識赤松賢。古廟重經處，傷心狗兔篇。」廟中題詠甚多，或咎侯不能如赤松，或謂侯不當假王以啟疑，或云侯遲疑以招禍，不知天下已定，勇略震主，高帝蓋無一日能忘情於侯，侯不至於身首異處不已也。嗚呼！侯之心則如青天白日云。近日名公如斛山楊爵詩：「遥憶當年拒蒯生，將軍心事自分明。可憐宇宙無窮恨，盡在中宵悲樹聲。」秋齋周宣云：「虎鬭龍争日擾攘，英雄堪羨亦堪傷。項亡畢竟無他志，齊破何疑作假王。自是龍顔似烏喙，幾曾鳥盡必弓藏。荒巖一點凄凉月，夜夜移光到寢堂。」（同前書卷一「地理」）

三 蘇東坡咏村景詞云：「蔌蔌（當作『蔌蔌』）衣巾落棗花，村南村北響繰車，牛衣古柳賣黄瓜。酒困路長惟欲睡，日高人渴謾思茶，敲門試問野人家。」《高齋詩話》云：東坡云云，參寥詩云：「隔林彷彿（當作『彷彿』）聞機杼，知有人家在翠微。」秦少游詩云：「菰蒲深處疑無地，忽有人家咲語聲。」三詩大同小異，皆奇句也。（同前）

四 淳祐壬子，饒信行經量番陽，以邑宰置局，有題詩云：「大成殿下水漫漫，堂上盡是經量官。孔子回頭顧孟子，是你説出許多般。」咸淳甲子，又復經量湖南等處，士人有詩云：「失淮失蜀失荆襄，却把江南寸寸量。一寸縱教添一丈，也應不是舊封疆。」時又有詞云：「宰相巍巍坐廟堂，説着經量，便要經量，那箇臣僚上一章。頭説經量，尾説經量。輕狂太守在吾邦，聞説經量，星夜經量。山東河北久抛荒。好去經量，胡不經量。」（同前）

五　理宗時，賈似道欲舉行推回畝田之令，有言而未行，至賈似道當國，卒行之。有人作詩曰：「三分天下二分亡，猶把山川寸寸量。縱使一坵添一畝，也應不似舊封疆。」又有作《沁園春》詞云：「道過江南，泥牆粉壁，右具在前。述何縣何鄉何里，住何人地，佃何人田。氣象蕭條，生靈憔悴，經界從來未必然。惟何甚，為官為己，不把人憐。思量幾許山川，況土地分張又百年。四（當作西）蜀巉巖，雲迷鳥道，兩淮清野，日驚狼煙。宰相弄權，姦人罔上，誰念干戈未息肩。掌大地，何須（當作須）經理，萬取千焉。」（同前）

六　元翟祐，字宗吉，錢塘人。學博才贍，風致俊朗。作西湖四時《望江南》詞云：「西湖景，春日最宜晴。花底管絃公子宴，水邊羅綺麗人行，十里按歌聲。」「西湖景，夏日正堪遊。金勒馬嘶垂柳岸，紅粧人泛採蓮舟，驚起水中鷗。」「西湖景，秋日更宜觀。桂子岡巒金粟富，芙蓉洲渚綵雲閒，爽氣滿前山。」「西湖景，冬日轉清奇。賞雪樓臺評酒價，觀梅園圃訂春期，共醉太平時。」（同前）

七　正德年間，江西士大夫郭某者有女，善於詩詞。一日，嫁女過湖，阻風於安仁鋪，時都憲王守仁亦阻風至此，閑中以石牛山為題，作一絶云：「安仁鋪内倚闌干，遥望孤牛俯在山。」下句搜求，終不快意。問此處有文人才子能續者，賞之。其女聞之，即續下句云：「任是牧童鞭不動，田園荒盡至今閑。」時寧藩肆虐，百姓逃亡，田園多至荒棄者，故此言及之。守仁見詩大喜，仍命作石牛律詩，云：

「怪石崔嵬號石牛，江邊獨立幾千秋。風吹徧體無毛動，雨洗渾身有汗流。嫩草平抽難下嘴，長鞭仍打不回頭。至今鼻上無繩束，天地為欄夜不收。」詩上，守仁羨之，命備綵幣，送過湖完親。（同前）

八 梅窓老人有元宵詞，乃《阮郎歸》調，用回文體，詞曰：「皇州新景媚晴春，春晴媚景新。萬家明月醉風清，清風醉月明。人遊樂，樂遊人，遊人樂太平。御樓神聖喜都民，民都喜聖神。」（同前書卷一「時令」）

九 晏殊，字同叔，好吟詩，凡門客及官屬解聲韻者，悉與酬和。其示張丞王校勘詩云：「元巳清明假未開，小園幽徑獨徘徊。春寒不定班班雨，宿醉難禁灩灩盃。無可奈何花落去，似曾相識燕歸來。遊梁賦客多風味，莫惜青錢萬選才。」《詩話》云：王琪有大明寺一詩，公大加賞，後召至同飲，因言得句如「無可奈何花落去」，未能有對，王應曰：「似曾相識燕歸來。」公甚喜，遂辟置館職。（同前）

一〇 宋乾道中，高宗與孝宗遊宮中後園，好花異木，開豁心目，太上倚闌，適雙燕掠水飛過，有旨令曾覿進詞，遂進《阮郎歸》云：「柳陰（脱『庭』字）院占風光，呢喃春晝長。碧波新漲小池塘，雙雙蹴水忙。　萍散漫，絮飛揚，輕盈體態狂。為憐流水落花香，銜將（脱『歸』字）畫梁。」（同前）

一一 梁貢父會，燕京人，大德初為杭州總管，嘗作西湖送春《木蘭花慢》詞云：「問花花不語，為誰落，為誰開。算春色三分，半隨流水，半入塵埃。人生能幾歡咲，但相逢樽酒莫相催。千古幕天席地，一春翠繞珠圍。　彩雲回首暗高臺，烟樹渺吟懷。拚一醉留春，春不住，醉裏春歸。西樓半簾斜日，怪銜春燕子却飛來。一枕青樓好夢，又教風雨驚回。」此詞格調俊雅，不讓宋人

也。（同前）

一二　《天仙子》張子野作送春詞云：「《水調》數聲持酒聽，午睡醒來愁未醒。送春春去幾時回，臨晚鏡，傷流景，往事後期空記省。　沙上並禽池上瞑（當作暝），雲破月來花弄影。重重翠幙密遮燈，風不定，人初静，明日落紅應滿徑。」《古今詩話》云：有一客問張子野曰：「人皆目公為張三中，即心中事、眼中淚、意中人也。」公曰：「何不目之為張三影。」客不曉，公曰：「『雲破月來花弄影』，『嬌柔懶起，簾壓倦（當作捲）花影』，『柳逕無人，墜絮飛無影』，此余平生所得意也。」又《高齋詩話》云：子野嘗有詩云：「浮萍斷處見山影。」又長短句云：「雲破月移花弄影」，又云「隔墻送過秋千影」，並膾炙人口，世謂張三影。苕（當作苕）溪漁隱云：細味二説，當以《古今詩話》所載「三影」為勝。（同前）

一三　《玉樓春》宋子京詠春景詞云：「東城漸覺風光好，縠皺波紋迎客棹。緑楊烟外曉寒輕，紅杏枝頭春意鬧。　浮生長恨歡娛少，肯愛千金輕一笑。為君持酒勸斜陽，且向花間留晚照。」《遯齋閑覽》云：張子野郎中以詞章名擅一時，宋子京尚書奇其才，先往見之，謂其侍者曰：「尚書欲見『雲破月移花弄影』郎中耳。」子野屏後呼曰：「得非『紅杏枝頭春意鬧』尚書耶？」遂出，置酒盡歡。（同前）

一四　皎如晦者，净慈寺僧也。嘗作《卜筭子》詞云：「有意送春歸，無計留春住。畢竟年年用着來，何事休歸去。　目斷楚天遥，不見春歸路。風急桃花（脱『也』字）似愁，點點飛紅雨。」（同前）

一五　《雨中花》王逐客作夏景詞云：「百尺清泉聲陸續，映瀟湘、碧梧翠竹。面千步回廊，重重簾幙，小枕欹寒玉。　試展鮫綃看畫軸，見一片瀟湘凝緑。待玉漏穿花，銀河垂地，月上闌干曲。」《温叟詩話》云：此詞不用浮瓜沉李事，而天然有塵外凉思，非觸熱者所知。（同前）

一六　東坡作中秋月詩云：「暮雲收盡溢清寒，銀漢無聲瀉玉盤。此天此夜不長好，明月明年何處看。」蔡蒙齋云：東坡又有《十月十五夜觀月黄樓席上次韻詩》云：「為問登臨好風景，明年還憶使君無。」又《和子由山茶盛開》云：「雪裏盛開知有意，明年開後更誰看。」王元之《黄州竹樓記》云「未知明年又在何處」，近世有賦賞春詞，末句有「不知來歲牡丹時，再相逢何處」。噫！　好景不常，盛事難再，讀此類，令人有歲月飄忽之感。（同前）

一七　永樂七年八月中秋節，文皇開宴賞月，月為濃雲所揜，因命解學士縉賦解，作《風露（當作落）梅》一闋，其詞曰：「嫦娥面，今夜圓，下雲簾，不着臣見。　拚今宵，倚欄不去眠，看誰過、廣寒宫殿。」上覽之歡甚。（同前）

一八　《御街行》范希文秋月懷舊詞云：「紛紛墜葉飄香砌，夜寂静，寒聲碎。真珠簾捲玉樓空，天淡銀河垂地。年年今夜，月華如練，長是人千里。　愁腸已斷無由醉，酒未行，先成淚。殘燈明滅枕頭欹，諳盡孤眠滋味。都來此事，眉間心上，無計相迴避。」後東坡居潁，春夜對月，王夫人曰：「春月可喜，秋月使人愁耳。」公謂前人未及也，遂作詞云：「不似秋光，只與離人照斷腸。」（同前）

一九　《漁家傲》歐陽永叔咏初冬詞云：「十月小春梅蘂綻，紅爐煖閣新粧徧。　錦帳美人貪睡煖，羞

起懶，玉壺一夜冰澌滿。樓上四垂簾不捲，天寒山色偏宜遠。風急鴈行吹字斷，紅日曉，江天雪意雲撩亂。」（同前）

二〇　宋曾端伯以十花為十友，各為之詞：荼蘼，韻友。茉莉，雅友。瑞香，殊友。荷花，浮友。巖桂，仙友。海棠，名友。菊花，佳友。芍藥，艷友。梅花，清友。梔子，禪友。張敏叔以十二花為十二客，各詩一章。牡丹，賞客。梅，清客。菊，壽客。瑞香，佳客。丁香，素客。蘭，幽客。蓮，靜客。荼蘼，雅客。桂，僊客。薔薇，野客。茉莉，遠客。芍藥，近客。敏叔名景脩，宋禮部郎中，吴人。（同前書卷一「花木」）

二一　李衛公鎮南徐，甘露寺僧有戒行，公贈以方竹杖，出大宛國，蓋公之所寶也。及公再來，問杖無恙否，僧欣然曰：「已規圓而漆之矣。」公嗟惋彌日。張表臣在沿江攝帥幕，暇日與同僚遊甘露寺，偶題小詞於壁間云：「樓横北固，盡日厭厭雨。款乃數聲歌，但渺漠、江山煙樹。寂寥風物，三五過元宵，尋柳眼，覓花英，春色知何處。　落梅嗚咽，吹徹江城暮。脉脉數飛鴻，杳歸期、東風凝佇。長安不見，烽起夕陽間，魂欲斷，酒初醒，獨下危梯去。」其僧頑俗且聵，愀然謂同官曰：「方泥得一堵好壁，可惜寫了。」張知之，戲曰：「近日和尚耳明否？」曰：「背聽如舊。」張曰：「恐賢眼目亦自來不認得物事，壁間之題，謾圬墁之，便是甘露寺祖風也。」聞者大笑。（同前書卷二「器用」）

二二　楚騷，漢賦，晉字，唐詩，宋詞，元曲。（同前書卷二「文史」）

二三　洪武中，劉伯温過安慶，作《沁園春》詞，哀余忠宣公闕，其詞云：「士生天地間，人孰不死，死節為難。羡英偉奇才，世居淮甸。少年登第，拜命金鑾，面折奸貪。指揮風雨，人道先生，鐵漢（當作肺）肝。平生事，扶危濟困，拯溺摧頑。　清名要繼文山，使廉儒聞風膽亦寒。想孤城血戰，人皆效死，闔門抗節，誰不辛酸。寶劍埋光，星芒失色，露濕旌旗也不乾。如公者，黄金難鑄，白璧難（一作誰）完。」（同前書卷三「忠義」）

二四　靈隱寺僧明了然，與妓李秀奴情厚，往來日久，衣鉢蕩盡，秀奴絶之，僧迷戀不已。一夕，了然乘醉而往，秀奴弗納，了然怒擊之，隨手而斃。事聞至郡，時蘇子瞻治郡，推勘間，於僧臂上見刺字云：「但願生同極樂國，免教今世苦相思。」遂援筆判《踏莎行》詞云：「這箇秃奴，修行忒煞。雲山頂上常持戒，一從迷戀玉樓人，鶉衣百結渾無奈。　毒手傷人，花容粉碎。空空色色今何在，臂間刺道苦相思，這回還了相思債。」判訖論斬。（同前書卷四「明斷」）

二五　王荆公初參大政，一日因閲晏元獻小詞，荆公曰：「為相何詎作詞？」平甫曰：「彼亦偶然自喜而為爾，顧其事業亦不止此。」時吕惠卿為館職亦在坐，遽曰：「為政必先放鄭聲，况自為之乎？」平甫正色曰：「放鄭聲不若遠佞人。」吕大慚。（同前書卷五「敏捷」）

二六　元末永嘉高明，字則誠，登至正四年進士，歷任慶元路推官。文行之名重於時。見方谷珎來據慶元，避世於鄞之櫟社，以詞曲自娱。因劉後村有「死後是非誰管得，滿村聽唱蔡中郎」之句，遂編《琵琶記》，用雪伯喈之耻。其曲調拔萃。國朝遣使徵辟，辭以心恙不就。使復命，上曰：「朕聞其名，欲用之，原來無福。」既卒，有以其記進，上覽畢，曰：「《五經》《四書》，如五穀，家家不可缺。《琵

琶記》如珎羞百味，富貴家其可少耶？」此本今流傳華夷，不負所學云。（同前）

二七　徐仙，不知何代人。嘗於萍鄉縣郭西山間煉藥，有一黄犬回旋於丹鼎旁，往返率以為常。徐仙異之，翌日以紅線繫其頸，視其所之，至桐坡岸枸杞叢中，隱而不見，但餘紅線在外，即掘枸杞叢，乃得根叢，如黄犬狀，持歸蒸之，芬香滿室，徐仙食之，由此仙去。上有徐仙亭，士大夫多有題詠，縣丞卓津一詞極佳，云：「流水小灣西，晚坐孤亭静。不見高人跨鶴歸，風水摇清影。　古往與今來，休用重重省。十里梅花雪正晴，月摇山冷。」（同前書卷五「神仙」）

二八　莎衣道人者姓何，淮陽朐山人。後居平江。一日自外歸，若狂者，身衣白襴衫，晝則扣門乞食，夜則宿天慶觀，久而衣敝，則以莎緝之。嘗遊妙嚴寺，臨池見影，豁然大悟，人無貴賤，問以休咎，無不奇。孝宗聞其名，召之不至，賜號通神先生，有警世詞云：「在世為仙須有分，不須食素持齋。寸絲不着掛形骸。簑衣為伴侶，箬笠作家懷。　行滿三千上界，奉勑宣至金臺。傳言問汝有何栽，人生長富貴，陰隲種將來。」後無疾而化。（同前）

二九　誠意伯劉公基，當元末應進士舉，授高安縣丞，有惠政。沉汩下僚，不得志。再參賓幕，卒不合，棄官，屏居青田山中。著書名《郁離子》，凡十卷十八章一百九十五條，本仁義道德之懿，明吉凶成敗之幾，遠利尚誠，慎微審勢，而於脩身正紀、用賢治民之説詳焉。謂之郁離者，蓋離為火，文明之象，郁文盛言，能用之，可以成盛美文明之治也。值明興，佐真主以偉略宏謨，籌策帷帳，翊贊昌運，疏封開國，為文臣榮寵之極，自草昧迨今，鮮有儷者，不尤難乎？論者謂之事業具於書，元之所以亡，公之書見於事業，此皇明之所以興，其用捨繫天下之興亡如此，則是書之關亦重矣。公所著有《覆瓿集》二十四卷、《寫情集》四卷、《犁眉公集》五卷。（同前書卷六「際遇」）

三〇　蘇東坡集張志和《漁父詩》曰：「西塞山邊白鷺飛，（脱「散花洲外片帆微」）桃花流水鱖魚肥。自庇一身青篛笠，（脱「相隨到處緑蓑衣」）斜風細雨不須歸。」蓋志和以漁為業，號烟波釣叟。（同前書卷六「退隱」）

三一　華亭張東海弼，人品詩字，成化間一時之望，休致既早，子皆成名，殊無一事累心。蘇州別駕周德中以其為神仙太守，而張嘗製十絶以答之，見其無仙，並跋朱子，托名鄒訢為戲耳。又有長短句一篇，意尤高古，今文集中無也，因録詩三首並歌，詩云：「歸休太守似神仙，布被蒙頭日夜眠。却怪門前來熟客，馬蹄踏破紫芝烟。」「古今何處有神仙，鶴駕鸞驂總浪傳。莫信空同鄒道士，刀圭入口亦徒然。」「歐陽自號無仙子，卓識真知冠古今。弱水蓬萊在何處，愚夫白骨紫苔深。」歌曰：「東海先生歸也，南安太守新除。一挑行李兩船書，被人笑道癡愚。書也書，寒不堪穿，饑不堪煮，收拾許多何用處。況而今，白髮蒼顔，坐黄堂之署，乘五馬之車，那得工夫再看渠。又將再到南安去，古人糟粕，誰味真訣。杠説道，黄卷中，時與聖賢相對語。」（同前）

三二　崔縱，字廷直，雲南人。紹興中為御史，彈劾不避權貴，與待制洪皓厚，每以致君澤民為勉。時秦檜主和，洪皓每廷折之，檜怒，遣為通問使如金，縱忿然上疏，言洪忠直，檜黜使虜廷以害之，檜大怒，遣縱為副使，與皓偕往。至太原，見元帥粘没喝，長揖不拜，聲色俱厲，遂流遞冷山，縱吟一律云：「萬里穹廬絶塞行，胡笳聲里旅魂驚。君臣異域同屯蹇，朋友他鄉共死生。一旦拔刀猶鄭衆，十年持節效蘇卿。冷山寂寞荒凉地，風景何如五國城。」皓亦作《滿江紅》一闋云：「萬里龍荒，塵土染、堅持旌節。憑仗着，忠肝義膽，鎗唇劍舌。滿體遍傷嵇紹前，一腔盛積萇弘血。莫等閑，餒了浩然心，存貞烈。　戴天恨，終未雪，吴越怨，何時絶。奮筆鋒、殲破燕山缺。鼙鼓敲殘塞上霜，鴈聲叫落關山月。待迎還二聖覲天顔，愚忱竭。」及至冷山，陰風颯颯，衰草離離。節操愈厲。未幾，徽宗崩於五國城，身服斬衰，朝夕慟哭，北向操文以祭吊，詩曰：「紫薇俄頃墜瑶空，晏駕驚回尺素封。仙世未歸華表鶴，碧天先返鼎湖龍。梓宫暴露經千里，鳳輦蒙塵隔九重。絶塞孤忠懷仰切，不勝哀戚恨填胸。」縱自徽宗喪後，旦夕悲號，遂卒於冷山。皓哭之盡哀，措置喪事，一遵治命。縱在金九年，忠肝義膽，可貫金石。與皓交厚，情踰兄弟，流離顛沛，死生似之。皓追思彌切，乃吟一律以吊之，曰：「萬里風霜出漢庭，旅魂一旦隔湖城。君讐不與戴天地，交義自甘同死生。吴水渺茫鴛侶拆，楚天迢遞鴈行輕。龍荒持節全忠藎，正氣堂堂日月明。」在金十五年，挺然不屈。後秦檜稱臣於金，中分天下，宋行人皆得遣還，遂持節榮歸。亟上表，明縱忠義，請以贈謚，朝廷從之。復與檜議事不合，被謫嶺南，月餘，沐浴更衣，端坐而逝。（同前書卷六「交情」）

三三　陸象山家於撫州金谿，累世義居。一人最長者為家長，一家之事聽命焉，逐年選差子弟分任家事，每晨興，家長率衆子弟致恭於祖禰祠堂，聚揖於廳，婦女道萬福於堂，暮，安置亦如之。子弟有過，家長會衆子弟，責而訓之，不改，則撻之，終不改，度不可容，則告於官，屏之遠方。晨揖，擊鼓三疊，子第一人唱云：「聽聽聽，勞我以生天理定，若還懶惰必饑寒，莫到饑寒方怨命，虛空自有神明聽。」又唱云：「聽聽聽，衣食生身天付定，酒肉貪多折人壽，經營太甚違天命，定定定。」（同前書卷七「家政」）

三四 又岳州徐君寳妻某氏，亦同時被虜來杭，居韓蘄王府，自岳至杭，相從數千里，其主者數欲犯之，而終以巧計脱，蓋某氏有令姿，主者弗忍殺之也。一日，主者怒甚，將即强焉，因告曰：「俟妾祭謝先夫，然後乃為君婦不遲也。」主者喜，諾。即嚴收（一作妝）焚香，再拜，默祝，南向飲泣，題《滿庭芳》詞一闋於壁，即投大池中以死。詞曰：「漢上繁華，江南人物，尚遺宣□（當作政）風流。緑窓朱户，十里爛銀鉤。一旦刀兵齊舉，旌旗擁、出（當作百）萬貔貅。長驅入、歌樓舞榭，風捲落花愁。清平三百戰（當作載），彝章文物，掃地俱休。幸此身未北，猶客南洲（當作州）。破鑑徐郎何在？空惆悵、相見無由。從今後、斷魂千里，夜夜岳楊樓。」杭徐子祥與韓府居相隣，嘗聞長老，嗟悼之，及見此詞，故能言其詳。某氏，余偶忘其姓。噫！使宋之公卿將相貞守一節若此數婦者，則豈有賣降覆國之禍哉？宜乎秦、賈之徒為萬世之罪人也。（同前書卷七「貞烈」）

三五 戴石屏先生復古未遇時，流寓江右武寧，有富家翁愛其才，以女妻之。居二三年，忽作歸計，妻問故，告以曾娶。妻白之父，父怒，妻宛曲解釋，盡以奩具贈夫，仍餞以詞云：「惜多才，憐薄命，無計可留汝。揉碎花牋，忍寫斷腸句。道傍楊柳依依，千絲萬縷，拆（當作抵）不住、一分愁緒。捉月盟言，不是夢中語。後回君若重來，不相忘處。把盃酒、澆奴墳土。」既別，遂赴水死。（同前書卷七

「賢淑」）

三六　宋時朝雲者，姓王氏，（脱「錢」字）唐名妓也。蘇東坡宦錢塘，絶愛，幸之，納為常侍。及東坡貶惠州，家妓都散去，獨朝雲依依嶺外，東坡甚憐之。未幾，朝雲病且死，葬之惠州栖禪寺松林中。東坡作詠梅《西江月》寓意以悼之，「玉骨那愁瘴霧，冰肌自有仙風。海仙時過探芳叢，倒掛緑毛么鳳。素面翻嫌粉涴，洗粧不褪唇紅。高情已逐曉雲空，不與梨花同夢。」（同前書卷七「附妓婢貞烈賢淑」）

三七　宋劉婆惜，江右娼也，通文墨滑稽歌舞，迥出其流，時貴多重之。一日因亂之廣海居，道經贛州，時有全普庵，字子仁，為郡守官清廉，文章政事，敭歷臺省。未免躭於花酒，公餘，即與士夫酣歌賦詩。劉慕其名，往謁之，全曰：「何為？」劉曰：「妾欲之廣海，久聞清譽，得一見而逝死無憾也。」全哀其志，而與進焉。時賓朋滿座，帽上簪青梅一枝，行酒，全口占《清江引》曲云「青青子兒枝上結」，令賓朋續之，衆未有對，劉歛衽進曰：「能容妾一辭乎？」全曰：「可。」即應聲曰：「青青子兒枝上結，引惹人攀折。其中全子仁，就裏滋味别。只為你酸留意兒難捨棄。」全大稱賞，寵愛無間，納為側室，後兵興，全死節，劉亦死焉。（同前）

三八　長沙有一義娼，善謳，尤喜秦少游樂府，得一篇，輒手筆口詠不置。久之，少游坐鈎黨南遷，道經長沙，訪潭土風俗，或言此娼，遂往焉。及見，姿容瀟洒。見几上文，皆已平日所作，詰其故，乃知素慕。顧戲曰：「悦其詞，豈若親見？」娼歎曰：「嗟夫！使得見之，雖為之妾御，死復何恨？」少游乃道其由，娼大驚駭，再拜。母子極其敬愛。留數日，將別，囑曰：「妾不肖之身，幸侍左右，今學士以王命不可久留，妾又不敢從行，恐重以為累，唯誓潔身以報，他日北歸，幸一顧妾，妾願畢矣。」少游許之。一別數年，少游竟死於藤。此娼約後，因閉門謝客，誓不以此身負少游也。一日，晝寢，驚泣曰：「吾與學士別後，未嘗見夢，今夢來別，非吉兆也，秦其死乎？」亟使人覘之。數日得報，果然。乃謂媪曰：「吾以身許秦學士，今不可以死故背之。」遂衰服以赴，入門，臨其喪，拊棺繞之三匝，舉聲一慟而絕。左右驚救，已死矣，湖南傳之，以為奇事。李次山徒既為作傳，又系贊曰：娼慕少游之才，而卒踐其言，以身事之，而歸死焉，不以存亡間，可謂義娼矣！世之言倡者，徒曰下流不足道，今士之潔其身以許人，能不負其死而不愧於此娼者幾人哉？復書長短句於後曰：「洞庭之南瀟湘浦，佳人娟娟隔秋渚。門前冠蓋密如雲，玉貌當年誰為主？風流學士淮海英，解作多情斷腸句。流傳往往過湖嶺，未見誰知心已赴。舉首却在天一方，直北中原數千里。自憐容華能幾時，相見河清不可俟。北來遷客古藤州，度湘獨弔長沙傅。天涯流落行路難，暫解征鞍聊一顧。橫波不作常人看，邂逅乃慰平生慕。蘭堂置酒羅饈珍，明燭燒膏為延佇。清歌宛轉遶梁塵，博山空濛散煙霧。雕床斗帳芙蓉褥，上有鴛鴦合歡被。紅顏深夜承燕娛，玉笋清晨奉巾屨。匆匆不盡新知樂，惟有此身為君許。但說恩情有重來，何期一別歲將暮。午枕孤眠魂夢驚，夢君來別如生平。與君已別復何別，此別無乃非吉徵。萬里海風掀雪浪，魂招不歸竟長往。効死君前君不知，向來宿約期無爽。君不見二妃追舜號蒼梧，恨染湘竹終不枯。無情湘水自東注，至今班（當作斑）笋盈江隅。屈原《九歌》豈不

好，前膠續鉉千古無。我見試作義娼傳，尚使風期後來見。」（同前）

三九 世傳《滿江紅》詞云：「膠擾勞生，待足後何時是足。據見定、隨家豐儉，便堪龜縮。得意濃時休進步，須知世事多翻覆。漫教人、白了少年頭，徒碌碌。　誰不愛，黄金屋。誰不羨，千鍾粟。奈五行不是，這般題目。枉費心神空計較，兒孫自有兒孫福。不須採藥訪神仙，惟寡欲。」以為朱文公所作，余讀而疑之，以為此特安分無求者之辭耳，決非文公口語。後官於容南，節推翁謂為余言其所居與文公鄰，嘗舉此詞問公，公曰：「非某作也，乃一僧作，其僧亦自號晦庵云。」（同前書卷七「儉足」）

四十 又《水調歌頭》云：「富貴有餘樂，貧賤不堪憂。那知天路幽險，倚仗互相酬。請箱東門黄犬，更聽華亭清（一作鶴）唳，千古恨難收。何似鴟夷子，散髮弄扁舟。　鴟夷子，成霸業，有餘謀。收身千乘卿相，歸把釣魚鉤。春晝五湖煙浪，秋夜一天雲月，此外儘悠悠。永棄人間事，吾道付滄洲。」此詞乃文公所作，然特敷衍，櫽括李、杜之詩耳。（同前）

四一 人傳温公《西江月》詞流播已久，今又得一首，名《錦堂春》，云：「紅日遲遲，虚廊轉影，槐陰迤邐西斜。彩筆工夫難狀，晚景煙霞。蝶尚不知春去，漫繞幽砌尋桃花。奈猛風過後，縱有殘紅，飛向誰家。　始知青鬢無價，歎飄零宦路，荏苒年華。今日笙歌叢裡，特地咨嗟。席上青衫濕透，算感舊、何止琵琶。怎不教人易老，多少離愁，散在天涯。」（同前）

四二 張功甫，是張循王諸孫，園池聲妓服玩之麗甲天下。嘗於南湖園作駕霄亭，於四古松間以巨鐵絚懸之空半，當風月清夜，與客梯登之，飄摇雲表。王簡卿侍郎嘗赴其牡丹會，云：衆賓既集，坐一虚堂，寂無所有，俄問左右云：「香已發未？」答云：「已發。」命捲簾，則異香自内出，郁然滿坐。群妓以酒殽絲竹次第而至，别有名妓十輩皆衣白，首飾衣領皆牡丹，首帶照殿紅，一妓執板奏歌侑觴，歌罷樂作乃退。復垂簾談論自如，良久，香起，捲簾如前，十妓易服與花而出，大抵簪白花則衣紫，紫花則衣鵝黄，黄花則衣紅，如是十杯，衣與花凡十易，所謳者皆前輩牡丹名詞，酒竟而散。（同前書卷七「貪侈」）

四三 夏桂洲言、嚴介溪嵩，方柄用時，互相傾軋，京師巷陌有小詞云：「夏桂洲，不知休。晴乾不肯去，直待雨淋頭。」又云：「嚴介溪，不知機。善惡到頭終有報，只争來早與來遲。」先後十餘年，二人相繼覆敗，一符其言。由是觀之，貪得無厭，知足不辱，率皆如此，豈特居位者可以鑒哉？（同前）

四四 常彦温少不羈，落魄京師，偶閑步過一宅，望見樓上有一女子，靚妝麗服，倚闌凝佇而歌，彦温屢見之，稍晚，乃踰垣而入，見門户四闢，寂無人跡。遂登其西樓，但見積塵滿几，上有一幅紙，字墨尚新，題一詞曰：「禁鼓初傳時下打，虚過清風明月夜。眠（當作眼）如魚目幾時乾，心似酒旗終日挂。銀漢低垂星斗斜，院宇空寥燈燭卸。西樓瀟灑有誰知，獨自上來獨自下。」彦温出問其隣，皆云此屋多祟，無人敢居，將百餘年矣，彦温愛其詞調，乃名之曰《倚西樓》。（同前）

四五 朱淑真詞多柔媚，獨送春一詞頗疎俊可喜，詞云：「樓外垂楊千萬縷，欲繫青春，少住春還去。猶自風前飄柳絮，隨春且看歸何處。滿目山川聞杜宇，便做無情，莫也愁人意。把酒送春春不語，黄昏却下瀟瀟雨。」（同前書卷九「風懷」）

四六　蘇東坡守杭州，毛澤民者為法曹，東坡以衆人遇之。澤民與妓瓊芳厚善，秩滿辭去。作《惜分飛》詞以贈云：「淚濕闌干花着露，愁到眉峰碧聚。此恨平分取，更無言語空相覷。　細雨殘雲無意緒，寂寞朝朝暮暮。今夜山深處，斷魂分付潮回去。」東坡一日宴居，聞歌此詞，問誰所作，妓以澤民對，東坡嘆曰：「郡僚有詞人，而某不知，某之罪也。」翌日，折簡追回，款洽數月。（同前）

四七　杭妓胡楚、龍靚皆有詩名，胡云：「不見當時丁令威，年來處處是相思。若將此恨同芳草，却恐青青有盡時。」張子野老於杭，多與官妓作詞，而不及靚，靚獻詩云：「天與羣芳十樣葩，獨分顔色不堪誇。牡丹芍藥人題徧，自分身如鼓子花。」子野於是為詞與之。（同前）

四八　「冰肌玉骨清無汗，水殿風來暗香滿。繡簾一點月窺人，攲枕釵横雲鬢亂。起來庭户悄無聲，時見疏星渡河漢。屈指西風幾時來，不道流年暗中换。」世傳此詩為花蘂夫人作。東坡嘗用此作《洞仙歌》曲，或謂東坡作，托花蘂以自解耳。（同前）

四九　林和靖有惜别《長相思》詞云：「吴山青，越山青，兩岸青山相送迎。誰知離别情。　君淚盈（一作盈），妾淚盈，羅帶同心結未成。江頭潮已平。」康伯可亦有此詞云：「南高峰，北高峰，一片湖光烟靄中。春來愁殺儂。　郎意濃，妾意濃，油壁車輕郎馬驄。相逢九里松。」二詞皆艷麗。（同前）

五〇　馬莊父，字子嚴，建安人。博涉經史，善詩文，尤長於詞，作閨思《鷓鴣天》一闋云：「睡鴨排囘烟縷長，日高春困不成粧。步欹草色金蓮潤，撚斷花鬚玉笋香。　輕洛浦，笑巫陽，錦（脱『衣』字）親織寄檀郎。兒家閉户藏春色，戲蝶遊蜂不敢狂。」（同前）

五一　聶大年賦《卜算子》二首，蓋自況也，詞云：「楊柳小蠻腰，慣逐東風舞。學得琵琶出教坊，不是商人婦。　忙整玉搔頭，春笋纖纖露。老脚（當作却）江南杜牧之，懶為秋娘賦。」「粉淚濕鮫綃，只怨郎情薄。夢到巫山第幾峰，酒醒燈花落。　數日尚春寒，未把羅衣着。眉黛含顰為阿誰，但悔從前錯。」馬浩瀾和云：「歌得雪兒歌，舞得《霓裳》舞。料想前身跨鳳仙，合作蕭郎婦。　顏色雪中梅，淚點花梢露。雲雨巫山十二峰，未數《高唐賦》。」「花壓鬢雲低，風透羅衫薄。殘夢瞢勝（當作騰）下翠樓，不覺金針落。　幾許别離愁，猶自思量着。欲寄蕭郎一紙書，又怕歸鴻錯。」（同前）

五二　陶穀使江南，韓熙載命妓秦弱蘭詐為驛卒之女，擁帚掃地，陶因與之狎，贈之以詞，名《風光好》云：「好姻緣，惡姻緣。秖得郵亭一夜眠，别神仙。　琵琶撥盡相思調，知音少。待得鸞膠續斷絃，是何年。」既而李主宴穀，令歌此詞，陶大沮，即歸。又文潞公知成都，頗有飛語，御史何郯告歸，上遣伺察之，時幕客張少愚謂公曰：「無足慮，愚與某同郡。」因迎謁郯於漢州，命酒作樂，有妓善舞，郯喜，問姓，曰楊郯，曰所謂楊臺柳者。少愚取妓帕題詩曰：「蜀國佳人號細腰，東臺楊柳（一作『御史』）惜妖嬈。從今喚作楊臺柳，舞盡春風萬萬條。」數日郯至成都，頗嚴，潞公一日宴郯，迎其妓雜府妓中，歌少愚之詞侑觴，郯屢醉，郯還朝，潞公謗息。二事一轍，人之自守當慎。（同前）

五三　太學上舍鄭文，秀州人。其妻寄以《憶秦娥》云：「花深深，一勾羅襪行花陰。行花陰，行將梅（一作柳）帶，細結同心。　日邊消息空流淚，畫眉樓上愁登臨。愁登臨，海棠開後，望到如今。」此詞為同舍見者傳播，酒樓妓館皆歌之，人以為歐陽永叔詞，非也。（同前）

五四　宋秦逵，娶妻繆氏，字惠英。由鄉貢入監讀書，逵寄信，誤封白紙一幅，妻寂寥情感，作《小重山》詞以恨別云：「花樣妖嬈柳樣柔，眼波流不斷，滿眶秋。窺人佯整玉搔頭，嬌無力，舞罷却成羞。　無計與遲留，滿懷禁不得，許多愁。一溪（脱『春水』二字）送行舟，無情月，偏照水東樓。」倏爾雲箋遠至，欣然開緘，欲讀無文，但為之一笑，遂奉詩曰：「碧紗窗下啓緘封，一紙從頭徹底空。料想仙郎懷別恨，憶人全在不言中。」逵得詩，喜曰：「既遇賞音，而高山流水，無惜一奏。」乃以詩復曰：「一幅空箋聊達意，佳人端的巧形言。聖恩若許頒科詔，應作人間女狀元。」（同前）

五五　寶祐間，有題《浪淘沙》於臨川驛舍云：「雨溜和風鈴，滴滴丁丁，做成一枕別離情。可是當年陶學士，孤負郵亭。　邊鴈帶邊聲，音信無憑。花鬚偷數卜歸程，料得到家秋正好，菊滿寒城。」後云金氏淑柔題。復有題於後者曰：「風鈴雨溜滴丁丁，一枕和愁夢不成。若也果逢陶學士，不知何處着卿卿。」見者絶倒。（同前）

五六　甲妓朱觀奴者居鹽橋，頗通文義，嘗搆室而募緣於人，求題詞於瞿宗吉，宗吉援筆書云：「傾國傾城美貌，為雲為雨芳年。金沙灘上舊姻緣，重到人間示現。　欲搆雲窗霧閣，奈慳寶鈔金錢。諸公有意與周旋，請看桃花好面。」人因宗吉故，喜捐貲焉。（同前）

五七 武宗咏汲婦詞：「他那裡汲水上南坡，我這裡勒馬轉秋波。雖然不是我宮娥，野花偏有色，村酒醉人多。」（同前）

五八 紹興中，王鈇（當作鈇）帥番禺，有狼藉聲，朝廷除司諫韓璜為廣東提刑，令往廉按。憲治在韶陽，韓纔建臺，即行部指（當作詣）番禺。王憂甚，寢食幾廢。有妾，故錢塘倡也，問主公何憂，王告之故，妾曰：「不足憂也，璜即韓九，字叔夏，舊游妾家，最好歡。須其來，强邀之飲，妾當有以敗其守。」已而韓至，王郊迎，不見，入城乃見，岸上（當作然）不交一談。次日報謁，王宿治具於別館，茶罷，邀游郡圃，不許，固請，乃可。室別館，水陸畢陳，伎樂大作，韓踧踖不安，王麾去伎樂，陰命諸唱（當作倡，下同）淡妝，詐作姬侍，迎入後堂劇飲。酒半，妾於簾內歌韓昔日所贈之詞，韓聞之心動，狂不自制，曰：「汝乃在此耶？」即欲見之，妾隔簾故邀其滿引，至再至三，終不肯出，韓心益急，妾曰：「司諫曩在妾家，最善舞，今日能為妾舞一曲，即當出也。」韓醉甚，不知所以，即索舞衫，塗抹粉墨，踉蹡而起，忽跌於地，王亟命索輿，諸唱扶掖而登歸船，昏然酣寢。五更酒醒，覺衣衫拘絆，索燭覽鏡，羞愧無以自容。即解舟還臺，不敢復有所問。此聲流播，旋遭彈劾，王迄善罷。夫子曰：「棖也欲，焉得剛？」韓璜之謂矣。此與韓熙載之於陶穀、文潞公之於何郯相類，而其迷蕩無耻之態，尤有甚者，君子豈可不知所養哉？（同前書卷九「色迷」）

五九 永春潘氏女英奴，美如仙姝。父母擇配，年二十未許人。同安苗生，字德純，販苧，主（當作住）潘家。生俊秀，已娶二年，嫌妻貌醜，詐言未配。英奴窺之，時露半面或全身。一日，父不在，摺紙方寸，外包傘紙，置飯中，生得之，開視，則詩，曰：「天生一對兩嫣然，司馬文君宿世緣。欲遣中書傳好信，幾回未易到君邊。」是夜，潛至臥邸，告以宜遂琴瑟。生一見，魂飛神蕩，以求人道，英奴不肯，曰：「人有禮儀，聘幣未將，不可苟就。」因以所帶金指環一枚與生，囑曰：「幸勿爽約，憑此為信。」深拜而去。生還，出妻，欲聘潘氏，無媒，未果。遷延半載，父命發布鳳陽，時沙縣鄧茂七擾亂，生四春不得歸。景泰三年，道路始通，生歸，直抵潘家，聞英奴嫁縣東林氏矣。生以貨絲為由，往訪，因宿林家，英奴潛書《鷓鴣天》貽生云：「欲侍鴛幃奉枕衾，誰知薄倖苦相侵。移花却向他人主，狂蝶無情莫再尋。　君負信，妾傷心，魚沉鴈杳悄無音。如今追惜前時話，剩得潸然淚滿襟。」明日，生鬱鬱而歸。及再娶姚氏，容貌更不如前妻，生惆悵不能忘情。其友為作《指環篇》以譏之，曰：「金指環，金指環，看汝徒辛酸。猶記相攜處，羅帶結同歡。態濃語巧美無極，未行雲雨情先密。好懷豁然開，驀地迢親覓。撩人嬌思撥不平，一團和氣迥春晴。廣寒嫦娥初會遇，又如君瑞見鶯鶯。自別佳人冰雪面，寤思夢想深相戀。千山萬水阻塵紛，歸鴻難托張生怨。指環本黃金，解贈駐意深。安知物理多遷變，似此堅圓能倍心。因敘指環事，勸人夫與婦。赤繩繫足親，何必輕拋負。苗生本期得芳研（當作妍），豈知再娶不如前。我聞在德不在色，請君讀此指環篇。」（同前書卷九「淫穢」）

六〇　秦觀，字少游，號太虛，高郵人。與蘇、黃齊名。嘗於夢中作《好事近》一詞云：「山露（當作路）雨添花，花動一山春色。行到小溪深處，有黃鸝千百。　飛雲當面化龍蛇，天矯掛晴碧。醉臥古藤陰下，杳不知南北。」其後以事謫藤州，竟死於藤。此詞，其讖乎？少游同時有賀鑄，字方回，嘗作《青玉案》詞悼之，云：「凌波不過横塘路，但目送，芳塵去。錦瑟年華誰與度，月臺花院，綺窗朱户，惟有春知處。　碧雲冉冉蘅臯暮，彩筆空題斷腸句。試問閑愁知幾許，一川煙草，滿城風絮，梅子黄時雨。」山谷有詩云：「少游醉卧古（當作古）籐下，誰與愁眉唱一杯。解道江南斷腸句，秖今唯有賀方回。」近代劉菊莊題云：「名並蘇黄學更優，一詞遺墨至今留。無人喚醒藤州夢，淮水淮山總是愁。」亦不勝其感慨。因憶賀、黄二作，併書之，以見少游固竟没於貶所，而山谷厄於戍樓之死，尤艱哉。噫！咏詩之日，孰知又為少游之後耶？（同前書卷十「禍讖」）

六一　蔡京臨卒前一日詞曰：「八十一年住世，四千里外無家。如今流落向天涯，夢回玉殿，幾度宣麻。只因貪寵戀榮華，便有如今事也。」此調不成話，況京死年八十，此必惡之者托名為之也。後見《宣和遺事》載有此詞，乃《西江月》也，月餘，京卒，可謂讖也。《遺事》詞曰：「八十衰年初謝，三千里外無家。孤行骨肉各天涯，遥望神京泣下。　金殿五曾拜相，玉堂十度宣麻。追思往昔謾繁華，到此番成夢話。」（同前）

六二　宣和初，收復燕山，以歸於朝金民來居京師，其俗有《臻蓬蓬》歌，每扣鼓，和臻蓬蓬之音為節，而舞人無不喜聞其聲而効之者，其歌曰：「臻蓬蓬，外頭花花裏頭空。但看明年正二月，滿城不見主人翁。」詞本虜讖，故京師不禁。然次年正月徽宗南幸，次年二聖北狩。又其伎有以數丈長竿繫椅於杪，伎者坐椅上，少頃，下投於小棘坑中，無偏頗之失。未投時念詩曰：「百尺竿頭望九州，前人田土後人收。後人收得休歡喜，更有收人在後頭。」此亦虜讖，而兆禍可怪。（同前）

譚元春詞話

譚元春（一五八六—一六三七），字友夏，竟陵（今湖北天門）人。天啟末鄉試第一，事母孝，善屬文。好遊，足跡遍東南，喜揚人善，士賴以成名者甚衆。著有《嶽歸堂稿》、《鵠灣文集》等，後人輯為《譚友夏合集》。與鍾惺並以詩名，時稱為竟陵體，二人相倡和，評選《古詩歸》、《唐詩歸》、《明詩歸》，流布天下，相率而趨。此據《續修四庫全書》影印明崇禎六年張澤刻本《新刻譚友夏合集》録詞話一則。

一　《官子時文稿序》：士之有文，如女之有色。文之有先輩時輩，如色之有故人新人。善論色者，曰「顏色雖相似，手爪不相如」，又曰「將縑來比素，新人不如故」，知手爪之所以妙，又知素之所以勝。

此一人也，豈目挑而心招、倚門而刺繡，可以傲倖於歡儂之交者哉？夫時文中有多數句者，而先輩常少數句；有重後半者，而先輩常重前半；有用過文者，而先輩常用本文。此論色者之及於手爪也。時文中有讀之欲笑者，而先輩不苟嬉；有讀之欲泣者，而先輩不苟悲；有讀之動人心目、快人口齒者，而先輩不苟艷，此論色者之明於縑素也。前輩淪亡，莫究此義，有志之士多傷心焉。友人官子，以其文投予，予驚而相向，退而告人，此於元詞宋曲中而有人焉，獨宗《離騷》者也；此於繁絃急管中而有人焉；獨彈素琴者也。已而掩袂嘆息，於官子之前曰：「予不得與倚門者爭旦夕之效，正坐此耳，子胡為然哉？孔子曰：『吾未見好德如好色者也』，當此之時，吾亦未見好色者也，悔不盛年時嫁與青樓家。子盛年，子勿貽此悔。」官子曰：「非也，窮達天為，智者不愁。瀉水置地，任其所流。」予乃躍然而起，官子之見，達矣，所以有官子之交，豈誣哉！

沈思永輯詞話

《文苑豹斑》，沈思永彙纂，陳繼儒删定。沈思永，字裕父，號抱翁，雲間（今上海）人。行蹟不詳，編《文苑豹斑》，有萬曆間自序，云癸卯冬多暇，抄録成此編，題曰《文苑豹斑》，謂斑以管窺，僅見一斑，志在曠覽，又欲便於檢閲，類分而字解。此據東洋文化研究所藏萬曆丙午沈禎刻本録詞話八則。

一　元符三年十二月十九日東坡生日，置酒赤壁下，酒酣，聞笛聲起江上，乃進士李委聞坡生日，作《鶴南飛》曲以獻。（《文苑豹斑》卷四「文史上」）

二　伯喈曲：「浪暖桃香欲化魚，期逼春闈，難捨親闈。郡中空有辟賢書，心戀親闈，難赴春闈。」今

本誤，文詞、詩詞當作詞，言辭當作辭，辤受當作辤。（同前）

三 蝶粉蜂黄：《道藏》言：「蝶交則粉退，蜂交則黄退。」故周美成詞「蝶粉蜂黄都退了」，正用。而説者以為宫粧，誤矣。（同前）

四 《阿濫堆》、《蘇幕遮》，俱曲名。阿濫堆，山鳥也，明皇採其聲為曲。蘇幕遮，胡服。（同前）

五 晉桓伊善笛，撰《折楊柳》、《落梅花》，尤盡巧妙。《阿彈廻》，亦曲名。（同前）

六 清商曲，有《子夜》，即《白紵》，在吴歌為《白紵》，在雅歌為《子夜》。（同前）

七 吴中人謂好為盬，故隋曲有《踈勒盬》，唐曲有《突厥盬》、《阿鵲盬》，薛道衡《昔昔盬》，皆言好也。樂府有魏俞吴俞，矛俞努俞，俞，美也。（同前）

八 楚騷、漢賦、晉字、唐詩、宋詞、元曲。（同前）

武緯子輯詞話

武緯子，京南人。行蹟不詳。編《學海群玉》，有萬曆丁未自序。此據東洋文庫藏萬曆丁未閩建熊冲宇刻《新刊翰苑廣記補訂四民捷用學海群玉》録詞話二則。

一　拜堂致語：勿（當作切）以禮重婚姻，實關人倫之大；義當配偶，乃承宗祀之傳。縹緲青烟，輝煌花燭。俎供蘋藻，首嚴見廟之儀；贄備棗榛，聊拜先堂之禮。集珠履玳簪之客，環金釵玉珥之賓。慶賀良宵，觀光盛事。爐薰寶鴨，已拈沉木之香；步擁金蓮，請下寅君之拜。《鷓鴣天》：「婚禮今朝講拜堂，誠心全仗玉爐香。神明上下同昭格，王母王公共降祥。魚得水，鳳得凰，匆匆喜氣藹蘭房。百年夫婦今宵合，夢葉熊羆早弄璋。」（《新刊翰苑廣記補訂四民捷用學海群玉》卷五「婚禮

活套〕)

二 蹴踘家門：夫古曰蹴踘者，儒名也；今曰齊雲者，俗名也。實晉時壯士習運之能，乃皇朝豪傑戲遊之學。士夫稱喜，子弟偏宜。能令剛氣潛消，頓使芳心歡美。雖費衣而違食，最欺村而滅强。身雖肥盈，常習此，氣如飛，乃高耆。愛斯能令友社架上無你衣我衣，囊中無我錢你錢，方可作圓社。如有學者，全在明師指教而踢，不明法者，實千鈞之難；得法者，如反掌之易。凡教徒弟者，有三不可教：一者村沙不常性。二者不聽師教，不達圓情。三者人無禮樂，失其信乎？此三者，不可教也。一性格温柔，為人常情。二身材雅俊。三達道務，知進退。此三者，可教也。詩：「齊雲家數少人知，奥妙中間實是奇。場中公子須然有，規矩家内識者稀。」圓社規場：四海齊雲(脱「社」字)，當場蹴氣毬。作家偏愛惜，圓社最風流。况有青春年少，同輩朋儔，向柳巷花街翫賞，在紅塵紫陌追遊。脱了搊來憑眼活，認真惟有準毬兒。挾住惟口鳴，識踢乃無憂。右踏右花，踢似烏龍擺尾；左側左虚，捻似丹鳳摇頭。下住處全在低美，打著人惟仗誰收。使力藏力，以柔取柔。集閑中名為一絶，决勝負分作三籌。俺也絲鞋羅襪，短襖輕裘。襟沾香汗濕，襪污軟塵浮。背劍仙人時側目，攛梭玉女細凝眸。粉鉗兒前後，仰身身移不動；金剪刀往來，移步步過頭低。况乎奢華治世，豪富皇州。春風宣鼓吹，化日沸歌謳。歡笑對吴姫越女，繁華勝楚館秦樓。湖山風物，花月春秋。四聖觀柳邊行樂，三天竺松下優游。樂事賞心，難并四美。勝友良朋，無外五侯。心向閑中着，人於悼裏求。踢圓社者，必不是方頭。《滿庭芳》：「若論風流，無過圓社，拐賺蹬躡搭齊全。門庭富貴，曾到御簾前。灌口二郎為首，趙皇腳下流傳。人都道、齊雲一社，三錦獨争先。花前並月下，全身錦纏，偷側雙肩。更高而不遠，一搭打鞦韆。毬落處圓光賺拐，雙佩側躡相連。高人處，翻身結伴，天下總呼（脱「圓」字）。」《滿庭芳》：「十二香皮，裁成圓錦，莫非少年堪收。綠楊深處，恣意樂追遊。低拂花稍褭下，侵雲漢、月滿當秋。堪觀（脱「處」字），偷頭十字拐，舞袖拂銀鈎。肩尖並拐搭，五陵公子，恣意忘憂。幾回沉醉，低築傍高樓。雖不遇文章高貴，分左右、曾對王侯。君知否，閑中第一，占斷（脱「是」字）風流。」（同前書卷十三「齊雲軌範戲毬全譜」）